La rivière des indiens

DU MÊME AUTEUR

Retour à Sweetboro, Plon, 2001.

Jeffrey Lent

La rivière des indiens

Roman

Traduit de l'anglais (Etats-Unis)
par Isabelle Chapman

Plon

Titre original

Lost Nation

ISBN édition originale : Atlantic Monthly Press, New York, 0-87113-843-3
ISBN : 2-259-19759-0

A Elizabeth Schmitz.

L'an de grâce mille huit cent trente-huit

Un

Ils continuèrent. L'homme Blood en grosses bottes cloutées et ferrées, culotte en cuir confite de crasse et chemise de lin puante, avec ses longs cheveux gras attachés sur sa nuque par une lanière de peau, l'aiguillon à la main, marchait d'un pas chancelant en s'appuyant à moitié sur l'épaule penchée du bœuf tandis que derrière lui la fille allait nu-pieds dans une grande robe sac de la même toile grossière que la chemise de l'homme, sa jolie jupe et son corsage roulés en boule et fourrés à l'arrière de la charrette par-dessus ses bottines à lacets duvetées de fange verte, ses cheveux guère plus propres que ceux de Blood, mais détachés, emmêlés, d'un blond roux, son visage boursouflé par les nuées d'insectes en folie que, de sa main libre, elle chassait d'un geste aussi incessant qu'inutile. Le poignet de son autre main était attaché par une lanière à l'arrière de la voiture qui avançait dans un brimbalement grondeur. L'énorme chien, lui, trottait de l'autre côté, parallèlement à Blood.

A bord de la charrette, deux tonneaux jumeaux de rhum noir de la Barbade, des fûts pleins de poudre à canon scellés contre l'humidité par de la cire d'abeille, des lingots de plomb, des têtes de hache, un petit canon à point fixe sans attelage de huit livres renforcé de cuivre, plus des ballots d'étoffes prune et violettes — étoffes achetées sur un coup de tête à un receleur trop content de les lui fourguer. Blood se disant qu'on n'a jamais rien sans rien n'avait pas résisté à l'attrait de ces articles frivoles. Ils se révéleraient peut-être un jour utiles, qui sait ? Il ne croyait pas au hasard, pour lui toute chose pouvait être considérée comme bénéfice sous certains rapports. A part cette fantaisie, le contenu de la charrette déployait des prodiges de prévoyance, jusqu'au dernier gramme de plomb et de poudre. A quoi il avait ajouté des cartes d'épingles et d'aiguilles. Plus un sac de dés à coudre en étain. Blood ne commettait jamais d'erreur. Il en avait épuisé ses réserves.

Il préféra passer par le versant oriental des montagnes plutôt que d'opter pour la facilité et la route fluviale offerte à l'ouest par le fleuve Connecticut. Une fois au nord de l'axe Fryeburg-Conway, les populations se faisaient rares, et plus rares encore les campements, et quand d'aventure on tombait sur quelqu'un, ce quelqu'un n'était pas du genre à poser des questions. Ils marquèrent une halte dans les environs de Conway, campant dans les bois, évitant la fréquentation de la taverne du coin, mais se débrouillant pour avertir de leur présence la populace fruste et fielleuse habituée de ces lieux ; il vendit les services de la fille à tous ceux qui payaient en espèces sonnantes, qui n'étaient d'ailleurs pas nombreux, Blood refusant le troc, jugeant inutile de s'encombrer plus que nécessaire. Dégoûté par tant d'indigence, il reprit la route, conscient que le pire était devant eux. A la perspective d'avoir à faire face à l'adversité, il éprouvait une certaine joie. Une joie lugubre.

Pendant quelques semaines, ils avaient gagné de vitesse le printemps en dépit de la lenteur de la charrette, puis, lors de leur halte à Conway, le temps se radoucit. Ils avancèrent moins vite et moins aisément en grimpant vers le col et le pays au nord des montagnes, ces vastes terres perdues qui étaient peut-être américaines, peut-être canadiennes ; nul ne le savait et nul, apparemment, ne s'en souciait. Le chemin de rondins, mal terrassé, se disloquait, s'enfonçait dans la glu d'une boue gelée et noire qui aspirait les roues de la charrette à en faire grincer les moyeux, si bien qu'il était souvent impossible de distinguer la chaussée du marécage, ou du ruisseau ou de la prairie à castors inondée au milieu des arbres tombés, noyés, morts de longue date. Corps blancs et argentés dans la lumière printanière, dépouillés de leurs ramures les plus frêles, aux yeux de Blood semblables à des géants d'homme saisis par la glaise après une interminable errance, pétrifiés sur place, sans voix, sans défense. Et quand ils émergeaient de ce bourbier, c'était pour traverser une forêt d'épinettes ou de feuillus où ils retrouvaient les traces du chemin, parfois à peine une piste encaissée entre deux parois végétales. Aux endroits où la boue n'avait pas encore réussi à percer la croûte de gel, de discrètes éraflures sur les pierres témoignaient d'un précédent passage. Mais ces traces qu'un autre eût trouvées rassurantes rappelaient seulement à Blood qu'il devait rester sur le qui-vive.

Et partout, sur tout, comme évoqués du plus profond de la boue par le soleil, des nuages de moucherons, de taons et de *no-see-ums*, posés sur les zones dégelées des marais tels d'étincelants voiles d'argent qu'irisaient les rayons du jour. Et sur les bouts de peau nue et dans les oreilles et dans les narines et dans les yeux et dans la bouche. Comme si la terre ne suffisait pas à la tâche, comme si elle avait besoin du renfort de l'air pour s'opposer à leur progression. Blood découpa un carré dans une de ses étoffes et le plia en triangle afin de s'en couvrir le visage, juste sous les yeux. Il n'offrit rien à la fille.

Il l'avait achetée à une putain imbibée de gin, à Portland, aux petites heures d'une froide nuit du début du mois d'avril. La pluie tombait sur le Maine ; pavés mouillés et gras de suif jonchés d'ordures, rats rampant sur les passerelles des navires à quai, allées semées d'éclats de verre qui brillaient comme des paillettes à la clarté aléatoire des lampes. Une pluie cinglante, salée. Bateaux amarrés captifs se débattant avec de longues plaintes dans la nuit. Et cette Anna hallucinée par le gin qui avait perdu toute sa mise. Blood assis en face d'elle sirotant son rhum chaud, cartes huileuses aux bords émoussés, prit soin de choisir le bon moment pour interrompre ses jérémiades et lui proposer une dernière partie en lui rendant sa mise en échange de la fille. Anna prit les cartes, les mêla, les battit, les mêla de nouveau avant de les distribuer, Blood étudiant sans se presser ses cartes comme pour s'en faire une idée plus claire, tandis que la femme soudain s'animait, rapide et avide, les yeux bouffis flétris d'un rouge luisant fixés sur Blood qui changea une carte puis après réflexion une deuxième, alors qu'elle conservait sa première main. Blood demanda à voir, montra une quinte et rafla la fille et les dollars. Lorsqu'ils l'eurent réveillée, Anna éclata en sanglots désespérés et se fit implorante. Sa fille, le fruit de ses entrailles. Mais la fille, une fois habillée, resta debout sans mot dire devant sa mère qui faisait une scène à ce type, cette brute. Comme si ce n'était pas la première fois. Blood dit à Anna suppliante :

— Tu devrais être contente. Une fille, pour une mère, c'est rien que du mouron. Elle sera aussi bien avec moi qu'avec toi.

Blood songea qu'elle avait payé doublement pour sa fille : dans les douleurs de l'enfantement et en la perdant aux cartes. Il prit la fille par la main et celle-ci le suivit en silence, sans un adieu à sa mère. Ils cheminèrent le long des rues désertes du petit matin jusqu'à l'étable où la charrette attendait déjà chargée. A la lumière d'une lanterne, il découpa un lien pour la fille et aiguillonna les bœufs pour les arracher à leur litière souillée, leur mit leur collier d'attelage tout en parlant au grand mastiff chien-loup, et ensuite tous les cinq traversèrent le port jusqu'à la route de l'intérieur, tournant le dos à la côte, cheminant en direction des petites villes et des montagnes au-delà. Il pleuvait encore. Le crachin retenait prisonnière la lumière de l'aube qui les rattrapa en pleine campagne, les enveloppant alors d'une mince et fluctuante pellicule ombreuse tandis que la pluie virait au grésil et que les sabots garnis de crampons des bœufs accrochaient la surface dure de la chaussée, flaques glacées jaunes d'urine, plaques de neige grisâtres prises dans la boue gelée. Le premier jour s'écoula, ils n'avaient pas échangé un seul mot. Blood n'avait rien à dire à la fille qui, elle, avait peur, peur de ce qui l'attendait, ou bien de lui. À moins qu'elle ne fût simple d'esprit — peu lui importait.

Ils passèrent la nuit dans un vallon planté d'ormes au bord d'une rivière, à l'écart du chemin, et dînèrent de gros lard bouilli froid et de biscuits de marin. Ils dormirent sous la charrette, la peau de vache leur servant de tapis, dans des couvertures en laine humide et un froid qui incita la fille à se blottir contre lui.

— On m'appelle Sally, dit-elle. Je ferai tout ce que tu voudras.

Il sentait sur lui la tiédeur de son souffle et l'odeur de son haleine, sure après la longue journée. Il la repoussa.

— Dors, ordonna-t-il.

Ils avaient voyagé pendant ces jours ingrats où l'hiver épuisé garde encore son emprise sur la terre, près de trois semaines, avant d'arriver à Conway où il la vendit pour la première fois à tout micheton avec trois sous en poche disposé à la baiser sous la charrette. A quelques pas de là, sous les arbres, Blood buvait du thé noir devant un feu de camp. Au matin de leur dernière nuit, alors qu'ils reprenaient par la première journée un peu chaude un chemin que le dégel amollissait, et que Blood maintenait son visage levé vers les montagnes encore loin à l'ouest et au nord mais aussi inévitables que le poing de Dieu, elle prit la parole, de derrière la charrette où un lien la maintenait, l'obligeant à marcher pieds nus.

— Le dernier, il m'a prise trop fort... là où il aurait pas dû.

Il ne se retourna pas, même quand le grand chien, la patte en suspens dans les airs, marqua une pause pour tourner la tête vers elle. Au bout d'un moment, Blood laissa tomber :

— Ça peut leur arriver, à certains.

Toujours sans un regard pour elle.

Le lendemain, il lui prit sa jupe et son corsage et les enveloppa dans son châle en laine pour les ranger avec ses bottines dans un creux du chargement, la laissant en longue chemise, sans qu'il lui fût nécessaire de préciser que c'était pour ne pas les abîmer. Il faisait assez chaud comme ça avec la marche. Mais dans la boue et la gadoue des ornières, les pieds de la fille, frottés comme avec un abrasif, se couvrirent d'ampoules sans former de cals, piqués par les branches mortes enfouies, se cognant aux pierres qui affleuraient, en sorte qu'à la fin de la première journée ils n'étaient plus que d'horribles choses crevassées gonflées à vif. Une fois qu'elle les eut lavés dans un ruisselet de neige fondue, il s'agenouilla et prit dans le pot suspendu sous la charrette une noix de graisse d'essieu pour qu'elle se masse les pieds. Une concession qu'il renouvela chaque soir. Elle ignorait s'il fallait y voir de sa part de la bonté ou de la prudence, regrettant seulement qu'il ne l'autorisât pas à changer son pansement avant de repartir le matin, mais il ne lui fit aucune proposition dans ce sens et elle ne lui demanda rien. Jusqu'ici il ne l'avait pas touchée, et comme elle était assez grande pour savoir que s'il la touchait ce ne serait pas d'une manière qu'elle souhaiterait ou qui lui plairait, elle avait l'intention de s'en tenir là.

De toute façon, ce n'étaient que ses pieds, et puis cette boue n'allait pas durer toujours, ni cette route d'ailleurs. Même si elle ne s'autorisait pas à envisager d'arriver jamais au bout. Elle chiait encore un peu de sang. Mais cela finirait par passer, tout comme ses pieds finiraient bien par s'endurcir. Les jours se réchauffaient malgré des nuits encore glacées. Elle ne savait pas s'il faisait moins froid ou si elle s'habituait. Ils se mirent à grimper dans les montagnes. L'après-midi, elle suait sous sa chemise ; puis vinrent les taons et les moucherons, et elle oublia de s'inquiéter à propos de leur destination, se surprenant plus d'une fois à s'attendrir sur le souvenir de Portland, jusqu'au moment où elle se reprit, sachant que Blood représentait au moins des perspectives encore cachées tandis que ce qu'elle laissait derrière elle ne se dessinait que trop clairement. Elle était persuadée qu'elle pouvait supporter n'importe quoi du moment que s'annonçait un espoir de changement, tout comme elle savait que de trotter derrière le dos large de cet homme au caractère morose représentait son plus bel espoir jusqu'ici. Si on lui avait posé la question, elle aurait été incapable de mettre des mots dessus. Mais chaque pas la rapprochait de cet obscur et tenace fil d'espérance. Les taons n'étaient après tout que des taons et, même si elle comprenait qu'on pût devenir fou à force de lutter en vain pour s'en dégager, elle avait conscience que cela n'arriverait pas à quelqu'un de la trempe de Blood, ni de la sienne d'ailleurs. On ne lui avait pas appris à lire, mais son esprit était vif, et elle constatait que Blood lui avait déjà appris quelque chose. Elle avait, d'après ce qu'elle avait cru comprendre, quinze ans.

Ils traversèrent un campement du nom d'Errol — taverne épicerie en planches, cabanes en rondins. Ils ne s'y arrêtèrent pas, mais Sally observa, sur le pas d'une porte en troncs mal équarris, une femme aussi mal attifée qu'elle et qui la toisait d'un air supérieur. Elle se dit qu'elles étaient bien partout pareilles, les bonnes femmes, quand elles n'avaient pas plus de plomb que ça dans la cervelle. Ils franchirent l'Androscoggin sur une méchante barge, puis, pendant quelques kilomètres, bénéficièrent d'un chemin correct, les rondins de la chaussée encore pourvus de leur écorce étant posés fermement sur le sol. Cet après-midi-là ils firent bonne route vers les découpures des montagnes à l'horizon. Au crépuscule, Blood tua à coups de bâton une perdrix. Celle-ci était restée là sans bouger à examiner l'énergumène qui se rapprochait, plus intriguée qu'effrayée par cette apparition étrange. Leur première viande fraîche depuis le morceau de porc maigre et coriace qu'il avait acheté à Conway, même si chaque jour le chien disparaissait dans les bois pour revenir des heures plus tard avec du sang sur le museau et répandant autour de lui un doux relent de chair crue, une odeur qui l'enivrait, lui remplissait la bouche de salive qu'elle avalait encore et encore comme pour y chercher un soulagement. Et maintenant cette perdrix. Lorsque le jour eut cédé la place à la nuit, sauf pour une pâle bande de lumière verte là-bas entre les arbres, ils s'arrêtèrent. Blood lui lança le volatile pour qu'elle le plume pendant qu'il ramassait du bois, des branches mortes cassées sous les ramures des épinettes et des mélèzes et, pour la première fois, construisait un vrai feu pour faire rôtir la bête. A croire qu'il avait franchi, dans son esprit, une ligne invisible, un point au-delà duquel il pouvait se sentir un peu plus en sécurité. Pas tout à fait tranquille, mais quelque chose d'indéfinissable. Le feu était un délice, alors pourquoi essayer de comprendre Blood ? Elle en savait assez long pour se rendre compte que ce changement était plus que le simple effet de la traversée de la rivière à midi.

Il n'y avait plus de biscuits de marin, plus qu'un sac de flocons d'avoine véreux qu'elle mélangea avec un peu d'eau et dont elle fit des galettes qu'elle posa à cuire sur des pierres directement sur les braises. Au-dessus la bête noircissait, dégouttait et crachait du jus, embrochée sur la baguette du fusil de Blood. Un fumet qui était comme une souffrance.

Quand enfin ils attaquèrent leur repas, dès la première bouchée de blanc arrachée à sa moitié d'oiseau, elle se brûla le palais. En voyant Blood découper la carcasse en deux parts égales, elle s'était demandé si ce geste traduisait de la générosité ou une volonté d'entretenir son investissement. Pour le moment, elle était contente d'être nourrie. Les galettes de céréales étaient sèches et dures mais chaudes aussi. Assise par terre, les jambes repliées sous elle, elle eut pour la première fois l'intuition qu'avec un peu de chance, elle allait peut-être s'en sortir.

Ils furent réveillés au cœur de la nuit par d'épouvantables hurlements interminables qui s'élevaient crescendo à un jet de pierre eût-on dit dans les bois alentour. Le feu presque éteint formait devant les tisons noircis une sorte de masque de couleur. Les bœufs piétinaient dans leurs chaînes avec des gémissements sourds, comme flairant leur propre mort. Le chien arpentait la pâle flaque de lumière, ses poils hérissés sur son échine telle une crête acérée. Blood lui donna un ordre à voix basse, le figeant sur place alors même que la fille se retournait pour l'agripper, se presser contre lui, monter sur lui, ses mains se cramponnant fort à sa chemise en lin, attrapant une poignée de la toison qui couvrait sa poitrine tandis qu'elle enroulait ses deux jambes autour d'une des siennes, donnant à Blood l'impression qu'elle le tenait ligoté, épinglé pieds et poings liés. Les dents de la fille lui labourèrent le cou. Terrorisée, possédée, pantelante d'effroi, d'une voix brisée elle le suppliait de la sauver.

— Un chat, dit-il en repoussant des deux mains ses épaules qu'elle tortillait dans tous les sens. Rien qu'un chat sauvage.

— Il nous cherche, hein ? Il nous a sentis, pas vrai ?

— Il cherche rien. Ils crient comme ça.

— Non. Il approche. Il crie pour nous paralyser le cerveau, c'est ça qu'il fait.

Il se tut. Il avait déjà entendu ces cris et toujours considéré que les chats sauvages avaient ce pouvoir — le pouvoir de rendre la nuit de glace et de transformer toute créature vivante en statue de marbre —, mais jamais il ne lui était venu à l'esprit qu'ils s'en servaient pour chasser. La règle d'or du chasseur : éviter coûte que coûte d'alerter sa proie. Alors qu'il réfléchissait à la logique enfantine du raisonnement qui venait de lui être proposé, Sally en profita pour resserrer son étreinte. Comme il ne parvenait pas à lui faire lâcher prise à la force du poignet, ils luttèrent. Il n'entendit pas le chat crier de nouveau. Mais il sentit soudain sa propre odeur réverbérée sur le corps de la fille et sentit aussi son odeur à elle, pas plus fraîche que la sienne mais, tout de même, l'arôme intime de quelqu'un d'autre que lui, pimenté d'une saveur de fille, de femme, du sel amer de sa peau et de la viande grillée de son haleine, sans parler de l'autre, de l'odeur de l'océan au bord duquel elle était née. Alors pliant sa jambe libre et s'arc-boutant du pied contre le sol, il parvint à la lancer en l'air mais pas à la détacher de lui, car c'était impossible, et d'ailleurs ce n'était plus ce qu'il voulait, au contraire, il s'affala de tout son poids sur elle. Les poumons de la fille se vidèrent d'un coup tandis que son dos heurtait la terre. Il se souleva et déchira sa robe, déboutonna sa braguette, retomba sur elle, en elle, et aussi dans la nuit, dans la terre elle-même. Les petits bruits qui émanaient d'elle n'étaient pas produits par sa voix d'enfant mais par une voix tout autre tandis qu'elle le prenait en tenaille entre ses membres et qu'il se pressait plus fort contre elle, plus fort dans l'espoir de se débarrasser de cette voix, de l'extirper d'elle. Il n'y parvint pas plus qu'il ne parvenait à l'extirper de son propre cerveau. Un son étiré, sirupeux, le même On On On encore et encore qui aurait pu être, qui était à coup sûr, Non Non Non. Jamais il ne saurait comment elle avait su, comment cela lui était venu, mais le flot se déversa comme une langue de feu le long de sa colonne vertébrale, des tendons de ses jambes et de ses bras, un flot qui se mua en un éboulis de glace dans tout son corps, et il serra les paupières et se vida en elle, en elle redevenue déjà juste la Sally. Déjà de retour là auprès de lui. Devant un tas de tisons refroidis, dans le froid d'une nuit de printemps au fond d'une forêt du Nord, au pied de montagnes aux noms inconnus, en route vers une destination tout aussi inconnue ; le tout encore devant eux. Il se détacha d'elle, se leva et s'éloigna en remontant sa culotte en peau.

Il resta debout au milieu des ténèbres. Le chien vint le retrouver, renifla et pissa contre un arbre. Blood alla voir les bœufs, tira doucement sur l'anneau de leur museau afin de les calmer. Apercevant une faible lumière vers l'est, il se retourna pour regarder la fille. Elle fourgonnait le feu avec un bâton puis, une fois les braises enflammées, posait du bois dessus. Sa robe s'étalait là où ils s'étaient unis, et lorsqu'elle se penchait ses petits seins restaient hauts et serrés contre sa cage thoracique — ses côtes à la lueur du feu semblables à des barreaux orange et noirs. Cheveux défaits formant un rideau devant son visage, rondeur de ses hanches accentuée par la position accroupie.

Blood poussa un grognement qu'elle ne pouvait pas entendre.

Au milieu de la matinée, elle vint marcher à côté de lui ; elle avait au poignet un bout de cuir emmêlé, mordillé, déchiré. Ils abordaient à présent l'escarpement menant à la crête du col. Les flancs abrupts des montagnes obscurcissaient même la mince trouée de ciel, avec, tout là-haut, sur les pentes, des arbres dépouillés qui étincelaient sur le quartz blanc. Le ruisseau qui frôlait le chemin débordait, la fonte des neiges engorgeant l'étroit chenal entre rochers et paroi. L'eau vive était le seul bruit dans le silence avec l'éternel et angoissant grondement de la charrette.

— Tu vois, dit-elle en lui montrant son poignet. T'étais pas obligé de m'attacher comme une bête. Je vais de toute façon nulle part où tu vas pas.

Il arrêta l'attelage et les bœufs se figèrent, soufflant, la tête pendante. Il soupira, prit sa main, examina les lambeaux de lanière à son bras ; puis il la lâcha et déroula la peau de vache pour y couper, sous les yeux attentifs de la fille, une nouvelle bande de cuir, plus longue cette fois. Il fit un nœud coulant à une extrémité de la lanière et lui attrapa les deux mains pour les lier ensemble bien serré, au point que le cuir lui mordait la peau, puis il l'attacha à l'arrière de la charrette. Il marqua une pause avant de saisir de nouveau son couteau et de trancher ce qui restait de la première lanière qu'il jeta dans les amélanchiers qui poussaient dans les fentes du sol rocailleux entre chemin et ruisseau, après quoi il alla reprendre l'aiguillon qu'il avait posé contre la charrette, donna de la voix pour réveiller les bœufs, et l'attelage s'ébranla.

— Tu peux me traiter comme tu veux, entonna-t-elle. J'oublierai rien de ce que tu me fais.

— Je m'en doute, lui cria-t-il sans se retourner ni ralentir son pas.

La fin de l'après-midi les trouva arrêtés à trois cents mètres du sommet resserré du col, sur un chemin transformé en amas de pierres et de graviers gluants de boue, la charrette penchant de côté, une roue embourbée, l'autre en l'air contre un rocher. Le couple de bœufs s'appliquant péniblement à maintenir en équilibre l'attelage. Blood avait entassé des pierres sur la roue levée pour faire contrepoids. A présent il se tenait assis un peu à l'écart au milieu d'un groupe d'épinettes ébouriffées qui se touchaient en bosquet. Des corbeaux invisibles croassaient derrière l'éperon qui les dominait. Le soleil était couché, mais le jour dévidait encore son ruissellement au plus haut du ciel. La fille libérée s'était assise non loin, recroquevillée sur un rocher, les bras passés autour de sa poitrine. Il soufflait une bise aigre. L'essieu était brisé.

L'ombre d'un bleu marquait sa joue là où il l'avait giflée au moment de la catastrophe quand elle s'était détournée en pouffant de rire — car dans cette joie il avait perçu une pointe d'euphorie, comme si elle avait tout de suite su que la balance penchait désormais un tout petit peu plus de son côté. Maintenant, elle était assise, là, le regard vide, en attente.

Blood avait le visage dans les mains. Il était fatigué, il avait mal à la tête. Aucune des solutions qui lui venaient à l'esprit ne lui plaisait. Il était fort probable que sur le plateau derrière la crête du col, il y eût une ferme, peut-être plusieurs. Peut-être une forge, sinon au moins quelqu'un capable de réparer l'essieu, de le rafistoler d'une façon ou d'une autre afin qu'ils puissent continuer cahin-caha jusqu'à un endroit où pourrait être effectuée une réparation définitive. Ce n'étaient que des suppositions, mais celles-ci ne lui paraissaient pas déraisonnables. Le problème, en fait, c'était comment arriver jusque-là.

Même avec le visage dans les mains, il savait qu'elle l'observait et que, s'il continuait à se taire, elle allait bientôt dire quelque chose. Pourvu qu'elle garde le silence, songeait-il. Il ne se sentait pas à la hauteur.

— C'est bien ennuyeux, lança-t-elle d'une voix presque joyeuse, à peine sur ses gardes.

Il ne répondit rien, ne redressa pas la tête.

— Je sais pas ce qu'est le plus embêtant, le chargement ou moi. Mais je sais une chose. Même si j'étais pas là, ce chariot bougerait pas d'un pouce, et tout ce que tu pourrais faire y changerait rien. Je te vois pas l'abandonner ici pour aller chercher de l'aide. Quelqu'un risquerait de venir. Bien sûr, ce quelqu'un pourrait aussi accepter de nous aider... si on attendait assez longtemps.

Il la regarda cette fois, mais toujours sans desserrer les dents.

— Combien de temps, interrogea-t-elle, tu crois que ça prendrait ?

Au bout d'un moment, il répondit. Avec lenteur :

— Si ça se trouve, moins d'une minute si je me décide à y aller. En restant ici, y a des chances pour qu'on en soit réduits à manger les deux bœufs avant de voir passer âme qui vive.

Elle opina. Il se demanda jusqu'à quel point elle avait compris, si elle saisissait toutes les implications de ce précepte et de ses applications. Puis il se rappela d'où elle venait et conclut que rien ne lui échappait.

— Qu'est-ce que tu vas faire ? s'enquit-elle.

— Aucune solution me plaît.

De nouveau elle hocha la tête et dit :

— Un de nous doit rester et l'autre partir chercher de l'aide. Y a pas à tortiller. Le problème, c'est qui fera le meilleur gardien ?

— C'est tout réfléchi pour toi.

Elle haussa les épaules.

— Je suis une coriace, moi, je suis plus coriace qu'un hareng saur. Tu me laisses le chien, s'il veut bien rester, et tu me laisses ton fusil, je me débrouillerai. Sauf que s'ils sont toute une cohorte, alors, de toute façon, toi ou moi, ça ferait pas de différence.

— Et je vais où, tu penses, droit devant de l'autre côté du col ou je rebrousse chemin ? Je sais pas combien de temps il va me falloir marcher pour trouver une réparation.

— Mais si c'est moi qui y vais, tu saurais pas quand je rentrerais. Tu serais obligé d'attendre. Alors, de toutes les manières, t'es forcé de me faire confiance.

— Tu causes un peu vite, là.

— Ecoute, dit-elle. Je fais la pute pour toi parce que j'ai pas le choix. Mais qu'on collabore un minimum, ce serait pas plus mal. Tu me ferais un peu confiance, et moi je compterais sur toi, voilà. Y a pas de secret.

— Tu dis ça maintenant, parce que t'as froid et qu'on est dans le pétrin. Mais tu ficherais le camp à la première occasion si ça t'arrangeait même qu'un tout petit peu.

Elle l'étudia en se peignant avec ses doigts, tirant sur les nœuds dans ses cheveux, les nettoyant de bouts de brindilles et de feuilles. Répliqua :

— Qui que tu sois, tu fais peur. Je sais pas d'où tu viens, et je préfère pas savoir. Mais moi je peux pas faire autrement que de te faire confiance. Et je vais te dire une chose : je suis peut-être ici dans les bois prête à putasser pour toi avec le premier venu mais c'est quand même mieux que ce que j'aurais à supporter tous les jours à Portland. En tout cas ça...

— Comment t'appelles ça ?

— Eh bien, c'est intéressant, c'est tout.

— Bonté ! Regarde-toi. A demi nue, les pieds en bouillie et toute gonflée de partout par les piqûres de ces putains d'insectes et presque à demi morte de faim avec ça, et toi tu m'annonces que c'est intéressant.

Elle se leva et étira ses bras au-dessus de sa tête tandis qu'il détournait les yeux, puis elle s'approcha de lui et se pencha vers lui en s'appuyant sur ses propres genoux, approcha son visage tout près du sien :

— Il en faut pour te faire causer, hein ? lui dit-elle.

Il se leva à moitié, lui aussi les mains sur les genoux. Elle ne bougea pas, se contenta de lever son visage vers le sien.

— Bon, alors, habille-toi, mets ta jupe et tout le reste, répondit-il.

Et il déplia son grand corps.

— Pour quoi faire ?

Il était trop fatigué pour lui dire Discute pas, obéis. Alors il répliqua :

— Comme ça, si quelqu'un vient, t'auras l'air respectable.

Elle se redressa à son tour, et les yeux toujours fixés sur lui, acquiesça d'un signe de tête, puis demanda :

— Y a un nom par quoi on peut t'appeler ?

— Blood*.

— Je veux dire un qui fasse pas mal à dire.

— Habille-toi, dit-il en se détournant. C'est comme ça que je m'appelle, Blood.

Il travailla pendant qu'elle se lavait à genoux dans l'eau du ruisseau. Il disposa des pierres autour et en dessous de la charrette puis, à l'aide d'un gros piquet, la hissa bien calée sur les pierres. Du piquet il se servit aussi comme d'un marteau pour démonter les moyeux et, enfin, allongé sur le dos, non sans pester et jurer, parvint à libérer l'essieu. Le long crépuscule de printemps basculait dans la nuit. Il détela les bœufs, enchaîna le premier à un arbre et sangla l'essieu sur le dos du second. Après quoi, il prépara un feu et ramassa tant de bois qu'une pile s'éleva bientôt à côté de la charrette. Ensuite seulement il lui donna le fusil et lui montra comment le tenir et mettre en joue si nécessaire en laissant le grand chien se charger du reste. Le chien s'appelait Luther. Blood se pencha et, avec un grognement, le souleva dans ses bras pour le déposer sur un des tonneaux de rhum en disant Couché. Il n'avait aucune idée du temps qu'il lui faudrait. Il ne prit qu'une seule galette de céréales et un morceau de lard moisi, espérant la rassurer en n'emportant qu'une maigre ration.

Il partit alors que la lumière se violaçait, sans un regard en

* *Blood* signifie « sang » (*NdT*).

arrière vers l'endroit où elle se tenait assise sur l'autre tonneau, dans sa jupe, son corsage et son châle, le fusil comme un talisman entre ses mains crispées. Les pieds dans le vide, trop gonflés pour entrer dans ses bottines. Le feu suffisant à côté de la charrette, la pile de bois assez haute pour qu'il lui suffît de se pencher pour l'alimenter, du moins pour le moment. Il fit avancer le bœuf et ils escaladèrent la crête vers les dernières lueurs de jour, pâles, là-haut dans la découpure des montagnes. Avant qu'un nouveau paysage ne lui offrît le spectacle de son immensité, il ne distinguait déjà plus ni la charrette ni la fille. Juste un scintillement diffus dans les hauteurs, là où la clarté du feu se réfléchissait sur le quartz nu du piton rocheux ou sur les dernières plaques de glace qui pourrissaient dans les fentes.

Une petite lumière brillait très loin devant lui au milieu de la cuvette vaste et sombre d'une vallée encerclée par les cimes de montagnes semblables à de basses collines qui se dessinaient, noires, sur le ciel. Mais il fut d'abord frappé par la brillance des étoiles dont les scintillations étaient barrées au nord-ouest par une grosse tresse de nuages opaques qui s'étirait au-dessus de l'horizon. Le vent, si aigre en contrebas, ayant perdu de son piquant, il n'aurait su dire s'il allait neiger ou pleuvoir mais, d'une façon ou d'une autre, ils étaient bons tous les deux, lui et la fille, et il espérait qu'ils seraient à égalité face à ce qui se préparait. S'étant de cette manière placé dans le paysage démesuré qui s'étendait à ses pieds, il s'appuya d'une main sur l'épaule émaciée du bœuf et cria Hue, et il pénétra dans la nuit, cap sur la petite lumière. Laquelle ne tarda pas à disparaître tandis que l'homme et la bête descendaient dans la vallée, s'enfonçaient dans les profondeurs d'une forêt de feuillus, d'épinettes et de mélèzes. Le chemin sous leurs pas était dur et glacé. Dans le sous-bois, le tapis de neige ressemblait à l'ombre luminescente de la nuit. Un pays pétrifié dans l'hiver.

Il se dit qu'en avril le temps ne tarderait pas à changer. Même une importante chute de neige ne tiendrait que quelques jours. La fille allait s'en sortir. L'essentiel, c'était cette lumière qu'il avait aperçue. Il n'aurait pas été étonné de n'en voir aucune. Pour lui, tout dans cette contrée relevait de l'imprévisible. D'ailleurs, c'était pourquoi il se trouvait ici.

Ayant étalé la peau de vache sur le tonneau et s'étant approprié les deux couvertures, elle s'était recroquevillée sur elle-même afin de tenir dans le rond du couvercle et dormait mieux qu'elle n'avait dormi depuis que l'homme l'avait tirée de son Maine natal. Elle avait dîné du thé noir épais qu'il réservait à sa consommation personnelle et de grosses couennes de lard que, ne pouvant pas les couper, elle avait débarrassées des pires moisissures dans l'eau glacée du ruisseau avant de les faire rôtir jusqu'à ce que le gras éclaboussât et brûlât son visage et que le peu de moisi qui restait fût entièrement consumé, lui permettant, pour une fois, de manger à sa faim. Partageant l'entame grillée avec le chien assis sur le tonneau voisin, le chien qui l'observait comme s'il prenait note de ses transgressions sous le sceau du silence. Heureux cependant d'avaler ce qu'elle lui offrait. Et tout le temps, le vent qui poussait des hurlements stridents sur la crête au-dessus de leur tête. Du feu jaillissait de longues flammes qui réchauffaient, et il n'y avait pas de taons. Aussi s'était-elle assoupie, le ventre plein, l'esprit amolli et paisible. Si bien que lorsque les rugissements de l'énorme chien la réveillèrent, elle cilla des paupières, le cerveau tout engourdi.

Elle crut d'abord qu'il hurlait à cause des flocons, gros comme des soucoupes, qui tournoyaient dans le vacillant ovale de clarté en suspens autour du feu. Sans se presser, abrutie, elle s'agenouilla en serrant le fusil contre elle, tendant une main vers Luther pour le calmer, quand elle les vit. Ils étaient trois. Elle n'avait jamais vu de loup, mais cela ne faisait aucun doute : les animaux nocturnes aux silhouettes grises sur fond noir, aux yeux jaunes flamboyants qui ne la quittaient pas tandis qu'ils allaient et venaient à l'orée de la lumière, trois silhouettes se croisant et se recroisant comme l'eau vive entre les joncs. Le bœuf solitaire s'était à son tour mis à beugler, plaquant tout son poids contre la charrette comme s'il cherchait à se hisser à la hauteur du chien et de la fille sur le chargement, la charrette oscillant dangereusement sous la force de sa terreur.

Les loups avaient encore leur épais manteau d'hiver ; ils semblaient flotter sur la toile de fond que formaient la chute de neige et les lueurs du feu à demi éteint. En silence, ils parcouraient de long en large un demi-cercle jusqu'à l'endroit où la charrette se pressait contre le versant abrupt, sautant d'un bond léger le ruisseau pour rester aussi près de la charrette qu'ils le pouvaient ou l'osaient. Le bœuf se trouvait de l'autre côté, et les loups effectuaient de petits crochets dans sa direction, sans cesse approchant puis reculant. Le chien Luther, debout, tremblant, sur son perchoir, hurlait à la mort, penché aussi loin que possible au-dessus de la masse terrorisée du bœuf, les quatre pattes réunies au bord du tonneau, sa tête abaissée de manière à faire cascader son affreux rugissement sur les flancs du bovin pétrifié jusqu'aux loups.

Sally, les jambes repliées sous elle, gardait la crosse du fusil à l'abri sous son châle tout en sachant que la neige avait peut-être déjà mouillé le bassinet, mais comment y remédier ? Elle avait les mains trempées, il semblait ne pas y avoir moyen de vérifier. De sa main libre, elle agrippa les poils et la peau du chien à la base de sa queue. Il se retourna et lui montra les dents, mais elle serra plus fort et cria son nom, et, après l'avoir regardée une dernière fois, il se tourna de nouveau vers les loups. Elle laisserait les loups dévorer le bœuf plutôt que de permettre au chien de descendre de la charrette. Elle n'avait que lui. Elle songea un instant à Blood rentrant avec l'essieu réparé et se retrouvant avec un seul bœuf pour un attelage qui en nécessitait deux, et se prit à souhaiter qu'il fût là, qu'il eût attendu le matin pour partir, puis elle se rendit compte que si le bœuf était tué, il leur faudrait revivre un épisode tel que celui-ci, et elle se mit à crier à l'adresse des loups. Au début juste des mots à tue-tête Fou Fou Foutez le camp, puis, submergée par une délicieuse vague de soulagement, elle se mit seulement à hurler, un cri perçant prolongé qui lui sortait du fond de l'âme — et son cri parut ensorceler les loups. L'un d'eux s'assit sur son train arrière dans la neige et leva la tête, les yeux sur elle, tandis que les deux autres se glissaient derrière au petit galop et passaient entre les arbres. Celui qui était assis se mit alors à hurler, sa gueule ouverte avalant la nuit, son interminable cri comme en écho à celui de la fille. Et elle cria de plus belle et le chien et le bœuf y allèrent de leurs plaintes rugissantes, si bien que les ténèbres se remplirent d'une musique qui résonnait comme une profanation à la face de la vieille terre silencieuse et stoïque.

Un autre loup, que le vacarme rendait audacieux ou qui se sentait soit agressé, soit tout simplement trop affamé pour attendre plus longtemps, fit un bond en direction du bœuf. Celui-ci se retourna et donna un coup de pied avec sa patte arrière, laquelle ne rencontra que le vide mais renvoya néanmoins le loup dans l'obscurité, et ce fut à cet instant, toujours s'égosillant et sans savoir ce qu'elle faisait, qu'elle épaula le fusil. Sans vraiment viser, elle fixa le loup hurlant de manière à ce qu'il reste sous le canon, ramena le chien en arrière et appuya sur la détente ; le coup partit avec un recul d'une telle force qu'elle tomba presque du tonneau. Une épaisse fumée se répandit dans les airs, obscurcissant quelques instants le rideau de flocons. La musique se tut. Dans ce silence de caveau la première chose qu'elle entendît, ce fut le frisson de la neige sur le sol couvert.

Au soir du troisième jour, Blood revint avec l'essieu réparé, un quartier de jeune élan et une peau d'ours bien tannée, le tout chargé sur le dos du bœuf, foulant la neige tombée la première nuit et une bonne partie du lendemain mais qui depuis s'était compressée et fondait pendant le jour sous l'effet de la chaleur, la neige pourrissant par le dessous et l'eau se propageant en ruisselets partout où le terrain était pentu, formant des flaques dans les empreintes de sabot et les plus petits creux entre les pierres. Il la trouva de nouveau dans sa robe de lin, ses vêtements lavés dans le ruisseau mis à sécher sur un amélanchier aux bourgeons turgescents, la carcasse du loup pendue à un arbre où elle l'avait hissée à l'aide d'une corde pour empêcher le chien d'y plonger ses crocs, assez loin de la charrette pour ne pas affoler le bœuf mais assez près pour tenir à l'écart les autres loups.

Le feu flambait encore malgré la douceur de l'air, coiffé de branches vertes d'épinette dont la fumée éloignait les taons. La pile de bois était encore plus haute que celle qu'il lui avait laissée. Il marqua une halte au sommet du talus qui descendait du haut du col pour balayer la scène du regard cependant qu'elle l'attendait debout en silence. Et lorsque finalement ses yeux revinrent se poser sur elle après ce long examen, elle vit qu'il avait tout deviné, même sans doute les libertés qu'elle avait prises avec leurs provisions.

Il aiguillonna le bœuf sur le dernier tronçon de la piste rocailleuse.

— J'ai bu presque tout le thé, lui déclara-t-elle. Je me suis dit que la prime pour le loup te rembourserait.

Blood acquiesça. Il désarrima l'essieu. Sa vieille culotte en cuir était trempée jusqu'à mi-cuisse.

— On n'est pas près de trouver un endroit où ils vendent du thé, dit-il. Pareil pour la prime.

— Bien, alors on n'a plus qu'à faire avec.

Il posa l'essieu le long de la charrette et déchargea le reste, disposant la peau d'ours sur les couvertures sans prononcer un mot, puis il lui passa l'énorme morceau de viande d'élan. Après quoi il lui tendit le couteau qu'il portait à la ceinture et lui ordonna :

— Découpe donc deux gros steaks et enlève les branches d'épinette avant de les griller. Fais-les cuire doucement pendant que je répare la charrette. Prends ton temps — moi aussi ça me tenaille, la viande rouge, mais j'ai attendu jusqu'ici.

— J'ai mangé presque tout le lard.

— Il t'a rendue malade ?

— Non.

— Je pourrais plus en avaler. Mais je vais regretter le thé.

— Y en a encore quelques miettes.

A genoux, il ajusta avec un soin maniaque les pierres étayant la charrette. Puis il se coucha sur le dos et se glissa dessous en traînant l'essieu auprès de lui. Elle se servit d'un bâton pour écarter les fumigènes et se tourna vers la viande. Elle n'avait aucune idée de la manière dont elle devait s'y prendre pour la découper mais, comme pour rien au monde elle ne lui aurait posé la question, elle fit glisser ses doigts le long du quartier, se familiarisant avec les muscles et les tendons et le dessin des os afin de pouvoir en détacher des morceaux. Puis il sortit en rampant de dessous la charrette, le dos et tout un côté maculés de boue. La main en visière sur son front pour ne pas être ébloui par le soleil, il leva les yeux vers elle en disant :

— Quand tu as tué ce loup ?

— La première nuit. Pendant la tempête de neige.

— Tu as rechargé le fusil ?

— Je sais pas faire.

Il hocha la tête et ajouta :

— C'était une sacrée tempête, hein ?

— Pas si terrible que ça.

— Y avait qu'un loup ?

— Trois.

Après l'avoir un instant dévisagée, il lança :

— Qu'est-ce qu'est arrivé aux deux autres ?

— Ils sont partis.

— Bon sang, on les comprend.

— Et si tu remontais l'essieu, on pourrait manger et filer. J'en ai assez de moisir ici.

Blood continua à l'observer un moment. Puis il se glissa de nouveau sous la charrette. Il se souleva, pestant, se tortillant, frappant le sol de ses talons pour mieux faire un levier de son corps tout en travaillant. Elle découpa le mieux possible la viande et s'accroupit devant le tas de braises avec ses deux morceaux d'élan empalés sur des branches préalablement pelées, s'installant de façon à pouvoir surveiller tout à la fois la cuisson et la réparation. Au bout d'un moment, il se leva et essuya son visage barbouillé avec le dos noir de ses mains. Puis il s'assit, jambes écartées allongées devant lui, montrant les trous dans ses semelles.

— Quand on touchera la prime, dit-il en l'observant, c'est pas seulement le thé et le lard que tu me rembourseras, mais aussi ce que m'a coûté la cartouche.

— C'est juste. Et tu vas aussi me compter le dîner de ce soir ?

Il se leva et frotta ses mains sur le cuir de sa culotte en peau :

— Non. Non, je crois pas.

— Bon, alors, t'es prêt à manger ?

Tous deux étaient accroupis autour du feu, tenant des deux mains la viande bien cuite, mangeant. Lui la regardait par-dessus les flammes :

— Tu sais coudre ?

Elle fit non de la tête. Mâcha, avala.

— Raccommoder. Pourquoi ?

— Pour rien.

Plus tard, il la laissa sur la peau de vache, enveloppée dans la fourrure d'ours près du feu, et, emportant les couvertures crasseuses, il alla se coucher dans le sous-bois. Allongée bien au chaud, elle l'écouta s'agiter et grogner tandis qu'il se tournait et se retournait sur les cailloux, la terre sale et dure.

— Viens donc près du feu, appela-t-elle. Viens te chauffer un peu.

Il cria Non dans un hoquet comme si les pensées qui animaient ce mot distillaient un fiel ou un vomi qu'il se forçait à ravaler.

Ils étaient passés de l'hiver au printemps, comme pour mieux replonger au cœur de la saison froide pendant la traversée du col, et voilà à présent le printemps qui les accueillait de nouveau. Avant l'aube le lendemain, ils parcoururent les derniers trois cents mètres qui les séparaient de l'autre versant et descendirent dans la vallée, dans l'immensité monotone de la grande forêt du Nord, au moment où le soleil faisait surgir les montagnes derrière eux et éclairait la terre, et qu'une vapeur de jour chatoyante et légère habillait les bourgeons rouges des érables et le tremblotement pâle des branches printanières. Aucun point lumineux n'indiquait l'emplacement de la ferme au fond de la vallée où Blood avait réparé l'essieu et acheté le quartier de viande d'élan, et même s'il distinguait une petite fumée diffuse montant de la cheminée de la brave fermière, il ne la désigna pas à la fille, et celle-ci ne la vit pas d'aussi loin, à peine esquissée dans les premiers feux de l'aurore. Les habitants s'étaient montrés serviables et l'homme possédait en effet une forge même s'il avait peu de clients. Lui et sa femme aimables mais réservés, le maréchal-ferrant ne proposant pas à Blood de l'accompagner avec l'essieu réparé. Comme s'ils avaient bien saisi que Blood ne voulait rien de plus que ce qu'il achetait. Ils étaient contents de toucher des espèces sonnantes, possédant déjà, Blood en était sûr, une pleine boîte de lettres de change griffonnées à la hâte. Surtout, ils lui avaient signalé l'existence d'un raccourci vers le nord, à moins de deux kilomètres du sommet du col, guère plus qu'un mauvais chemin défoncé et peu passant mais qui pouvait lui faire gagner une semaine, sinon plus, alors que la route principale bifurquant vers l'ouest au-delà de leur ferme ne montait vers le nord qu'une fois au bord du fleuve Connecticut. Ils l'avaient mis en garde contre l'autre itinéraire possible mais de telle façon que Blood conclut qu'ils avaient compris ce qu'il voulait. Il ne s'intéressait aucunement aux agglomérations et aux vastes domaines agricoles de la grande vallée fluviale. S'il pouvait les éviter, tant mieux. Et c'était justement ce que faisait ce raccourci.

La fille ne prononça pas un mot quand ils s'engagèrent sur la voie étroite, en piteux état même au carrefour, semée de bouts de bois, de cailloux pointus et de jeunes aulnes n'arrivant pas plus haut que la taille mais dont la présence n'était guère de bon augure pour la suite. Elle se contenta de marquer une pause à la croisée des chemins, les pieds encore dans la boue de la route, le regard rivé à la direction qu'ils n'allaient pas prendre, comme si elle essayait d'entrevoir ce qu'elle allait manquer. Il ne lui parla ni ne l'interpella, mais continua, sachant qu'elle finirait bien par lui emboîter le pas. Elle n'était plus attachée à l'arrière de la charrette.

D'être délivrée de son lien lui avait délié aussi la langue. Comme si une partie d'elle-même longtemps confinée se sentait soudain le droit de respirer, de flamboyer. Elle gazouillait, et ses paroles coulaient comme de l'eau, aussi effrénées que les ruisselets de la fonte des neiges qui accomplissaient leur bref et nécessaire parcours. Alors elle était plus enfant que femme, même si souvent elle parlait à la fois comme une femme et comme une enfant. Blood se rendait compte qu'elle n'avait pas été libérée une fois mais deux : la première quand il s'était jeté sur elle comme possédé par un démon — lui montrant par là qu'il ne la considérait pas seulement comme un gagne-pain. La seconde quand elle avait tué le loup, une superbe victoire — elle pouvait s'occuper d'elle-même. Et de

Blood. Il y avait chez lui une tendresse qu'il avait crue éteinte depuis longtemps. Résolu à ce qu'elle n'en sût jamais rien, il la considérait désormais comme une créature de la Providence ; rien de plus, peut-être, qu'une épreuve supplémentaire pour son âme.

Et à l'image des paroles de la fille, le monde autour d'eux s'animait, les oiseaux rassemblés au bord du chemin — jaseurs et mauvis, sittelles et rouges-gorges et mésanges à tête noire —, oiseaux d'hiver et oiseaux d'été cohabitant avec la même aisance que dans un seul corps se mélangeaient la femme et l'enfant, oiseaux ravis de l'entendre saluer le jour à pleins poumons.

Blood pouvait parcourir des kilomètres sans lui répondre une seule fois. Ce n'était pas la peine. Tout ce qu'elle disait s'adressait à lui mais elle ne s'attendait à aucune réaction de sa part. Elle aurait tout aussi bien pu parler au bœuf ou à Luther. Au chien qu'elle essayait d'apprivoiser mais qui montrait les dents chaque fois qu'elle s'approchait trop près, ou laissait sa main s'attarder trop longtemps sur son dos. Il avait toutefois pris l'habitude de leur rapporter de la viande de ses virées de l'après-midi, lièvres d'Amérique encore habillés de leur moelleux pelage blanc du milieu de l'hiver, canards ou oies débusqués dans des herbes touffues, ou encore, une seule fois, un rat musqué, immangeable gibier. Et Blood, voyant cela, ne se dit pas que l'attachement du chien avait changé de nature mais qu'il avait pris une plus grande amplitude, ce qui, à son tour, mettait le doigt sur ses propres défaillances. Si Sally avait remarqué quelque chose, elle se taisait. Et Blood était convaincu qu'elle n'était pas dupe. Ce qui ne manquait pas de l'impressionner. Et de le troubler.

Lui en voulait-il d'être jeune ?

Avait-il le choix ?

Il s'en était laissé peu. Mais il n'était pas en mesure d'arrêter son babil, ce qu'elle savait. S'il fallait imputer sa présence à un dieu pervers, il n'en était pas moins responsable. D'une façon ou d'une autre, c'était lui qui l'avait cherchée. Et elle était là, une jolie petite fille aux pieds enveloppés de couenne, dans sa robe toute simple, les cheveux lâchés dans le dos, sautillant au rythme soutenu de ses pas à lui, sa main chassant les taons, pleine d'une vitalité inattendue, affranchie par le bonheur.

— Je me demandais comment j'allais trouver le moyen de filer de là, dit-elle. Quand t'es venu, je savais pas encore, et alors c'était plus la peine de me casser la tête. J'ai tout de suite vu que t'étais un type du genre dangereux quand elle m'a réveillée et que t'attendais dans le noir du couloir. Je me suis dit Si je dois être prise par quelqu'un autant que ce soit par un qui fait peur aux autres. Ce sera mieux pour moi. Je me trompe peut-être, mais c'est plus fort que moi, c'est comme ça que je suis. Ces taons sont une plaie, pas vrai ? J'ai jamais vu ça. Pire que les poux, que j'te dis. A la maison ça grouille. Elle achète un savon spécial chez le barbier mais y en a qui s'en servent et d'autres qui s'en servent moins. Je dirai pas qui. Mais si tu couches avec elle, t'as intérêt à bien t'inspecter après. Même si ça sert pas à grand-chose. Moi je fais attention. Je suis propre, je te jure. Je m'inspecte tous les jours. Elle, c'est une championne. Elle en a rien à faire. Un jour qu'on mangeait ensemble toutes les deux face à face, j'en ai vu qui bougeaient dans ses sourcils. Rampaient. Elle achète du savon, bah, pour ce qu'elle s'en sert. Mais il faut toujours qu'elle en ait. Y a des types qui sont maniaques, il faut qu'ils se lavent avant et après. Surtout les vieux, les mariés. Les jeunes, ils sont trop pressés pour s'embêter avec ça. Presque toujours des marins, et pour sûr que c'est eux qui les ramènent de toute façon les morbacs. Je suppose. Pour moi, ils ont toujours été là, comme les rats, ça fait partie de la vie. Mais à côté des taons, c'est rien. Tu pourrais passer toute une journée à les piquer et à les écraser avec des épingles que le lendemain y en aurait toujours autant. Ça m'a jamais gratté comme ça, je te jure. Tu te grattes grattes grattes et c'est encore pire.

« T'es pas marié, hein ? J'ai jamais vu un type qu'a l'air aussi célibataire. Elle a toujours dit qu'elle est ma mère, et y a des chances que ce soit vrai. Je peux pas en être sûre à la regarder, mais ça veut rien dire. Si elle a une idée de qui est mon père, elle a jamais dit. J'ai qu'un seul nom. Sally. Au fait, si tu trouves que je devrais en avoir un deuxième, de nom, on peut en discuter. Ça m'est égal d'en avoir deux, mais je voudrais donner mon avis sur l'autre. Ne m'en colle pas un comme ça et que je l'entende quand tu me présentes à quelqu'un de là où on va. Si c'est ce que tu comptes faire. Et pas seulement parce que je veux avoir mon mot, mais aussi parce que je risque de m'emmêler et de tout foutre en l'air. Je suis pas contre m'appeler seulement Sally. Je suis Sally, j'ai toujours été Sally. Sally et Blood. Ça sonne bien pour un couple, tu trouves pas ? Ton côté dangereux, il déteint sur moi, non ? Les gens vont être curieux. Ça se pourrait que ça marche pour nous. Ce que c'est que t'as dans la tête. Sauf que je sais ce que c'est. En tout cas pour moi. Mais...

Se retournant pour le regarder car elle le devançait sur le sentier :

— ... Ça veut pas dire que je profiterai pas des occasions quand elles se présenteront.

— Pourquoi tu la boucles pas ? T'as jamais mal à la mâchoire, à force ?

— T'es gentil, monsieur Blood. T'es le premier à qui je peux sortir ce qui me passe par la tête sans qu'il essaye tout de suite d'en profiter.

— Tu pourrais pas au moins faire une pause ?

Le chemin longeait un vaste terrain découvert, prairies à castors, étangs, champs de rugueuses graminées sauvages commençant tout juste à verdir à la base des touffes desséchées de l'an passé. Ils s'arrêtèrent pour la nuit avant leur heure vespérale habituelle. Blood soulagea les bœufs de leur joug et enfila une chaîne dans leur anneau de museau pour les laisser paître en liberté. Sally déjà ramassait du bois ; une tâche qui lui revenait, sans compter que, depuis l'épisode des loups, elle tenait à entretenir une grande flambée, une flambée qu'elle alimentait toute la nuit. Blood prit un hameçon, une canne et des petits bouts de porc salé en guise d'appât ; il pêcha toute une ficelle de truites tachetées au ventre orange, surveillant en même temps le réseau de constructions qui sillonnait les étangs, curieux de savoir si les castors avaient été piégés ou non. Il entendit au moins deux de ces coups de queue semblables à des détonations qui servent à cet animal à avertir les autres d'un danger et il vit l'un d'eux dans l'eau, plus des jeunes debout sur une des huttes les plus éloignées. Si on ne pouvait pas parler d'abondance, ils n'avaient pas été éradiqués, du moins pas encore. Quelqu'un ne tarderait pas à venir bien sûr. Lui-même ne transportait pas de lignes de trappe. Une vie de fou, voilà ce qu'il pensait de l'existence du coureur de bois. Tous ceux qu'il avait connus avaient soit perdu la raison ou tout ce qu'ils avaient ou bien encore les deux à la fois. Peut-être étaient-ils déjà cinglés au départ. Il avait beaucoup de défauts, c'était indéniable, mais il n'était pas fou. Et s'il était tentant de suivre cette pente, ce n'était pas une bonne idée. Il lui incombait de tenir sa place. Sans un instant perdre la conscience de ce qu'il était. Un peu comme un ivrogne qui s'escrime à garder le plus longtemps possible son doigt dans la flamme d'une bougie. Sauf que pour lui l'épreuve n'avait pas de fin. Et que personne ne lui offrirait un verre s'il réussissait à tenir jusqu'au bout.

Tout en cueillant des arêtes sur ses lèvres et en les jetant dans le feu, elle leva son visage vers lui, la bouche toute luisante de graisse, en disant :

— T'étais déjà venu dans cette maison. Pour jouer aux cartes avec elle.

Blood profitait de la tranquillité. Il avait même cessé de manger pour lui abandonner le reste de la truite, pensant qu'avec le ventre plein, elle allait dormir et le laisser en paix. Il fronça donc les sourcils sans lui répondre. Puis préférant qu'une chose au moins fût claire, il admit :

— C'était pas dans mes habitudes. Mais, c'est vrai, oui, je m'étais déjà arrêté une ou deux fois. A l'époque elle se débrouillait mieux aux cartes.

— Le gin, c'est moche. Moi je me laisserai jamais avoir.

— Personne ne sait ce qui l'attend. Mais tu peux essayer de retenir les leçons.

Elle opina, puis reprit :

— Alors ça fait un bout de temps que tu la connais.

— Quelques années. De temps en temps.

— Combien d'années ?

Il eut un geste de la main. Il ne savait pas, n'était pas sûr, ne pouvait pas dire.

Elle se tut, s'essuya les mains sur sa robe. Puis le regarda de nouveau :

— J'ai quinze ou seize ans. Je suis pas sûre.

Il la contempla un long moment. Puis soupira :

— Ça fait pas la moitié de ce temps. J'en suis certain. N'y pense même pas.

Elle hocha la tête et se détourna pour fixer les ténèbres. Il conclut qu'elle en avait terminé. Mais elle se tourna encore une fois vers lui en disant :

— Je m'en fous, de toute façon. Mais tu me fais pas l'effet d'un type qui maquereauterait sa propre fille.

Il ne lui laissa pas le temps de réagir. Il bondit sur elle, la souleva par les cheveux et, de sa main libre, la gifla sur une joue puis sur l'autre, la tenant si fort qu'elle avait les yeux qui lui sortaient de la tête, et il continua à la frapper même quand elle se mit à crier. Il la battit, hurlante, jusqu'à ce qu'elle éclatât en sanglots silencieux et que son corps mollît sous la main qui serrait sa chevelure, ses prunelles blanches roulant dans leurs orbites. Alors, il la lâcha et s'éloigna dans le champ où il ramena les bœufs qu'il attacha par leur chaîne au flanc de la charrette, sans jeter un regard du côté où la fille gisait par terre, avec le chien assis à côté d'elle ne regardant ni elle ni Blood. Lequel, les yeux toujours détournés, se pencha sur le chargement, trouva la bonbonne de grès bouchée par un épi de maïs, la bonbonne pleine de rhum de la Barbade, et s'en alla avec dans les bois, loin d'elle.

Après avoir bu un peu, il revint pour récupérer son fusil puis, sur le point de reprendre le chemin des bois, il jeta un coup d'œil par-dessus son épaule vers le feu mourant auprès duquel elle gisait. Elle s'était mise sur le ventre à plat contre le sol. Il appuya l'arme contre la charrette et alla ranimer le feu, posant des branches d'épinette sur les flammes pour enfumer les insectes. Puis il sortit la peau d'ours de la charrette et en couvrit la fille, après quoi il reprit son fusil et s'en retourna dans les bois.

Il ne but plus une goutte de rhum mais ne trouva pas non plus le sommeil. A deux reprises il revint fourgonner le feu et poser de nouveaux fumigènes. Aux premières lueurs de l'aube, elle dormait encore, à présent sur le côté, les genoux remontés contre la poitrine. Sans s'arrêter auprès d'elle, il descendit vers la prairie à castors où il se déshabilla et s'immergea dans l'eau glacée, nageant doucement jusqu'à ne plus pouvoir respirer. Une fois sorti, il resta là, debout, ruisselant, à regarder le jour se lever. Une aurore d'un bleu de porcelaine. Quelques hauts nuages roses à l'ouest. Pas un brin de vent. Des écharpes de brume sur les étangs. Il s'habilla et escalada le talus vers ce qui restait du feu.

Résolu à vendre la fille à la première occasion.

Deux jours de silence plus tard, ils tombèrent sur les encoches et les bornes d'un arpenteur-géomètre qui coupaient le chemin d'une ligne droite. Blood supposa qu'il s'agissait de délimiter un terrain de piégeage enregistré. Ce n'était pas une parcelle quelconque en tout cas. Le lendemain le chemin bifurqua brusquement vers le nord-ouest, le long d'une rivière qui, si ses renseignements étaient exacts, était un affluent de la Dead Diamond. A moins que ce ne fût la rivière elle-même. Quelque chose lui disait que seule la terre le savait. Sur ce point, même le fermier maréchal-ferrant de la haute vallée avait été plutôt vague.

Il ne regrettait pas son geste. Le mutisme lui faisait du bien — ici-bas, ni la jubilation ni la désinvolture n'étaient jamais récompensées. Pourtant son babil lui manquait. Le peu d'innocence qu'elle possédait, il l'avait pressée et broyée, ce qui devait un jour ou l'autre arriver, c'était inévitable, par sa faute ou celle d'un autre. Il aurait été pitoyable de lui accorder la faveur de conserver cette joie tant qu'elle était là. Il ne lui avait rien pris — elle l'avait bel et bien mérité. Malgré tout, songeait-il, si ce devaient être ses seuls instants heureux, quel dommage qu'ils aient été si courts. Mais ainsi va la vie. Surtout la farce du bonheur.

Le jour suivant ils arrivèrent devant une cabane enserrée au milieu des arbres, sans clairière. Murs de rondins encore drapés de leur écorce cimentés par de la boue glaiseuse et de la mousse. Appentis de grandes écorces d'orme amarrés par un treillage de longs bâtons. Une cheminée maçonnée en pierres s'accotait plutôt que se dressait sur le côté. Et de ce logis se dégageait une odeur de chair en putréfaction, sans doute exhalée, se dit Blood, non seulement par les carcasses écorchées d'animaux à fourrure pris au piège et dépecés pendant l'hiver, mais aussi par celles de bêtes jugées immangeables jetées à la quiétude gelée des congères hivernales, bêtes massacrées dont l'arôme revenait hanter les lieux de leur agonie. Blood se dit aussi que le trappeur devait avoir le nez bouché après être resté si longtemps encabané au chaud avec la puanteur des peaux préparées au gros sel. Il dit Tout doux aux bœufs et salua d'un coup de gueule la cabane en bois rond. L'occupant, s'il y en avait un, se trouvait à coup sûr déjà averti de leur présence. Aucune réponse. Blood demeura sans bouger sur le chemin. Derrière la charrette, la fille, muette, attendait, le cou ployé par la tristesse. Seule manifestation de vie : au son de sa gueulante, une compagnie de corbeaux avait décollé des arbres derrière la cabane.

— Encore un pas, et je te troue la peau.

La voix avait comme surgi dans leur dos des profondeurs de la forêt, de l'autre côté du chemin par rapport à la cabane. Blood songea que, bien sûr, il les avait entendus venir depuis longtemps. Blood se tenait auprès des bœufs, avec pour seule arme l'aiguillon. Le fusil se trouvait dans la charrette. Luther nulle part en vue.

Blood attendit quelques secondes avant de lancer :

— Je bouge pas. Eh, je te veux pas de mal, l'ami.

Silence prolongé. Blood se maudit intérieurement. Ce type, c'était sûrement un coureur de bois, un trappeur, mais il n'y avait pas moyen d'évaluer son degré de folie. Il pouvait tout aussi bien tuer Blood, l'enterrer dans une tourbière et s'approprier la charrette et son chargement. Tout cela parce que Blood avait manqué aux règles élémentaires de la prudence.

Puis il entendit le type sortir en repoussant les broussailles. Blood se retourna avec lenteur pour lui faire face. Pour lui montrer qu'il n'avait pas peur autant que pour voir à quoi il avait affaire.

C'était un homme en culotte de cuir mal tannée repoussante de crasse, mocassins montants et tunique serrée à la taille par une ceinture. Ses cheveux pendant en longues mèches ramenées derrière ses oreilles. Son teint de vieille brique coloré non seulement par le soleil, mais aussi par le vent et le froid, transparaissant à travers une couche de graisse et de suie. Ses yeux brillants et noirs comme l'eau de la rivière étaient fixés intensément sur Blood, son regard ne déviant ni sur la charrette ni sur la fille, détail qui dans l'esprit de Blood était de bon augure. Il tenait un fusil que Blood supposa chargé à chevrotines. De quoi couper un homme en deux.

— Qu'est-ce tu veux ?

— Je ne fais que passer. Je remonte vers la rivière des Indiens.

L'homme jeta un coup d'œil au chariot :

— C'est pas ta cuisine que tu trimballes là-dedans.

— Non. Je compte faire un peu de commerce.

— Commerce de quoi ?

— De ce qu'y a. Je connais pas encore bien le pays.

— Peaux ? Fourrures ?

— Possible.

— C'est tout ce qu'y a par ici. Tout ce qui vaut quelque chose en tout cas. Sinon t'as les céréales, l'avoine, la potasse, le charbon. Peut-être bien quelques tissus de lin et de laine que tissent les femmes. Mais ça rapporte des clous. La fourrure, c'est tout ce qui vaut le coup.

— Possible.

— J'ai des peaux.

Blood acquiesça de la tête :

— Je pensais bien. Mais tout ce que j'ai c'est en lots. Je suis pas encore prêt à acheter au détail.

— J'vais t'dire. Tu jettes un œil à ma marchandise, et tu vois si t'as quelque chose sous la main. Ça se pourrait que ça nous arrange tous les deux. Et ça me ferait un voyage de moins.

Blood se méfiait, mais que faire ? L'homme tenait toujours son fusil le long de son corps comme s'il n'avait rien dans les mains, mais Blood savait qu'il pouvait tirer à une vitesse éclair. A cette distance, il lui suffisait de faire basculer d'une main l'arme contre sa hanche. Blood déclara :

— Ça fera de mal à personne de regarder.

L'homme esquissa un pas en avant, tendit la main :

— J'm'appelle Gandy. Je pouvais pas deviner ce qui se pointait par là-bas. Pas un chat qu'est passé par là depuis les arpenteurs de l'été dernier. Et ils étaient pas intéressés par ma personne, précisa-t-il avec un sourire qui découvrit des dents jaunes et noires.

J'étais du mauvais côté de leur ligne, qu'il paraît, ils allaient pas m'expulser. Et je voulais pas bosser pour eux. Ils demandaient que je les guide dans la forêt. Tu parles que j'avais envie de leur montrer comment qu'on retrouve son chemin là-dedans. J'ai assez d'emmerdes comme ça avec ces cinglés d'Indiens de Saint-François.

Blood prit la main tendue dans la sienne et se présenta à son tour. Puis, pour la première fois, Gandy regarda Sally. Laquelle les observait l'un et l'autre. Gandy lança :

— Ta femme ?

— Non, elle est juste avec moi.

Les fourrures étaient de première qualité. Martres, pékans, carcajous, lynx, quelques visons, plus des blaireaux, des belettes blanches, deux quarts de peau d'ours noir, le tout proprement tendu et salé, souple. A un stade d'apprêt moins avancé que ce que Blood avait vu jusqu'ici, mais plutôt de bon aloi. Ce à quoi il s'était attendu. Dans un ballot à part, puant, des peaux non tannées : d'après Gandy, treize loups. Gandy refusa de les dérouler mais plongea les doigts au bord du ballot afin de les compter.

— Pour la prime, ils demandent pas de les préparer. Je me suis cassé le cul pour en prendre un dernier. En été, tu peux pas en avoir. Je voulais pas terminer la saison sur un treize. Mais on dirait qu'y aura pas moyen. Peut-être que c'est aux loups qu'il arrivera malheur, pas à moi.

Dans la cabane on suffoquait — strates d'odeurs épaisses à ne pouvoir les distinguer les unes des autres, s'amalgamant pour former un air gélatineux, une gelée de peur et de mort. Pour tout mobilier, des planches servant de table et de banc, un hamac accroché dans un angle avec de la paille sèche en guise de matelas et un tas de couvertures sales.

— T'en veux combien ? demanda Blood.

— C'est toi le marchand.

— Non. Pas encore. Je suis pas prêt à piocher dans ma marchandise. T'as vu la charrette, elle est déjà chargée un maximum. Je vois pas comment je pourrais hisser ces fourrures là-haut. Je pourrais te donner du fric ou tu pourrais attendre et venir me trouver quand je serai installé dans la région d'Indian Stream, la rivière des Indiens.

— Je ferais aussi bien de les flanquer sur un traîneau et d'aller les vendre de l'autre côté du Connecticut.

— C'est du travail, opina Blood.

— Ou je pourrais les emmener en barque sur la Dead Diamond jusque dans le Maine.

— Bonne idée. Et tu devras remonter le courant tout ce chemin en pagayant.

— De toute façon, je sais que je pourrais avoir ce que je veux.

— Bien, alors, c'est ce qu'il y a de mieux pour toi, on dirait bien.

— Mais toi tu es ici.

— Moi, il faut que j'arrive jusqu'au bout, tu vois. Il faut que je me monte. T'es pas le seul qui va sortir de ces bois.

— Tout ce dont j'ai besoin c'est un peu de poudre et de cartouches. Et de ce que t'as dans ces tonneaux. J'en ai besoin de pas mal de ça. On pourrait s'arranger, c'est mon avis.

— Je peux pas mettre un tonneau en perce maintenant. Après je pourrais plus le reboucher, avec le mauvais chemin et tout. Je prends pas ce risque.

La bouche de Gandy était humide.

— Qu'est-ce que c'est, tu peux me dire ?

— Du rhum des Petites Antilles.

— Seigneur. Ah que ça me dirait d'en avoir. Tout ce que j'ai eu à boire cet hiver, c'est l'eau-de-vie de patate des fermiers de la rivière.

— J'en ai une bonbonne pleine. C'est tout, à part les tonneaux. Je veux bien à la rigueur ouvrir un baril de poudre pour toi, si t'en prends assez. T'as un verre mesureur ?

— Ouais.

— J'ai aussi des lingots de plomb. Si t'es content avec la poudre et le plomb et un peu de rhum. Je te file le reste en monnaie, et quand t'en auras plus, c'est rien de venir me voir les mains vides. Tu regretteras pas le voyage. Ça peut pas faire plus d'une vingtaine de kilomètres. Hein ?

— Ça fait vingt-quatre et quelques jusqu'au lac Connecticut. Mais c'est un grand pays là-bas. Comment que je saurais où te trouver ?

— Je compte m'installer là où y a du mouvement. Je veux ouvrir un négoce, tu vois, il me faut des clients.

Gandy balaya la pièce du regard comme si la réponse à sa question se trouvait dans un coin quelque part. Puis il jeta :

— Montre ton rhum.

Dehors, sous le regard de la fille qui l'observait à distance, Gandy soupesa la cruche en grès sans faire mine de tirer sur l'épi qui la bouchait. Il se pencha légèrement vers Blood en disant :

— C'est tendre là-haut. La loi, y connaissent pas, et y a assez de peuple pour faire du grabuge. Ils se serrent les coudes, allez. Y en a de toutes sortes mais pas un qui aime les étrangers. Ils seront peut-être contents de voir ce que t'as avec toi mais ça veut pas dire qu'ils vont te faire bon accueil.

Blood acquiesça :

— Je suis pas habitué à être le bienvenu.

Après un instant de réflexion, Gandy avança :

— Et la fille ? Je peux l'avoir aussi contre mes fourrures ?

— Non.

— C'est dur un hiver tout seul.

— Non.

— Je voulais pas te froisser.

— Pense ce que tu veux. Fais le total de ce que t'as à proposer aujourd'hui et je te donnerai la différence en argent comptant. Je peux pas rester ici toute la journée.

— Ah bon, je croyais que tu t'arrêterais pour la nuit.

— Il faut qu'on reparte.

— Si j'étais méchant, je vous laisserais partir. Au pas des bœufs, vous irez pas bien loin avant la nuit. Ensuite je vous tomberais dessus pendant que vous dormez. Alors, restez ce soir.

Sans élever la voix, Blood dit :

— Luther.

Le chien sortit des bois aussi silencieux qu'une truite dans l'onde.

— Bon sang ! fit Gandy.

— Tu l'entends jamais venir. Je dors où je veux quand je veux.

— J'ai jamais vu une bête du diable comme ça.

Blood s'abstint de sourire.

— On fait affaire tout de suite ou j'appelle la fille et on repart ?

Ils cheminèrent dans le crépuscule puis dans la nuit. Une nuit sans lune. Blood sortit pour la première fois sa lanterne à bougie et l'alluma en laissant ouverte la trappe afin de mieux éclairer les branches et les pierres du chemin. Sally était perchée sur la charrette, assise tout de guingois, coincée entre le tonneau et le ballot de fourrures amarré tant bien que mal avec des lanières de peau au sommet du chargement. Les peaux de loup nauséabondes fourrées sur le côté à l'arrière par-dessus la peau de son loup à elle.

— J'ai faim, dit-elle.

— On s'arrête pas encore. De toute façon, on n'a plus que du lard. Si tu n'en peux plus, mange-le froid. Mais viens pas pleurer après que t'es malade.

Elle cracha, un épais jet de bile :

— Rien que d'en parler j'ai le cœur qui se soulève.

— Alors attends. Si on le cuit, ça ira.

— T'as peur que ce type nous suive ?

— Non.

Ils continuèrent en silence. Un hibou hulula dans les bois, un second lui répondit en écho d'un autre endroit. Ces cris, au lieu d'effrayer Sally, lui semblèrent adoucir la nuit. Comme si celle-ci contenait quelque chose de doux et d'inconnu. Elle se demanda comment les hiboux copulaient. S'ils le faisaient en vol. Elle se demanda comment c'était. Sans doute l'un s'agrippait de toutes ses serres au dos de l'autre. Elle savait lequel serait dessous, lequel saignerait des blessures du coït.

Au bout d'un moment, elle lança :

— Le trappeur là-bas. Quand il a voulu se payer avec moi Pourquoi t'as dit non ?

Blood ne répondit pas. Marchant devant l'attelage, aiguillon à la main brandi sous le museau des bœufs de manière à pouvoir les arrêter net en cas de danger, de son autre main tenant la lanterne très haut. La charrette se balançait sur les inégalités du chemin, et elle se rendit compte qu'ils étaient en train de grimper, ils escaladaient lentement une pente. Le chien Luther s'attardait derrière la charrette au lieu d'aller devant ou sur le côté comme il en avait coutume. A croire qu'il savait sans qu'on ait besoin de le lui dire ce que son maître voulait.

Elle ne s'attendait plus à une réponse de sa part, regrettant presque de l'avoir interrogé. Se demandant ce qu'il faudrait pour qu'elle apprenne à le laisser tranquille. Puis, soudain, sans qu'il se retourne, sa voix résonna dans la nuit :

— Je sais pas quoi faire de toi.

Cette remarque la plongea dans ses pensées. Elle réfléchissait encore quand une lune anémiée se percha sur les cimes des arbres et qu'ils s'arrêtèrent pour préparer un petit feu où ils firent griller le lard que Blood tailla avec son couteau. Et elle continua à y penser quand, roulée dans la peau d'ours, elle sentit le froid nocturne se poser sur elle avec la promesse du givre, quand elle entendit le bruit écorché des ronflements de Blood et, longtemps après, quand Luther ressurgit du fond des ténèbres non pour s'allonger mais pour s'asseoir bien droit entre eux deux, à guetter la nuit. Elle y songeait encore le lendemain lorsque Blood la réveilla. Le soleil déjà levé jetait des rais de lumière obliques entre les arbres. Ce fut la première chose qui lui vint à l'esprit. Et elle ne dit rien. Résolue pour une fois à se taire et à attendre. Elle avait fait une découverte : il y avait ce qu'elle savait des hommes et ce qu'il y avait à savoir. Et elle était encore loin du compte. Peut-être Blood était-il celui qui allait le lui apprendre.

De toute façon, il avait quelque chose qui l'intéressait. Et cette chose avait pour nom « opportunité ».

Aussi décida-t-elle de ne plus lui donner l'occasion de la gronder. Mais elle ne pouvait quand même pas rester bouche cousue lorsque quelque chose lui déplaisait. Les réactions de Blood étaient imprévisibles, mais elle n'y pouvait rien.

A midi ils arrivèrent sur le plateau et marquèrent une halte pour contempler l'étendue à leurs pieds. Vers le nord-est, un grand lac, dont on distinguait à peine la rive à travers les rideaux d'arbres et de collines. Non loin de là, des écharpes de fumée et, un peu plus loin, sur une pente, d'épaisses volutes à l'endroit où des hommes faisaient flamber un feu de broussailles au milieu d'une clairière qu'ils étaient en train de déblayer. Ils étaient trop éloignés pour entendre ou sentir le feu, pourtant il était là, indéniablement là. A partir du lieu élevé où ils se trouvaient jusqu'au lac, ondulait une suite de petites collines ponctuées çà et là d'arbres tombés formant des tourbières et des prairies à castors. Au-delà, le paysage étirait vers le nord des falaises basses. Du côté oriental se dressaient en revanche de vraies montagnes, tout comme au sud-ouest, dans leur dos. Le raccourci, constata Blood, n'avait pas été inutile.

Lorsqu'ils s'arrêtèrent au crépuscule pour la nuit, comme ils n'avaient plus rien à manger, Blood prit sa canne et retourna quelques pierres pour dénicher des vers afin d'aller pêcher la truite dans le ruisseau au bord du chemin. Après l'autre soir, il n'avait vraiment pas envie de poisson, mais il ne voulait surtout pas alerter la population avec des coups de fusil. Il avait l'intention de les surprendre. A présent ils étaient assez proches pour sentir l'arôme des cheminées. Il pria Sally de se passer de grand feu pour cette nuit. Précaution inutile : les taons et les moucherons arrivant en force des marais voisins, il lui faudrait de toute façon maintenir des branches sur les flammes pour les enfumer. Il ne s'inquiétait pas de l'odeur. Cela embaumait la fumée partout. Mais il préférait éviter la lumière. Il n'y avait pas moyen de savoir si quelqu'un pouvait les voir.

Ils dînèrent à cette clarté tamisée. La truite n'eut pas l'air de rappeler autre chose à la fille que la faim qui la tenaillait. Il l'étudia pendant qu'ils mangeaient. Elle levait les filets des arêtes avec ses doigts comme si elle peignait la chevelure d'un être cher. Lorsqu'elle en avait terminé, il ne restait plus qu'une tête et une queue reliées par une colonne vertébrale aux côtes presque intactes. Elle la tenait alors sur le plat de sa main. Luther acceptait cette offrande poliment du bout des babines. Ils l'entendaient ensuite broyer les os et la tête du poisson. Une fois rassasiée, elle se retira dans les buissons puis au bord du ruisseau pour se débarbouiller. Après quoi elle revint et sortit de la charrette sa jupe, son corsage et son châle, qu'elle secoua puis drapa sur un buisson afin que la nuit les défroisse. Elle se rassit, regarda Blood.

— Je serai pieds nus. Ils sont trop gonflés pour mettre mes bottines.

— Tu seras pas la seule nu-pieds là-bas.

— C'est quoi ce patelin ?

Il secoua la tête :

— Je peux pas t'en dire plus. Ce que j'en ai entendu, c'est pas tendre. Comme tu sais, on est loin de tout. Alors c'est ce que les gens en auront fait.

Elle se tut, méditant ses paroles.

Au bout d'un moment, Blood poussa un soupir. Puis il reprit :

— Quoi qu'il en soit, y a des chances pour que quelqu'un de là-bas pense savoir qui je suis, ou ait entendu des trucs sur mon compte. Y a des histoires qui circulent. Tu les crois si tu veux. Mais tu viens pas m'emmerder avec. Je te dirai rien, vrai ou faux.

Si, pendant qu'il prononçait ces mots, il l'avait considérée avec sévérité, à présent, il détournait les yeux vers les ténèbres. Non pour l'inciter à prolonger son interrogatoire mais, plutôt, pour y mettre un terme.

Après une nouvelle pause, Sally avança :

— Si les gens savaient, y aurait plein d'histoires sur moi aussi. Vraies ou pas vraies, c'est sûr. Mais ça changerait pas qui je suis.

Blood se tourna vers elle :

— Celles qui sont vraies te changent la vie. Y a rien à y faire.

Le givre matinal cuirassait leurs couvertures tandis qu'elle se tenait recroquevillée, frissonnante, devant le maigre feu et retournait des pains durs sur les pierres pendant que les bois autour d'eux s'emplissaient d'une brume exhalée par les marais invisibles, une brume qui étendait entre les arbres squelettiques sa multitude spectrale. Quand la lumière vint, elle était d'un bleu dur qui semblait provenir d'un soleil plus lointain que celui qui leur était familier. Même Blood accroupi grelottait.

— Y a pas un printemps qui va durer ? Merde ! s'exclama-t-elle.

— Je sais pas. J'espère bien que si.

— Je me demande à quoi ressemble l'hiver.

— N'y pense pas. On a tout un printemps et tout un été avant de s'en occuper. On sait pas ce que l'hiver peut apporter. Où il nous trouvera, l'hiver, toi et moi.

Mais en fin de matinée, ils étaient en nage quand ils parvinrent après une longue escalade aux premiers terrains dégagés, même si les pentes exposées au nord retenaient encore des plaques de neige déchiquetées et que les prairies se festonnaient de torrents. Ils n'aperçurent ni logis ni âme qui vive. Traversèrent le champ qui visiblement n'avait pas été planté cette année : vieux plants de maïs agitant leurs oripeaux au milieu d'une forêt de moignons. Débouchèrent au bord d'une rivière en crue et d'une vraie route, couverte d'une épaisse glaise sablonneuse et criblée d'ornières aux endroits où la chaussée s'enlisait dans la terre ferme. Grimpèrent vers la fumée et les habitations, une maison en rondins guère plus grande que la cabane du trappeur Gandy et, de l'autre côté de la route, une maison de lambris à un étage attenante à un moulin, ce dernier construit à l'endroit où le trop-plein du lac débordait dans la rivière. Sally avançait sur le bord de la route, se frayant un chemin dans une jungle de grandes graminées cassées et de fougères pourries où pointaient les spirales gris-vert de frondes nouvelles. Elle avait retroussé sa jupe jusqu'aux genoux : ses pieds et ses chevilles étaient badigeonnés de plusieurs couches de boue séchée. Et portait ses bottines à la main, non dans l'intention de les mettre mais pour montrer qu'elle en avait.

Ils se trouvaient à cinq cents mètres du moulin lorsque de celui-ci surgirent trois hommes qui se campèrent tout droit immobiles au milieu de la route face à eux. Bientôt un quatrième sortit de la cabane en bois rond. Aucun n'avait d'arme à feu, mais celui vêtu d'une blouse tenait une épée à la main et celui de la cabane une bûche en guise de gourdin. La maison en planches était dotée de lourds volets clos qui, à l'étage, présentaient d'étroites meurtrières : une vraie petite forteresse. Tandis que Blood l'inspectait de loin, une main invisible ferma la porte d'entrée de l'intérieur. Même à cette distance, on en devinait la solidité.

— Je me sentirais mieux si je voyais une femme, dit Sally.

Il jeta coup d'œil de son côté :

— Ces gars-là vont être drôlement contents de nous voir, si tu veux mon avis. Et puis tu sais, les bonnes femmes, par ici, elles t'auront pas à la bonne. Peut-être que je me trompe, mais ça m'étonnerait.

Elle le considéra comme si elle s'interrogeait sur ses intentions, mais il avait déjà détourné le regard pour surveiller la route.

— Reviens derrière la charrette, ordonna-t-il. Avec le chien.

Elle se remit donc à patauger dans la glaise et, sans un mot, suivit la charrette qui bringuebalait et cahotait sur les plaques de glace enterrées profondément sous la boue. Elle s'avança et plaça ses bottines dans le chargement puis resta quelques pas en arrière, marchant lentement auprès du chien qui lui arrivait à la taille. Luther foulait la boue comme si c'était de la poussière. Elle se retint de poser sa paume sur sa tête, de peur d'essuyer une rebuffade. Elle était déjà contente de l'avoir à côté d'elle.

Des piles de planches s'amoncelaient sur des cales le long du moulin. Dans le champ d'en face, il y avait encore plus d'une centaine de troncs. Le lac étendait des eaux abondantes d'un bleu presque noir, pétillantes de soleil, comme saupoudrées de cristaux de glace. Le lac et le ciel étaient brillants et purs, pas comme la route, pauvre chose pitoyable avec ces quatre hommes qui les attendaient, pétrifiés, comme s'ils étaient un prolongement vertical de cette route et n'appartenaient pas au reste du paysage. Que faisaient-ils là de toute façon ? Si seulement ils pouvaient disparaître et les laisser passer. S'évaporer dans l'air tiède et ensoleillé de cette belle journée.

Blood immobilisa l'attelage à une soixantaine de mètres des hommes et avança à leur rencontre, avec à la main l'aiguillon — il l'avait déjà à son arrivée et cela paraîtrait bizarre qu'il le mît de côté sur la charrette. Blood n'était pas très grand, mais pourvu d'un torse large et d'une forte carrure, de bras et de cuisses musclés ; l'aiguillon dans son poing semblait une arme funeste ; une pointe de fer au bout de l'extrémité la plus fine d'un long bâton en bois dur qui se terminait de l'autre par une crosse de plomb habillée de cuir. Il s'arrêta à trois mètres du groupe, se ménageant l'espace qu'il lui fallait s'il devait faire usage de son arme rustique. Les hommes étaient efflanqués par les privations hivernales, à l'exception du gros meunier, mais Blood avait depuis longtemps compris que le degré de corpulence n'indiquait rien sur un caractère.

— Bonjour, lança-t-il à la ronde. Ou faut-il déjà dire bon après-midi ?

— Il n'est pas encore midi, répondit le meunier. Vous avez un titre de propriété ?

— J'ai pas de titre du tout. Je suis pas un fermier, je suis un marchand.

Tous, sauf le meunier, se penchèrent pour regarder la charrette un peu plus bas sur la route. Blood attendit en silence.

— Vous venez d'où ? questionna le gros homme.

Le regard des autres se posa de nouveau sur Blood. Ce dernier chercha une réponse à la fois la plus vague et la plus précise possible :

— Du col là-bas derrière, de l'autre côté des arbres à suif.

L'homme qui tenait toujours sa bûche à la façon d'un gourdin grommela :

— Vraiment ?

— Mauvais chemin.

— Vous avez pas pris par le comté de Coos alors ?

— Pas que je sache. J'ai pas entendu ce nom-là.

Le meunier se renfrogna :

— Vous êtes pas passé par Lancaster ?

— J'ai cassé mon essieu dans le col, et le fermier qui me l'a réparé dans sa forge m'a indiqué ce raccourci.

Un autre des hommes opina :

— David Brown.

Blood confirma d'un signe de tête :

— Je crois bien qu'il s'appelait comme ça.

Puis, préférant se débarrasser du reste, ajouta :

— La fille et moi on a remonté la charrette depuis Portland dans le Maine en passant Conway et Errol et ensuite par le col. Puis on a piqué tout droit vers le nord jusqu'ici.

— Qu'est-ce que vous avez dans ce chariot ? questionna encore un autre.

Blood fit mine de ne pas avoir entendu, comme s'il s'agissait d'un gros mot.

— Paraît qu'on peut partir de zéro ici, à ce qu'on m'a dit. Si c'est ce qu'on veut.

— Et vous avez pas de titre de propriété ? insista le meunier.

— Je savais pas que j'en avais besoin.

Un des hommes sourit :

— En fait, c'est peut-être mieux pour vous que vous en ayez pas.

— Vous aimez pas les spéculateurs, à ce que je vois.

— Un type honnête de par ici, il en a rien à foutre de l'imbécile qui croit que parce qu'il a payé une terre la terre est à lui.

— Tout ce que j'ai, c'est mes marchandises. Bien sûr, je cherche un endroit où monter mon négoce. Pas trop à l'écart si possible. Peut-être quelqu'un pour qui le vent a pas si bien tourné que ça. Tout ce que je souhaite, c'est que tout le monde en profite.

— Vous avez pas un endroit particulier en tête ? interrogea le meunier. Un nom, par exemple ?

— Je suis pas ici pour faire des embrouilles, lui assura Blood.

— Vous êtes plus de la première jeunesse pour repartir de zéro dans un coin pareil.

— Des hommes plus vieux que moi ont été obligés de s'établir sur de nouvelles bases.

— Ça, c'est bien vrai.

L'homme au gourdin intervint :

— Y en a un paquet à cette saison qui n'en peuvent plus. Si c'est de l'argent que vous causez.

Il grimaça un sourire. Blood le fixa durement :

— Quand je trouverai celui qu'il me faut, on s'arrangera tous les deux. Ni lui ni moi n'y perdrons au change.

Son interlocuteur au gourdin rétorqua :

— Je voulais pas être indiscret. Passez donc un hiver et on en reparlera.

— Chacun s'occupe de ses affaires, énonça le meunier. Sauf qu'on est trop peu nombreux par ici pour pas se donner un coup de main.

— Pour sûr, approuva un de ses compagnons qui, jusqu'ici, s'était tu.

Le meunier regarda celui qui venait de parler, puis, se tournant de nouveau vers Blood, décréta :

— Vous allez pas vous enrichir chez nous.

Blood s'abstint de tout commentaire.

Le meunier se passa la main, celle qu'il avait libre, sur son visage et, attrapant sa joue entre son pouce et ses doigts, ajouta :

— Y a bien Sam Potter.

— Ça c'est vrai, opina l'homme au gourdin.

Le meunier continua :

— Sa femme est morte en couches avec leur premier cet hiver. Il s'est pas remis. Il a changé sa vache contre de l'eau-de-vie et se nourrit de viande d'élan et de je ne sais quoi. Il est jeune, allez, mais cette fille... Je suppose qu'il serait pas mécontent de redescendre vers le sud s'il avait trois sous devant lui.

— Le malheur des autres me rend jamais heureux, déclara Blood.

— Tout le monde a son lot, acquiesça le meunier. Certains plus tôt que tard.

— Et ce Potter, il vit dans les bois ou quelque part d'accessible ?

— Oh, c'est juste vers Perry Stream. Le terrain est orienté nord, mais ça vous est égal, je suppose.

— Il me faudrait un pré pour les bœufs.

— Y a un champ d'herbe au bord de la petite rivière qui l'inonde régulièrement. C'est pas grand-chose mais ça suffirait pour rentrer un peu de foin pour l'hiver. Et puis y a tous les prés dans les collines où vous pourriez demander à les monter en été.

— L'été ? marmonna l'homme au gourdin. Qu'est-ce que c'est que ça ?

— Tu sais, répondit un des hommes, quand on peut plus prendre le traîneau.

Blood s'adressa au meunier :

— Tu crois qu'il est chez lui à cette heure ?

La question était lourde de sous-entendus. Le meunier le comprit :

— C'est pas le genre à courir le bois, plutôt à se morfondre. Si vous voulez, je fais un bout de route avec vous.

Blood étudia le lac, puis, se tournant vers le meunier :

— Ç'aurait moins de chance de le froisser, si j'étais seul.

— Ça c'est vrai.

— J'ai de la poudre et des lingots de plomb. Et d'autres choses encore, énonça Blood en jetant un coup d'œil à la façade en planches de la maison. Il y a des ballots d'étoffe qui pourraient plaire à vos femmes.

Là-dessus il tendit la main au meunier en ajoutant :

— Je m'appelle Blood.

Le meunier lui donna une brève et sèche poignée de main.

— Monsieur Blood. Mon nom est Emil Chase. Je scie vos grumes, je mous vos céréales. Argent ou troc, l'un ou l'autre.

Blood considéra les autres hommes mais ne fit pas mine de vouloir poursuivre les présentations. Il se tourna de nouveau vers Chase.

— J'ai aussi deux tonneaux de bon rhum de la Barbade. Si je fais affaire avec le jeune Potter, venez donc prendre un petit verre avec moi.

Chase opina, ne promettant rien. Puis, ce fut plus fort que lui :

— Vous avez pas un nom chrétien ?

Blood se figea, soutint son regard, yeux dans les yeux :

— Juste Blood.

Sam Potter n'était pas encore tout à fait homme. Blood refusait de songer à ce que ce garçon avait dû endurer seulement une année plus tôt en amenant une toute jeune fille déjà grosse dans ce pays sauvage, la tête et les yeux pleins de visions de prospérité, et à la suite qui avait anéanti toutes ses espérances. Il vit le regard que Potter posa sur Sally, aiguisé par la faim puis rempli de dégoût de soi, mais Blood ne demanda pas à la fille de sortir de la maison ; il n'était pas dans son intérêt d'adoucir le désespoir du jeune Potter.

L'endroit était misérable en dépit de quelques menus travaux. La maison en bois rond n'abritait qu'une seule pièce et un grenier. Potter s'était cependant donné le mal de construire une cheminée centrale en pierres à la mesure de son ambition : il l'avait équipée d'un foyer double face. Le champ d'herbe au bord de la rivière verdoyait gentiment, mais le pré à mi-pente paraissait à peine défriché, moins de trois hectares de moignons d'arbres semés de tas de branches coupées qui auraient dû être brûlées cet hiver. Non loin se dressait une grange en rondins plus petite que la maison, mais d'aspect confortable et solidement construite. A côté, protégée par une barrière de piquets, se trouvait une porcherie, mais comme il n'y avait pas de cochon, Blood la supposa destinée à accueillir un avenir qui ne viendrait plus. La petite rivière coulant à quelques mètres, il n'avait pas été nécessaire de creuser un puits. Tout bien considéré, les lieux étaient sinistres, et même débarrassés de toutes ces saletés, ce n'était pas ce que Blood aurait pu espérer, s'il avait jamais espéré quoi que ce soit : le seul avantage, c'était que la route passait devant et qu'ils étaient proches du moulin et par conséquent des allées et venues des uns et des autres. Potter était résigné à perdre de l'argent et prêt à s'arranger d'une traite, ce que Blood laissa faire, jugeant que cet endroit ne pouvait être pour lui que source de chagrin et qu'il ne lui appartenait pas de l'alléger même s'il en avait envie — ce qui n'était pas le cas.

Pourtant, à la dernière minute, alors que, assis à la table vieille d'un an au bois poli avec amour, il rédigeait la traite pour la somme entendue, Blood marqua une pause et lui proposa dix dollars de plus au comptant s'il acceptait de libérer les lieux immédiatement en laissant sur place tout le mobilier. Et c'est ainsi que, au milieu de l'après-midi, Potter prit la route du sud avec ses vêtements et ses effets les plus précieux dans un balluchon. Blood n'était pas resté dans la maison pour regarder Potter plier bagage ; il avait trouvé le prétexte d'inspecter la grange.

— C'est pas une vraie maison, dit-elle, pieds nus sur les planches grossièrement équarries.

Les rayons obliques du soleil entraient par la porte ouverte.

— Ça fera notre affaire. Y a une cheminée centrale, c'est ce qui compte. Je vais couper la pièce en deux et monter un comptoir pour faire un magasin. Le reste nous servira d'habitation. Voilà, pour le moment, ensuite on verra.

— C'est rien qu'un grenier là-haut. Tout le monde entendra en bas quand je serai au travail.

Blood se posta légèrement en retrait devant la porte, regarda dehors et, le dos tourné, dit :

— On va y aller doucement. D'abord, faut s'installer.

— J'ai une faim de loup.

Il se retourna et, sortant de dessous sa chemise une bourse en cuir qu'il portait autour du cou, il lui tendit une pièce d'argent.

— Tu sais ce que tu vas faire, tu vas remonter jusqu'au moulin. Tu diras à ce M. Chase que je me suis arrangé avec le jeune Potter. Demande-lui si on peut lui acheter un brin à manger, un peu de viande, histoire de démarrer. Ensuite, quelle que soit sa réponse, dis-lui que je serais heureux de lui offrir un verre quand il voudra. Sois polie. S'il n'a rien à nous vendre, je pourrai toujours aller chasser ou pêcher quelque chose dans les bois. D'accord ?

Elle acquiesça. Après être restée un instant immobile, elle le contourna et sortit. Il la héla du pas de la porte alors qu'elle traversait la cour boueuse.

— Sally !

Elle pivota sur elle-même.

— Sois modeste. Fais pas l'impertinente avec lui ou un autre type qui se trouverait dans les parages. Garde les yeux baissés. Et tes opinions pour toi. Et si tu rencontres sa bourgeoise, évite les questions. Tu es une orpheline qui aide M. Blood au magasin. Ma pupille. C'est tout. Compris ?

— J'suis pas pressée de tapiner.

— J'ai besoin d'abord de tâter le pouls ici. Des gens d'ici. Savoir qui est qui. C'est comme ça que ça marche, quand on s'installe.

— J'suis peut-être ignorante, mais j'suis pas stupide, monsieur

Blood. Du moment que vous me dites ce que vous voulez de moi, je ferai du mieux que je peux, c'est vrai.

— Sally.

Tandis qu'il abaissait les yeux vers elle, il sentit la journée tout entière lui tomber sur les épaules. Et ce n'était pas seulement le voyage. Il y avait aussi, car la nouvelle de leur arrivée devait déjà se répandre dans le pays, les deux tonneaux de rhum qu'il lui faudrait rentrer avant la nuit. L'après-midi était déjà sur sa fin. Il allait avoir du mal à les décharger, puis à les rentrer à l'intérieur. A condition que la porte fût assez grande... Et si elle ne l'était pas, il faudrait bien qu'elle le devînt.

— Oui ?

— Rien... Prends le chien avec toi. Personne osera te parler mal.

— Je suis capable de me débrouiller toute seule.

— Non. Prends le chien. Et ton châle.

— Il fait pas froid.

Blood poussa un soupir :

— Ça pourrait changer le temps que tu reviennes.

Elle se dirigea vers la charrette figée tout de guingois devant la maison, pêcha son châle et, en dépit de la douceur de l'air, s'en drapa les épaules et en croisa les pointes sur ses seins. Puis elle se retourna pour regarder Blood :

— C'est mieux ?

De fatigue, il laissa échapper :

— T'es bien trop jolie pour ce patelin.

Elle pencha la tête de côté :

— Je pensais bien que c'était ça.

Elle s'éloigna sur la route, Luther lui emboîtant le pas comme s'il avait compris tout ce qui venait de se dire. Prenant soin de marcher tout au bord, là où la terre était plus sèche, elle mit le cap sur le moulin. Blood resta longtemps à la regarder s'éloigner.

Il fut obligé de démonter la porte pour rentrer les tonneaux. Après quoi, il déchargea le reste de la marchandise qu'il empila dans un coin avant de prendre une tête de hache dont il se servit comme d'un marteau pour remettre les gonds. Un bricolage de fortune. Il prit ensuite le balai de brindilles qui se trouvait là et le passa sur le plafond, les murs, le sol. Si seulement il avait pu chauffer de l'eau pour récurer à la brosse et au savon noir. Mais il n'y avait ni brosse ni savon noir. Il avait hâte de laver la maison de son deuil, de la jeune épouse, de l'enfant mort, des mois de chagrin, des longues nuits d'hiver, des pleurs noyés dans le whisky, des jours si courts et pourtant interminables. Tous ces remords et ces « et si... » collés à ces murs comme dans un port des épaves par le fond invisibles mais aussi tangibles que les eaux des marées qui les recouvrent. Et c'était ainsi que ça allait se passer, Blood le savait. Pas cet après-midi ni ce soir mais au fil des jours, à mesure que se monterait le magasin, que ces lieux s'animeraient de figures nouvelles, des figures de toutes sortes, de toutes les couleurs de l'humanité. Car une maison n'était rien d'autre que la structure qu'y érigeaient ses habitants à l'intérieur de ses murs. Tout ce qui s'y était passé avant, tout cela finissait par s'effacer. Sauf dans les mémoires où la maison, ses pièces, ses murs restaient à jamais tels quels.

Blood s'assit pour attendre le retour de Sally avec ce qu'elle avait pu glaner pour leur dîner, tandis qu'autour de lui le crépuscule tombait en ce premier soir qui le trouvait là où il espérait séjourner longtemps, aussi longtemps que le sort lui souriait de son sourire grimaçant, échoué là, aux confins des grands bois septentrionaux, dans un lieu où nul que lui-même ne l'avait conduit au bout de toutes ces années, le temps l'entraînant dans un mouvement concentrique de plus en plus loin de son point de départ.

Blood et Sally soupèrent ensemble d'un pain de blé qu'il savait précieux et d'une tranche de bœuf salé dégorgée dans l'eau avant d'être cuite à petit feu — le dîner du meunier sans doute. Cela ne lui plaisait guère, puisque désormais il lui serait redevable. Mais il ne s'en plaignit pas devant la fille, pas assez cruel pour jouer les rabat-joie alors qu'elle était si fière de son butin. Il avait fait une flambée dans chacun des deux âtres et bâclé la porte de l'intérieur. Ils mangèrent au milieu de la danse des flammes orangées qui se tortillaient autour d'eux comme de petites langues brûlantes, répandant une clarté qui caressait son visage tandis qu'elle déchirait la viande du ragoût avec ses doigts et la fourrait dans sa bouche en même temps que des morceaux de pain. Le chien Luther était couché, silencieux, immobile, la tête posée sur le pied de Sally. D'un œil il suivait chaque geste de sa main à sa bouche.

— J'aime bien ce M. Chase, lança-t-elle. Le meunier. Il a été gentil avec moi. Mais sa femme me plaît pas. On aurait cru que je les privais de leurs dernières miettes. Alors il m'a dit : « T'inquiète pas, mon chou. Toi et le bonhomme, vous avez l'air d'avoir eu un sacré voyage. » Il voulait rien d'autre que d'être aimable. Et je m'y connais.

— Laisse ce meunier tranquille.

Elle leva vers lui une mine irritée :

— Je t'ai dit que je laisse tout le monde tranquille, à moins que tu m'ordonnes le contraire. C'est toi qui m'as envoyée là-bas. Je me suis bien tenue.

— J'en suis persuadé.

— Ça va pas marcher entre nous si tu es tout le temps sur mon dos. J'ai pas de père et j'en cherche pas. On est des associés, c'est comme ça que je vois les choses. Même si je savais où aller, je ficherais pas le camp, j'aurais trop peur que tu me retrouves et que tu te venges. Un coup de couteau ou peut-être pire. Bien qu'ici je trouve que c'est vraiment le fond de la marmite pour monter une affaire. Mais je suppose que c'est exprès. Toi et moi, on va être les vedettes dans le coin, pas vrai ?

Blood la considéra longtemps. Si longtemps qu'elle se détourna, lui présentant son profil au nez un peu retroussé. Menton relevé, pas par défi mais pour lui montrer qu'elle n'avait pas peur de lui. Alors que justement, si, il lui faisait peur. Puis, toujours sous le regard de Blood, elle porta sa main à sa bouche et se mit à sucer ses doigts enduits de jus de viande. La peur et la faim. Il se demanda ce qui avait bien pu lui passer par la tête pour avoir entrepris de débarquer dans un pays pareil au début du printemps sans songer à ménager de la place à autre chose qu'un malheureux sac de flocons d'avoine véreux, plus qu'à moitié vide. Même si les bois grouillaient de gibier, l'hiver avait vidé les garde-manger. Les yeux posés sur elle, il se demanda si cela avait été sa seule erreur. Cette histoire de nourriture relevait d'un oubli si élémentaire qu'il trouvait cela inquiétant. Comme s'il s'agissait d'un avertissement, au cas où il aurait négligé autre chose.

Il était fatigué. Il dit :

— Tu peux faire la maligne tant que tu veux avec moi, je m'en accommoderai. Mais devant les autres là-bas, bouche cousue, tu m'entends ? On vient de Portland, Maine, et pour le reste, si quelqu'un t'interroge, tu me l'envoies. Et je suis sérieux, crois-moi. Si je te prends à bavasser, je te mettrai une raclée telle que tu regretteras que je t'aie pas tuée. On peut faire quelque chose ici si on s'y prend comme il faut. Tu m'entends ?

Elle lui fit face. Ses lèvres, dans la clarté du feu, étaient huileuses, aussi fraîches qu'un fruit.

— Tu me rends malade. On dirait que tu m'écoutes pas.

— T'es jeune. Les jeunes savent pas toujours ce qu'ils racontent.

— Je suis pas si jeune.

— Non, sans doute pas. Mais personne n'est jamais aussi malin qu'il le croit.

— T'as qu'à gueuler si je me tiens mal.

— Arrête de me répondre.

— Y a donc pas moyen que tu sois content avec moi ?

Il se tut. Resta assis à examiner les tonneaux de rhum à quelques pas. Non, il s'en occuperait plus tard. Il avait le temps. Il fallait avant tout se montrer vigilant. Au bout d'un moment, il se tourna de nouveau vers la fille. Assise en face de lui à la table façonnée par les doigts de l'amour, le menton dans les mains, le visage tendu vers le sien, la chevelure pendante, grasse et sale mais offrant un joli cadre à son expression si vive. Elle le contemplait d'un air que l'on aurait pu qualifier d'affectueux. Ou amusé. Ou plutôt, se dit-il, d'un air de montrer qu'elle était à l'écoute, prête à bondir. Bien entraînée, et pour cause. Il soupira.

— Je suis aussi content que j'ai envie de l'être. C'est que pendant trois semaines on va pas avoir le temps de souffler, et en plus il va falloir la fermer. Après ça, on sera aussi bien cadenassés là-dedans que le porte-monnaie d'une rombière. Et ceux à qui ça plaît pas ont qu'à se branler dans les bois, pour ce que j'en ai à foutre. Mais pour en arriver là, il faut progresser pas à pas. C'est une vérité de la vie que tu sais peut-être mais que tu t'es jamais tenue pour dite : tu laisses l'autre causer tant qu'il veut et comme ça tu sais tout sur lui. J'ai pas raison, hein ?

— Je sais que c'est un bon truc.

— Ça m'étonne pas. Eh bien ici, c'est ce qu'il faut faire, sauf qu'il y a pas qu'un type. C'est l'endroit tout entier qui nous concerne. Et on connaît pas encore les coutumes d'ici. On va avoir des surprises. Alors, au début, allons-y doucement. C'est tout.

— Je voudrais te poser une question.

Il brûlait de se lever. De sortir, de marcher dehors en scrutant le ciel et le bout de paysage. Sentir l'ambiance de l'endroit. Essayer de flairer si un quelconque danger les menaçait.

— Quoi ? dit-il.

— On est associés toi et moi ? Ou tu estimes que je t'appartiens ? Comment ça va fonctionner entre nous ?

Il la dévisagea. Si jeune. Elle se croyait encore aux commandes de sa vie.

— Je suppose que ça dépend en bonne partie de toi.

— Qu'est-ce que tu veux dire ?

Il se leva, s'étira. Le chien se leva en même temps que lui, s'étira aussi, un frisson lui courant le long de l'épine dorsale. Blood leva les yeux vers les lattes grossières du grenier puis il fixa de nouveau Sally :

— Ça suffit. Après toute cette marche, je me sens comme un vieux croûton. Et on n'est pas au bout de nos peines. Je vais sortir faire un tour, histoire de m'assurer que je peux dormir tranquille. Je vais prendre le chien. Tu vas remettre la barre à la porte après moi et tu t'éloigneras pas avant que je gueule pour rentrer. Voilà un autre détail que tu dois pas oublier : même les meilleures choses qui t'arrivent peuvent se retourner un jour contre toi. Tu comprends ?

— T'es pas optimiste.

— Je t'ai pas amenée ici pour être aux petits soins.

— Je demande rien, moi.

— Mais j'ai pas l'intention de me montrer cruel avec toi non plus, y a pas besoin. Tu devrais pas te ronger. J'ai assez de soucis. Et puis je suis pas jeune, voilà. Ce soir t'as un homme fatigué devant toi. Quand je reviendrai, je me ferai un lit à côté de la cheminée et laisserai la chaleur réchauffer mes vieux os. Tu peux dormir de l'autre côté de la cheminée ou dans le grenier, je m'en fous. De toute façon, ce sera mieux que ce qu'on a eu depuis un bon moment. Mais pour l'instant, je veux que tu attendes devant cette porte. Je serai pas long, à moins que je rencontre des problèmes dehors. Après ça, on pourra dormir et se faire du souci pour demain. D'accord ?

Après être restée un moment sans réaction, elle se leva et contourna la table pour s'approcher de lui. Il la sentit tressaillir de toute sa petite taille. Non pas un tressaillement de peur mais de quelque chose d'autre. Comme si elle ne voulait rien donner.

— T'es un type bizarre, monsieur Blood.

— Et toi t'es la dernière d'une longue liste à faire cette remarque. On n'y peut rien, c'est comme ça. Je suis qui je suis et c'est pas aux hommes de me juger. Mais tu penses pas à mal. T'es une brave petite, va.

— On m'avait jamais appelée comme ça.

— Comme je t'ai déjà dit, ce qui t'arrive, c'est pas toujours ce que t'attends.

Elle opina sans faire mine de s'éloigner. Il transpirait. C'était la première fois depuis des mois qu'il se retrouvait dans une pièce chauffée. Il n'avait aucune envie de la quitter mais ressentait la nécessité de se frotter une dernière fois à la pointe aiguë du froid avant de se calfeutrer pour la nuit. Il se passa la main sur le visage, pétrissant ses muscles, dans l'espoir d'ouvrir un peu plus grands les yeux. De voir plus clair.

— Seigneur, dit-il. J'ai l'impression d'avoir été piétiné par un éléphant.

Elle recula d'un pas. Puis elle leva un doigt et posa le bout de son ongle rongé sur la gorge de Blood, à l'endroit où la chemise de lin s'ouvrait sur son torse, et le laissa glisser plus bas. Il repoussa sa main, la tint dans la sienne tandis qu'elle repliait son autre main sur sa poitrine.

— C'est quoi un éléphant ?

Deux

Le cœur de l'été. Les jours sculptés par la chaleur, une chaleur explicite, exacte, comme si le monde renaissait chaque jour. Les nuits si courtes qu'elles ressemblaient à un seul rêve, pourvu que le labeur de la journée ait laissé assez de place au travail du songe. Quant à l'hiver, il s'était comme absenté du pays, palpable seulement dans les silhouettes rabougries des arbres et dans la morsure cruelle de l'eau des sources, des rivières, des lacs. Comme si l'hiver restait dormant au fond des eaux.

Un homme que l'on appelait « le diacre » habitait une cabane délabrée construite par un trappeur depuis longtemps sombré dans l'oubli dans un marais sur les hauteurs de Coon Brook. Il survivait grâce aux maigres rations que lui allouait un dieu négligent, suivant un calendrier inconnu de ses semblables, si bien que son jour du sabbat ne revenait pas tous les septièmes jours selon un cycle immuable mais quand ça lui chantait, ou plutôt quand son âme torturée en éprouvait le besoin. Ce sabbat ne recouvrant d'ailleurs pas qu'un seul jour mais autant de jours et de nuits qu'il lui fallait pour accomplir son pèlerinage autour des logis de la région d'Indian Stream, la rivière des Indiens, dont la superficie couvrait des centaines de kilomètres autour des quatre lacs du Connecticut.

Quelle que fût l'heure de son arrivée, il restait dehors et y allait de sa harangue, attaquant personnellement et directement la façade de rondins ou de lambris comme si des murs eux-mêmes irradiaient vers lui les insuffisances des âmes en leur sein. Nul ne savait comment il était si savant car en temps normal il ne s'aventurait guère hors de sa misérable tanière et refusait de parler de choses ordinaires quand on le rencontrait lors de ses tournées. Plus d'une fois il s'était fait canarder, pas dans l'intention de le tuer mais seulement de le chasser, le tireur tenant à son sommeil, son dîner ou sa tranquillité. Même si les paroles du diacre sonnaient un peu trop vrai, on le tolérait comme on tolère un garnement : pas simple d'esprit mais un peu fêlé, favorisé par un don qui n'était ni respecté ni méprisé. Seuls les Indiens papistes de Saint-François l'évitaient. Quand il surgissait dans leur campement de coureurs de bois à toute heure du jour ou de la nuit la plus noire, ils le laissaient vociférer et empilaient leurs outils et leurs biens sur des traîneaux puis s'en allaient dans la forêt, le laissant la tête renversée en arrière, le visage levé vers le ciel, à les poursuivre de ses paroles comme si peu lui importait qu'ils les entendissent ou pas ; il parlait en leur nom. Il ne faisait même pas mine de vouloir les suivre. Son apostolat n'en exigeait pas tant.

Un jour, le diacre se présenta au milieu de la matinée à la porte de Blood. Pas sa première visite, mais jusqu'ici la plus publique. Un groupe d'hommes était réuni à l'intérieur et un autre dehors à l'ombre de l'érable à sucre, se délassant après avoir fauché à l'heure où le soleil ardent boit la rosée qui donne du fil aux lames. En chemise de lin noirci par la sueur, certains se tenaient assis par terre, dos au mur extérieur, jambes écartées devant eux, jouissant de la fatigue du travail bien fait. L'air avait la fixité de l'eau au fond du seau. Godets de rhum en étain ou en fer-blanc. Pipes en terre, légers tourbillons de fumée bleue aussi parfumés que les épinettes qui escaladaient la pente un peu plus haut. Cris des sturnelles dans le pré en friche de Blood.

Quant à Blood, il se trouvait à l'intérieur, dans la fraîcheur obscure, perché sur le tabouret qu'il s'était confectionné à partir du couvercle d'un baril de poudre et de trois piquets. Installé derrière la planche du comptoir, il avait à côté de lui une feuille pour tenir ses comptes, une plume d'oie et un encrier plein d'une encre moulue et trempée le matin même. En sorte que ce fut le fermier Cole qui aperçut la petite silhouette loin sur la route qui remontait vers eux en soulevant un nuage de poussière maléfique, épouvantail humain en draps noirs comme l'aile du corbeau ; ses vêtements trop courts dégageant des poignets et des chevilles scabreuses, vision d'ossuaire rappelant à tout un chacun ce qui l'attendait au bout du chemin.

Cole s'employait avec des mouvements très lents à aiguiser sa faux en crachant sur la pierre pour la mouiller. Son godet bien calé contre l'intérieur de sa cuisse. Il lança :

— La journée s'annonce bien. Voilà quelque chose qui va mettre un peu d'ambiance.

A quoi le Canadien français Laberge répliqua :

— Il mériterait un petit coup de faux dans les cordes vocales, celui-là.

— Espèce de sale papiste, c'est pas sa faute s'il te remplit de la crainte du Seigneur. Ça te ferait du bien au contraire d'écouter le diacre.

— C'est pas la crainte qui me manque, et le Seigneur non plus. Mais mes affaires, ça regarde que moi.

Cole grimaça un sourire à son adresse :

— Il te dérange, hein ? Comment qu'il sait des choses qu'il devrait pas. Comme si quelqu'un était allé lui dire.

— Le diable.

Laberge cracha par terre et se rinça le gosier.

— Je pense pas, tu vois. Quand il est en train de déblatérer, eh bien, m'est avis qu'il s'enferme dans sa hutte à écouter des voix que toi et moi on n'entend pas. A moins qu'il se promène un peu partout en collant son oreille aux murs, ce qui revient au même. L'un ou l'autre. Mais il ferait pas de mal à une mouche, à moins que tu le provoques. Tu peux pas te cacher du diacre.

— Il tourne pas rond, ce gars-là.

— C'est sûr. Mais c'est pas la peine de lui couper la gorge pour ça ; à ce régime on serait tous morts.

— Le premier confessionnal est pas tout près. C'est déjà bien si j'arrive à voir un vrai homme de Dieu une ou deux fois l'an. Le reste du temps je le passe au milieu des païens. C'est comme ça. Mais j'ai rien à cacher. Je suis pur, pur devant Dieu tout-puissant.

— Bonté, soupira Cole. Ne le sommes-nous pas tous ?

Blood entendant cette conversation fronça les sourcils. Peu lui importait qu'ils se moquent du diacre — cet homme n'apportait que des ennuis. On eût dit qu'il prêtait sa voix aux quelques individus qui, soit parce qu'ils étaient comme ça, soit par souci d'obscures convenances, s'étaient d'emblée déclarés hostiles à Blood. Pour la plupart des femmes, mais il ne sous-estimait pas l'influence de celles-ci sur leurs hommes. Même, et peut-être surtout, sur ceux qui se pavanaient en leur compagnie puis venaient chez Blood glaner ce qu'ils pouvaient. Blood suça pour la nettoyer la pointe de sa plume et la posa sur la feuille, curieux d'entendre les premiers mots qui allaient jaillir de cette gorge parcheminée. Les deux mains à plat sur le bois du comptoir, il ne se rendait pas compte qu'il se penchait de plus en plus en avant lorsque des cris rapides, urgents, retentirent à l'arrière du magasin, dans la pièce aveugle du fond rajoutée à la maison avec une seule porte donnant sur l'intérieur. Sally y était à l'ouvrage avec un jeune du nom de Bacon arrivé quelques jours seulement après eux pour dégager son terrain, sans sa femme et ses enfants laissés pour la première saison en aval de la rivière avec ses beaux-parents à Bath. Blood n'avait rien à reprocher à Sally. Elle savait faire grimper un type aux rideaux, chacun à sa manière. Mais il regrettait que ça tombe si mal.

Blood se leva en repoussant le comptoir des deux mains, ses mains qu'il essuya ensuite sur le cuir de sa culotte, alors qu'elles étaient propres, contourna la planche pour se tenir dans l'ombre de la porte ouverte et regarder le piteux dévot s'avancer vers le groupe, le seul dans ses oripeaux noirs, que les glapissements féroces de la fille n'arrêtaient pas. Mais battant la poussière qui se soulevait comme sécrétée par lui.

Le diacre s'immobilisa devant le groupe au moment où elle amorçait son grand final. Un des hommes éclata d'une rire gras. Un bref aboiement mouillé. Puis le silence.

— Fornicateur ! s'écria le diacre. Et ça vaut pour vous tous tant que vous êtes. Car c'est à vous, les Méchants, que je cause. Celui qui fournit comme celui qui consomme, le second est aussi coupable que le premier. Plus encore même, puisque au travers de la possession de la chair il alimente les feux de l'enfer et permet au premier de prospérer. Ecoutez bien. Ceci est un avertissement ! Mais, toi, le proxénète, comment tu t'es égaré dans ces bois ? Qu'est-ce que tu fais sur cette terre indocile qui refuse la nourriture aux enfants de Dieu ? Eprouve la honte de venir pervertir ces braves gens venus en ce pays pour assurer une vie simple à leur femme et à leurs enfants. Je parle pas des pécheurs qui se cachent parmi eux — ils savent de qui je parle et moi je sais qu'ils savent ; ceux-là on sait qu'ils sont ici pour échapper à la Justice. Du moins c'est ce qu'ils croient. Mais il y a une loi supérieure à celle des hommes, et tout le monde le sait dans le secret de son cœur. Alors dis-nous maintenant, marchand de tapin, pourquoi tu viens égarer ces enfants et répandre la luxure et l'ivrognerie ? Je ne parle pas de cette enfant-là. Pas pour l'instant. Pauvre gamine que tu vends au premier venu en échange de la monnaie du diable. Ne parlons pas d'elle. Mais de toi, le proxénète. Dis-nous, dis à tes nouveaux voisins, dis-nous à tous ici rassemblés d'où tu viens et quelle raison t'a amené. Dis-nous donc ce qui nous vaut ta présence ?

Blood se tenait immobile dans l'encadrement de la porte. Il entendit Sally jouir dans la pièce derrière lui. Il étudia le regard de forcené de l'effrayante apparition dressée devant le groupe. Les fermiers se taisaient, ne bougeaient pas. Aucun ne regarda du côté de Blood. Presque tous avaient les yeux fixés sur le sol ou au loin, loin du diacre. Blood lança :

— Elle est jolie, non ?

Un fermier ricana. Un deuxième, qui se tenait tout au bord de la flaque d'ombre sous l'érable, s'éloigna pour faire le tour du magasin. Blood se demanda ce qu'il préférait ne pas voir révéler sur son compte.

Le diacre reprit :

— Regardez autour de vous, mes frères. Regardez bien, mes amis. C'est pas son alcool, ni les bénéfices de l'usure qu'il tire de vos biens, ni même la corruption de votre chair due aux faveurs monnayées de cette pauvre enfant, c'est pas à cela que vous devez faire attention. Quoique ce soit déjà grave, et que cela devrait suffire, vous le savez bien, à faire trembler vos misérables âmes mortelles et à vous faire craindre le pire pour ce qui vous attend dans l'au-delà. Regardez celui que vous avez devant vous. Rapprochez-vous de lui. Je vous mets au défi de le renifler. Ce que vous sentez, c'est la puanteur de son compagnon de lit. Je vous le promets comme Notre Seigneur nous promet le jour nouveau. Qui est ce compagnon de lit ? me direz-vous. Eh bien, oui, mes frères, c'est la question que je vous pose. Qui est ce compagnon de lit ?

Blood avança d'un pas dans la cour mal tenue. Ne lâchant pas du regard le vagabond, mais sentant sur lui-même le poids du regard de ses clients. Le jaugeant, sans doute. Ou attendant seulement de voir ce qu'il allait faire. Ce que Blood n'avait pas encore décidé.

Peter Chase, fermier de son état et frère de l'impeccable et incorruptible meunier, prit la parole :

— Je le sens d'ici, c'est bien vrai. L'odeur de l'eau sulfurisée, je crois.

— Oui, dit Blood. Vous m'avez coincé. Satan en personne vient me rendre visite la nuit. Mais y a rien de cochon. Je suis pas un sodomite. Non, on joue aux cartes. Et de sacrées parties, ça je peux vous l'assurer. Vous voyez, il a pas encore réussi à gagner mon âme, ce qui le met hors de lui. Et ça me crève, je vous garantis. Je suis obligé de veiller toutes les nuits après les longues journées que je me tape à faire mon travail le mieux possible. Jusqu'ici, on est à égalité dans la partie. En fait...

Il marqua une pause pour balayer du regard le cercle de ses auditeurs, les regardant chacun tour à tour dans le blanc des yeux.

— ... j'ai un tout petit peu d'avance sur lui.

Rires. Quelques-uns burent une gorgée de rhum, comme s'ils avaient tout d'un coup oublié la silhouette devant eux dans la poussière. Comme s'ils avaient attendu que l'un d'eux relève le défi et donne la réplique à ce bigot forcené. Comme si Blood avait dissipé tous les doutes qui pouvaient les torturer lorsqu'ils se trouvaient confrontés au diacre.

Lequel renversa la tête en arrière et éclata d'un grand rire adressé aux Cieux :

— O Seigneur tout-puissant délivrez-nous du mal ! Les pieds fourchus labourent cette contrée maudite...

— On a presque tous des bœufs, interrompit un des hommes.

Le diacre garda le regard fixé sur le soleil, comme s'il le défiait de l'aveugler.

— Seigneur, implora-t-il. Donne à ces hommes des yeux pour qu'ils puissent voir. O Seigneur ! punis ce complice de Satan. Sauve ces hommes, Seigneur, sauve ces pauvres âmes perdues.

— Merde, dit Cole. Je suis pas perdu. Je sais exactement où je suis.

— Ce dont il a besoin, c'est un verre, enchérit un autre. Je suis pas pingre, je lui en offre un, tiens.

C'en était assez pour Blood. Comme si une girouette lui indiquait la direction de ses clients. Il s'avança à grands pas vers le diacre, l'empoigna par le devant de sa vieille veste et le secoua jusqu'à ce qu'il abaisse son regard sur lui. Ses yeux roulaient dans leurs orbites, mais Blood était incapable de dire si c'était de peur ou à cause de la brûlure du soleil. Sans le lâcher et sans tourner la tête, Blood appela :

— Sally.

Elle sortit du magasin et traversa le groupe d'hommes pour se poster à côté de Blood. Vêtue de son unique jupe et de son corsage usés par les lavages au savon noir. Elle sentait bon, trouva Blood, comme si sa besogne avec le jeune Bacon ne lui avait pas arraché une goutte de sueur. Blood s'écarta d'un pas du diacre pour se mettre à côté de lui tout en le retenant par son maigre coude. De sorte que Sally leur faisait face à tous les deux. Blood leva sa main libre et la posa sur la tête du diacre, sur son crâne dégarni comme si la peau tendue sur ses os n'était pas un terreau assez fertile pour produire autre chose que des touffes de cheveux clairsemés. Il la tint fermement et dit :

— Sally, enlève ton corsage.

Elle le dévisagea.

Sur quoi les hommes qui étaient assis se levèrent pour se rapprocher, former un demi-cercle à une distance respectueuse afin que tous pussent profiter de la vue.

Après l'avoir ainsi scruté un moment, Sally commença par le bouton du haut, découvrant peu à peu une bande de peau blanche partant du creux de sa gorge et descendant le long de son plexus solaire et de la rondeur de son nombril jusqu'à la ceinture de sa jupe. Elle contempla Blood.

— Défais tes épaules.

Alors elle leva les mains et tira le haut des manches vers le bas, dénudant ses épaules. Le tissu s'affaissa et révéla ses seins.

Blood pencha la tête pour murmurer à l'oreille du diacre :

— Regarde-moi cette poitrine. T'as déjà vu quelque chose d'aussi appétissant ? Tu sais quoi ? T'as pas le sou. C'est un secret pour personne. Y a pas à avoir honte. Dis-moi franchement. Tu voudrais pas y goûter ? Tu voudrais pas te rouler dans le foin avec cette fille ? C'est pas pour ça que t'es venu en fait ? Pour la regarder et puis retourner dans ta pauvre petite cabane te secouer comme si t'étais sur elle ? C'est pas pour ça que t'es venu ici ?

Les hommes gardèrent le silence.

Sally ne bougea pas.

— Seigneur Dieu tout-puissant, énonça le diacre.

— Suffit de me dire que c'est ça que tu veux et tu peux l'avoir pour cette fois, gratuitement. Après ça, ce sera plein tarif.

— O mon Dieu, Seigneur miséricordieux ! Viens à mon secours.

— Tu L'appelles alors qu'Il est là, mon frère. Regarde...

Sur ces paroles, Blood, tout en serrant fort le coude du diacre, ôta sa main de sa tête et prit un des seins de Sally au creux de sa paume.

— ... Si c'est pas Dieu en personne qu'est là, je sais pas ce que c'est. Sans eux, on serait pas au monde. Dieu a voulu qu'on boive au lait de la vie. Et on y retourne toujours. Pourquoi ce serait mal, tu peux me le dire ? Comment Dieu aurait pu fabriquer ça et ne pas vouloir qu'on y retourne encore et encore ? Une des merveilles de la nature, tu crois pas ? Regarde bien. Tu nies ?

Le diacre poussa un grognement, un peu comme le geignement

d'un cheval crevant sous le harnais. Il n'esquissa pas un geste, ne tentant ni de se libérer de Blood ni de se rapprocher de la fille.

— Regarde, insista Blood. Je vais te montrer comment on fait.

Il lâcha le coude du diacre et se pencha pour prendre le mamelon dans sa bouche et le caresser avec sa langue. Puis il ouvrit en grand et suça le sein entier qui lui emplit la bouche. Après quoi, il fit un pas en arrière. Le mamelon durci et gonflé pointait en l'air tandis que la peau teintée de rose se striait de veines bleues qui battaient comme si elles voulaient se libérer de leur enveloppe de chair. Blood regarda le diacre :

— Tu vois ?

Un son jaillit des minces lèvres craquelées, un son plus affreux que le premier, un son vide de tout dieu. Il virevolta en faisant voler ses hardes noires et fila d'un pas de course grotesque, lançant ses genoux sur le côté, pour s'arrêter un peu plus loin sur la route et, leur tournant toujours le dos, se courber et frapper de ses deux mains l'une après l'autre son entrejambe. De derrière, on l'eût dit agité par des fils invisibles.

Blood, préférant éviter le spectacle de son indignité, se retourna vers Sally. Le cercle masculin contemplait le diacre. Blood remonta d'une main le corsage de Sally, et celle-ci s'empressa de se reboutonner tout en le fixant d'un air sévère et ardent. Il regarda ailleurs.

Le groupe se désagrégea. L'un se mit à rire, les autres de plus belle. Puis tous poussèrent des hurlements.

Blood ordonna à Sally :

— Rentre à la maison.

Comme elle lui obéissait, il fit face aux hommes qui s'amusaient à imiter la fuite du diacre. Cette fois il s'exprima d'une voix autoritaire, presque brutale :

— C'est fini !

Comme tous les yeux se tournaient vers lui, il regarda alentour mais pas une fois du côté de la route pour vérifier si la silhouette était toujours là ou bien avait continué son chemin.

— Videz vos verres, je ferme pour le déjeuner.

Le printemps s'avéra propice une fois que les trappeurs commencèrent à sortir du fond des bois. Blood prenait confiance, même s'il gardait par-devers lui un œil ouvert. Il vendait surtout du rhum — c'était ce qu'il avait prévu ; le plomb et la poudre ne partiraient que lorsque les colons auraient épuisé leurs réserves et trouveraient pratique d'avoir recours à ses services.

Il avait acheminé cinq chariots pleins de fourrures jusqu'à Bath, plus bas sur la côte — le poste de traite le plus facile d'accès par voie fluviale depuis le sud — où il prit contact avec le courtier d'un pelletier de Boston. Blood n'effectua que le premier de ces trajets ; seul, sans même emmener Luther pour lui tenir compagnie et le protéger, laissant le chien avec la fille pour veiller sur le magasin. Équipant celle-ci de son fusil à canon long, après avoir passé un après-midi à lui apprendre à s'en servir ; à le charger et à le décharger, mesurant la charge de poudre, introduisant la munition dans la chambre, armant le chien — en tout une bonne douzaine de fois avant de lui permettre de tirer. Au bout d'un moment, alors qu'il était rassuré sur ses capacités, une petite foule s'agglutina autour d'eux, attirée par le rythme soutenu de l'entraînement. Ce qui n'était pas non plus pour lui déplaire. Qu'ils sachent donc de quoi elle était capable. Le soir, veille de son départ, il la regarda masser avec une pommade grasse le bleu jaune et violet sur son épaule.

Il voyagea donc avec, en guise de protection, seulement son aiguillon et la confiance qu'il avait en lui-même, mettant une semaine à atteindre Bath. Là, il descendit à l'auberge où il mangea et but à son aise — sachant que, lorsqu'il reviendrait, il y avait des chances pour que quelqu'un ait entendu sur son compte quelque chose quelque part. En sorte qu'il ne se priva pas de menus plaisirs et remonta vers le nord chargé d'un nouvel approvisionnement en rhum, de quelques objets utilitaires, bougies, petits sachets en papier pleins de graines de légumes plus un sac de tubercules de pommes de terre. Il se disait que Sally pourrait planter un jardin.

Les autres lots furent livrés au même courtier par l'intermédiaire du trappeur Gandy qui conduisit l'attelage — le pelletier ayant été dûment prévenu à l'avance. Gandy à qui on ne confiait pour le retour que les tonneaux de rhum. Un peu plus tard, un envoyé du courtier viendrait à cheval lui remettre en espèces le solde de la transaction, réduit du coût de ce déplacement supplémentaire. Blood avait trouvé cet arrangement pour ne pas avoir à se déplacer chaque fois lui-même. Il impliquait un risque, mais Blood doutait que Gandy songeât à partir avec les fourrures ou le rhum. Tout bien considéré, il pensait que c'était plus prudent que de laisser le magasin aux mains de la fille. Avec ou sans fusil, avec ou sans chien-loup. Et puis Blood n'avait aucune envie de retourner à Bath, son pressentiment s'étant avéré justifié le jour où Gandy revint de son premier voyage et toisa Blood des pieds à la tête avec la mine d'un homme qui croit savoir quelque chose sur un de ses semblables.

La voix douce, le regard encourageant, Blood demanda :
— Alors, comment t'as trouvé Bath ?
Gandy le dévisagea un instant, puis détourna les yeux en répondant :
— Y a trop de peuple pour moi. Mais Moore est un type correct.
— Il t'a bien traité ?
Gandy opina :
— M'a offert un verre ou deux. Plus de quoi aller aux bains-douches et me payer un nouveau pantalon en toile.
— Je vois. Il est pas mal.
Gandy se gratta le menton fraîchement amputé de sa barbe d'hiver ; peau blanchâtre à peine colorée.
— Il aime bien causer, le Moore, ça c'est sûr.
— Tu écoutes qui tu veux, je m'en fous, répliqua Blood. Du moment que t'oublies pas qui te paye.
Gandy resta un moment silencieux, puis regarda Blood :
— C'est pas pour rien que je vis dans les bois.
Blood empila des pièces sur le comptoir et les poussa vers lui :
— C'est plutôt bien. Les bois. Du moment que tu te supportes toi-même.
Gandy grimaça un sourire :
— Je veux un coup avec la fille.
— Je ne pense pas. C'est pas une bonne idée.
— Pourquoi ?
— Eh bien. Elle travaille pour moi, et toi aussi. J'ai passé un contrat avec chacun de vous et je veux que les choses soient claires et nettes. Bien séparées.
— Bon Dieu ! Sois un peu charitable. C'est la seule fille dans le coin.
— Tu aurais dû y penser à Bath. Y a des jolies serveuses là-bas.
— Je sais. J'ai vu. J'avais pas assez d'argent. J'avais pas encore été payé.
— Je vais te dire. La prochaine fois t'en auras assez.

S'ensuivirent trois autres chargements. Il avait assez de rhum, de poudre et de lingots de plomb pour tenir tout un long hiver, et assez d'argent liquide pour acheter ce qu'il ne pouvait obtenir par le troc. Outre la pièce à l'arrière de la maison pour Sally, il construisit une resserre en rondins double épaisseur du côté magasin. L'état de ses stocks ne regardait personne. La porte se trouvait derrière le comptoir, fermée par une bâcle renforcée par un énorme cadenas en fer et une chaîne qui rattachait le milieu de la barre à un gros piton dans le sol. Il ne l'ouvrait que lorsqu'il était seul.

Elle s'était accroupie le dos au mur sud de la maison qui retenait la chaleur pour le regarder bêcher au bord de la rivière à l'endroit le mieux orienté par rapport au soleil et aussi le mieux irrigué. La terre n'y avait jamais été retournée mais, une fois arrachées les racines profondes, dures et ligneuses des graminées sauvages, elle se révéla noire et dense — s'effritant dans son poing tout en y laissant une empreinte mouillée. Il y avait peu de cailloux. Une épaisse couche d'humus enrichi par des siècles d'alluvions. Il la retourna à trois reprises avec la bêche, son seul outil de jardinage. Il projetait de lui sculpter une pointe de houe à partir d'une belle planche de frêne qu'il ficherait ensuite dans un manche de bois de fer. Quand il eut fini, le lopin était bien lisse et débarrassé de toute mauvaise herbe. Il avait passé son temps à se courber et à se redresser pour soulever puis jeter au loin les enchevêtrements de racines et les pierres qui n'étaient pas minuscules. A présent, il se félicitait de son travail : c'était le plus joli jardin qui fût. Il alla s'asseoir à côté d'elle, les mains incrustées de terre, le visage luisant de sueur, avec au dos des courbatures bizarrement placées. Aussi heureux qu'il avait jamais espéré l'être.

— Il y a des petits pois, de la betterave, du panais et des haricots blancs. Et des pommes de terre. Ah, je sens d'ici leur fumet en robe des champs.

Elle examinait ses doigts emmêlés sur ses genoux. Le regarda à travers le rideau de cheveux qui cachait un pan de son visage incliné.

— J'aime pas les pommes de terre.

— Quoi ?

— On en a mangé tout l'hiver. Des patates dures ; amères et fades, même avec tout le sel qu'on pouvait se permettre. J'avais l'impression de mâcher un machin qui avait trempé dans de l'eau de vaisselle. La viande et le pain, ça me va très bien.

— Et moi je te dis, mon petit, qu'y a rien de meilleur qu'une pomme de terre toute fraîche avec une noix de beurre. T'as même pas besoin de la saler. Je connais rien de meilleur. Sauf peut-être les petits pois.

— J'ai jamais goûté au beurre.

— Vraiment ?

— C'est comme du lait, non ? Comme ça vient de la même

bête, je suppose que c'est pareil. J'ai jamais aimé le lait non plus. Rien que d'y penser, ça me donne envie de vomir.

Il resta un moment silencieux, essayant de se mettre à la place de quelqu'un qui n'avait jamais mangé de beurre. Il imaginait ce qu'on avait pu lui servir sous le nom de lait. Les tubercules bourgeonnantes que recelait son sac étaient sans doute plus savoureuses que les patates dont elle parlait. Mais il se tut.

Tout d'un coup, s'adressant à lui d'un ton guilleret comme si elle craignait de l'avoir froissé :

— Mais les petits pois, ça, j'adore, dit-elle. Surtout dans la soupe. Un morceau de porc salé là-dedans, c'est délicieux. Je sais.

Au bout d'un moment, il se força à déclarer, parce qu'il le fallait bien :

— Tu n'as jamais eu de jardin, si ?

Elle lui jeta un regard un peu inquiet avant de répondre :

— Comme je te dis, la viande ça me suffit. Et les truites. Si tu me montrais comment, je parie que j'en attraperais plein.

Blood secoua la tête.

— Je t'ouvrirai les sillons et te montrerai comment semer. Mais c'est toi qui devras t'en occuper.

Se penchant en arrière et s'étirant, les coudes vers le ciel, elle dit :

— Je vois pas pourquoi. T'as bien commencé. C'est ton idée. Moi je m'en fiche.

— Vois-tu, prononça-t-il lentement, c'est pas mon boulot.

— Alors pourquoi tu l'as commencé ?

Il se mit debout avant d'ajouter :

— Je t'ai épargné le plus dur. C'est le boulot de la femme.

— Je savais pas que j'étais ta femme, répliqua-t-elle en levant les yeux vers lui. Je pensais que j'étais autre chose pour toi.

— Pour le moment, on est ce qu'il y a de plus proche d'un mari et d'une femme. C'est tout ce que je peux dire. Bon. Je vais redescendre démarrer les semis. Et t'as intérêt à ramener tes fesses là en bas pour que je te montre comment on fait. Parce que si par malheur ta pioche déterre une tubercule ou un germe de betterave, tu verras ce qu'il t'en cuira.

Il lui tourna le dos et se pencha pour ramasser le sac et les sachets de graines. Puis s'en alla vers le carré qu'il avait retourné. Toute joie envolée. Il se servit d'un bâton pour tracer les sillons. Avant qu'il ne fût arrivé à mi-chemin du premier, à genoux, répandant les grains durs des semences de betterave si petites qu'elles étaient presque invisibles, elle le rejoignit et, sans s'agenouiller encore, se pencha très près pour regarder ce qu'il faisait. Il ne parla que pour énoncer à l'amorce de chaque sillon le nom de ce qu'il allait planter. Puis, quand il eut fini, il marcha le long de chaque rigole et la referma à mesure du plat de sa botte afin d'enterrer les semences. Il termina en cassant des bâtons pour identifier les différentes plantations. Finalement, il descendit jusqu'aux aulnes au bord de la rivière et, à l'aide de son couteau, coupa de jeunes arbres qu'il dépouilla de leurs feuilles printanières, puis remonta avec ces minces squelettes pour les planter tout droit au milieu des rangées de petits pois. Précisant, laconique : « Pour leur permettre de grimper. » Après quoi, il remonta la pente au-dessus du magasin à l'endroit où la petite rivière faisait un méandre et s'élargissait en une cuve profonde, et il se déshabilla, se plongea dans l'eau et se lava. Il se laissa ensuite flotter en aval juste assez pour la voir arpenter les rangées comme pour les apprendre par cœur. Ou pour les maudire. Il nagea à contre-courant et se sécha assis dans le soleil pâle de cette fin d'après-midi de printemps. Il attendit le crépuscule pour se rhabiller et rentrer à la maison. Dévoré par les moustiques.

Avec le chargement de fourrures suivant partant vers le sud, il joignit une lettre qu'il confia à Gandy. Et cette fois, non seulement le trappeur remonta les tonneaux de rhum, mais le solde de ce qu'on lui devait sous la forme d'une jeune vache laitière. Une baratte dépassait entre les tonneaux à l'arrière de la charrette. Comme Gandy ne s'était pas occupé de l'animal pendant le voyage de retour, il fallut attendre trois jours pour qu'elle veuille bien donner une goutte de lait. Blood, accroupi sur les talons matin et soir à côté d'elle, lui caressant les pis. Jusqu'à ce que, enfin, le flot se déclenchât. Blood se disait Seigneur, me voilà par-dessus le marché devenu fermier.

Un certain temps s'écoula avant que Sally accepte de goûter au lait frais ou de tartiner sur leur pain grossier du beurre que Blood barattait lui-même, et il fallut encore plus longtemps pour l'entendre admettre qu'elle trouvait ça bon. Et pour qu'elle se charge de battre la crème. Blood n'exigea pas qu'elle le remplace pour la traite. Jugeant qu'il valait mieux ne pas trop demander à une fille comme elle. En fait, il avait appris à savourer ces moments tranquilles qui encadraient ses journées. Auprès de la vache, sa tête reposant contre son flanc tiède, vide de toute pensée. Instants irremplaçables. Au bout du compte peu importait s'il était le seul homme ne vivant pas seul qui trayait sa propre vache. Il se fichait de l'opinion des autres. C'était un plaisir simple.

Sally se mit à jardiner avec la houe qu'il lui avait fabriquée. Et il n'eut pas une objection à formuler. Comme par une science infuse, elle savait distinguer les bonnes pousses des mauvaises herbes, et le carré n'aurait pu être mieux entretenu. Elle travaillait à l'aube, à l'heure où la terre encore ramollie par la rosée rendait le désherbage facile. Parfois au cours de la journée, quand il la savait endormie, il descendait la pente et, sans entrer dans le carré, contemplait les rangées qui s'étoffaient et les V gravés dans la terre par sa lente progression le long des allées. Quelque chose dans ces pas le touchait. Sans doute seulement l'idée qu'elle faisait ce qu'il lui disait.

Les clients donnaient à Sally un supplément en plus de ce qu'ils versaient à Blood. Il fallut un certain temps à ce dernier pour s'en rendre compte. Lorsque le micheton en question était venu se plaindre, Blood lui avait déclaré sans ciller que c'était la politique de la maison. Après le départ du type, Blood avait été la voir dans sa chambre sans attendre la fin de ses ablutions dans la bassine. Il resta debout sur le seuil à l'observer. Elle avait conscience de sa présence mais ne se tourna vers lui que lorsqu'elle fut propre, séchée et rhabillée.

— Ça me paraît juste.

— Tu peux m'expliquer pourquoi ?

— Un jour ou l'autre, un de nous deux va casser sa pipe. Et si c'est moi qui reste, je veux pouvoir me dire que pour vivre j'ai pas besoin de tout recommencer de zéro, quelque part, à plat sur le dos.

— Il en faudrait plus que toi pour me tuer.

— J'ai jamais pensé une seconde que ce serait moi.

Il resta debout, là, à la contempler. Et elle soutint son regard, les bras croisés sur la poitrine, les yeux non pas tranquilles, mais raisonnables. Au bout d'un moment, il lui demanda ce qu'elle prenait. C'était exactement la moitié de son prix. Il songea à tous les hommes qui étaient passés avant celui qui avait vendu la mèche. Puis il dit :

— Il y a autre chose qu'on devrait discuter ?

— Y en a avec qui je n'irai pas. Je suis pas un animal.

— Je comprends, ceux-là refuse-les.

— Bien, j'ai besoin d'une ou deux robes. Je peux pas continuer à porter ces vieilles frusques éternellement.

— Je t'avais posé la question — est-ce que tu couds ?

— Eh bien, non. Mais t'as du tissu. On pourrait trouver une femme qui fait de la couture.

Il secoua la tête :

— Si je t'habille avec ce tissu, je pourrai plus écouler le reste du ballot.

— N'empêche que j'ai besoin de nouveaux habits. Une nouvelle tenue, ça aguiche un homme, au cas où il y en aurait qui deviendraient blasés.

Blood sourit.

— Bon. Tu vas prendre tes mesures et les écrire sur un bout de papier. La prochaine fois que quelqu'un descend à Bath, ou même à Lancaster, on lui demandera de s'en occuper. Choisis les couleurs que tu veux, mais évite celles des ballots. D'accord ?

— C'est qui qui paye ?

— On va partager, je suppose, opina Blood.

— Un tiers.

— Quoi ?

— Je paye un tiers, toi les deux autres. Ça marche comme ça.

— Sauf que c'est toi qui vas les porter. Et comme tu dis, si un malheur m'arrivait, je les emporterai pas avec moi, qu'est-ce que t'en penses ?

— Je vaux plus que ce qu'ils te payent pour moi, repartit-elle en secouant la tête. Y en a un paquet qui viennent pas seulement pour boire, ils veulent aussi se rincer l'œil. Ceux qui osent pas coucher avec moi sauf dans leur tête. Tu vois, je te rapporte plus que tu crois.

Il resta un moment silencieux. Puis observa :

— T'as tout bien combiné, hein ?

— C'est toi l'homme qui s'y connaît en affaires.

Blood savait qu'elle n'était pas en train de le flatter. Elle en était capable, mais seulement en cas de succès ou par opportunisme.

— Réfléchis bien à tes couleurs. Et écris-moi tes mesures.

— Je peux pas.

— Tu peux pas quoi ?

— Je lis pas les chiffres. Je sais pas écrire.

Blood la dévisagea un moment, puis :

— Comment tu fais tes comptes, alors ?

— Dans ma tête. J'ai appris ça quand même. Si je voulais, je pourrais te dire combien j'ai. Mais pas l'écrire.

— Bien, je vois.

Il passa ainsi une longue heure après la fermeture un soir à prendre ses mensurations avec son mètre et à les noter en précisant d'un style concis à quelles parties de son corps elles se référaient. Notant aussi qu'elle n'était pas aussi maigre et ratatinée que lorsqu'il l'avait eue. Ses formes s'étaient arrondies autour d'un corps à présent tout d'une pièce. Sa peau lisse et brillante semblait contenir une vie aspirant à franchir les simples limites de la chair. Il posa son mètre sur elle d'une main prudente et ferme et, quand il eut fini, inscrivit les couleurs qu'elle avait choisies, indiquant laquelle était pour la robe, la jupe, le corsage, le châle. Puis il plia la feuille en deux et la glissa sous la salière.

Une fois qu'elle fut couchée, il retourna dans la pièce qui servait de taverne et de magasin et, pour la première fois, se versa un godet de son propre rhum. Il resta assis à boire avec pour seul éclairage le rai de lumière oblique que la bougie posée à côté du sel, sur la table, projetait par l'entrebâillement de la porte. Pâle, vacillante. Sans comparaison avec la boule de feu au fond de son gosier.

Un matin de la mi-juillet, Blood fut tiré de son lit aux aurores par des appels venant du dehors, et il sortit en pantalon dans le jour sans soleil, déjà torride. Il avait plu pendant la nuit et il allait de nouveau pleuvoir avant midi. Cela faisait un bon mois que les dernières fourrures de l'hiver avaient surgi du fond des bois. Il sentit l'odeur avant même d'ouvrir la porte. Un traîneau surmonté d'une énorme charge autour de laquelle s'enroulait une longue corde. Avec, par-dessus, quelque chose de bizarre, une citrouille pourrie, un ballot de peau velue. L'homme qui tirait lui-même le traîneau était à demi nu, lui aussi ; pieds nus, torse nu, son haut-de-chausse déchiré, lacéré par la course. Sa poitrine, ses bras, ses jambes couverts de zébrures, de coupures, de plaies parfois purulentes. Ses cheveux et sa barbe, ayant en poussant emmêlé leurs poils, formaient une épaisse masse noire qui entourait sa tête d'une auréole délirante et lui retombait jusqu'au ventre. S'y nouaient des brindilles, des feuilles, de la boue séchée, comme s'il ne dormait pas sur le sol, mais dedans. Debout devant le traîneau, calme, il se tenait vis-à-vis de Blood, mais passait le collier de portage d'une main à l'autre comme s'il était encore en route, comme si sa course ne s'était pas encore tout à fait arrêtée.

Blood resta sur le seuil. Une nuée de mouches montaient, descendaient, voletaient autour du traîneau. Il semblait à Blood que même elles hésitaient à s'y poser.

— Qu'est-ce que c'est ? lança-t-il.

L'homme le fixa de ses yeux si rouges qu'on n'eût pas été surpris d'en voir suinter du sang.

— Des fourrures. C'est vous qui traitez, non ?

Blood se frotta le visage comme pour en chasser le sommeil. Il était tout ce qu'il y a de plus réveillé.

— J'en ai acheté ce printemps. Quand elles étaient fraîches. Je sais pas ce que vous avez là, mais ça sent le faisandé.

— J'ai pas pu faire autrement. J'ai été aussi vite que j'ai pu. Mais il y a eu des problèmes.

L'homme se rapprocha de Blood ; la pestilence aussi. Il laissa choir la sangle et, lui tendant la main, dit :

— Simon Crane.

Blood immobile, muet. Au bout d'un moment, il interrogea :

— D'où vous venez ?

— Du pays de l'eau au sud-est de Third Lake.

— Je peux pas les prendre.

— Non, non, monsieur. Il faut pas dire ça. Regardez-les d'abord. J'ai surtout du castor et du vison, un peu de loutre. Des peaux toutes neuves.

— Elles ont pas l'air. Elles sentent pas le neuf. Elles ont passé déjà trop de temps à la chaleur. Vous avez trop attendu.

— J'y peux rien. J'ai été le plus vite possible. Vous êtes quand même obligé de jeter un œil.

— Je suis obligé de rien du tout, énonça Blood.

Simon Crane se retourna pour aller ramasser la corde du traîneau et rapprocher un peu celui-ci de l'endroit où se tenait Blood. Puis il lâcha la sangle en tressage de peaux et se mit à tourner autour du monceau de fourrures, à croire qu'il se livrait à une ultime inspection. Finalement, il cessa ce manège et s'assit sur le tas, face à Blood. Et d'un geste presque machinal, il posa la main sur le globe attaché au reste. Blood constatait à présent que cette chose, quelle qu'elle fût, tenait en place grâce aux mêmes lanières en cuir. Elles avaient dû être mouillées au départ, car elles en entaillaient la surface. Cet objet n'allait nulle part.

Crane déclara :

— Vous avez pas idée de comment c'est là-haut. Ça grouille de castors, de martres et de tout ce qu'on peut rêver de plus beau, mais alors, ce pays, c'est comme un chaudron de l'enfer glacé. Y a de l'eau partout. Vous croyez que vous allez mettre le pied sur un morceau de terre ferme, une petite colline même, avec des arbres, et vous vous retrouvez avec de l'eau jusqu'au cul. Alors qu'il y a de la neige dessus. Même quand il gèle à pierre fendre, de l'eau, y en avait partout. Pour ça que personne ne trappe par là-bas. Et encore on n'a fait que sonder. C'était qu'un début. On n'a posé que quelques lignes. Si personne d'autre y va, ça restera bon pendant trois ou quatre ans encore. Et vous voulez que je vous dise...

Sans lâcher Blood du regard, il inclina la tête et se fendit d'un large sourire :

— Personne va aller là-dedans. Sûrement pas. J'ai pris mes précautions. Pas vrai, Wilson ?

Il se tourna alors pour regarder ce qu'il avait sous sa paume. Blood suivit des yeux cette main frôlant le sommet du globe, presque caressante. Il vit le globe se balancer, tressaillir ; ondulant, aqueux. A croire que seul l'enlacement des lanières l'empêchait de se briser.

— Qu'est-ce que vous avez là ?

— Ça ? Mais c'est Wilson.

Blood avança d'un pas. Une tête d'homme ; peau noire, putréfiée ; bouche grimaçante, toute en dents, pas de lèvres ; des trous à la place des yeux mangés par la pourriture ou quelque animal ou encore enlevés avec un outil tranchant. Blood se figea et, s'adressant à Simon Crane, commenta :

— Il a pas l'air en forme.

— C'est le meilleur associé du monde. L'ami Wilson est le meilleur associé que j'aie jamais eu, oui, et celui qui dira le contraire aura affaire à moi.

Blood était fasciné.

— Comment ça, « le meilleur » ?

— Bon, d'abord, avec lui, on s'arrange toujours. On s'engueule jamais, Wilson et moi. Mais surtout, il fait ce qu'aucun autre associé est capable de faire.

— Qui est quoi ?

— Ben, il habite deux endroits à la fois. Ici où je peux le tenir à l'œil. Et aussi là-bas, au campement, à surveiller ce qui s'y passe. Il faudrait plus que du courage pour s'attaquer à Wilson, ici ou là-bas. Alors, comme je vous disais, y a pas meilleur associé que lui.

— Comment il peut se trouver à deux endroits à la fois en même temps ?

— Facile. Une fois qu'on a trouvé. Mais avant, ç'a été fichtrement dur, je vous garantis. Oui, y a eu des problèmes. Pour tout vous avouer, j'aimerais pas retraverser un hiver pareil. Et le printemps non plus alors. C'est pas que les histoires d'eau. Dites, vous avez vu des Indiens par ici ?

— Pas que je sache.

— Je vous cause pas de ceux de la rivière Saint-François qui ont pas de couilles. Non, ceux que je vous parle sont des vrais de vrais sauvages. Ils sont peut-être bien deux, peut-être bien trois. Pas comme si je les avais vus, oh, non, les bougres sont bien trop malins. Mais ils sont là pour sûr. Qui me collent au train depuis le départ. Je sais pas ce qu'ils sont. Quelquefois je me dis que c'est des espèces de fantômes. Mon pote Wilson a passé du temps avec eux. Des Mohawks, ou des Cris, pour ce que j'en sais. Il a jamais dit. Allez savoir, c'est peut-être une bande que j'ai jamais entendu son nom. En tout cas, ils sont laids comme les sept péchés capitaux. Vous êtes sûr que vous les avez pas vus ?

— Non. Je le saurais.

— J'ai l'impression qu'ils sont tout le temps derrière moi, lui assura Crane en hochant la tête. Il faut pas me prendre pour un idiot. A l'allure que je vais, pour eux ce serait pas sorcier de me rattraper. Je me disais qu'ils me tournaient peut-être autour. Ça serait bien leur style. Alors je me demandais si vous les aviez vus. Ou si vous aviez entendu quelque chose.

Cette fois, Blood se contenta d'un :

— Non.

Puis, au bout d'une minute, il ajouta :

— Vous me racontez un peu ce qu'est arrivé à ce Wilson ? Par quel coup de chance il se retrouve à deux endroits à la fois ?

— C'était pour moi le coup de chance, monsieur.

Crane marqua une pause et, adressant un clin d'œil à Blood :

— Vous avez pas encore passé l'hiver ici.

Blood demeura muet.

— L'hiver est très dur. Dur comme l'enclume de Satan. Mais vous avez tout l'air de pouvoir tenir. Sauf qu'on sait jamais. En mars ou avril prochain, quel que soit le moment où vous serez prêt à vous taper la tête contre les murs parce que vous crevez d'ennui, et ça vous arrivera tôt ou tard, dites-vous que vous êtes un sacré veinard d'être ici, où y a des activités humaines. Même si c'est toujours les mêmes hideuses faces de rat. N'oubliez pas ça.

Blood attendit la suite.

— Dans l'ensemble c'était pas si dur en fait. L'heure de Wilson avait sonné, un point c'est tout. C'était la sienne ou la mienne. Je suis content de la tournure qu'ont prise les choses. Ça faisait un certain temps que ça n'allait pas. Je vous jure. Ecoutez. Vous voulez ces fourrures, oui ou non ? Je vais pas passer la journée à jacasser. Ces sauvages doivent pas être loin.

— Non.

— Je vous les laisse pour une bouchée de pain. De toute façon on me fera pas remonter dans ces marais. Je les laisse à Wilson.

— Non.

— Elles étaient de première fraîcheur. Y en a encore des bonnes. J'ai juste besoin de quelques pièces pour continuer ma route.

— Non.

— Je prends Wilson avec moi. Pour l'amour du ciel, vous connaissez pas la charité chrétienne ?

Crane s'écarta de la charge et se rapprocha de Blood. La puanteur curieusement plus solide que le reste de sa personne. Ses yeux injectés de sang étaient mouillés, comme s'il pleurait.

— Je lui ai ouvert la poitrine. J'avais pas le choix. C'était lui ou moi. Même mort il a fallu pour effacer ce sourire que je lui coupe la tête. Et ces yeux affreux. C'est pas humain de voir des choses pareilles. Même sur son meilleur associé. Il faut que je quitte le pays. J'ai besoin d'un coup de main.

Une fois de plus, Blood prononça :

— Non.

— J'ai entendu que tu achetais des fourrures.

Comme si cette idée adhérait à son cerveau au point qu'il était incapable de penser autre chose. Il s'y était si bien cramponné au cours des jours et des nuits qu'il lui avait fallu pour arriver jusqu'ici qu'il avait réussi à se persuader que Blood lui devait bien ça.

Doucement, Blood expliqua :

— Elles sont foutues. C'est pas la peine. Vous devriez les emporter dans les bois et les laisser là. Oubliez-les.

— C'est toute ma fortune, murmura Crane d'une voix éraillée.

Blood marqua un temps avant de déclarer :

— C'est triste. Mais je peux rien pour vous.

Crane donna un coup de pied calleux dans le sable mouillé de la route. Fixant son pied comme s'il pouvait lui apporter une réponse. Puis il leva les yeux en disant :

— Je me suis fait posséder comme un imbécile, c'est ça ?

Blood esquiva son regard et contempla les nuages qui descendaient se tasser à l'horizon, puis il le posa de nouveau sur l'être debout devant lui.

— C'est pas notre cas à tous, d'une manière ou d'une autre ?

— Ça m'aide pas beaucoup pour l'instant.
— C'était pas mon intention.

Blood rentra chez lui et ferma la porte, mais resta derrière, en sorte qu'il perçut le grognement brutal de l'homme rendossant son collier de portage et se remettant en marche, avec le traîneau qui se désengluait du sable mouillé. Homme et fardeau s'éloignèrent lentement, dans un bruit de patins fendant le sol trempé pas plus fort que le halètement de celui qui tirait. Au bout d'un moment, Blood ressortit. Il était encore tôt. La route était vide hormis les traces toutes de guingois des patins. A l'endroit où il avait stationné, le traîneau avait laissé une légère tache là où sa charge avait sué son liquide. L'air était moite, inerte, d'une humidité fraîche. Blood considéra la marque plus foncée sur la route et les empreintes de pas qui en partaient comme pour mieux y revenir. Puis il leva les yeux vers le ciel abaissé. Il garda le visage ainsi renversé jusqu'à ce que l'éclabousse la première pluie de la saison. D'abord quelques gouttes. Puis un souffle puissant pesa sur les arbres, et elle se mit à tomber dru, toute droite, puis soudain oblique. Blood ne bougea pas avant d'être tout à fait mouillé. Après quoi il rentra. Il alluma un feu dans les deux âtres, de petites flambées qu'il alimenta juste assez pour chasser la moiteur des pièces. Avec la pluie qui empêchait les moissons ou servait de prétexte à éviter d'autres corvées, les clients allaient sans doute défiler toute la journée. Il se demanda s'il était le seul à avoir vu la charogne ce matin. Possible qu'il y en ait eu d'autres que lui debout à cette heure. Pourvu que non. Il préférait ne pas être obligé d'en parler. Ou même d'écouter les gens en parler.

Le surlendemain au matin, il fut réveillé de bonne heure par une odeur de tabac. La nuit avait tout juste amorcé sa retraite. Les arbres devenus des silhouettes floues, des ombres grises. Trois heures et quart tout au plus. La pluie avait cessé, le temps s'était levé. Comme il faisait frais, presque froid avec la rosée et la brume sur le lac si tôt dans la journée, il s'habilla chaudement et se dirigea vers la porte gardée par le chien couché, réveillé et silencieux, la tête et le poil dressés. Blood s'agenouilla et lui chuchota de rester là. Il sortit, laissant le battant reprendre sa place dans l'encadrement sans se refermer tout à fait.

Deux Indiens se tenaient assis contre le mur côté magasin, recroquevillés sur eux-mêmes, les genoux au menton, les muscles de leurs cuisses saillants derrière leurs chevilles. Nus sous leur pagne, chaussés de mocassins en peau d'élan, harnachés de tout un attirail de courroies et de sacoches. Tous deux étaient armés d'un mousquet et d'un énorme couteau de chasse canadien glissés dans un étui en cuir souple. Le reste de leur accoutrement consistait en munitions pour le mousquet. L'un d'eux fumait une courte pipe en terre. L'autre serrait dans son poing des petits pois du jardin encore verts. Il fendait la gousse avec l'ongle de son pouce qu'il plongeait ensuite à l'intérieur pour détacher d'un seul geste les minuscules graines avant de les faire glisser dans sa bouche aussi facilement que s'il s'agissait d'un peu de poudre sur un bout de papier. Un tas de cosses vides s'élevait entre ses pieds. Blood les avaient regardés mûrir. Il resta planté devant les sauvages sans rien dire. Lorsque le mangeur de pois eut terminé ce qu'il avait dans la main, il s'adressa à Blood dans une langue inconnue de celui-ci.

Blood lui demanda s'il parlait anglais.

Ils le contemplèrent.

Il fit une nouvelle tentative, cette fois en français.

Ils continuèrent à le contempler, la mine imperturbable.

Après un instant de réflexion, il leur posa de nouveau sa question, d'abord en latin, puis en grec. Moins pour le plaisir de la réminiscence que pour les impressionner ; si lui ignorait leur langue, eux ne pouvaient pas non plus le situer.

Ils ne prononcèrent plus un mot. Le fumeur de pipe se leva, se pencha en avant et fit quelques pas en titubant sur la route, sa main libre tendue derrière lui, tel le gouvernail d'un bateau échoué. Soudain il fit volte-face et, se redressant de toute sa hauteur, se scia la gorge du plat de la main. Le regard qu'il posa alors sur Blood était dépourvu de la moindre lueur interrogative, comme s'il savait d'avance que Blood détenait la réponse à sa question.

Blood opina. Il leva deux doigts en l'air et les fit tournoyer. Deux jours. Puis il indiqua la route.

Le fumeur de pipe se rapprocha de Blood et se figea. Blood fit non de la tête. Le premier attendit, puis acquiesça. Il était sur le point de se détourner quand son compagnon le retint par le bras. Le mangeur de pois fit à l'adresse de Blood le geste de boire. Blood ne bougea pas, ne changea pas d'expression. Se contenta de dévisager l'Indien. Puis, doucement, il secoua la tête. Le fumeur de pipe fit de nouveau mine de se détourner, et de nouveau le mangeur de pois le retint par le bras. Cette fois, Blood prononça :

— Luther.

Le chien s'encadra dans la porte, les yeux fixés sur eux. Les sauvages le regardèrent puis se tournèrent vers Blood. Cette fois ce dernier sourit avant de leur signifier de nouveau non.

Le fumeur de pipe salua Blood d'un petit mouvement du menton. Après quoi il s'écarta de son compagnon et s'éloigna sur la route du côté indiqué par Blood, ses sacoches et ses sacs à poudre tressautant autour de lui. Le mangeur de pois l'observa quelques instants, puis lui emboîta le pas, ne jetant un regard à Blood qu'après avoir parcouru une centaine de mètres. Un bref regard par-dessus son épaule. Comme pour lui dire quelque chose. Peut-être pour l'avertir d'un possible retour.

Blood parla comme si l'homme se trouvait encore devant lui :

— Fais ce que tu veux, espèce de salopard. Mais attends encore une semaine que mûrisse ce qui reste de pois.

Les mesures prises par Blood s'avérèrent exactes. La balle de vêtements neufs arriva ; et tout allait à Sally. Dans ce pays de gros drap mélangeant le lin et la laine, elle était tel le tangara écarlate, le passerin indigo, le merle bleu parmi les hirondelles et les troglodytes. Et peu lui importait si la gaieté de ses nouvelles toilettes la mettait encore un peu plus au ban de la société féminine ; elle n'y comptait aucune amie et n'en espérait pas tant. Si elles avaient d'elle l'image d'un rêve fêlé éclos aux désirs coupables de leurs époux, pour sa part elle se voyait tout autrement — au-delà des hommes et du temps, au-delà de tout lieu, de toute situation. Elle se considérait comme libre de tout ce qui rattachait ces femmes à ce pays. Même si elle était liée à Blood par des liens d'une autre nature. Ils étaient associés, c'est ainsi qu'elle l'entendait. Même si ce n'était pas à égalité. Mais quelle femme l'était ? Elle pouvait choisir qui elle prenait dans son lit. Elle s'habillait comme ça lui chantait, légèrement ou beaucoup, à sa fantaisie. Elle faisait la grasse matinée, elle mangeait ce qu'elle voulait ou ce qu'il y avait et se portait bien des longues soirées au magasin qui de plus en plus ressemblait dans l'esprit de Blood à une taverne. Ses ballots d'étoffes restaient invendus.

Deux fois par semaine elle se levait tôt, écourtant sa nuit pour s'occuper du jardin. Elle se découvrait du plaisir à ces tâches faciles, à étirer et à tendre ses muscles dans la fraîcheur moite de l'aube estivale, à enfoncer ses orteils dans la douceur friable de la terre, à voir comment les soins prodigués aux plantes produisaient une nourriture savoureuse. Sidérée comme l'avait prévu Blood par le riche fumet de la pomme de terre nouvelle en robe des champs quand on la coupe en deux ; un goût à croire que la terre elle-même avait été transformée par d'invisibles mains en exquise chair blanche. Et surtout elle aimait ces moments si tranquilles où son corps et son esprit se confondaient sans qu'elle eût un instant à tenir compte des besoins ou des désirs d'un autre. Et ainsi apprit les joies des humbles travaux. Les joies paisibles de la solitude. Pour cette enfant d'une maison de passe, un simple jardin n'était pas un chimérique paradis — il était ce qu'il était, un point c'est tout. Un endroit où les choses poussaient et qui était à elle. Un jardin potager. Entre autres, il lui permit de comprendre ce qu'était l'appétit. Elle qui n'avait jamais connu que la faim.

Elle portait sa vieille robe sac pour jardiner. Le soleil était levé quand elle terminait, et elle venait poser sa cueillette sur la table de la cuisine. Aussitôt elle ressortait et traversait le pré couvert de vieux foin jusqu'au coude de la rivière pour se baigner, et revenait encore mouillée, séchant sous son vêtement grossier pour s'habiller dans sa petite chambre. Pour ensuite sortir boire le lait tout frais encore tiède du pis de la vache et étaler sur une tartine ce beurre qu'elle avait enfin appris à baratter, et rester assise là sous les yeux des hommes venus prendre leur premier verre de rhum. Pour leur rappeler qu'elle était là. Comme s'ils avaient oublié.

Elle supplia Blood tant et si bien qu'il finit par céder et lui découpa dans sa chambre une petite fenêtre à bonne hauteur. Jusqu'ici, elle étouffait dans la chaleur des après-midi et des longues soirées d'été. La fenêtre était haute et étroite, pour décourager les voyeurs, et aussi peut-être pour l'empêcher de travailler au noir. Elle ne se plaignit pas. Trop contente d'avoir de l'air et un peu de lumière. Et quand elle était couchée sous les frissons et les spasmes d'un micheton quelconque, elle apercevait cette tendre tranche de ciel. Seule au bout de la nuit elle pouvait regarder les étoiles. Un étroit rectangle de clair de lune rampait parfois sur son lit.

L'heure était venue de se prémunir contre les aléas — Blood n'envisageait ni ne souhaitait des ennuis, mais ce n'était pas sur un coup de tête qu'il avait emporté le petit canon. Et dès le premier jour, lorsque, en examinant la maison du meunier, il avait remarqué les doubles volets et leurs meurtrières, il s'était félicité de cette précaution. C'était l'hiver qu'il redoutait, une rude épreuve dans cette contrée où certains hommes perdaient la raison à mesure que la saison avançait et que leurs provisions s'épuisaient, et que la pensée rationnelle se trouvait chez eux supplantée par des idées ou des projets saugrenus.

Il étaya le grenier au moyen de pieux confectionnés à partir de troncs entiers équarris puis bricola dans ce grenier un attelage pour le canon. Après avoir découpé dans le toit une étroite ouverture d'à peine un mètre de hauteur afin d'y passer la bouche du canon, il orienta ce dernier vers la cour de la taverne de manière à ce que le champ de tir s'étende d'un bout à l'autre du terrain. Puis il ajusta un volet le plus serré possible dans cette ouverture, l'attachant par deux boyaux bien tendus à une poutre placée au-dessus de l'attelage de façon à pouvoir faire fonctionner le mécanisme d'un coup de couteau. Ensuite il déposa à côté du canon une réserve de munitions. Il n'avait pas d'obus et n'en voulait pas. Ces réserves comprenaient un tonnelet de projectiles de mousquet : il en fallait deux poignées par charge. Blood se retenait de tester le canon pour voir quels dégâts pouvait faire une charge sur le sol piétiné de la cour. Il n'y avait pas de raison de douter que ces dégâts seraient considérables. En plus, il comptait sur l'effet terrorisant de la surprise.

Le cadavre de Simon Crane fut découvert dans la montagne, au bord d'une petite rivière dont les eaux alimentaient la rivière des Indiens, par un nouveau colon qui défrichait son terrain en amont et se trouvait ce jour-là en train d'errer à la recherche d'une vache vagabonde sur le point de mettre bas. La vue d'une compagnie de corbeaux l'alarma. Il craignit de trouver son veau tué par un loup. Oubliant la vache, il redescendit raconter son histoire et chercher de l'aide — il tenait à ce que d'autres voient ce qu'il avait vu. Blood ne monta pas avec eux, et ils ne rapportèrent pas la dépouille de Crane qu'ils enterrèrent là-bas au fond des bois, ce qui n'empêcha pas Blood d'avoir les oreilles rebattues de leur récit.

Crane avait eu les poignets et les chevilles garrottés, bras collés le long du corps, puis il avait été enseveli jusqu'au cou dans la tourbe d'une petite prairie à castors infestée de moustiques et de taons. Ses paupières avaient été très précisément découpées. Pas le genre de blessure qui vous permet de perdre connaissance. Pas tout de suite en tout cas. La charge de fourrures puantes stationnée non loin. Personne ne parla d'une autre tête, et Blood ne posa pas de question. Celui, quel qu'il fût, qui avait enfoui Crane dans les marais avait emporté Wilson.

Les hommes avaient investi la taverne, tournicotaient dans la cour. Lorsque le long crépuscule bascula dans la nuit, ils restèrent chez Blood et allumèrent un feu de camp sur la route. Un peu plus tôt, quand ils étaient descendus de la montagne, deux hommes étaient partis à cheval inspecter la cabane et chercher Wilson, soit pour l'avertir, soit pour voir s'il avait disparu. Blood ne les avait pas retenus. Entre autres parce qu'il était curieux de savoir ce que l'autre moitié de Wilson pouvait bien concocter là-haut.

Les cavaliers redescendirent peu après la tombée du jour avec la description d'un Wilson en décomposition assis bien droit sur sa chaise, saucissonné dans une vieille lanière de cuir qui ne suffisait pas à empêcher ses entrailles de dégorger de son ventre ouvert depuis la gorge jusqu'à l'entrejambe. Sa tête avait disparu. Ils étaient repartis en le laissant là. Il faudrait au moins deux hommes pour le mettre en terre, et impossible de le ramener sans charrette ou traîneau — déjà il tombait en morceaux comme un poulet trop cuit.

Blood se tenait derrière son comptoir, penché en avant, appuyé sur ses avant-bras, pour mieux entendre. Sally perchée sur le tabouret non loin de lui, muette, discrète au point de passer inaperçue. Emil Chase fit son entrée, sa première à l'intérieur de la taverne quoiqu'il eût à deux reprises livré, de jour, une commande de bois de chauffage. Il se planta au milieu de la pièce, ôta son chapeau et le tint devant lui à la façon d'un plat ou d'un chasse-mouche :

— Qu'est-ce qu'on a là, dit-il.

Pas tout à fait une question. Il en savait déjà aussi long que les autres.

Cole, un des cavaliers, déclara :

— Quelqu'un a tué les deux trappeurs. Un supplice différent pour chacun.

Gandy intervint :

— Faut croire que celui qui a tué Crane c'est pas forcément le même que celui qui a tué Wilson.

— Pourquoi ? insista Chase.

— Ben, d'abord, je les connaissais tous les deux. Ils formaient une drôle de paire. Ils étaient associés, et pas d'hier, et pourtant ils s'appréciaient pas tellement. Chaque fois que je les voyais, ils étaient toujours en train de se bouffer le nez pour tout et n'importe quoi. Pire que deux vieilles, qu'ils étaient. Ils étaient méchants l'un avec l'autre, de vraies teignes. En plus, on peut se demander où est passée la tête de Wilson.

— Elle était pas sur lui ? s'étonna Chase.

— Elle était nulle part, précisa Cole.

John Burt, un des nouveaux colons débarqués l'été même pour commencer à défricher son bout de terrain, fit observer :

— Quelqu'un devrait aller prévenir le haut shérif du comté de Coos à Lancaster.

Chase se tourna vers lui :

— Tu crois.

— Bon, c'est une chose atroce qui s'est passée.

— Toi, je te connais pas, repartit Chase.

Burt se présenta. Chase rétorqua :

— Ça me dit rien. John Burt. Que rien t'empêche de descendre à Lancaster et de frapper à la porte du shérif Hutchinson. Il sera trop content de venir fourrer son nez par ici. Peut-être le fourrer un peu trop même à ton goût, John Burt. Sinon au goût de quelques-uns de tes voisins. Pendant que tu y es, si t'es prêt à nous coller un shérif du New Hampshire, pourquoi tu vas pas à Saint-Hereford ou je ne sais comment s'appelle ce patelin au Canada pour parler à leur magistrat là-bas. Nous autres on est entre le Canada et le New Hampshire. C'est un peu à chacun d'entre nous de décider. Certains penchent pour l'un, d'autres pour l'autre. Certains ont leurs raisons. Tu peux réfléchir aussi à ça, John Burt.

— On n'a besoin de faire venir personne pour cette histoire. C'est assez emmerdant comme ça, fit remarquer Cole.

Un autre homme lança :

— De toute façon, c'était rien que des vieux croûtons de trappeurs, qu'ils reposent en paix.

— Sûr que c'est pas Wilson qu'a enterré Crane dans ce marais, reprit Cole. Wilson était hors d'état de nuire depuis un bout de temps déjà, vous pouvez me croire.

— Wilson courait les bois avec des Indiens, avança Gandy. De vrais sauvages de je ne sais où. Des Mohawks de York State, je crois.

Emil Chase tourna son chapeau dans ses mains, en contempla l'intérieur puis regarda de nouveau Gandy :

— Tu crois qu'ils ont tué Wilson ?

Gandy termina son rhum et posa le godet en fer-blanc sur le comptoir ; Blood lui remplit. Gandy ne le toucha pas. On lui demandait rarement son avis. Il glissa ses mains dans la ceinture de son pantalon et déclara :

— Possible. Sont capables de n'importe quoi, ceux-là. Mais on peut se poser deux questions.

Chase, soudain irritable, laissa tomber :

— Comme quoi ?

— Ben, comme j'ai dit, d'abord sa tête est plus là. Et si c'est eux qu'ont tué Wilson, pourquoi ils ont filé le train à Simon Crane jusqu'aux portes de l'enfer pour le planter là avant de l'avoir achevé ? Bon, pour Wilson, n'importe quel débile aurait pu faire le coup. Mais la façon qu'ils ont tué Crane, ça c'est de l'art.

— Alors tu penses que Crane a tué Wilson et que ce sont des Indiens qui ont tué Crane ? demanda Chase.

Gandy fit mine de réfléchir, pressentant que Chase en avait presque terminé avec lui. Le cercle des hommes se pencha vers lui. Il souleva son godet, but une gorgée, opina :

— C'est les Indiens pour sûr qui ont tué Crane. Et je parie que c'est lui qui a tué Wilson. Après tout, y avait ce traîneau de fourrures à quelques pas de Simon quand ils l'ont plongé dans le marais jusqu'au cou.

Il marqua une pause et, en baissant le ton pour la dernière petite phrase :

— Là où il pouvait le surveiller.

Le nouvel arrivant John Burt s'exclama :

— Qu'est-ce qu'on fait ? On leur court après ?

Chase se tourna vers Burt tandis que Cole disait :

— Leur courir après ? Où tu crois qu'on va les trouver ?

— Je sais pas, avoua Burt. C'est vous qui connaissez le pays. On pourrait suivre leur piste, je suppose.

— Autant suivre la piste d'un follet, observa Chase.

Le frère de ce dernier, le fermier Peter, monté avec ceux qui s'étaient occupés du corps de Simon Crane et qui venait de se joindre de nouveau au groupe, dit :

— Ce serait quand même pas une mauvaise idée d'organiser des patrouilles et de surveiller un peu ce qui se passe dans les bois. Si ces démons traînent encore dans le coin, ça les poussera peut-être à prendre le large.

— On peut pas bosser tranquilles tant qu'ils sont dans les parages, approuva Burt.

Emil Chase lança à l'adresse de son frère :

— Néglige donc ta terre, c'est ton affaire. Tous les prétextes sont bons.

Puis, se tournant vers Burt, il ajouta :

— C'est pas après toi qu'ils en veulent.

— Qu'est-ce qui te fait dire après qui ils en ont ?

— Non, je peux pas dire. Mais ce qui est sûr, c'est que s'ils en avaient après toi, ils t'auraient déjà coincé.

Des rires fusèrent, de brefs reniflements gênés. Emil Chase mit son chapeau sur sa tête et se retourna pour faire face au groupe au complet.

— Allez-y, patrouillez, si ça peut vous rassurer, leur dit-il. Moi je m'en mêlerai pas. Mais demain j'ai l'intention de prendre mon cheval et d'aller voir à la cabane si le bonhomme est bien enterré. Ce qui reste de lui, au moins. Et je veux y aller accompagné ; mais que ceux qui sont tellement imbibés de rhum qu'ils trouvent ça drôle s'abstiennent. Je ne prends pas les propositions maintenant. Ceux qui seront au moulin à 6 heures et demie, je compte sur eux pour venir avec moi.

— J'y serai, déclara Cole.

— Je sais.

Soudain un cri retentit, poussé par celui qui, posté à côté de la porte, suivait la scène à l'intérieur tout en regardant le feu de camp. Ramassant son mousquet, il bondit dehors. Un nouveau cri, cette fois pour ordonner à quelqu'un de s'arrêter. Une détonation. Un son perçant émis par la même voix, quelque chose de brisé puis d'étouffé. Les hommes se ruèrent sur leurs armes et la pièce se vida. Seuls Blood et Emil Chase ne bougèrent pas. Leur parvint d'abord une cacophonie de cris, suivie d'un agglomérat de sons, tout à la fois soupirs et grognements, qui jaillit du groupe. Blood se tourna vers le meunier. Emil Chase avait enlevé son chapeau, comme résigné à ne pas rentrer tôt chez lui ce soir. Peut-être était-ce sa manière de se préparer. Blood prit le godet de Gandy et but une gorgée, sa première de la soirée. Tandis que les hommes passaient la porte en une grappe serrée. Une fois dedans, ils s'écartèrent les uns des autres, autant pour révéler ce qu'ils ramenaient avec eux que pour s'en écarter le plus possible.

C'était le diacre. Il avait les chevilles entravées par des lanières de cuir, serrées juste assez pour lui permettre d'avancer, chaque pas l'obligeant à piler et à sautiller en soulevant les deux genoux. Il tenait à peine debout. Des caillots de sang séché maculaient ses joues sous ses yeux sans paupières qui roulaient dans leurs orbites. Sa bouche avait été cousue avec un poinçon et du nerf de renne. Derrière ses lèvres, sa mâchoire était crispée à tel point que les muscles du bas de son visage se tortillaient comme des vers tandis que du fond de sa gorge sortait un son semblable au miaulement d'un chaton. Il avait les bras attachés sur les côtés et les mains en avant. Une odeur pestilentielle se dégageait de lui.

Ses mains étaient ficelées à une grosse boule mouillée tout aussi bien emmaillotée, fixée de manière à ce que ses poignets enserrent la masse. Malgré tout il enfonçait ses doigts dans l'épaisse toison comme s'il s'agissait d'un objet sacré.

Ce qu'il agrippait et offrait ainsi aux hommes autour de lui était ce qui restait de la tête de Wilson.

Sally se mit à hurler.

Blood expulsa tout le monde. Il contourna le comptoir et s'approcha sans hésiter du diacre ; toucha son front, lui parla, avec des mots aussi caressants que l'étaient ses doigts. Ses yeux plongés dans le regard écarquillé. Puis, à voix basse sans bouger, il ordonna : « Sortez ! » Les hommes tournicotèrent, certains burent de longues rasades. Blood, regardant autour de lui, reprit d'un ton plus vif : « Allez retrouver vos familles. » Comme si un charme était soudain rompu, ils se dépêchèrent de prendre leurs armes et se consultèrent avant de quitter les lieux. Par la porte ouverte, Blood les entendit continuer à converser autour des dernières lueurs du feu de camp. Il passa derrière le diacre pour aller fermer la porte et mettre la lourde bâcle en place. Outre le diacre, le seul autre homme présent était Emil Chase. Blood fit comme s'il n'existait pas. Mais il ne lui demanda pas de partir.

Il prit Sally par le coude et, comme elle refusait de bouger, toujours perchée sur son tabouret, toujours chantant sa funèbre mélopée, il l'entoura de ses bras, la souleva dans les airs et la transporta dans sa chambre à elle où il la déposa au bord du lit, alluma une bougie et se hissa sur la pointe des pieds pour fermer et bâcler sa fenêtre, et ensuite il se retourna pour lui dire : « Reste. » Lorsqu'elle se cramponna à son bras et refusa de le laisser partir, il ne chercha pas à lui faire lâcher prise, mais appela le chien, et celui-ci entra dans la chambre et se planta devant le lit en levant son regard sur eux. Blood indiqua de l'index le couvre-lit en disant : « Saute. » Le chien effectua alors un bond gracieux et tourna une fois sur lui-même avant de se coucher dos à la fille qui s'était mise à pleurer. De façon à ce qu'elle puisse se pencher sur lui et l'enlacer de ses bras comme s'il était la chose la plus solide au monde. Blood les quitta et retourna dans la partie taverne de la maison.

Le diacre était exactement là où Blood l'avait laissé. Emil Chase n'avait pas bougé non plus. Blood lui jeta un coup d'œil, Chase détourna le regard.

Blood passa derrière le comptoir pour prendre un baril de poudre vide et son poignard bien affûté. Se plantant devant le diacre avec le baril pressé entre ses genoux, il coupa les liens qui retenaient la tête de Wilson. Laquelle tomba dans le récipient avec un bruit mat et mouillé. Après avoir contemplé le baril, Blood le posa sur le comptoir. L'odeur était puissante, il ne la voulait pas dans la maison, mais il ne pouvait pas se résoudre à la jeter comme cela dehors. Ensuite il retourna auprès du diacre et, à genoux, se mit à couper les lanières de bas en haut jusqu'à ce qu'il ne restât plus que le nerf lui fermant solidement la bouche. Blood marqua une pause pour passer derrière le comptoir aiguiser son couteau avant de reprendre sa tâche. De sa main libre, il serra fort la mâchoire du bonhomme et renversa sa tête d'épouvantail en arrière afin de glisser la pointe de la lame derrière chaque point et trancher. Il n'essaya même pas de tirer les fils. Tirant de l'eau d'un seau, il la porta à la bouche du bonhomme et le laissa se désaltérer un peu, puis retira vivement la louche et en renversa le contenu par terre. Au comptoir, il remplit un godet de rhum et, revenant vers lui, lui serra de nouveau les mâchoires d'une main et, lui renversant la tête, lui fit boire l'alcool de force. Le diacre s'étouffa, déglutit, toussa de nouveau, après quoi il émit son premier vrai grognement, un bruit de rocher qui se fend. Blood posa le godet et, s'emparant d'un chiffon propre, il le trempa pour nettoyer son visage. Ou plutôt tamponner les croûtes de ses larmes de sang. Aussitôt un sang neuf se mit à couler de ses yeux sans paupières. Le diacre leva les bras et essaya de saisir Blood à la gorge ; Blood le retint ; l'autre serra un instant, puis s'affaissa sur lui-même, s'écroula en se roulant par terre, secoué par les sanglots. Blood se tourna vers Emil Chase, et celui-ci de nouveau esquiva son regard. Blood abaissa le sien vers le diacre qui se débattait, les genoux pressés contre la poitrine de douleur, les bras enroulés autour de sa tête.

— On peut essayer de lui parler, avança Blood, mais il ne pourra rien nous dire d'utile. Même pas, sans doute, où ça s'est passé. Ou combien ils étaient ou à quoi ils ressemblaient. Mais on peut toujours essayer.

Sans regarder Blood, Chase répliqua :

— Ayez pitié de lui.

Blood s'approcha de la pile de bois devant la cheminée et choisit une bûche. Il la soupesa puis la fit passer d'une main à l'autre pour éprouver son point d'équilibre jusqu'à trouver la bonne prise. Ensuite il retraversa la pièce, se campa jambes écartées de part et d'autre du diacre, se pencha en avant, calculant son angle compte tenu des contorsions, et abattit doucement sa massue en plein sur sa nuque. Le diacre se figea au milieu d'une torsion et tressauta une seule fois, puis retomba le nez dans la poussière, inerte. Sa poitrine se soulevait. Blood trempa un deuxième chiffon dans l'eau et le posa, encore mouillé, sur ses yeux à présent aveugles. Il passa encore une fois derrière le comptoir pour se laver les mains et le visage, après quoi il contempla longuement le baril de poudre devant lui. La puanteur était pénible. Mais comme il ne voyait pas ce qu'il pouvait en faire, il n'y toucha pas. Il se versa un godet de rhum et se dirigea vers le banc auprès du feu mourant, s'assit lourdement et but. Enfin il se tourna vers Emil Chase qui avait assisté à la scène sans desserrer les dents.

Emil Chase avait le même âge que Blood, ou seulement quelques années de moins. Dans la région d'Indian Stream, on en trouvait des plus vieux — des fermiers, des trappeurs —, pourtant Chase était le patriarche de la communauté. Ce n'était pas une question d'âge, ni de force physique, mais de tempérament et d'initiative. Pas un, hormis Blood, qui ne lui fût redevable. Chase était pragmatique, économe, travailleur, sobre — presque tout ce qu'était Blood —, et en outre il était au clair avec sa conscience. Ce à quoi ne pouvait prétendre Blood. Néanmoins, chacun reconnaissait en l'autre un adversaire, un opposant, le seul homme en ces lieux qui, sauf hasard ou accident, serait susceptible de détruire l'autre à volonté. Jusqu'ici, ils avaient empêché toute confrontation tout simplement en s'évitant. Le peu de commerce entre eux avait été unilatéral, Blood payant en espèces les services du moulin. Jusqu'ici, par conséquent, ils étaient quittes par la vertu de la distance.

Chase fut le premier à prendre la parole pour dire :

— Quel merdier.

— C'est pas joli, hein. Mais le pire, c'est ce pauvre type, là, par terre.

— Vous pensez que c'est pas les Indiens ?

— J'en sais trop rien. Mais toute cette histoire sent l'affaire personnelle. Ça paraît logique que ce soit pas eux qui aient tué Wilson, mais Crane. Et si ces sauvages étaient les copains de Wilson, alors c'est normal qu'ils lui courent après.

— Et ce pauvre bougre, qu'est-ce qu'il vient faire là-dedans ? dit Chase en indiquant le diacre.

— C'est bien ça le problème. Ce qu'on peut espérer de mieux, c'est qu'ils en aient eu assez d'entendre ses vociférations et se soient dit qu'il ferait un parfait messager pour nous envoyer les restes de Wilson.

— Comment on les reconnaîtrait, de toute façon ? C'est pas comme si l'un de nous les avait vus. Sauf peut-être ce nabot de trappeur qui vous sert de transporteur de rhum. Mais s'il les avait vus, moi je pense pas qu'il le crierait sur les toits, et vous ?

— Je vois pas ce qu'il en tirerait.

— Ce qui me soucie, continua Chase, c'est que près d'une centaine de types vont se mettre à jacter. Alors la nouvelle va se répandre jusqu'au sud. Trappeurs ou pas, c'est exactement le genre de chose qu'attend Mose Hutchinson pour se pointer.

— Le haut shérif du comté de Coos ?

— Oui. A Lancaster.

— Franchement, monsieur Chase, je vois pas le problème. Tout ça, c'est clair comme de l'eau de roche. Si un shérif minable veut venir y fourrer son nez, qu'à cela ne tienne, voilà ce que je pense.

— Vous avez rien à cacher, n'est-ce pas, monsieur Blood ?

Blood soutint le regard de Chase.

— Rien du tout... Mais sans doute que d'autres, si. C'est mieux si tout le monde la boucle. Je crois que vous avez remis à sa place ce jeune gars, Burt, et sans doute que les autres ont compris à demi mot. Plus, on peut pas faire, hein ?

Chase s'approcha de la cheminée et cracha dans les cendres froides. Puis il se retourna en disant :

— Je suis pas sûr.

Et se rapprochant de Blood, très près :

— Qu'est-ce que vous comptez faire de celui-ci ? demanda-t-il en montrant de nouveau le diacre gisant dans un affreux sommeil convulsé.

Blood répondit :

— Qu'il passe donc la nuit sur mon plancher.

— C'est tout ?

— Quoi d'autre ? Comment il va supporter la vie dans cet état ne me regarde pas. Pour moi c'est impensable.

Chase opina. Il dirigea son regard vers le baril de poudre et déclara :

— Si vous preniez un peu de cendres froides pour recouvrir la tête de ce malheureux, ça puerait peut-être moins.

— Il en a assez bavé comme ça. C'est pas la peine d'en rajouter dans l'humiliation avec vos cendres froides.

— Au point où il en est, je vois pas en quoi ça le gênerait.

— Moi ça me gêne.

— Vous êtes bizarre.

Blood se contenta de boire. Il se tut.

Chase soupira. Puis lança :

— J'ai entendu des choses sur vous.

— Ce Gandy a la langue bien pendue, hein.
— Semblerait que vous auriez tout aussi intérêt qu'un autre à ce que Mose Hutchinson vous fiche la paix.
— J'ai rien à craindre de personne.
— Et de votre Seigneur ?
— Je suis encore de ce monde.
— Je vois.
— Peut-être bien.
— En tout cas, cette fille que vous avez ici est mineure.
— Des comme elle, je parie que le shérif en a déjà plein sa basse-cour. Il a pas besoin de venir jusqu'ici.
— C'est pas ce que je voulais dire.
— Je l'oblige à rien. Et j'oblige personne à aller avec elle.
— Ce qui fait que c'est bien ?
— Allons, on va pas discuter de ce qui est bien.
— Pourquoi pas ? Qui que vous soyez, vous avez de l'éducation. Ça se voit comme le nez au milieu de la figure. Comment ça se fait que vous avez voulu pousser votre éducation si loin au-delà du bien ou du mal ?
Blood soupira :
— Vous êtes, vous-même, plutôt curieux.
Chase hocha la tête :
— J'aime pas ce que vous et elle faites ici. Mais y a des femmes qui sont plus sévères.
— Elles le sont toujours.
— C'est elles qui pourraient vous causer des ennuis, que j'essaye de vous dire.
— Il en a toujours été ainsi.
— Je suis pas d'accord.
— Je ne suis pas en train de dire que je suis innocent, dit Blood en prenant une autre gorgée. Ce que ces femmes ne comprennent pas — ces braves ménagères bien intentionnées —, c'est que cette fille vit une sorte de vie enchantée à côté de celle qu'elle a quittée. De leur point de vue, cela ressemble peut-être à de la débauche. Je peux comprendre. Surtout pour celles dont les hommes viennent par ici pour autre chose qu'un godet de rhum. Même ceux qui ne couchent pas avec elle la ramènent chez eux dans leur tête. Mais ce que je veux vous dire — et vous pouvez le garder pour vous ou tenter de l'expliquer à votre femme ou à qui vous demande —, c'est que Sally est plus heureuse maintenant qu'elle ne l'a jamais été de toute sa vie. Ou n'aurait jamais été, si je n'étais pas intervenu.

— Comment pouvez-vous en être si sûr ?

— Il y a des endroits sur cette terre où l'on naît déjà à plat sur le dos et où l'on ne peut que tomber de plus en plus bas. Il y a des endroits qui n'ont pas de portes, pas de voies de sortie. Vous comprenez ce que je suis en train de vous dire ?

Chase resta un long moment sans voix. Puis, très doucement :

— Vous êtes sans doute bien placé pour savoir.

Blood acquiesça d'un imperceptible signe de tête.

Ils demeurèrent silencieux. Il était très tard. Quelque part en haut de la vallée, un coq chanta, une heure, peut-être deux, avant les premières lueurs du jour. Blood songea à part lui que, tant qu'à avoir une vache, il devrait aussi se procurer quelques poules. Des œufs frais, c'était une bonne idée. Brouillés sur toast. Tout d'un coup, il se sentit fatigué. Pris d'une immense lassitude.

Voyant que Blood n'avait rien de plus à ajouter, Chase tourna son chapeau dans ses mains, s'en coiffa et dit :

— Bien. On a une longue journée devant nous demain.

— Aujourd'hui.

— Quoi ?

— C'est déjà aujourd'hui.

— Vous avez sans doute pas tort, opina Chase. C'est toujours pareil, non ?

— Ça me dérange pas.

Blood dormit peu et, moins d'une heure après son réveil, Chase arriva en compagnie de trois autres hommes : son frère Peter Chase, Isaac Cole et le jeune John Burt qui avait l'air de ne pas s'être couché du tout. Aucun d'eux n'était reposé, ils étaient irritables comme des hommes mécontents mais consciencieux. Lorsque Blood sortit avec le baril contenant la tête de Wilson, les chevaux se mirent à hennir et à piétiner le sol, à reculer, à faire des bonds de côté. Ils essayèrent d'installer un système de cordes entre deux chevaux pour transporter le baril, mais l'un ou l'autre s'écartait chaque fois qu'on les rapprochait du fardeau. Au bout du compte, Peter Chase cravacha sa monture et galopa jusqu'au moulin pour revenir avec un traîneau. Ils y amarrèrent le baril, et la petite bande remonta la route en traînant sa charge loin derrière, le baril tout petit et solitaire au milieu du traîneau. Blood resta sur la route à les regarder partir, se remémorant le matin pas si lointain où la tête de Wilson s'en était allée dans l'autre direction sur un traîneau analogue.

C'est seulement en rentrant dans la maison qu'il s'aperçut que le diacre s'était volatilisé pendant qu'il dormait. La seule trace de son passage était le chiffon mouillé plein de sang qui traînait par terre. Et les bouts de nerfs coupés. Blood prépara un feu dans la cheminée en dépit de la chaleur qui montait et brûla ces déchets puis fit bouillir de l'eau et se servit d'un vieux morceau de sac de jute pour lessiver. Les murs, la planche du comptoir, le plancher enfin. Une fois qu'il eut terminé, il ouvrit la porte pour faire entrer de l'air frais afin de favoriser le séchage et purifier l'atmosphère de la pièce. Il fit une grande flambée puis laissa le feu s'éteindre. Personne ne se présenta pour prendre un petit rhum pour attaquer la journée ; de toute façon, il ne s'attendait à voir personne ; d'ailleurs il eût chassé quiconque aurait eu ce culot. Il sortit piocher quelques pommes de terre pour le petit déjeuner.

Accroupi sur un tabouret, il était occupé à traire la vache, quand il entendit Sally crier. En se levant il renversa le bidon de lait et courut vers la maison. Elle se tenait assise tout droite sur son lit, emmitouflée dans une couverture, le cou ployé, la tête se balançant d'avant en arrière. Ses cris avaient cessé, mais elle sanglotait, ses épaules délicates brisées par de violents tremblements. Le chien Luther était couché sur le lit contre sa cuisse ; la tête soulevée et tournée de côté, il fixait sur elle des prunelles d'une insondable tristesse. Blood s'agenouilla sur le mince matelas et la tint par les bras, lui parla jusqu'à ce qu'elle acceptât de lever les yeux vers lui. Elle avait un regard chaviré. Le visage bouffi, le nez qui coulait, les cheveux trempés de sueur. Elle avait fait un mauvais rêve. Ses bras se nouèrent autour du cou de Blood, sa joue se posa contre sa poitrine : elle ne voulait plus le lâcher. Il la tint dans ses bras, caressa longuement son dos. Il avait des fourmis dans le pied, comme des milliers de petites aiguilles qui le picotaient. Malgré la crampe qui le guettait, il ne bougea pas. C'était tout ce qu'il pouvait faire. Il abaissa son nez tout contre ses cheveux, la huma. Il retrouvait une odeur familière.

A midi, Emil Chase fit une apparition solitaire et appela Blood depuis la cour. Personne n'était passé de toute la matinée et maintenant, avec le soleil au zénith, Blood commençait à s'inquiéter : combien de temps cet état de choses allait-il durer ? Pas tant à cause du manque à gagner, mais il savait qu'une habitude se perd aussi facilement qu'elle se prend, et il se demandait qui de ses clients allait perdre celle-ci en particulier, qui allait se sentir directement concerné par toute cette histoire. Donc, quand il entendit

Chase l'appeler, il fit ce qu'il n'aurait pas fait d'ordinaire. Il sortit à sa rencontre.

Le cheval écumait après les efforts de la matinée, après avoir vu et senti des choses qu'aucun cheval ne devrait jamais voir et sentir. Chase était un peu avachi sur sa selle, mais il tenait ses rênes de telle façon qu'elles paraissaient directement en contact avec le mors et la bouche de sa monture, comme si elles n'étaient en fait que des prolongements de ses mains. Il n'essayait pas d'obliger son cheval à se tenir tranquille ; en le laissant tourner de droite et de gauche, il le gardait sous son contrôle tout en lui permettant de se dépenser.

Chase déclara de but en blanc :

— La cabane n'était plus qu'un tas de cendres quand on est arrivé. Ça fumait encore, je ne sais comment, il y avait encore un feu mais la maison s'était évaporée. L'œuvre des sauvages, c'est sûr — il y avait une aile de hibou et trois plumes de corbeau attachées ensemble à un arbre. Là où on pouvait pas les manquer. On n'a pas pu voir s'ils ont pris le cadavre de Wilson ou s'ils l'ont brûlé avec le reste. Mais d'après ce que ces types ont raconté sur lui, je parie que ces sauvages l'ont laissé là où il était. Les hommes sont sens dessus dessous à la pensée qu'ils rôdaient dans les parages pas plus tard qu'hier. On peut pas savoir où ils se trouvent ou ce qu'ils mijotent. S'ils tenaient tant à Wilson qu'ils ont fait ça à Crane, ils ont peut-être pas terminé avec nous autres. Y a eu un appel à une réunion au moulin cet après-midi pour décider comment ils vont s'organiser en patrouilles et qui va être le chef et tout.

— Quel rapport avec la tête ?

Chase le regarda mais, comme son cheval faisait un écart, il lui fit faire un cercle complet pour se placer de nouveau face à Blood. Son chapeau, enfoncé sur son crâne, lui cachait les oreilles. Blood se dit que la chevauchée avait dû être rude.

— Sa tête ? Je vais vous dire ce qu'on en a fait, de sa tête. Mon frère et moi on l'a prise entre nous deux avec des cordes et on l'a déposée en plein milieu de ce qui restait de la cabane. Puis on l'a recouverte avec les braises et on a jeté dessus les bûches de la réserve de bois et on a fait repartir le feu. Le jeune John Burt se promenait avec son mousquet, à regarder dans tous les coins et à se retourner brusquement pour vérifier s'il n'y avait rien derrière lui. Puis, quand le feu a bien repris et que ça s'est mis à sentir le cochon grillé, il a jeté son fusil par terre et il a dégueulé. On a dû le remonter sur son cheval et le sortir de là. Tout ça pour vous dire, monsieur Blood, que vous n'avez plus de baril.

— J'en voulais plus, de toute façon.

La colère de Chase, comme si elle ne se cantonnait pas au présent, allait grandissant à mesure qu'il avançait dans son récit. Apparemment, il rendait Blood responsable. Comme si les activités de Blood salissaient la campagne alentour, les habitants si travailleurs et leurs modestes ambitions, allant jusqu'à tourner leurs efforts en dérision — les profits de Blood se nourrissant de leur sueur et de leurs suppurations. Blood se sentait vaguement vexé, mais il refusait de se laisser happer par la vision qu'un autre avait de lui.

Chase rétorqua :

— Vous n'auriez jamais dû traiter ce pauvre idiot comme vous l'avez fait. Cette humiliation, c'était trop. Je vous tiens tout aussi responsable de ce que ces sauvages lui ont fait subir.

Blood se rapprocha, prit le cheval par le montant de bride à côté de sa bouche, et se mit à lui murmurer, à le bercer de douces monosyllabes. Puis il leva les yeux vers Chase en disant :

— De quoi vous parlez ?

— De ce que tout le monde parle en ce moment. Comment vous avez sorti cette fille sur la route au milieu de tous les hommes pour ridiculiser ce pauvre demeuré, ce fou de Dieu, ce type dont on ne savait pas d'où il venait et ce qui lui avait autant ramolli le cerveau. Mais on le tolérait parce qu'il était justement toutes ces choses, et vous le saviez parfaitement. Vous le saviez forcément, sinon vous n'auriez jamais fait ce que vous avez fait. D'une certaine façon, ç'aurait pas été aussi terrible si vous aviez fait ça à un gamin de onze ans. D'une certaine façon, c'était pire.

Blood fit remonter sa main sur la tête du cheval jusqu'à la crinière entre ses oreilles et l'animal laissa tomber sa tête, en sorte que Blood pût regarder Chase droit dans les yeux.

— Chacun est libre de ses opinions. Vous pouvez penser ce que vous voulez de moi et de ce que je fais. Mais je supporte pas qu'on vienne me critiquer. Celui qu'ils appellent le diacre a eu ce qu'une partie de lui cherchait. Si ça avait été quelqu'un d'autre disant les mêmes choses, j'aurais pas été si attentionné.

— Des menaces, monsieur Blood ?

— Non, répondit Blood d'un ton conciliant. Ça semble pas utile.

— Vous êtes sûr de vous, Blood. Poussé trop loin, ça peut devenir dangereux, attention.

— Un danger pour qui ? personne. Alors qu'on me fiche la paix.

Emil Chase se détourna pour cracher par terre :

— En tout cas, le diacre viendra plus vous embêter. En rentrant de la cabane du trappeur, on l'a trouvé flottant sur le ventre dans le bief du moulin. Alors ça fera deux événements dans l'après-midi, une réunion et un enterrement. Je sais pas par lequel on va commencer. Sans doute l'enterrement. Il est pas beau à voir.

— C'est désolant, mais je ne suis pas étonné. Ça vaut mieux pour lui.

— Aucun d'eux ne méritait cette mort-là. Mais sait-on jamais ce qui vous attend à la fin ? Sauf que là ça fait beaucoup de morts affreuses en peu de temps.

Comme Blood se taisait, Chase continua :

— Lâchez mon cheval. J'ai à faire. Je suppose qu'on vous verra ni à l'enterrement ni à la réunion.

Tout en gardant la bride bien en main, Blood déclara :

— Que ça vous plaise ou non, tout ce que je ressentais pour ce pauvre bougre, c'était de la pitié. Sûr que j'irai le voir mettre en terre. Mais pour la réunion, vous avez raison, ça me paraît pas assez sérieux pour moi.

— Vous tiendrez peut-être un autre discours quand ces sauvages s'en seront pris à vous.

L'image de l'homme aux petits pois revint à la mémoire de Blood. Il lâcha la bride et recula d'un pas, les yeux encore sur Chase :

— Qu'ils viennent donc, ceux qui veulent s'attaquer à moi, je saurai les recevoir. J'ai besoin de l'aide de personne.

— C'est exactement l'attitude qu'il faut avoir dans ce pays, ironisa Chase d'une voix vibrante de mépris.

— C'est bien ce que je pense, et pas seulement ici. Mais je viendrai vous donner un coup de main pour préparer une sépulture au bonhomme. Dès que je me serai débarbouillé un peu.

— Comme vous voudrez. Du moment que vous laissez votre pute à la maison. Il y aura des femmes et des enfants.

Sur ces paroles, il tira brutalement sur les rênes et, la tête rabattue contre son épaule, le cheval contourna Blood en le frôlant presque avant de continuer son chemin. Blood n'esquissa pas un geste. Chase fouetta d'un coup de rênes l'encolure de sa monture qui remonta la pente ventre à terre en direction du moulin. Blood les suivit des yeux à travers les bouillons de poussière qui ne laissaient plus transparaître que la sensation de l'homme et de l'animal. Au-delà il apercevait les eaux du lac, noires et scintillantes sous le soleil de midi. Puis il rentra à la maison chercher le seau et descendit jusqu'à la rivière puiser de l'eau fraîche. En revenant, il fit une halte au jardin. Il restait une rangée de petits pois. Des cosses de plus en plus pleines. Bientôt mûres. Il se dit qu'il les mangerait volontiers pour son souper. Autant les manger encore un peu verts et tendres que pas du tout.

A sa stupéfaction, elle ne discuta pas, mais fit sa toilette et mit sa tenue la plus élégante — une jupe et un corsage de la même teinte vert mousse au lieu de son mélange de couleurs habituel — et, sans se faire prier en dépit de la chaleur, enveloppa ses épaules et ses bras de son châle qu'elle rabattit sur ses seins et la mince étoffe de son corsage. Ne broncha pas tandis qu'il coiffait sa chevelure et la rassemblait sur sa nuque pour la nouer avec une ficelle. Il vint ensuite se poster devant elle et tira légèrement sur ses cheveux afin de les ébouriffer autour de son visage. Elle patienta pendant qu'il faisait pénétrer de la graisse dans les craquelures du cuir des bottines à lacets qu'elle n'avait pas portées depuis le mois de mars. Ses pieds, quoique bruns et calleux, avaient dégonflé, et elle les glissa sans difficulté dans le cuir assoupli. Elle attendit debout plutôt qu'assise qu'il enfilât sa seule chemise convenable et une culotte en cuir moins fatiguée.

Ils remontèrent la route ensemble. Au début, comme elle trébuchait tant l'habitude de marcher avec des chaussures lui était passée, elle se tint à lui. Une fois son équilibre retrouvé, elle ôta sa main, mais il la lui reprit pour la passer sous son propre bras. Ainsi, côte à côte, ils grimpèrent vers le moulin et puis de l'autre côté jusqu'à la terre nue du cimetière où un groupe était agglutiné au sommet d'une petite colline dégagée dominant le lac. Un tas de terre marquait l'endroit où le sol avait été creusé ; un cercueil en bois brut reposait sur des planches placées en travers du trou. Ils ne restèrent pas à l'écart du groupe, mais sur le côté, un peu en arrière, affirmant leur présence sans l'imposer à leurs voisins. Tous attendirent tacitement en silence jusqu'à ce que tous ceux qui devaient venir fussent là. Les frères Chase et deux autres hommes s'avancèrent et soulevèrent les cordes de part et d'autre du cercueil. Un gamin les aida à dégager les planches du trou, et ils abaissèrent le diacre sans un bruit au sein de la terre. Après quoi, Emil Chase lut en vitesse un passage de la *Lettre aux Corinthiens*. Blood fut étonné de l'entendre lire aussi mal, sans marquer de pause ni donner le ton, prononçant tous les mots les uns après les autres comme s'ils étaient tous pareils. Chase contempla de nouveau le trou et fit ses adieux à l'homme dont personne dans l'assemblée ne connaissait le véritable nom, et il confia son âme à Jésus-Christ. Puis, de nouveau, sans un mot, les quatre hommes ramassèrent leur pelle et se mirent à remplir le trou. Et les gens s'attardèrent à regarder un moment avant de se mettre à bavarder entre eux, formant peu à peu de petites grappes qui bientôt s'éloignèrent, ne laissant personne seul, d'un seul mouvement vers le bas de la pente, loin de l'homme dont la vie serait marquée d'une simple pierre et qui d'ici une génération aurait sombré dans l'oubli, ou dont on se souviendrait seulement à cause de la façon dont il était mort.

Blood et Sally restèrent à la traîne. Pour attendre non pas que le travail fût terminé, mais que les autres aient descendu le versant de la colline. La plupart s'étaient rassemblés devant le moulin en attendant que ceux qui s'occupaient de la tombe vinssent les rejoindre afin de poursuivre la tâche entreprise, l'aventure milicienne, l'appel du danger. A mi-chemin de la pente, Blood s'adressa à Sally sans jeter les yeux vers elle en disant : « Prends mon bras. » Elle obtempéra et ainsi, bras dessus bras dessous, ils passèrent devant le groupe du moulin, en majorité des hommes mais aussi quelques femmes qui attendaient avec leur conjoint l'ouverture de la réunion pour aller prendre le thé avec l'épouse du meunier pendant que les décisions se prenaient.

Blood et Sally passèrent devant eux, Blood regardant droit devant lui jusqu'à se trouver à leur hauteur puis se tournant et considérant les hommes avec lenteur, laissant ses yeux s'attarder çà et là comme s'il les jaugeait avant le combat. Il les salua d'un coup de chapeau en leur souhaitant une bonne soirée. Se recoiffa et passa avec la fille presque collée contre lui, descendant vers sa taverne ouverte à tous vents sans surveillance, se sachant guetté à chaque pas. Il ne marqua aucune halte dans la cour, ne jeta pas un regard en arrière ; il entra avec Sally sur ses talons. Ferma la porte, la bâcla. Il n'était pas « ouvert ». Même s'il savait qu'au crépuscule, quand le soleil céderait la place à l'ombre sur le paysage, il ouvrirait toute grande sa porte, allumerait des flambées dans sa double cheminée et apprendrait tout ce qu'il lui était nécessaire à propos des plans conçus entre-temps. Mais pour le moment, tout ce qu'il souhaitait, c'était qu'on le laissât seul. Il avait faim. Il songea au jambon fumé presque entier obtenu par troc dont il pourrait se couper quelques tranches. Aux pommes de terre aussi. Et aux petits pois restants. Il décida de cueillir seulement la moitié de ceux-ci en misant sur la chance pour la suite. Les petits pois, son plat préféré. Une fois qu'il n'y en aurait plus, l'été serait dans son esprit pour ainsi dire terminé. Ils dîneraient tôt. Ainsi il pourrait s'offrir une petite sieste. Après tout ça, il se sentait fourbu. A croire qu'il s'était tenu des heures, des jours d'affilée au garde-à-vous. Une baignoire pleine d'eau chaude eût été idéale. Une sieste ferait l'affaire.

Des jours durant, Sally fut incapable de dormir, et quand elle s'assoupissait, c'était pour se réveiller chaque fois en hurlant.

Elle ne voyait pas la différence entre son rêve et son réveil, vociférant avant que Blood ne vînt la réconforter, s'accroupissant dans une position bizarre, à genoux sur son lit, tout contre elle, ses genoux d'homme pressés contre ses cuisses de femme, courbant la taille pour serrer ses épaules et sa tête contre sa propre poitrine, le corps raide et cassé, comme si elle le menaçait, ou comme s'il représentait pour elle une menace. Et elle posait sa tête au creux de son torse qui se soulevait avec sa respiration comme sur le dernier morceau de terre susceptible d'abriter son angoisse. Il lui parlait, répétait sans cesse les mêmes mots très simples, dans des ordres différents mais toujours les mêmes ainsi que l'on s'adresse à une enfant. Elle ne s'en rendait pas compte. Il n'y avait pas eu d'autres enfants dans la maison où elle avait grandi.

Il disait :

— C'est juste un rêve. Un rêve c'est tout. Seulement un rêve.

Les mêmes mots encore et encore.

En général quand ses pleurs cessaient, Blood l'allongeait dans son lit et la laissait, sortant de la pièce sans un mot. Mais une nuit elle était passée directement des sanglots aux paroles, et il était resté là à l'écouter, comme si rien ne différenciait ses larmes de ses mots.

Elle lui dit :

— J'ai jamais été heureuse. Quand j'étais toute petite, j'étais toujours dans les jambes de tout le monde, je faisais trop de bruit quand il ne fallait pas. Alors il y avait toujours quelqu'un pour me gronder ou me fesser ou m'ordonner de me taire. Je me rappelle une vieille, je sais pas si elle était associée à ma mère, ou si elle était propriétaire de la maison jusqu'à sa mort ou quoi. C'était peut-être la mère de ma mère, mais je crois pas, quoique ma mère comme toutes les autres filles l'appelât "Mère". La mère Holmes. Oh ! c'était une vieille sorcière difforme avec de la barbe au menton et qui fumait la pipe comme un homme. C'est elle qui me frappait le plus fort. Les autres filles s'en étaient rendu compte et elles loupaient jamais une occasion de me flanquer une torgnole. Tout ce qu'elles faisaient c'est traiter les autres comme on les traitait elles-mêmes. Je sais pas si c'est juste avec les putes, mais les hommes sont vicieux. J'en ai vu des yeux au beurre noir, des nez cassés et des bras fracturés et j'en passe. Le monde est un endroit horrible et je m'en suis aperçue qu'à partir du moment où tu m'as emmenée avec toi et m'as amenée ici. Avant je connaissais rien d'autre. Tu peux pas dire qu'une chose est pire qu'une autre si tu connais rien d'autre. J'ai jamais été le genre à pleurnicher. Mais j'ai pensé que j'étais pas mal lotie. Et puis ce pauvre bougre, ce pauvre idiot. Tu imagines pas pouvoir fermer les yeux ? Je peux pas. Pas pouvoir fermer les yeux. Y a pas pire...

Il y a pire, songea Blood, mais il se garda de le prononcer tout haut.

— ... Quand j'étais petite, quatre, cinq ans, j'ai trouvé un minuscule chaton que j'ai adopté. Tout maigre, le pauvre minou. Rayé orange et blanc. Bon, tu devines la suite. Un type descend l'escalier ivre mort à 3 heures du matin et le chat dévale les marches devant lui. Il trébuche dessus, il glisse, il tombe et roule jusqu'au bas de l'escalier. Alors il remonte en rugissant et attrape la petite bête et la balance de toutes ses forces et lui éclate la tête sur le dossier d'une chaise. J'étais réveillée, j'ai tout vu. Quand j'étais petite, j'avais aucune idée des heures. C'est seulement plus tard que j'ai appris que la nuit il se passe pas la même chose que le jour. Mais à l'époque, je me fichais de ces histoires d'heures. *Chatte*. C'était le nom que je lui avais donné. Parce que je savais que c'était ce que le bon Dieu nous a donné de mieux. Tout le monde nous l'enviait. Pour moi c'était la chose la plus naturelle du monde de l'appeler “Chatte”. Mais après ça, je n'ai jamais voulu de chat.

« L'été de mes dix ans, ou de mes onze ans, tu sais que je sais pas exactement quel âge j'ai, j'ai jamais su. Comme personne était sûr, moi non plus. Ma mère, elle, devrait. C'est ce qui me fait me demander si c'est vraiment ma mère ou si elle m'a eue d'une autre façon quand j'étais trop petite pour me souvenir — il y a des enfants abandonnés ou vendus ou même quelquefois volés quoique je pense pas qu'elle m'ait jamais assez désirée pour me voler ou m'acheter — sans doute si je suis pas d'elle c'est que j'ai été abandonnée là-bas. Peut-être une fille qui a fichu le camp après m'avoir mise au monde ou quelqu'un m'aura déposée là. Ou alors c'est vraiment elle qui m'a donné la vie, et le fait qu'elle se souvienne pas de la date, ça veut pas dire grand-chose. De toute façon, j'étais sans doute une jolie petite fille qui devenait grandette même si je m'en rendais pas compte. J'avais pas encore de nichons et encore deux ans avant mes règles, mais y a pas de doute que j'étais déjà pas mal tournée. Alors il y a eu ce type, un gros plein de poils, c'est comme ça que je le voyais. Je l'ai entendu qui discutait avec ma mère du prix que je pourrais lui coûter. Elle m'a appelée pour qu'il me voie bien et m'a obligée à soulever ma jupe et à tourner sur moi-même rien que pour qu'il me regarde sous toutes les coutures. Ensuite ils se sont mis à s'engueuler tous les deux. Sans doute qu'elle voulait plus qu'il était prêt à donner. Bon, comme j'avais déjà vu tout ce qu'il y avait à voir, je me suis dit, pas question qu'il me mette son ..., et je me suis enfuie en courant. Je suis sortie de la maison, j'ai traversé la cuisine et j'ai dévalé l'allée jusqu'à ma cachette préférée. Et après ça, chaque fois qu'il venait, je le guettais et j'allais me cacher. Ma mère était furieuse contre moi, je peux te dire. Quand je rentrais, elle était folle de rage et me lacérait le derrière. Ils ont dû finir par tomber d'accord, mais il a mis du temps à avoir ce qu'il voulait. Je prenais tout de suite la fuite et je courais me réfugier dans une cour voisine, une cour pleine de grands tonneaux, des tonneaux neufs, comment qu'on appelle ces endroits ?

— Une tonnellerie, dit Blood en la regardant droit dans les yeux.

— Je courais jusque là-bas et je choisissais un tonneau renversé sur le côté derrière un tas d'autres et je me cachais là jusqu'à ce que je sente qu'assez de temps était passé pour rentrer à la maison. Il y avait des rats partout et, un jour, il y en a un qui a grimpé dans le tonneau avec moi et je me suis empêchée de crier en retenant mon souffle et je lui ai donné un coup de poing dans le museau. Il a décampé, je te jure. Il s'est même pas dressé sur ses pattes de derrière pour me siffler à la figure comme ils font quand ils sont coincés.

Elle se tut. Le jour s'était levé, une pâle lueur coulait de sa haute fenêtre. Blood dans sa chemise de nuit, Sally les couvertures jusqu'au menton, les bras autour de ses genoux repliés, le dos nu, sa courbure faisant saillir les os de sa colonne vertébrale. Les cheveux en bataille. Elle détourna les yeux de lui pour fixer les murs de rondins. Il attendit jusqu'au moment où, n'y tenant plus, à contrecœur, il demanda :

— Qu'est-ce qui s'est passé ?

Elle tourna son visage de son côté de manière à poser sa joue sur son genou et raconta :

— Qu'est-ce que tu crois ? Un jour, je suis rentrée et il était là, il m'avait attendue. Ça a été horrible, je te le dis. Toute la tendresse qu'il avait pu avoir pour moi s'était envolée. Ce qui est drôle dans tout ça, c'est que le mal que ça m'a fait quand il a eu ce qu'il voulait, c'était pas le pire. J'ai cru que j'allais mourir. Je pensais, c'est vrai, qu'il allait me tuer, à m'écraser de son poids. Je pouvais plus respirer. J'ai mis du temps à comprendre qu'un homme doit se soutenir sur ses coudes. Mais comme moi je m'étais mise à me tortiller comme une folle pour me dégager et aspirer un peu d'air, ça l'a déclenché plus vite qu'il avait prévu, je pense. Ou alors c'était l'effet de l'attente. Ou alors juste l'idée qu'il tenait une petite fille sous lui. En tout cas, j'ai appris une chose, c'est que quand on se remue bien, ils se vident vite. Et aussi que quand un homme en a fini avec vous, il en a vraiment fini. Il s'est même pas donné la peine de se laver dans la cuvette, mais sans doute qu'il se disait qu'avec moi c'était pas indispensable.

Elle leva la tête pour regarder Blood droit dans les yeux en ajoutant :

— Pour de vrai, je croyais qu'être heureux c'était quand on te payait, ou quand tu pouvais faire la grasse matinée ou quand il y avait de l'orage et qu'aucun type passait à la maison. Pour moi c'était ça que ça voulait dire le bonheur. Jusqu'à ce que tu viennes. Je me suis dit, voilà un endroit plutôt correct, peut-être que ça va aller ici. Mais c'est horrible. Il y a de la méchanceté. Je sens que ça pourrait facilement mal tourner. Ce pauvre demeuré, je peux pas m'empêcher de penser tout le temps à lui.

Blood se leva en s'étirant. Il détourna la tête vers l'étroite fenêtre. Et s'adressant au petit carré de ciel derrière la fenêtre, il prononça :

— On n'est pas si mal ici. Je crois qu'on va s'en sortir. Il y a du bon et du mauvais partout.

— Peut-être. C'est que j'avais jamais rien connu que des choses... alors je me suis dit qu'ici ce serait peut-être bien.

— Non, repartit Blood en se tournant vers elle. Rien n'est jamais blanc ou noir. Ici ou là, il y a plus de ceci ou de cela. Moi je pense qu'on tient le bon bout ici. Ce qui vient de se passer, c'est rien qu'un incident de parcours. Tout va s'arranger.

Elle le dévisagea puis repoussa sa couverture et se leva, nue, et se pencha pour ramasser sa robe par terre. Elle l'enfila et, se tournant pour lui faire face tout en soulevant sa chevelure de sous son encolure, elle souffla :

— Tu crois ?

Blood s'en alla traire la vache, il transporta le lait tiède dans la maison puis marcha jusqu'à la rivière pour tremper son visage dans l'eau glacée. A pas lents, il revint ensuite vers le logis. Il l'entendait qui allait et venait entre l'âtre et la table. Il resta dehors, s'assit sur le billot à côté du tas de bois et posa son menton dans ses mains. Il essayait de comprendre pour quelle raison il l'avait emmenée avec lui, ce que signifiait cette intrusion dans sa vie. Il n'avait pas l'impression qu'elle lui appartenait, ne l'avait jamais eue. Mais à présent, il lui semblait qu'il avait une dette envers elle. Pourquoi ? cela lui sautait aux yeux bien qu'il préférât s'abstenir de juger. Et pourtant il lui fallait bien réfléchir sur ce qui l'avait poussée sur son chemin. Ou lui sur son chemin à elle. Au mieux, peut-être, ils se méritaient réciproquement. Sans espoir d'une quelconque rédemption.

Pendant quelques jours, elle refusa de prendre quiconque dans son lit. En partie pour la bonne raison qu'elle dormait presque toute la journée et en début de soirée. Et Blood savait pourquoi : elle s'efforçait de garder les yeux ouverts d'un bout à l'autre des tranquilles et redoutables ténèbres nocturnes, aux heures où la taverne était immobile, où l'humanité s'était enfuie avant la nuit et où Sally repoussait de toutes ses forces le sommeil et ses rêves terribles. Parfois, il s'éveillait dans son galetas à côté du canon sur son attelage de fortune alors qu'il faisait encore noir et entendait les craquements du feu en bas ainsi que le frôlement de ses gestes furtifs. Il restait allongé, sachant qu'elle cherchait seulement à ne pas faire de bruit pour ne pas le réveiller. Il y avait des années qu'il n'avait fait autant confiance à quelqu'un.

Puis, la semaine suivante, elle parut rester éveillée vingt-quatre heures sur vingt-quatre et accepta pratiquement tous les hommes qui se présentaient — les vieux qu'elle avait auparavant éconduits, les jeunots avec qui elle flirtait volontiers mais dont elle repoussait les avances pour des raisons qui ne tenaient qu'à elle, les trappeurs, ces bêtes puantes, qui buvaient les gains de l'été et de l'hiver, même les colons barbares qui baragouinaient à peine l'anglais et appartenaient à une caste séparée des plus pauvres d'entre les pauvres fermiers —, elle les prenait tous.

Finalement, elle se présenta à Blood en disant :

— Il faut que j'arrête. Je sais pas ce qui m'a pris mais je peux pas continuer comme ça. Il faut que j'arrête.

— Bien, opina Blood qui après une pause ajouta : Tu comptes prendre combien de vacances ?

— De quoi ?

— Tu veux arrêter combien de temps ?

— Je sais pas. Une semaine. Ou peut-être quelques jours seulement.

Il fouilla du regard son visage. Ouvert, intense, déterminé. Sans arrière-pensée. Il dit :

— Note bien. Trop peu peut se révéler tout aussi mauvais que trop.

— Je sais. J'ai juste besoin d'un peu de temps. Dis-leur que j'ai mes règles.

— Encore.

Elle soutint son regard :

— Les hommes, ça sait pas calculer.

Les hommes constituèrent un Comité de salut public, tirèrent au sort des patrouilles et élirent des commandants, lesquels établirent un programme et furent chargés de préserver l'ordre. Des groupes de cavaliers ou d'hommes à pied partirent chaque jour dans des directions opposées, censés suivre chaque sentier, piste ou chemin jusqu'à la dernière habitation si primitive fût-elle. Des patrouilles comptant pas moins de six ou sept hommes et souvent davantage, les jeunes gens puisant excitation et stimulation dans cette occupation qui leur offrait un prétexte pour se défiler des corvées. Les lieux concernés se trouvant souvent à des distances trop éloignées pour permettre un aller et retour dans la journée, il arrivait souvent que ces patrouilles se dédoublent, si bien que parfois jusqu'à vingt hommes s'absentaient des fermes au bord de la rivière qui se jetait dans le lac. Le soir, les hommes qui rentraient, quel que fût leur nombre, se réunissaient à la taverne pour boire et parler de ce qu'ils avaient vu. Ou plutôt de ce qu'ils n'avaient pas vu, puisqu'il semblait que les deux sauvages eussent quitté le pays, départ dont la responsabilité semblait incomber justement auxdites patrouilles.

Pour Blood, outre les redites fastidieuses d'histoires qui se ressemblaient toutes, ces circonstances provoquèrent la hausse tant attendue de ses ventes de poudre à canon et de plomb — non qu'il eût souhaité que cela se passât ainsi, mais, après tout, il était commerçant, non juge de paix. Cependant, certains consommaient plus que de raison. Blood avançait alors l'excuse qu'il n'était pas encore approvisionné pour l'hiver. D'ailleurs, en son for intérieur, il commençait à en redouter l'approche. Même si l'été était loin d'être sur la fin et s'il s'employait à grossir lentement ses réserves. Prudence est mère de sûreté.

Il ne fit donc part à personne de la disparition de ses derniers pois pendant la nuit. Luther n'avait pas pipé, même pas bougé, du moins à la connaissance de Blood. La maison était solidement bâclée chaque soir après la fermeture. Comme toujours. La seule précaution qu'il prît, c'était de laisser sortir le chien le matin avant le lever de Sally, avant qu'elle mît le nez dehors. Ce changement dans la routine était si léger que personne n'avait rien remarqué. Sauf le chien, lequel n'en avait cure.

Juillet fut supplanté par août. Dans les jours d'été qui allaient raccourcissant, le ciel par l'ouverture de la porte de la taverne ressemblait à une tache verdoyante entre les arbres sombres, le vert marbré de bleu royal et devenant plus foncé au-dessus du lac, presque noir. La première étoile, une planète basse à l'orient. A l'intérieur, la lumière de l'âtre et des deux lanternes, l'une suspendue à une poutre de la taverne, l'autre directement au-dessus du comptoir où Blood officiait entre livre de comptes et pichet. La clarté douce projetée par les lanternes percées traçait sur les murs de rondins des disques pulsatiles couleur de chair de citrouille. L'air qui passait par la porte ouverte apportait un peu de fraîcheur.

Sally perchée sur un tonneau derrière le comptoir, les genoux au menton, la jupe rabattue entre ses cuisses de sorte que ses rotules luisaient dans la lumière, dans cette lumière qui ruisselait sur ses jambes. Les pieds nus. Ne parlant à personne, pas encore. Elle avait recommencé à travailler, mais seulement pour le petit nombre, et pas avant tard dans la nuit. Blood l'observait, curieux de savoir si un favori allait émerger. Pour mieux y couper court. Jusqu'ici, apparemment, elle choisissait l'un ou l'autre selon son humeur du soir ; si répétition il y avait, il ne s'agissait que de brèves rencontres de jour, parce que c'était plus commode, concluait à juste titre Blood. Il était presque sûr que si elle lui cachait quelque chose, ce n'était pas cela. Pas encore du moins. Elle ne formait aucune autre alliance que celle qui s'était nouée sous le sceau de la confiance entre elle et lui. Une confiance dont Blood n'avait pas envie d'éprouver ou de mesurer le degré.

Les hommes travaillaient dur aux champs. Si le temps tenait ses promesses, s'il ne se mettait pas à faire humide et froid avant la fin du mois, si les gelées meurtrières attendaient la mi-septembre, il y avait des chances d'effectuer une maigre mais riche troisième récolte. La peur du sauvage avait pâli face à ces dures nécessités. Une fois évanoui le rêve d'un été sans fin. Pourtant, les patrouilles se maintenaient, réduites à la demi-douzaine de durs, une ou deux fois la semaine, jamais selon le même circuit. Ils s'obstinaient à vouloir jouer ce numéro jusqu'à l'automne. Si les sauvages rôdaient encore ils espéraient qu'en affichant ainsi leur détermination, ils les pousseraient dehors, en sachant qu'ils pouvaient aussi bien pister la fumée d'un feu éteint depuis la veille.

Blood se rapprocha peu à peu de Sally assise à l'autre bout du comptoir. Gandy se penchait vers elle et essayait de lui parler. En dépit des conseils de Blood, il n'avait pas perdu espoir. Mais elle ne voulait rien entendre. Même pendant la semaine où elle avait pris le tout-venant, elle avait dit non à Gandy. Cela ne cessait d'intriguer Blood — Gandy ne semblait ni plus ni moins aimable que la plupart. Sans doute était-ce une sorte de jeu, du moins préférait-il voir les choses de cette façon. Mais pas pour Gandy : Gandy était de feu. Mais cela n'avait pas d'importance. Sally était en mesure de se charger de lui.

Blood lança à Gandy :

— Tu es en train de l'embêter ?

— Oui, il est bête, mais ça fait rien, riposta Sally.

Gandy sourit à Sally. Blood ajouta :

— Qu'est-ce que t'as, les filles de Bath veulent plus de toi ? L'hiver va arriver plus vite que tu crois. Ça vaudrait le coup que tu fasses une petite virée là-bas avant, m'est avis. Ce serait mieux que de traîner par ici où y a rien pour toi.

— J'ai peur de perdre ma tête en route, répliqua Gandy. Ou de terminer au fond d'un étang de malheur. Je vais nulle part. De toute façon, j'ai presque plus d'argent. Il m'en faut bien pour m'approvisionner cet hiver.

— Vide donc ton porte-monnaie. Je veillerai à ce que tu manques de rien.

Gandy sourit de nouveau, découvrant une double rangée de chicots noirs et orange :

— Ça m'étonnerait.

— Comme tu voudras, dit Blood. Mais tourne pas autant autour de cette fille, c'est pas bon pour la clientèle. Si j'étais toi, je descendrais à Bath. Ces Indiens te laisseront tranquille. S'ils avaient voulu s'attaquer à toi, y a longtemps que tu serais plus là.

— J'y vais pas. Une des filles m'a refilé la vérole...

Puis, se tournant vivement vers Sally, il précisa pour son bénéfice aussi bien que pour celui de Blood :

— Mais je suis guéri. J'ai pris le traitement.

Sally secoua la tête, en signe de refus amusé.

— Les sels de mercure ? avança Blood.

— C'est ça. Ça m'a débarrassé de la vérole et de tout le reste. J'en menais pas large, c'est sûr. Je peux pas vous dire ce qu'était pire, la vérole ou le traitement.

— J'ai entendu dire que ces sels marchaient, opina Blood. Mais quand même, cette fille, c'est bas les pattes.

— Toi et moi on sait bien que je pourrais pas l'approcher plus près que maintenant.

— Oui, et t'as pas intérêt à l'oublier. Et tu devrais te féliciter pour le traitement. Il y en a qui deviennent aveugles et fous. Il y en a qui ont le corps qui pourrit sous leurs yeux avant que la vérole les tue.

— Il paraît. Mais j'ai jamais vu.

— Vaut mieux pas pour toi.

— Vous pouvez pas causer d'autre chose tous les deux ? jeta Sally en se laissant glisser du haut du tonneau qui lui servait de siège et en venant se poster à côté de Blood.

— C'est la vérité, rétorqua Blood. Tu le sais très bien d'ailleurs.

— Oui, mais c'est pas utile d'en parler.

— Veille seulement à vérifier s'ils n'ont pas de chancre. Surtout chez les vieux dépravés du style de notre ami, là.

Gandy grimaça de nouveau un sourire. Sans doute, songea Blood, ne connaissait-il pas le mot dépravé, et se sentait-il fier de compter parmi des gens d'exception.

— Je sais comment me protéger, dit Sally, puis s'adressant en particulier à Blood, ajouta : Viens ici une minute, j'ai quelque chose à te dire.

Blood lui trouva une expression grave, pénétrée, comme une lueur dans le regard. Il recula contre le mur près de la porte de la réserve.

— Qu'est-ce qu'il y a ?

Elle se passa la main dans les cheveux, un geste machinal qui l'énervait un peu, mais il se serait bien gardé de le lui dire. Un tic dont elle n'avait même pas conscience.

— C'est pour mon anniversaire.

— Quel anniversaire ?

— J'en ai jamais eu. Si, bien sûr, j'en ai un. Je suis pas sortie d'un œuf. Mais j'ai jamais su la date.

Blood attendit. Elle tenait les yeux baissés, détournés. Et quand elle comprit qu'il ne dirait rien, elle leva un visage en feu, les joues comme des coups de soleil.

— Alors je me suis figuré, eh bien, je vais m'en choisir un.

— Vraiment ?

— Oui.

— Je vois. Tu as une date en vue ?

Quelque chose en Blood se contracta, se retourna, une chose sur laquelle il n'avait pas envie de mettre un nom. Ou qui était innommable.

— Je me disais peut-être ce dimanche ?

— Tu me demandes mon avis ?

Elle baissa de nouveau les yeux. Pour les relever aussitôt. Ses paroles jaillissaient comme un flot :

— Je me disais peut-être qu'on pourrait faire quelque chose d'agréable. Tranquille. Tous les deux.

Blood la contempla longuement. Sans voix. Elle ignorait l'effet que ses paroles avaient sur lui. Il en était bien conscient. Aussi poursuivit-il du même ton :

— Ce dimanche ?

— Oui.

— Tu veux fêter ton anniversaire dimanche prochain ?

— Oui.

— Bon. Tu peux me préciser quel jour du mois on sera le dimanche qui vient ? Un anniversaire est censé revenir chaque année à la même date. Je vois pas ce que t'en tirerais de choisir un jour et de pas savoir lequel c'est. Pas vrai ? Alors, tu peux me dire quel jour de quel mois ?

— C'est là que j'ai pensé que tu pourrais m'aider, lui avoua-t-elle en levant les yeux.

— Je vois. Bon. Tu sais quel mois on est ?

— Me torture pas. On est en août.

— C'est un début. Alors dimanche prochain est en août. Bien, et tu as décidé quel âge tu aurais ce dimanche du mois d'août ?

— Oui. Dix-sept ans.

— Ça pourrait être seize. D'après ce que tu m'as dit.

— Je me sens plus comme dix-sept.

Il marqua une pause, se frotta le menton. Puis il la regarda de nouveau :

— Bientôt, tu regretteras cette année de plus.

— Je peux toujours l'enlever, si je veux, non ?

— Sally, fit Blood en secouant la tête.

Elle fronça les sourcils. Il perçut son hésitation, mais la laissa dans l'incertitude. Elle dit d'une voix basse, mais les yeux encore pétillants :

— Quoi ?

— Dimanche prochain, on sera le 12 août. Ce chiffre te plaît ?

Sourire radieux.

— Oui. Le 12 août. J'aime bien comme ça sonne.

— Bon, alors, acquiesça-t-il en se demandant à quoi il acquiesçait. Maintenant, au travail. Remue-toi un peu. Donne donc un petit coup au comptoir.

Avec un hochement de tête, elle se détourna pour prendre le vieux morceau de sac de jute plié sur la bouilloire derrière le comptoir, là où il rinçait les godets.

— Alors comme ça je te souhaite un joyeux anniversaire, dit-il.

Elle fit volte-face, féroce cette fois :

— Non. On n'est pas encore dimanche.

Elle ne savait pas, ne pouvait pas savoir que cette date était celle où sa femme et son fils aîné s'étaient noyés. Non seulement la date mais aussi, par une coïncidence extraordinaire, ce deuxième dimanche du mois, le jour même où c'était arrivé. Comme toujours, Blood ne changerait rien à sa routine — il ne permettrait pas aux violons du chagrin d'alléger son fardeau. Mais il ne pouvait s'empêcher de se demander quelle tendre et miraculeuse fibre avait été frappée là pour que Sally opérât ce choix en ce lieu, à cette heure ? Emettait-il des vibrations plus fortes qu'il ne le pensait, ou fallait-il y voir l'intervention d'une instance supérieure ? Toujours est-il qu'il préférait garder ces réflexions pour lui et permettre à la fille d'avoir ce qu'elle souhaitait. C'était plus simple que de la prier de choisir un autre jour.

Quelque temps plus tard, après la tombée de la nuit, un étranger fit son entrée, un petit homme à la barbe blanche étalée en éventail sur sa poitrine mais sans un cheveu sur la tête, laquelle était coiffée d'une petite casquette ronde faite en triangles de couleurs cousus les uns aux autres tout comme sa veste qu'il portait sur une simple chemise blanche et un pantalon long à rayures rouges et blanches. Il était en fait encore plus minuscule qu'il n'en avait l'air, vu ses sabots à semelles compensées d'un style que Blood n'avait encore jamais vu mais dont il avait jadis entendu parler. Cet homme avait une boucle d'argent dans une oreille, un concertina passablement cabossé en bandoulière et, au bout d'une laisse qu'il tenait d'une main, un singe vêtu comme un modèle réduit de son maître. Le singe entra dans la pièce à quatre pattes, puis, lorsque le silence se fit devant cette apparition surgie du fond de la nuit, il se dressa sur ses jambes arrière à la façon d'un homme, promena lentement ses yeux à la ronde et salua du buste comme s'il ne se tenait plus de l'honneur de se trouver en si bonne compagnie. Alors le vieillard à l'autre bout de la laisse prit la parole :

— Messieurs, dit-il d'une voix tout à la fois persuasive et autoritaire. Mes nobles amis. Pardonnez cette intrusion, vous ne m'en voudrez pas d'interrompre votre soirée pour me présenter, si vous le voulez bien, et vous expliquer la raison de ma présence inattendue. Oui, inattendue. Que pourrait-elle être d'autre ? Beaucoup de choses. Oui, beaucoup de choses. Une joie, un simple jeu. Ou plus que cela encore peut-être. Oui. Bien plus que cela. Mais ne mettons pas la charrue avant les bœufs. N'allons pas à l'encontre du monde comme il va. On n'a pas seulement besoin de connaître le quoi et le comment, mais aussi à qui on a affaire. Toujours, chers amis, commencez toujours par vous demander qui est là. Je pourrais vous donner n'importe quel nom et vous n'auriez pas moyen de savoir si c'est le mien. C'est ainsi. Toujours. On démarre par le qui et ensuite on peut rattacher des bribes de pourquoi et de comment, et de fil en aiguille on peut se dire qu'on vous connaît. Bien. Alors. Qui est là ?

Il marqua une pause et, de sa main libre, enleva sa casquette d'un grand geste, révélant son crâne chauve comme une preuve non seulement de son intégrité mais encore de sa vulnérabilité.

— Je m'appelle Phineas Vitalis, reprit-il. Mon vrai nom, oui, messieurs. Maintenant que vous savez ça, le reste va suivre. J'ai vu de mes yeux toutes les merveilles du monde connu. Les merveilles connues du monde. J'ai contemplé à Stratford l'humble cottage où le grand Shakespeare a vu le jour. J'ai parcouru à Paris les Grands Boulevards et je me suis incliné devant Napoléon. Je suis allé à Saint-Pétersbourg par la grâce du tsar et de la tsarine. Je me suis tenu au pied des Pyramides d'Egypte et j'ai vu le Sphinx. J'ai vu des lions rugissant sur le sable blanc des mers déchaînées d'Afrique, j'ai vu dans des marchés des hommes noirs vendre leurs frères et leurs cousins, les filles et les femmes dont ils étaient las. J'ai traversé les bazars de Constantinople et bu du thé avec des hommes sauvages des montagnes du Caucase. J'ai navigué autour des Indes, à l'est comme à l'ouest. J'ai vu les hautes montagnes d'Amérique du Sud. A côté d'elles, celles au sud d'ici, si imposantes soient-elles, sont rien que de vulgaires collines. Oui, j'ai vu tout ça, et plus encore. O les innombrables, les inénarrables merveilles ! Le monde, chers amis, en est plein. Vous pouvez passer, comme moi, toute votre vie à voyager et ne voir qu'une petite partie de tout ce qu'il y a à voir. Et encore je n'évoque que les endroits que j'ai vus de mes propres yeux, je passe sous silence tous ces lieux magiques dont j'ai entendu parler, que ces lieux existent ou n'existent pas. Moi je me contente de décrire ce que j'ai vu. Car mes yeux ne mentent pas. Le mensonge est une invention des hommes mais il ne tient pas une fois confronté à la réalité du monde. Ce que l'on a aperçu ne serait-ce qu'une fraction de seconde vous reste gravé dans la mémoire et ne fait aucun doute.

— Vous êtes vous-même une sorte de merveille du monde, observa un client, le premier à ouvrir la bouche.

Sally, se rapprochant de Blood, lui murmura :

— Qu'est-ce que c'est cette petite bête ?

— Un singe.

— Il a l'air presque humain.

— C'est les habits qu'il porte qui te donnent cette impression. Ça se dresse comme un chien. Va donc le voir de plus près et tu verras qu'il n'a rien à voir avec toi ou moi.

— J'en suis pas si sûre, dit-elle. A part sa taille, il ressemble beaucoup à pas mal de bonshommes.

Blood grimaça un sourire à son adresse, puis se tourna vers l'étranger qui reprenait :

— Non, messieurs. Je n'ai rien d'une merveille du monde. J'ai eu de la chance, voilà tout.

Blood ajouta alors :

— Jusqu'ici. Dites-nous donc ce qui vous amène. Ici y a rien de beau ni de mémorable. Alors, pourquoi nous ?

— Une question raisonnable de la part d'un homme raisonnable. Car je présume que vous êtes un homme raisonnable...

— Plus ou moins.

— Le propriétaire de ces lieux ?

— En effet.

— Je vous prie de m'excuser, monsieur. J'aurais dû, avant de me lancer, vous prier de bien vouloir m'autoriser à cette modeste prestation.

— Si ma question est si raisonnable, pourquoi n'y répondez-vous pas ? Pour le moment, vous me rappelez une cuisse de grenouille dans une poêle.

— Un mets succulent. En réduisant la sauce avec des zestes de citron et des câpres...

— La seule câpre que je vois pour l'instant, c'est vous, l'interrompit Blood. Allons, venez-en au fait, mon bonhomme.

— Précisément. Je suis quelque peu empêché, justement. Je ne me dirige pas moins vers Montréal où le gouverneur de Sa Majesté a eu l'infinie bonté de m'inviter. J'ai l'invitation là, dans mon sac, indiqua-t-il en tapotant sa gibecière. C'est très volontiers que je vous permets de la lire, quoique, bien entendu, elle soit rédigée en français. C'est encore, en certains lieux, la langue des rois.

— Je lis le français.

— Bien. Je n'en suis guère étonné. Vous m'avez tout de suite frappé comme étant un homme du monde.

Le petit vieux se pencha en brandissant le poing qui tenait la laisse en disant :

— Saute, Hugo !

Et le singe fit un bond et vint se percher sur le poing tendu. Le vieux se redressa et s'approcha du comptoir, le singe à croupetons au bout du bras. Il fit passer sa gibecière de son dos à son ventre, en souleva le couvercle et fourragea dedans avant d'en sortir une épaisse feuille pliée qu'il tendit à Blood. Ce dernier s'écarta un peu pour déplier une fois, deux fois, trois fois le vélin qui comportait un bon nombre de sceaux et d'inscriptions en en-tête. Le papier, autrefois craquant, était velouté par l'âge. La date avait été maquillée d'une main maladroite. Son français n'était plus aussi bon qu'il l'avait été, mais il lut en gros caractères le nom de *Phineas Vitalis* à la deuxième ligne. Le reste pouvait être tout et n'importe quoi. Il parcourut l'écriture brouillée et dans l'ensemble de toute façon indéchiffrable, puis leva son regard vers l'homme qui se tenait penché vers lui, comme suspendu à son souffle. Le vieux avait les yeux qui brillaient, des yeux jadis d'un bleu clair aujourd'hui larmoyants, opaques, injectés de sang. Des yeux tout à la fois avides et pressants. Blood se dit que si cet homme n'était pas tout à fait ce qu'il prétendait être, il avait eu autrefois son heure de gloire, même si ce n'était qu'en qualité de charlatan de haut vol.

— On n'a pas beaucoup de distractions par ici, concéda Blood. Sinon celles que nous nous donnons à nous-mêmes. Qu'avez-vous à nous proposer ?

Vitalis hocha la tête comme en signe de connivence, comme s'ils se trouvaient sur la même longueur d'onde.

— Rien d'aussi fabuleux que naguère. Mais je pense que vous apprécierez cependant. Je joue, et Hugo danse. Son répertoire est assez varié. En général, les gens le trouvent amusant. Il fait des tours en échange de quelques miettes de nourriture. Il n'est pas difficile en plus. Et s'il se sent à l'aise, il a un numéro spécial qui réjouira sans doute certains raffinés. Voilà, c'est tout. A une époque, je chantais, mais j'ai perdu ma voix. Elle était très belle.

— Et combien demandez-vous ?

— C'est au bon cœur de ces messieurs quand je leur passerai la casquette. Pour vous, c'est gratuit, mais si le spectacle vous plaît, je ne refuse jamais un petit verre ou deux.

Blood soutint pensivement son regard, puis jeta :

— Faites de votre mieux.

Le petit homme se planta au milieu de la pièce et ôta son collier au singe. Ce dernier sauta aussitôt par terre et se dressa debout sur ses petites jambes, la tête levée vers son maître. Phineas Vitalis fit basculer le concertina devant lui, l'ouvrit, se hissa sur la pointe des pieds dans ses sabots de bois et resta ainsi un moment en équilibre, les doigts tâtonnant sur les petits boutons, avant de tirer et pousser le soufflet et d'émettre deux notes rouillées et sifflantes, asthmatiques, qui restèrent comme en suspens dans le silence. Vitalis ferma les yeux et les leva vers le plafond, marqua une longue pause jusqu'à ce que s'épuisent les vibrations des notes discordantes et, brusquement, se laissa retomber dans ses sabots en faisant jaillir de la soufflerie un ululement sauvage qui se mua en une musique endiablée et plaintive telle que Blood n'en avait entendu nulle part mais qui semblait transportée tout d'une pièce d'un pays exotique au-delà de l'imaginable. Et le singe de se mettre à tournoyer par terre comme un être possédé, les bras au-dessus de la tête de sorte que les pans de sa veste déboutonnée battaient l'air et ses côtes tandis qu'il tourbillonnait, ses pieds calleux frappant le plancher dans un étrange contrepoint à la musique tandis que les hommes s'éloignaient, se serraient contre les murs, pour lui laisser de la place, pour le tenir le plus possible à distance, à croire que ce phénomène présentait pour eux un danger. Et Blood en le regardant se rappela l'homme évoquant les endroits qu'il avait visités et se dit Ma parole, il a bien appris cette musique quelque part. A moins qu'elle ne sorte de sa tête. Et à l'instant même où cette pensée se formait en lui, le concertina fit entendre le son mourant d'un long gémissement et puis s'aviva au rythme lent et rêveur d'une berceuse aux accents si tristes, si purs, si profonds, que les hommes se pétrifièrent, pénétrés par ces accords par-delà l'ouïe et la perception, par-delà toute logique ou raison, jusqu'à ce centre qui s'écoule au sein des muscles, de l'épiderme et des veines. Le singe pivota au ralenti sur lui-même, comme soulevé par un vent plein de douceur, les bras tendus devant lui, les poignets mous de manière à ce que ses mains battent doucement l'air comme animées par cette brise légère, la tête renversée en arrière, le visage au plafond et, à l'image de son maître, les paupières closes, évoluant au plus profond de la musique.

Blood, qui observait le spectacle, sentit plutôt qu'il ne vit les hommes autour de la pièce se détendre, sans bouger, sans se balancer, évidemment sans danser, comme si un réarrangement s'était produit tandis que la musique mélancolique agissait sur chacun d'eux pour les réduire au plus petit dénominateur commun de l'humanité — comme si ces variations funèbres s'adressaient à chacun, seul, tout en chantant ses frères, et tous les autres, tous les hommes présents, passés et à venir. Alors Blood sut que ce n'était pas une vue de son esprit, quelque chose qu'il avait envie de se représenter chez ce groupe d'hommes endurcis et pour l'heure calmes, mais qu'il était le témoin d'un véritable événement. Et que, d'une manière modeste, il y participait.

Vitalis laissa la chanson diminuer et s'éteindre dans un long decrescendo de roulades dont les dernières notes sonnèrent, pleines et séparées les unes des autres, comme suspendues dans les airs, aussi palpables que les grains de lumière projetés d'en haut par les lanternes à bougie. Alors le silence se fit dense, stupéfiant ; bruits d'hommes respirant. Aussitôt Vitalis ouvrit tout grands les bras et les resserra par petites vagues énergiques, dévidant un air de quadrille assourdissant. Et le singe tout d'un coup de se trémousser, de lancer, tout en reculant, ses petites jambes en avant, en croisant sur sa poitrine ses frêles et simiesques bras velus. Et dans la seconde qui suivit, un des fermiers, un homme à la timidité notoire, à l'instar de la majorité de ses compatriotes en présence d'Américains, un homme que l'on connaissait seulement sous le nom de Rouillard, s'avança dans l'espace dégagé, salua de la tête on ne sut qui du musicien ou du singe dansant, ou des deux, et se mit lui-même à sautiller, ses gros souliers ferrés et cloutés martelant bruyamment le plancher, imité bientôt par d'autres, d'abord des Canadiens français comme lui puis des Américains, si bien que les murs ne tardèrent pas à retentir du battement houleux et pesant de leurs corps.

Vitalis allait à un train d'enfer, comme vissé au sol, la sueur giclant de son visage tandis qu'il battait la mesure avec sa tête et passait d'un air de gigue à un air de quadrille alternativement sans souffler. La plupart du temps, Blood ne le voyait même pas à travers la masse des corps, mais la mélopée du concertina continuait cependant à lui parvenir, comme si les corps se prolongeaient dans la musique, comme si en fait la musique enflait et se diffusait à travers ces hommes, s'accrochait aux poutres et aux murs de la salle pour mieux y rebondir et s'adjoindre à elle-même, telle une spirale sonore sans fin. Et Vitalis, le petit Vitalis, debout au milieu de la pièce, tirant tout cela d'un instrument qui dans les mains d'un autre se contenterait de coasser et de braire. A un moment donné, la foule s'écarta assez pour que Blood pût l'apercevoir. Sa tête scandait l'air du quadrille, ses yeux brillants étaient tout écarquillés, ses bras tiraient et poussaient dans un geste fluide qui tout à la fois semblait dénué d'effort et représenter le plus beau travail qui fût. Le singe avait grimpé sur son épaule, laquelle tanguait si fort que, pour ne pas tomber, il se cramponnait de ses minuscules mains à la barbe de son maître.

Des hommes commencèrent à s'écarter, à venir commander du rhum au comptoir, à s'y accouder pour boire tout leur soûl. Certains réclamèrent de l'eau, et Blood, sans protester, puisa dans le seau avec sa louche. De la sueur se mit à perler à leur front, leur menton, leur nez, à y perler et à goutter, formant sur le comptoir de sombres petites flaques ovales. Une fois désaltérés, ils retournaient dans la mêlée et d'autres prenaient leur place. Sans qu'à un seul instant la musique ne cessât d'enchaîner un air après l'autre. Comme si Vitalis voulait voir jusqu'où pouvaient aller ces hommes, quel degré de frénésie ils étaient capables d'atteindre, presque comme s'il savait qu'aucun d'entre eux n'avait jamais connu et ne connaîtrait jamais plus cet état exceptionnel où le corps et l'esprit sont comme emboîtés, alors que la pensée, elle, leur est ôtée.

John Burt contourna le comptoir pour se rapprocher de Sally perchée sur le tonneau et lui crier quelque chose à quoi elle répondit en faisant de la tête Non. Il se rapprocha un peu plus près et reprit sa supplique, qu'elle repoussa de nouveau, si bien que Blood s'apprêtait à intervenir, lorsque Burt leva les mains pour s'emparer de celles de Sally et la tirer vers lui et que, avec un brusque sourire, elle sauta de son perchoir et le suivit de l'autre côté du comptoir dans la cacophonie de la salle, Blood comprenant, les regardant s'éloigner. Il la vit bientôt sauter sur place, sa chevelure volant en éventail autour de son crâne, un elfe au milieu des hommes. Blood l'observa, sachant qu'elle n'avait jamais encore dansé, pas comme ça, en aucune manière. En fait, Blood lui-même n'avait jamais dansé ainsi non plus. Et cela ne risquait pas de lui arriver. Mais il s'accota au comptoir et trempa les lèvres dans son premier rhum de la soirée, les yeux toujours sur elle.

Un peu plus tard, il les vit franchir la porte qui menait à sa chambre. Il vida son godet et se fraya un passage parmi les hommes qui dansaient encore et posa des bûches sur les braises, s'accroupissant pour attiser le feu avec le tisonnier, regardant les flammes lécher le bois, des flammes de plus en plus hautes. Il tendit la main et la posa à plat tout au bord de l'âtre jusqu'à ce que la chaleur l'eût pénétré. Il la tint encore un moment immobile avant de la retirer. Un caillou depuis des siècles maintenu dans un état de congélation, quand on le pose sur un lit de braises, ne se réchauffe pas, il craque. Il se redressa tant bien que mal et retourna derrière son comptoir remplir les godets qui attendaient.

Tout d'un coup, beaucoup trop tôt, Sally surgit à côté de lui, attendant qu'il eût fini. Quand il se tourna, elle s'exclama :

— Fais-le sortir d'ici. Qu'il sorte de ma chambre !

— Il t'a fait mal ? dit Blood en opinant.

Elle secoua la tête :

— Il voulait que je l'appelle par un autre nom. Et que je prononce certains mots. C'est des choses que je refuse de faire. Me laisser baiser, c'est une chose. Mais ma voix est à moi, personne peut lui donner des ordres. Surtout pour dire le genre de mots qu'il voulait.

— Occupe-toi des clients.

Il traversa la salle jusqu'à la chambre de Sally où une bougie brûlait au chevet du lit. John Burt, étalé sur la couche, sans son pantalon, la bouche ouverte, la tête tournée de côté et ronflant pour pouvoir respirer. Ivre mort. Blood se pencha pour le gifler jusqu'à ce qu'il se réveille. Burt se redressa, les poings serrés, prêt à se battre, mais Blood le tint par l'épaule d'une main tandis que, de l'autre, il continuait à le gifler du revers, de sorte que toute humeur belliqueuse le quitta. Blood prit le pantalon sur le lit et le jeta par terre en lui ordonnant de s'habiller. John Burt tint son pantalon devant son sexe dénudé et, avec des mouvements gauches, l'enfila. Quand il se pencha pour prendre ses souliers, Blood abattit son poing serré sur l'endroit où la nuque se raccorde aux épaules, et Burt bascula en avant. Blood attendit. Burt se releva avec lenteur, ses souliers à la main, fatigué, reculant devant Blood.

— Dehors, laissa tomber Blood.

— Vous avez pas le droit. Je lui ai rien fait.

Mais Blood hocha la tête en disant :

— Va-t'en. Et ne viens plus embêter cette fille.

Les miaulements du concertina lui parvenaient à travers la cloison. Avec les boum boum des forcenés.

Tard, très tard. Les clients qui s'attardaient encore, guère plus d'une demi-douzaine, étaient installés devant le comptoir où le singe était perché. Blood n'avait pas assisté à la quête, mais l'étrange casquette de Vitalis reposait à l'envers près du singe, remplie de deux poignées de pièces. Sally était de retour sur son siège habituel, sirotant le godet de rhum auquel elle avait droit pour la soirée. Blood, à la demande du forain, avait sorti un croûton de pain rassis et l'avait cassé en plusieurs morceaux. Les hommes les prenaient pour les agiter au-dessus du singe qui faisait alors un petit numéro d'acrobatie facile avant de joindre les mains en signe de supplication ; enfin, délicatement, il tirait la miette des énormes doigts durs qui, par contraste, faisaient apparaître minuscules les petites mains ridées de l'animal. Il pouvait accomplir un saut périlleux, avant ou arrière, marcher sur les mains ou se balancer à l'envers sur une seule main. Il s'assit sur les talons, puis, finalement, imita un infirme, se dressant debout et arpentant le comptoir en traînant la jambe derrière lui.

— Voilà, les amis, il a vidé son sac, annonça Vitalis.

Les hommes étaient fin soûls. En braillant, ils lancèrent au singe les dernières miettes de pain. Le singe se goinfra comme s'il n'avait pas mangé depuis une éternité. Blood versa un autre verre de rhum à Vitalis et le petit homme le remercia par une légère inclinaison du buste. Comme il n'avait pas été question de nourriture, Blood ne lui offrit rien à manger. Il était fatigué.

Un des clients protesta :

— Attendez un peu, souffla-t-il en se penchant vers Vitalis. Au départ, vous nous aviez promis autre chose. Quelque chose, qu'est-ce que c'était ?

Son visage tremblotait sous l'effort d'avoir à penser. Un autre intervint pour ajouter :

— Une singularité. Une habitude singulière, c'est ce que vous avez dit.

— Ah, oui, répliqua Vitalis. Mais il est très tard. Le singe est épuisé. Comme nous tous, d'ailleurs.

Les hommes se rassemblèrent, haussèrent le ton, à présent véhément ; ils voulaient voir la fin du spectacle, ils n'avaient pas envie que cette soirée se termine, ils souhaitaient avoir quelque chose de plus à raconter à ceux qui étaient déjà partis. Vitalis les écouta, puis interrogea Blood du regard. Blood haussa les épaules. Alors Vitalis lança :

— Raclez le fond de vos poches, mes bons messieurs. Ce que vous allez voir maintenant n'est pas donné, et pour cause...

Il regarda de nouveau Blood et suggéra :

— ... La fille n'a peut-être pas besoin d'être là.

Blood se tourna vers Sally. Elle avait les joues rouges. Elle fit non de la tête. Il soutint son regard et elle fit de nouveau non. Il se retourna alors vers le saltimbanque en disant :

— Il n'y a rien que ce singe puisse faire qu'elle n'ait déjà vu d'une façon ou d'une autre.

Vitalis compta les pièces qu'on lui offrait puis vida la recette dans sa gibecière et se coiffa de sa casquette. De nouveau face au comptoir, il s'adressa au singe assis :

— Hugo. Debout.

Le singe obéit.

— Scie l'air, Hugo. Scie l'air.

Le singe le fixa de ses petits yeux.

L'homme plia la main de sorte que ses doigts et son pouce forment un cercle. Puis la mettant droit devant lui, il la monta et l'abaissa en alternance comme pour pomper l'air.

Le singe découvrit ses dents dans un brusque sourire. Puis il prit son sexe et se masturba, toujours grimaçant, sa respiration émettant un sifflement. Les hommes se reculèrent. Sally descendit du tonneau et se rapprocha du comptoir pour mieux voir. Blood se retourna pour remplir son godet encore une fois avant de lui aussi regarder.

Le singe éjacula.

Blood conduisit le vieil homme à la grange et lui montra le coin de paille qui pouvait lui servir de couche. La nuit s'étiolait sous l'effet des premières lueurs de l'aube. Spectres des arbres, de l'herbe, des fougères, de la colline, le tout recouvert du glacis gris argent d'une abondante rosée. Le vieillard avait une seule couverture dans sa gibecière et, sous les yeux de Blood, il s'en emmitoufla comme un bébé, bien bordé, avec seulement le visage qui dépassait. Il leva le regard vers Blood. Le singe s'était pelotonné contre lui.

— Où allez-vous ensuite ? interrogea Blood.

— Comme je vous l'ai dit, au Canada français. Dans les townships. Ces Canadiens, ils savent s'amuser, eux.

— Mais ils n'ont pas trois sous.

— Je n'ai pas de gros besoins. Comme vous avez pu le constater, j'ai l'art de faire apparaître l'argent.

Blood acquiesça en disant :

— Prenez donc votre petit déjeuner avec nous tout à l'heure. Ensuite, si j'étais vous, je partirais. Les nouvelles vont vite par ici et il y a des bien-pensants qui vont être fâchés par le récit de ce qui s'est passé ici cette nuit. Je vous jure. Ils me traîneront dans la boue, mais moi j'ai l'habitude. Vous, m'est avis que vous feriez une meilleure cible.

— C'est curieux, dit Vitalis, je leur donne ce qu'ils veulent et ils refusent d'admettre que je n'ai fait qu'exaucer leurs vœux. Mais ne vous inquiétez pas pour moi. J'ai le pied léger, et je dors peu, un des avantages d'être vieux. Je serai parti depuis longtemps quand le premier d'entre eux se lèvera. Mais merci pour votre offre. Une autre fois, peut-être.

Blood, debout devant lui, le regard abaissé, souffla :

— Oui, une autre fois.

Au milieu de la matinée, Blood prenait une tasse de thé dans une flaque de soleil sur le seuil de la taverne. Le vieillard et son singe s'étaient comme évaporés. De gros nuages bourgeonnants à base plate se rassemblaient au-dessus du lac. C'était l'époque de l'année où la chaleur du jour se heurtait à la fraîcheur soudaine de la nuit et où d'extraordinaires orages aux éclairs jaunes et bleus éclataient en début de soirée tandis que l'air se chargeait d'ozone et que la pluie tombait à flots pendant une demi-heure, une heure. Le ciel s'éclaircissait après minuit, mais à l'aube, une nappe de brume s'élevait des eaux du lac et se répandait dans la vallée avant que le soleil ne vînt la déchirer, la détourner, la transformer de nouveau en nuages. Le matin avant et après ces orages, l'atmosphère avait une qualité singulière, alors respirer devenait plus que respirer, c'était presque comme boire de l'eau froide et pure. Blood était tout à ces sensations quand il vit trois cavaliers descendre la route du moulin : à coup sûr ils venaient le voir. Il but une gorgée de thé, et attendit.

C'était Emil Chase accompagné de deux autres hommes, son frère Peter et Isaac Cole. Tous trois étaient coiffés d'un chapeau et vêtus de leur habit du dimanche. Ils tirèrent sur leurs rênes pour arrêter leurs montures pile à quelques mètres de la porte de la taverne.

Dans sa jeunesse, Blood avait été amateur de bons cigares, lesquels figuraient désormais sur la longue liste de plaisirs dont il se passait. Pourtant, il y avait encore des moments, comme celui-ci, où il aurait donné cher pour pointer en l'air un barreau de chaise fumant. Au lieu de quoi il se contenta de rester assis à boire son thé. Rien dans l'allure de ces hommes n'incitait à la plaisanterie.

— Nous descendons à Lancaster consulter le haut shérif. Trop c'est trop. Ce qu'un homme sans scrupules est incapable de comprendre, et c'est ce que vous êtes, monsieur Blood ou je ne sais quoi. Mais nous, nous ne sommes pas obligés de ronger notre frein pendant que vous corrompez ce petit avant-poste d'humanité. En fait, c'est tout le contraire. Nous devons réagir. Vous n'avez pas tous les droits, vous n'êtes pas un censeur. La loi morale doit être imposée. C'est un impératif social.

Blood riposta sans hésiter :

— Votre shérif Hutchinson est le bienvenu. Amenez-le donc. Je serai ravi de discuter avec lui. Comme vous savez, j'aime bien ma tranquillité et je me mêle de ce qui me regarde. Mais il faudrait pas croire que parce que je la boucle, je n'ai pas d'oreilles pour entendre. Je suis sûr que le shérif et moi aurions des tas de choses à nous dire. Franchement, je souffre du manque de conversation intelligente.

— Blood, dit Chase. Vous continuez à m'agacer avec des mots qui pourraient bien être pris pour des menaces. Vous cherchez encore à me provoquer ?

— Pas le moins du monde, répliqua Blood en se renfonçant dans sa chaise et en croisant les jambes pour étudier le ciel.

Puis il regarda le robuste meunier et observa :

— Belle journée pour aller se promener, non ?

Les hommes fouettèrent leurs chevaux qui partirent au trot, puis, après une centaine de mètres, ils tirèrent sur leurs rênes et s'arrêtèrent pour se concerter. Peter Chase avait ôté son chapeau et chassait les mouches qui tournaient autour de la tête de sa monture. Au bout d'un moment, il fit volte-face et remonta au trot vers la taverne, suivi de près par Isaac Cole. Blood se leva et se tint debout dans l'embrasure de la porte. Emil Chase regarda s'éloigner ses camarades puis éperonna son cheval et disparut sur la route solitaire. Blood ferma le battant de sa porte et écouta le bruit des cavaliers qui passaient. Ils ne ralentirent pas, ce à quoi il s'attendait. Il se dirigea vers l'âtre de la cuisine et raviva les braises pour préparer le petit déjeuner. Il se dit qu'il serait avisé d'envoyer Gandy avec la charrette et le couple de bœufs chercher de la farine pour l'hiver au moulin de Canaan, dans le Vermont. Et pendant qu'il y était, il pouvait aussi en prendre assez pour en mettre en vente. Il allait y avoir un bon nombre de trappeurs et de nouveaux colons dont c'était la première année : ceux-ci n'auraient pas de grain à moudre, et ils auraient du mal à en obtenir auprès de Chase qui ne travaillait que contre des sacs de grains. Sinon, Blood pourrait toujours le battre sur le prix. Il était même disposé à perdre un peu, quoique, avec les trappeurs, il serait toujours gagnant à moins d'un mauvais hiver. Il n'éprouvait aucune crainte à l'idée de se mettre Chase encore plus à dos. Qu'ils aillent donc se faire foutre, lui et son haut shérif.

Il prépara dans un bol de la pâte à crêpes. Et prit la décision de grimper le jour même à pied jusqu'à Perry Stream et à la ferme du Hollandais ventru, Van Landt. Le seul homme du pays à faire le maquignon, avec un troupeau disparate de vaches laitières et de bœufs et une demi-douzaine de chevaux de selle et de somme. Alors que Van Landt fréquentait la taverne comme tout un chacun, Blood pressentait chez lui une réserve particulière — comme si Van Landt reconnaissait ou respectait quelque chose en Blood. Peut-être seulement son côté marginal — pas seulement à cause de son passé mais aussi parce qu'il faisait commerce de l'indispensable et, à ce titre, était rejeté par ceux qui avaient besoin de lui. Blood songea qu'il lui demanderait s'il avait quelques poules et un coq. Blood avait une envie dévorante d'œufs.

Van Landt était un homme agréable quoique peu loquace. C'était sa nature, Blood ne lui en tenait pas rigueur. Ils marchandèrent brièvement à propos de la volaille et, au cours de cet échange, Blood, qui, même s'il trouvait le prix trop élevé, n'était pas d'humeur à discuter tant il avait envie de ces poulets, apprit encore autre chose à son sujet. Si Van Landt ne desserrait guère les dents, c'était en signe de mépris narquois pour ces lieux où il avait échoué et pour les hommes autour de lui. A croire que le Hollandais se moquait de son propre sort.

A l'instant où Blood s'apprêtait à partir, sa basse-cour réunie en deux grappes frétillantes aux extrémités d'un long bâton posé sur son épaule, Van Landt avança le menton en disant :

— Paraît qu'y a eu du barouf hier soir par chez vous.

— Incroyable. Ils se sont amusés comme des petits fous. Je pensais pas qu'ils en étaient capables.

Van Landt examina sa grange pleine puis regarda Blood.

— Ces gens-là, prononça-t-il du bout de ses lèvres charnues. Ils ne savent même pas ce qu'ils ont dans le ventre. Peut-être qu'ils ont peur de ce qu'il y a en eux. Pourtant ils se privent pas de critiquer les autres, c'est sûr.

Blood hissa le bâton en équilibre sur son épaule. Une plume voleta doucement dans les airs.

— On n'est pas très fier quand on n'a pas eu son plein de sommeil et qu'on a un bourdon dans la tête. Ça va pas durer.

— Peut-être, rétorqua Van Landt. Peut-être.

Dans ces instants où, l'été, le jour ne semble jamais vouloir céder le pas à la nuit, Blood, installé dans la porcherie qui n'avait jamais servi, était en train de fabriquer un perchoir tressé avec de longues tiges quand il entendit le trot fatigué d'un cheval sur la route. Il sortit la tête de la porte basse et, le visage dissimulé dans l'ombre rayée, regarda Emil Chase remonter, le dos rond, vers son moulin. Manifestement, sa journée de voyage l'avait épuisé. Sans doute aussi son entretien avec le shérif, se dit Blood. Il retourna auprès des poulets sautillants. Songeant De nous deux, je parie que celui qui a eu la journée la plus productive, c'est moi. Mais lui-même se sentait las, et cette pensée ne parvint pas à le satisfaire.

Le dimanche 12 août, un jour où personne, vraiment personne, n'avait de chance de passer, Blood se leva en milieu de matinée et tordit le cou à un des douze poulets, le vida, le pluma, le fit rôtir bien ficelé au-dessus des braises, tout cela avant que Sally sorte comme une somnambule de sa chambre. Les cheveux en bataille, dans la vieille robe sac chiffonnée qu'elle avait adoptée comme chemise de nuit quand elle ne dormait pas nue, et dont l'étoffe autour du cou et des épaules était si usée qu'elle ne la vêtait guère plus que l'habit d'Eve. Elle considéra Blood courbé sur les braises occupé à tourner le poulet.

— Encore une perdrix ?

— Non, un poulet rôti.

— Tu viens pas de les acheter que t'es déjà à les tuer ?

Il se retourna pour la regarder :

— Pour ton anniversaire.

— Ah ! la la ! j'avais oublié.

— C'est ce qu'il faut. Ça va bien à une femme d'oublier son anniversaire. Quoique, dans ton cas, c'est un peu rapide.

Elle traversa la pièce pour contempler le paysage du seuil de la porte puis pivota sur elle-même en lançant :

— J'ai pas oublié. J'étais pas réveillée, c'est tout. On va le manger pour le petit déjeuner ?

— Non, pour le petit déjeuner, on a des pommes de terre sautées aux petits oignons. Le poulet, on va le laisser refroidir et ensuite on l'emballera dans un torchon. Je pensais qu'on pourrait remonter Perry Stream jusqu'à ce qu'on trouve un joli endroit où manger au bord d'un des petits torrents de là-haut. On mettra la pancarte Fermé. On se prend une journée de congé. Tu voulais qu'on fête ça. Je me suis dit qu'un pique-nique te plairait peut-être.

— Un pique-nique ?

— Oui.

— Je suis jamais allée à un pique-nique.

— Eh bien, dit Blood, on va y remédier.

— J'en ai marre des pommes de terre sautées.

Blood opina :

— Encore quelques jours, et ces poulettes vont arrêter de s'agiter et se décider à pondre. Alors on pourra manger des œufs. Frits séparément ou mélangés avec les pommes de terre. Ce sera bon.

— J'ai jamais mangé d'œufs.

— Sally. Y a plein de choses que t'as encore jamais faites. T'as pas besoin de le crier chaque fois sur les toits.

— Et si j'aime pas ça ?

— Mais si. Sinon, tu en mangeras quand même et rendras grâce d'avoir quelque chose de chaud à te mettre dans le ventre. Maintenant, pourquoi tu vas pas te débarbouiller un peu et t'habiller ?

— Tu vas être de mauvais poil pour mon anniversaire ?

— Je préférerais pas. Va t'habiller, comme tu voudras, si tu veux te faire belle ou pas. Y a que toi que ça regarde aujourd'hui.

Elle ramassa la bassine et un chiffon et mit le cap sur sa chambre. A la dernière seconde, elle se retourna :

— Eh bien, je veux me faire belle. Belle pour toi. Pour pas que tu sois obligé de passer la journée avec un laideron.

Il se redressa, posa ses mains à plat sur le bas de son dos et s'étira tout en massant ses muscles raidis.

— Allez, va te préparer, dit-il.

Ils passèrent un agréable après-midi dans un vallon tapissé d'herbes douces, entre les troncs larges de grandes épinettes qui ombrageaient la source d'un ruisseau gazouillant, un ruisseau bordé des deux côtés par des rochers au dos moussu chamarrés de lichens orange et jaunes, un ruisseau dont l'eau jaillissait, giclait, éclaboussait avant de dévaler un étroit chenal pour se déverser dans un bassin tout juste assez profond pour contenir une petite truite. Au bord de la clairière, un rond de lumière brillant se déplaçait en arc de cercle à mesure que le soleil traversait le ciel, tandis que le reste demeurait noyé d'ombre. L'air sentait les fougères dont le lit du ruisseau était couvert et l'eau fraîche du renouveau sortie des profondeurs de la terre. Ils mangèrent et se prélassèrent dans l'ombre tachetée juste au bord du soleil afin d'avoir chaud mais pas trop. Blood fit une petite sieste. Luther s'éloigna en amont du torrent derrière des truites qui scintillaient, bondissant parfois dans les airs pour franchir une marche de pierre. Pendant que Blood dormait, Sally s'assit au soleil, sa jupe remontée jusqu'en haut des cuisses, le corsage ouvert, tandis que, appuyée sur les coudes, elle renversait le visage en arrière pour recevoir les rayons du soleil. Lorsqu'elle l'entendit qui se réveillait, elle se redressa et se reboutonna, mais n'esquissa pas un geste pour rabattre sa jupe sur ses jambes. De toute façon, ce n'était pas comme s'il ne l'avait jamais vue sans rien.

Blood se leva et descendit une centaine de mètres en aval, là où un bassin plus important semblait posé comme une vasque au pied d'un sapin géant aux racines semblables à des genoux pliés. Il était caché sans être loin. Il se déshabilla et se glissa dans l'eau qui, lorsqu'il s'y assit, lui monta jusqu'au nombril. En reculant il trouva l'endroit où l'eau se jetait dans le bassin en un jet puissant jaillissant d'entre des rochers lisses. L'eau gicla sur ses épaules, sa nuque. Ses jambes étaient allongées toutes droites devant lui ; ses talons s'enfonçaient dans le fin gravier de sorte que des galets venaient frapper et frotter ses orteils. Au bout d'un moment, elle descendit et resta debout à le regarder. Il ne bougea pas. Elle lui dit quelque chose, mais tout ce qu'il entendit, ce fut le charabia de l'eau se brisant sur son dos. D'une voix peut-être plus forte que nécessaire, il lui fit savoir qu'il était sourd. Elle le dévisagea longuement puis se mit à enlever ses vêtements. Ce que voyant, il se leva. L'eau lui arrivait aux genoux. Il ne fit pas mine de vouloir se couvrir.

— Il y a seulement de la place pour une personne. Assieds-toi comme moi pour que l'eau te frappe les épaules et le dos. C'est divin. On dirait que des centaines de petits marteaux vous tambourinent les muscles.

Il sortit avec autant de grâce que possible pour un homme de son âge qui se déplace nu sous l'œil d'une jeune fille nue. Il se secoua, rassembla ses affaires.

— T'éloigne pas trop. Je veux pas que quelqu'un me surprenne.

— Je pensais remonter un petit peu pour voir, au cas où ce chien ne les aurait pas toutes terrifiées, si je pourrais pas attraper quelques petites truites pour notre dîner.

— J'ai pas encore digéré tout ce poulet, dit-elle debout auprès de lui, nue et brûlée par le soleil.

— Reste un peu dans l'eau, tu verras, ton appétit te reviendra. Allez, vas-y, tout de suite.

Il tourna les talons et passa derrière le grand sapin pour se rhabiller. Il l'entendit pousser un cri étouffé en s'asseyant dans le torrent.

Il sortit son fil à pêche de sa poche et arracha à la carcasse du poulet quelques bouts de cartilage en guise d'appât. Il dit Reste là au chien qui dormait au soleil, allongé de tout son long sur le flanc. Un fauve de la savane. Luther souleva sa tête et cilla des paupières en regardant Blood. Ce dernier lui lança la carcasse. Le chien se mit à manger, faisant craquer les os entre ses dents comme s'il s'agissait d'un biscuit.

Blood attrapa une douzaine de petites truites pas plus grosses que la paume de sa main. Il les vida en leur ouvrant le ventre et en y glissant d'abord la pointe de son couteau afin d'en retirer les intestins et ensuite le doigt afin de s'assurer qu'il n'avait rien laissé. Il rinça les truites dans le ruisseau et les rapporta à la clairière. Sally faisait une tache claire sous les lourdes branches des sapins. Il fit un petit feu et empala chaque truite sur une mince tige fourchue. Après en avoir aiguisé l'autre extrémité, il les planta en rond autour du feu, les poissons en l'air, comme s'ils nageaient vers le ciel. Puis il s'assit pour surveiller la cuisson, déplaçant de temps en temps les braises avec un bâton ou rajoutant quelques brindilles sèches sur le feu. Il tourna avec soin chaque poisson afin qu'il cuise de l'autre côté. Leur peau était devenue noire, fendillée, le noir conservant telle une ombre la trace de leur livrée tachetée.

Au bout d'un moment, Sally remonta du bassin, ses vêtements disposés sur elle comme si elle n'avait pas eu la force de s'habiller, la démarche languide, tous ses mouvements ralentis, à croire que l'eau lui avait ôté quelque chose et ajouté une substance nouvelle. Elle s'accroupit hors de portée de la mince volute de fumée et sourit d'un sourire malicieux :

— T'avais raison, dit-elle. L'eau, ça m'a creusée.

— Tu veux de la truite ?

— Ce serait pas de refus.

— Elles sont prêtes.

Elle marqua une pause avant de dire :

— C'était bien. Un pur délice.

Il se mit à retirer les poissons du feu. Sans la regarder, il répliqua :

— C'est bien.
— Alors, qu'est-ce qu'on fait maintenant ?
Il se tourna vers elle, un bouquet de truites serré dans le poing.
— Qu'est-ce que tu veux dire ?
— Ce que je veux dire, je pense, c'est qu'on va manger et qu'ensuite on va redescendre se remettre au travail. C'est ça non ?
Il la dévisagea un instant, se demandant ce qu'elle voulait, hésitant.
Et tout d'un coup il se rappela la date et les pensées du diable repoussées jusqu'ici, et la nuit encore devant lui. Il se dit Laisse, et vois ce qui vient. Ce qu'il prononça tout haut fut :
— J'en connais beaucoup qui vont avoir le gosier sec après un long dimanche après-midi. On pourrait faire une fête. Leur annoncer ton anniversaire. Qu'est-ce que t'en dis ?
— Cet après-midi t'a déjà coûté pas mal. C'est de ton argent qu'il s'agit ici. Alors pour moi, ça va.
Il lui tendit les poissons. Puis il se tourna de nouveau vers le feu et ramassa les autres, son propre dîner. Le dos toujours tourné, il lança :
— Mais de quoi t'aurais envie ? A part l'argent. Qu'est-ce que tu voudrais faire d'autre pour fêter tes dix-sept ans ?
Sans la regarder, il attendit en s'occupant des poissons.
— Tu veux vraiment savoir ? Ou tu veux juste être gentil ?
Cette fois, il se tourna vers elle :
— Qu'est-ce que tu veux ?
— Ç'a été si paisible. Toi et moi et personne qui réclame rien. Restons encore un peu comme ça. Ce que j'aimerais, c'est qu'on passe la soirée tous les deux, tout seuls. Tranquilles. Comme ça.
Elle marqua une pause, sa voix ayant trahi un mouvement de peur, comme si elle en demandait trop. Puis elle se dépêcha d'enchaîner :
— Je travaillerai en plus, le temps qu'il faudra, pour rattraper. Je te jure.
Il arracha une truite de sa tige, la mangea et jeta la tête et les arêtes à Luther qui s'était rapproché dans l'ombre de cette fin d'après-midi. Il s'essuya la bouche avec la main et la contempla. Elle n'avait pas encore touché aux siens. Il n'avait pas le choix. Il répliqua :
— C'est correct.
Se disant Tu as tort. Et tu le sais. C'est ta faute à toi et à personne d'autre. Tu es trop bête de te laisser tenter.

Ce matin il avait cloué une planchette de cèdre sur la porte, *Fermé pour la journée.* Une main maladroite avait écrit dessous au crayon, *A la vôtre, M. Blood.* Il examina ce graffiti dans la pâle lueur du crépuscule pour finalement exclure au titre de vanité tout lien, si ténu fût-il, avec son propre ravage intérieur. Il suivit Sally dans la maison et ferma la porte. Et non seulement la bâcla mais aussi laissa le chien dehors au cas où quelqu'un aurait l'audace d'approcher. Le chien arrêterait l'intrépide.

Encore une fois, Blood songea au caractère de la bête. Huit ans, et Blood l'avait eue à trois mois. L'homme à qui il l'avait achetée possédait à la fois un mâle chien-loup et une femelle mastiff, que Blood savait l'un et l'autre pleins de courage. Il avait choisi le chiot parmi ses frères et sœurs à cause de sa taille et de son calme. Luther était un chien réfléchi et d'une loyauté à toute épreuve. Pour rien au monde Blood n'en aurait discuté avec un autre homme, mais il lui arriva au cours de la première année de leur vie commune d'avoir l'impression que le chien percevait ce dont il avait besoin, ainsi que la subtile et fluctuante nature des circonstances. Son cerveau s'était comme mis en phase avec celui de Blood, il comprenait sans qu'on le lui ordonne ce qui était attendu de lui. Blood se demandait si ce n'était pas là un aspect de sa propre nature, quelque champ vibratoire sur lequel le chien se serait branché. Blood n'en savait rien et n'était pas certain de vouloir le savoir. Il n'avait pas le moindre désir d'apprendre à se connaître à travers l'animal. Mais il avait en lui une confiance absolue.

A l'intérieur l'air sentait le renfermé après la chaleur de la journée fenêtres closes, et surtout il y flottait de forts relents d'humain, ces odeurs que la vie paraît occulter mais que son absence magnifie. Sally s'employait à préparer un feu dans l'âtre de la cuisine, ce qui allait purifier l'atmosphère. Blood entra dans sa chambre pour ouvrir l'étroite et haute fenêtre afin de laisser entrer l'air dans la maison, la porte étant bâclée. Puis il ressortit dans la nuit tombante pour s'accroupir presque à l'aveuglette à côté de la vache aux pis gonflés et la traire. Il laissa le seau dehors pour le chien. Ils n'auraient pas besoin de lait frais avant le matin. Il pénétra dans l'enclos où les poulettes et le coq s'étaient échappés et battit des bras pour les faire rentrer dans la cabane destinée à l'origine à mettre les cochons à l'abri des ours, les enferma et bâcla la lourde porte. Puis il retourna à la taverne. Son foyer, se dit-il soudain. Son premier, depuis dix-sept ans jour pour jour.

Ils étaient assis à la cuisine autour de la table sur laquelle brûlait une bougie. Une seule chaise à dossier à barreaux et des bancs de planches. Dans l'âtre, posée sur un tas de braises, une seule bûche que caressaient de fins doigts de feu. Blood avait sorti ses deux meilleurs godets en étain, remplis à moitié de rhum, et le broc d'eau. Ils bavardaient tranquillement : Blood assis sur un banc, Sally sur la table à côté de lui, les pieds sur son banc.

— Tu aimes bien te tenir perchée.

— Qu'est-ce que tu veux dire ?

— Je remarque que tu es toujours assise en hauteur. Sur le tabouret derrière le comptoir ou sur le tonneau. Et maintenant regarde-toi.

— Je devrais pas m'asseoir sur la table, observa-t-elle sans esquisser un geste.

— Tu peux t'asseoir où tu veux. C'était juste une remarque comme ça en passant.

— J'aime bien voir ce qui m'entoure. Depuis que je suis toute petite. Sûr que je verrai pas pour autant ce qui arrive mais ça fait pas de mal.

— C'est bien vrai.

— Tu es pareil. J'ai vu comme tu regardes les gens. On dirait que t'es ailleurs. Je connais, tu sais.

— Vraiment ?

— Je crois bien. La seule différence entre toi et moi, Blood, c'est que t'as le gabarit d'un homme.

— Tu crois que c'est ça ?

— Surtout, opina-t-elle en prenant une gorgée de rhum. Il y a des hommes qui te respectent et d'autres pas, mais j'en ai pas vu un seul qui devant toi tremble pas à l'intérieur.

Blood eut un sourire froid.

— Et toi ?

De nouveau ce sourire malicieux de gamine. Plus une lueur autre. Elle détourna le regard.

— Tu me fais pas peur.

— Et les autres hommes ?

Rapide, grave, elle rétorqua :

— Ils me foutent tous la trouille.

Une bonne chose, songea-t-il tout en disant tout haut :

— Il y en a pas un pour qui t'as un faible ?

— Tu me prends pour une idiote ?

— Non. Pas du tout.

Elle but, Blood l'imita. Elle reprit :

— Je sais ce que je suis pour ces types. Un peu de bon temps, du bon temps qui les ronge ensuite. Mais pas à cause de moi, à cause d'eux-mêmes. Ils en ont besoin, je suppose. Mais ça n'a pas grand-chose à voir avec moi. D'autres voient autrement sans doute. Mais c'est pas moi non plus. Tu sais pourquoi je prends de l'argent en plus de ce que tu demandes ?

Blood la dévisagea un instant avant de répondre :

— Tout le monde a besoin d'argent.

Sally but une nouvelle gorgée, puis le fixa droit dans les yeux :

— Non. Bon, si, un peu. Mais je veux qu'ils me regardent quand ils payent. Et j'ai pas envie qu'ils croient que tout ce qui est moi est à toi. Je dois avoir de l'autorité sur eux. Mais surtout, je veux pas qu'ils se fassent des idées. Je voudrais pas qu'un imbécile confonde avec autre chose. C'est ce qui pourrait arriver de pire, non ?

Blood acquiesça de la tête, sans prononcer un mot. Il réfléchissait à la façon dont elle avait réussi à lui glisser qu'elle tenait à une certaine indépendance vis-à-vis de lui. Un signal d'alerte sans doute, sauf que cela semblait logique.

Elle marqua une pause, peut-être pour lui laisser le temps d'encaisser. Puis elle continua :

— Mais l'argent. Tu sais ce que c'est pour moi en fait ?

Blood but. Son godet était presque vide. Il supposa que le sien n'était guère plus plein. Leur verre du soir, le seul de la journée. Il était hésitant. Il avait envie d'un autre. Elle aussi sans doute. Il se tenait dans l'expectative, un peu anxieux mais ne le montrant pas.

— Non, je ne sais pas, dit-il. Qu'est-ce que c'est d'autre que de l'argent ?

Elle vida son godet et le posa sur le bois de la table d'un coup sec et précis. Et, lui jetant un coup d'œil :

— Tu vas croire que je suis folle.

— Ça m'étonnerait.

Elle se tordit le cou pour regarder le feu puis se tourna de nouveau vers lui.

— J'accepte seulement les pièces. Les pièces d'argent. Je prends pas les billets. Tu sais pourquoi ?

Il attendit.

Elle enchaîna :

— C'est la lune. Ces pièces au creux de ma main sont comme un morceau de lune que j'aurais attrapé. Ou plutôt qu'on m'aurait prêté. Mais j'observe la lune. En haut du ciel. Il n'y a qu'elle là-haut. Il n'y a que sa blancheur argentée qui roule à travers le firmament. Je me dis que ça doit être agréable. Paisible. Et le clair de lune qui tombe sur la terre. Il y a des nuits où j'ai l'impression que le monde peut être un endroit différent. Où je vois que le monde est plus qu'il n'y paraît pendant le jour. Et je tiens ces pièces dans ma main. C'est un endroit où je suis jamais allée et où j'irai jamais mais je sais qu'il est là.

Et elle se tut.

— Ah ben ça, dit Blood, c'est la meilleure.

Elle se leva, resta un instant debout sur le banc, puis mit pied à terre. Se tournant vers lui, elle lança :

— T'as jamais entendu quelque chose d'aussi bête ?

Blood vida son godet et s'étrangla. Le gosier comme un tuyau de chair à vif, les yeux mouillés de larmes, il rétorqua :

— Oh, Sally, ne te prive pas surtout. Si t'as envie d'adorer la lune. Tu pourrais pas faire un meilleur acte de foi.

Bien plus tard. Un pichet de rhum sur la table, à côté du seau d'eau en travers duquel reposait la louche. Deux nouvelles bûches brûlaient dans l'âtre. La bougie s'était consumée. Dehors, Luther avait émis un seul long aboiement. Elle était assise en tailleur sur la table, les genoux sous sa jupe. Entre eux il y avait seulement la place de mettre leurs deux godets.

— Ils disent que t'as tué ta femme.

— C'est tout ?

— Non.

— Je t'avais demandé de pas venir m'embêter avec ces racontars.

— Je sais.

Ils se turent. Tous deux burent un peu. La clarté du feu, d'une mobilité liquide, venait frapper de son ressac les bûches mouvantes, incandescentes.

— Elle est morte, dit-il. Un accident.

— Il y a longtemps.

— Oui. Pour toi, sûrement.

— Pas pour toi.

— Non.

— Je suis désolée.

— Tu n'as pas à t'apitoyer sur moi.

— Si c'était un accident, tu n'as rien à te reprocher.

— C'est pas ce que j'ai dit.

Elle se tut, avala une gorgée, détourna les yeux. Puis les posa de nouveau sur lui.

— Alors tu étais responsable ? C'est toi qui l'as provoqué ?

Il fut sur le point de se lever, de mettre un terme à cette conversation. Il n'était pas sûr que ses nerfs n'allaient pas craquer. Il n'était pas sûr d'elle. Pas sûr qu'il n'allait pas lui faire du mal. Toutefois il demeura et, au lieu de se lever, souleva son godet en étain, le fit tourner entre ses paumes, observant le doux reflet de la lumière sur le métal. Puis il leva les yeux vers elle et déclara :

— Pas comme tu pourrais le croire.

— Bien.

Mais dans ce « bien » il perçut une nuance d'incrédulité.

Avec un soupir, il but et remplit son godet et but de nouveau. Puis il le posa sur la table, s'essuya la bouche avec le dos de la main et dévisagea la fille. Elle avait des yeux pleins d'une sagesse assurée, le regard d'un être qui a contemplé tout ce que la vie peut offrir de néfaste à ceux qu'elle tient en otage. Un être dont l'idée de l'homme se limite aux lois éternellement fluctuantes du comportement qu'il doit décoder au regard de ce qui pourrait lui nuire. Et Blood conclut qu'il ne devait pas la prendre comme une rédemption finalement, quoiqu'il n'y eût jamais vraiment cru. Elle faisait un tendre contrepoids au poids de sa vie. Pourtant elle n'était pas cela pour lui tout en étant plus qu'il n'avait osé espérer.

Il commença d'une voix basse mais claire :

— Ma femme est morte alors qu'elle se livrait à une activité qu'elle aimait. Mais à une heure et dans un lieu qu'elle aurait dû savoir peu propices. Quant à moi, quel a été mon rôle là-dedans... J'étais engagé dans des occupations qui, si elle en avait eu connaissance, l'auraient bouleversée. Je n'avais aucune raison de penser qu'elle aurait pu l'apprendre. Mais la vie est bizarre et les forces qui nous guident ne sont pas celles du hasard mais d'un dessein qui nous dépasse, un dessein qui nous est à tous insaisissable. Au bout du compte, je ne peux pas affirmer que je ne suis pas responsable de ce qui lui est arrivé. Je l'étais. Je le suis. De toutes les manières sauf la plus évidente.

Il examina son visage noué par l'effort de réflexion.

— Tu crois qu'elle l'a fait exprès ?

Vite :

— Non.

— Je comprends pas.

— C'était un accident. Et ça l'était pas. Ça pourra jamais l'être, dans mon esprit. Pour moi il n'y a pas d'autre instance vers quoi me tourner. Dieu est muet en ce qui me concerne. Comme il est juste qu'Il le soit. S'Il m'a jamais accordé Sa grâce, je l'ai consommée. Aussi sûr que cette chandelle-là, devant moi, est morte. J'en ai absorbé chaque goutte sans même savoir ce que je faisais. Et une fois qu'elle est épuisée, c'est définitif. Il n'en possède pas des réserves illimitées, contrairement à ce que voudraient nous faire croire les prédicateurs. Comme n'importe quel père, il arrive un moment où Il crie : Assez. Et j'ai poussé au-delà de cette limite. J'ai pas cherché Son pardon et je m'attends à rien. Dans cette vie ou dans l'autre.

La pièce était tranquille. Du temps s'écoula. Il y avait longtemps que Blood vivait sans montre. Sans marqueur le temps suit son propre rythme. Lent ou rapide selon. Et à présent, il avançait très lentement.

Finalement, Sally rompit le silence :

— C'était peut-être juste un accident. Quelque chose qui est arrivé.

— C'est le cas. Les faits. Je ne crois pas, je n'ai jamais cru que c'était intentionnel de sa part. Mais, c'est vrai, ça au moins je le sais, elle était furieuse. Peut-être simplement parce qu'elle sentait que quelque chose n'allait pas. Elle pensait peut-être qu'elle était capable de se tirer de tous les dangers. Mais même si elle se doutait de quoi que ce soit, ce n'est pas de sa faute. Mais la mienne, la mienne seule. Parce que, tu vois, elle n'était pas seule.

Sally but une gorgée, puis, très doucement, demanda :

— Qui était avec elle ?

— Un gamin.

— Le tien ? Le vôtre ?

— Oui.

— Et il est mort aussi ?

— Oui.

— On m'avait pas dit.

Blood se leva, repoussa le banc, se recula. Prit son godet, le vida d'un trait. Cette fois, il ne s'étrangla pas. Il était ivre, conscient de l'être, d'une lucidité implacable. Tout était là, devant lui, tout. Le visage rougi par le soleil de la fille levé vers lui telle l'incarnation du parfait confesseur recherché depuis longtemps. Une aspiration déniée jusqu'à cet instant où elle s'était matérialisée sous ses yeux. Mais à présent elle le happait, et il se sentait comme soulevé, éprouvant une joie irréfutable à se dégager de ses entraves. L'espace d'une seconde, il se rappela le bruit de la lame de son couteau tranchant les fils qui fermaient la bouche du diacre. Il posa le godet sur la table devant elle et joignit les mains.

— Oui un gamin est mort avec elle. Mais il y en avait d'autres aussi. Que j'ai abandonnés. Un garçon plus petit.

Il marqua une pause, puis continua, pour vider la coupe :

— Et un autre enfant. L'aînée. Une fille. As-tu...

Il laissa sa phrase en suspens comme pour retenir en vain les mots :

— As-tu aussi entendu parler d'elle ?

Elle demeura muette. Elle attendait sans bouger, toujours assise en tailleur sur la table. Son godet en équilibre sur son genou plié. Les yeux détournés.

— Je regrette...

Blood cette fois s'interrompit tout à fait. Il pleurait. Il aurait voulu croire à la pureté de ses larmes. Que d'avoir été retenues tant d'années les avaient purifiées. Il savait bien que non. C'était impossible. Il agrippa son propre visage comme s'il cherchait à le briser, à étouffer ce chagrin immérité. Cela ne servit à rien. Il conclut

— Je regrette *tout*.

Il sortit en courant de la maison. En ouvrant la porte d'un geste brutal il buta sur Luther couché sur la marche et faillit tomber. Il agita les bras et se rattrapa au chambranle, donnant un coup de pied dans le ventre du chien qui se leva en montrant les dents. Blood lui donna un deuxième coup de pied et se rua dans la nuit et de l'autre côté de la maison. Dans les ténèbres. Loin.

Il traversa les hautes herbes du marais et s'arrêta au bord de la rivière, là où le tronc d'un hêtre mort gisait à moitié sur la berge, son autre extrémité pointant sur l'eau comme une passerelle de plus en plus étroite s'arrêtant à mi-chemin. Une passerelle vers nulle part. C'était une nuit sans lune. Les étoiles formaient une longue tache blanche sur le haut du ciel. Il n'y avait pas assez de lumière pour jeter des ombres sur le paysage, mais les ridules, crêtes et avalanches de l'eau avaient comme des reflets d'argent. La voix de la rivière lui parvenait assourdie par la nuit. La terre était silencieuse hormis le faible murmure de l'onde. Il faisait froid. Il s'assit à califourchon sur le tronc et porta son regard jusqu'à l'endroit où celui-ci fusionnait avec le cours d'eau.

Il avait l'impression de s'être déchiré un muscle majeur, indispensable. La fausse lucidité de l'ivresse s'en était allée. La fille redevenue simplement une fille, une jeune putain élevée à la dure.

Peut-être le confesseur qu'il lui fallait, quoiqu'il n'en méritât aucun. Son silence brisé s'avérait l'ultime profanation, la démonstration indiscutable et irréversible de son ratage. Ce silence qui avait été son seul acte commémoratif, son seul véritable acte de contrition. De ce silence il avait fait sa vie, une vie entièrement dédiée à la mémoire de la profanation. Et de son être il avait fait le valet de ce mutisme. Pauvre offrande de lui-même au vaste silence de l'océan de la nuit qui était là, toujours, autour de lui.

Il avait, un temps, de cela il y avait bien des années, envisagé de se donner la mort en se noyant. Mais il s'était dit Non, il y aurait dans ce geste trop d'orgueil, une basse et facile complaisance au regard de l'énorme amas de fiel qu'était son âme.

Sous ses yeux l'eau se mouvait dans l'obscurité, gravait sa course sans fin dans la terre, sur le sol. Son souffle léger seul signalait de façon tangible qu'il était là. Il faisait assez froid pour que se dépose avant le matin une mince couche de givre. Il n'essaya pas de se réchauffer, ne remonta même pas ses bras ballants pour les croiser sur sa poitrine. Ce froid n'était qu'une partie infime du châtiment qu'il méritait. C'est sans s'apitoyer sur son sort qu'il se demanda ce que serait la sensation de froid qui le remplirait à sa mort, alors qu'il n'aurait plus rien d'autre à attendre que de brûler dans un éternel brasier.

Né *Micajah Blood Bolles*, quarante-sept étés plus tôt à New Bedford, avec un deuxième prénom hérité d'un grand-père maternel qu'il n'avait pas connu. Né dans une famille de marchands de fournitures pour bateaux qui possédait sa propre corderie et une douzaine de voileries. Ils achetaient la matière première et vendaient le produit fini, en payant juste assez les ouvriers pour s'assurer une bonne qualité de travail. Ils garnissaient un navire non seulement de ces articles, mais aussi de salaisons de porc et de bœuf, de biscuits de marin, de sel, de sucre, de thé, de flocons d'avoine et de farine, de caisses de volailles vivantes, de tabac à fumer et à priser, de rhum pour l'équipage et de brandy pour le capitaine, de bois et de charbon pour la soute, de bougies et de briquets. En plus des voiles qui sortaient de leurs voileries et des écoutes et des haubans que confectionnait leur corderie, ils fabriquaient tout pour le marin, jusqu'à son sac et au filet de son hamac. La seule chose qu'ils n'avaient pas, c'était une forge, préférant acheter les fournitures en fer ; une forge pouvait brûler. Ils étaient propriétaires de hangars sur les quais et d'un gigantesque entrepôt de briques abritant à l'étage leurs employés et comptables ainsi que le bureau où Micajah Bolles travaillait aux côtés de son frère et de son père, le tout à l'ombre menaçante du grand-père — le vieux étant le seul à avoir couru les mers au temps de sa jeunesse jusqu'à ce que, devenu capitaine, il fît naufrage au large de l'Irlande avec un chargement de coton de la Caroline du Sud en route pour les usines anglaises et, revenu sain et sauf par bateau de passagers, jurât de ne plus jamais mettre le pied sur un navire, pas même sur un petit voilier pour faire le tour de la baie d'Apponagansett. Il ne voulait même pas posséder des parts d'un navire marchand. Un bateau, cela sombrait, se cassait, échouait, brûlait. Et s'il rentrait au port, il avait toujours besoin de nouveaux gréements ; ou alors un navire neuf leur achetait la même chose. Il gagnait sa vie au bord de la mer, grâce à la mer, mais pas sur la mer. Elle ne le reprendrait plus jamais. Chaque année pourtant les grands orages d'automne blanchissaient un peu plus son visage, comme si l'océan le poursuivait à l'intérieur des terres.

Micajah Bolles entra à Harvard à seize ans et épousa Betsey Marsh deux années plus tard, s'installant à mi-chemin de leurs maisons familiales respectives. Les Marsh étaient propriétaires de baleiniers, de solide réputation, fortunés, mais les hommes qui partaient sur leurs navires trouvaient leur salaire rudement gagné et rentraient en jurant presque toujours qu'ils ne reprendraient plus la mer sous pavillon Marsh. Cela dit, une fois les bateaux réarmés prêts à mettre le cap sur les mers septentrionales, il n'était jamais difficile de recruter des équipages — les capitaines avaient beau être impitoyables, l'attrait de la solde et des parts était trop fort. Et Betsey Marsh aimait la mer, elle l'aimait non seulement à cause de la vie qu'elle menait grâce à elle, non seulement par un beau jour d'été lorsque la baie frémissait sous la plus douce des brises, mais elle l'aimait aussi sous l'orage et par les sombres journées d'hiver lorsque les navires rentraient au port argentés par la glace qui ourlait leurs gréements, et aussi quand de violentes averses glissaient sur l'horizon ou piquaient vers la rive où elle attendait debout sur le quai, les yeux fixés sur le rideau de pluie zébré d'éclairs qui courait au-devant d'elle, ses boucles noires fouettant son visage, l'incarnat de ses joues vivifié par l'excitation, les yeux écarquillés, d'un bleu marine qui semblait comme un souvenir arraché au ciel d'été perdu dans l'assaut de la tempête, et elle attendait, là, penchée contre le vent jusqu'au dernier instant, jusqu'à ce que la pluie la force à trouver refuge sous un hangar du port.

Et Micajah Bolles, debout à la fenêtre de son bureau bien avant que n'éclate l'orage, surveillait la silhouette tout là-bas sur le quai, luttant tout à la fois contre la chaleur qui brûlait son corps et la peur qui l'étreignait. A croire que Betsey était une créature appartenant à un autre monde, un monde inconnu de lui. Comme s'ils n'habitaient pas le même endroit mais deux lieux qui se superposaient. Et une partie du plaisir consistait à pouvoir en fin de journée rentrer chez lui où elle l'attendait avec un repas préparé par une bonne mais qu'elle avait supervisé et la trouver aussi heureuse de le voir que lui. Et elle s'asseyait pour écouter les détails de sa journée comme s'il s'agissait pour elle aussi d'un univers presque au-delà des limites de son imagination. Elle avait un an de moins que lui, et même s'ils menaient une vie d'adultes, une fois la chandelle soufflée le soir, ils redevenaient comme deux enfants, remplissant la nuit de leurs éclats de rire aussi lisses que leurs peaux, ou plutôt de l'unique peau qu'ils paraissaient partager. Il était capable de dormir quatre heures par nuit et le lendemain de travailler dix heures d'affilée. Et ensuite de rentrer fatigué mais exalté.

Leur seul désaccord était si évident qu'il semblait inévitable, comme si leurs lignées respectives avaient projeté deux droites de conflit ne pouvant se rencontrer qu'en un seul point : le dériveur qui avait appartenu à son père quand il était petit et que Betsey avait su naviguer à un âge si précoce qu'elle prétendait n'avoir jamais eu à apprendre ; c'était chez elle un don inné. Elle se moquait de ses craintes et de sa volonté farouche de ne pas monter en bateau avec elle et pas un instant n'envisageait elle-même d'y renoncer. Une seule fois il tenta d'insister auprès d'elle après la naissance de leur premier enfant, Sarah Alice, mais Betsey le regarda en disant : « Qui va lui apprendre à naviguer, si ce n'est moi ? »

Et puis il y avait eu les enfants, et tous les problèmes qui s'attachaient à la parenté. Micajah lui-même avait eu un frère et deux sœurs qu'il n'avait jamais connus. Après Sarah Alice était venue une fille, Rebecca, qui avait vécu trois jours, puis un petit garçon, Hazen, qui avait survécu, suivi d'une fausse couche trop tardive pour passer inaperçue mais survenue trop tôt pour permettre un enterrement chrétien. Ensuite était venu le deuxième garçon, Cooper, un beau bébé, puis John, qui avait vécu dix-sept mois avant d'être emporté par une fièvre. Après quoi s'étaient écoulés trois ans sans grossesse au cours desquels ils n'abordèrent pas ce sujet. Puis, finalement, la venue d'un dernier enfant, une autre fille, mort-née. Alors, sans se consulter, ils surent qu'il n'y en aurait plus.

Elle était née le printemps où Sarah Alice avait fêté ses treize ans. Micajah Bolles en avait lui-même trente-deux. Son grand-père aveugle passait ses journées calé dans son fauteuil de bureau tourné vers la fenêtre ouverte en toutes saisons afin qu'il pût entendre les bruits sur les quais, le grincement des amarres et des poulies, les cris des mouettes, les vociférations des poissardes et des débardeurs, le tout s'amalgamant dans une langue qui semblait la langue du monde jaillissant au bord de l'océan pour frapper ses tympans et lui rappeler que le monde était encore là pour lui. Il ne faisait pas grand-chose d'autre, quoiqu'il écoutât avec une certaine attention son petit-fils, le cadet. Par la suite, des années plus tard, Blood, à ce souvenir, songera que son grand-père avait laissé une vie derrière lui pour en fabriquer une seconde à partir des mêmes matériaux, les seuls qui fussent à sa disposition, et peut-être avait-il perçu les mêmes dispositions chez son plus jeune petit-fils. Sinon pourquoi aurait-il préféré Micajah à son frère aîné, Proctor ?

Micajah regardait parfois par la fenêtre du bureau de son grand-père, celle qui était presque toujours ouverte sur la vie de la mer, et observait la cheminée de sa propre maison. Par certains après-midi, il restait là, immobile, avec le vieux monsieur qui parlait derrière lui, égrenant des mots, des considérations, des ordres déjà connus de son petit-fils qui se sentait libre de plonger un regard tout à la fois extérieur et intérieur au sein de son foyer, pour y voir sa femme, ses enfants, et de temps à autre un aperçu de lui-même dans un de ces éblouissements presque effrayants où l'esprit semble plonger dans une spirale sans fin — comment en était-il arrivé là ? Comment tout cela s'était-il produit autour de lui ? A trente-deux ans il ne se reconnaissait pas dans l'image que lui renvoyait la glace devant laquelle il se rasait. Lui qui avait été si costaud s'était amolli ; il avait un double menton et sa taille avait gagné un embonpoint flasque sous les bretelles de sa culotte en moleskine. Les jours passaient et il se disait qu'il en allait ainsi pour tous les hommes. Le dimanche, il écoutait avec attention chaque mot des sermons et homélies pour y puiser des forces, une sagesse lui permettant d'accepter la vie telle qu'elle était. Ce qu'il ne parvenait pas à comprendre, c'était que si tous les hommes poursuivaient cette lutte, quelques-uns se trouvaient forcés de se stigmatiser eux-mêmes. De devenir des parias.

Il redoutait par-dessus tout une faute, une faiblesse essentielle — quelque charnière mal ajustée qui un jour viendrait à céder :

pour lui les batailles de l'esprit n'étaient guère qu'un masque de carnaval sur la suprématie de l'âme. L'âme où résidait l'homme dans sa totalité.

Cet être caché lui faisait honte devant Betsey. Qui avait vieilli et pris du poids au fil des grossesses et des allaitements. Dont les magnifiques boucles de soie se festonnaient déjà d'argent mais dont les yeux étaient toujours comme des bouts de ciel bleus et mouillés — pleins des mêmes nocturnes promesses. Et qui assumait son rôle de mère en silence mais si fière, acceptant le compte des jours, paraissant comprendre que la vie était ainsi ; rapide, abrupte, savoureuse et douce. Qui n'était plus la jeune fille au pied léger et n'avait plus aucun désir de l'être. Ou si elle l'avait, elle ne le manifestait pas. Pas plus qu'il ne lui montrait sa jeunesse en lambeaux qui s'agitait encore furieusement en lui.

Peut-être aussi en prenant l'habitude de s'appeler entre eux Mère et Père avaient-ils aboli leur véritable intimité pour se glisser dans des simulacres d'eux-mêmes. Il n'imaginait que trop bien son expression s'il lui prenait soudain de s'en ouvrir à elle.

Elle sortait encore le voilier dans la baie par les plus beaux jours d'été, souvent avec un des enfants, et tous rentraient ensuite dorés et brûlés par le soleil, les cheveux et la peau givrés de sel, les yeux intrépides comme s'ils avaient moissonné quelque chose dans les profondeurs sillonnées par le petit dériveur. Et, à ces moments-là, il se disait qu'elle avait des secrets bien à elle, des secrets que jamais il ne connaîtrait. Il ne lui en voulait pas. Son propre mystère lui semblait aussi insondable. Il était une âme sans paix. A la dérive. Avançant en silence, comme au petit bonheur.

De sorte que, en guise d'antidote ou de faux-semblant, à moins qu'il ne s'agît d'un pas franchi en toute conscience mais encore innomé, il se joignit à la société des hommes. La politique présentait à ses yeux peu d'intérêt, mais les pubs et les tavernes, d'où toutes les politiques étaient lancées et où souvent aussi elles faisaient naufrage, avaient davantage à offrir que les plaisirs de la rhétorique et de la vanité — il y avait là des hommes comme lui cherchant un répit à l'écart de l'insidieuse poussière déposée par la fuite des jours, des hommes qui entraient et s'asseyaient en silence devant leur bière brune ou leur grog de rhum. Et lui, il regardait la poussière glisser sur eux à mesure qu'ils buvaient, et, en général après avoir commandé un deuxième verre, ils se tournaient pour parler à leur voisin et ainsi retrouvaient le fil de la journée rendue tout d'un coup supportable.

Il y avait les ivrognes et ceux qui tenaient l'alcool, et Micajah

Bolles savait à quelle catégorie il appartenait et à quoi il comptait se tenir.

D'ailleurs, ce n'était même pas la compagnie des hommes qu'il cherchait. Celle-ci ne constituait qu'un prétexte, la forêt dans laquelle, tel un arbre solitaire, il pouvait se fondre.

Les filles étaient des filles de pêcheurs ou de fermiers dégoûtées les unes par l'odeur du poisson, les autres par la bouse de vache. Il en venait de toutes sortes, et pendant très longtemps il n'eut aucune favorite, non seulement parce qu'il était résolu à rester pur de cœur sinon de corps, mais aussi parce qu'elles étaient si nombreuses — comme si le Tout-Puissant lâchait à la surface de la terre toutes ces ravissantes créatures non pas tant pour faire les délices de l'homme que pour le seul plaisir de créer. Cette idée frappa Micajah Bolles avec la force d'une bourrasque. Ce n'est pas qu'il se montrât excessif ou veule comme d'autres. Il pouvait laisser passer des semaines, parfois des mois, entre deux filles. Très souvent, et pas seulement le dimanche, il se jurait de s'abstenir complètement.

Mais il y en avait tellement et elles étaient si jolies, et Micajah Bolles n'avait pas encore compris qu'il cherchait seulement à combler un cœur illusoire. Il n'avait pas encore en main la sonde qui allait lui permettre de prendre la mesure du gouffre. Il avait moins en aversion son infidélité — il croyait garder son cœur à Betsey — que la nécessité qui la sous-tendait ; les filles avaient des noms qu'il oubliait alors même qu'elles se déshabillaient, ces filles ne possédant ni nom ni histoire ni avenir ni rien du tout au-delà de l'instant. Tout ce qu'il voulait, c'était cet instant avec elles. Et c'était cela par-dessus tout le reste — avant, pendant, après — qui lui apportait la preuve de sa propre abomination.

Aussi arriva-t-elle comme une surprise. Son nom était Molly. Encore une fois il ne lui demanda rien, il ne voulait pas savoir son histoire ni ses rêves sinistres, et si elle lui parut différente des autres, c'est seulement parce qu'elle eut l'air de comprendre cela. Même quand survint le moment inévitable où, allongé à ses côtés, son désir apaisé mais, pour la première fois, il eut envie de la connaître, de la posséder, d'explorer les crevasses où se nichaient ses espoirs, de mettre du baume sur ses plaies. D'écouter tout ce qu'elle avait à dire. De parler lui-même. Et sur cela il buta, incapable de s'ouvrir. Il lui avait déjà donné plus qu'il n'était sage. Du moins le pensait-il.

Elle avait des cheveux plats, peu fournis, de la couleur d'un faible rayon de jour, des petits pieds, des petites mains, de longues jambes blanches. Sa première vision d'elle avait été celle de son avant-bras passant par-dessus son épaule d'homme pour déposer une chope sur le bois de la table, et le fin duvet sur la courbe parfaite du muscle depuis l'os pointu de son poignet jusqu'à la pointe du coude lui avait paru si ravissant qu'il avait eu envie de le prendre entre ses dents. Il avait passé le reste de la nuit à l'observer sans lui parler. Elle avait un visage agréable, aux traits ni trop ronds ni trop pointus, une lèvre juste assez boudeuse pour le séduire, des yeux clairs, d'une couleur qu'il trouvait impossible à mémoriser, impossible en fait à déterminer. Elle n'était pas belle, mais on ne pouvait pas la qualifier de laide ou de mal faite, juste une fille sur laquelle il ne se serait pas retourné dans la rue. Et, pourtant, dès qu'il eut posé les yeux sur son bras, elle s'était logée dans son cœur aussi sûrement que la flèche que l'on sait. Qui aurait aussi bien pu être une hache.

A son grand étonnement, elle préférait donner ses rendez-vous le matin, à l'heure où le soleil était déjà haut dans le ciel mais où elle n'était pas encore vraiment sortie de son lit dans sa chambre meublée. Il était le seul homme qu'elle fréquentait, et il la payait assez pour s'en assurer. Deux fois par semaine, le mercredi et le samedi, il lui rendait visite, arrivant en retard au bureau le mercredi et prétendant avoir été retenu à la maison, et le samedi n'ayant pas d'autre excuse à invoquer auprès de Betsey que la possibilité de travailler sans être dérangé. Et Molly l'attendait au lit, les cheveux ébouriffés par le sommeil et les yeux endormis, mais l'haleine adoucie par une tasse de lait. Elle avait des petites dents, parfaites sauf pour une unique canine de travers qui pointait un peu en avant. Lorsque ses lèvres se refermaient sur elle, c'était toujours comme pour mieux se concentrer sur quelque chose de mystérieux. Cette bouche d'ailleurs le stupéfiait chaque fois par la férocité de son appétit, par ses lèvres tout à la fois fermes et fluides, avec cette petite langue pointue qui se pressait dans sa bouche à lui comme si elle voulait descendre dans sa gorge et, si seulement elle avait pu, se frayer un chemin jusqu'à son ventre.

Elle avait de tout petits seins, aux mamelons de la même couleur que sa langue, et peu de poils pubiens, juste assez pour montrer qu'elle en avait. La seule fois qu'il la vit à la lumière des bougies, ce peu était invisible. Ce n'est qu'après avoir rompu pour toujours avec elle qu'il devait comprendre l'attrait qu'avait exercé sur lui cette femme-enfant. Et il se souviendrait de cette soirée aux chandelles. Il se rhabillait devant elle pelotonnée sur son lit, sa hanche projetant une ombre, le reste de sa personne tout rose, lorsque tout d'un coup, elle dit : « Combien de temps, croyez-vous, monsieur Bolles, avant que vous me méprisiez ? » Des intonations placides, un peu comme si elle demandait quand elle serait battue. Il se figea un instant. Puis avec plus de tendresse qu'il ne le pensait lui-même, il répondit : « C'est moi-même que je mépriserai. » Elle détourna le visage, silencieuse. Il termina de s'habiller et s'apprêtait à sortir quand elle reprit, le visage dans l'oreiller, avec des mots étouffés : « C'est normal, je vaux même pas ton mépris. » Il s'assit alors au bord du lit, la prit dans ses bras, la serra contre lui. Plus tard, en quittant son immeuble, il avait le cœur rongé d'une terrible noirceur. Dire qu'il croyait avoir touché le fond.

C'est ainsi qu'il se trouvait en compagnie de Molly un samedi par une matinée de fin d'été alors que Betsey décidait d'emmener leur fils aîné Hazen faire un tour dans la baie, sa première sortie en voilier depuis son accouchement d'un enfant mort-né au printemps. Peut-être avait-elle voulu profiter en toute hâte des derniers beaux jours ou peut-être était-ce un coup de malchance. Ou, comme le penserait Micajah Bolles par la suite, peut-être avait-elle dans le sang une sagesse qui lui avait fait obscurément sentir où était son mari. Le vieil homme qui pêchait seul dans la baie jura plus tard que lorsque la tempête s'amassa dans les profondeurs de l'horizon boursouflé de nuages enténébrés, se maintenant au large comme souvent l'orage en été, vivifié par les éclairs et les striures noires de la pluie visibles depuis la baie mais dont on ne percevait que le souffle rafraîchi de la brise, que c'était alors, témoignait le vieil homme à qui voulait l'entendre, que Betsey Marsh Bolles avait viré de bord et piqué vers les grosses vagues et les eaux noires et les cataractes. A genoux sur le banc, une main sur la barre, l'autre serrant fort l'écoute de la grand-voile au bout de la bôme, le visage renversé de sorte que le vent la coiffait en arrière et la bouche grande ouverte dans un éclat de rire inaudible. Il précisa aussi que le jeune Hazen n'était visible nulle part, sans doute recroquevillé sur le pont avant.

Ils furent portés disparus pendant trois jours. Micajah Bolles demeura pendant tout ce temps assis en silence et sans dormir chez lui, tandis que sa mère et sa belle-mère s'occupaient de Sarah Alice et de Cooper, et que les autres tâches ménagères se poursuivaient sans un bruit, sans qu'il en eût connaissance, indifférentes. Et les hommes des deux familles se présentaient en groupes, puis, à mesure que les jours passaient, ils venaient un par un s'asseoir à côté de lui et lui parler, et lui ne répondait à aucune de leurs questions, ce qu'ils acceptaient comme relevant de son bon droit.

Ne sachant pas qu'ils avaient affaire à un homme ayant renoncé à tous ses droits. La seule fois où il prit la parole fut le jour où on lui amena son grand-père et où on les laissa seul à seul. Le vieux monsieur brassa l'air jusqu'à ce que Micajah Bolles tendît vers lui la main, qu'il prit entre ses paumes et tint longtemps sans rien dire, si longtemps que Micajah Bolles en conclut que le vieux comprenait que le silence seul avait un sens. Mais alors son grand-père articula :

— Dieu est un fumier.

— Non, répliqua le petit-fils. Il est juste.

Le grand-père lui lâcha la main et se leva en s'aidant de ses deux bras pour contempler l'endroit où il pensait que le plus jeune était assis.

— Il nous abandonne tous autant que nous sommes quand on a besoin de Lui. Nous qui nous tournons vers Lui, Il nous repousse sans hésiter. Mais je vais bientôt pouvoir Lui dire ses quatre vérités.

Se retournant, il appela le neveu qui l'avait amené d'une voix dont les vibrations semblaient capables de faire s'écrouler les murs autour d'eux.

Les corps furent retrouvés le mercredi, à l'aube, rejetés par la marée descendante. Enflés, mangés par les poissons et les crabes, le garçon nu mais enveloppé dans des algues, comme si la mer à la dernière minute avait pris en pitié son innocence. Ils furent transportés par des pêcheurs qui les allongèrent sur des planches disposées sur des chaises à barreaux. Les femmes les lavèrent. Le cadet des frères Marsh fut mandaté auprès du menuisier pour que celui-ci vînt prendre des mesures. Le pasteur s'installa dans la maison pour prier assis à côté du mutique Micajah Bolles jusqu'à l'arrivée des corps. Puis il s'en alla procurer son réconfort aux femmes, le laissant dans le fauteuil qui, depuis qu'il s'y était laissé tomber, au fil des jours et des nuits, avait formé des escarres sur le côté de ses cuisses aux endroits où elles frottaient tandis qu'il se balançait d'avant en arrière en suivant le rythme affreux de son cœur. Le rythme de sa culpabilité.

Et puis Sarah Alice avait fait une timide apparition. Visage bouffi, livide, elle était néanmoins une jeune femme qui s'occupait du ménage et dont il ne comprenait plus les mystères. Comme s'il les avait jamais compris. Le portrait craché de sa mère, même dans le chagrin. Peut-être même plus à cet instant que jamais : presque la fille qu'il avait épousée — maintenant, pour la bonne raison qu'elle considérait comme son devoir d'assumer les responsabilités maternelles. Comme si l'avenir se dessinait avec plus de clarté pour elle que pour lui.

— Père, implora-t-elle. Ils vont bientôt les emporter. Tu ne veux pas les voir une dernière fois ?

Il ne pouvait pas refuser. Elle savait mieux que lui. Comme dans un rêve, il se laissa guider par la main jusqu'aux deux cercueils où la poudre et le rouge et les vêtements neufs trop grands ne parvenaient pas à déguiser l'horrible infection.

Il prit la fuite.

Dans l'éblouissement du plein jour il partit vers le sud-ouest, vers un quartier jamais visité où les rues non pavées serpentaient, très étroites, entre des cabanes de pêcheurs et de veuves de marins, de vieillards et d'infirmes qui ne pouvaient plus travailler, des rues où, si on venait à le reconnaître, personne ne prononcerait son nom, où dès la tombée de la nuit un homme tel que lui était à la merci de bandes avides de jeunes vauriens qui ne s'intéresseraient qu'au portefeuille dont la coupe de ses vêtements trahirait l'existence. Il marcha raide et droit sous le soleil de la mi-journée, ne regardant ni à gauche ni à droite, évitant les yeux de la populace qu'il fendait, enfonçant à chaque pas sa botte comme pour creuser un sillon dans le sol. Ce fut la dernière fois qu'il marcha ainsi revêtu de son identité d'alors. Ceux qui le voyaient s'écartaient, à cause non pas de la présence improbable d'un homme tel que lui mais de son air d'irréductible détermination. Il passa plusieurs débits de gin sans s'arrêter, préférant s'enfoncer davantage dans les entrailles de la ville. Puis il bifurqua dans une autre rue sordide et, devant l'énorme truie qui bloquait le passage tandis qu'une nombreuse progéniture se bousculait autour de ses mamelles offertes, il marqua une halte, regarda autour de lui et entra dans une taverne misérable, sans nom, indiquée par une enseigne peinte représentant un sablier, ce que sur le moment il jugea de bon augure et par la suite se rappellerait en se disant que, en effet, il allait au-devant de tout ce qui pouvait lui arriver. Presque, âme et cœur coupables, comme libéré.

Des bancs s'alignaient contre les murs de la petite pièce meublée de deux tables à tréteaux et d'un comptoir — une énorme planche posée sur une barrière de tonneaux — derrière lequel des godets en fer-blanc étaient disposés sur une étagère. Pas de fenêtre. La lumière poussive des chandelles de suif était tamisée par la fumée dégagée par les mèches en brûlant. A cette heure, l'endroit n'était qu'à moitié plein, d'un mélange de jeunes et de vieux, et c'est à peine si on lui jeta un regard. La tranquillité des lieux contrastait avec le vacarme des tavernes qu'il avait coutume de fréquenter. Il sortit quelques pièces de sa poche et, debout au comptoir, il but le premier verre de gin de Hollande de sa vie, puis le deuxième. Et le troisième. Dans son milieu, on disait en plaisantant que le gin procurait une illumination incomparable, car sinon comment expliquer que les buveurs de cette eau-de-vie eussent l'air aussi déchus et malades ? Il fallait bien qu'il y eût quelque chose à y gagner. Reste que le gin était réservé aux plus pauvres.

Une éternité s'écoula. Par la suite il estima ce temps à quelques jours quoique jamais il ne vît la nécessité d'être plus précis — c'était un trou dans lequel il s'était engouffré et dont il était ressorti avec une autre vie. A un moment donné il s'était détaché du comptoir pour s'asseoir sur un banc à une table. Il avait parlé à la patronne, une vieille édentée aux yeux chassieux. La pièce se remplissait et se vidait alternativement autour de lui. Il se réveilla une fois, le visage posé dans une flaque de vomi qui était peut-être le sien, peut-être celui d'un autre. Impossible de savoir. Il s'essuya avec son mouchoir et commanda encore du gin. Il se réveilla la deuxième fois recroquevillé sous un banc pour s'apercevoir qu'il n'avait plus son portefeuille autour de son cou, que ses poches étaient vides et sa montre arrachée à son gilet quoique le voleur eût oublié une pièce d'or dans le gousset, sans doute s'étant contenté de tirer sur la chaîne à la dernière minute.

Cette pièce d'or lui acheta assez de gin pour le précipiter au fond du trou, dans un noir complet, un noir sans visage où il perdit le sien de vue. Le peu de conscience qui filtra alors par ses yeux devant demeurer à jamais inaccessible. Pas la moindre écharde de lumière, pas le plus petit bout d'image ne s'inscrivit dans sa mémoire. A croire qu'il avait pénétré dans le royaume des morts. Quoique ce fût là une interprétation qu'il donna longtemps après, bien plus tard, tout en constatant à regret que ces heures de ténèbres appartenaient en réalité au néant de la vie.

Il se réveilla dans une aube braillarde et frénétique, le chant des oiseaux lui vrillant le cerveau par la fenêtre ouverte. Il se réveilla dans sa propre maison sur un lit qui n'était pas le lit conjugal. Il était seul mais les meubles étaient renversés et les couvertures par terre sauf le drap sur lequel il était couché, nu de la taille jusqu'en bas. La chambre de sa fille. Sarah Alice.

La maison était tranquille à cette heure matinale où il s'échappa de New Bedford. Il se dépêcha jusqu'au port et prit le premier bateau en partance, commandé par un capitaine qu'il ne connaissait pas, un voyage sans escale jusqu'à New York. Il resta un an dans cette ville à passer la serpillière dans les bars en échange d'un peu de fromage moisi, de crackers rances et de litrons de bière plate. A assommer les marins et les tailleurs payés aux pièces, et quiconque montrait les poings dans le bar ce soir-là. Et il y avait toujours une paillasse dans un coin où il pouvait dormir pendant les heures de fermeture. Il faisait mieux qu'un chien de garde, et si ses employeurs comprenaient une chose en le regardant, c'était qu'ils pouvaient avoir confiance en lui. Il fut deux fois battu presque à mort, mais ce dur travail et cette vie plus dure encore ne tardèrent pas à lui façonner un autre corps, un corps adapté à l'homme nouveau qu'il était devenu. Il ne perdit pas de poids mais ses muscles se durcirent, s'épaissirent, à l'image de son âme qui, à défaut de guérir, s'aguerrissait. Son esprit s'immunisait non seulement contre lui-même mais contre l'humanité tout entière — concluant que tout effort quel qu'il fût n'était qu'un leurre. Que le libre arbitre n'était que le masque du destin. Il doutait de la volonté de Dieu mais ne l'excluait pas — ne repoussant que le Dieu des prédicateurs et des dévots.

Il quitta New York à pied à l'automne de l'année suivante avec une charrette à bras de marchand ambulant et grimpa dans les collines de l'ouest du Connecticut et du Massachusetts, frappant à la porte des fermières esseulées de l'arrière-pays, prenant ce qu'elles lui offraient en échange de ce qui leur était nécessaire. Comme la charrette était pleine lors de son acquisition, ce premier hiver de dur colportage fut tout bénéfice. Le seul coût ayant été les injures du vieux camelot, roué de coups et détroussé, qui avait vu en Blood son sauveur tandis que les premières lueurs du jour fumaient dans le brouillard au-dessus de l'Hudson et que les rats occupaient la rue. Blood ne s'était arrêté que le temps de voir qu'il y avait une occasion à saisir, puis il avait traîné le vieux jusqu'à un monticule devant une trappe à charbon, indifférent à ses remerciements gâteux s'engluant bientôt pour inclure Blood dans le ramassis de voyous et de gibier de potence, des geignements faciles à planter là. Le seul bruit dès lors ayant été le cliquetis des clous de ses bottes et le discret grincement des roues. La charrette était de bonne qualité, équilibrée de manière à ce qu'un homme pût cheminer tout le jour entre ses brancards.

C'est ainsi que commencèrent dix-sept années de cercles et de demi-cercles, tous ayant pour centre New Bedford tel le moyeu d'où partaient les rayons invisibles d'une roue, un pôle magnétique négatif dont il ne pouvait ni approcher ni se détacher tout à fait.

Quand il en eut assez du colportage, de marchander des épingles et du thé avec des gens trop pauvres pour se payer de tels produits, il se fit conducteur de bestiaux pour les marchés de Boston ou de New York, engageant des gamins du pays trop contents d'échapper à la ferme pour s'occuper d'acheminer jusqu'en ville porcs, moutons, dindes — selon la saison, la demande ou l'offre. Puis, au bout de quelques années, n'en pouvant plus, il passa un an dans le charbon, mais cela ne lui plut pas davantage car, quoique le métier fût solitaire, il présentait l'inconvénient d'être aussi trop sédentaire. Il avait besoin de bouger. Se déplacer était le seul moyen d'apaiser son esprit. Pendant une brève période, il se lança dans la traite des peaux de vache. Là, on le laissait tranquille, ne le convoquant que ponctuellement, lorsqu'on avait une vache morte ou moribonde. Sa charrette à bœufs était couverte d'un nuage de mouche et il traînait avec lui une odeur de pourriture. Mais les gains étaient maigres : les tanneries ne prenaient que des peaux fraîches et il lui fallait parcourir le pays pendant des semaines pour se constituer un lot. Il avait gratté jusqu'à la croûte de sa vraie nature mais même cela avait des limites. Il retourna à la conduite du bétail tout en trouvant intolérable la compagnie des garçons de ferme et des miséreux qu'il était obligé d'employer.

Plus d'une fois il regretta d'avoir abandonné sa charrette de marchand ambulant. C'était l'activité qu'il préférait entre toutes. Et en vieillissant et en se raffermissant en lui-même, dans ce nouveau lui-même qu'il estimait être sa vraie nature, il se dit qu'au fond peu lui importerait désormais de soutirer le peu qu'ils avaient à ceux qui n'avaient rien. Après tout, il n'avait pas à juger ce qui relevait du désir d'autrui. C'est ainsi qu'il se trouvait dans le Maine quand il entendit parler de la rivière des Indiens par un homme qui avait une charrette pleine de marchandises prête à partir et une jambe cassée qui ne le mènerait nulle part.

Blood avait la sensation que le temps était venu de se lancer sur de nouveaux chemins et de voir ce qu'il en adviendrait. Ce ne fut pas par caprice qu'il se rendit au bordel et engagea une partie de cartes bien calculée qui lui permit de gagner la fille qu'il avait aperçue l'année précédente. Car entre-temps elle lui était apparue en rêve, et même s'il pouvait dédaigner son regard suppliant puisqu'il ne la connaissait pas, il n'y avait pas moyen d'ignorer les images du songe. Surtout que c'étaient là les seuls rêves dont il émergeât sans se retrouver en nage, abject, transi de terreur, d'humiliation et de haine de soi, de son propre cœur qui battait, qui battait, de la vie même qui le poussait en avant. Une fois, brièvement, alors qu'il se réveillait après avoir rêvé d'elle, il s'était pris à songer qu'elle avait peut-être été placée là en guise de rédemption possible, une idée qu'il s'était empressé de chasser avant de se lever ce jour-là. Il considérait la fille comme une affaire, un investissement ni pur ni simple, ou seulement simple provisoirement. Il n'y avait pas de pureté, et la simplicité était toujours un artifice cachant ce que l'on ne comprenait pas encore.

Sally le trouva un peu plus tard assis sur l'arbre mort au bord de la rive. Il faisait encore nuit noire même si dans les fourrés fusaient de temps à autre des cris tremblotants, comme si les oiseaux se chauffaient le gosier. Les épaules drapées dans son châle, elle vint se poster debout à côté de lui. Il ne jeta pas un regard de son côté, comme si elle n'était pas là. Elle se plongea elle aussi dans la contemplation de l'eau. Il n'avait rien à lui dire et n'avait aucune envie d'entendre ce qu'elle, elle avait à lui dire. Mais il ne trouvait pas la force de la renvoyer. Elle l'avait entendu s'échapper, l'avait attendu, était sortie le chercher. Elle avait en sa possession quelque chose de lui qu'aucun autre être humain, vivant ou mort, ne possédait. Il se demanda si elle s'en était rendu compte ou quand elle s'en apercevrait. Et ce qu'elle tenterait d'en tirer une fois qu'elle en aurait pris conscience. Ses poignets, ses mains, ses oreilles étaient gelés.

Finalement, elle dit :

— Quand j'ai été habituée à faire le tapin, il est venu un moment où avec tous les hommes d'un certain âge, quand je les prenais dans mon lit, je me disais Il pourrait être mon père. J'ai posé la question à aucun d'eux, comme à toi quand on a commencé ensemble. Mais ce que je faisais, c'est que celui qui me paraissait pouvoir être lui, je me donnais plus de mal qu'avec les autres. Y en avait pas tant que ça, pas tant qui étaient aussi vieux. J'avais mes idées dessus. Tu sais que je porte pas trop ma mère dans mon cœur. Je repérais ceux qui avaient les cheveux blonds ou roux. Ou qui avaient eu des cheveux de cette couleur. Et je leur parlais un peu avant. Alors ceux qui avaient jamais mis les pieds à la maison, je pouvais les éliminer. Sauf qu'il y a des types qui mentent sur ces trucs-là, même à une pute. Mais en général tu arrives à savoir quand ils mentent. Les gens de la mer, eux, ils mentent jamais sur ça ; c'étaient seulement ceux de Portland ou des environs. Toujours pour la même raison : ils avaient peur que leur femme l'apprenne. Bon, ma mère savait sans doute pas, mais si elle avait su, elle n'aurait rien dit, ni à lui ni à moi. Je me figurais qu'ils pouvaient pas me connaître mais que peut-être ils se souviendraient de moi. Je voulais que tel ou tel type qui pouvait être mon père se souvienne de moi. Alors j'ai travaillé comme ça jusqu'à ce que j'arrête.

Elle se tut. Lorsque, enfin, il se tourna de son côté, elle contemplait l'eau. Il prononça :

— C'est triste.

— Je sais.

— C'est pour ça que t'as arrêté ?

— Non. J'ai arrêté parce que je plaisais trop à certains hommes et que les autres filles se sont montées contre moi. Il y en a deux qui m'ont passée à tabac en m'ordonnant de ne plus crier et gémir comme ça.

— Je vois.

Blood la regardait vraiment cette fois. Il ajouta :

— Alors quand t'as découvert que c'était triste de faire ça ?

— Euh... ce soir seulement.

Ils se turent tous les deux.

Au bout d'un moment, elle lança :

— La vie est horriblement triste, non ?

— Oui.

Elle tendit la main et toucha son bras nu, se contenta de poser sa main à plat sur son bras. Elle la tint posée là un moment, puis la fit glisser jusqu'à sa poitrine sous le col ouvert de sa chemise.

— Tu est gelé, dit-elle.

Elle déroula son châle et l'en enveloppa. Il n'esquissa pas un geste. Puis elle se baissa pour prendre la main qu'il laissait pendante le long de son corps. Elle la serra entre ses paumes et se pencha pour la réchauffer de son souffle. Puis elle le poussa un peu, un geste à peine esquissé qu'elle aurait suspendu s'il avait le moins du monde résisté.

— Allez... Rentre à la maison.

Il resta assis sur le banc enveloppé dans son châle pendant qu'elle ranimait le feu en soufflant sur les tisons, puis quand elle ouvrit la porte pour prononcer le nom du chien dans la nuit et attendre jusqu'à ce qu'il entre et jette un coup d'œil à Blood avant de disparaître côté taverne. Sally bâcla la porte et s'agenouilla devant l'âtre pour remuer le feu et ajouter des bûches. Puis elle s'approcha de lui, enleva son châle de ses épaules et le plia sur la table. Elle lui prit alors la main et il se leva et la suivit dans sa chambre. Elle le déshabilla tandis qu'il restait là, tétanisé, puis se laissa conduire jusqu'au lit. Elle le couvrit de la douce peau d'ours sous laquelle il grelotta dans le noir pendant qu'elle levait les bras pour fermer le volet de sa fenêtre. Eclairée par le reflet du feu dans la pièce voisine, elle se déshabilla et vint se glisser sous la couverture.

Elle se mit à genoux sous sa grande chemise qui s'évasait autour d'elle comme une tente et le recouvrait de ses plis. Il ne la voyait pas mais sentait ses mains courir sur son corps, au début glissant sur sa poitrine et ses bras puis sur son ventre, ses cuisses et puis plus bas le long de ses jambes jusqu'à ce que, enroulée sur elle-même au bas du lit, elle prît tour à tour ses pieds entre ses mains. Ensuite, elle procéda de la même manière à l'envers, mais cette fois agrippant et étirant et malaxant ses muscles, remontant le long de son corps, beaucoup plus lentement. Et il sentait qu'il se réchauffait au fur et à mesure. Tandis qu'elle le massait, se déplaçant sur lui, des bouts de son corps qui n'étaient pas ses mains vinrent parfois le frôler brièvement. Il savait que ce n'était pas de la provocation de sa part, mais chaque fois néanmoins que quelque chose qui n'était pas ses mains le touchait, il serrait les dents comme sous un choc. C'était la première fois depuis des années qu'on le touchait ainsi ; la première fois qu'il le permettait, si l'on peut dire, puisque nul ne s'y était proposé.

Quand elle revint à ses bras, à sa poitrine, à ses épaules, elle ne s'arrêta pas là mais massa aussi son visage. Il sentit tout son visage qui se brisait en morceaux comme il aurait voulu qu'il se brise un peu plus tôt. Sauf que ce n'était pas la même chose, car là il s'agissait d'une détente, d'un tendre démontage dont les pièces pouvaient être ensuite recollées.

Une fois qu'elle eut terminé cette partie, elle marqua une pause. Dans ce bref instant, il n'entendit plus que le bruit de leurs respirations respectives. Puis elle glissa de nouveau le long de son corps, cette fois les doigts à plat, souples, servant de guide à sa tête tandis que sa bouche le couvrait des plus légères caresses et coups de langue, sous ses aisselles, sur ses mamelons, son nombril, les os de ses hanches, l'intérieur de ses cuisses. Ensuite elle souleva ses jambes pour rouler sa langue en longues ondulations à l'arrière de ses genoux. Et de nouveau elle plongea jusqu'à ses pieds, elle prit chacun de ses orteils tour à tour dans sa bouche et les massa avec sa langue. Puis, tenant un pied dans chaque main, elle lui écarta les jambes et remonta entre elles jusqu'à son sexe et le prit dans sa bouche. Il desserra les dents et poussa un grognement. Un grognement d'agonie qui venait d'un repli au plus profond de son âme.

Elle se leva au-dessus de lui et d'un geste des deux bras rejeta sa longue chemise, tout en abaissant son visage vers le sien, le bas du dos cambré, et sans avoir besoin de s'aider de la main, elle le prit en elle. Alors elle s'arrêta un long moment. Puis elle se mit à se balancer d'avant en arrière, très doucement, jusqu'à ce qu'elle fût collée contre lui. Ses mains à lui jaillirent pour attraper ses fesses. Elle marqua une pause et prononça entre ses dents : « Laisse-moi », ce qu'il fit, ne laissant ses paumes contre ses reins que pour sentir son mouvement. Elle prit ses lèvres. Sa langue plongea en lui et explora l'intérieur de sa bouche à petits coups durs, et il était en elle et elle était en lui. Elle ne retira pas sa langue même quand elle se mit à prononcer des mots d'une langue qu'il avait oublié avoir jamais sue mais reconnut et qu'il se cambra pour presser sa bouche contre la sienne et lui répondre. Tous deux la voix assourdie mais obstinée. Une langue connue de chacun d'eux. Il glissa ses mains dans son dos, derrière ses épaules, et la serra contre lui, la serra aussi fort qu'il le pouvait. Dans le lent balancement de leurs reins. Les orteils de Blood tendus vers l'inévitable ciel. Sa bouche subitement pleine de son souffle chaud. Le sien, il n'en avait plus.

Au bout d'un moment, ils restèrent allongés l'un contre l'autre. Ni l'un ni l'autre n'avait envie de bouger. Immobiles, plus du tout sur leurs gardes. L'inertie intelligente, nette, des corps satisfaits. Et, derrière les murs de bois rond, l'air se pailletait de chants d'oiseaux.

Finalement, Blood rompit le silence.

— Merci, dit-il d'une voix éraillée, la gorge presque paralysée.

Elle redressa d'abord la tête, puis se leva sur les coudes pour le regarder. Ses cheveux ruisselaient sur son visage.

— Ne me dis jamais merci.

Il se tut un moment, puis s'enquit :

— Pourquoi pas ?

— C'est comme si tu me payais. Essaye jamais de me payer, Blood. D'une façon ou d'une autre. D'aucune façon que ce soit.

Trois

Quelques jours plus tard, le haut shérif du comté de Coos arriva à cheval à la recherche d'un homme qu'il se refusait à nommer. Et Blood attendit patiemment de voir s'il s'agissait en fait de lui. Mose Hutchinson passa plusieurs jours, logeant chez le meunier et sa femme et arpentant le pays sur sa monture, se repérant à la fumée des feux de camp dans le blanc de l'aube. On disait qu'il avait exploré les profondeurs du territoire au-delà même des dernières cabanes des plus misérables d'entre les trappeurs, suivant une piste en pointillé jusqu'au-dessus de la rivière Hall, au Canada, et revenant bredouille sous l'orage. Ce fut cette nuit-là qu'il attacha son cheval dans la grange de Blood et entra dans la taverne en enlevant son paletot de laine trempé qu'il suspendit sous son chapeau à large bord sur une patère, près du feu, avant de s'approcher du comptoir. Les quelques hommes qui s'attardaient là se serrèrent pour faire de la place au shérif, chacun s'arrangeant pour laisser quelques centimètres comme si de rien n'était. Dans le coin, il y avait une table de jeu improvisée entourée de fûts en guise de sièges. Gandy, Cole, Van Landt et Peter Chase. Les joueurs jetèrent un coup d'œil au shérif avant de se replonger dans leur partie. Même si personne ne savait qui il pourchassait, ceux-là étaient sûrs qu'il ne s'agissait pas d'eux. C'était un nouveau dans le pays. Sa façon de procéder ne laissait là-dessus aucun doute.

Hutchinson était un homme mince aux bras longs et au visage massif. Ses cheveux avaient la couleur du plomb. Son gilet était sec mais son col et les manches de sa chemise étaient trempés par l'eau qui avait pénétré sous son manteau. Ses mains rouges et gercées au bout de leurs longs poignets osseux reposaient sur le bois du comptoir comme si elles étaient trop pesantes, comme si ses mains le gênaient. Il était appuyé sur ses coudes, de sorte que son visage pointait presque de l'autre côté de la planche. C'est ainsi qu'il se présenta à Blood. Sally se tenait perchée sur le tabouret au bout du comptoir. Il ne jeta pas un coup d'œil dans sa direction.

— Au plaisir, dit Blood sans lui tendre la main. Du moment que vous demandez que du rhum. Il n'y a rien d'autre.

— Une goutte.

— Une goutte. Oui.

Blood lui versa une mesure dans un godet qu'il déposa entre ses mains.

Hutchinson le prit, le fit tourner comme s'il allait déchiffrer une nouvelle métrique et le vida d'un trait.

— Encore un ?

— Encore un.

Blood versa. Il dit :

— Il dégorge dehors.

— C'est mieux que le gel.

— C'est bien vrai.

— Encore un petit me ferait pas de mal, dit Hutchinson. Vous préparez aussi à manger ?

— Non, répondit Blood. Je suis pas encore bien installé. J'ai pas la cuisine pour ça. Mais ça viendra. En hiver, les clients seraient contents.

— Pas seulement en hiver, observa Hutchinson en se tournant pour la première fois vers Sally. La fille pourrait peut-être me trouver quelque chose à me mettre sous la dent. Je suis glacé jusqu'aux os et je meurs de faim.

Blood considéra le shérif sans ciller. Au bout d'un moment, il répliqua :

— Le feu va vous sécher, et le rhum vous réchauffer les os. Vous logez chez Emil Chase. Sa femme vous offre pas le couvert ?

Puis il lui versa le troisième gobelet demandé.

Hutchinson aspira ses lèvres entre ses dents en une espèce de drôle de sourire.

— C'est vrai, mais c'est pas donné.

— Pas plus donné qu'ici. Si on y faisait à manger.

— C'est pas tant l'argent, mon vieux. C'est la conversation qui va avec.

— J'ai toujours trouvé Emil Chase plutôt avare de paroles.

— Je parlais pas du meunier.

— La dame m'évite.

— Emil Chase ne compte pas non plus parmi vos amis.

— Chacun vit comme il pense.
— Vraiment. Vous avez l'air d'en offenser pas mal.
— Je suis pas au courant.
Hutchinson termina son verre et s'essuya la bouche du revers de sa manche mouillée.
— C'est l'ennui avec la vie publique. Les gens vous disent en général ce que vous avez envie d'entendre. Ou alors ils la bouclent.
— Alors, comme ça, vous croyez que je sous-estime l'opinion de M. Chase ?
— Je n'irai pas jusque-là.
Blood dévisagea sans vergogne l'homme en face de lui. Le shérif avait une figure ouverte, placide ; ne révélant rien de ses pensées. Il subit l'examen de Blood avec une douceur qui était presque de l'indifférence. En homme habitué à être scruté. Blood enregistra tout cela à son avantage. Il souleva le pichet et versa un autre verre au shérif en disant :
— Je vous donnerais volontiers à manger si j'avais de quoi. Mais, après ça, tout le monde viendrait réclamer. Et comme je vous l'ai dit, je suis pas équipé pour faire restaurant.
Hutchinson opina :
— Et un homme de votre profession ne peut se permettre des exceptions à la règle.
— Aucun homme ne peut se le permettre.
— Il y en a à qui il faudrait le dire.
Le shérif sortit une bourse, l'ouvrit et déposa un dollar en argent sur le comptoir.
— Vous avez raison. Je me réchauffe. Je suis moins pressé de dîner. Cette pièce me donne droit à encore un verre ou deux, non ?
— Plus de deux. Si vous les voulez.
— Je crois que oui, répliqua Hutchinson en fixant Blood. Mais dites-moi, monsieur Blood. Mon cheval n'a ni feu ni rhum pour se réchauffer. Où pourrais-je lui acheter un peu de foin ?
Blood riposta du tac au tac :
— Vous n'avez pas vu le tas en entrant ?
— Si.
— Donnez-lui de quoi. Un cheval c'est pas un homme. C'est pas la peine de l'affamer quand il y a du bon fourrage à deux pas.
— Je vous suis reconnaissant.
— C'est à votre cheval de m'être reconnaissant. Je vous prends rien pour lui. Allez vous en occuper, et quand vous reviendrez

vous finirez de boire votre dollar. Ou plus si vous voulez. C'était pas la seule pièce dans votre bourse.

— On ne vous la fait pas, au moins, monsieur Blood.

Blood haussa les épaules :

— Je suis dans les affaires.

— Je suppose que moi aussi. D'une certaine manière. Quelquefois avec plus de succès que les autres.

— C'est comme ça dans toutes les entreprises.

— J'ai usé mon fond de culotte à courir après un jeune imbécile. Il a vendu son bétail et a pris la fuite au lieu de négocier ses dettes. Ce qui lui arrive est totalement de sa faute.

— Qu'est-ce qui vous fait penser qu'il est venu par ici ? Il y a pas de quoi dépenser dans le coin.

Hutchinson se pencha au-dessus du comptoir vers Blood :

— Y en a qui estiment que j'ai rien à faire ici. Moi-même je sais pas très bien si je suis vraiment dans ma juridiction. Les tours que vous vous jouez entre vous ne me regardent pas. C'est ce que j'essayais d'expliquer y a pas longtemps à Emil Chase. Mais si quelqu'un d'ici ou d'ailleurs s'avise à commettre un délit dans le comté de Coos, alors je lui collerai au train jusqu'au Canada s'il le faut.

Après avoir étudié quelques instants son interlocuteur, Blood dit :

— C'est l'été. Le pays est plein de jeunes gens qui visitent. Certains sont sérieux, d'autres sont venus sur un coup de tête. Je suppose que vous en avez rencontré un bon nombre en quelques jours.

— En effet.

— Et aucun n'a aperçu votre homme.

Le shérif haussa les épaules :

— En tout cas, personne n'était pressé de me le dire.

— Un jeune qui a de bonnes raisons de fuir. Ça m'étonnerait qu'il fasse halte ici.

— Je suppose que non. Je me suis dit que ça valait la peine de venir voir.

— Au moins, dit Blood, ça vous a donné l'occasion de voir le pays.

Hutchinson marqua une pause, montrant par son silence qu'il avait compris le sous-entendu de Blood. Puis il déclara :

— Non, vous avez sans doute raison. Un jeune comme ce coquin de Gibbs, s'il est plein aux as, va pas s'arrêter avant le Canada. Il pourrait obliquer vers l'ouest à partir d'ici puis redescendre sans que personne ne se doute de son forfait.

— Ou il pourrait rester là-haut au Canada. Ils sont nombreux comme lui, à ce qu'on raconte.

— C'est vrai. Et pas qu'un peu. Pourquoi, qui sait ? Un jour ce coin-ci sera territoire canadien. Pas si le New Hampshire a son mot à dire, mais personne nous écoute. Ces choses-là se décident à Londres et à Washington, je suppose.

— Quand on y vit, on a du mal à se figurer qu'on puisse y tenir. Mais ces choses-là n'ont rien à voir avec l'endroit lui-même, hein ?

— Parfois, opina le shérif, mais pas souvent.

Blood acquiesça. Il se disait que ce personnage inventé de toutes pièces, le jeune Gibbs, avait bon dos. Mais ce n'était quand même pas pour soutenir cette brève conversation avec lui qu'il avait arpenté le pays sous la pluie. Quel que fût l'objectif de Mose Hutchinson, il se situait quelque part au-delà de Blood.

Une semaine plus tard, le shérif Hutchinson et quatre hommes de la milice de Coos montèrent à cheval de Lancaster sous le couvert de la nuit et, aux premières lueurs de l'aube, procédèrent à l'arrestation d'un colon du nom de Watkin le long de la rivière des Indiens en vertu d'un ordre du juge du comté de Coos concernant une grosse dette. Watkin refusant de les suivre, il fut assommé à coups de crosse de pistolet, jeté et attaché en travers de la croupe d'un de leurs chevaux et emmené par-delà les portes du matin, avec du sang dans les cheveux, devant sa femme et ses enfants qui restèrent debout, là, sans bouger, à regarder, à écouter le mari et le père tousser et étouffer dans son propre sang. Le fils aîné parcourut à toutes jambes les quelque huit cents mètres qui les séparaient du voisin le plus proche, voisin qu'il réveilla. L'homme prit son cheval et commença par aller parler à la femme de Watkin avant de tourner bride et, chevauchant avec le fils Watkin derrière lui, de partir ventre à terre prévenir Emil Chase. Il atteignit le moulin alors que le soleil se hissait derrière les collines au-delà du lac et traçait sur les eaux plates un large sentier flamboyant. Chase était en train de moudre les premiers maïs du Canada. Le meunier, après avoir écouté, envoya le fils Watkin et le sien avertir les voisins et leur demander de donner l'alerte autour d'eux.

En milieu de matinée, il y avait chez Blood quatre-vingts hommes et jeunes gens disséminés en grappes bruyantes et indisciplinées, tassés dans la taverne et la partie habitée, débordant dans la cour, certains individus allant et venant en se frayant un chemin entre les groupes, de sorte que tout ce grouillement rappela à Blood un essaim d'abeilles folles furieuses voltigeant autour de leur ruche, comme si elles avaient subi une attaque, alors que nul ennemi n'était en vue. Un voisin était monté chercher la femme à Watkin. Elle seule se tenait très tranquille, assise à la table de la cuisine devant une tasse de thé froide à force d'attendre, les mains sur ses genoux, croisant et décroisant ses doigts gercés rouge vif telles des baguettes divinatoires.

Emil Chase arriva avec sa femme et se carra dans l'embrasure de la porte en demandant le silence et le calme. Puis sa femme conduisit Mme Watkin jusqu'à la porte et tenta de partir avec elle, mais les hommes la rappelèrent, lui dirent qu'ils attendaient qu'elle raconte. Mme Chase balaya la foule du regard et, sans en jeter un seul du côté de son mari, prit la parole :

— Elle aurait pas dû être conduite ici au départ. Vous devriez avoir honte, vous qui l'avez amenée... et ceux qui ont laissé faire.

Ensuite la femme Chase leva la main pour faire taire son public et termina par :

— Vous devriez penser à elle plutôt qu'à vous. Posez donc vos verres et écoutez. Elle vous le dira une bonne fois pour toutes. Ensuite je la sors d'ici.

Elle considéra la femme accablée à ses côtés et posa une main large au bas de son dos pour la pousser légèrement en avant de façon à ce qu'elle soit exactement à la même hauteur qu'elle.

— Dis-leur, Cilla, encouragea Mme Chase.

Et cette femme rouge de chagrin renversa la tête en arrière et s'écria :

— Ils ont défoncé la porte à coups de hache et ils ont arraché Paul du lit. Il était en caleçon long. Il voulait pas aller avec eux et ils lui hurlaient dessus. Le shérif avait un papier mais il voulait pas le laisser lire à Paul. Peut-être bien qu'il avait peur que Paul le jette au feu. Ou peut-être qu'il y avait rien dessus sur Paul. Les enfants pleuraient, et le plus grand, Edgar, a donné un coup de pied à un des hommes, et cet homme l'a envoyé bouler : un ours avec un chien. Et Paul refusait toujours de partir avec eux. Alors l'un d'eux lui a ouvert la tête avec le pistolet qu'il avait à la main, et Paul, lui, il s'est ratatiné. Ils l'ont porté dehors et l'ont attaché sur un cheval comme une carcasse et puis ils sont partis. C'est mon fils Edgar qui est descendu prévenir. Il y a du sang, le sang de mon mari, qui a pénétré dans le plancher de chez nous. Il se pourrait bien qu'il soit mort.

Elle marqua une pause, puis répéta :

— Il se pourrait bien qu'il soit mort. Et le prochain à être roué de coups ou mort, ça pourrait être n'importe lequel d'entre vous.

Y a trop longtemps qu'il y a pas d'autorité dans ce pays. On sait pas à qui se vouer. On a les fesses entre deux chaises. Quel genre d'hommes vous êtes pour qu'on en arrive là ? Oui, quel genre d'hommes exactement ? Vous pouvez me répondre ?

Là-dessus, Mme Chase lui prit le bras pour descendre la marche et la conduire à travers la foule d'hommes qui se reculaient pour laisser le passage à la procession des deux femmes courageuses. Certains les fixaient, d'autres baissaient les yeux, mais pas un n'ouvrit la bouche. Tous les regardèrent en silence remonter la route dans un nuage de poussière et de sable duveteux jusqu'à ce qu'elles entrent dans la maison jouxtant le moulin. Les hommes debout, honteux.

Derrière son comptoir dans la taverne, Blood écouta le discours de cette femme et contempla la raideur de son dos, et lorsque les deux femmes sortirent dans la cour, hors de son champ de vision, il entendit le silence des hommes encore plus nettement que s'ils avaient été en train de vociférer, et il se dit Voilà, ça a marché, tandis que résonnait en lui ce déclic de l'angoisse dont il guettait toujours l'apparition. Une sensation physique, guère plus perceptible que le battement d'ailes d'une chauve-souris dans les ténèbres contre sa joue. Moins que cela même. Un signal. Quelque chose d'indéchiffrable.

Sally vint à ses côtés en disant :

— Qu'est-ce qui va se passer ?

— Sois vigilante, et tu en sauras autant que moi, lui répondit-il. Mais, si tu veux mon avis, je dirais que tu vas voir l'humanité s'évertuer à ce qu'elle peut faire de mieux et rater son coup lamentablement.

— Qu'est-ce que tu veux dire ?

— Ça veut dire, ouvre l'œil.

— J'ai pas besoin de leçon là-dessus, repartit-elle en se collant presque contre lui. Et tu le sais parfaitement.

Il posa sa main gauche sur le bord du comptoir et, sans la bouger, s'écarta de la planche, laissant son coude se dresser comme une barrière entre eux.

— Tiens, ça commence.

Emil Chase joua des coudes pour arriver jusqu'au comptoir et se dressa devant Blood en disant :

— Vous pouvez suspendre la vente pendant que nous appelons à une réunion ? Sinon, ce sera la première question à l'ordre du jour.

Blood promena les yeux à la ronde. Puis les posa sur Chase :

— Vous n'obtiendrez pas la majorité. Mais, je suis d'accord, vous avez besoin d'hommes aussi sobres que possible. Pour vous, parce que vous montrez de la bonne volonté, je veux bien que cette réunion se déroule sans alcool. Ils se rattraperont après.

Et voudront aussi remplir leur étui à munitions, songea-t-il.

Chase répondit :

— Je suis à bout de bonne volonté aujourd'hui. La mère Watkin a raison, nous n'avons aucune autorité à laquelle faire appel sauf la nôtre. Et nous avons échoué.

— Peut-être, opina Blood. C'est une façon de voir les choses.

— Que voulez-vous insinuer ?

— Seulement que toute solution me semble potentiellement pire que le problème à l'origine.

— L'embêtant avec vous, monsieur Blood, c'est que vous n'avez aucun sens de la fraternité.

Blood acquiesça :

— C'est vrai.

— Nous n'avons pas d'autre recours que nous-mêmes. Nous sommes les agents de notre destin.

— Tous les hommes le sont, il me semble.

— L'Etat nous refuse le droit à la citoyenneté. Nous avons l'obligation de nous protéger. Il nous faut nous organiser.

— On dirait bien que le Watkin a pas été à la hauteur de ses obligations.

— Peut-être. Mais cela permet pas qu'on le passe à tabac devant sa femme et ses enfants et qu'on le charge comme un vieux bout de viande sur un cheval.

— Je suppose que ces hommes avaient l'impression qu'ils avaient pas le choix. Ils étaient loin de chez eux. Et pas nombreux, quand on compte tous ceux d'ici.

— Si on se gouvernait nous-mêmes, on trouverait moyen de gérer ce genre de plainte.

— Vous n'avez aucune autorité pour vous gouverner vous-mêmes.

Chase le fixa intensément, puis déclara :

— Nous en revendiquons l'autorité au titre d'hommes libres.

Blood haussa les épaules :

— Je vous souhaite bonne chance, monsieur Chase. Mais aucun de nous n'est un homme libre.

Chase le dévisagea, puis dit :

— Je ne m'étais jamais douté que vous étiez un homme de Dieu, monsieur Blood.

— Je ne parlais pas de Lui, laissa tomber Blood avant de lui tourner le dos.

Vers la fin de l'après-midi, une compagnie de sept hommes conduite par Peter Chase et Isaac Cole partit par l'ancien sentier indien pour une marche de dix heures jusqu'à Lancaster, transportant un armement rustique et meurtrier : deux fusils à canon long, un gros pistolet chargé d'une double dose de poudre, deux épées, une faucille et des gourdins de « bois de fer ». Chacun était en outre armé d'un poignard de plus ou moins bonne qualité. Ils emportaient aussi avec eux un exemplaire recopié à la va-vite de la Constitution de la toute nouvelle république d'Indian Stream, ainsi qu'un document écrit de la main du nouveau magistrat, élu dans les règles, Emil Chase, chargeant le groupe des sept de libérer le dénommé Paul Watkin, ledit Watkin étant jugé détenu contre sa volonté et celle de la République. Toutes les mesures nécessaires devaient être appliquées, et nul n'était censé se dresser sur le chemin de la délégation. Et que Dieu les protège...

Au coucher du soleil, un orage éclata qui se mua vite en crachin. Les hommes, tous jeunes et vigoureux, sélectionnés par les frères Chase, se mirent à courir au petit trot derrière les premiers de la file indienne dont les cris les avertissaient des irrégularités du sentier. Ils traversèrent un marais qui aurait été trop long à contourner et tombèrent sur Nash Stream qu'ils suivirent le long de la face est des falaises dressées au-dessus de la rivière. A minuit, ils débouchèrent sur la route au nord de Devils Slide qui abordait Lancaster par l'ouest et ne ralentirent que lorsqu'un chien se mit à aboyer à la lisière du village. Ils se mirent alors à marcher, le crachin étouffant tous les bruits. Il n'y eut plus d'aboiements. Un chien sortit d'une cour et s'avisa de les suivre, mais il suffit que l'un d'eux se penche pour ramasser un caillou pour le faire déguerpir.

La prison se trouvait dans le sous-sol de la maison commune. La porte d'entrée était fermée pour la nuit sans être verrouillée. Dans le noir, ils descendirent l'escalier et arrivèrent dans une pièce éclairée par une lanterne à bougie engluée de cire. Le geôlier était endormi, la tête sur la table. Un des hommes l'assomma d'un coup de gourdin sur la nuque. Il grogna et s'étala les bras grands ouverts sur la nappe et ne bougea plus. Watkin, dans l'unique cellule, était réveillé. Le sang qui avait formé une épaisse croûte sur son visage lui donnait une allure d'Africain. Il n'avait qu'un œil ouvert, l'autre n'étant plus qu'une boursouflure. Son crâne était enrubanné d'un pansement de drap de lin et de laine criblé de petites taches, comme si le tissu était atteint de la varicelle. La clé de la cellule pendait au bout d'un anneau à un clou. Watkin parvenait à garder la position debout, mais tenait mal sur ses jambes. Cole lui donna une lampée de rhum de la bouteille en grès qu'il transportait. Peter Chase déroula les documents qu'il portait à l'intérieur de sa chemise, souleva doucement la tête du gardien et les glissa sur la table avant d'y reposer la tête comme un presse-papier.

Un des jeunes gens, le propriétaire du gros pistolet, dit :

— Merde. C'est tout ?

Isaac Cole se tourna alors vers lui pour lancer :

— On n'est pas encore rentrés.

Il y avait sur la table, dans un pot, un fricot de haricots froids avec de la mélasse et du porc salé. Les hommes mangèrent le tout en se passant à tour de rôle l'unique cuillère qu'ils avaient trouvée plantée dans le pot. Après quoi, ils gravirent les marches de nouveau dans le noir et ne s'arrêtèrent pas à la porte de la maison commune, choisissant de sortir comme en plein jour, comme s'ils venaient d'accomplir une mission de routine. Ils traversèrent la petite ville aussi silencieux qu'ils étaient venus. A croire en fait qu'ils n'étaient jamais venus. Sauf que chacun d'entre eux avait conscience qu'il en allait tout autrement.

Une fois sur la route, ils conversèrent brièvement, la voix toute vibrante d'excitation à mesure qu'ils avançaient.

— J'aimerais pas être à sa place quand il se réveillera.

— Il en a encore pour un bout de temps à dormir.

— Quand même.

— J'ai pas frappé fort.

— Quand même.

— C'est rien, je parie, à côté de la dérouillée que va lui flanquer le shérif.

— Le shérif va pas être fou de joie de trouver les papiers.

— On s'en fout que ça lui plaise ou non.

— Quand même.

— Watkin. Tu te sens comment ?

— Mieux. Un peu courbatu.

— Tu crois que tu peux courir ?

— Si je suis obligé.

— Ce que j'en dis, c'est que ce serait pas une mauvaise idée.

— Alors, allons-y.

Tard dans l'après-midi, Mose Hutchinson et un groupe d'hommes remontèrent la route de la rivière. Il y avait là une douzaine d'hommes, tous à cheval, tous bien armés. Ils quittèrent la route à la hauteur de la rivière des Indiens et parcoururent les cinq kilomètres jusqu'à la maison de Watkin qu'ils trouvèrent vide : il ne restait même plus de bêtes. Ils restèrent assis sur leur selle dans la cour et, après avoir discuté un moment, trois d'entre eux descendirent de cheval et mirent le feu à la maison et à la grange pendant que les autres tournicotaient sur leurs montures, surveillant les champs et les bois alentour où se prolongeait un silence dominical. La maison s'embrasa en un clin d'œil et se consuma avec force craquements et grandes flammes claires tandis que la grange, remplie de foin fraîchement rentré, mit plus de temps à prendre feu et ensuite généra d'épais bouillons de fumée, si bien que Mose Hutchinson se dit qu'ils venaient de commettre une grave erreur. Mais le geôlier était son beau-frère, et quand ils avaient quitté Lancaster en milieu de matinée, il n'arrivait encore qu'à sortir une bouillie de mots inintelligibles. Ils étaient descendus vers Lake Road et s'étaient rendu compte qu'il n'y avait personne dans les fermes du voisinage ou sur les terrains des nouveaux colons, aucun bétail non plus en vue. Hutchinson ouvrait la marche sur son énorme rouan dont il tenait les rênes si serrées que la bête avançait en crabe. La journée s'était annoncée belle après les pluies nocturnes, et l'air était encore tranquille et frais, chargé d'une odeur de foin coupé. Ils entendirent le croassement grinçant des corneilles et l'aboiement solitaire et grave d'un corbeau qui leur répondait, et c'est tout.

A Lake Road, ils bifurquèrent vers le nord-est en direction du moulin et suivirent les méandres de la rivière qui s'enfonçait au cœur du campement. La rivière s'écoulait à main droite de la route, et quoique la saison fût bien avancée et que l'eau fût basse, il y en avait assez qui bondissait sur les rochers pour produire un roulement permanent dont l'écho répercutait le bruit des sabots sur la route, comme si la nature avait décidé d'annoncer leur arrivée.

Ils franchirent le sommet de la pente légère qui dissimulait Black Lake et aperçurent Emil Chase dans son costume de laine noir et son chapeau à large bord, debout, seul, au milieu de la route. La rivière à cet endroit n'était plus qu'un éboulis de gros rochers de granit, et la route se rétrécissait contre la végétation touffue des bois de l'autre côté. Des sapins du Canada s'élevaient de part et d'autre de la route et la lumière y était pailletée, de sorte qu'un pas en avant ou en arrière vous projetait le soleil dans l'œil. Hutchinson jura entre ses dents et arrêta sa monture. Son escorte s'immobilisa derrière lui. Chase se trouvait à cent cinquante mètres environ. Dès qu'il vit qu'ils n'allaient pas plus loin, il enleva son chapeau et le tint à deux mains devant lui. En guise de signal ou de salut, Hutchinson n'aurait su dire.

Il l'interpella :

— Descends jusqu'à nous, Chase !

— Vous n'êtes plus sur votre territoire, Hutchinson.

Le shérif éperonna son cheval devant son escorte qui s'ébranla à son tour. Le grand cheval se mit à hennir doucement tandis qu'il le mettait au trot, les rênes serrées fort dans sa main gauche. Sa main droite était posée sur le pistolet dans sa ceinture. Sans lâcher le meunier du regard, il surveillait du coin de l'œil les sous-bois où rien ne semblait pour l'instant bouger. Tous les chevaux se montraient nerveux. Impossible de savoir si cette nervosité leur était communiquée par leur cavalier ou par un élément extérieur. Il s'approcha de dix pas vers Chase et s'écarta légèrement, la tête de son cheval pointant vers les bois. Si un danger les menaçait, c'était de là qu'il jaillirait. Le cheval se mit à se balancer d'avant en arrière en dérivant sur le côté. Hutchinson le laissa faire — cela lui donnait un bon prétexte pour guetter les environs tout en parlant au meunier. Lequel restait immobile comme une statue, toujours son chapeau à la main.

Le shérif lança :

— Je suis sur mon territoire. Je suis le représentant de l'Etat du New Hampshire.

— Lequel Etat n'a pas levé le petit doigt en notre faveur, repartit Chase. Sinon pour battre un homme à mort et l'arracher à son foyer sans raison officielle. Comme si pareil traitement pouvait se justifier. L'Angleterre et Washington n'ont pas l'air de se décider de s'occuper de ce territoire. Le New Hampshire nous veut dans son giron mais refuse de nous traiter comme des citoyens. Nous avons pris la seule décision raisonnable pour des hommes désireux de protéger leurs familles et leurs biens dans de telles conditions. Nous sommes souverains, ce qui fait que vous n'avez aucune autorité ici, pas plus maintenant qu'hier ou que demain. C'est fini. Je vous somme de partir. C'est une chance que je vous offre. Ce qui est une chance de plus que celle que vous avez accordée à ce pauvre Paul Watkin. Il était pas plus coupable que beaucoup d'autres et même moins que certains.

Hutchinson abaissa son regard sur le gros meunier :

— C'est donc vous le roi de ces parages ?

— Je suis le magistrat du peuple. Rien de plus.

— Et si je refuse de partir ?

— Je vous arrêterai pour vous être introduit sur notre territoire sans autorisation et pour sévices sur la personne du citoyen Paul Watkin. Vous pouvez vous livrer de votre propre chef. Soyez assuré que vous aurez droit à un jugement équitable. Mais je vous offre aussi, pour cette fois, la possibilité de vous retirer, à la condition que vous juriez de ne jamais revenir.

Hutchinson dit :

— Où est Watkin ?

— En sécurité, il se repose. Il a été sérieusement secoué.

— Si vous me livrez les hommes qui l'ont fait sortir de la prison de Lancaster, je veillerai personnellement à ce que Watkin soit bien traité.

— Je ne connais pas les hommes dont vous parlez.

— C'est pas vous le chef ici ?

Chase le considéra quelques instants avant de déclarer :

— Je suis la voix du peuple. Voilà tout.

— Vous risquez vous-même la prison, monsieur Chase, repartit le shérif. Vous n'avez pas le droit d'entraver la justice.

— Vous n'avez rien à faire ici, monsieur Hutchinson.

— Enfin, Chase. Je suis le shérif du comté de Coos.

Chase regarda son chapeau qu'il tournait dans ses mains.

— Mais vous n'êtes pas dans le New Hampshire, monsieur Hutchinson. Vous êtes dans la république indépendante d'Indian Stream. Et au nom de la République et des gens qui l'ont créée et de Dieu tout-puissant qui a béni notre initiative, je vous arrête.

Et, sans attendre la réponse du shérif, il posa son chapeau sur sa tête, avança d'un pas et s'empara des rênes du cheval de Hutchinson juste sous le mors. Dans le même mouvement, des hommes surgirent des rochers et des arbres et des buissons et des bois des deux côtés de la route, à croire qu'ils sortaient parfois de la rivière elle-même. Armés de toutes les façons possibles, d'une manière pour certains que Hutchinson n'aurait jamais imaginée. L'un brandissait un pieu terminé par un pic de fer. D'autres apparaissaient hérissés de coutelas, faucilles, gros pistolets à la ceinture. Gourdins. Beaucoup de fusils de chasse que l'on chargeait par la gueule. Un homme avançait armé seulement d'une faucille. D'un coup, il pouvait éventrer un cheval et dans le même geste ferrer son cavalier comme un poisson. Il venait plus d'hommes qu'il ne pouvait compter, mais il supposait dans les trente ou quarante. Tout en faisant mine de soulever le lourd pistolet fiché dans sa ceinture, il tourna la tête pour ordonner aux autres de ne pas bouger, et, dans le même instant, Emil Chase, vif comme l'éclair, se saisit du pistolet par le canon. Hutchinson fit un bond en arrière mais le meunier ne lâcha pas prise, préférant abandonner les rênes pour s'aider de son autre main. Le coup partit. Un rugissement de voix humaines s'éleva dans les airs, couvert aussitôt par une salve désordonnée. Un cheval hurla, trébucha, tomba. Les autres s'égaillèrent, ruant et se cabrant, tandis que les cavaliers s'escrimaient à les tenir tout en déchargeant leurs armes sur les hommes à pied qui se faufilaient entre eux. Les cavaliers ouvrirent le feu, si bien qu'un nouveau son fit vibrer l'air, les cris des hommes qui s'agenouillaient ou chancelaient ou s'écroulaient face contre terre, frappés d'immobilité. Hutchinson n'avait en sa possession que son pistolet vide dont il se servait comme d'une matraque pour cogner sur les hommes des bois qui l'assiégeaient à trois ou quatre, l'un d'eux armé d'un pistolet. Il y en eut un qui s'approcha de très près et, esquivant la crosse du pistolet, planta sa faucille dans sa cuisse, clouant sa jambe à sa selle, alors un deuxième s'avança et, brandissant un gourdin des deux mains, l'abattit au-dessus de l'œil du cheval qui tomba. Hutchinson s'efforça de se dégager en roulant sur lui-même, mais il était retenu par le harpon de la faucille, et il entendit son autre jambe craquer sous le poids du cheval qui s'écroula comme frappé par un vent noir. Le cheval donna un seul coup de pied puis se figea.

Hutchinson était étendu, épinglé à son cheval abattu, la joue dans le sable de la route. Plus haut, deux autres hommes y gisaient sur le ventre. Un autre tentait de se glisser à quatre pattes dans les fourrés, vomissant en chemin, la tête basse comme si ce qu'il ne pouvait pas voir ne pouvait pas l'atteindre. Hutchinson reconnut un de ses miliciens. Il constata que le reste de sa compagnie avait mis pied à terre et formé un cercle, adossés les uns contre les autres, face à l'adversaire. Certains avaient des fusils, d'autres des pistolets. Ceux qui avaient des pistolets agitaient des épées de leur main libre. Les chevaux fuyaient au galop. Certains pilaient et se retournaient pour regarder le spectacle derrière eux. L'un d'eux était resté debout près du cercle des combattants, les jambes largement écartées agitées de tremblements, la tête baissée. Des boyaux immensément longs, roses et bruns, se déversaient de son ventre ouvert par terre dans la poussière. Ses hommes n'essayaient pas de recharger leurs armes ; ils s'en servaient comme de matraques pour se défendre. Il vit l'un d'eux s'avancer d'un pas et lever son pistolet vers un fermier qui approchait, un type que Hutchinson connaissait de vue, et le coup partit et l'homme perdit instantanément son visage, s'assit par terre et leva les mains vers l'endroit où avait été ce visage puis se plia en deux et s'affaissa sur le côté. Le même milicien se tourna alors et courut après un autre fermier qui se ruait vers lui, chargeant dans un rugissement sauvage en fouettant l'air avec son épée. L'homme leva le bras pour esquiver le coup et l'autre laissa tomber l'épée et vint cogner de tout son poids contre sa cage thoracique. Puis un de ceux qui se tenaient en cercle esquissa un pas en avant et alla repêcher l'attaquant pour le réintégrer au groupe. L'espace de quelques instants, tout fut tranquille. On n'entendait plus que le bruit des respirations et de faibles gémissements. Le cheval éventré souleva la tête et poussa une terrible plainte puis s'écroula dans un pet mouillé. Tous se tournèrent pour le regarder.

Hutchinson appela :

— Cessez le feu ! Tous autant que vous êtes !

A ces mots, les miliciens se rassemblèrent pour descendre au coude à coude vers lui. Il avait envie de leur dire de rester là où ils étaient, mais il n'avait plus de voix. Dès qu'il ouvrait la bouche, ses poumons prenaient feu. Il savait qu'il avait des côtes cassées en plus de sa jambe écrasée, mais il ne ressentait aucune douleur. Tandis que ses hommes s'avançaient vers lui, il aperçut un de leurs attaquants qui se rapprochait d'eux ; il le reconnut. Peter Chase, le frère du meunier. Dans son visage noirci par la poudre, il avait un œil fermé au milieu d'une meurtrissure pourpre. Hutchinson reprit sa respiration et, les yeux papillonnant, dit :

— Où est ton frère ?

Peter Chase répondit :

— Mais c'est notre ami le shérif. Comment ça va, mon pauvre ?

— Où est ton frère ?

— Vous lui avez fichu une balle dans la main. On le soigne.

— C'est vous le chef, alors ?

Peter Chase le considéra un instant avant de répliquer :

— Il n'y a que des chefs ici.

Une meute, pensa Hutchinson. Il avait l'impression que ses poumons se remplissaient de sang. Il se força à parler. Tant qu'ils parlaient, ils ne s'entre-tuaient pas.

— Quel grabuge. Et pour rien encore.

— C'est pas joli joli vu de votre côté, dit Chase.

— Vous allez tous nous tuer ?

— On n'a pas envisagé cette possibilité. On pensait que vous seriez assez malins pour foutre le camp.

— Nous allons partir.

— Vraiment, monsieur Hutchinson ? On dirait que vous êtes un peu coincé là-dessous.

Chase s'était accroupi pour regarder le shérif droit dans les yeux.

— C'est mon beau-frère à qui vous avez défoncé le crâne hier soir. Il peut plus aligner trois mots. Il est devenu pas mieux qu'un idiot.

— C'était pas un très bon geôlier, de toute façon, observa Chase. D'après ce que j'ai entendu dire...

Un des fermiers lança un cri d'avertissement. Trop tard. Les hommes de la compagnie de Hutchinson s'étaient rapprochés en rangs serrés puis s'étaient rués pour encercler le cheval abattu et le shérif. Deux d'entre eux ceinturèrent Peter Chase et l'obligèrent à se lever tandis qu'il se débattait. Mais on s'empressa de lui tenir les mains dans le dos et de lui mettre un couteau sous la gorge. L'homme au couteau s'écria :

— Reculez, tous ! On va remonter la route. Tous ensemble. Maintenant. Ou je jure devant Dieu que je vais lui trancher la gorge et ensuite on en tuera un maximum. Quitte à en crever. Allez, reculez !

Sa voix avait le timbre aigu d'un homme qui n'a plus toute sa raison. La colère le rendait écarlate.

Une autre voix s'éleva. Celle-là stable, ferme, calme :

— Bon, ça suffit.

Hutchinson n'apercevait que de grosses bottes qui traversaient la route. Le reste était caché par ses propres hommes. Mais il reconnaissait cette voix.

Blood s'arrêta entre les deux groupes. Il ne portait que son aiguillon à bœufs. Le chien l'accompagnait. Il s'adressait aux fermiers et aux trappeurs.

— Ne faites pas attention à ces miliciens. Ils sont encerclés, vous pourriez les tuer comme des mouches. C'est plus la bande de bêcheurs qui a débarqué ici avec de fausses idées en tête. Ils ont appris quelque chose aujourd'hui. Tuez-les si vous voulez, mais il y en aura un autre lot qui suivra. Laissez-les rentrer chez eux. Ils ne s'y reprendront pas de sitôt. C'est moi qui vous le dis. N'est-ce pas, shérif ?

Hutchinson se tut.

Blood n'avait de toute façon pas l'air d'attendre une réponse. Il enchaîna :

— Tuez-les, ou laissez-les ramasser les morceaux et rentrer chez eux clopin-clopant. Pour moi, c'est du pareil au même. Mais quand vous aurez fini, je vous propose une tournée générale. C'est moi qui offre. M. Chase en personne est au moment où je vous parle assis devant sa table avec la main bandée et le cœur vide de toute envie de se battre. Il me semble qu'on en a assez fait pour l'heure.

Et Hutchinson vit les bottes pivoter sur elles-mêmes et se mettre à remonter la route.

Silence. Personne, ni dans un camp ni dans l'autre, ne pipait mot. Dans les bois quelque part un pic-vert se mit à marteler.

Hutchinson passa une langue pâteuse sur ses lèvres où la boue séchait. Il essaya de parler et laissa échapper un bruit rauque. Une pause. Il déglutit, puis articula :

— Relâchez-le.

Ses hommes abaissèrent leur regard sur lui. Celui qui tenait le couteau se tordit le cou pour regarder son shérif à terre.

Hutchinson banda tous ses muscles pour redresser la tête de toute l'autorité dont il se sentait capable et répéta :

— Relâchez-le.

Au bout d'un moment, les hommes qui tenaient Peter Chase obtempérèrent. Chase resta un instant sur place en se frottant les poignets. Puis il s'en alla vers ses voisins. Il s'arrêta à mi-chemin. Personne ne parlait. Peter Chase tourna alors les talons et se mit à remonter la route dans la direction empruntée par Blood. Ce dernier était hors de vue. Après quoi, les autres fermiers lui emboîtèrent le pas, certains en transportant d'autres, blessés ou morts. Nul n'émettait un son. Tout en s'éloignant, plusieurs d'entre eux se retournaient régulièrement pour regarder les miliciens. Lesquels ne bougeaient pas d'un pouce. Juste avant de tourner le virage et de disparaître, l'un d'eux envoya un coup de fusil en direction de la compagnie. Les miliciens entendirent la balle déchirer le feuillage au-dessus de leur tête.

Au bout de quelques minutes, les hommes de la compagnie se séparèrent. Certains allèrent s'occuper de ceux qui étaient tombés : un mort, deux blessés. Deux d'entre eux redescendirent la route pour récupérer les chevaux terrifiés. Les autres réunirent leurs forces pour sortir Hutchinson de dessous son cheval. Pour commencer, il fallait ôter la faucille. Un jet de sang jaillit de la blessure. Il lui firent un garrot en haut de la cuisse. Le fémur de son autre jambe était cassé. Impossible de savoir si les chairs et les os avaient été broyés ou s'il s'agissait d'une fracture simple. Ils lui fabriquèrent une attelle avec les baguettes de trois gros pistolets qu'ils attachèrent à l'aide de bandes de chemises déchirées. Deux des chevaux étaient morts. Ils arrimèrent le mort derrière un cavalier et installèrent Hutchinson en le ficelant à la selle sur le cheval du mort. Les deux blessés chevauchèrent derrière l'un ou l'autre de leurs compagnons. Une fois tout le monde installé, ils s'en allèrent par où ils étaient venus. Ils ne rencontrèrent pas âme qui vive, ne croisèrent personne. En passant près de l'embouchure de la rivière des Indiens, ils aperçurent de la fumée s'élevant encore de la maison et de la grange qu'ils avaient incendiées. Cela paraissait incroyable que ces bâtisses brûlent encore. Un des hommes plongea la main dans sa poche pour en sortir sa montre. Un peu moins d'une heure s'était écoulée.

Blood versa trois mesures de rhum et multiplia les ventes au cours de l'heure qui suivit, observant les hommes reprendre des couleurs, se remettre du choc d'avoir fait ce qu'ils avaient fait, porter un toast au mort et aux blessés, et ensuite revivre la bataille à coups de mots pour en fin de compte se répandre en menaces et élaborer des plans aberrants concernant les futurs affrontements. C'est alors qu'il leur ordonna à tous de sortir et ferma la taverne pour le reste de la journée. En dépit de tout le rhum qu'ils venaient d'ingurgiter, les hommes avaient encore l'esprit assez éclairci par les événements de l'après-midi pour comprendre ce qu'on leur disait et ils partirent sans faire d'histoires, subitement contents à l'idée de se retrouver chez eux. Avant leur départ, Peter Chase convoqua une réunion du « Comité de salut public » au coucher du soleil. De nouvelles patrouilles devenaient nécessaires. Une vigilance accrue était indispensable.

Chase s'adressa ensuite à Blood :

— C'est un bon endroit où se retrouver. Central sauf pour les plus éloignés.

— Je voudrais pas perdre du travail, rétorqua Blood. Mais pour le genre de boulot que vous envisagez, il me semble pas que l'alcool soit conseillé.

— Qu'est-ce que vous proposez ?

— Les premières réunions, quand les trappeurs ont été tués. C'était au moulin. Il y a la place. Pourquoi changer ?

Chase le dévisagea avant de répliquer :

— Mon frère a déjà assez d'ennuis comme ça.

— Ah oui ? Il était pas obligé.

— Vous êtes donc pas avec nous, Blood ? Vous êtes contre nous ?

Blood contempla Peter Chase, puis dit :

— Je me suis établi ici parce que je l'ai bien voulu, comme vous tous. Alors je me plie aux décisions de la majorité. Qu'elles soient sages ou non. Mais si c'est pour voir des hommes tués ou blessés, ça me plaît pas trop.

— Et vous croyez que ça me plaît, à moi ?

Blood laissa passer.

— Ces choses-là, une fois que ça commence, on peut plus les arrêter. Aucun des deux camps va vouloir s'avouer vaincu. J'en entends déjà qui disent qu'ils regrettent de pas avoir été plus loin tantôt. Que Hutchinson aurait dû être achevé sans autre forme de procès. Sauf qu'il y aura toujours un autre Hutchinson.

— Ils y réfléchiront à deux fois avant de s'aventurer de nouveau ici.

— C'est sûr. En tout cas, ils veilleront à être assez nombreux. Mais vous, Peter Chase, vous n'avez qu'une seule tête à perdre.

Chase s'empourpra :

— Je vous dois une fière chandelle, monsieur Blood.

— Non, dit Blood. Je n'accepte pas ce genre de dette. C'était pas vous que je sauvais en particulier, mais tous les hommes présents. N'importe lequel d'entre vous aurait pu le faire. Si vous aviez réfléchi un peu. C'est l'ennui. Les hommes ne se servent plus de leur cervelle.

— Leurs intentions étaient claires, argua Peter Chase. On aurait eu l'air de quoi si on n'avait pas riposté ?

— Je ne vous le fais pas dire. Reste qu'on est à un point critique. C'est pourquoi je préfère que vous teniez vos réunions au moulin. Que les hommes saisissent pleinement dans quoi ils se lancent avant de voter. On ne fonce pas dans l'action tête baissée. Quand ils auront décidé, alors qu'ils viennent ici prendre un verre.

— Vous ne perdez pas votre sens du commerce.

Encore une fois, Blood ignora Peter Chase. Il ferma à double tour la cassette qui lui tenait lieu de coffre-fort, glissa la clé dans la petite bourse qu'il gardait sous sa chemise et fit mine de prendre son aiguillon.

Chase, qui l'observait, s'enquit :

— Où allez-vous ?

— Pareil que vous. Voir comment votre frère s'en sort.

— Vous vous aimez pas beaucoup tous les deux.

— Cela n'a rien à voir avec ma visite.

— Ça lui fera pas plaisir de vous voir. Pourquoi vous attendez pas un jour ou deux, qu'il soit remis ? Il va penser que vous êtes venu le narguer dans son malheur.

Blood sourit à Peter Chase.
— En dépit de tous ses défauts, votre frère est un homme plus avisé que vous. Il comprendra que je viens le voir parce que je peux pas faire autrement.
Il sortit ; Peter Chase dans son sillage, continuant à lui parler :
— Faire quoi ?
Blood se retourna et s'écria à l'intérieur de la pièce :
— Sally ! Bâcle la porte jusqu'à mon retour.
Puis, à Peter Chase :
— Arrêter le carnage pendant qu'il est encore temps. Je me sens pas la vocation pour ce genre de chose, mais c'est comme ça, il n'y a que moi pour le faire. Si vous me connaissiez mieux, Peter Chase, vous sauriez que je hais mettre le nez dans les affaires des autres. Mais ce serait vraiment moche de ma part si je n'essayais pas de rétablir la paix. Il n'y a pas que vous qui en ayez réchappé de justesse cet après-midi.
— Vous parlez de Hutchinson.
— Et des autres hommes de sa milice.
— Vous croyez que Hutchinson va avoir le même point de vue que vous ?
— Je n'en sais rien. Il va être fou de rage. Ses blessures d'amour-propre sont sûrement plus cuisantes que ses blessures corporelles, qui sont déjà considérables. Tout ce que je peux dire, c'est Qui ne tente rien n'a rien.
— Vous prenez un risque.
— Je sais. Mais que je parte ou que je reste, il y a risque. Voilà ce que je pense.
Peter Chase le contempla un moment avant de déclarer :
— C'est vos fesses que vous essayez de sauver.
— Oui, en effet. Mais si je sauve les miennes, je sauve du même coup celles des autres. J'ai pas l'intention de conclure un marché.
— Comment on peut en être sûrs ?
Blood fixa longuement Peter Chase. Jusqu'à ce que Chase détourne ses yeux brillants d'insolence. Après quoi, Blood se retourna et se mit à remonter la route à pied vers le moulin. En cette fin d'après-midi, les oiseaux des buissons semblaient décidés à appeler le crépuscule à envahir la terre. Il entendit le pas lourd de Peter Chase dans son dos. En s'approchant du moulin, il aperçut un huart qui pêchait dans les hauts fonds au long de la berge du lac. L'oiseau plongea. Blood s'arrêta, guettant sa réapparition, s'efforçant de deviner à quel endroit il allait émerger. Peter Chase passa devant lui et, sans un mot, entra dans le moulin.

Le huart fendit la surface des eaux au large, loin du lieu que Blood avait repéré. Il haussa les épaules. C'était seulement un oiseau, pas une forme de présage. Il passa devant le moulin et marcha jusqu'à la maison de lambris aux volets percés de meurtrières. En cette chaude journée, ils étaient ouverts. Il se demanda s'ils avaient jamais servi à autre chose qu'à l'aération. Ou si Emil Chase était simplement plus prévoyant que les autres.

La porte d'entrée étant close, il martela sur le bois du battant à coups de poing, mais ne donna pas de la voix. Il ne voyait pas pourquoi il s'annoncerait.

Il partit avant l'aurore le lendemain matin, sur le cheval bai d'Emil Chase. Blood n'avait pas monté depuis des années, mais le cheval était bien dressé et il retrouva vite son assiette, comme si ce savoir-faire était, depuis toutes ces années, resté à l'état dormant dans ses muscles, ses os, son cerveau. Une fois qu'il se sentit bien en selle, il se prit à se demander ce qu'il avait d'autre en lui prêt à éclore de nouveau. Puis il repoussa cette pensée et se concentra sur le chemin, et la besogne qui l'attendait. C'était une belle journée. Le ciel était pommelé de petits nuages élevés qui, pressentait-il, finiraient, au fil des heures, par former une seule couche et amèneraient dans leur sillage des nuages plus bas. Mais pour le moment l'air était doux, avec à peine une pointe d'humidité. Il pouvait laisser sa monture aller au trot tant qu'il le supportait. Il se sentait fort, à croire qu'il avait vécu à cheval. Pourtant, il savait d'avance que tout à l'heure, lorsqu'il mettrait pied à terre, ses jambes commenceraient à trembler à cause des muscles trop longtemps au repos.

Il suivit les méandres du Connecticut vers l'ouest d'abord, puis vers le sud, quittant la région d'Indian Stream. Une fois qu'il eut bifurqué vers le sud, la vallée ouvrit devant lui de vastes espaces où les fermes étaient entourées de prairies immenses, de champs de maïs et de lin sur lesquels des hommes se tenaient penchés. Il les salua de la main. Quelques-uns répondirent à son salut, mais la plupart firent comme s'ils ne l'avaient pas vu. Il n'éliminait pas l'éventualité de tomber sur un groupe de miliciens chevauchant vers le nord depuis Lancaster, quoique cela lui parût improbable — Blood en savait assez long dans ce domaine pour se rendre compte qu'une expédition de ce genre prendrait sans doute des jours et des jours à se mettre sur pied. Il faudrait consulter la hiérarchie administrative. Il faudrait obtenir des autorisations du juge. Et surtout, le shérif devait être en état — Blood voyait en effet mal Hutchinson démissionner et céder son pouvoir à un tiers.

Il descendit le long de la vallée jusqu'aux terres qui s'élevaient plus abruptement vers l'est, grands pitons rocheux qui jaillissaient au milieu des épinettes, sapins, feuillus, telles d'étincelantes et blanches murailles de quartz. Le soleil était à présent au zénith. Les petits nuages du matin avaient finalement fondu dans le bleu de l'azur, ne s'attardant plus que sous la forme d'une mince écharpe diffuse au ras de l'horizon. Les eaux pétillantes d'un torrent cascadaient entre les bouleaux et les érables. Nul logis ne se profilant, il descendit de cheval, à l'ombre, et mena sa monture jusqu'au torrent, lui-même s'agenouillant pour prendre de l'eau en coupe dans les paumes de ses mains. D'un sac en drap attaché à sa selle il tira un morceau de pain de seigle et une tranche de porc salé. Il mangea, puis se remit à genoux pour se désaltérer. Il étira ses jambes et enfourcha de nouveau sa monture pour reprendre sa route.

Il ne transportait aucune arme. Même pas le poignard de ceinture dont il ne se séparait en principe jamais. Il aurait volontiers emmené le chien, mais avait jugé plus judicieux de le laisser avec Sally. Si quelque chose devait lui arriver à lui, Blood, elle aurait besoin du chien plus que lui. C'est elle qui avait cuit le pain qu'il mangeait. Elle apprenait à se débrouiller à la cuisine.

Un peu après midi, il entra dans Lancaster. Le clocher de l'église et le beffroi de la maison commune se dressaient contre le ciel. Des maisons en lambris peints et des jardins fleuris, et des granges, de petites granges de citadins servant à abriter un cheval ou deux, une vache laitière, peut-être une poignée de poulets. Les rues, larges et lisses, filaient semblables à des allées sous les feuillages des ormes arrondis en berceau. Les sentiers étaient pavés de cailloux. Blood avait beau séjourner dans ce pays sauvage depuis quelques mois seulement, il se sentait déphasé. Comme s'il n'avait rien à faire en ce lieu. Les nerfs, se dit-il.

Il savait qu'il ne trouverait pas Hutchinson à la maison commune. Il n'avait pas la moindre envie d'aller sonner à cette porte. Il chemina jusqu'aux rues commerçantes et commença à croiser plus de monde, à pied ou à cheval, certains dans des charrettes à cheval ou à bœufs. Les gens le regardaient passer d'un air vague, comme un étranger ne piquant qu'un bref instant leur curiosité. Il tira sur les rênes de sa monture devant une vieille dame qui revenait du marché, un panier plein sur l'épaule. Elle portait une jupe, un tablier dont on voyait le fil et un bonnet d'un violet délavé. Il la salua en ôtant son chapeau et en lui souhaitant une bonne journée. Elle se pencha de côté pour lever les yeux vers lui.

— Une journée aussi bonne que possible, dit-elle. La vieillesse n'est qu'une suite de petites morts. Si vous le pouvez, jeune homme, mourez vite.

Blood lui sourit :

— Ma bonne dame, une langue bien pendue ne vient jamais sans un esprit vif. Vous me semblez bien lotie.

— C'est ce que vous dites maintenant. On vous entendra quand vous aurez tout perdu sauf votre vivacité d'esprit.

— Oh ! je comprends déjà un peu ce que vous voulez dire.

Elle le fixa intensément. Le visage de marbre, il soutint son regard. Au bout d'un moment, sans détourner les yeux, elle lança :

— Vous m'avez pas interpellée pour me couvrir de fleurs. Qu'est-ce que vous voulez ?

— Je suis venu voir le haut shérif. Pensez-vous que je le trouverai à la maison commune ?

— Bah, quel gâchis. Il pourra pas vous recevoir aujourd'hui.

— Il est malade ?

— Il est cloué par des blessures graves. Paraît qu'il vivra mais il souffre atrocement.

— Mmm... de bien mauvaises nouvelles. J'ai à régler avec lui des affaires pressantes. Il voudra me voir s'il en est capable. Qu'est-ce qui lui est arrivé ?

— Une attaque de brigands dans le nord, dans le pays sauvage. Ils n'y ont pas été de main morte.

— Il est chez lui ?

— Oui.

— Je vois. Conscient ?

— On l'entend gémir que c'en est une souffrance.

— Alors je dois aller le trouver. Comme je vous l'ai dit, s'il a tous ses esprits, il tiendra à me recevoir.

— Allez-y donc, alors. Ou bien portez ce panier jusqu'à chez moi.

— Ce serait avec plaisir si j'avais le temps. Mais j'ai besoin du shérif. Je dois lui parler, mais...

— Quoi ?

— Je l'ai jamais rencontré qu'à la maison commune.

La femme pinça les lèvres. Une grimace de dégoût. Comme s'il venait de lui dévoiler son être véritable. Elle déclara :

— Un conseil de quelqu'un qui a déjà un pied dans la tombe. Ne perdez pas votre temps à passer de la pommade à ce shérif. Il n'est pas aussi bonne âme que moi. Il habite à deux rues derrière la façade nord de la maison commune. La troisième maison sur la gauche. Si vous parvenez à franchir la barrière de sa femme et des garçons de la milice, donnez-lui le bonjour de ma part. La veuve Colburn.

— Merci, madame Colburn.

— Allez-y, lui dit-elle. Vous m'avez épuisée.

Il suivit la direction indiquée par la veuve tout en réfléchissant à ses paroles. Il ne s'était pas attendu à trouver le shérif entouré de ses hommes. Ce n'était pas bon signe s'ils avaient peur au point de faire garder la maison de leur chef. Il envisagea la possibilité qu'un ou deux d'entre eux aient été présents lors de la bataille de la veille mais conclut que c'était peu probable ; ils étaient sans doute de repos chez eux. D'autres seraient de service auprès du shérif, sans doute seulement deux ou trois hommes en armes, histoire d'impressionner le peuple. Il pouvait attacher son cheval ailleurs et explorer le voisinage à pied. Mais il repoussa cette idée. Il devait montrer plus de culot.

Il avait tort. Devant la maison, une porte en planches posée sur des tréteaux faisait office de table autour de laquelle six ou huit hommes s'alignaient sur des bancs. La table était jonchée de plats en étain contenant les reliefs d'un repas. Les hommes buvaient dans des chopes. Il tira sur les rênes du bai devant la barre fixe qui courait le long de la rue, mit pied à terre et attacha sa monture par la bride à la barre sous le regard des miliciens. L'un d'eux lança :

— Regarde, en voilà un !

Ils lui tombèrent dessus comme une meute. Ils empestaient la bière. Ils le culbutèrent par terre en le rouant de coups sans tirer de lui le moindre geste de protestation. Une fois qu'il fut au sol, certains s'employèrent à lui défoncer le bas du dos avec leurs bottes. Des douleurs fulgurantes lui transpercèrent les reins. Ils n'arrêtèrent que lorsque l'un d'eux s'accroupit pour lui ligoter les mains derrière le dos avec un lacet en cuir qu'il venait d'arracher à son soulier. Ils le firent rouler sur le ventre de manière à lui enfouir le visage dans la boue. Il dut se tordre le cou pour parvenir à respirer. C'est alors que l'un d'eux s'assit sur sa tête, deux autres sur son dos. Un quatrième se pencha pour lui souffler :

— Soit t'es le dernier des imbéciles, soit t'as un courage de loup. Tu crois qu'on aurait laissé le shérif tout seul pour que tu termines le boulot commencé hier ?

— Je suis venu lui parler, parvint à articuler Blood.
— Ah ?
— C'est la vérité.
— Attends, dit un autre homme en se penchant vers lui très près. Mais... c'est celui qui a ordonné aux autres d'arrêter. C'est-y pas vrai ?
— Oui, c'est moi.
— Il s'en est pas mêlé, expliqua l'ancien combattant, sauf pour demander à ces cinglés de nous lâcher quand Mose était coincé sous son cheval.
L'homme qui se trouvait le plus près de sa tête et le regardait reprit :
— S'il a pu se faire obéir comme ça, c'est que c'est quelqu'un. C'est mon avis.
— Tout ce que j'ai fait, c'est intervenir au bon moment, argua Blood. C'est pas comme si personne s'y était attendu...
— C'était pas leur genre, à cette bande de criminels, de s'y attendre.
— Ils étaient préparés, c'est vrai. Mais mon seul rôle a été d'intervenir au bon moment pour empêcher les choses de s'envenimer. De part et d'autre.
Blood se tordit le cou pour croiser le regard de l'ancien combattant.
— Qu'est-ce qu'on fait de lui ? demanda le premier homme.
— On le tabasse et on le jette en taule, voilà ce que je dis, déclara l'un des deux assis sur son dos.
— Comme vous voudrez, dit Blood. Même si je voulais, je pourrais pas vous arrêter. Mais, avant de vous y mettre, pourquoi que l'un d'entre vous va pas interroger le shérif sur ce qu'il veut faire de moi. Mon nom est Blood.
— C'est vous, Blood ?
— Oui.
L'homme assis sur sa tête se leva.
— J'ai entendu parler de vous, dit-il.
— Je vais pas m'échapper. Mais vous rendriez peut-être service en allant consulter le shérif. Pour être sûr qu'il est bien d'accord avec votre plan.
— Vous avez l'air drôlement sûr de ce qu'il va vouloir, Blood.
— Je n'ai aucune idée de l'accueil qu'il peut me réserver. Tout ce que je sais, c'est que c'est pas contre moi qu'il en aura, si vous me traitez pas comme il faut.

Mose Hutchinson était dans un lit à quenouille que l'on avait installé spécialement dans la salle de séjour du rez-de-chaussée. Il se tenait assis contre un traversin et des oreillers. Son torse dénudé était entouré de fines bandes de drap et sa jambe gauche reposait sur les couvertures, enfermée dans des éclisses de cèdre maintenues par une couche de pansements serrés. Son tibia et son pied dépassaient, l'air rabougris et d'un blanc sale comparés aux pansements immaculés qui emmaillotaient le reste de sa jambe. Une fois devant lui, Blood se rendit compte qu'il avait assisté à toute la scène par la fenêtre à côté du lit et qu'il s'était bien gardé d'intervenir, préférant sans doute attendre de voir ce que Blood pouvait accomplir tout seul. Il se demanda à quel stade il aurait poussé une gueulante si les choses avaient mal tourné. Puis il comprit que le shérif n'aurait pas ouvert la bouche s'il avait échoué à se faire entendre de ses hommes. Ce qui ne changea pas l'opinion que Blood avait de lui. Une opinion encore en train de prendre forme.

— Alors, cette jambe, c'est pas trop grave ? s'enquit-il.

— C'est ce que prétend le coupeur de guiboles. Il dit que ça se rappellera à moi par mauvais temps. Comme si j'étais déjà pas perclus.

— Je suis venu jusqu'ici pour vous parler, déclara Blood.

— De quelle autorité ?

— Nulle autre que la mienne.

— En qualité de citoyen du New Hampshire ?

— Comme un homme libre qui souhaite rester américain. Mais ce choix n'est pas entre mes mains. Ou même du ressort de l'Etat du New Hamphire. Je me sens lié pour l'instant, par la force des choses, à la communauté des hommes à laquelle j'appartiens de par mon choix de résidence. Cela ne signifie pas que j'approuve leurs agissements, individuellement ou globalement. Mais cela m'oblige à respecter leurs actions, sinon les conséquences de celles-ci.

— La réponse est jolie.

— Je ne suis pas là pour vous offrir ce que vous avez envie d'entendre.

— Eh bien, vous êtes un homme rare. Qu'est-ce que vous en tirez ?

— Outre que j'ai pas tellement envie de voir des hommes tués ou blessés pour si peu ? En dehors de ça, ce que j'en tire : j'ai un commerce qui tourne dans un endroit où je désire rester.

— Rhum frelaté et prostitution de mineure.

— Je sais que ça paraît bien mesquin pour les clochers de Lancaster. Et la fille a l'âge.

— C'est vrai. Lancaster n'est pas aussi excitant qu'un port maritime. Quant à la fille, je m'en fiche.

— Je ne me vante pas de mon passé, repartit Blood. Ce que les gens savent de moi m'importe peu. Ni ce qu'ils pensent.

— Je vous ai fâché ?

— Je ne suis pas venu parler de moi.

— Exact, monsieur Blood. Assez plaisanté. Et si on entrait dans le vif du sujet ?

Blood opina de la tête :

— J'ai pas l'habitude de monter. Je suis pas très brillant non plus, côté courbatures.

— On ne vous a pas fait bonne réception, j'ai vu.

— Je n'ai rien à reprocher à vos hommes. Laissons cette affaire.

— Monsieur Blood. Il n'y a pas de troupe sans discipline. Maintenant, dites-moi ce qui vous amène ou laissez-moi me reposer.

— Très bien, dit Blood. Le problème, c'est la frontière — ou plutôt l'absence de frontière. Entre les Etats-Unis et le Canada. La Grande-Bretagne. Personne ne sait si elle suivra la ligne du parallèle ou bien si on la tracera plus au nord vers les sources du Connecticut. Personne ne doute que si le territoire intéresse les Etats-Unis, il intégrera le New Hampshire. Sauf pour un ou deux trappeurs canadiens français ou deux ou trois types comme ce Watkin que vous avez pris l'autre jour, la majorité souhaite que l'histoire se termine ainsi. La question, dans leur esprit, est bien simple. Il y a des conflits de propriété concernant la plupart des terres. Deux compagnies du sud de l'Etat prétendent qu'elles en possèdent la totalité. Mais aucun juge n'acceptera de se pencher sur ce problème tant que celui de la frontière ne sera pas réglé.

— Je sais tout cela.

Blood poursuivit :

— Mais les hommes là-haut, ceux qui ont une concession, parfois deux, parfois aucune, ils estiment qu'ils ont travaillé en toute bonne foi. Ils ont dégagé leur parcelle, ils ont construit des maisons, des granges, ils ont défriché des champs, labouré, moissonné. Ils se sont constitué de quoi vivre, ils ont créé des foyers, ils ont fait venir leur famille ou en ont fondé une sur place. Tout homme, dans ce genre de circonstances, se sent le droit de revendiquer que la loi veuille bien trancher en sa faveur.

— En faveur de certains plus que d'autres.

Blood continua :

— C'est pas compliqué. Ne sachant pas de quel côté la balance va pencher, ce que Washington et Londres vont décider, ils ont l'impression que s'ils laissent un des deux camps prendre le pouvoir, ils risquent de tout perdre si c'est l'autre qui gagne. Ils craignent de se faire mal voir. Leur seule ambition est de rester neutres jusqu'à ce que le problème soit réglé. Mettez-vous à leur place.

— L'affaire est intéressante, n'est-ce pas ?

— C'est une question vitale.

Hutchinson opina.

— Si j'ai bien compris, dit-il, Daniel Webster lui-même s'est penché sur ce dossier. Il est en train d'en parler autour de lui à Washington. Alors on n'aura peut-être pas tant de temps que ça à attendre pour qu'ils établissent la frontière.

— Vous comptez en mois ou en années ?

— C'est la politique, Blood. On a plus vite fait de rouler une pierre en haut de la colline.

— D'autant plus. Ces hommes, dans les bois, voient les années passer avec une angoisse croissante. Ils ont peur de se tuer au travail pour rien.

— C'est possible, observa Hutchinson. Mais j'en sais rien. On m'a dit que votre pays là-haut se trouvait sous ma juridiction, alors, jusqu'à nouvel ordre, j'ai l'intention de me conformer à cet état de choses.

— Je sais ça. Je sais que vous êtes pas du style à vous introduire où vous devriez pas.

— Qu'avez-vous à me proposer ?

— Un compromis. Si vous avez à vous plaindre d'un de nos habitants, très bien, venez vous en référer à nous. Un Comité de salut public s'est constitué. Ils vous écouteront, et si vos arguments leur semblent fondés, ils seront coopératifs et vous livreront celui que vous recherchez. Ils peuvent être raisonnables quand ils le veulent.

— Pouvez-vous me donner leurs noms ?

— Pas avant d'obtenir votre accord.

— Voilà le problème, Blood. Vous protégez des hommes que vous savez dépourvus de toute autorité. Comment peut-on négocier dans des conditions pareilles ?

— Une poignée de main suffira. J'ai confiance en votre parole.

— Mais moi je n'ai pas confiance en vous, Blood. Votre proposition vient trop tard. J'ai d'autres comptes à régler.

— Donnez-moi le mandat contre Watkin. Je le rapporterai avec moi, et si l'accusation est jugée juste, il vous sera livré.

— Et les autres ?
— Quels autres ?
— Je suis rentré avec un mort et deux blessés graves sur les bras. Sans parler de celui que votre Comité de salut public a transformé en un simple d'esprit en libérant Watkin de prison. L'affaire a pris des proportions telles qu'un accord comme celui dont vous me parlez ne suffira pas. Les gens sont en colère. Et je la partage, leur colère. Vous voyez, vous arrivez trop tard. Avec trop peu à offrir. En fait, vu les circonstances, vous avez pour ainsi dire rien.

Il se tut, le regard soudain étrangement adouci, toujours fixé sur Blood.

Au bout d'un moment, Blood dit :

— Y en a un bon nombre qui regrettent le tour qu'ont pris les événements.

— Vous ne pouvez pas savoir combien de fois j'ai entendu cette phrase.

— Je pensais qu'on pourrait discuter avec vous.

— Voilà ce que vous pouvez transmettre à Emil Chase et aux autres : dites-leur de bien réfléchir. Dites-leur de venir ici se rendre, tous autant qu'ils sont, tous les bougres qui ont participé à la bagarre d'hier, chacun de ceux qui ont sorti Watkin de taule, et Watkin lui-même. Je leur donne une semaine. S'ils le font, ce sera compté comme une preuve de bonne volonté. Sinon vous pouvez leur dire que le shérif les salue et que, lorsqu'on se retrouvera, ils verront à qui il ont affaire. Nous arrêterons tous les garçons de plus de douze ans et tous les hommes quel que soit leur âge. Dites-leur que nous mettrons le pays à feu, si bien que leurs femmes et leurs enfants n'auront plus qu'à retourner dans leurs familles dans le Sud s'ils en ont ou bien aller frapper à la porte de l'asile d'indigents à Bath. Dites-leur que lorsqu'on en aura fini avec eux il ne restera plus que des poutres calcinées et des pierres noires pour témoigner de leur présence.

— Ce serait une injustice terrible.

— C'est ma décision, dit le shérif. Ils ont la semaine.

Blood dévisagea le shérif :

— J'espère que votre jambe va guérir.

— Ce sont les premiers mots mensongers qui tombent de votre bouche, Blood.

— Peut-être, dit Blood. Dites-moi. Vais-je pouvoir rentrer en toute tranquillité ?

— Je n'en sais rien. Allez-y, vous verrez bien.

Il était minuit passé quand il franchit la rivière Hall, considérée comme la frontière occidentale de la région d'Indian Stream. Il fut aussitôt accueilli par un groupe de voisins surgis du fond des bois. Mais il ne leur adressa pas la parole et, de leur côté, ils ne lui posèrent aucune question. Ils chevauchèrent ensemble un certain temps, puis les hommes tournèrent bride pour aller monter le guet sur la route du sud. Blood chemina encore une heure, dépassant la taverne plongée dans le noir, jusqu'au moulin et à la maison d'en face. Là, il mit le cheval à l'écurie et se dirigea à pied vers la maison noire où une seule fenêtre, au rez-de-chaussée, était éclairée par une bougie. Il frappa doucement. Emil Chase lui ouvrit. Ils s'assirent à la table, conversèrent à mots couverts. Blood lui raconta tout. Terminant en déclarant que son rôle était terminé, qu'il avait échoué dans sa mission et ne pouvait rien de plus. Pour Blood, les hommes d'Indian Stream n'avaient pas assez réfléchi. Ils avaient creusé leurs propres tombes. Tout en prononçant ces paroles, Blood ne quittait pas Chase des yeux.

Ensuite il sortit dans la nuit où une demi-lune laiteuse se reflétait sur un pan de lac et descendit à pied jusqu'à la taverne. Il frappa et fit taire Luther à travers le battant en attendant que Sally se lève et vienne ouvrir.

Il ne lui dit rien, la renvoya se coucher. Après avoir ranimé le feu, ils s'assit devant l'âtre, sur un tabouret bas, les jambes croisées aux chevilles, les pieds vers les flammes. Il avait mal partout. Au bout d'un moment, il entra dans la taverne et se versa un gobelet de rhum, puis il alla se rasseoir pour boire. Il posa une poêle à pieds sur les braises qu'il avait rassemblées dans un coin de la cheminée et fit frire deux œufs tout en faisant griller une grosse tranche de pain au bout d'une longue fourchette. Il mangea les œufs dans la poêle et sauça le jaune et la graisse avec le pain. Puis il grimpa l'échelle qui menait au grenier et s'allongea sur son mince matelas de foin. Il n'avait pas l'impression d'être fatigué. Pourtant il sombra tout de suite dans le sommeil.

Il se réveilla un peu plus tard en bondissant hors du lit, empoigné par une crampe à la jambe droite, un nœud de chair pétrifiée. Il sautilla à travers la pièce en poussant des cris et en tambourinant en vain sur son membre rigide. Il se jeta à genoux, se coucha sur le côté. Ses orteils étaient si bien recroquevillés qu'il les crut sur le point de casser. A croire que toutes les insultes que son corps avait encaissées pendant la journée avaient uni leurs forces pour s'attaquer aux muscles de sa pauvre jambe.

La tête de Sally pointa en bas de l'échelle. Inquiète, elle s'écria :

— Blood ? Qu'est-ce qu'il y a ?

Il venait de se mordre la langue. Il gémit :

— Aide-moi.

Elle grimpa dans la pièce et le fit s'allonger sur son lit pour le masser tandis qu'il serrait les dents, le masser jusqu'à ce que la crampe le quitte. Ses paumes continuèrent sur le reste de son corps jusqu'à ce qu'il tende les mains vers elle et la renverse sur le matelas. Et maintenant elle était sous lui, criant son désir, auquel il répondit. Ensuite vinrent ces longs instants qu'ils avaient tous les deux apprivoisés depuis dix jours, depuis son anniversaire.

Elle était tout ce qu'il n'espérait plus. Tout ce qu'il ne méritait pas.

Il y eut une deuxième gelée et les haricots blancs s'étiolèrent. Sally déracina les plants et les attacha en bottes, les suspendant dans la grange pour les sécher dans leur cosse. Les carottes et les navets pouvaient encore rester en terre. Il y avait plusieurs rangées de betteraves à récolter. Elle en arracha une poignée et les déposa sur la table devant Blood.

— Qu'est-ce que j'en fais ?

— Pour le dîner ? Il suffit de les bouillir. Tu sais comment faire.

— Non. Je te demande ce qu'il faut faire de tout ce qu'il y a dans le potager. On va jamais tout manger avant que la terre durcisse.

— Mets-les en conserve.

— En conserve ? Et qui va me montrer comment faire ?

— Comment faire ? Il suffit de couper quelques oignons et tu enfermes le tout dans un bocal...

— Je ne sais rien sur les conserves.

Blood la dévisagea un moment. Elle pensait C'est pas ma faute si je sais pas. Elle soutint son regard vide. Et se rendit compte qu'il n'en savait rien non plus.

Il finit par déclarer :

— Ce par quoi on va commencer, c'est s'asseoir et dresser une liste des produits dont on va manquer. Pour l'hiver. Je vais l'écrire pour toi. Ensuite tu iras la porter à Mme Chase et tu la lui montreras en lui demandant s'il y aurait pas des choses qu'elle voudrait ajouter. Après quoi, tu lui demanderas comment conserver tes betteraves. Elle te dira.

— Je veux pas la voir, celle-là.

Blood poursuivit :

— Je peux pas aller à Lancaster. Ni à Bath ni nulle part ailleurs au sud. Je vais atteler les bœufs et me rendre à Canaan, dans le Vermont. Il y a un magasin là-bas. S'ils n'ont pas ce que je veux, ils pourront toujours le commander. Il est grand temps. J'ai été paresseux cet été, mais maintenant les choses pressent ; il faut des provisions pour l'hiver. Je prendrai peut-être Gandy avec moi pour qu'il me montre la route, et je m'organiserai pour qu'il puisse ensuite me servir d'intermédiaire. Quoique les jours de Gandy soient comptés. Il va bientôt disparaître là-bas dans ses bois et ses marais. Mais je suis sûr qu'il voudra bien m'accompagner. Il a sûrement besoin de certains trucs lui aussi. Voyons, je vais déchirer une feuille du livre de comptes et on va écrire cette liste.

— Je t'ai déjà dit. Je veux pas m'approcher de cette bonne femme. Elle me méprise. Et pour ce qu'elle me sert.

Blood la considéra :

— Tu sais comment mettre des betteraves en conserve ?

— Non.

— Alors, elle te sert.

— Y en a d'autres qui peuvent me dire. Tu pourrais te renseigner de ton côté.

— Sally. Quand quelqu'un a pas l'air de t'aimer, quand cette personne se prend pour ton ennemie, le mieux à faire, c'est d'aller la voir et de lui demander un service. Ça les rassure, comme s'ils avaient tout d'un coup un pouvoir sur toi, oh ! il suffit d'un petit rien. Mais elles sont contentes de savoir qu'elles avaient raison tout du long : elles sont supérieures à toi. Tu piges ?

— Je veux pas qu'elle se pense supérieure à moi. D'abord, c'est faux.

— Fort juste. Mais, vois-tu, si tu connaissais pas ses sentiments et que tu allais lui demander quelque chose, elle serait gagnante, c'est vrai. Mais si tu vas la voir tout en sachant qu'elle va se sentir rassurée, et que tu t'en fiches, alors c'est toi qui gagnes. Et elle ne saura jamais que tu as eu l'avantage sur elle. Tu vois ? Il faut être malin à ce petit jeu.

Sally réfléchit, puis déclara :

— Mais personne d'autre que moi saura que j'ai gagné.

— Il n'y a que toi qui comptes.

Blood bâcla la porte derrière elle et traversa la taverne pour déverrouiller la porte de la réserve. Il prit une lanterne et se lança dans un inventaire, tentant de calculer ses ventes. Et ses propres besoins ; il ne fallait pas, en effet, les sous-estimer. Il avait suffisamment de rhum, mais ce ne serait pas un mal de s'en procurer plus.

L'hiver pourrait bien être rude. Il était plus inquiet pour la poudre et le plomb. Il y en avait assez pour un hiver ordinaire, mais l'automne s'annonçait déjà exceptionnellement froid. Il fit ses calculs de tête. Il allait essayer d'acheter ou de commander plus de lingots de plomb, plus de barils de poudre chez les marchands du Vermont, bien qu'il ne sût pas d'avance s'ils allaient accepter de négocier avec lui. Impossible de savoir comment ils réagissaient aux nouvelles des derniers événements. Il comptait sur leur sens de l'humour. Et il pourrait toujours monter jusqu'au Canada. Il envisagea la possibilité d'acheter par petits lots, ce qui signifiait plusieurs longs voyages. Il était temps de trouver Gandy. Il s'assit au comptoir et se servit des dernières gouttes d'encre qu'il venait de mouiller pour inscrire les quantités qu'il espérait acheter, puis il saupoudra la feuille d'un peu de sable, attendit quelques instants, souffla, plia le papier et le glissa à l'intérieur de la couverture de son livre de comptes.

Il retourna dans la réserve et sortit deux barils de poudre qu'il transporta l'un après l'autre sur son épaule en haut de l'échelle jusqu'au grenier où il les déposa derrière l'attelage du petit canon, derrière les provisions de poudre et de balles déjà empilées. De retour dans la réserve, il mit de côté une quantité équivalente de lingots de plomb et se jura qu'avant la fin de la semaine il déterrerait le moule en fonte et fondrait des balles pour les stocker en haut. Cela lui constituerait un bel arsenal, assez pour, si jamais il ne parvenait pas à se procurer plus de poudre et de plomb, maintenir l'offre inférieure à la demande. Il prit aussi la résolution de changer un jour prochain la mince plaque qui fermait le grenier par une vraie trappe en sapin bien solide. Il devrait aussi détacher l'échelle du mur, de manière à pouvoir la rétracter à l'intérieur du grenier. Ce n'était pas la perfection — on pouvait toujours mettre le feu à la maison. Mais il s'attachait cependant à penser que son canon de huit livres découragerait de telles velléités. Il envisagea de remplir des barils d'eau et de les hisser aussi dans le grenier. Non. Si les flammes s'emparaient de la maison, il était perdu. Mais ils y perdraient aussi beaucoup de plumes.

C'était un pari. Pour la première fois depuis des années, la conduite et les procédés d'autres êtres humains risquaient d'avoir un impact direct sur lui. Mais Blood n'était pas prêt à baisser les bras, pas question de battre en retraite. Ce n'était pas l'orgueil qui le guidait, mais autre chose. Une chose qui le troublait et sur quoi il était incapable de mettre des mots.

Sally s'en retourna. Le visage grave, la bouche tordue, pincée. Elle portait contre sa poitrine un pot en terre cuite d'au moins dix litres fermé par un couvercle en bois. Elle le posa sur la table, alla chercher le seau, sortit pour revenir quelques minutes plus tard avec de l'eau fraîche qu'elle déposa à côté de la grosse cruche. Elle prit ensuite une louche en fer-blanc et but, puis but une deuxième louchée. Elle s'essuya la bouche du dos de la main et regarda du côté de Blood assis à la table. Sortant la liste de la poche de sa chemise, elle la déplia et la lui passa. Dans le bas de la feuille avait été rédigé d'une écriture pointue et irrégulière : *Le vinaigre est un cadeau, le pot un prêt. Achetez à cette petite de bonnes bottes d'hiver et des vêtements de laine de couleur respectable, gris ou bruns. C'est pas juste de la marquer avec des tenues criardes. C'est pas convenable pour les autres enfants et les femmes.*

Blood montra la cruche du doigt :

— C'est du vinaigre ?

— Pour conserver la betterave. Tu les mets dans un pot. Avec du sel.

— Je savais ça.

— Eh bien, moi, non.

Elle se leva en tortillant une mèche de cheveux entre ses doigts.

— Alors, comment c'était ?

— Rien comment t'as dit.

Blood songea Je vais monter là-haut de ce pas étrangler cette mégère si elle a été cruelle avec elle. Tout haut, il dit :

— Comment ça ?

— Quand elle m'a ouvert, elle a tiré une drôle de figure. Et puis elle a chassé les gosses dans l'autre pièce. Il y avait une fille, neuf ou dix ans, elle arrêtait pas de passer le nez par la porte pour nous regarder. Alors elle lui a dit de fermer la porte. Ensuite elle a été gentille avec moi. Elle m'a pas invitée à m'asseoir ou à prendre le thé, ou rien, mais elle s'est montrée gentille. Pas causante, mais elles le sont jamais, ces bonnes femmes. Elle m'a demandé ce que je voulais et je lui ai montré la liste. Elle l'a lue, après elle m'a regardée et elle m'a dit si je voulais pas autre chose, alors je lui ai parlé des betteraves. Elle m'a emmenée dans la cuisine et a pris le pot et le vinaigre en m'expliquant comment il fallait m'y prendre. Mais pendant qu'elle me parlait, j'avais l'impression qu'en même temps elle essayait de me dire autre chose. Mais elle a rien dit. Elle m'a fait répéter et elle s'est assise à un petit bureau et a écrit ce qu'il y a en bas de la liste et m'a demandé de te le donner. Elle m'a regardée une bonne minute avant de me rendre le papier. Et à la porte, elle m'a arrêtée. Elle a posé sa main sur mon bras. Et m'a dit que si j'avais d'autres questions, de pas hésiter à monter la voir.

Blood la dévisagea avant d'émettre un :

— Ça semble pas si terrible.

— Ça l'était pas. Seulement...

— Seulement quoi ?

— Je sais pas, dit-elle en secouant la tête. C'était bizarre. J'ai pas l'impression d'y avoir gagné quelque chose.

C'était la compagnie des femmes, songea Blood. Quelque chose qu'elle ne connaissait pas vraiment. Pas dans le sens commun. Ce qu'elle connaissait des femmes, c'était l'en-dessous, un monde de femmes façonnées par le monde des hommes plutôt que par les femmes elles-mêmes. Et en formulant cette pensée, il se rendit compte que ce monde lui était presque tout aussi inconnu qu'à elle, son mariage s'étant interrompu sans lui laisser le temps de mûrir assez pour comprendre vraiment celle avec qui il vivait. Et de fait toutes les autres. Il savait peu de chose sur les femmes, au-delà des vagues, ô très vagues, souvenirs qu'il gardait de Betsey et de lui-même avant l'époque où ce qu'il appelait ses ennuis avait commencé — un temps où ils avaient été plus enfants que Sally. Il comprenait les hommes, croyait-il, mieux que beaucoup. Mais des femmes, il ne savait presque rien. C'était un domaine dont il s'était volontairement exclu, sauf en ce qui concernait la société de ces créatures qu'il ne recherchait que pour ce soulagement épisodique dont, apparemment, aucun homme ne pouvait se passer. Et même les rares fois où cela lui arrivait, il en gardait pendant une semaine ou plus une sourde et aigre rancœur. Comme s'il s'était fait plaisir. Et cela tout au long des années. Jusqu'à Sally.

Il resta assis à la contempler. Elle debout devant lui, le regardant aussi, attendant quelque chose. Il ne savait quoi. Il préférait ne pas savoir. Il était en colère, comme un imbécile. Il se leva et déclara :

— Tu sais ce qu'elle a ajouté à la liste ?

— Non ?

— Tu veux le savoir ?

— Pourquoi pas.

— Pourquoi pas ? C'est pas une réponse. Il faut être sûre de ce que tu veux.

Elle leva un peu le menton.

— Alors ? Qu'est-ce qu'elle a écrit ?

— Que tu devrais pas t'habiller comme une pute. Que c'est pas bien pour les enfants. Que je devrais t'emmailloter de laines marron. Qu'est-ce que t'en dis ?

— C'est ça qu'elle a écrit ?

Blood se dirigea vers la cheminée, décrocha son chapeau de la patère et mit le cap sur la sortie, se figeant à la dernière minute pour lancer par-dessus son épaule :

— Je vais voir si je peux trouver Gandy. Toi, fais donc tes conserves de betteraves.

— Elle aurait pas dû dire un truc pareil.

Blood prit trois profondes inspirations, puis déclara :

— N'empêche qu'on a besoin de vêtements d'hiver. Il paraît qu'il fait froid à fendre l'acier par ici. Alors, réfléchis à ce que tu veux.

Sur quoi, il sortit. Il n'était pas très content de lui, sans savoir exactement pourquoi. Quoiqu'il fût intrigué d'apprendre quel genre d'effets elle choisirait pour l'hiver.

Il aurait cassé la figure à tout homme, ou peut-être même à toute femme, qui eût suggéré qu'il ne savait plus trop quoi penser du fait qu'elle se prostituait. La nuit, presque toutes les nuits, elle les passait avec lui, mais l'après-midi et le soir, elle travaillait quand elle en avait l'occasion. Cela l'horripilait de constater qu'il en était irrité ; et que malgré tout il lui permettait de continuer. Il n'y avait pas de paix possible.

Quatre

Comme si la météo connaissait le calendrier, les derniers jours d'août furent marqués par de fortes gelées. Là où le soleil le frappait, le monde étincelait, l'automne se hâtant sous son dur voile de cristal, enduisant l'herbe et les buissons d'une matière proche de la neige. Ce que le soleil n'avait pas encore touché n'était qu'une croûte de boue grisâtre, un vernis d'immondices sur l'herbe couchée et les tiges fanées des verges d'or. « Cochons de lait » aux écailles si friables qu'ils s'ouvraient au moindre vent pour libérer des boules duveteuses. Colonnes de fumée blanche s'élevant des cheminées. Et la brume qui empêchait de voir le lac, suspendue en rideaux de vapeurs glacées qui se déchiraient lentement de haut en bas à mesure que le soleil grimpait au-dessus des collines. Et la lune au trois quarts pleine sertie dans les profondeurs sans fin d'un ciel cobalt, astre pareil à un galet de quartzite.

Blood se réveilla de bonne heure en frissonnant. Sally était pressée contre sa poitrine, mais comme elle avait pris toutes les couvertures, il avait le dos exposé au froid. Il se glissa hors du lit, roula ses vêtements sous son aisselle et se rendit à la cuisine. Luther dormait contre la porte. Blood s'agenouilla pour souffler sur les tisons et raviver le feu. Puis il s'habilla. Alors qu'il enfilait sa chemise par la tête, il entendit un ronflement sourd en provenance du chien. Il n'était pas endormi mais, allongé de tout son long contre le battant, il enfonçait sa truffe dans l'interstice du bas. Ses poils sur son dos formant une crête hérissée.

Sentant Blood approcher, le chien se leva et vint se poster derrière son maître. Celui-ci décrocha l'aiguillon, débâcla la porte et sortit dans l'aube vaporeuse.

Le mangeur de petits pois se tenait accroupi dos au mur. Vêtu de jambières, d'un pagne et d'une veste en peau de lapin retournée. Ses cheveux huilés pendaient sur ses épaules. Une nouvelle balafre lui entaillait la pommette — une plaie encroûtée. Entre son menton et sa bouche, la peau disparaissait sous une large bande jaune vif. Curieux endroit pour appliquer de la peinture, se dit Blood. Puis il vit les coquilles d'œufs, bien une demi-douzaine, éparpillées entre les orteils couverts de peau d'élan, et comprit qu'il s'agissait d'une forme de peinture plus primitive encore. Mon petit déjeuner, pesta-t-il intérieurement.

— Nous n'avons plus de petits pois, dit-il tout haut. Il y a des pommes de terre et des légumes dans le jardin. Mais je suppose que c'est une nourriture un peu trop grossière pour vous. Vous avez sans doute l'estomac délicat.

Le sauvage dévisagea Blood avant d'émettre une série de borborygmes.

— Je suis pas dupe. Un penny que vous savez bien plus d'anglais que ça. Avec tous ces œufs que vous gobez, ne venez pas vous plaindre d'avoir la colique.

L'homme se leva d'un seul mouvement fluide, sans effort apparent. Il se rapprocha de Blood, se rapprocha très près, non pas pour le menacer, mais plutôt comme pour sonder les mystères d'un monde inconnu. Etrange. Il tendit la main et toucha le menton de Blood du bout des doigts. Puis il la retira.

— Mort, articula-t-il.

Les entrailles de Blood se liquéfièrent. Il répliqua :

— Un jour oui sans aucun doute. Mais ce ne sera pas à cause de toi.

L'Indien présenta à Blood un visage balafré et ratatiné qui avait l'air sculpté dans la terre même du pays. Il le contempla en silence. Longuement. Blood soutint son regard.

Puis l'Indien se retourna et remonta au trot la pente jusqu'au chemin qui serpentait le long de Perry Stream. Contrairement à la première fois, il fila sans un regard en arrière.

Blood resta un certain temps à observer l'endroit où l'homme avait disparu. Debout dans l'argent terne du matin calme, il soufflait des petits nuages. Finalement, il se pencha pour ramasser les coquilles d'œufs et marcha jusqu'au pont, là où Perry Stream se jette dans la rivière. Il ferma ses poings sur les coquilles puis ouvrit toutes grandes les mains au-dessus de l'eau. Tels des fragments de fragiles peaux brunes, elles dérivèrent, entraînées par les courants d'eau froide, puis disparurent.

Sally portait une nouvelle tenue d'hiver, commandée à une couturière de Wells River, Vermont, par l'intermédiaire du magasin de Canaan. Des étoffes dans des teintes grises et marron, sauf une jupe d'un vert mousse foncé et un châle épais d'un rouge profond, couleur d'airelle. Blood feuilleta cette garde-robe, amusé de constater que, si elle avait suivi les conseils de dame Chase en matière de coloris, en revanche, la coupe des vêtements révélait non seulement l'arrondi de ses courbes, mais l'absence des durs labeurs auxquels les autres femmes du campement étaient astreintes. Et c'étaient des articles de qualité, chauds à souhait et autrement plus raffinés que les rugueux tissus artisanaux portés par les autres. Blood se dit que Sally était comme une plante capable de fleurir sur n'importe quel terreau. Une pensée pas entièrement gaie.

Elle avait posé sur la table une bassine d'eau bouillie et s'employait à laver une demi-douzaine de capuchons en intestin d'agneau dont elle se servait avec les hommes. Les manches de chemise remontées jusqu'au coude, penchée en avant, elle s'appliquait, les mains nettoyant chaque capuchon aussi bien à l'intérieur qu'à l'extérieur. C'était la bassine dont il se servait pour se raser, mais il ravalait ses objections — qu'aurait-elle pu utiliser d'autre ? Aussi ne disait-il rien, mais chaque fois qu'elle achevait cette corvée hebdomadaire, il emportait le récipient à la rivière et l'enduisait de sable, puis le rapportait à la maison où il le remplissait, pas une fois, mais deux, d'eau bouillante qu'il faisait chauffer dans le chaudron en fonte suspendu à la crémaillère pivotante. Même si à la seule l'idée que des croûtes de sperme flottaient dans son eau de rasage, il avait le cœur qui se soulevait, il ne pouvait pas lui interdire l'usage de la bassine. S'il venait à considérer cette partie de son travail comme répugnante, il fallait qu'il se montre cohérent avec le reste. Même son décapage de la bassine était révélateur. Une fissure dans sa vision sans fard du monde.

Elle pressa chaque petit sac de peau entre les plis poreux d'une vieille robe, celle dans laquelle il l'avait amenée jusqu'ici cinq mois plus tôt, puis les suspendit sur le dossier de leur unique chaise qu'elle écarta du feu, loin aussi des rayons du soleil, de manière à ce qu'ils sèchent lentement et ne risquent pas de se craqueler. Un peu plus tard, elle les graisserait avec une noisette de suint pour les assouplir et les rendre moins susceptibles de se déchirer. Il se figurait que la lanoline rendait son travail plus plaisant. Peut-être aussi plus facile.

Envahi d'une subite amertume, il dit :

— C'est gentil ce que tu fais sur la table où on mange.

— Je peux m'asseoir sur le porche et les agiter sous le nez des passants, je pourrais les faire sécher sur un buisson, si tu y tiens. J'ai pas honte.

— Attention à l'impertinence. Je suis pas d'humeur.

— Alors me fâche pas. C'est déjà pas drôle comme travail, alors si en plus tu viens me chercher noise. Ce que tu vois là, c'est une semaine de grognements et de halètements. Dans un sens, ce serait amusant, si ce n'était pas à moi que ça arrivait. Au moins, ils ne me remplissent pas le ventre. Grosse, qu'est-ce que je vaudrais pour toi, hein ?

Elle plongea son regard dans le sien, scrutant bien au fond comme si elle osait solliciter la réponse à sa question. Tout en lui rappelant de manière implicite mais hostile son propre refus d'en mettre avec elle.

Il se détourna et décrocha son fusil à canon long et ses sacoches d'au-dessus du manteau en bois de la cheminée. Il jeta ses sacoches sur l'épaule et lui jeta :

— Je sors. Un cerf ou un jeune renne fera bien mon affaire. Garde Luther avec toi, dans la maison ou dans la cour. Ça sent l'orage aujourd'hui.

— Pourquoi tu dis ça ?

— Je sais pas. Mais t'écarte pas de la maison.

— T'es d'une humeur noire, Blood.

— Je te le fais pas dire. Garde l'œil ouvert et t'éloigne pas. C'est pas trop te demander, quand même ?

— Non, dit-elle. J'ai une vue de lynx. Pas besoin de toi pour me montrer d'où vient le danger. Et puis j'ai l'intention d'aller nulle part encore...

Il marqua une pause, conscient du dépit qui se lisait sur sa figure :

— Tu m'ôtes un poids. Ce que tu me dis là, c'est un soulagement.

Puis il tourna les talons et s'en fut en fermant la porte derrière lui.

Elle attendit une demi-heure puis entra dans la partie taverne et se versa un verre de rhum, qu'elle but d'un trait. Après quoi, elle passa la main derrière le comptoir, souleva la matraque fuselée en plomb et la glissa dans la poche de son tablier. Retournant du côté habitation, elle parla à Luther. Ils sortirent ensemble dans l'air matinal.

Le givre avait fondu, mais il suffisait de passer dans l'ombre pour avoir l'impression de pénétrer une caverne glacée. Elle descendit jusqu'à la route et franchit le pont, puis remonta le long de l'autre rive de Perry Stream vers l'endroit où seule une piste étroite et accidentée zigzaguait entre les grands sapins. Au bout de quinze minutes de marche, elle arriva à un torrent qui filait vers l'ouest. Elle le suivit encore un quart d'heure avant de déboucher dans une vaste cuvette marécageuse.

Là ce n'étaient que sumacs incendiés, érables transformés en boules de feu, bouleaux jaune beurre. Des quenouilles à larges feuilles poussaient au bord de l'eau plate et brune des mares. Des élévations de terrain recouvertes d'un mince matelas d'herbes sèches formaient comme un archipel à travers les terres inondées. Elle se dirigea vers l'une d'elles et s'assit pour contempler le paysage. Elle était déjà venue deux fois ici, à l'insu de Blood, après en avoir entendu parler au détour d'une conversation de taverne. L'endroit avait beau être envahi par la végétation, il y avait de grosses truites dans les mares les plus profondes. Mais elle ne venait pas pour pêcher, seulement pour absorber la tranquillité de la nature. Une tranquillité qui n'avait rien à voir avec celle de la taverne le matin. Celle-ci possédait une existence en soi. Elle était toujours là ; toujours accueillante, lui permettant sinon de communier, du moins de s'associer avec elle.

Assise sur l'herbe sèche du monticule, elle releva sa jupe jusqu'à mi-cuisses et, s'appuyant sur ses mains, renversa la tête en arrière pour offrir son visage au soleil. Un vol de mauvis s'abattit sur le marais en s'entrecroisant dans tous les sens. A se demander comment ils y arrivaient. Elle attendit que le soleil fût brûlant et l'herbe autour d'elle bien sèche, puis elle s'allongea, les doigts croisés derrière la nuque. Elle ne ferma pas les yeux, préférant regarder le ciel où s'effilochaient les fins nuages générés par les brumes matinales. Ce marais était le seul élément concret de sa vie qu'elle cachât à Blood. Et elle y tenait ; il prêtait d'une certaine façon plus de substance à ses autres secrets.

Les mauvis tournoyèrent autour d'elle. Elle se dit que ce devait être formidable d'être un oiseau. On allait où l'on voulait, quand on le voulait. Puis, observant de nouveau leurs mouvements entrecroisés, elle se demanda s'il n'en allait pas ainsi pour toutes les créatures — elles peuvent voler, certes, mais seulement dans la limite imposée par leurs compagnons, comme si chacune d'elles était née pour occuper une toute petite place réservée dans le monde. C'était un mystère. Je suis une fille, songea-t-elle. Et elle s'interrogea sur l'utilité d'être une femme. Une roue de la charrette de l'homme, voilà à quoi cela ressemblait. Elle renifla. Oui, il y avait ce bref instant où elle percevait ce que c'était que d'être un homme. Au moins jusqu'au moment où il roulait de côté et retrouvait son souffle, où il était sorti d'elle. C'était bel et bien un mystère. Et elle décida que si c'était Dieu qui l'avait voulu ainsi, elle ne L'aimait guère. Peut-être n'était-Il après tout qu'un homme comme les autres. Le Premier Homme — Le Meilleur de tous. Elle n'en savait rien. Elle ne savait pas grand-chose sur Dieu et s'en contentait. D'après ce qu'elle pouvait juger, Dieu n'apportait rien que des ennuis aux hommes. Et aux femmes aussi. Peut-être encore plus aux femmes.

Elle observa les oiseaux, les éclairs rouges de leurs ailes quand ils viraient dans les airs. Lors de ses deux précédentes visites, il y avait eu moins de ces petites grives. Elle était éblouie par leur nombre. Elle examina de nouveau la couleur des quelques arbres qui perdaient leur livrée d'été et conclut que ces oiseaux se rassemblaient pour partir vers le sud, fuyant l'approche de l'hiver. Comment le savait-elle ? Elle l'avait entendu dire à propos des changements de saison, quand le printemps cède la place à l'été, l'été à l'automne... les grandes migrations. Elle se souvenait des grandes compagnies d'oies et de canards et de pigeons qu'elle avait vues au printemps dernier pendant le voyage avec Blood. Elle ignorait où ils allaient. Loin, très loin. Dans un lieu inimaginable.

Elle médita sur ce qu'elle avait déclaré à Blood : qu'elle n'allait nulle part encore. Un petit mensonge — puisqu'elle était ici, dans ce marais, alors qu'il lui avait clairement fait comprendre qu'elle devait rester à la taverne — sous-tendu par un plus gros. Non qu'elle eût un plan. Les plans, se disait-elle, c'était bon pour les autres. Elle avait vu tant de plans s'évaporer comme neige au soleil. Et à quoi bon, étant donné qu'elle ne savait même pas où elle se trouvait ? Ce qu'elle avait, c'était une idée, une idée bien camouflée, une pièce glissée dans sa bottine. Une idée bien simple : elle devait observer ce qui se passait autour d'elle et guetter la moindre opportunité, quand celle-ci se présenterait, sous quelque forme que ce soit. Sans doute en la personne d'un étranger. Mais rien qui approchât de Blood.

Et qu'en allait-il de sa tendresse pour Blood ? Voilà où se tenait tapi le plus grand danger, estimait-elle. Une tendresse née de la promiscuité, de la connaissance de l'autre, d'une fortune, ou plutôt d'un sort partagé. Non. Ce n'était pas si simple. Elle le maudit intérieurement. Sa tendresse était sincère — elle tenait à lui. Elle le maudit de nouveau, se maudit elle-même. Parce qu'elle n'était pas une imbécile. Elle ne s'était pas amourachée et il y avait deux choses dont elle était sûre. D'abord cela n'allait pas durer, et, quoi qu'il arrive, il finirait par l'abandonner, même si cela signifiait la reléguer de nouveau à son seul rôle de putain. Le jour où il la prendrait en grippe, toutefois, ce serait sévère. Il était capable de l'envoyer dans les bois au plus gros de l'hiver avec Gandy ou un autre trappeur, par pure méchanceté : la vengeance de Blood. Pour la punir d'être ce qu'elle était. Ce qu'elle était pour lui, songea-t-elle, et qui n'avait pas grand-chose à voir avec ce qu'elle était vraiment. Elle avait l'impression qu'il la considérait comme une chose à laquelle il devait faire amende honorable, en expiation d'une faute commise bien avant sa naissance à elle.

La deuxième chose était moins simple à analyser. Il lui faudrait flairer l'opportunité, quand elle se présenterait, avant que Blood ne se doute de rien. A cette pensée, elle sentit un frisson lui courir le long du corps. Etre plus maligne que Blood. Et en plus, opérer les bons choix. C'était comme tenter l'impossible. Pourtant elle en avait les capacités à présent, ce n'était pas s'en affranchir. Il s'agissait de son intelligence. Blood était la première personne avec qui elle s'était sentie vraiment futée. Un deuxième frisson de doute la traversa. Alors, pour s'en défendre, elle prononça à haute voix : « J'ai peut-être appris une ou deux choses. Toute seule. Tout vient pas de Blood. »

Le secret, se dit-elle, c'était de se montrer patiente. Mais pas trop. Si elle ne faisait pas attention, elle risquait de prendre racine à force de patience. Un des éléments qui jouaient en sa faveur, c'était que tout n'allait pas comme Blood le voulait — il ne le lui avait pas avoué directement, mais il était évident que ce qu'il avait essayé d'arranger entre Chase et Hutchinson s'était soldé par un échec. Et avait peut-être même un peu sapé son autorité. Elle le devinait à l'ambiance de la taverne. Rien de tangible, rien qu'un certain relâchement de la part des clients, comme s'ils craignaient un peu moins Blood. Ou qu'ils ne le plaçaient plus aussi haut. Elle n'aurait su dire si lui s'en rendait compte. Une fois encore, se dit-elle, ce n'était pas son affaire. D'une certaine manière, cela aiguisait son envie de « sauter le pas ». Elle avait intérêt à bien calculer ses risques. Le jour où elle bougerait, il ne faudrait pas se tromper et aller jusqu'au bout.

Elle songea Si les gens connaissaient leur avenir, le monde serait autre. Ce qui ne signifiait pas qu'elle n'allait pas essayer. Son courage était tout ce qu'elle possédait, avec une chaussette pleine d'argent. Et, peut-être, les mensonges de l'amour. Un tapin d'une autre nature. Elle s'en sentait capable. Elle abaissa son regard sur ses cuisses, blanches sous le soleil, et lisses, et fortes. Elle baissa sa jupe pour se couvrir, se dressa sur son séant et regarda les oiseaux tournoyer en criant, regarda la lumière se réverbérer sur l'eau plate des étangs, respira la douce odeur de la terre mouillée. Oui, elle avait une chance.

Elle appela le chien et il vint s'asseoir à côté d'elle. Il contemplait le monde de ses grands yeux marron aussi liquides et indéchiffrables que les eaux autour d'elle. Elle posa son bras sur ses épaules et se pressa contre lui. Le chien ne quitta pas son guet pour la regarder, mais lui permit de le tenir ainsi. Ils restèrent un moment l'un contre l'autre. Le jour avait perdu un peu de sa chaleur. Une brise s'était mise à souffler par intermittence. Les feuilles jaunes des bouleaux se retournaient, parfois se détachaient et tombaient par terre.

A midi, Blood avait remonté un grand bout de Perry Stream. Il franchit Otter Brook puis quitta le bord de l'eau pour arpenter le triangle de terre entre les deux rivières, se disant qu'à cette heure de la journée le cerf serait encore au gîte — il faisait assez chaud pour que les bêtes restent non loin des points d'eau. Il se déplaçait doucement, tissant un va-et-vient invisible entre les deux cours d'eau afin de couvrir le plus de terrain possible. Un cerf dans son gîte ne bougerait pas à moins qu'il n'approche de trop près. Surtout si c'était un jeune, et c'étaient ceux-là qui l'intéressaient. Les faons du printemps avaient pris de l'embonpoint mais ne quittaient pas encore leur mère. Dans ce coin de forêt, les arbres s'élevaient à de grandes hauteurs : des vieux sapins, des feuillus. Leurs hautes branches ménageaient de larges parcours sans encombre. Mais il privilégiait l'exploration des endroits où s'enchevêtraient des arbres tombés. Dans les interstices poussaient des aulnes, des mélèzes, des peupliers, des sapins du Canada. Un excellent couvert.

Il suivait de nouveau la rive d'Otter Brook et marchait en amont vers une pente tapissée de jeunes aulnes quand il aperçut un éclair brun. Presque à ras de terre. Quelque animal fuyant par bonds. A l'instant où la poudre lui brûla les yeux, l'odeur du sang lui emplit les narines, et la partie de sa langue qui assurait la liaison entre son estomac et son imagination prit le goût de la viande rôtie.

Fonçant au pas de course dans les branches cinglantes des jeunes arbres, il découvrit l'Indien mangeur d'œufs couché sur le côté dans les fourrés. Le trou dans sa poitrine était aussi parfait que s'il avait été percé par une vrille. Mais là où la balle l'avait traversé, son dos était éclaté. Ses yeux étaient étrangement dénués d'expression. Il tenait une main pressée juste sous le trou dans sa poitrine, comme s'il avait manqué l'endroit. Une main recouverte du flot jailli de la blessure. Son pagne avait glissé sur ses hanches, découvrant son sexe. Non loin de là où il était tombé, on voyait une projection d'excréments liquides.

Blood, haletant, rechargea son fusil. Puis il s'accroupit et se pencha pour observer les bois alentour. Au bout d'un moment, survint le croassement d'un geai ; il se tut ; retentit de nouveau. Quelques corneilles. Des oiseaux plus petits. Au loin, hors de vue, les premiers cris des oies en partance pour le sud. Blood guetta encore un moment. Puis se leva. Considéra longuement le mort.

Il dit tout haut : « Je t'avais prévenu pour la colique. » Puis il descendit à la rivière, s'agenouilla et se désaltéra en soulevant l'eau d'une main rapide tandis que, de l'autre, il tenait son fusil. Entre deux petites gorgées, il balayait les arbres du regard. Après quoi il redescendit.

Le cadavre de l'Indien fut transporté au sud et pendu à la branche d'un arbre au bord de la route afin de servir d'avertissement à tous ceux qui passaient par là, leur signalant qu'ils franchissaient la frontière septentrionale du comté de Coos et pénétraient dans le territoire d'Indian Stream. Blood avait dénoncé cette provocation, sans cependant spécifier qui il redoutait de provoquer. Aussi l'Indien fut-il exhibé, et les hommes qui patrouillaient par petits groupes à l'orée du bois sentaient son odeur tandis qu'il tournait doucement au bout de sa corde accueillant de jour les corbeaux qui se perchaient sur ses épaules pour lui dévorer d'abord les yeux puis les chairs du visage qui s'amollissaient. La nuit, quand le vent tombait et que venait la gelée blanche, la puanteur se coulait dans l'air avec des exhalaisons de putréfaction. A l'aube du cinquième jour, lorsque la patrouille arriva pour relever les hommes transis de froid après des heures passées dans le sous-bois sans feu pour se réchauffer, ce furent les nouveaux venus qui découvrirent que pendant la nuit le corps avait disparu. Aucune empreinte de pas, mais la corde avait été coupée net. Aucun des guetteurs n'avait rien entendu, alors qu'ils juraient tous d'être restés réveillés.

Blood alla trouver Emil Chase.

— Ce sont les siens qui sont venus le prendre. C'est bien ce que je craignais.
— Vous aviez peur qu'ils l'emportent ou qu'ils découvrent ce qui lui est arrivé ?
— Je crains que tous les hommes que nous connaissons ne bondissent au moindre bruit dans la forêt. On aura de la chance si c'est seulement un bœuf égaré.
Chase se tint le menton d'une main. Sa blessure était guérie.
— Vous aimez avoir toujours raison, hein, Blood ?
— Je n'en tire aucun plaisir.
— Je me demande comment va la jambe du shérif.
— Il est bien amoché. Il remarchera peut-être pas.
— Peut-être, dit Chase. Vous croyez qu'il pourra plus monter à cheval ?

Comme si la mort de l'Indien avait soufflé les dernières lueurs d'espérance, deux jours après, de nuit, les cinq familles canadiennes françaises chargèrent leur charrette et partirent à pas feutrés sur la piste qui remontait vers la rivière Hall et la frontière du Canada, laissant derrière elles des champs, des maisons et des granges en bois rond qui, dès qu'elles furent vides, prirent des allures vétustes, à moitié croulantes, comme si elles avaient toujours su quel destin les attendait. Seul demeurait le célibataire Laberge qui était au pays depuis plus longtemps que tout le monde et ne semblait pas pouvoir respirer un autre air que celui d'ici, pas vouloir d'autre terre que celle-ci. De ses compatriotes à présent enfuis, il se contentait de dire que les récents événements n'avaient été pour eux que le prétexte qu'ils attendaient pour retourner dans les townships et imposer leur présence à leurs frères, pères ou beaux-pères. « Ce sont les femmes, disait Laberge, qui ont le fardeau le plus lourd. C'est elles qui vont avoir à supporter les ragots. Moi j'ai de la chance. Pas de femme, pas de ragots, et j'ai pas la crainte de rester ici. »
Le soir de la découverte des terrains abandonnés, la taverne était pleine à craquer. Un des jeunes gens, Burt ou Bacon, se demanda à haute voix si les fuyards auraient pu avoir eu vent d'un projet d'invasion canadien. Blood leva les yeux pour observer Laberge qui protesta en ces termes :
— Crétin, va ! Et pourquoi ils ficheraient le camp ? S'y s'passait une chose pareille, ce seraient eux les coqs et y rafleraient toutes vos petites poules, va !
C'était Bacon.

— Va te faire voir, merdeux. Si je te coupe les couilles, on verra qui c'est la poule.

Blood se leva. Une odeur empesta soudain la pièce, le fumet d'une suée d'angoisse comme si on était en train de limer un morceau de métal étincelant. Elle était là depuis le début de la soirée. Blood pensait que c'était la sienne.

Laberge était un petit homme taciturne qui sentait la sciure et la sève. Son sourire avait l'éclat d'une pelure blanche au milieu des longs poils emmêlés de sa barbe et de sa moustache grisonnantes.

— C'est pas une façon de causer à un homme. T'es qu'un môme. Tu viens tout juste de piger à quoi elles servent, tes couilles, hein ?

Bacon avança d'un pas et Blood prit la matraque en plomb, mais comme il faisait mine de sortir de derrière son comptoir, Sally sauta de son perchoir devant lui. Lorsqu'ils émergèrent tous les deux dans la pièce, ils virent Bacon lancer en avant une main sinueuse et gifler Laberge, lui laissant en travers de la barbe une faucille de craie blanche qui se remplit aussitôt de sang. Alors que Bacon esquissait un pas en arrière, Laberge poussa un grognement et brandit les deux mains devant lui. Bacon revint à la charge. Laberge s'esquiva, très vite, envoya son pied de côté et sa botte dans le coude de Bacon. Le couteau tomba et rebondit par terre.

Bacon hurla. Sally, bousculant Blood, traversa en courant l'espace qui s'était subitement dégagé en direction de la porte intérieure de la maison. Laberge se jeta sur le couteau et, en se redressant, ramena la tête en arrière si vivement qu'il envoya en l'air un jet de sang. Bacon s'écarta en poussant des cris stridents, son coude cassé pendant à côté de lui. De son bras valide, il attrapa Sally par la taille et l'attira contre lui, de manière à ce qu'elle fît face à Laberge. Blood se figea.

Laberge balaya la pièce d'un coup d'œil rapide. Sourit. Le sang remplit sa bouche, tachant ses dents, dégoulinant dans sa barbe. Il dit :

— Hé, les gars. Regardez-moi ça.

Puis s'adressant à Sally que Bacon retenait captive :

— J'ai jamais été cochon avec toi, ma petite. Je t'ai jamais fait de mal. J'ai pas l'intention de commencer aujourd'hui.

Il se courba de nouveau comme pour examiner la lame du couteau dans sa main. Blood esquissa un pas dans sa direction. Alors, rapide comme une marmotte, Laberge bondit en avant et d'une main empoigna le haut du crâne de Sally en tirant sa tête vers le bas tandis que de l'autre il donnait un coup de couteau en travers de la gorge de Bacon.

Blood lui appliqua un coup de lingot de plomb derrière l'oreille droite. Tandis que Bacon gisait mort, Laberge s'écroula sur le côté. L'espace d'un instant, Sally se tint entre les deux, sa robe rougie par la douche sanglante. Blood prononça son nom. Elle le dévisagea puis, d'une main, souleva sa jupe de quelques centimètres et enjamba Laberge pour quitter la pièce en silence. Tous la suivirent des yeux. On l'entendit traverser la cuisine, entrer dans sa chambre et poser la bâcle sur la porte derrière elle. Blood contempla le désastre. Puis, en se tapotant la cuisse avec sa matraque, leva le regard sur les hommes debout autour de lui. Personne ne parlait. Ils étaient comme pétrifiés, temporairement.

Il se mit à pleuvoir pendant la nuit, et avant l'aube la pluie avait viré au grésil. Le gel s'en mêlant, quand le jour enveloppa le paysage d'une lumière maussade, le corps de Laberge était une ténébreuse figure lisse et boursouflée pendue à l'érable devant la taverne. Il ne se balançait pas, aucun mouvement ne l'animait, il était aussi inerte que la lumière. Sauf pour l'éclat de la glace qui le vernissait. Blood attendit que le grésil se change de nouveau en pluie, puis descendit le corps en coupant la corde, le traîna par les pieds jusqu'au potager où il creusa un trou à la place des plants de petits pois et enterra le bonhomme. Une fois son travail achevé, il se retourna pour trouver Sally qui, emmitouflée dans son nouveau châle, l'observait.

— Tu crois que je vais jardiner ici ce printemps avec ça dans la terre ?

Il soufflait fort.

— Qu'est-ce qui te dit qu'on sera encore là au printemps ?

Elle le dévisagea un moment. Serra son châle sur son cou.

— Toi tu vas nulle part, Blood.

Il la suivit des yeux alors qu'elle retournait à la taverne, tournait le coin de la maison et disparaissait de sa vue. Il n'avait pas besoin de s'entendre dire qu'elle lui interdirait de nouveau l'accès de sa chambre ce soir. Comme si elle le rendait responsable de la violence qui se déchaînait autour d'eux. Ou, rectifia-t-il, comme s'il se passait quelque chose en elle. Il se sentit soudain épuisé. Ses mains étaient encroûtées, à vif, des battoirs gainés de glaise froide sur le manche de la pelle.

Dans l'après-midi, il se rendit à l'enterrement du jeune Bacon. La pluie avait cessé et des petits nuages pommelés couleur d'encre couraient dans le ciel poussés par le vent. La surface du lac écumait. Il grimpa la pente de la colline pour s'arrêter entre les piliers de granit de l'entrée. Un groupe était rassemblé à l'autre bout du petit cimetière. Il se rendit compte qu'il était en retard pour le service ; les hommes s'employaient, chacun à son tour, à recouvrir la tombe. Il resta sur place, contemplant la vague qui parcourut la petite assemblée tandis que les uns après les autres ils tournaient vers lui un visage dénué d'expression, menaçant.

Blood comprit que ces hommes le rendaient responsable du malheur arrivé au jeune Bacon, des hommes à présent abrutis par la gueule de bois, des hommes dont la honte s'était retournée comme un gant pour se transformer en cette hargne, des hommes qui la veille au soir brutalement avaient transporté Laberge évanoui dans le noir et réclamé une corde. Comme Blood refusait de leur en procurer, l'un d'eux avait emporté une lanterne dans la grange et avait coupé une longueur de corde suffisante. Blood, debout sur le pas de sa porte, les avaient regardés faire. En silence. Ils avaient dû s'y reprendre à plusieurs fois avant de réussir à passer la corde sur la branche, puis ils avaient passé le nœud coulant autour du cou de Laberge et l'avait aidé à se mettre debout tandis que l'un d'eux lui jetait un seau d'eau à la figure. Laberge s'était réveillé, titubant, au moment où, s'emparant de l'autre extrémité de la corde, ils le hissaient par le cou loin du sol. Ils avaient attaché la corde à un anneau de fer scellé dans une grosse pierre derrière la porte de la taverne, puis assisté sans un mot au spectacle de Laberge battant rageusement l'air avec ses pieds. Ils avaient regardé dans la clarté crépitante de la lanterne le pendu tenter d'arracher avec ses doigts les fibres de chanvre dont l'étau le suffoquait. Ils avaient attendu que rien ne bouge plus, après le dernier absurde soubresaut. La pluie avait commencé à tomber. Blood était rentré et avait bâclé la porte. Il s'attendait à ce que certains viennent y tambouriner, exiger quelque chose à boire, mais les hommes étaient partis sans un bruit sous la pluie. Au matin, la première chose que Blood vit, ce fut la lanterne sur la marche de la taverne. Le fer-blanc verni par le gel.

Il n'entra pas dans le cimetière, préférant rebrousser chemin et rentrer chez lui. Le temps était venu de préparer du feu dans les cheminées. Il l'avait laissé s'éteindre ce matin, pressentant qu'il n'aurait pas besoin de se tenir au chaud. Si Sally avait froid, qu'elle s'en occupe. Elle avait passé la journée enfermée dans sa chambre.

Il ne l'avait pas vue depuis l'enterrement de Laberge ce matin dans le jardin. Malgré le froid, il n'avait pas eu envie d'un feu. Dégoûté de lui-même, de son impuissance devant les événements. Même s'il savait que ce n'était pas à lui d'intervenir — sa place au sein de la communauté le reléguant désormais à la position suspecte de témoin. Seul le service qu'il assurait le préservait, et encore seulement dans la mesure où il ne se mêlait de rien. S'il avait essayé de les arrêter, ceux d'hier n'auraient pas hésité à le faire danser lui aussi au bout d'une corde. Blood ne doutait pas de son courage — mais il n'était pas stupide —, il ne restait plus rien à sauver de toute façon. Après s'être frictionné dans l'eau cernée de glace de la rivière, il était rentré, gelé, et, avec un morceau de toile de jute mouillée, avait frotté les taches de sang sur le parquet de la taverne, jugeant sage cependant de laisser une trace pour rafraîchir la mémoire à ces hommes à présent si vertueux. Cela dit, il n'avait guère le cœur à l'ouvrage.

N'empêche, il était temps d'allumer un feu. Quelle que soit leur opinion de lui, à la tombée de la nuit, les petites maisons de bois rond et de lambris allaient devenir trop étroites pour contenir tout ce qui s'était passé. Les célibataires quitteraient leur solitude devenue trop pesante, les hommes mariés leur femme sous des prétextes les plus oiseux, et tout ce monde allait affluer vers le seul endroit ouvert dans le coin. De sorte que, lorsqu'il descendit la route et aperçut la double colonne de fumée qui sortait de la maison, il se dit Là, elle n'a plus le cafard. Il trouva la porte bâclée et eut l'ironique plaisir de frapper à coups redoublés sur sa propre porte et d'entendre son propre chien aboyer à l'intérieur sinon un grand silence. Le vent le fouettait. Il était vraiment gelé à présent, encore plus que ce matin au jardin. Le moment se prolongea indéfiniment. Blood répugnant à supplier qu'on le laisse entrer. Comme si sa voix en s'élevant devant sa propre porte allait d'une certaine façon confirmer le sentiment de sa déchéance. Appeler Sally. Il se demanda ce qu'elle pouvait bien être en train de fricoter.

Il appela Luther. Une fois, d'une voix forte, impérieuse. Après un bref temps de pause, il lança un nouvel appel s'adressant moins à Sally ou au chien qu'à la maison elle-même. Une question vague Tout va bien ?

Le moment se prolongea interminablement. La pluie se remit à tomber dure et oblique, lui piqua le visage et lui mouilla le dos. Misérable pénitent patientant à la porte d'un sanctuaire dont l'entrée lui est refusée. Le cou ployé, la tête un peu penchée, offrant sa joue à la pluie, il vit à côté de l'unique marche, à l'endroit où l'eau se déversait du toit, un creux dans la terre où se jetait un torrent miniature. Cette vision lui rappela soudain sa fille Sarah Alice toute petite, pas encore deux ans, accroupie à côté d'une flaque sous la pluie, tendant la main pour attraper ces gouttes qui avaient l'air de vouloir remonter vers le ciel. Radieuse, elle n'arrivait pas à comprendre comment elles se volatilisaient tout à coup à quelques centimètres de son visage, de ses mains. Elle se tournait vers lui en fronçant les sourcils, comme si tout cela était de sa faute.

Sally ouvrit la porte drapée dans une couverture et un nuage de vapeur. Il la contempla. Derrière elle se profilait le grand chaudron encore sur son crochet, mais hors du feu. Des flaques d'eau luisaient çà et là sur le plancher. Une odeur de lessive et de savon à l'eau de rose — un cadeau, il n'avait pas demandé de qui. Cheveux mouillés, visage rose. Des gouttes ruisselaient sur ses jambes et suivaient les contours de ses pieds nus. Elle attendit un petit peu puis dit :

— Tu vas rester planté là et laisser toute la chaleur sortir ou tu rentres te sécher ?

— C'est quoi tout ça ?

— Je me lavais.

— Te laver ?

— Oui, me laver, riposta-t-elle en fronçant les sourcils. C'est quelque chose que les gens font de temps en temps. Quelque chose qui te ferait peut-être pas de mal, si tu voulais bien essayer.

— Pour quoi faire ?

Il se sentait soudain gagné par un sommeil irrésistible.

Elle secoua la tête et, reculant d'un pas, lança :

— Qu'est-ce que t'as, Blood ?

Et sans attendre de réponse, elle enchaîna aussitôt :

— Non. Ne dis rien. Je veux rien savoir de plus. Mais ça a été trop de boulot de me laver et de me réchauffer pour tout gâcher en restant comme ça. Si tu veux entrer, entre. Je m'habille. Je remettrai le chaudron sur le feu. Il est presque plein, si tu le veux.

Sur ces paroles, elle se détourna.

Il continua à pleuvoir. Une pluie drue qui martelait les bardeaux, mais il n'y avait pas de fuite. Le toit était en bon état. Bien après la tombée de la nuit, une poignée d'hommes entra, puis d'autres. Ils burent debout en silence ou s'assirent sur les bancs contre le mur en discutant à voix basse. Il y en avait trois installés autour de la table tonneau qui se distribuaient des cartes duveteuses en échangeant quelques rares paroles. Blood passa outre à ce relatif ostracisme et resta assis derrière son comptoir à côté d'une chandelle odorante et fumante qui éclairait les pages de son livre de comptes. Il n'y avait rien à ajouter depuis la veille au soir, mais il passa en revue les chiffres de la semaine passée, revoyant l'ensemble des calculs. N'étant pas du style à se tromper dans ses additions, il ne tirait pas d'autre satisfaction de cette activité que le fait d'avoir l'air occupé. Si, par son silence, il rappelait à quiconque que sa vie dépendait en partie de la leur, alors il ne faisait pas cela pour rien. Qu'ils l'excluent donc si cela leur chantait. Demain comme aujourd'hui, ils auraient besoin de son rhum, de sa poudre et de son plomb. De la fille. Laquelle, figée sur son tabouret à l'écart du comptoir, contre le mur du fond, se montrait moins hostile que vague avec les quelques hommes qui ce soir s'aventuraient à lui parler. Blood l'observait à la dérobée. Elle était jolie dans sa jupe vert mousse, son corsage gris et son gilet gris, avec son châle rouge posé en arrière sur ses épaules. Ses cheveux concentrant toute la lumière de la pièce. Il sentait son odeur à trois mètres. Elle se tenait assise, le dos droit accoté au mur, les yeux ne regardant nulle part. A croire que sa vue plongeait dans un tout autre lieu. Il remplit aux trois quarts un godet de rhum et, sans cérémonie, sans un mot, alla le poser à côté d'elle.

La nuit était déjà bien avancée lorsque deux jeunes gens que Blood ne connaissait pas firent leur entrée. Ils marquèrent un arrêt un peu trop prolongé devant la porte pour essuyer l'eau de leurs habits, de bonne confection, étudiant la façon dont se présentaient les choses. Sans un mot, ils longèrent le mur jusqu'à une place libre sur les bancs à l'endroit le plus mal éclairé et s'assirent. Celui qui avait une barbe clairsemée de jeune homme se pencha en avant et posa ses avant-bras sur ses genoux en baissant la tête comme s'il était mort de fatigue. A la boue qui maculait leurs vêtements, Blood devina qu'ils campaient à la dure. Mais, curieusement, les autres hommes dans la pièce se contentèrent de lever les yeux vers eux, et si certains eurent un regard plus insistant que d'autres, tous parurent préférer les ignorer. Comme s'ils savaient quelque chose à leur sujet qui échappait à Blood.

Au bout d'un moment, celui au menton glabre se leva et s'avança vers le comptoir pour se placer non pas en face de Blood, mais décalé d'une cinquantaine de centimètres. Ce qui ne l'empêcha pas de tourner la tête vers lui. Blood leva un œil et croisa son regard, puis se replongea dans ses chiffres, termina encore une colonne pour rien, puis se leva de son tabouret, étira ses épaules en arrière et fit craquer les os de sa nuque.

— Du rhum ? dit-il.

Le garçon le dévisagea quelques instants. Ce fut un court laps de temps, mais il y avait dans ses yeux une formidable pesanteur. Il hocha la tête, une fois :

— Deux.

Blood se retourna pour prendre deux godets en fer-blanc ébréchés et, toujours le dos tourné, en les remplissant au pichet, vit que Sally fixait le garçon. Lorsque Blood pivota légèrement vers elle, elle leva les yeux vers les poutres enfumées du plafond. Il fit face au comptoir et y déposa les godets en disant :

— Ce sera tout, ou vous voudrez l'addition plus tard ?

Le garçon passa vite sa langue sur ses lèvres. Sans détourner les yeux de ceux de Blood, il répondit :

— Merci, si cela ne vous dérange pas trop, nous réglerons à la fin.

Blood opina. Puis il dit :

— Je crois pas vous avoir jamais vus.

Le garçon prit les verres de rhum.

— Non. Ça ne m'étonne pas.

Blood le suivit des yeux. Il traversa la pièce et tendit un verre au second garçon qui le prit et le tint posé sur son genou en l'enveloppant de ses doigts. Le premier s'assit, sirota un peu, se pencha pour dire quelque chose à l'autre. Ce dernier leva son verre et but, et alors qu'il buvait ses yeux tombèrent pile sur Blood, l'espace d'un instant, puis s'esquivèrent, et il se tourna pour parler au premier. Blood demeura interdit. Si bref qu'il eût été, ce regard, c'était une pépite de haine à l'état pur. Aucun homme n'avait jamais regardé Blood tout à fait ainsi — il n'y avait pas à s'y tromper. Il ne reflétait pas un état d'âme général mais quelque chose de pointu, spécifique, distillé. Blood détacha les yeux du garçon barbu. Et vit Sally se détourner de lui pour à nouveau observer les garçons comme si elle avait vu ce qui s'était passé.

Retournant à l'endroit où son livre de comptes l'attendait, ouvert, il termina la page qu'il avait commencée. Les chiffres ne collaient pas. Il entoura le dernier, mais ne réadditionna pas les colonnes. Au bout d'un moment, il ferma le livre et éteignit la chandelle en pressant la mèche entre pouce et index. Il se demandait s'il ne boirait pas un verre, même si c'était un peu tôt pour lui, quand Sally se leva pour sortir de derrière le comptoir et se diriger vers la cheminée. Elle tisonna le feu avant d'y déposer deux nouvelles bûches. Une tâche dévolue en général à l'un ou l'autre des clients, celui d'entre eux qui avait froid. Lorsqu'elle eut fini, elle se tourna pour balayer, son regard traversant la pièce en direction des deux garçons, celui qui n'avait pas de barbe guettant ce regard. Il grimaça un sourire. Le garçon barbu l'ignora. Au lieu de répondre, Sally continua à tournoyer puis revint sur son perchoir. Elle prit le godet que Blood lui avait préparé et but. A quiconque sauf à Blood elle eût semblé bâiller d'ennui.

Peter Chase se trouvait de l'autre côté du comptoir vis-à-vis de Blood, appuyé des deux coudes sur le bois de la planche dont il regardait fixement un nœud comme s'il s'agissait d'une figure lointaine. Blood se pencha en avant. Juste assez pour jeter un coin d'ombre dans le champ visuel de Chase. Ce dernier leva les yeux vers lui.

— Vous connaissez les deux garçons là-bas ? Ils sont jamais venus.

Chase coula un regard de côté sans bouger sa tête, sachant d'avance de qui il s'agissait.

— Ils cherchent rien de spécial. C'est deux garçons qui viennent du Sud passer l'été dans les bois. Isaac Cole a discuté un peu avec eux. Le matin après que vous avez tué ce sauvage. Ils sont venus par le mont Magalloway et la route du moulin. Deux blancs-becs, c'est tout ce qu'ils sont.

— Où sont-ils installés ?

— Je sais pas, répliqua Chase avec un hochement de tête. Ils sont mouillés jusqu'à l'os, mais comme il a plu partout dans la région, on peut pas dire s'ils sont dans le coin ou non.

Blood approuva du menton. Au bout d'un moment, il reprit :

— Ils viennent du sud du New Hampshire, vous dites.

Après quelques instants de réflexion, Peter Chase fit non de la tête :

— Encore plus au sud. Peut-être du Connecticut. Du Massachusetts. Par là. Des jeunes bourgeois. D'après Cole, tout leur équipement est neuf. Y a pas de souci à se faire de leur côté. Ils ont rien à voir avec Hutchinson et tout ça. Cole en a parlé avec Emil. Vous pouvez avoir l'esprit tranquille, du moment qu'ils payent leur écu comme tout le monde. Comme je le vois, un matin ils vont se réveiller au milieu d'une tempête de neige et on les verra plus. Ils font une petite escapade dans la nature. S'ils ont pas choisi la bonne année pour venir dans le pays, c'est pas leur faute.

Blood considéra Peter Chase un certain temps avant de lâcher :

— Sans doute pas.

Les garçons, assis sur le banc, buvaient doucement leur rhum. Ce siège leur paraissait d'un confort inouï après trois semaines passées à se tenir accroupi par terre ou perché sur des rochers. Leurs vêtements mouillés commencèrent par les gratter pour peu à peu se réchauffer en fumant et finalement mouler confortablement leur corps. Après avoir vidé la moitié de son godet, Cooper se cala contre le mur et posa un pied botté sur le genou de l'autre jambe. Une posture qui lui permettait d'observer la pièce de derrière les lignes entrecroisées de ses membres, le menton reposant presque sur sa poitrine. Il avait lâché ses cheveux bruns, secs à présent, qui encadraient de leurs molles spirales son visage barbu. Sa jeune barbe était plus foncée, presque noire dans le clair-obscur. Il trempa ses lèvres dans le rhum, puis posa le godet sur son genou et noua ses doigts autour de sa rotule. Il glissa un regard de côté à Fletcher qui se tenait un peu penché en avant, comme prêt à bondir.

— Ça va ? dit Cooper.

— Oui.

— Tu en es sûr ?

— Ça va, et toi ?

— Je peux pas te dire. Je le sais pas moi-même.

— Tu as l'air décontracté.

— Il nous a bien regardés.

— Quoi, on est des étrangers. Ça veut pas dire grand-chose.

— C'est juste que ça me semble bizarre.

— C'est normal.

— Pas à toi ?

— Un peu. Mais c'est surtout mes nerfs. C'est pas la même chose pour moi que pour toi.

— Sans doute pas.

— Ecoute, dit Fletcher. Il y a un truc qu'il ne peut pas faire, c'est me regarder dans les yeux et deviner qui je suis. Ça, j'en suis certain. Il faut pas se raconter des histoires. Tout va bien.

Cooper s'abstint de relever.

— Tu sais ce que je pense ? enchaîna t-il.

— Quoi donc ?

— Je crois que je vais aller demander un autre rhum.

— J'y vais.

— Non. Moi. Tu en veux un aussi ?

— Tu vas lui parler ?

Cooper se leva et tendit la main vers le godet de Fletcher :

— Je m'appelle Russell Barrett. Ça ne lui dira rien.

— Tu crois que d'aussi près il ne risque pas de te reconnaître ?

— Si je lui rappelle quelqu'un, c'est pas mon problème. Je serais ravi de le titiller dans ses rêves. De glisser un grain de sable sous sa peau.

— Bien.

— Lâche ton verre. Ne m'oblige pas à rester planté là comme si je n'arrivais pas à me décider.

— Vas-y, dit Fletcher. Désolé.

Et il lui donna son godet. Cooper lui sourit, un sourire un peu en coin.

— Si on me pose la question, je leur dirai que mon petit frère est pas très sûr de lui, côté boisson forte.

— Vas-y. Laisse-moi tranquille. De toute façon, qui pourrait bien te poser cette question ?

— Je ne sais pas, répondit Cooper. Peut-être cette fille qui te mange des yeux.

Le garçon barbu traversa la pièce. Blood le fit poireauter le temps d'éponger toute la longueur du comptoir avec un chiffon humide. Puis, sans un mot, il remplit les godets. Le garçon régla les quatre consommations mais, au lieu de déposer sa pièce au creux de la paume de Blood, il la tint entre ses doigts pour qu'il la saisisse lui-même. Sans cesser un instant de le dévisager d'un regard tout à la fois scrutateur et inexpressif qui désarçonna Blood.

Aussi quand il en eut terminé avec le garçon, il ne le regarda pas retourner à sa place, mais passa devant Sally en lui demandant de prendre la relève, et, sans attendre sa réponse, fila dans la chambre. Où il s'empara de la bâcle debout contre le mur derrière sa porte ouverte. Ensuite il se rendit derrière la grange et jeta la barre dans l'arbre à suif, puis resta l'espace d'une seconde debout la tête renversée vers le ciel. La pluie avait cessé mais les nuages encore bas et lourds, poussés par une bise aigre, ne se déchiraient que par endroits. Il aperçut brièvement cet amas d'étoiles que les marins appellent les sept sœurs et qui, à ses yeux, ressemblaient moins à des sœurs qu'à un œil énorme, aveugle et luisant. L'instant d'après, il avait disparu sous la couche nuageuse. L'œil s'était fermé. Il y avait quelque chose à propos de ces garçons, de tous les deux et particulièrement du barbu, qui le troublait. Au-delà de l'intérêt qu'elle leur portait ? Il n'aurait su le dire.

Elle attendit une demi-heure après le départ des garçons et, à son actif, il dut reconnaître que le seul client qui lui fit des avances tandis que la nuit se prolongeait, elle le repoussa. Blood n'entendait rien mais il devina à l'expression de l'homme qu'elle avait des mots plus durs que nécessaire. Elle glissa de son tabouret et sans un mot à l'adresse de Blood quitta la pièce et sortit dans les ténèbres. Elle rentra peu après mais ne retourna pas côté taverne. Elle était partie se coucher. Sans l'ombre d'un doute elle avait remarqué l'absence de la bâcle ; elle ne revint pas la réclamer. C'est ainsi que deux heures plus tard, alors que le dernier client venait de s'en aller, il nettoya le comptoir, ferma à clé sa cassette en plomb, rangea la clé dans la bourse qu'il portait autour du cou et déposa de nouvelles bûches dans les cheminées puis, enfin, entra dans sa chambre sans frapper, s'attendant à la trouver réveillée.

Il s'arrêta au chevet du lit dans la pâle clarté du feu qui franchissait le seuil de la porte et s'enquit :

— Pourquoi m'as-tu interdit ta porte ?

— Je peux rien t'interdire, Blood. Tu l'as déjà prouvé, non ?

— Je t'ai jamais forcée.

— Si, une fois.

Il attendit, sans prononcer un mot. Elle était assise dans le lit, les couvertures sur ses épaules. Au bout d'un moment, il dit :

— Qui c'était ces deux garçons ce soir ?

— Je les avais jamais vus.

Elle ne pouvait pas faire grand-chose derrière son dos.

— Tu les as bien regardés en tout cas.

Avant de répliquer, elle se radoucit un peu. Seigneur, soupira-t-il intérieurement.

— Je me suis pas donnée en spectacle.

De nouveau il se sentit sur le point de saisir quelque chose, mais quoi ? il n'en savait trop rien.

— Lequel tu préfères ?

Cette fois elle se tut un peu plus longtemps. Pour déclarer en fin de compte :

— C'est juste deux types que j'avais jamais vus. J'en ai assez de voir toujours les mêmes têtes. Je me suis dit qu'ils s'intéresseraient peut-être à moi, voilà tout. Au cas où t'aurais pas remarqué, y a pas beaucoup de boulot en ce moment. Ils ont des soucis.

Il resta silencieux.

Au bout d'un moment, elle reprit :

— T'as été bon pour moi. Je sais pas ce qui va pas chez toi, Blood, et je peux pas t'aider.

Alors, la voix de Blood jaillit comme un cri du cœur, cassante, éraillée, empêtrée d'elle-même :
— J'ai jamais pensé que tu pourrais.
Debout, il tenait son regard abaissé vers elle. Elle tenait le sien levé sur lui. Finalement, elle dit :
— Il est très tard. Tu vas rester planté là jusqu'à l'aube ou tu vas te décider à te mettre au lit ?

Pendant trois jours ce ne fut que pluie et gel, pluie et gel, le ciel pesant de tout son poids sur la terre. Quand il gelait, il se formait une couche de verglas que l'on traversait d'un coup de botte pour s'enfoncer dans une boue gluante. Les arbres s'enveloppaient d'un fourreau de givre, dont l'averse ensuite les lavait. Lorsqu'il se mettait à geler, souvent la nuit quoique pas toujours, l'eau se cristallisait sur les branches qui parfois cédaient sous la charge avec un bruit de verre brisé. Au crépuscule du troisième jour, la pluie cessa, et, un peu plus tard, le ciel s'éclaircit et il se mit à faire très froid. A la taverne, il y avait du travail et Blood commençait à se sentir plus tranquille. Il se disait que le fil des événements, le mauvais sort, était rompu. Il savait qu'avec le temps les hommes se réaligneraient, car même si le ressentiment et les reproches ne devaient pas s'effacer, ils finiraient par être tempérés par des désirs plus immédiats — comme celui de boire un verre. Ou de prendre du bon temps avec une fille. Elle avait cessé de lui interdire sa chambre, mais avait repris le travail, ce qu'il trouvait bien. Pour tous les deux. Un équilibre avait été retrouvé. Avec l'arrivée du froid, il se mit à caresser l'idée que l'hiver allait pacifier la ronde des jours. Blood était las de l'aventure. Même si quotidiennement il s'accordait un temps de réflexion sur ce que pouvaient bien mijoter les autres. Mose Hutchinson par exemple. Mais chaque journée écoulée sans incident les rapprochait des premières neiges qui, pensait-il, mettraient un terme à toute cette agitation. Du moins un bémol. Hormis les pauvres trappeurs qui ne tenaient plus en place, il était sans doute le seul à attendre la neige. Ça va les refroidir, se disait-il en prenant sa première gorgée de rhum de la soirée.

Les deux garçons avaient déniché un bon endroit où camper. Suivant les directions de Gandy rencontré en chemin, ils avaient escaladé le sentier accidenté qui suivait le torrent après Perry Stream jusqu'à une ancienne prairie à castors. Là, sous des sapins tutélaires, à l'abri du plus gros de la pluie, ils avaient construit une cabane avec de la toile à voile, dégageant couche après couche les aiguilles de pin pour trouver un sol bien sec. Après quoi ils attendirent la fin du déluge de glace et de pluie, recroquevillés sur eux-mêmes, se réchauffant et se tenant au sec grâce à l'abondance des branches mortes que les arbres retenaient encore sous les jupes de leurs feuillages. C'était moins le mauvais temps qui les clouait là qu'un état de stupeur, de léthargie à l'idée de l'avoir retrouvé si facilement après tous ces mois passés à dresser des plans, des mois qui se perdaient à présent dans une sorte de rêve flou. Ils se sentaient rejetés, non par la météo mais par ce malaise inattendu. Ils se sentaient perdus.

Le soir où le temps enfin se leva, le plus jeune fouilla dans son paquetage pour en extraire sa seule chemise propre, bien sèche. Il l'enfila, puis endossa son manteau en laine humide, le tout en silence sous l'œil attentif de l'aîné. Fletcher, debout dans l'ouverture de la cabane non loin du feu qui chuintait, regarda son frère et dit :

— Je descends.

— Je croyais que c'était moi qui allais lui parler en premier.

Une courte pause. Fletcher répliqua :

— Tu sais, on est là tous les deux. Comme si on n'était pressés ni l'un ni l'autre. Et puis, pour parler, le soir quand il est occupé, c'est pas le meilleur moment. J'en ai assez de moisir ici. J'ai envie de me dégourdir un peu les jambes. Je n'ai pas de projet précis.

Après un instant de réflexion, Cooper avança :

— C'est bien ce que je pensais. Tu veux que je vienne avec toi ?

— Non. C'est mieux si j'y vais seul. Il n'y a aucune chance qu'il me reconnaisse, moi.

Le plus vieux approuva de la tête :

— Tu as mis ta chemise propre rien que pour lui ?

Fletcher s'abstint de répondre.

— La fille, hein ? insista Cooper.

Fletcher considéra son frère :

— Je suis pas sûr. Quand je saurai où j'en suis, je te le ferai savoir.

Et là-dessus il tourna les talons et s'éloigna dans la nuit tombante.

C'est ainsi qu'il se retrouva devant Blood. Sans attendre, il parla le premier.

— Une dose de rhum, s'il vous plaît.

— Une dose, d'accord, dit Blood. Vous êtes quoi, un marin ?

En faisant non de la tête, Fletcher posa la pièce qu'il tenait entre deux doigts sur le bois graisseux.

— Vous êtes assez mouillé pour venir droit de la mer. Mais par ici, ils sont tous comme ça.

Fletcher observa :

— Ça passera.

— Les jeunes sont pas aussi sensibles au climat que les vieux, pas vrai ? lança Blood qui n'avait pas encore fait mine de vouloir lui verser un verre.

Fletcher posa les yeux sur le pichet, puis sur Blood.

— Il fait un peu humide dehors.

Blood leva le bras pour descendre un godet en fer-blanc. Toujours sans le servir.

— Où est votre équipier ? Par une nuit comme celle-ci, il avait pas envie de se réchauffer ?

— C'est mon frère. Il n'avait pas envie de marcher.

— Votre frère ? Vous vous serrez les coudes tous les deux.

— Quelquefois.

Blood acquiesça comme pour dire qu'il comprenait.

— Alors comment vous trouvez le pays d'Indian Stream ? Vous comptez défricher, vous établir ?

— On n'a pas décidé.

Blood opina :

— Je m'appelle Blood.

Fletcher opina :

— J'ai entendu dire.

Blood attendit. Fletcher regarda de nouveau le pichet, la pièce sur le comptoir. Blood attendit encore un peu, puis versa une mesure de rhum dans le godet et déposa ce dernier devant Fletcher. Il ne toucha pas à la pièce.

— Je m'appelle Fletcher Barrett.

— Et votre frère, Fletcher Barrett ?

— Russell. C'est lui l'aîné.

— C'est bien ce que je pensais.

— Vous me rendez la monnaie ou on attend de voir si je bois pour cette somme ?

Blood haussa les épaules.

— Sur le comptoir ou dans votre poche, il est à vous tant que vous avez pas tout dépensé.

Fletcher prit son godet.

— Je vous fais confiance.

Puis il se détourna.

Il passa devant la table, à une certaine distance mais assez près cependant pour que Cole le vît et le saluât d'un mouvement du menton. Fletcher continua jusqu'à un banc où il s'assit, dos au feu, de manière à voir la pièce. Il observa les joueurs de cartes. De temps en temps, Cole lui jetait un coup d'œil. Fletcher buvait son rhum. Il crevait de chaud. Se levant, il posa son godet sur le banc et enleva son manteau qu'il accrocha à la patère à côté de la cheminée. A cet instant, un homme massif entra dans la taverne par la porte intérieure. Son visage était gainé d'un film de sueur, sa chemise mal remise dans son pantalon. Il adressa un salut de la tête à Fletcher, décrocha un lourd manteau en toile de laine dont il se drapa comme d'une cape, puis se tourna et sortit, disparaissant dans la nuit. Fletcher se rassit sur son banc et vit Cole se pencher sur la table pour dire quelque chose à ses partenaires avant de se lever pour venir le voir. Il marqua une halte quand Sally surgit de la partie habitation. Elle considéra Fletcher, fronça les sourcils et passa droit devant lui. Cole se rapprocha.

— J'aurais parié que le mauvais temps vous aurait renvoyés chez vous.

— C'est pas si terrible, dit Fletcher. Ça s'arrange.

— Ce qui signifie que vous n'êtes pas venu faire vos adieux. Alors, où est-ce que vous avez échoué, tous les deux ?

Fletcher l'informa.

— C'est joli par là-haut, hein ? Je connaissais le vieux trappeur qui habitait là. Son nom m'échappe, mais il a épuisé le gibier dans le coin. Et du meilleur, croyez-moi. Il est pas resté plus de deux ou trois ans, et il en a tiré des montagnes de fourrures. Au printemps quand il est finalement parti, il m'a dit qu'il descendait jusque dans le Maine. D'après lui, c'était le seul endroit sur terre où il ferait aussi bon vivre que dans son petit marais. Des castors, des visons, des loutres, rien que de la qualité. Il y a encore des cerfs à la pelle, pour la viande. Et des truites dans les étangs. On s'en lasse du poisson, mais au moins on peut pas mourir de faim.

— Ça va, je pense. On se tient au sec. Ces sapins sont gigantesques.

Cole hocha la tête :

— C'est un drôle de pays. A cette saison, on peut jamais savoir. Il peut faire beau pendant deux semaines, puis viendra une nuit de gel, et puis encore de la pluie. Mais il peut aussi bien tomber trente centimètres de neige et geler d'ici demain soir.

— Il paraît, opina Fletcher.

Cole se leva.

— Un de ces jours peut-être que je viendrai vous payer une petite visite, à vous et à votre frère.

— Ce serait bien. Je peux vous poser une question ?

— Bien sûr. Mais je vous garantis pas une réponse. Dans ce pays, vaut mieux pas trop en poser, des questions.

— Ces taches sur le parquet, c'est de la pourriture ou des traces de sang ?

Cole ne détourna pas les yeux.

— Un homme a été tué il y a deux nuits. Un autre est mort à cause de ça.

— Parce qu'il a posé les mauvaises questions ?

— Non, répondit Cole.

Il resta un moment assis sur le banc puis retourna voir Blood. Il déposa son godet vide sur le comptoir, sans un mot. La pièce était partie. Blood remplit le godet et le plaça devant lui. Fletcher but une gorgée.

Après un temps, il s'enquit :

— Combien je vous dois ?

— On est quittes, répliqua Blood.

Fletcher se tourna vers Sally, installée sur son tabouret. Elle lui avait jeté un coup d'œil quand il s'était avancé, puis avait regardé ailleurs. Il s'adressa à Blood :

— Combien pour la fille ?

Blood se frotta une joue râpeuse.

— C'est un dollar. C'est ce que vous me payez à moi. Pour elle, ce sera un autre. Si elle veut bien de vous.

Fletcher ne détachait pas les yeux de Blood.

— Qu'est-ce que vous voulez dire, si elle veut bien. Elle est pas à vous ?

— Dans la mesure où elle le permet.

— J'ai jamais entendu parler d'une pute tenue comme ça.

— Qu'est-ce qu'un garçon comme vous y connaît ?

Fletcher sortit sa bourse et posa un dollar sur le comptoir.

— Assez, répondit-il.

Blood prit le dollar.

— C'est bon pour moi. Pour le reste vous verrez avec elle. Elle refuse les billets.

Fletcher dévisagea Blood.

— Au moins elle ne perd pas le nord.

Sa chambre bien que petite était rangée : des vêtements étaient accrochés à des patères, une lanterne à la vitre fermée étalait autour d'elle depuis le guéridon au chevet du lit une flaque de lumière mouchetée. Le même guéridon accueillant aussi une cuvette et un broc. Le volet de la petite fenêtre haute était ouvert. Le lit fait, avec ses couvertures grossières recouvertes d'une peau d'ours bien chaude. Il lui emboîta le pas et piocha dans sa bourse pour lui tendre un dollar. Elle le glissa dans la poche de son tablier sans regarder, mais il était sûr qu'elle savait que c'était un dollar en argent. Il s'assit au bord du lit, les mains posées à plat sur les genoux. Après avoir fermé la porte et ajusté un bâton fraîchement écorcé dans les taquets de la bâcle d'origine, elle se tourna et se mit à déboutonner son corsage.

— Non, lui dit-il.

Elle suspendit le mouvement de ses doigts pour le regarder. C'était la première fois qu'elle posait les yeux sur lui depuis qu'il avait payé Blood.

— Y a des trucs que je fais pas. D'abord il est pas question de déchirer mes vêtements, j'ai pas les moyens pour ce genre d'âneries. Si pour une raison ou pour une autre ça te dérange que je sois nue, je veux pas en entendre parler. Et si tu dépasses les bornes de la brutalité, tu sors tout de suite. Et Blood est pas tendre dans ces cas-là.

Elle termina de se déboutonner, enleva son corsage, le laissa glisser à terre, et le regarda de nouveau.

— Vas-y, déshabille-toi, ou ôte ce qu'il faut au moins. C'est plutôt les vieux avec de gros ventres qui aiment garder leurs vêtements. Moi ça m'est égal.

Il se leva et se pencha pour ramasser son corsage qu'il lui tendit.

— Tiens, remets-le.

Elle n'esquissa pas un geste. Les yeux sur lui.

— Qu'est-ce que t'as ? T'as la culotte prête à éclater.

Passant ses mains dans son dos, elle se mit à dénouer sa jupe.

— S'il te plaît, insista-t-il. Rhabille-toi.

Il lui présentait son corsage comme une offrande, le vêtement écumant au creux de sa paume.

Sa bouche se pinça tandis qu'elle le dévisageait. Incertaine de ses intentions. Elle se décida à parler :

— C'est pour ça qu'on est là. Sinon pourquoi gâcher ton argent ? Tu ne le récupéreras pas, pas si c'est pas ma faute que t'aies changé d'idée.

Il posa le corsage sur le lit, fit un pas vers la porte et fit mine de lever le bâton qui tenait lieu de bâcle. Elle se rua sur lui et le prit par l'épaule.

— Attends. Qu'est-ce qui va pas ? Où tu vas ?

Il resta là, figé, avec sa main sur son épaule. Puis il remit le bâton en place et se retourna. Passant devant elle, il ramassa de nouveau le corsage et le lui tendit. Sans le quitter des yeux, elle l'enfila. Mais elle n'attacha qu'un bouton, celui qui fermait le vêtement sur sa poitrine.

— Voilà, dit-elle. C'est mieux comme ça ?

Il ne bougeait pas, toujours pensif. Et tout d'un coup, elle comprit. Elle se dit Peut-être. Attention. Prends ton temps. Quelque chose d'autre qu'elle ne pouvait pas nommer remuait aussi en elle.

— Bien. Tu vas me dire maintenant qu'est-ce qu'il y a qui cloche chez moi pour te donner envie de fiche le camp ?

— Il n'y a rien qui cloche chez toi.

— T'as jamais été avec une fille ?

— Ce n'est pas ça.

Elle esquissa presque un sourire :

— C'est pas une réponse.

Fletcher, lui, était plutôt morose.

— J'ai payé Blood pour pouvoir te voir. Je t'ai payée pour que tu ne penses pas que tu perds ton temps avec moi.

Il prit une inspiration avant d'ajouter :

— Je veux te parler.

— Tu veux quoi ? s'exclama-t-elle tout en se disant Attention, doucement.

— Tu m'accordes combien de temps ?

— Qu'est-ce que tu veux dire ?

— A combien de temps me donne droit le dollar que j'ai versé à Blood ?

— En général, le temps que ça prend. J'ai jamais eu de problème de ce côté-là. Quoique toi tu causes plus que les autres.

Il retourna s'asseoir au bord du lit.

— Viens ici près de moi.

Elle sentit le coin de sa bouche se relever :

— T'as pas toute la nuit.

Il faillit demander combien toute la nuit lui coûterait. Mais dit seulement :

— Pourquoi tu t'assieds pas. Je vais pas te mordre.

— J'ai des dents, moi aussi. Tu veux parler de quoi ? Je te connais même pas. Tu t'appelles comment ?

— Fletcher Barrett. Et toi ton nom est Sally, n'est-ce pas ?

Elle fit oui de la tête. Elle avait une question sur le bout de la langue.

— C'était ton frère qu'était avec toi l'autre soir ?

Il détourna les yeux, puis les posa de nouveau sur son visage. A cet instant, elle songea qu'elle avait peut-être commis une erreur. Attention, se dit-elle au moment où Fletcher commençait :

— Ecoute...

Pour laisser sa phrase en suspens.

Elle s'approcha et s'assit au bord du lit.

— Qu'est-ce qu'il y a, Fletcher ? De quoi tu veux me parler ?

Il resta un moment silencieux, se demandant déjà combien de temps il lui restait. Il regarda ailleurs. Puis, d'une voix tranquille, énonça :

— Je peux te demander quelque chose ?

— Quoi ? fit-elle, sur ses gardes.

— Comment t'en es arrivée là ?

Ce fut elle qui se détourna cette fois. Voilà, nous y sommes. Elle déclara fortement, sans hésitation :

— C'est de naissance.

— Tu n'as pas eu le choix ?

Elle attacha de nouveau son regard sur lui.

— J'ai jamais connu rien d'autre. Tu parles d'un choix. Pas pour moi. Y avait des filles qui collaient tout sur le dos de pas de chance, mais moi j'ai jamais pu.

— Eh bien...

De nouveau il se tut. Il prit sa main. Elle la laissa un moment dans la sienne, absorbant sa chaleur, devinant dans son étreinte toutes ses bonnes intentions, sa bonne foi muette, son désir en fleur. Sa paume enveloppait la sienne comme si elle attendait ce moment depuis une éternité. Elle se libéra.

— Non, dit-elle. Y a pas à y couper. Faut que t'arrêtes.

Il posa sa main sur ses genoux, la joignit à l'autre. Ni l'un ni l'autre ne se regardaient. Au bout de quelques instants, la voix ni amère ni suave, mais pragmatique comme s'il parlait de la pluie, du froid, il prononça :

— Ma mère était une de ces « pas de chance ». Sauf que, d'après ce qu'on m'a raconté, c'était à cause d'un seul homme, un homme qui avait une famille à lui. Je ne sais pas ce qu'elle attendait de lui, mais une chose est sûre, c'est qu'elle ne s'était pas attendue à moi. Quand je suis venu au monde, il avait disparu depuis longtemps.

Elle aussi adopta un ton neutre :
— Ça arrive, plus souvent qu'on le croit. Comment il l'avait rencontrée ?
— Elle venait d'une ferme, elle était serveuse dans un pub.
— Alors ensuite tu es arrivé et elle était coincée. Et lui il s'était envolé comme une orange de Noël, et avec toi elle avait plus aucune chance de trouver quelqu'un d'autre. Tout le monde doit survivre d'une façon ou d'une autre.
Il la regarda :
— C'est la partie que tu as comprise de travers.
— Comment ça ?
— Il ne sait même pas que j'existe. Quand je suis né, elle m'a emmené chez lui, dans sa famille. Tout le monde les connaissait. Elle n'a même pas essayé de trouver mon père. Il était parti, depuis longtemps, car il ne l'avait pas seulement quittée elle, il avait aussi abandonné les siens. Sans se donner la peine de se présenter au père de mon père, elle a été tout droit voir le grand-père. Un vieillard irascible, quoique je suppose qu'il était assez costaud pour entendre la vérité. Et d'après elle, il a bien agi. D'après moi aussi. Grâce à lui, elle a mené une vie autre que celle que lui avait préparée le destin. Moi aussi.
Ils se turent un moment. Puis elle dit :
— Qu'est-ce que ç'a à voir avec moi ?
— Je n'en sais rien. Qu'en penses-tu ?
— T'as eu de la chance. C'est tout.
— Plus que ça. Ce n'était pas de la chance. C'était le point de vue que les gens avaient sur toute l'affaire.
— Qu'est-ce que ça veut dire ?
— Tu as vu ce garçon avec qui j'étais ici l'autre soir ?
— Celui avec la barbe.
Elle avait cessé de s'interroger. Elle était tout ouïe.
— Oui. C'est mon demi-frère. Le fils de mon père. On se connaît depuis toujours. Et il m'a toujours traité en frère.
— Ce que tu es.
— Non. Tu n'y es pas. Je suis le frère qu'il n'aurait pas dû avoir. Il n'y a aucune raison qu'il veuille même savoir que je suis en vie, et encore moins qu'il me tolère au titre de frère. Au lieu de quoi, quand j'étais petit, c'était lui qui me protégeait contre les autres enfants. Il m'a adopté et nous avons grandi ensemble. Nous sommes encore très proches.
— Je comprends toujours pas ce que ç'a à voir avec moi.
— Les gens ne se conduisent pas toujours comme on s'y attend.

— Bon, eh bien, tu as eu de la chance.

Il se tut, comme s'il réfléchissait.

— Non, finit-il par répliquer. Tout est venu du vieux monsieur. Il était d'une sagesse rare. Et il a eu la force de l'imposer à des gens qui autrement auraient préféré regarder ailleurs. Dans les dernières années de sa vie, il assumait plus de responsabilités que d'autres pendant toute une vie. Et il a fait face à l'adversité. Mon frère a hérité un peu de cette vaillance. Et je me plais à penser que moi aussi, j'en ai reçu quelque chose.

Elle le contempla sans prononcer un mot. Il se leva.

— Je suppose que j'ai dépensé tout mon dollar. Il faut que je parte. Mais je pourrais revenir, un soir, si tu permets. On pourrait parler encore.

Elle haussa les épaules, les yeux détournés. Enfin, comme mue par un ressort, elle se leva, prit sa main, la serra et la relâcha. Ils demeurèrent un moment silencieux. Puis elle lança :

— Fletcher, je suis rien qu'une putain.

— Sally.

— Non, répliqua-t-elle d'une voix ferme, catégorique. Tu finirais par me haïr. Et je te le reprocherais pas, mais c'est pas une chose à souhaiter ni pour moi ni pour toi. S'il te plaît.

Il fit mine de la prendre dans ses bras ; elle s'esquiva, reculant juste assez pour qu'il s'immobilise. Elle s'assit au bord du lit. Les yeux du garçon errèrent longtemps sur son visage, puis se détournèrent. Comme s'il voulait éviter de la blesser même par le regard. D'un geste brusque, il pivota vers la porte, se figea, se retourna.

— Raconte à personne ce que je viens de te dire. A personne. D'accord ?

Sa voix avait une nouvelle intonation, se dit-elle en penchant la tête de côté, le menton un peu relevé comme si elle le mettait au défi de douter de sa discrétion. Elle s'abstint de tout commentaire.

Il fit mine de sourire, sans grand succès.

— Bon, dit-il.

Puis, après une dernière hésitation :

— Bonsoir.

Et il souleva le bâton pelé des taquets. Alors, très vite, comme si elle cherchait à le retenir encore un instant, Sally dit :

— Où vous campez ? Toi et ton frère.

— Oh ! juste en haut de la rivière. Un peu à l'écart du sentier dans une ancienne prairie à castors.

— Ah. Je connais cet endroit. C'est joli.

— Pour le moment, c'est joliment humide, oui.

— Je t'imagine là-haut. Je te vois dans ma tête, maintenant que je sais où t'es.

Il opina. S'arracha à la contemplation de son visage.

— Fletcher.

— Non. Il faut que je parte.

Et il la regarda assise au bord de son lit rudimentaire, les épaules raides, les jambes serrées sous l'étoffe de sa jupe lissée, lissée par ses mains, ses mains à présent abandonnées sur ses genoux. Et, toujours en silence, il ouvrit la porte, sortit et referma le battant derrière lui, sans suspendre son geste quand elle murmura Bonne nuit.

Dans la cuisine le feu n'était plus qu'un tas de braises. Il entra dans la taverne éclairée par un foyer analogue. La pièce était vide hormis la présence de Blood assis sur un tabouret derrière le comptoir avec une tasse en étain posée devant lui. Fletcher se dirigea vers la cheminée et décrocha son manteau en laine qu'il enfila. Blood l'observait. Fletcher croisa son regard mais n'ouvrit pas la bouche.

— Vous avez été drôlement tranquilles, finit par déclarer Blood. En général, elle crie fort.

— Elle a été plutôt tranquille avec moi.

Il sortit sa bourse et se rapprocha du comptoir pour y déposer un deuxième dollar. Blood contempla la pièce, puis leva de nouveau les yeux vers Fletcher.

— Je me suis arrangé avec Sally. Mais je vous dois sans doute de l'argent. Une fois parti, je pouvais plus m'arrêter. Vous avez été jeune, vous savez ce que c'est.

— Oui. Un imbécile avec un tison dans la culotte. Un jeune chien fou, oui.

— Ça doit être dur de la voir aller à droite et à gauche.

— Je prends ce que j'ai besoin.

— Ça ne m'étonne pas de vous, non, ça m'étonne pas du tout, repartit Fletcher.

Et sans un mot de plus, il passa devant le grand chien endormi et sortit dans le froid glacial de la nuit étoilée. Il ne traîna pas, ne fit pas non plus le tour de la maison pour voir s'il y avait encore de la lumière à la petite fenêtre sans vitre au volet ouvert et murmurer son nom tout bas dans la nuit, mais s'en alla en écrasant sous ses pas les vagues de boue craquantes. Il franchit le pont puis escalada le sentier presque imperceptible, sans jeter une seule fois les yeux en arrière, refusant de voir si Blood était ou non sur le pas de la porte. Souhaitant au fond que oui, que Blood se soit senti assez piqué au vif pour se déplacer et le suivre des yeux. Sachant cependant qu'il valait mieux que non. Il grimpa à travers les éboulements de roches l'étroit chemin de pierre et de boue sous la pâle clarté des étoiles qui filtrait entre les branches stratifiées des sapins, sans cesser un seul instant de se frapper la paume de la main gauche avec le poing serré de la droite.

Cinq

Après ces jours de pluie glacée, le ciel resta dégagé, avec un petit vent du sud et un beau soleil qui séchèrent le paysage. Au crépuscule, les lacs et les marais se remplissaient d'oies et de canards. A l'aube, prenant leur envol, ils s'arrachaient à la masse liquide en grappes qui se fragmentaient pour former des lignes de plus en plus denses à mesure qu'ils s'élevaient, si bien que les cieux devenaient noirs de milliers d'oiseaux aquatiques rangés en chevrons. Les aigles et les faucons décollaient de leur aire pour chasser parmi eux, se laissant tomber depuis des hauteurs vertigineuses pour se saisir d'un canard dans un grand froissement de plumes qui dispersait les migrateurs. Pendant la journée, les oies qui n'étaient pas parties se posaient parfois dans les champs labourés et les prairies pour glaner quelque grain ou mâcher un peu d'herbe tendre. Des petits garçons partaient les attraper avec des nœuds coulants fixés au bout de longs bâtons, et les mères fondaient leur graisse dans des terrines en prévision du gros de l'hiver où les vaches n'ont plus de lait, où le beurre vient à manquer, où le gibier n'a plus que la peau sur les os.

Au troisième jour de cette nouvelle saison, un détachement de cavaliers en uniforme de l'armée royale, lourdement armés, empruntèrent les pistes rudimentaires qui descendaient d'ouest en est depuis Saint-Venant-de-Hereford au Canada à l'amont de la rivière Hall, puis suivirent la route qui longeait la rivière des Indiens jusqu'à la taverne où ils arrivèrent à midi avec un mandat accusant Blood de complicité de meurtre dans l'affaire Laberge. L'officier de cette compagnie, un cavalier sec comme un coup de trique, du nom de Quigley, expliqua tranquillement à Blood du haut de sa monture qu'il devait se présenter au magistrat de Hereford pour subir un interrogatoire. Il avait des manières affables, apparemment les ouï-dire à propos de la férocité des habitants l'avaient peu ou pas du tout impressionné. Blood, debout dans le matin tiède, rapporta les faits tels qu'ils s'étaient produits. L'officier l'écouta jusqu'au bout sans le quitter des yeux. A un moment donné au cours de ce récit, Peter Chase et Isaac Cole surgirent à cheval sur la route du moulin, mais ils se tinrent en retrait et ne firent pas mine de vouloir s'en mêler ni d'y prendre un grand intérêt. Blood vit qu'ils n'attendaient pas de renforts, ni n'en souhaitaient. Lorsqu'il eut terminé, l'officier de l'armée royale ôta un de ses gants et se moucha en se penchant sur le côté pour ne pas éclabousser son cheval, puis il remit son gant.

— J'en suis convaincu, *Monsieur**. C'est une question légale. Ma mission consiste à vous escorter à Hereford. Le juge, comprenez-vous, doit recueillir votre déposition. Pour ma part, je n'ai pas la compétence.

— J'ai fait ce que j'ai pu pour le sauver. De son côté, un cas de légitime défense.

L'officier considéra Blood d'un air intéressé, comme un homme qui se penche sur l'enfant d'un inconnu qu'il a surpris en train de commettre un petit méfait.

— Vous êtes en dehors de votre juridiction, continua Blood. Rien ne m'oblige à vous suivre.

Il se tourna vers Chase et Cole. Juchés sur leurs chevaux, ils observaient intensément deux petits garçons qui remontaient la route en provenance des hauts fonds de la rivière en traînant derrière eux une longue tige souple embrochée d'un chapelet d'oies mortes. Blood leva de nouveau les yeux vers l'officier.

— Mort, il ne servirait à rien de vous interroger, déclara Quigley. Sinon, votre condition physique importe peu au magistrat.

Sans se soucier des autres cavaliers, Blood ne quittait pas l'officier du regard. Au bout d'un moment, il lança :

— Ça ferait un sacré barouf si je mourais.

Levant ses prunelles pour scruter quelque invisible horizon, l'officier prononça avec douceur :

— J'ai assez d'hommes.

Blood prit une inspiration. L'officier le regarda de nouveau.

— Je n'ai rien à gagner à vous résister, reprit Blood, mais pas grand-chose non plus à vous suivre de mon plein gré... sans assurance quant à ce qui m'attend.

---

* En français dans le texte.

— Ce qui vous attend n'est pas de mon ressort, monsieur Blood, décréta Quigley d'un ton sec, presque impérieux.

A ces mots, Blood vit du coin de l'œil que les cavaliers se rassemblaient insensiblement. Quigley ajouta :

— Je suis aussi chargé de ramener le corps. La famille l'attend.

Blood marqua un temps, puis soupira :

— Je ne vais pas le déterrer.

L'officier se pencha un peu de travers pour mieux dévisager Blood.

— Mais, en bon chrétien, vous accepterez d'accompagner mes hommes jusqu'à sa tombe. Oui ?

— Merde.

— Monsieur ?

— C'est pas moi qui l'ai tué. C'est pas moi qui lui ai passé la corde au cou. Si ça n'avait tenu qu'à eux, ils l'auraient laissé accroché jusqu'à ce qu'il devienne noir et plein d'asticots. Alors je l'ai enterré aussi bien que j'ai pu. Un catholique... Ils ne l'auraient jamais admis au cimetière.

L'officier sur son cheval jeta un coup d'œil du côté de Cole et Chase, puis se tourna de nouveau vers Blood.

— Alors. Où l'avez-vous enterré ?

— Sa vue m'était insupportable. J'ai essayé de faire ce qu'il fallait, le mieux possible.

— Et alors ?

— Il est dans le jardin, l'informa Blood dont les épaules s'étaient soudain comme affaissées.

L'officier balaya du regard le sol en terre battue devant la taverne comme s'il s'attendait à y découvrir un parterre de fleurs. Son regard se reporta sur Blood.

— Le jardin ?

Blood sut à cet instant qu'il pouvait faire une croix sur le peu d'autorité ou de prestige dont il avait été investi jusqu'ici. Après une pause, il indiqua :

— Derrière la maison.

Lorsque les trois soldats ressurgirent au coin de la taverne, leur culotte était maculée de terre et ils transportaient Laberge sur le côté comme un gros morceau de bois. Le corps enveloppé dans une grosse toile était ficelé comme un rôti avec une corde de chanvre. Sans jeter un regard à Blood, ils chargèrent leur fardeau sur un mulet rouan, lequel n'opposa aucune résistance, à croire qu'il promenait tous les jours des cadavres sanglés sur son dos.

Toujours sans un mot, le trio descendit au bord de la rivière. Ils se lavèrent les mains puis revinrent vers les autres et remontèrent à cheval. Pendant le temps qu'ils avaient passé à creuser, Chase et Cole s'étaient éloignés à une allure paresseuse de fin d'après-midi d'été, comme s'ils n'avaient rien d'autre à faire dans la vie que de rattraper les garçons aux oies et obtenir leur part. Leur manège dérangeait tout autant Blood que l'aventure qui le guettait au Canada. Peut-être même plus.

— Je suis tavernier. Je vais perdre du travail, argua-t-il.

L'officier posa les yeux sur lui pour la première fois depuis qu'il avait envoyé les soldats en mission avec la pelle. Entre-temps, il était resté assis, une botte passée autour du pommeau de sa selle, fumant la pipe, bayant aux corneilles en contemplant les collines autour du lac. Il n'avait rien dit lors du départ de Cole et Chase.

— Si vous tenez bien vos comptes, vous pourrez réclamer une indemnité au gouvernement de Sa Majesté, répliqua-t-il d'un ton badin, comme si c'était drôle.

— C'est pas ça. J'ai une fille pour me remplacer. Mais il faut que je lui parle, pour qu'elle sache où je vais.

— Appelez-la.

Blood s'avança vers la porte ouverte et prononça son nom. Elle se présenta aussitôt. Blood l'arrêta du regard. D'un geste vif, il tira sur la lanière autour de son cou, sortit la bourse de sous sa chemise et la lui donna.

A voix basse, il lui dit :

— T'as entendu ?

Elle fit oui de la tête.

— La petite clé dans la bourse ouvre la cassette sous le comptoir. Cet après-midi, tu iras trouver Van Landt. Marchande pas avec lui, mais qu'il te donne son prix. Ne le laisse pas voir l'argent d'abord. Il faut que tu obtiennes de lui qu'il t'accompagne demain à cheval à Hereford. Tu apporteras le reste de l'argent. Assure-toi qu'il vient avec toi. Ne fais confiance à personne, surtout pas à Isaac Cole et aux Chase. Tu seras obligée de laisser ouvert, veille à ranger le rhum dans la réserve. L'autre clé ouvre cette serrure. Et enferme Luther. Et n'oublie pas d'emmener un cheval pour moi, j'ai pas envie de rentrer à pied. Ecoute-moi bien. Je veux personne d'autre que Van Landt. Les autres, je peux pas avoir confiance. Lui il comprend ce que c'est que l'argent au moins. C'est clair ?

Elle opina, les yeux tour à tour sur lui et sur les cavaliers.

— Sally, j'ai pas le temps de répéter.

— Je sais pas monter à cheval.

— Tu t'arranges pour être avec Van Landt à Hereford demain à midi. Pas à la première heure ni au crépuscule. T'as compris ?

— Tu me confies tout cet argent ?

— Oui.

— Tu m'as jamais payé la prime pour le loup.

— Seigneur, dit-il. C'est pas le moment de plaisanter, Sally.

— Je plaisante pas.

Puis elle acquiesça d'un hochement de tête :

— Mais si je me casse le cou en montant à cheval pour venir à ton secours, tu auras la correction de me planter une belle pierre, tu m'entends ?

— Nom de Dieu, jura-t-il.

— Mon nom c'est Sally. Blood. Pas de gros mot.

— Tu vas pas te rompre le cou. Au moins tant que t'es à Hereford à midi.

— Quand même, promets-moi.

Il jeta un coup d'œil par-dessus son épaule à l'officier qui s'était remis à fumer. Mais cette fois, il les surveillait tous les deux.

Blood baissa la voix :

— Je te promets.

— Vous n'avez pas de cheval ?

— Non.

— Vous monterez en croupe le mulet alors.

— Il porte déjà un sacré fardeau. Je suis pas sûr qu'il voudra de moi en plus.

L'officier sourit :

— C'est un mulet. Il en a vu d'autres. Maintenant, on vous attache ou vous montez tout seul ?

Blood sur le mulet rouan encadré par les soldats sur leur cheval noir ou gris ou bai — des destriers tenus serrés, rênes courtes, de sorte qu'ils trottaient un peu de côté en changeant de pied, trot qui était l'essence d'une volonté de contrôle terrifiante, trot qui faisait d'eux des chevaux de guerre, montures et cavaliers impeccables, caparaçonnés de cuir et de métal luisants, se déplaçant dans le jour comme des machines précises, rapides, étincelantes, des machines d'annihilation — et le mulet de Blood qui marchait comme aveugle à ce déploiement autour de lui, chargé seulement d'acheminer une charge qui, ce jour-là, se trouvait être ce mort empaqueté dont la tête et les pieds bringuebalaient sur ses flancs et, perché derrière, cet homme trapu, lourd, qui pour ne pas glisser se retenait à deux mains à la corde du linceul. Blood ne pensait pas tant à ce qui l'attendait qu'à s'interroger sur ce qu'il laissait derrière lui. En dernier lieu, Chase et Cole se prélassant à cheval. Ils n'avaient été que de simples témoins à l'ordonnance des choses. La question n'étant pas de savoir qui l'avait dénoncé mais dans quel but ? Pas pour qu'il donne des noms, ce qui était sans aucun doute ce que le magistrat au Québec attendrait de lui. Alors, pourquoi ? Il n'en savait rien. Le sacrum du mulet lui rabotait l'entrejambe. Pour le moment, rien ne permettait de deviner à quel dessein servait cette promenade forcée. Il y avait cependant de fortes chances pour que quoi qu'il dise ou fasse à Hereford, on s'en servirait par la suite pour le chasser du pays. Mais au péril de combien d'autres vies ? Qui prendrait un risque pareil ? Aucun d'eux, assurément. Et surtout pas ceux qui avaient pendu son compagnon de route à l'érable. Cela n'avait pas de sens. Pourtant il devait y en avoir un, puisqu'il était là. A quel stratagème devait-il ce rôle ? Il n'en savait rien. Aussi se laissait-il porter par son seul guide, le mulet. Le reste était en suspens.

Il se demanda s'il pouvait faire confiance à Sally. Il se dit a priori que oui et tendit l'oreille pour écouter les cris lointains des oies dans les hauteurs du ciel.

Le tout se montait à une énorme quantité d'argent. Elle dut s'y prendre à deux mains pour soulever la cassette de l'étagère sous le comptoir et ensuite la serrer contre sa poitrine pour la hisser sur la planche du comptoir. Cela après avoir bâclé la porte et allumé les deux chandelles. Elle pêcha la plus petite clé dans la bourse et ouvrit la boîte. Celle-ci était remplie surtout de pièces auxquelles s'ajoutaient une petite liasse de billets de banque et une plus grosse de billets à ordre. La différence sautait aux yeux. Les billets de banque avaient des couleurs et des tailles différentes, mais ils étaient tous imprimés et gravés. Les billets à ordre étaient écrits à la main sur n'importe quel bout de papier. Elle mit ces derniers de côté, puis les billets de banque. Puis, par poignées, elle sortit l'assortiment de pièces. Elle ne connaissait que les dollars et les cents. Il y en avait tellement qu'elle n'arrivait pas à les compter. Ainsi qu'un méli-mélo d'autres pièces en cuivre et en argent, et les mystérieuses pièces d'or, quelques-unes arrondies, d'autres pourvues de nombreux bords plats pour suggérer un rond. Estampillées de visages d'hommes et de femmes. Certaines revêtues de chiffres en relief, toutes portant une légende soit en courbe le long du bord, soit sur une ligne en gras en travers de leur surface. De la monnaie étrangère, elle n'avait aucune idée de sa valeur. Les putains de Portland parlaient entre elles de pièces de ce genre, discutant de ce qu'elles pouvaient bien valoir comme si leur valeur ne correspondait pas à une cote fixe. Elle regrettait à présent de n'avoir pas prêté plus attention à ces conversations. Tout ce qu'elle savait, c'est qu'il y en avait là pour beaucoup d'argent.

Elle s'employa à classer les pièces en piles, d'abord les dollars, ensuite les autres, d'abord par couleur puis par taille, puis de nouveau par couleur. La plus petite pile, l'or. C'était la première fois qu'elle voyait de l'or, mais il n'y avait pas à s'y tromper. Curieux métal. Presque doux au toucher. Lorsqu'elle ferma la main sur une des pièces, il lui sembla que celle-ci se réchauffait au creux de sa paume. Elle la posa sur sa joue — encore chaude. Comme si quelque chose d'elle-même s'était déversé dans le métal et y était resté. Soyeux sur la peau bien que, quand elle le tapota contre ses dents, le métal lui parût d'une formidable densité, et elle conclut que sa chaleur et sa douceur étaient trompeuses. Ses dents, elles, se trouvaient en contact avec une tout autre matière, dure et impitoyable.

Son premier réflexe fut de prendre l'argent et de filer avec. Il y en avait assez pour la conduire où elle voulait, et là-bas vivre sans souci du lendemain. Mais quand elle tenta de se faire une idée de ce là-bas, tout ce à quoi elle pouvait penser, c'était à Portland. Le seul endroit qu'elle connaissait et le dernier où elle avait envie de se retrouver. Tout l'or du monde ne changerait rien à l'affaire. Une fois cela bien compris, le reste se mit en place tout seul. Inutile de nier l'évidence : Blood finirait bien d'une façon ou d'une autre par se tirer de ce mauvais pas, et son premier soin serait de la retrouver. Et elle aurait beau aller très loin le plus vite possible, ce ne serait jamais assez loin pour lui. Elle se dit Je suis pas bête, seulement ignorante. Mais ça suffit. Blood avait beaucoup de défauts, mais il était pas ignorant, lui.

Elle se versa une toute petite dose de rhum qu'elle but à minuscules gorgées assise sur son tabouret. Bon, donc la fuite était exclue. En tout cas pour le moment. Ce dont elle avait besoin, c'était de l'aide. Un conseil sur la marche à suivre. Elle n'était pas encore prête à monter chez Van Landt. Prenant trois pièces d'or, elle les noua dans un chiffon qu'elle glissa dans la poche de son tablier. Cachant une quatrième dans sa bottine. Le reste de l'argent, elle le ramassa et le rangea dans la cassette. Elle se servit de l'autre clé pour ouvrir la porte de la réserve forteresse et y entra en vacillant sous le poids de la boîte qu'elle posa sur le premier baril de poudre venu. Réfléchissant aux instructions de Blood concernant le déménagement du rhum de la taverne, elle dit tout haut Il vaut mieux pas, et verrouilla la porte puis passa la bourse aux clés autour de son cou, bien au chaud entre ses seins.

Elle décrocha le fusil de Blood, les poires à poudre, les sacoches de balles de plomb, s'assura qu'il était déjà chargé, et ouvrit la porte donnant sur l'extérieur. Le chien se tenait à côté d'elle. Elle posa sa main à plat sur sa tête et lui ordonna Au pied. Puis elle sortit dans l'après-midi.

Peter Chase était accroupi sous l'érable et sous les rayons secs du soleil qui se fendillaient en perçant le feuillage incendié. En la voyant, il grimaça un sourire.

— C'est pas ouvert ?

— J'ai des choses à faire.

— Blood t'a pas laissée aux commandes ?

— Blood m'a laissé beaucoup de boulot.

— T'as pas un quart d'heure pour moi ? Avant de partir avec la taverne ouverte à tous les vents ? On dirait que t'aurais besoin de quelqu'un pour veiller au grain.

Elle se retourna pour parler à Luther :

— Si quelqu'un d'autre que moi s'avise à entrer, tu lui sautes à la gorge, hein, mon bon chien.

Elle ferma le battant et se tourna de nouveau vers Peter Chase.

— Tu peux rester là si tu veux tout l'après-midi. Ça m'est égal. Mais fais seulement un seul pas vers moi, et je te fais sauter ta tête de nœud.

Elle fit basculer le fusil à canon long dans sa direction. Son rictus resta affiché sur sa figure.

— T'es plutôt chatouilleuse pour une Marie-couche-toi-là, tu sais.

Elle épaula le fusil et le mit froidement en joue.

— Tu crois pas si bien dire... et maintenant, décampe !

Elle attendit que Chase se lève lentement, péniblement et s'éloigne, en le suivant du bout du canon. Une fois sur la route, il s'arrêta pour la regarder par-dessus son épaule.

— Tes amis peuvent changer de bord d'un seul coup. Tes ennemis aussi.

Elle abaissa le fusil sur son côté, le canon encore pointé dans sa direction.

— J'ai pas d'amis, Peter Chase. Surtout pas des types de ton espèce.

Elle remonta le sentier le long du torrent puis bifurqua dans les bois pour déboucher finalement sur l'espace ouvert des marais. Des nuées de mauvis s'élevèrent des hautes herbes et des quenouilles, puis une fois dans les airs virèrent tous ensemble en exposant au soleil leurs ventres bleu argent. L'instant d'après, ils rejoignaient les bois en lançant vers elle d'aigres cris caverneux comme des piques de protestation contre son intrusion. Elle pataugea entre élévations de terrain et mares, rouge après son escalade, tandis qu'en elle la déception de ne pas le trouver ici se muait en colère. Il lui avait menti ou, pire, avait quitté le pays sans être redescendu la voir. Déjà les illusions dont elle s'était bercée à son sujet se retournaient contre elle. Comment quelqu'un pourrait-il jamais la considérer comme autre que ce qu'elle était ? Comment avait-elle pu croire que c'était la grâce qui se manifestait à travers lui ? Alors qu'il ne s'agissait que de compassion. D'un sentiment de pitié qui l'avait poussé à se montrer bon, une fausse bonté se disait-elle à présent. Au mieux il avait éprouvé quelque curiosité à son égard qu'il avait confondue avec de l'attirance jusqu'au moment où, la voyant de près, il avait vu sur elle la souillure. Alors il s'était efforcé de dissimuler sa répugnance sous le voile de la courtoisie. Peut-être seulement pour ne pas avoir l'impression en la quittant de l'avoir spoliée davantage. Et se voyant sous cet éclairage, elle perçut tout le fiel de la haine de soi, une haine si pure qu'elle avait un goût. Une idiote, voilà ce qu'elle était.

Puis elle aperçut le campement sous les grands sapins, la toile à voile jadis blanche jaunie par des traînées de pluie et marbrée par les feuilles mortes, de sorte que la cabane ne semblait plus posée sur la terre mais enfouie dedans, bien cachée. Elle se rappela la nuée d'oiseaux et se dit que les frères n'étaient sans doute pas là, peut-être partis à la chasse ou pour quelque randonnée. Comment savoir sans aucun moyen de connaître ni leur emploi du temps, ni la raison de leur présence en ces lieux ? Loin de s'améliorer, son humeur s'assombrit : elle avait été bien présomptueuse de monter jusqu'ici en se disant qu'il l'attendrait. Qu'avait-elle donc à chercher une confiance qu'elle n'avait aucune raison d'espérer ? Et soudain elle se dit qu'elle perdait son temps alors qu'elle aurait déjà dû être en route pour chez Van Landt. Avec Blood prisonnier, qui comptait sur elle, qui la contemplait avec consternation et colère. Et peu importait qu'il fût parti seulement depuis une heure.

Aussi, quand il surgit de la cabane en toile pour s'avancer vers elle, les cheveux emmêlés sur les épaules, se frottant le visage et les yeux avec ses mains, lorsqu'elle le vit ainsi, elle se sentit de nouveau désorientée, ne sachant plus ce qu'elle faisait là, ni ce qu'elle voulait de lui. Elle le regarda approcher, avec la sensation qu'on l'écorchait vive. C'était pas comme cela qu'elle avait imaginé cette rencontre. Ce subit tohu-bohu d'événements et de pensées la révoltait tout autant qu'il la remplissait de doutes. Il dit :

— J'étais couché sur mes couvertures à regarder le soleil quand je me suis endormi. Les cris des oiseaux m'ont réveillé. J'ai pas l'habitude d'entendre une fille marcher dans les bois. T'es drôlement jolie ce matin.

Il se peigna avec les doigts puis repoussa ses cheveux derrière les oreilles. Les paupières encore gonflées de sommeil, il lui sourit.

— Où est ton frère ?

Cette fois, son expression se concentra et il planta son regard tout droit dans le sien.

— Il dort lui aussi. T'as des ennuis ?

— Aucun.

— Alors qu'est-ce que tu fabriques à te promener avec ce mousquet ? Tu chasses ?

— C'est pas moi qui ai des ennuis. Mais si on m'offrait de l'aide, je ne dirais pas non.

Elle l'observait, sachant combien les instants qui allaient suivre seraient révélateurs. Et vit qu'il avait compris.

— Je me disais aussi que tu avais l'air perdue, énonça-t-il pensivement. Mais si c'est d'aide que tu as besoin, je suis heureux d'être celui que tu viens appeler au secours. Que se passe-t-il ?

Elle lui parla de Laberge et de Bacon, et des soldats de l'armée royale qui étaient venus du Canada chercher Blood, et comment Chase et Cole avaient regardé la scène comme si c'était un spectacle d'un intérêt moyen. Et comment Peter Chase avait guetté le moment où elle était sortie pour monter jusqu'ici. Finalement, elle lui apprit quelles instructions lui avait laissées Blood, à propos de Van Landt et des chevaux, sans lui cacher qu'elle se sentait peu sûre d'elle pour mener tout cela à bien toute seule.

Il resta un moment absorbé dans ses pensées. Sally était patiente, se demandant si c'était la chance ou la fatalité qui l'avait amenée ici. Si elle n'avait pas commis une erreur. Si elle n'aurait pas dû y aller seule, si elle ne devait pas y aller seule. Ce garçon Fletcher avec son visage trop ouvert, ses désirs encore intacts, faciles à déchiffrer. Pas ce qu'il y avait de mieux pour ce qu'elle avait à accomplir.

Finalement, il déclara :

— On devrait aller réveiller mon frère.

Ce pourrait être pire. Elle avait la sensation d'avoir déjà été trop loin, d'en avoir trop dit.

— Non. Je veux y mêler personne d'autre. Je t'en ai déjà trop raconté, Blood me tuerait.

Il hocha la tête en disant :

— Tu es peut-être assez redevable à Blood pour courir après ce qu'il veut. Mais il a des dettes à lui. Ce serait pas mal de t'aider à le sortir de ce mauvais pas. Mais ce n'est pas assez.

— Qu'est-ce que tu veux dire ?

A présent à sa désorientation s'ajoutait une certaine dose de nervosité. La peur de perdre le peu de sang-froid qu'elle avait. La résolution de tenir bon en dépit de la curiosité qui la dévorait.

— Tiens, dit Fletcher en lui prenant la main. Viens avec moi, je vais te présenter mon frère.

Il ne la guida pas, se contentant de marcher à son côté à travers le marais jusqu'à la cabane. Elle n'opposa pas de résistance, mais au bout d'un moment retira doucement sa main — ne souhaitant pas l'encourager. C'était encore trop tôt. Son imagination n'avait pas besoin d'un coup de pouce pour s'enflammer. Il y avait en elle une faiblesse. Une drôle de sensation. Neuve et pas du tout désagréable.

Quelque chose chez le frère la troublait. C'était, décida-t-elle, son regard. Tandis que Fletcher posait sur elle des yeux qui lui disaient qu'il était prêt à tout entendre et accepter, son frère, qu'elle connaissait sous le nom de Russell, jetait sur elle de petits regards perçants pendant qu'elle parlait, non pas sur son corps comme tant d'autres, mais comme s'il attrapait chaque mot qu'elle prononçait pour pouvoir l'examiner ensuite tout à loisir. A croire qu'elle pouvait toujours parler des heures, il ne perdrait pas une miette de ce qui était dit mais aboutirait à ses propres conclusions. Lorsqu'ils s'avancèrent vers la cabane en toile, Fletcher lui reprit la main tout en appelant son frère, puis il la lâcha et la laissa plantée là pendant qu'il allait s'accroupir devant le feu en disant : « Sally. Répète-lui ce que tu m'as dit. » Et elle pensa Si c'est une erreur, c'est déjà trop tard et je n'ai pas d'autre choix que de me confier. Et c'est ce qu'elle fit.

Une fois qu'elle eut terminé, elle attendit que Russell prît la parole, et, comme il se taisait, elle continua en disant :

— J'ai pas autant confiance dans ce Hollandais que Blood. Je suppose que je ne peux pas faire autrement que de monter au

Canada en prenant ce que Blood a demandé, mais j'ai peur de le faire toute seule. Je me suis dit que peut-être vous deux seriez prêts à me donner un coup de main.

Russell demeura immobile, plongé dans ses réflexions. Elle patienta. Au bout d'un moment, il se pencha à l'intérieur du cercle de pierre, remua les tisons, ajouta des fagots de sapin de façon à provoquer une vive flambée, puis posa à même les braises un chaudron noirci. Il se trouvait à présent à quelques pas d'elle. Elle ne s'écarta pas. Il disposa des gobelets en fer-blanc, mesura du thé et, lorsque l'eau fut bouillante, jeta le thé dans le chaudron et sortit ce dernier des flammes pour le poser sur une pierre afin de laisser infuser. Il ne l'avait toujours pas regardée. Fletcher, qui en revanche l'observait, lui adressa un bref mais chaleureux sourire. Comme s'il devinait son embarras et la suppliait de se montrer patiente. Russell, toujours accroupi, contemplait le chaudron, à croire qu'il voyait à travers la paroi en fonte l'eau se charger des principes du thé. Ensuite, il versa trois tasses qui fumèrent dans la tiédeur de l'après-midi. Alors seulement il leva les yeux vers Sally. Des yeux qui s'esquivèrent légèrement. Il paraissait presque surpris de la trouver là.

Il leva la main en écartant les doigts pour désigner le cercle de pierres. Il dit :

— Assieds-toi, prends du thé.

Puis, sans sourire, ajouta :

— A moins que tu n'aies l'intention de tout démolir, pose donc ton mousquet contre quelque chose. Il doit être horriblement lourd à tenir comme ça au poing.

Elle s'installa en face des deux frères, la jupe bien serrée sous les genoux. Le thé dans sa main. Une tasse si brûlante qu'elle ne pouvait pas y poser les lèvres.

— T'avais confiance pour monter ici, hein ? lança Russell.

— Sans doute. Histoire de voir. On n'a encore rien arrangé entre nous.

— Fletcher te tient en haute estime.

Elle se tut.

Russell opina. Elle ne savait pas à quoi. Il reprit :

— C'est normal qu'on te fasse confiance nous aussi.

Elle souffla sur le thé, but une minuscule gorgée. Elle dit :

— Vous pouvez.

— Bien, fit Russell du ton d'un homme qui passe un contrat.

Elle se tut, n'acquiesçant à rien.

Une courte pause. Comme un point final. Puis Russell dit :

— Je ne m'appelle pas Russell Barrett...

Il pencha ses épaules un peu de travers pour indiquer Fletcher.

— ... Et lui non plus n'est pas un Barrett. C'est juste un nom d'emprunt. Quoique son prénom soit vraiment Fletcher.

Elle observait Cooper avec attention. Consciente que les choses étaient en train de prendre une tournure plus grave. Elle ne réagit pas.

Le frère se montra abrupt :

— Mon nom est Cooper Bolles. Lui, c'est Fletcher Bolles.

— Bon, dit-elle, placide malgré une vague lueur de reconnaissance.

— Tu ne comprends pas. Qu'est-ce que tu sais sur Blood ?

Elle réfléchit.

— Pas mal de choses, d'une certaine manière. Quoique d'un autre côté, presque rien.

— Il s'appelle pas seulement Blood.

Cooper la fixait comme s'il espérait voir son expression s'éclairer. Elle jeta un coup d'œil à Fletcher. Il la regardait aussi. Son expression était pleine de bonté, comme son visage. Elle se tourna de nouveau vers Cooper. Lequel guettait ce regard. Il dit :

— Il est et sera toujours Micajah Blood Bolles.

— Et donc ton père, enchaîna-t-elle dans la seconde.

Cooper fit oui de la tête.

Elle regarda Fletcher.

— Et le tien.

Il but un peu de thé et acquiesça. Les yeux sur le crépuscule d'automne.

Elle resta un moment silencieuse. Mais comme ni l'un ni l'autre ne parlait, elle dit :

— Il m'a raconté que sa femme et son fils aîné sont morts en mer. Un accident. Mais il avait l'air de se tenir pour responsable. Il a essayé de m'expliquer.

Fletcher leva son regard sur la toile de tente qu'enflammaient les reflets du soleil couchant. Lorsqu'il prit la parole, sa voix tremblait un peu :

— Il y a plein d'hommes qui n'auraient pas eu le cœur de tout laisser tomber. Leurs enfants par exemple. Même ceux dont ils connaissaient l'existence.

D'un ton hésitant, Sally demanda :

— Qu'est-ce qui s'est passé alors ?

Fletcher garda le regard détourné. Cooper jeta le reste de son thé dans le feu et contempla le petit jet de vapeur. Sally respecta leur silence.

Puis Cooper se leva, et d'un seul coup il fut près d'elle ; abaissant ses yeux sur elle. Il dit :

— Il y a longtemps que j'attends ce moment. Mais il n'y a rien que nous puissions faire ce soir. On a le temps de louer des chevaux demain matin et de monter à Hereford pour voir dans quel pétrin il s'est mis. Et voir ce qu'il pense de nous et nous de lui. Il y a un tas d'histoires dont tu ne sais rien. Mais il me faut un peu de temps pour réfléchir. J'ai attendu trop longtemps pour me précipiter maintenant et risquer de tout gâcher. Je veux que ça marche. Alors, je me suis dit que j'allais sortir un peu voir si je pouvais attraper quelques truites pour notre dîner à tous les trois. Et puis je dois me faire une idée de ton rôle dans tout ça.

Sans attendre de réponse, Cooper décrocha une ligne en rouleau d'un des pieux et sortit. Fletcher tenait toujours les yeux levés vers le ciel poudreux, voilé. Aussi Sally, assise, là, avec son thé froid, regarda Cooper se faufiler dans le dédale marécageux. Elle se disait On devrait pas rester là. Mais voilà, c'était exactement ce qu'ils faisaient. Ni l'un ni l'autre des deux garçons ne semblait pressé. Puis elle se rendit compte que Fletcher attendait que son frère prît une décision.

Elle ne savait trop que penser de ce Cooper.

Tard dans l'après-midi, le détachement de soldats et le mulet au double fardeau descendirent des chemins de crête jusqu'à la rivière Hall et s'arrêtèrent sur ses rives. Les chevaux soufflaient fort. Un des cavaliers tendit sans un mot une gourde en toile à Blood. Ce dernier but et rendit la gourde. Puis, sans cérémonie, ils franchirent à gué le cours d'eau et se trouvèrent au Québec. Ils continuèrent vers le nord à travers un paysage de basses collines, une large vallée parsemée de fermes dotées de barrières et de petites granges robustes, des fermes peintes dans des tons que Blood n'aurait pas imaginés pour des maisons : jaune moutarde, bleu pâle, rose, avec des portes et des fenêtres soulignées de couleurs fortement contrastées.

Le soleil en sombrant derrière les collines à l'ouest baignait de lumière un paysage de terre promise, si beau que Blood ne put s'empêcher de se demander s'il ne s'était pas arrêté un peu trop tôt dans sa longue marche vers le nord au printemps dernier. Il se rappela les Canadiens dansant au son magique de l'accordéon et se dit que peut-être il aurait été mieux reçu ici. Parmi ces catholiques, les hommes se seraient peut-être montrés plus accueillants que ceux d'Indian Stream — le côté taciturne des trappeurs lui paraissant tout à coup causé par leur appartenance à une minorité. Leur religion se serait avérée peut-être plus profitable que gênante. Même pour la fille, quoiqu'elle eût été confrontée à la même censure de la part des femmes. Sans compter les Pères à soutane noire. Il semblait qu'aucun endroit ne fût épargné par les vertueux. Bien qu'à sa façon, lui-même fût vertueux.

En attendant, Blood trottait à cru sur le mulet, les mains écorchées par la corde rugueuse qui ficelait le cadavre devant lui. A un moment donné, une bande de gamins se mit à courir au bord de la route. Il finit par se rendre compte que c'était lui qui les attirait. Quelques-uns lancèrent des cailloux. Un atteignit Blood sous l'oreille alors qu'un deuxième frappait un cheval. Alors l'officier tourna bride et ordonna aux garnements de déguerpir. Parlaient-ils aussi l'anglais en plus du français, Blood n'aurait su le dire, mais le message de l'officier eût été clair dans n'importe quelle langue. Ensuite les enfants restèrent en arrière à crier des insultes ou des menaces qui se perdirent dans la douceur vespérale.

Il faisait noir quand ils arrivèrent à Saint-Venant-de-Hereford où les fenêtres étaient allumées de l'intérieur et où seuls les chiens errants furent dérangés par les cliquetis étouffés et les grincements du cuir du détachement tandis qu'ils traversaient la ville jusqu'à une vilaine caserne à un étage pourvue d'une aile en équerre qui servait d'écurie. L'officier demeura juché sur son cheval pendant que trois de ses hommes firent descendre Blood de son mulet et, en le tenant par les coudes, le conduisirent devant lui.

Quigley du haut de sa selle se caressa la moustache en abaissant son regard vers Blood.

— Vous allez être mis en détention pour la nuit. Il faut encore que j'aille remettre le corps à la famille et je ne voudrais surtout pas que votre présence les offusque.

— Je croyais que j'étais venu voir le magistrat.

Quigley dévisagea Blood.

— A cette heure, il est clair que le magistrat est à table. Souhaiteriez-vous interrompre son dîner ?

Blood se tut.

L'officier poursuivit :

— Bien entendu, vous pouvez acheter toute la nourriture disponible ce soir à la caserne.

— Je n'ai pas un sou sur moi. Mais la fille va monter demain et j'aurai largement de quoi rembourser.

— Vraiment, dit Quigley. Dans ce cas, vous pourrez manger quand elle arrivera.

Sur ce, il se tourna vers les soldats qui tenaient Blood.

— Ne l'écoutez pas, même s'il vous supplie. Vous le mettrez aux fers, pieds et mains.

Et là-dessus il éperonna sa monture qui partit au petit trot, suivi par les autres cavaliers et même par le mulet rouan qui se fondit bientôt avec eux dans l'obscurité. Laissant Blood derrière tel un inconvénient mineur dans une situation aux enjeux autrement plus solennels.

Les trois soldats conduisirent Blood tout au bout de l'écurie. La dernière stalle n'était pas fermée à moitié comme les autres mais totalement obturée par une porte en épaisses planches de chêne renforcées. Tandis que l'un des soldats décrochait une lanterne du mur et l'allumait, un autre empoigna son pistolet et en frappa Blood derrière l'oreille. Il tomba à genoux. Le soldat lui asséna un autre coup et Blood s'écroula, le visage raclant le sol rugueux. Ils le retournèrent sur le dos, et l'un s'assit sur sa poitrine et tint le canon de son pistolet contre sa figure pendant que l'autre lui fixait aux chevilles des bracelets métalliques réunis par une courte chaîne, puis aux poignets des menottes. Celui qui était assis sur sa poitrine se leva et remit son pistolet dans son étui. Tous trois sortirent sans un mot et fermèrent la lourde porte. Quelques secondes plus tard, Blood entendit qu'on la bâclait avec une barre en fer. S'ensuivit un bruit de bottes s'éloignant à l'allure mesurée et irrégulière d'hommes plus habitués à se trouver juchés sur un cheval que les deux pieds sur terre. Ils avaient emporté la lanterne, si bien qu'il ne voyait que les formes flottantes de la douleur qui passaient, rouges et blanches, devant ses yeux. Il parvint à soulever ses mains entravées. Un filet de sang coulait, il le sentait, derrière son oreille. Comme il sentait la bosse sur son crâne au-dessus avec le flot qui lui encroûtait déjà les cheveux.

Il roula sur le côté et se hissa tant bien que mal à genoux puis, comme un animal, fit le tour de son enclos en rampant. Les cloisons étaient consolidées par des planches semblables à celles de la porte, profondément enfoncées dans la terre. Dans un coin, un petit tas de foin rêche, la litière d'une bête. Avec la nuit, le froid était tombé, mais il se refusait à dormir dans du foin. Il s'assit dos au mur, les genoux contre la poitrine, les mains posées côte à côte sur le sol devant lui. Il n'entendait que le battement de son sang dans son crâne et les bruits étouffés du cheval qui bougeait dans la stalle derrière lui.

Un peu plus tard, quelqu'un ôta la bâcle de la porte. La lumière pâle de la lanterne l'aveugla. Deux hommes se tenaient derrière cette subite clarté. Blood ne distinguait que leurs bottes et leurs jambes. L'un tenait la lanterne, l'autre avança. Il s'arrêta sur le pas de la porte et déposa une écuelle en fer-blanc et deux seaux, l'un plein d'eau et l'autre vide.

Le soldat regarda Blood en plissant les yeux :

— Avec les compliments du lieutenant. Si vous buvez toute l'eau, faites attention de chier et pisser que dans l'autre seau.

La porte se referma ; les hommes étaient partis. Mais Blood continuait à voir leurs silhouettes dressées devant lui, comme si ses yeux refusaient de lâcher le souvenir de la lumière. Ensuite les ténèbres revinrent, plus denses encore.

Blood s'avança en rampant prudemment vers la porte, vers l'effluve de nourriture, capiteuse à abolir tous ses autres sens. Avec ses mains serrées l'une contre l'autre, il soupesa le seau d'eau et poussa le vide dans un coin. Après quoi, il revint et souleva le seau d'eau pour boire. Ensuite, très doucement et avec mille précautions, il tâta les bords de l'écuelle avec ses mains et son contenu du bout des doigts, puis les plongea dans la bouillie et en porta une pincée à sa bouche. Un ragoût de haricots au jambon, encore assez chaud pour qu'il attende un instant qu'il refroidisse sur ses doigts. Après ces premières bouchées et non sans quelques contorsions, il réussit à s'accroupir et, l'écuelle en équilibre sur un genou, acheva son repas. Nettoyant son assiette avec l'index et le majeur pour ne pas en laisser une miette. Il but de nouveau et poussa le seau contre le mur à côté de la porte. Un endroit facile à trouver dans le noir à condition de se déplacer avec prudence.

Il se disait encore qu'il n'était pas là pour longtemps. Quel que soit l'objectif du magistrat, ce dernier n'avait certainement pas l'intention de le garder prisonnier. Il était seulement là pour la nuit. Demain, il y verrait plus clair. Ce qui lui fit de nouveau se demander à quoi servait sa présence ici. Quel était l'homme, le cerveau, derrière cette initiative ? En apparence, ce n'était pas compliqué. Blood était celui qui pouvait le plus facilement raconter ce qui était arrivé à Laberge. Mais c'est là que surgissait l'image de Peter Chase et Isaac Cole assistant d'un air détaché à son arrestation. Comme si ce n'était pas une surprise. Le mystère s'épaississait. Et Blood n'avait pas d'autre choix que d'attendre.

Il se gratta les poignets, ses fers cliquetant dans le silence noir et absolu. Même le cheval dans la stalle voisine s'était immobilisé dans un sommeil équin. Pendant un long moment, il trouva un certain soulagement à méditer sur les rêves que pouvait bien avoir un cheval — quels songes venaient visiter un cheval de guerre sans guerre ? Des scènes de carnage ou de vertes prairies ? Est-ce qu'un cheval, une fois enfermé dans sa stalle, se demandait si on allait jamais le libérer ? Etait-il capable de s'abstraire de sa routine et de trembler à l'idée qu'il avait peut-être été abandonné ? Ou qu'on le laissait pourrir d'une mort lente, loin de tous les champs, les champs de bataille comme les autres ?

La fille allait venir demain. Sally et Van Landt. Blood avait confiance. Il y avait assez d'argent, de cela il ne doutait pas. Même en supposant que Van Landt fît payer au prix fort ses chevaux comme son temps, marchandant son appui à Sally en échange de son silence. Mais il y avait assez. Blood n'avait rien fait que l'argent ne pouvait réparer. Il savait qu'il était en mesure de faire sonner les shillings, les dollars ou les livres jusqu'à ce que la tension d'où qu'elle vienne s'apaise. Et peu importait tout ce mystère. Au pire, se disait-il, je cède la taverne à Van Landt et m'en vais avec seulement Sally et Luther pour recommencer ailleurs de zéro. Ce ne serait pas la première fois...

Dans l'obscurité qui l'enveloppait, il fut soudain envahi du désir de la posséder. Sally avait confiance en Blood, elle comptait sur lui. Ce qui ne l'empêcherait pas de lui en vouloir, sinon aujourd'hui, du moins un jour ou l'autre. En revanche, elle lui serait à jamais redevable. Et plus le temps passerait, quoi que la vie lui réservât, il savait que ce serait ainsi. Et le Hollandais était le seul homme qu'il eût rencontré autour des lacs du Connecticut avec lequel il se sentît sur un pied d'égalité — le seul à avoir sur la vie une vision proche de la sienne et à se tenir à l'écart de ses contemporains, pour le meilleur et pour le pire, laissant les autres en proie à leurs idées fausses et à leurs illusions. Il allait venir. Blood le voyait presque, là, devant lui, Van Landt, si réfléchi. Soucieux non seulement de trouver une solution au problème auquel il était confronté, mais aussi à en faire son profit. Qu'est-ce qu'un homme pouvait attendre de plus d'un autre ?

Au bout d'un temps incommensurable, une vision vint le hanter. Une vision dont Blood se croyait heureusement à l'abri depuis une éternité. Débutant par le cauchemar familier, elle se prolongea sans trêve longtemps après qu'il se fut hissé sur ses pieds et adossé, suant à grosses gouttes, contre les planches de la cloison — des instants ou même des heures échappés du placard noir fermé à clé de sa mémoire, situés entre le débit de gin de New Bedford et la maison familiale, plus précisément à l'intérieur de celle-ci, dans le vestibule où il se cognait au mur en essayant d'ôter ses bottes, tombant et retombant jusqu'à éclater en sanglots, et les ôtant finalement à coups de pied comme un jongleur indien, couché à plat sur le dos, les pieds en l'air, refaisant le plein d'une énergie dure comme le cristal, puis de nouveau debout, en chaussettes, la bouche tissée de fils de salive sèche, l'esprit lucide et en phase avec ce que l'avenir lui réservait, avec tout ce qui pouvait lui servir, en s'excluant du monde, à dévorer son ancienne vie, à ravager pour toujours son ancien moi, à se détruire.

A pas chancelants guidés par cette vision vers le salon baigné de la clarté des bougies, le grand salon vide où sa femme et son fils devaient toujours reposer. Levant les yeux, il aperçut sa ravissante Betsey pas le moins du monde morte mais comme pétrifiée, le corps crispé, au milieu de l'escalier, les cheveux comme d'habitude emmêlés mais pas coiffés de la manière qu'il aimait tant. Oh ! elle était si jolie, toute tremblante dans les doux plis de sa chemise de nuit, la tête dodelinant comme si elle pesait trop lourd, un taureau à qui on aurait coupé la gorge mais qui tient encore debout. Il cria son nom et gravit les marches comme si ses pieds n'attendaient que ce moment depuis toujours. Il l'attrapa à l'instant où elle se détournait de lui, Betsey, comme toujours, l'excitant par de faux petits cris plaintifs, et il lui arracha sa chemise en flanelle et la serra contre lui, et ce fut sa fille Sarah Alice qu'il serra contre sa poitrine, nue, Sarah Alice qui le frappa de ses poings tandis qu'il la transportait en haut, ses petits seins à quelques centimètres à peine de sa bouche tandis qu'il la tenait, un bras passé sous ses cuisses, s'imbibant de sa chaleur, et au moment d'atteindre le palier, ce ne fut pas par accident mais bel et bien volontairement qu'il tourna à gauche et non à droite dans le couloir et d'un coup de pied ouvrit la porte de sa chambre à elle et la jeta sur le lit et referma la porte — et tout en se déshabillant, il la regarda gigoter sur le lit, cherchant à se couvrir, même quand il enleva son pantalon, il ne la quitta pas des yeux, puis marqua une pause, observant son visage levé vers lui, suppliant, la bouche remuant sans un son et son regard ne pouvant se retenir de descendre vers son horrible pénis tandis qu'il s'avançait vers elle ; et il y eut ensuite cette dernière formidable poursuite autour de la chambre où il cassa tous les objets qu'elle lui lançait pour lui barrer la route, comme pour lui montrer de quoi il était capable, avant ce dernier instant presque parfait où il s'empara d'elle et où son corps s'arqua en le repoussant dans l'étreinte de ses bras ; l'exquise magie lente de sa force en action et puis la sensation qu'elle cédait. Son corps s'écroula, défaillant, tomba. Il embrassa ses cheveux en la soulevant et la porta jusqu'au lit, sachant qu'elle devait prononcer ces mots, comme tout être humain est tenu de nier son vrai désir. Papa Papa Non Non Non...

Déchiré, suant, enveloppé des ténèbres glaciales, de la puanteur du crottin et du vieux foin, avec cette vision aussi cruelle que les cauchemars, palpitante, actuelle, ce moment de sa vie l'espace d'une seconde reconstitué là devant lui dans chacune des nuances de ses sens exacerbés, *car à présent plus que jamais, à l'instant où il la pénétra, elle s'effaça, se transforma en une sorte de fluide plus vaste que l'eau, une disparition, une perte totale.*

Il trouva le seau d'eau et but. Puis il vomit, des grumeaux durs, chauds. A quatre pattes de nouveau. Les menottes lui tordant la chair à lui briser les os. Il tangua au-dessus du seau. Rendit tripes et boyaux et sentit le fer lui mordre la chair du poignet. Se balançant d'avant en arrière. Il avait une barre sur l'estomac, lequel gargouillait furieusement. Il se pencha, se cogna la tête contre la porte. Une minuscule fleur de douleur en s'ouvrant répandit du rouge tout autour de lui. Il leva la main et huma l'odeur du vomi. S'essuya le dos de la main dans la poussière. Puis s'affala lentement sur le côté et s'écarta de la porte en roulant sur lui-même jusqu'au mur contre lequel il s'adossa. Il se hissa en position assise, les genoux repliés devant lui. De manière à ce que les hommes qui entreraient au matin le trouvent face à eux. C'était important.

Au crépuscule, tous trois descendirent en aval du torrent jusqu'à Perry Stream en portant une truite embrochée sur une tige. Tapis dans les grands buissons de viorne sous les sapins en face de la taverne, ils observèrent la maison obscure, silencieuse, la cheminée froide. Dès que la nuit tomba, les hiboux lancèrent leur appel. Si quelqu'un se trouvait à l'intérieur, celui-ci n'avait ni lumière ni feu, et si on les observait, c'était sans donner signe de vie.

Finalement, Sally s'en fut seule sur le chemin, franchit le pont, remonta jusqu'à la taverne sans s'émouvoir des grondements menaçants du chien derrière la porte. Dès qu'elle prononça son nom, l'animal laissa échapper un ronflement de plaisir. Elle entra et se dirigea à tâtons vers la cheminée, s'accroupit pour souffler sur les braises et raviver une petite flamme douce à laquelle elle alluma la bougie de la lanterne. C'était elle qui, après qu'ils eurent décidé de ne pas faire appel à Van Landt, avait insisté pour rentrer à la taverne afin de vérifier s'il n'y avait pas eu de dégâts commis et pour monter une garde nocturne. Qui que fussent ces garçons, et quoi que le lendemain leur réservât, et même si elle était toujours déterminée à saisir toutes les opportunités qui se présentaient à elle, elle tenait à ne pas donner à Blood de raison de lui en vouloir.

Elle ouvrit la porte et, la main posée sur la tête de Luther, appela les garçons. Quand ils pénétrèrent dans la faible flaque de lumière, le chien grogna. Elle lui dit de se taire, et il obtempéra. Le chien renifla les garçons tour à tour quand ils passèrent la porte, puis Sally ôta sa main de sa tête et lui dit Sors, et il trotta dehors dans la nuit pour patrouiller dans les coins et marquer son territoire de jets d'urine.

— Y en a un de vous qui sait traire une vache ?

Elle et Fletcher se rendirent à la grange avec un seau et un panier à œufs, laissant Cooper faire une flambée dans les deux âtres et cuire la truite et, se dit Sally, fureter dans tous les coins. Elle avait encore autour du cou la bourse avec la clé. Après avoir donné du foin aux bœufs et à la vache, elle retira aux poules les œufs qu'elles couvaient et les mit de côté. Puis elle retourna à la grange pour trouver Fletcher debout à côté du tabouret avec à la main le seau de lait à moitié plein tandis que la vache soulevait son train arrière en ramenant alternativement son pied droit et gauche en avant.

— Elle n'est pas habituée à moi.

— Ça ira. T'en as assez tiré pour empêcher ses pis d'éclater en attendant demain.

Ils mangèrent la truite accompagnée de tranches de pain rassis qu'ils toastèrent sur des fourchettes au-dessus des braises, et de thé arrosé de rhum. Le chien s'allongea devant la cheminée, ses yeux se posant tour à tour sur les deux garçons. Ils avaient bâclé la porte, mais personne ne vint frapper. Sally supposa que tout le monde était au courant de l'arrestation. Cela l'embêtait de penser que seul Peter Chase avait eu une pensée pour elle. Et cela l'effrayait aussi un peu. Comme si non seulement tous connaissaient le sort de Blood, mais aussi se désintéressaient de ce qu'il advenait d'elle. Pour la première fois, elle se prit à douter de Van Landt. Mais ce n'était pas le style du bonhomme de descendre aux nouvelles, il attendrait plutôt qu'on monte le chercher. En plus, se rappela-t-elle, il devait être le seul, outre le vieux trappeur, à ne pas être au courant du tour pris par les événements. Ce qui de fil en aiguille l'incita à se demander où pouvait bien se trouver

Gandy. Il aurait dû être là, à l'enquiquiner, à essayer de boire aux frais de la princesse. Pour la première fois, elle eut peur.

Comme s'il avait lu dans ses pensées, Cooper dit :

— C'est drôlement silencieux. On aurait cru qu'ils auraient débarqué en foule pour savoir ce qui s'était passé.

— Sans doute qu'ils savent.

— Tu crois à un marché ?

— Y a des chances, opina-t-elle. Mais je n'ai aucune idée de quel genre de marché.

— Tu crois que Blood le sait, lui ? interrogea Cooper avec un hochement de tête.

— S'il le savait, il l'a pas montré.

— Peut-être le sait-il à l'heure qu'il est. Où ils l'ont emmené, tu as dit que c'était à une demi-journée de cheval ?

— J'en suis pas sûre. C'est l'impression que j'ai eue.

— Une longue marche.

— Qu'est-ce que ça veut dire ?

— Ça veut dire que nous laissons le Hollandais hors du coup. Nous y allons à pied, et on voit ce qu'on peut faire.

— Non, dit-elle. Ça ne plaira pas à Blood, qu'on lui obéisse pas.

— A mon avis, il n'est pas en position de juger. On sait même pas de quoi il s'agit. C'est sûrement plus grave qu'il ne l'a cru quand ils sont venus le chercher ce matin.

Elle se resservit de thé.

— Comment tu comptes lui expliquer pourquoi c'est vous deux plutôt que Van Landt ?

— On n'a qu'à lui dire que le Hollandais a eu un empêchement. Qu'on est descendu à la taverne et qu'on t'a trouvée toute retournée.

— Et qu'est-ce qui va arriver quand on va rentrer et qu'il va apprendre la vérité ?

Cooper se tut un moment. Puis, d'une voix égale, déclara :

— Bien. A cheval ou à pinces, c'est pas de tout repos de se coltiner jusque là-bas.

— Quels sont vos plans pour lui ? dit-elle.

— Je sais pas. Je saurai pas avant de le trouver.

— Après toutes ces années, vous n'avez pas de plan ?

Les paupières de Cooper papillonnèrent.

— J'ai beaucoup d'idées. Mais tant que je ne suis pas face à face avec lui et tant qu'il ne sait pas qui je suis, je reste dans l'expectative. Je ne vais pas m'encombrer avec un plan autre que celui de voir venir.

Un silence. Puis Cooper reprit :

— On devrait se coucher. Si on a tout ce chemin à faire à pied, faudra partir aux premières lueurs de l'aube.

— On va pas marcher, dit Sally. Je vais monter voir Van Landt à la première heure et lui louer des chevaux.

— Qu'est-ce qui te porte à croire que tu devrais venir ? s'enquit Cooper.

Elle le fixa d'un air dur.

— Ma parole, t'as tout compris à l'envers.

Cooper, rapide comme l'éclair, rétorqua :

— T'aurais pas un faible pour Blood ?

— J'ai connu pire. Blood n'est pas un tendre, mais pour moi, c'est un homme juste.

Ils se turent un moment. Puis ce fut au tour de Fletcher d'intervenir :

— Elle a le droit de venir.

— En d'autres termes, tu lui en donnes le droit, corrigea Cooper.

— Non. Elle a le droit de voir la suite. Comme ça, elle pourra juger d'elle-même et pas d'après des racontars.

— Mon vieux, t'as pas l'air en forme, lança Cooper.

— Au contraire, je vais très bien.

Silence. Tous trois contemplant le feu, évitant de se regarder. Sally se disant qu'il n'y avait pas de bonne réponse et qu'il valait mieux laisser cette déclaration en suspens.

Au bout d'un moment, Cooper interrogea :

— Qu'est-ce qui t'incite à croire que ce fermier va accepter de te louer des chevaux, à toi et à deux hommes qu'il n'a jamais vus ?

Sally se pencha et délaça sa bottine, l'enleva, s'appuyant de temps en temps à l'épaule de Fletcher, tandis que ce dernier la soutenait par le bras pour l'aider à garder son équilibre. Elle posa la bottine sur ses genoux, y glissa la main et en sortit la pièce d'or qu'elle tendit à Cooper en disant :

— Combien ça vaut ?

Il regarda la pièce.

— C'est une pièce de cent dollars.

— Je pourrais m'acheter un cheval avec ça ?

— Sans doute le meilleur. C'est à lui ?

Elle avança la main pour lui reprendre la pièce. Elle ne la remit pas dans sa bottine, mais se leva et la posa sur le manteau de la cheminée. Elle s'assit et dit :

— Il y en a encore à l'endroit où je l'ai trouvée. Si Van Landt a trois chevaux, eh bien, on va les lui acheter. Même si c'est seulement pour la journée.

— Je croyais qu'on en avait besoin de quatre, avança Cooper.

— Je sais pas monter à cheval. J'ai jamais monté de ma vie.

— Je croyais que tu voulais venir, observa Fletcher.

— Mais je viens, répliqua-t-elle en détournant son regard vers le feu. Je pensais que je pourrais monter derrière un de vous deux.

— Très bien, approuva Fletcher.

— Bon, dit Cooper. Il va falloir aller voir à quoi ressemblent ces chevaux.

Après une brève discussion, et malgré le regard triste de Fletcher qu'elle ignora, les garçons s'en furent dormir dans le lit de Sally tandis qu'elle grimpait à l'échelle pour se coucher sur le matelas de Blood. Elle resta presque toute la nuit allongée sans trouver le sommeil sous les couvertures imbibées de l'odeur de Blood, non pas aigre mais souillée par la sueur de ses souffrances et de ses nuits. Peu sûre d'elle, avec les garçons en bas, le jour devant elle, le jour derrière elle, et tous les autres jours à venir. Elle se figurait une rupture avec Blood, sans rien pour lui garantir ni le succès ni même une échappatoire. Rien d'autre que la fatalité, voilà ce qu'elle voyait. Elle pensa à Cooper évoquant la futilité des plans. Tournant sur elle-même, les entrailles nouées, les idées bouillonnantes à force de vouloir mettre de l'ordre dans son esprit. La nuit s'écoula, à une vitesse stupéfiante. Elle avait dû s'endormir.

Il faisait encore noir quand elle repoussa les couvertures et descendit l'échelle. A la cuisine, elle ranima le feu et fit bouillir de l'eau pour le thé. Elle cassa des œufs dans la poêle graissée et s'agenouilla pour les brouiller dans les lueurs de l'âtre qui bondissaient derrière elle comme attirées vers l'arrière de la cheminée. Elle se dit Il y a du vent. Une fois les œufs cuits et le thé infusé, elle alluma une bougie et s'en fut réveiller les frères qui étaient pelotonnés tous les deux dans le lit, imbriqués l'un dans l'autre presque comme des amoureux, et elle resta un moment à les contempler en se demandant comment ils s'harmoniseraient avec elle. Elle scruta leur amour. Le détruirait-elle, y trouverait-elle une place ? Elle resta si longtemps debout que des gouttes de cire brûlantes lui tombèrent sur la main. Alors elle fit basculer la bougie juste assez pour se brûler de nouveau. Pour cesser de s'apitoyer sur elle-même. Quels que fussent les liens entre ces garçons, ils n'étaient en rien enviables. Nés dans la tristesse, une tristesse qu'ils portaient comme un fardeau. Elle avait son lot.

Elle se pencha et secoua la hanche de Fletcher jusqu'à ce qu'il se tourne et nage vers elle du fond du sommeil. Il lui sourit. Elle coupa court à tout bonjour.

— On n'a plus qu'une demi-heure de noir devant nous. Je me dis que c'est trop tranquille, ça peut pas durer. Ça va changer aujourd'hui. Il faut sortir d'ici. J'ai préparé du thé et des œufs.

Elle ouvrit la porte au chien pendant qu'ils mangeaient. Luther n'aboya pas. Elle prit une chaussette et l'emporta dans la partie taverne où elle ouvrit la cassette et remplit la chaussette avec les pièces les plus lourdes. Refermant la cassette à clé, elle fit un nœud à la chaussette et la tendit à Fletcher. Puis elle se dirigea vers la cheminée pour récupérer la pièce d'or. Elle n'était plus là. Quand elle se retourna, Cooper la tenait entre ses doigts.

— Garde-la, lui dit-elle. J'en ai deux autres sur moi. C'est mieux de se les distribuer.

Sur le pas de la porte, elle fit rentrer le chien. Tous trois prirent leurs mousquets respectifs et leurs sacs de munition et sortirent dans la nuit. Les étoiles faisaient un scintillement nébuleux à l'est. L'air était chaud, poussé par un petit vent du sud. Ils grimpèrent le chemin accidenté le long de Perry Stream. Elle espérait qu'ils arriveraient chez Van Landt à l'aube.

Blood se réveilla au vacarme des chevaux se disposant en rangs dans la cour en terre battue de la caserne, des ordres aboyés en hoquets monosyllabiques, des cliquètements de sabres se levant au garde-à-vous, puis reprenant leur place dans leur fourreau. De totale, la nuit de sa prison était, par un éclairage diffus, devenue une pénombre glauque. Il se leva tant bien que mal et essuya du mieux possible ses vêtements, se passa la manche sur le visage, le fer de ses menottes heurtant une ecchymose sur son poignet. Il déplorait le vomi dans le seau d'eau potable qu'il poussa à côté de celui qui faisait office de pot de chambre dont il ne s'était pas servi. Il se tint debout jambes écartées, avec ses mains ligotées devant lui, face à la porte. Résolu à oublier la nuit passée et à ne songer qu'à ce qui l'attendait.

A un moment donné en milieu de matinée, il entendit un bruit de bottes, la bâcle qu'on soulevait, et il plissa les paupières d'avance, s'attendant à être ébloui par la lumière à l'ouverture de la porte. Se présentèrent les deux mêmes soldats, ceux qui lui avaient apporté son dîner. Ils restèrent une minute à le regarder sans bouger de l'embrasure de la porte, et il supposa qu'il n'était pas beau à voir. L'un d'eux frotta du bout du pied la terre à l'endroit où son vomi avait manqué le seau d'eau, puis leva de nouveau les yeux vers Blood. Celui-ci soutint son regard sans mot dire. Le soldat cracha, et ils entrèrent tous les deux pour prendre Blood par les coudes. Dehors. Il faisait beau, l'air était doux. Comme si l'été revenait. Les soldats, après lui avoir fait parcourir toute la longueur de l'écurie, allaient bifurquer sur la route du village quand, apercevant un puits, Blood se figea, si brutalement que ses geôliers se heurtèrent à lui.

Regardant droit devant, il prononça :

— Vous m'emmenez chez le magistrat.

Ce n'était pas une question. Ils resserrèrent l'étau de leurs doigts. Celui à sa droite répliqua :

— On n'est pas censé vous parler. Allez, avancez.

Et ils le poussèrent comme un cheval récalcitrant.

— A moins que vous ayez l'intention d'aller me pendre dans un bois sans autre forme de procès, je voudrais me débarbouiller un peu. Juste la figure et les mains. J'aimerais autant ne pas offusquer le magistrat plus que je l'aie déjà fait.

— Ferme-la, dit l'autre soldat. Allez, avance.

— Attends, dit le premier. Il pue vraiment. Ils vont peut-être pas être ravis qu'on le leur amène dans cet état.

Blood patienta en silence. Au bout d'un moment, le second dit :

— Si tu veux mon avis, ils s'en foutent.

Blood en conclut que ce n'était pas bon signe.

— Je suis pour le laisser se laver, dit le premier. A sa place, j'aimerais bien qu'on fasse ça pour moi.

— Si ça tourne mal, ce sera pas ma faute.

— Il va pas faire d'histoires. Hein ? dit le premier en levant le bras pour donner un petit coup de poing sur la bosse que Blood avait derrière l'oreille.

Ils remontèrent un seau qu'ils posèrent en équilibre sur la margelle du puits. Blood prit de l'eau dans ses mains en coupe et but. En reprit de nouveau, et cette fois s'éclaboussa le visage et se frotta des deux poings. Il se lava les mains et, enfin, les leva encore mouillées pour les passer dans ses cheveux en guise de peigne. Comme il avait perdu la lanière qui les retenait, il les ramena derrière ses oreilles. Puis il se tourna vers le premier soldat et lui dit :

— Merci.

— Allons, venez. On a déjà perdu trop de temps.

Le village lui semblait rétréci par rapport à son impression de la veille au soir. Le jour le révélait plus primitif et plus misérable que le mirage qui lui était apparu à la clarté des fenêtres illuminées. La peinture s'écaillait sur les lambris dont le bois, posé trop vert, se fendait çà et là. Les cours en terre battue creusées d'ornières s'ornaient de misérables plates-bandes déjà noircies par le gel. Des tas de bois de chauffage s'accumulaient contre les portes. Des poules tournicotaient sur les mottes de mauvaises herbes. Une truie et ses petits prenaient le soleil sur la route. Au moment où le trio passa, la truie releva la tête pour les considérer de ses yeux rouges. Au gré des courants d'air, le linge étalé sur les buissons se soulevait, pans d'étoffe, bouts de bras et de jambe. Ils croisèrent un homme qui marchait à côté d'un bœuf tirant un lourd traîneau chargé d'épis de maïs du Canada décortiqués destinés à servir de mauvais fourrage en hiver. L'homme ne jeta pas un regard à Blood ni aux soldats. Blood se demanda s'il fallait imputer cette indifférence à sa propre insignifiance, ou à une attitude générale vis-à-vis des soldats de la Province.

Après un portail en pierre, ils tournèrent dans l'allée d'une maison qui ne payait pas de mine, sinon que, devant l'appentis, un cheval rouan attaché à une barre fixe ruisselait d'écume. Blood l'examina attentivement. Celui-là, il l'avait déjà vu quelque part.

Le lieutenant Quigley sortit de la maison pour s'avancer à leur rencontre. Les soldats s'arrêtèrent. Quigley inspecta Blood avec soin, comme s'il jaugeait l'état de son prisonnier.

— Vous avez l'air reposé, lâcha-t-il.

Blood demeura muet.

— Je me trompe peut-être. Peu importe de toute façon, je suppose, pour un homme de votre trempe.

Blood se taisait toujours.

— Mais assez plaisanté. Venez, entrez donc.

Les soldats le lâchèrent. Blood passa devant l'officier et, un pied après l'autre, gravit les trois marches aussi dignement que possible, comme si la chaîne qui lui entravait les chevilles était purement décorative. Les mains jointes devant lui, il ouvrit la porte, Quigley sur ses talons. Ils se trouvaient dans un minuscule vestibule à côté de la cuisine, une sorte de garde-manger, garni d'étagères encombrées de pots à cornichons, d'un potiron géant posé à même le sol et d'autres étagères, en face des premières, qui accueillaient, elles, les volumes reliés de cuir d'une encyclopédie de la jurisprudence. Par la porte, il vit une vaste cheminée et un coin de table. Des voix s'étaient tues dès qu'il avait franchi la porte d'entrée. Sans marquer de pause, il continua et entra dans la cuisine.

C'était une pièce curieuse. Une cuisine, certes, mais plus vaste que celles qu'il avait pu voir jusqu'ici en ce pays du Nord. La table lui parut, elle aussi, énorme, en bois sombre, plus rectangulaire que carrée, avec de beaux pieds en bois tourné et un bord en marqueterie. Au bout, près de l'âtre, se dressait une sorte de petite estrade sur laquelle trônait un gros fauteuil contenant un homme frêle au visage fin et aux yeux bleu pâle. Ses cheveux roux, rares sur le sommet de son crâne, se hérissaient en brosse sur les côtés et sur la nuque. Il portait une chemise blanche et un gilet canari. Devant lui, ouvert sur la table, un registre relié pleine peau montrait une page déjà à moitié couverte d'une fine écriture. Un encrier en terre cuite et un socle en pierre à savon d'où émergeaient deux plumes, plus un petit canif posé sur un plateau à l'avant du reste. A côté du registre, un autre pot en terre, celui-là contenant du sable, et encore à côté un cachet rond officiel en cuivre et un bâton de cire.

Assis à la table auprès du magistrat mais sur le côté, le dos au feu, Mose Hutchinson.

— Shérif, dit Blood. J'ai le plaisir de constater que votre jambe vous permet de monter à cheval.

Un coin de voile venait de se lever.

— J'ai encore très mal, je ne retrouverai jamais ma jambe, dit le shérif. Je suis ici seulement au titre de témoin. Je tiens à m'assurer que la justice est bien rendue à la double satisfaction des législations canadienne et américaine.

— Bien, dit Blood. J'ai pas pensé une seconde que vous étiez là pour assurer ma défense.

— C'est au magistrat que vous devriez adresser votre requête, Blood. La plainte lancée contre vous relève de sa juridiction.

Blood opina au bénéfice du shérif.

— Je savais pas que j'avais une requête à présenter, shérif. Mais je retiens votre conseil.

Se tournant alors vers l'homme aux cheveux roux, il enchaîna :

— Je m'appelle Blood. Je ne sais ni votre nom ni comment je dois vous appeler. Mais je puis vous assurer qu'en ce qui concerne feu Laberge mon rôle a été passif. Il a tué un homme ; les amis de celui-ci se sont emparés de lui et l'ont pendu. Ces événements ont eu lieu à l'intérieur et à proximité du débit de boisson que je tiens dans le pays dit d'Indian Stream, lequel est l'objet d'un conflit entre le Canada et le New Hampshire. Je n'étais pas pour la pendaison mais je n'ai pas pu intervenir — la foule était trop en rogne et feu Laberge quand même coupable de meurtre. Là-dessus, il n'y a pas de discussion possible.

L'homme aux cheveux roux dévisagea Blood. Au bout d'un moment, il prit la parole — d'une voix ingrate, une voix de crécelle grinçante comme celle d'un adolescent. Au point que Blood se demanda comment cet homme avait pu être élu pour faire respecter la justice.

— Je m'appelle Morris. Vous pouvez m'appeler maître Morris ou Monsieur le juge, comme il vous plaira. La corde qui a servi à l'assassinat de M. Laberge vous appartenait, n'est-ce pas ?

— On l'a prise dans ma grange.

— Vous avez assisté à la pendaison ?

— L'arbre se trouvait devant mon magasin. J'étais là.

— Vous ne vous êtes pas interposé.

— J'ai déjà répondu à cette question.

— C'est exact.

— Monsieur le juge. Il était tard. Il avait tué un homme. Les autres étaient fous furieux. Et ils avaient bu.

— De l'alcool que vous leur aviez fourni.

— Vendu, c'est mon travail.

— Et vous n'auriez pas pu vous en mêler ? Vous, le propriétaire ? Et leur suggérer, je ne sais pas, d'attendre le lendemain matin. De réfléchir à la lumière du jour avant d'agir ?

— Non.

— Et pourquoi pas, Monsieur Blood ? C'est votre nom, n'est-ce pas ?

— Oui.

— Malencontreux, étant donné les circonstances.

— C'est comme ça que je m'appelle. Non, je m'en suis pas mêlé. J'avais par terre chez moi un homme à la gorge tranchée. Et les autres, ils étaient tout un groupe, et vous savez comme ça dégénère vite. Je me sentais moi-même en danger. Il n'y avait pas que le meurtre commis par Laberge. Deux nuits plus tôt, sans un au revoir, les Canadiens installés dans le coin avaient mis la clé sous la porte. Il y avait de quoi se poser des questions. Pourquoi ils étaient partis comme ça ? Qu'est-ce qu'ils savaient pour filer en catimini sous le couvert de la nuit ? Bien sûr, ils avaient peut-être décidé que le temps était venu de quitter le pays. Il y a eu des troubles récemment. Mais c'était quand même bizarre. Et il y en avait qui se demandaient pourquoi Laberge était resté. C'était pas clair. Comme s'il y avait quelque chose derrière.

Le juge Morris pencha la tête de côté.

— Et que cela pourrait-il bien être, monsieur Blood ? Ce quelque chose derrière ?

— Pour ma part, il est resté pour des raisons personnelles. C'était un trappeur, un solitaire. Je l'aimais bien. Mais les autres, ils se montaient la tête. Vu la situation et le départ des Canadiens, ils ont dû considérer Laberge comme un espion. J'en sais rien. C'est idiot, mais c'est pas mon travail de surveiller les opinions des autres. Vous comprenez ?

— C'est vous qui posez des questions maintenant, monsieur Blood ? dit Morris.

— C'est que je sais pas ce que vous voulez. C'est pas moi qui l'ai pendu à cet arbre. Que me voulez-vous, à la fin ?

Hutchinson prit la parole :

— Doucement, Blood. Vous êtes celui sur lequel nous sommes tombés d'accord.

— Que voulez-vous dire ?

Le magistrat lança au shérif un regard de remontrance, puis se tourna de nouveau vers Blood. Comme s'ils n'avaient pas été interrompus.

— Les sœurs de Charles Laberge ont déposé une plainte contre les hommes responsables de sa mort, dit-il en haussant un sourcil comme si le reste coulait de source. Vous allez nous donner le nom de ces hommes.

— Ma parole, je préférerais me trancher la gorge que de faire une chose pareille. Et même si j'y étais disposé, je pourrais pas.

Le magistrat dévisagea Blood. Yeux fixes de lézard. Patients.

— Le garçon que Laberge a tué, c'est lui qui a tout provoqué. Il a tiré le premier son couteau et a blessé Laberge. Ensuite Laberge a donné un coup de pied dans le bras du garçon et le lui a cassé. Le couteau a valsé de sa main. Le garçon était touché salement, désarmé, alors il s'est emparé de la fille qui travaille pour moi. Il s'est servi d'elle comme bouclier. C'était terminé. Je me précipitais vers eux quand Laberge a bondi et a ouvert la gorge du jeune Bacon. J'étais arrivé trop tard. Après cette chose horrible, les événements se sont enchaînés spontanément.

— Pourquoi devrais-je croire en votre version des faits ?

— Pourquoi pas ? C'est ce qui s'est passé.

— Dans ce cas, les hommes que je souhaite interroger vont la confirmer, n'est-ce pas ?

— Ce n'est pas si simple.

— Ah ?

— Ces hommes ne font confiance à personne. A aucune autorité. Ils n'ont pas encore de frontière. Si vous autres les Canadiens vous procédez à des arrestations, ce sera comme pour les agents du New Hampshire, ils se sentiront menacés. Comme ils sont devenus méfiants quand ils ont vu que les Canadiens s'étaient volatilisés. Ils sont à cran, et pas sans raisons. C'est pourquoi d'une façon ou d'une autre, si je vous livrais ces noms, c'en serait fini pour moi là-bas. Même s'ils ne me tuaient pas. Personne ne me fera plus confiance, personne ne voudra plus rien m'acheter ni me vendre.

La pièce était silencieuse. Hutchinson occupé à se curer les ongles avec un canif, essuyant la lame de ce dernier sur la manche de sa veste. Le magistrat jeta dans sa direction un coup d'œil que l'intéressé ignora. Du coup, Morris parut se plonger dans la lecture du registre ouvert devant lui. Blood ne le quittait pas des yeux. Il avait l'air de lire et relire les mêmes lignes. Blood se demanda s'il tuait le temps ou préparait son verdict.

Finalement, le magistrat leva les yeux vers Blood.

— Et aux sœurs de Charles Laberge et à leurs enfants, je n'ai rien d'autre à dire sinon que leur frère et oncle n'était qu'un vulgaire assassin à qui on a fait justice ? Et qu'il a fallu une troupe de l'armée royale pour récupérer son corps afin de l'inhumer selon le rituel catholique ? C'est cela que vous suggérez ?

Nous y voilà, songea Blood. Ils allaient bientôt parler gros sous. Mais que diable faisaient Sally et Van Landt ? Tout haut, il dit :

— Je me sens un peu fautif.

— A quel propos ? interrogea le magistrat d'un ton amadoué.

— Je n'ai pas pensé une minute qu'il avait des proches. La plupart de ces hommes, surtout les vieux, les trappeurs et les bûcherons, ils ont quitté ce qu'ils avaient comme famille il y a bien longtemps. Ceux qui partent vivre dans les bois sont un peu les moutons noirs. J'ai peut-être eu tort de l'enterrer, mais si je l'ai fait, c'est pour lui montrer mon respect. Pas question d'envisager de l'inhumer dans le cimetière. Les autres l'auraient laissé pourrir au bout de sa corde. Je l'ai descendu de là, j'ai fait de mon mieux. Au moins ça je ne le regrette pas. Mais je suis désolé d'avoir causé du chagrin aux siens.

Il marqua une pause, puis ajouta :

— Peut-être...

— Peut-être ?

— Si vous leur expliquiez ma position, ils comprendraient peut-être. Pourquoi j'ai fait ça.

— Vous voulez dire pourquoi vous l'avez enterré dans votre potager.

— J'ai eu tort. Mais j'étais pressé de le mettre sous terre. Il faisait un temps de chien. Il gelait. J'ai agi au mieux, sans trop réfléchir.

— Sans réfléchir du tout.

Blood laissa passer la remarque du magistrat.

— La famille ? Sont-ils riches ?

Le magistrat le dévisagea un long moment, puis dit :

— Dans cet endroit ?

Blood opina. Les premiers jalons étaient posés.

— En témoignage de mon remords et en gage de ma bonne volonté et de la tristesse que je ressens devant ce malheur, peut-être me permettra-t-on de participer au coût des funérailles ? Ainsi qu'aux frais annexes... Bien sûr, je ne voudrais pas les froisser. Pensez-vous que nous pourrions régler cette affaire discrètement, par l'intermédiaire d'un tiers ? Le curé, peut-être. Ou vous-même, puisque vous les connaissez. Je vous laisse décider.

Le magistrat baissa la tête comme pour contempler ses mains pliées sur les pages du registre. Puis il redressa à la fois sa tête et ses mains en joignant les doigts sous son menton.

— Ce ne serait pas une opération bon marché. Si on veut que ce soit bien fait.

— C'est aussi mon avis, dit Blood.

— Quelle somme vous semblerait correcte ?

— Je laisse cette estimation à votre jugement.

— Mes jugements relèvent du domaine juridique, non financier.

— Je vois. Je plaide moi-même l'ignorance en matière de coutumes catholiques. Cinq dollars américains en or vous paraîtraient-ils suffisants ?

Le magistrat se mit à fredonner contre ses doigts qu'il pressait à présent contre ses lèvres.

— Je ne voudrais surtout pas aggraver mon offense. Dix seraient-ils plus appropriés ?

Le fredonnement baissa d'un ton.

— Ah, j'oubliais, reprit Blood. Les catholiques se réunissent après un enterrement, non ? Ils font une sorte de fête. Ce n'est sûrement pas donné. Et puis il faut une pierre tombale. Quinze seraient-ils assez ?

Le magistrat posa alors enfin son regard sur lui.

— Vous avez cet argent, cet or, sur vous ?

— Vous savez bien que non. J'ai déjà dit à l'officier que je n'en transporte pas sur moi et que je n'ai pas eu le temps d'en prendre hier. Mais la fille qui travaille pour moi va me l'apporter. Je lui ai demandé de venir avec.

— Vous n'avez pas d'argent.

— Elle va venir, je vous dis.

— Et où donc est cette fille ? questionna le magistrat en balayant la pièce du regard comme si elle pouvait s'y dissimuler.

— Elle est en route, en compagnie d'un homme de confiance. Quelqu'un sur qui je peux compter. Ils ont dû être retardés au départ. Mais ils vont arriver, dans une heure ils seront là.

Hutchinson replia son canif, le rangea, puis leva les mains l'une après l'autre en écartant les doigts pour inspecter son ouvrage. Ensuite, pour la première fois depuis le début de la négociation, il regarda Blood et lança :

— S'agirait-il d'Emil Chase, par hasard ?

— Non, répondit Blood.

— Vous pouvez m'indiquer qui ?

— Je ne vois pas pourquoi. Ils ne vont pas tarder.

Hutchinson se leva en se soutenant des deux mains à la table. Une fois debout, il recula d'un pas en envoyant de côté sa jambe blessée, laquelle, toute raide à partir de la hanche, effectua un demi-cercle avant de se reposer.

— Vous ne vous êtes pas étonné, reprit l'infirme, que les soldats canadiens, pour vous amener ici, aient pénétré aussi facilement un territoire qui m'a coûté hier plusieurs hommes, des chevaux et ma jambe ?

Blood opta pour la prudence.

— Je suppose que mon arrestation ne leur est pas inutile. A Indian Stream, ma présence est tolérée, sans plus.

Hutchinson plongea la main dans la poche de sa veste et en sortit une pièce d'or d'une valeur de dix dollars qu'il posa sur le registre devant le magistrat. A l'adresse de Blood, il dit :

— Vous m'êtes redevable maintenant.

Blood se tourna vers le magistrat :

— Non. Je préfère attendre la fille.

— La fille ne viendra pas. J'ai passé un marché avec Chase : s'ils nous permettaient de vous arrêter, ils étaient tranquilles. J'ai tenu ma part du marché, malgré ce que ça m'en coûte.

— Je ne vous comprends pas.

— J'ai soigneusement choisi mes mots. Je lui ai laissé entendre que je m'exprimais au nom des autorités du New Hampshire. Et maintenant me voici ici. Au Canada. Où je m'occupe de vous.

Et ce matin, à l'aube, un capitaine de la milice du New Hampshire a conduit une compagnie forte de cent hommes dans le territoire d'Indian Stream. Il sont munis de mandats d'arrêt contre les deux douzaines de criminels dont nous tenions les noms, et d'ordres les autorisant à mater tout mouvement de résistance. Dans un sens, vous pouvez vous estimer heureux de vous trouver ici, Blood. Qu'en pensez-vous ?

Le juge Morris se leva à son tour. La pièce d'or n'était plus sur la page de son registre.

— J'aurais été plus avisé de traiter seul avec cet homme qu'avec votre assistance, Hutchinson. Mais j'en ai terminé avec vous deux pour le moment. Vous pouvez partir.

Devant le rail où l'on attachait les chevaux patientait un seul des deux soldats de tout à l'heure, pas celui qui avait permis à Blood de se laver. Il regarda Blood et Hutchinson sortir de la maison, et, sans un mot, se pencha pour libérer le prisonnier de ses fers, puis il se redressa pour lui ôter ses menottes. Après quoi, il recula d'un pas, esquissa au bénéfice des deux hommes un salut moqueur et remonta la route, les chaînes pendant de son bras musclé, un des bracelets de cheville traînant dans la poussière.

Les deux hommes restèrent à côté du cheval rouan que Blood avait repéré à son arrivée.

— Je pensais qu'il était mort, observa Blood.

— L'autre était le fils de celui-ci. Je ne sais pas ce qui m'a pris de monter un cheval aussi jeune ce jour-là, répliqua Hutchinson comme s'il évoquait un épisode heureux de sa vie.

— Vous voulez ma mort. N'est-ce pas ?

— J'ai bien envie de passer ce col et d'aller voir ce qui reste encore debout là-bas.

— Je vous préviens : s'il est arrivé malheur à la fille, je vous en tiendrai responsable. Compris ?

— Encore des menaces, Blood.

— Non. Seulement la vérité.

Hutchinson mena sa monture par la bride jusqu'au gros bloc de granit installé dans la cour pour aider les enfants et les femmes à se hisser sur le dos des chevaux. Il dut s'y reprendre à plusieurs fois pour positionner le sien de manière à ce que l'étrier se trouve pile face au bloc tandis qu'il sautillait d'avant en arrière, gêné par la raideur de sa jambe. Finalement, il parvint à glisser son bon pied dans l'étrier et enfourcha la bête qui, dès qu'elle sentit son poids sur son dos, se fit aussi immobile qu'une statue. Hutchinson abaissa son regard sur Blood.

— Voulez-vous m'accompagner, Blood ? Au moins une partie du chemin ?

— Non.

— Réfléchissez. Une fois hors d'ici, il serait facile pour vous de m'agresser. Je suis mieux armé que vous, mais vous êtes un homme astucieux, je me trompe ? Vous trouveriez peut-être un moyen de vous venger.

— Cette heure n'a pas encore sonné.

Huchinson sourit.

— Vous n'êtes pas encore mort, n'est-ce pas, Blood ? Pour moi, c'est une bonne chose. Vous voyez que vous ne me faites pas peur. N'oubliez pas que vous êtes mon obligé.

— Alors là, pas du tout.

A ces mots, il avança d'un pas et, de toutes ses forces — ses forces libérées —, frappa d'un grand coup de poing la tête du cheval qui pivota sur lui-même en pétant un grand coup. Blood abattit de nouveau son poing sur les muscles gras de la croupe. Le shérif pencha dangereusement sur le côté. Avec un puissant hennissement, le cheval partit comme une flèche. Son cavalier se contorsionna pour le reprendre en main et l'empêcher de foncer vers le nord, s'efforçant de le diriger vers le sud, de sorte qu'homme et bête tournoyèrent un moment au milieu de la route.

Blood alla se poster entre les deux piliers en pierre jusqu'à ce qu'ils eussent disparu. Puis il s'en alla à pied dans la même direction qu'eux, vers le sud, espérant repérer la piste rudimentaire qui menait vers le gué, le col et le pays au-delà. Se disant Marche, ne pense pas ; toute pensée pour le moment n'est qu'angoisse. Mets tout dans tes jambes.

Six

Ils les entendirent approcher, une espèce de roulement continu de chevaux au petit trot dans la clarté grise de l'aube, un son se propageant plus par la terre que par la voie des airs. Ils quittèrent en toute hâte la route pour courir s'accroupir derrière les genévriers géants et les cèdres de la colline, et regarder en contrebas défiler les cavaliers ; une vingtaine d'hommes en uniforme blanc et vert, ceinturons, bottes hautes, avançant dans les filaments de jour nimbés de la brume glacée de la rivière ; peinture aux couleurs vives animée comme par magie, déferlement de bêtes énormes montées par des hommes droits sous leur tricorne en castor noir. Leur bruit pareil à des tambours transmettant un message à travers le pays.

Le trio attendit sans bouger que l'aube ait englouti le passage des cavaliers, puis ils s'entre-regardèrent.

— Qu'est-ce que c'était que ça, bon sang ?

— Beaucoup d'ennuis pour quelqu'un, dit Fletcher en se tournant aussitôt vers Sally. C'étaient les mêmes soldats que pour Blood hier ?

— Je crois pas. Ils portaient pas le même uniforme.

Cooper interrogea :

— À part le fermier hollandais, qui est-ce qui vit en amont ?

— J'ai jamais été si haut, répondit Sally. Mais ils sont quatre ou cinq autres, ça j'en suis sûre. Et puis des trappeurs, un peu plus loin.

— Je me demande à qui ceux-là en voulaient ?

En se renfrognant, Sally lança à Cooper :

— J'en sais pas plus que toi. Allons, faut continuer. On perd notre temps ici.

— Je ne sais pas, dit Fletcher. On devrait peut-être faire une halte, voir si ces soldats reviennent avec un prisonnier. Attendre la suite.

— Une chose est certaine, reprit Cooper, c'est que c'est grave. On n'envoie pas les troupes de si bonne heure sans raison grave. Et vous avez vu que les chevaux écumaient, alors qu'on ne peut pas dire qu'il fasse chaud. Ils venaient de loin. Je suis aussi pour rester.

— Blood va pas être content que je sois en retard. Il me veut à midi : pas plus tôt, pas plus tard.

— Te fais donc pas de souci pour lui, dit Fletcher.

— Je me fais pas de souci. Mais c'est comme ça. Je suis obligée de penser à moi.

— Non.

— Si, affirma Sally.

Silence.

Au bout d'un moment, Cooper dit :

— Bon, c'est peut-être rien. Quant à Blood, je pense qu'il préférerait te voir plus tard que jamais.

A cet instant claqua la détonation d'un fusil. Cooper souffla :

— Tiens.

Fletcher, encore accroupi, se releva à moitié en tendant le cou et en penchant la tête d'un côté puis de l'autre pour mieux tendre l'oreille.

— On va grimper jusqu'en haut de la colline. C'est un coup de fusil, à ne pas s'y tromper, et je jurerais qu'il ne vient pas de la direction dans laquelle se dirigeait ces hommes. C'est pas facile de savoir, avec l'écho qu'il y a dans ces collines.

A mi-chemin de la crête, ils entendirent une deuxième détonation répondant à la première, puis une troisième, plus violente, en haut sur le piton rocheux parmi les cèdres nains, sans nul doute cette fois du côté de la troupe de tout à l'heure. Le trio resta sous le couvert des arbres, à compter les déflagrations. Parfois, c'était une brève explosion à laquelle répliquait un seul coup de fusil, d'autres fois des salves. Manifestement on se battait un peu partout, pas seulement à l'amont de la rivière non loin de là où ils se trouvaient, mais aussi en aval, vers le lac, les fermes et le moulin.

Fletcher tournait la tête à droite et à gauche en branlant du chef. Cooper dit :

— Seigneur. Ils sont partout.

Un nouveau feu de salve lui répondit, comme si le soleil dont les premiers rayons caressaient le sommet des collines annonçait son lever avec des staccatos, symphonie tout à la fois lointaine et assez proche pour qu'ils eussent l'impression que les balles sifflaient au-dessus de leurs têtes en arrachant les ramures. Rien ne les protégeait plus. Le danger était présent, total, absolu.

Ce fut Cooper qui, une fois de plus, prit la parole :

— On ne devrait pas rester là. Tôt ou tard, les soldats vont repasser par ici. Il vaut mieux pas qu'ils nous trouvent. Les autres non plus.

— Il faut rejoindre Blood, insista Sally.

— Sally, la situation est grave. C'est tout le pays qui est envahi.

— Faites ce que vous voulez. Si je lui obéis pas, il va me couper les oreilles. Ou pire...

Elle se tourna vers Fletcher :

— ... Donne-moi la chaussette. Il faut que je prenne l'argent.

— Sally, répliqua Fletcher. Ecoute. Ecoute ce vacarme. On est coincés.

Il lui tendit la chaussette. Cette dernière était si lourde que, lorsqu'elle l'eut en main, elle dut se pencher de côté et tendre les muscles pour contrebalancer le poids.

— Si tu y tiens absolument, je viens avec toi, ajouta-t-il. Mais c'est absurde. Attendons. Dans deux heures, si ça se trouve, on saura mieux où on en est. C'est ce que ferait Blood. Tu ne crois pas ?

Elle le regarda, puis se tourna vers Cooper.

— Le Hollandais est peut-être resté en dehors de tout ça. Et vous deux savez pas forcément de quoi Blood est capable.

Les frères se turent.

Cooper porta son regard au loin entre les arbres. Des coups de feu retentissaient au sud et à l'ouest. Puis il se produisit une autre détonation pile au nord de là où ils se trouvaient. On aurait dit au pied de leur petite colline. Il lâcha :

— Je ne crois pas à un hasard, l'arrestation de Blood hier et la bagarre ici aujourd'hui.

— Tu crois qu'il y est mêlé ? avança Fletcher.

— Je ne sais même pas de quoi il s'agit. Et puis, de toute façon, j'ai pas envie de savoir ce qui se passe dans sa tête.

Cooper se tourna vers Sally et ajouta :

— Tu devrais pas t'occuper tant de ce que cet homme pense de toi, de ce que tu fais ou ne fais pas.

— Pourquoi ?

— Parce que tu nous as tous les deux.

— Jusqu'ici, j'ai pas pu juger si c'était un bien ou un mal, répliqua-t-elle.
— Quelquefois, il faut faire confiance.
— Ça m'est jamais arrivé de ma vie.
— Dommage pour toi.
Puis, comme s'il en avait terminé avec elle, il se tourna vers Fletcher :
— Je vais retourner au campement en évitant la route. Je suis sûr qu'il n'y a personne dans ce coin perdu. En plus, qui sait que nous y campons ? Tu devrais venir avec moi. Qu'est-ce que tu vas suivre cette fille à la trace ? Tout ce qui se passe, on n'y peut rien. Attendons que le calme revienne. On a tous les deux patienté trop longtemps pour risquer de tout faire rater à la dernière minute.
Marquant une pause, il jeta un coup d'œil à Sally, puis porta son regard au loin.
— J'y vais maintenant.
Fletcher se racla la gorge.
— Bien, dit-il.
Cooper n'était pas arrivé au cèdre géant qu'il se retourna en lançant :
— Tu veux un dernier conseil ?
Fletcher ne répondit pas.
Cooper acquiesça de la tête, puis dit :
— T'es obligé, allez, emmène-la de force et suis-moi.
Sur ces paroles, il pivota sur lui-même et s'éloigna sans un bruit sur le tapis de feuilles mortes entre fougères et genévriers.

Il n'avait pas plus tôt disparu que Fletcher dit à Sally :
— Il a raison, tu sais. On devrait rester ensemble, tous les trois.
Sally le dévisagea en mordillant sa lèvre inférieure, l'air soucieux.
— On croirait que vous avez plus besoin de moi que moi de vous.
— Comment cela ? protesta Fletcher en se renfrognant, comme s'il n'avait pas envie d'entendre sa réponse.
Elle répliqua après un temps :
— Je connais Blood et ce pays mieux que vous.
— C'est pas nous qui sommes venus te chercher, il me semble.
Elle opina.
— La roue tourne trop vite.
Puis elle se tut, laissant cette phrase à son interprétation. Elle scruta son visage, le sien ouvert, mais ne révélant rien.

Puis, à l'instant où il ouvrait la bouche, elle reprit :

— Pour l'heure, ton frère a raison. On va retourner au marais et se tenir tranquilles. Un peu plus tard, on verra bien ce qu'on peut faire.

Elle s'empressa d'ajouter en lui tendant la chaussette pleine d'argent :

— Tu peux porter ça, si tu veux bien.

Il la prit, comme prévu, et aussitôt elle partit à la suite de Cooper. Lequel se trouvait encore au coin de la colline. Il les attendait. Elle n'en fut pas non plus surprise.

Ils cheminèrent le long de la ligne de crête jusqu'à ce qu'une vallée s'ouvre à leurs pieds, puis bifurquèrent vers l'ouest à travers des bosquets d'aulnes et des jeunes peupliers dont les branches claquaient comme des fouets sur leur passage, débouchèrent sur un terrain marécageux que mouchetait de blanc la fiente des bécasses, et retrouvèrent le torrent qu'ils remontèrent, se tenant à l'écart de la vague piste qui courait au bord de l'eau, préférant escalader la pente abrupte en file indienne, figeant de temps à autre leurs pas dans les feuilles mortes pour mieux tendre l'oreille.

Parfois ils entendaient des coups de feu, plus ou moins forts, d'autre fois seulement le bruit de leur propre respiration. Quand ils arrivèrent au marais, c'était déjà le milieu de la matinée et il faisait chaud. Ils s'agenouillèrent côte à côte au bord de l'eau pour se désaltérer, puis continuèrent jusqu'au campement dont la toile avait presque entièrement disparu sous un manteau de feuilles tombées. Même les pierres du feu étaient tapissées de feuilles rouge et or. Comme si la terre cherchait à les abriter.

Un petit vent apportait une odeur de fumée, non pas l'arôme automnal du soleil chauffant les végétaux en décomposition, mais des bouffées rances qui n'avaient rien à voir non plus avec le parfum âcre du feu de bois et évoquaient plutôt des maisons et des granges en flammes — vêtements, nourriture, laque et vernis des meubles, toile à matelas en plumes, cuir des harnais ; fourrage, paille, avoine, maïs... l'incendie ravageant le travail des hommes.

Et toujours les coups de feu intermittents, plus lointains ici dans cette coupe de terre humide, mais toujours audibles, bien que moins intenses, comme éclatant à regret. Une résistance pour la forme. Ou bien celle du désespoir.

Le trio se terra sous la toile. Régulièrement, Cooper allait se planter au milieu du marais sur la plus grosse éminence et se tordait le cou pour voir d'où provenait la fumée.

Au milieu de l'après-midi, ils mangèrent les croûtons de pain rassis qu'ils avaient emportés ce matin. Les coups de feu avaient cessé. Seule demeurait la fumée, assez épaisse à présent pour voiler le soleil. Sally ne tenait pas en place.

— Je reste pas plantée là une minute de plus. Il faut que je descende vérifier la taverne. Si elle est brûlée, pillée ou quoi.

— Ou si elle est pleine de soldats ivres, dit Fletcher. Il vaudrait mieux patienter jusqu'au coucher du soleil.

Sally fit la grimace, une grimace de dégoût.

— Tous les deux, vous êtes patients de profession, on dirait. Ils auront vite fait de vider la réserve de rhum. S'ils en veulent plus, ils seront obligés de défoncer la porte de la réserve à coups de hache. C'est pour ça qu'il faut que j'y aille. Blood serait furieux si ça arrivait.

— Comment peux-tu à la fois aller à son secours et t'occuper de sa taverne ? Il n'aura aucune raison de t'en vouloir. Tu n'y peux rien.

Elle se leva et cueillit quelques feuilles mortes sur ses cheveux.

— Je suis bête. Faites ce que vous voulez, vous deux, mais moi, je descends.

Cooper, qui était accoté au piquet à l'entrée de la tente, déclara, en regardant tour à tour son frère puis Sally :

— Je pense qu'elle n'a pas tort. Il faut aller voir ce qui s'est passé en bas. Même si ça grouille de soldats, ça ne va pas arranger nos affaires. Tu comprends ?

— Je peux me débrouiller, j'ai pas peur des ivrognes, soldats ou pas soldats.

Elle décrocha du deuxième piquet de l'entrée le fusil de Blood et les sacs de munition.

Fletcher fit mine de parler mais Cooper leva la main en disant :

— J'en doute pas. Mais il faut quand même être prudent. Essayons de voir où ils en sont sans qu'ils nous remarquent. C'est tout.

Le chien, Luther, était étendu de tout son long dans la cour piétinée devant la taverne déserte. Un nuage de mouches se rassasiait de son crâne défoncé, par des balles ou une matraque, impossible de le dire. Un bout de tissu vert serré dans ce qui lui restait de mâchoire reposait dans la poussière, langue grotesque : une basque de jaquette. La porte était ouverte, mais rien n'avait été touché à l'intérieur. A croire que personne n'était même entré.

Sally était folle. Elle tomba à genoux et tira le cadavre du chien sur ses cuisses, le prit dans ses bras, se pencha sur lui en hoquetant, en sanglotant, répétant Oh Oh Oh à travers ses pleurs. Alors que, le cou ployé, elle voulait la presser contre elle, la tête du chien laissa échapper des morceaux de cerveau qui glissèrent dans la poussière. Des mouches au dos vert et bleu tournoyaient autour d'elle comme des joyaux maléfiques.

Les deux garçons se tenaient à l'écart. A un moment donné, Cooper fit un signe à Fletcher. Ils marchèrent jusqu'à la route ; le long de la rive du lac, en direction des pâles écharpes de fumée qui flottaient derrière le moulin. Celui-ci n'avait pas brûlé, mais, à la place de plusieurs maisons, il ne restait plus qu'un tas de poutres calcinées. Les chevaux avaient défoncé la terre battue de la route.

— Je vais aller voir si je peux avoir des nouvelles, dit Cooper.

— Je viens avec toi. On ne sait jamais.

— Reste ici. Aide donc la fille. Occupe-toi du chien. Il faut qu'elle se ressaisisse. Elle n'est bonne à rien dans cet état.

— Ça ne me dit rien qui vaille, déclara Fletcher. Cette taverne intacte, sauf pour le chien mort.

— Je sais. C'est pourquoi je vais aller aux nouvelles. Personne ne nous associe à Blood pour l'instant. Je n'ai pas l'intention de traîner. Les gens sont sûrement encore sous le choc. Mais ils ne vont pas tarder à se remettre et, à tous les coups, il y en aura pour venir voir par ici. Je trouve ça plus qu'étrange qu'une bande de soldats ait négligé de mettre à sac un endroit aussi prometteur que cette taverne. Et puis le fait que Blood ait été emmené hier par les Canadiens. Ça va pas sentir bon pour lui. Moi-même je trouve ça louche alors que je suis pas concerné. Voilà ce que je pense.

— Ça serait pas encore un coup de malchance pour lui ?

Cooper contempla son frère puis lui passa ses armes en disant :

— Je vais aussi vite que possible. Enterre le chien et oblige la fille à rentrer. Y a pas de chance ou de malchance qui tienne dans cette histoire.

Fletcher trouva la pelle à l'endroit où les soldats l'avaient laissée la veille contre le mur de la grange, et, contournant la taverne, il s'arrêta non sans répugnance au bord de la terre éventrée du potager avant de continuer jusqu'à un coin de champ plat et herbeux planté d'un jeune bouleau solitaire. Il se donna la peine de creuser un trou assez profond pour ne pas avoir l'air d'avoir été fait à la va-vite, moins pour donner une sépulture au chien que pour consoler la fille. Puis il alla la retrouver dans la cour où elle était encore assise sur ses talons avec le chien dans les bras, le visage levé vers le ciel, les yeux bouffis, les joues maculées de larmes boueuses. Il avait planté la pelle à côté du trou, mais ses vêtements étaient pleins de terre, ses mains embousées. Il s'accroupit en face d'elle.

— Sally, dit-il. Ma chérie.

— Tu sais pas. Tu sais rien. C'était le chien de Blood, mais il m'avait donné une partie de lui-même. Il avait toute ma confiance. Il n'aurait pas permis qu'on me fasse du mal. Je me sentais en sécurité avec lui. Jamais je m'étais sentie aussi à l'abri de ma vie. Oh ! Fletcher, je te jure, c'était un bon chien.

— Je me souviens comme il m'avait reniflé. Et ces grands yeux bruns.

— Je sais, sanglota-t-elle.

Après une pause, Fletcher dit :

— J'ai trouvé un coin. Un joli petit coin.

— C'est insupportable. Je ne peux pas me séparer de lui.

Fletcher se tut. Puis, tout doucement, il reprit :

— Laisse-moi l'enterrer. Va te débarbouiller. Je viendrai te chercher pour te montrer où je l'ai mis.

Il attendit quelques instants, puis répéta :

— C'est un joli petit coin.

Elle passa la main sur le dos de la bête en une longue caresse. Puis leva les yeux :

— C'était un bon chien.

Fletcher se leva et, sans se pencher, lui tendit la main. Elle considéra cette main tendue, écarta le chien, et la prit pour qu'il l'aide à se relever. Il la conduisit dans la maison et, se tournant vers elle, lui dit :

— Cooper est parti aux nouvelles. Ça sent plutôt mauvais, avec tous ces coups de feu et ces maisons incendiées alors qu'ils n'ont rien touché ici. Nous devons être très prudents...

Il se pencha et toucha le côté de son visage :

— ... Je reviens te chercher très vite.

Elle leva les yeux vers lui. Il les fixa, comme s'il cherchait à se les incorporer, puis il se détourna et sortit en fermant la porte derrière lui. Il commencerait par traîner le cadavre jusqu'à la tombe. Ensuite il reviendrait ramasser la cervelle avec la pelle.

Elle se tenait assise à table, la tête sur ses bras croisés. Ce n'était pas la fatigue, ni même la mort du chien, quoique ce fût le point de départ, le départ d'une fracture qui s'était ouverte en elle sous le poids conjugué des heures écoulées. Sa tête en était douloureuse.

Elle avait lâché Blood. Lequel, où qu'il fût à cette heure, était sûrement au courant. Animé d'une colère noire contre Fletcher et Cooper. Contre elle aussi. Resterait-elle solidaire des deux frères face à Blood ? Il lui semblait qu'ils formaient un trio invincible, mais rien qu'à se figurer Blood franchissant à cet instant le seuil de la porte, elle n'était plus sûre de rien. Puis elle se rappela Fletcher venu en quête d'un père qui ne le connaissait pas. Et Cooper recherchant un père qui le connaissait mais l'avait abandonné. Elle se demanda si elle aurait ce courage. Pourvu que oui. Mais à chaque feuille morte raclant le bois rugueux des bardeaux du toit, elle entendait les pas du spectre de Blood qui se rapprochait. Peut-être, se dit-elle, que je suis pas si coriace que ça. Pour l'instant d'après se dire que si, elle était sacrément coriace.

Elle ne doutait pas de la détermination de Cooper. Il était capable de la laisser tomber à la première occasion pour arriver à ses fins. C'était Cooper, décida-t-elle, qu'elle devait tenir à l'œil.

Cette sensation d'avoir quitté Blood, cette sensation qui l'étreignait, ce n'était pas celle, terrifiante, d'avoir sauté le pas.

Cooper revint une heure plus tard. Les nouvelles étaient mauvaises et le mystère de sinistre augure. Emil et Peter Chase avaient été arrêtés par la milice du New Hampshire et conduits à la prison de Lancaster. Isaac Cole de même. D'autres aussi, des hommes qu'il ne connaissait pas. Et il y avait des morts. Une douzaine. Cinq. Trente. Nul ne le savait. Des maisons et des granges aux quatre coins du pays étaient réduites en cendres. Au moulin s'étaient réfugiés des femmes et des enfants surgis du fond des bois sans leurs hommes, à part les blessés, les autres ayant été embarqués, ou tués, ou cachés dans la forêt, perdus, fous, terrifiés. Le moulin lui-même n'avait pas été touché, mais il ne restait plus rien de la maison de Chase, ni de celle de Cole en face. Et pendant que Cooper parlait à ces femmes, ces garçons, ces vieillards, d'autres continuaient à arriver. Tous à pied. Quelques-uns transportant des biens aussi surprenants que misérables ; la bible familiale sauvée in extremis ; un sac d'avoine ou de grains de maïs ; une hache au manche brûlé ; un ballot de laine. Une femme avait dans un bras une lourde poêle et dans l'autre un bébé. Un jeune garçon portait un fusil si long qu'il le tenait par le canon, laissant la crosse traîner par terre. Un vieil homme aux sourcils cramés et aux jambes de pantalon en lambeaux sur ses pieds nus demanda à Cooper qui il était et ce qu'il faisait là ; et ce dernier avait répondu qu'il cherchait Van Landt. Personne n'avait l'air au courant de ce qu'était devenu le Hollandais. Et nul ne semblait s'en soucier, comme si Van Landt n'avait pas été un voisin comme les autres. Ce qui était logique, étant donné que le choix de Blood avait porté sur lui. Le moulin résonnait des pleurs des enfants et des femmes. Ici et là il avait entendu prononcer le nom de son père. On ne l'accusait de rien, mais on se posait des questions à voix basse sur son départ la veille seulement pour le Canada. Parfois la rumeur cause de plus grands ravages que les pires accusations, se disait Cooper. À force de circuler, elle finit par charrier tout le malheur du monde.

Après s'être enquis une deuxième fois de Van Landt, il s'en revint à la taverne à pas aussi lents que possible.

Le chien mort avait disparu, la cour était déserte, la porte close. Elle s'ouvrit facilement. Personne à la cuisine. La porte de la chambre de Sally close elle aussi. Des voix douces à l'intérieur. Cooper eut l'impression d'être un voyeur malgré lui.

Il alluma une lanterne et se rendit côté taverne où il la posa sur le comptoir. Puis il bâcla la porte d'entrée et passa en revue les fusils et les sacs de munitions suspendus à côté de la cheminée de la cuisine, trois panoplies, dont celle de Blood. Puis il retourna côté taverne s'asseoir derrière le comptoir. Il se servit sans mesurer du rhum dans un godet en étain, rapprocha son tabouret et la lanterne, et ouvrit le livre de comptes. Il se pencha sur les chiffres tout en buvant à petites gorgées. Cette écriture lui évoquait une voix — combien de fois l'avait-il scrutée, enfant ? Une voix qui n'aurait rien eu à dire. Des listes d'achats et de ventes. Des sommes dues, des sommes payées — une voix sans timbre. Il continua à lire. Un côté du godet se découpait dans le clair-obscur, l'autre scintillait faiblement dans les reflets de la bougie. De temps en temps, il le soulevait pour boire une gorgée.

Dehors, il ne faisait pas encore noir.

Dans la touffeur de la petite chambre, Fletcher lui fit sa déclaration. Sally, assise devant lui au bord du lit, se tordait les mains. Jamais elle n'avait entendu des mots pareils, des mots qui lui faisaient peur. A croire qu'en déchiffrant son propre cœur le garçon déchiffrait aussi le sien. Et elle n'était pas sûre que cela lui plaisait. Le moment lui semblait mal choisi. Mais peut-être était-ce ainsi que ces choses-là se passaient. Pour ce qu'elle en savait. L'attirance qu'elle ressentait ne provenait pas que de lui. Elle respirait difficilement, surtout quand il s'arrêta enfin de parler et détourna d'elle l'éclat de ses yeux. Comme drapée dans cette passion silencieuse, elle se leva pour se rapprocher de lui et posa un baiser sur sa joue. Quand il voulut la prendre dans ses bras, elle le retint par les coudes. Ils étaient face à face. Elle dit :

— Fletcher.

Il perçut l'hésitation. Opina, comme s'il avait compris.

Blood suait à grosses gouttes en abordant la dernière montée avant le col. L'odeur de fumée lui emplit les narines à quelques centaines de mètres de la crête, mais il ne s'attendait quand même pas à voir autant de colonnes, quelques-unes de fumée légère, d'autres tortueuses et noires, disséminées en de multiples points du paysage, et qui se rejoignaient à mi-hauteur entre le relief accidenté de la terre et le bleu marine du ciel. Comme si la fumée planait au-dessus des décombres afin d'y imprimer sa marque, tel le fantôme de ce qui avait été consumé en contrebas. L'étendue et le nombre des feux donnant la mesure du ravage.

Après s'être reposé un moment assis sur un rocher, il s'agenouilla pour boire l'eau de source à l'endroit où elle jaillissait de terre. Il avait envie d'enlever sa chemise, de la rincer dans l'onde froide avant de la remettre après l'avoir essorée, mais à cette époque de l'année, la nuit tombait tôt déjà. Il avait eu un long chemin à parcourir dans le froid et l'obscurité. Sans savoir ce qui l'attendait au bas de la piste, il se remit en route.

Il avait tiré une croix sur Van Landt et Sally. Dès que Hutchinson avait abattu ses cartes, il avait su obscurément qu'ils ne viendraient pas. En descendant la longue vallée jusqu'au gué de la rivière Hall, il ne put néanmoins s'empêcher de scruter le chemin devant lui dans l'espoir de voir surgir deux silhouettes à cheval. C'était un fol espoir mais, d'un autre côté, Hutchinson avait peut-être menti. Ils auraient pu démarrer avant l'arrivée de la milice. Cette idée s'usa au fil des heures à mesure qu'il avançait dans le pays incendié. La fille serait parvenue chez Van Landt de bonne heure ce matin et y serait restée en sécurité. Van Landt n'était pas le genre à attirer l'attention sur lui par des actions inconsidérées. La milice n'avait sûrement rien contre lui.

Si la fille était restée à la taverne, elle était perdue. La maison n'aurait été épargnée que parce qu'elle servait de quartier général, ou de butin. Sans doute avaient-ils emporté tout le rhum qu'ils pouvaient et mis le feu comme aux autres bâtiments. Et si, par extraordinaire, ils n'avaient touché à rien, c'était sa fin à lui, Blood. Quoi qu'il en soit, une seule chose était sûre : l'accord passé par Hutchinson avec Emil Chase et les autres avait été violé.

Il s'arrêta. Pourquoi continuer ? Il était de toute façon ruiné. Cela valait-il même la peine qu'il se glisse à la faveur de la nuit pour vérifier, ou sauver ce qui méritait d'être sauvé ? Il serait bon de récupérer l'argent, si la fille n'avait pas tout pris. Son fusil aussi, s'il était encore là. Le chien. Et, vu que le temps, où qu'il aille, promettait de se gâter, il ferait bien de prendre ses vieilles bottes et son manteau. Rien que des détails triviaux, de vagues conjectures.

Mieux valait rebrousser chemin vers le Canada. Ou passer dans le Vermont, du côté de Canaan. Il avait effectué un bon nombre de transactions avec les négociants de là-bas — ils ne pourraient pas lui refuser un service. Et après ? Il verrait bien.

Pendant qu'il réfléchissait ainsi, la fumée qui jetait un voile sur la vallée avait viré au pourpre dans les rayons obliques du soleil couchant.

Sa conscience le titillait. Et la fille ? Même si elle s'en était tirée, qu'allait-elle devenir ? Il comptait sur elle pour se débrouiller. Peut-être traverserait-elle une période un peu dure, mais tout avait une fin. Surtout si elle avait l'argent, à condition qu'elle sût le garder. Mais la connaissant, elle aurait du mal à le lâcher. Il songea un instant au curieux garçon qui avait tourné autour d'elle. Non, se dit-il, il n'était pas pour Sally. Amoureux, certes, mais bien trop mou. Un tendre qui ne saurait que faire d'une putain, qui serait incapable de lui pardonner. Mais Sally s'en sortirait. Oui, elle se débrouillerait.

Il ne bougeait toujours pas. Tout bien considéré, il savait que ses pas allaient le mener jusqu'au bout de ce chemin, derrière Black Lake, puis, aussi discret qu'un voleur à la tire, jusqu'à la taverne où il verrait ce qu'il y avait à faucher. Même si c'était pour rien, au prix d'une nuit passée dans les bois à se cacher de tous ceux qui le recherchaient, de tous ceux qui le guettaient. Car cette possibilité n'était pas à négliger. Il ne voulait pas quitter cet endroit sans savoir ce qui en restait. Ne jamais jouer aux devinettes avec lui-même. En soi un bien inestimable.

Et le voilà descendant au pays des ombres.

Cooper montait la garde dans la grange, juste à côté de la porte, pendant que Fletcher essayait de nouveau de traire la vache et se faisait régulièrement gifler par une queue embousée. Il ramena un plein seau de lait. Il y avait aussi des œufs frais. Une fois tous à l'intérieur, ils bâclèrent la porte, gardant leurs fusils appuyés à la table tout au long du repas. Sally fit bouillir des pommes de terre nouvelles qu'ils mangèrent avec du beurre, du lait et du sel, et un œuf à cheval.

Cooper dit :

— Je me souviens plus de la dernière fois que j'ai goûté une pomme de terre. Elles sont succulentes.

— On a eu un potager cet été, répliqua Sally. Avant, je connaissais pas tous ces légumes.

Cette remarque toute simple leur rappela soudain leur situation, brièvement oubliée dans le plaisir de la table. Au bout d'un moment, Fletcher lâcha :

— Alors, comme ça, ils collent presque tout sur le dos de Blood ?

— J'ai pas trop insisté sur ce point, répondit Cooper. Mais j'ai entendu prononcer son nom. Ils savaient pas très bien ce qu'ils disaient. Surtout des femmes et des enfants, quelques vieillards. Je ne sais pas où sont passés les autres. Tous les hommes valides n'ont quand même pas été faits prisonniers. Ils sont sans doute dans les bois ou en train de se bagarrer avec les gars de la milice… Tôt ou tard, y en a qui vont se pointer…

Fletcher touilla le fond du plat où des miettes de pommes de terre nageaient dans le lait.

— Tu crois qu'il est coincé au Canada ? dit-il en reposant le plat nettoyé.

Cooper prit le godet de rhum dont il s'était servi côté taverne. Il était le seul à boire.

— Il aura sûrement passé un marché. Même s'il a attendu cette fille un bon bout de temps, ce n'est pas son style de baisser les bras et de se morfondre.

— Sally, dit Fletcher. Elle s'appelle Sally.

— Je sais.

— Alors appelle-la par son nom. Pas « cette fille ».

— Cooper a raison, intervint Sally. Il baissera pas les bras.

Cooper leva le petit gobelet en étain et l'examina.

— Père, commença-t-il. Père a toujours eu le choix. Même quand il n'y en avait apparemment plus pour lui.

— Qu'est-ce que tu veux dire ?

— Je serais pas étonné si d'une minute à l'autre il venait cogner à cette porte.

Fletcher regarda du côté de la porte.

Cooper dégaina son poignard de sa ceinture et s'appliqua à graver son nom dans le bois. Une blessure toute fraîche, toute blanche. Il souffla sur la sciure puis se leva en déclarant :

— C'est un début. Même s'il ne le voit jamais.

Sally murmura :

— J'ai peur. Tout ça me fait peur.

Fletcher posa son regard sur elle, puis sur son frère.

— Que fait-on maintenant ? Il n'a pas l'air de vouloir se montrer ce soir. Ils l'ont emmené avec un cadavre. Il ne s'en sera quand même pas sorti seulement grâce à son bagou. D'après Sally, il n'a pas un sou sur lui.

— Demain, on reprendra la route de ce matin, énonça Cooper. On ira chercher le Hollandais. J'ai pas entendu parler de lui au moulin tout à l'heure. Ce qui, pour moi, signifie qu'il est indemne. On lui prendra des chevaux. Et on ira le chercher...

Sur ces paroles, le godet à la main, il se dirigea vers la taverne. Sally et Fletcher restèrent assis en silence, sans se regarder.

Au retour de Cooper, Fletcher lâcha :

— Non merci. J'en n'ai pas envie.

— Si tu en voulais, tu irais te servir. Je suis pas le maître de maison.

Fletcher secoua la tête :

— Ça me ferait drôle. Boire son rhum comme si c'était le mien.

Cooper contempla le contenu de son godet. But une gorgée. Puis considéra son frère :

— Tu as trop de scrupules. C'est peut-être tout ce que t'auras jamais de lui.

— On a encore son argent, lui rappela Sally. Faut pas oublier. Une chaussette pleine et un paquet de billets que j'ai même pas touchés.

Cooper lui jeta un coup d'œil. Se remit à boire.

Elle songea Pourvu qu'il arrête de me traiter comme si j'étais qu'une source de tracas.

— J'ai de l'argent à moi, dit-elle tout haut.

Cooper opina :

— De l'argent honnêtement gagné.

— Je l'ai gagné, en tout cas.

— Je sais.

— Cooper, s'éleva Fletcher. Fiche-lui la paix.

— Ça va. Il a le droit d'être méfiant.

— Peut-être, repartit Fletcher en se levant de son banc. Mais moi je te fais confiance. Et tu vas me faire confiance aussi.

— J'en sais rien, dit-elle. Je suis sûre de rien.

Fletcher garda le silence longtemps. Puis il pencha la tête vers elle :

— Tu n'as peut-être pas assez réfléchi... Excuse-moi.

Là-dessus, il pivota sur lui-même et entra dans la partie taverne. Cooper resta debout à contempler Sally. Puis il s'assit en face d'elle. Au bout d'un moment, Fletcher revint avec une seconde bougie qu'il alluma à celle de la table, et sans leur accorder un regard, retourna dans la taverne. Ils entendirent un bruit métallique, puis rien, puis le glouglou du rhum remplissant un godet.

— Un petit verre, ça va lui faire du bien, dit Cooper.

— Ça me dirait bien à moi aussi, répliqua-t-elle.

Cooper poussa son godet vers elle.

— Bois donc. Il a sans doute besoin d'être un peu seul avec ses pensées.

Il la dévisageait comme s'il avait deviné la confession de son frère tout à l'heure, et sa réaction à elle.

— C'est une bonne chose qu'il mette un peu d'ordre dans ses idées, opina-t-elle. Mais il souhaite peut-être aussi qu'on arrive à s'entendre, toi et moi.

— Je n'ai rien contre toi.

Sally but une gorgée, puis posa le godet devant lui.

— Que tu m'aimes bien ou que tu m'aimes pas, ça m'est égal. Mais tes mensonges vont pas nous aider. J'ai été franche avec toi. J'ai fait de mon mieux avec Fletcher. Le temps...

Elle marqua une pause, but une deuxième gorgée, reposa le godet devant lui.

— Le temps est peut-être venu de te montrer franc avec moi.

Cooper prit le godet et le fit tourner entre ses paumes. Bords scintillants formant un anneau de lumière. Puis il la regarda et dit :

— J'ai joué franc jeu avec toi.

La nuit était tombée depuis des heures déjà, il faisait un froid glacial. Les étoiles couvraient le ciel d'un manteau blanchâtre aux plis soulevés çà et là par de scintillantes mosaïques. De la fumée sortait de la cheminée de la cuisine. Rien du côté de la taverne. De temps en temps, elle se fragmentait et des étincelles jaillissaient tandis qu'une main invisible tisonnait le feu et ajoutait des bûches.

Blood se tenait tapi sous un grand sapin en face de la taverne, là où les eaux de Perry Stream dévalaient sous le pont. Les bras croisés, les mains sous les aisselles, il ne sentait pas plus ses doigts que s'ils avaient été en pierre. En chemin, il était passé devant trois maisons brûlées, mais avait résisté à la tentation de s'y arrêter pour se réchauffer. Aux alentours il n'avait pas vu âme qui vive, ce qui ne l'étonnait pas : tous ceux qui n'avaient pas été arrêtés ou tués s'étaient réfugiés chez des voisins ou dans le coin le plus peuplé, vers le moulin et la taverne. Ce qu'il redoutait, en fait, c'était de tomber sur un rôdeur, comme lui, guettant dans les fourrés. Les cabanes intactes étaient plongées dans le noir, mais cela n'indiquait pas forcément qu'elles étaient vides. Il régnait dans tout le pays une atmosphère orageuse. Il avait croisé sur le sentier deux petites bandes, et chaque fois il s'était caché pour les laisser passer. Des hommes silencieux qui mettaient un pied devant l'autre machinalement, anéantis par les événements de la journée, leur arme de guingois sur l'épaule à un angle qui en disait long sur leur état de fatigue. Blood avait retenu son souffle en les sentant si près de lui. Un peu plus tôt, il avait trouvé un morceau de « bois de fer » mort — le *lignum vitae* au tronc grêle meurt sur pied — dont il avait cassé un morceau. Une matraque de fortune. Pas formidable, et de toute façon il n'avait guère envie de s'en servir. Mais si sa vie en dépendait, entre ses mains ce bout de bois deviendrait une arme redoutable. Sauf que maintenant il avait les mains si gelées qu'il parvenait à peine à le tenir.

Cela n'allait pas du tout. La taverne n'était ni brûlée, ni abandonnée, ni investie d'hommes indignés. Ni occupée par la fille seule. La silhouette d'un homme avait surgi à deux reprises pour pisser par terre, le jet d'urine fumant dans le froid. Impossible de dire s'il s'agissait du même ou d'un second. Trop grand pour être Gandy. D'ailleurs Gandy n'aurait pas eu ce culot. Il n'avait pas vu Sally. Chaque fois, il avait entendu le bruit de la bâcle que l'on remettait en place.

D'un pas rapide, il remonta vers le moulin. Son nez perçut avant ses yeux les poutres carbonisées des maisons Chase et Cole. Le moulin se dressait à présent tout seul au bord de la route. Un brouhaha de voix à l'intérieur. Des femmes, des enfants. Un petit groupe d'hommes discutait dehors devant la porte. Blood nota le scintillement du métal sur leurs flancs, mais ils avaient l'air moins sur leurs gardes qu'en pleins pourparlers. A moins qu'ils ne se fussent pas encore remis du choc. Il rebroussa chemin et reprit son guet sous les arbres en face de la taverne. L'inexplicable taverne.

Et s'il allait frapper à la porte. Lui ouvrirait-on ? Et combien étaient-ils là-dedans ? Equipés de quelles armes ? Les siennes en tout cas. Sans compter sa matraque en plomb. En son for intérieur, il maudit la fille, puis se dit qu'elle était peut-être chez le Hollandais, coincée là-haut. Ou alors elle avait filé avec l'argent. Il envisagea un instant de monter jusqu'à chez Van Landt. Mais il n'était pas si facile de s'arracher à ce qui lui appartenait. A moins que Sally fût retenue prisonnière dans la taverne.

Très doucement, il traversa la route et, sous le couvert des arbres, se glissa jusqu'à la porte d'entrée. Pas un bruit. Mais les murs en rondins étaient épais. Ils n'allaient pas non plus entendre le craquement de la boue gelée sous ses pas. Sauf le chien. Luther avait l'oreille tellement fine. De sorte qu'il marcha comme sur des œufs le long du mur de la cuisine, puis attendit, dans l'espoir que Luther le sentît avant de l'entendre. Ce qui risquait de revenir au même. Il se figurait le grand chien se levant, les oreilles dressées, la truffe pointée vers le mur derrière lequel Blood se tenait accroupi. Il patienta. Non, rien ne bougeait. Tout allait bien. Luther, se dit-il, devait être avec Sally, et donc Sally était partie.

A cette pensée, son sang ne fit qu'un tour. Il se plaqua contre le mur afin de rester dans l'ombre au cas où le battant s'ouvrirait. Un salopard pissant son rhum. Ses poings se serrèrent si fort qu'il sentit ses ongles lui rentrer dans la paume. La douleur seule pouvait sortir ses mains de leur engourdissement. Il attendit avec son bâton levé pressé contre sa poitrine.

C'était plutôt bizarre. Souhaiter qu'un homme bût assez pour avoir envie de pisser, songea Blood. Mais ce salopard allait bientôt payer l'addition...

Les étoiles se déplacent-elles si on les regarde assez longtemps ? Peut-on repérer les planètes dans le semis stellaire ? Blood agrippa sa matraque, les yeux fixés sur la porte close, comme si l'intensité de son regard pouvait affiner son ouïe. Patient.

Au bout d'un moment, la bâcle frotta contre le bois derrière le battant. Il n'avait pas entendu de bruit de pas. Ploc, fit la bâcle que l'on posait par terre contre le mur. Blood leva sa matraque. La porte s'ouvrit. Le frère cadet, celui au visage glabre, sortit d'un pas incertain. Blood abattit son bâton, manquant de peu sa jeune tête fière mais le frappant sur le côté du cou, sur la clavicule. Le garçon, qui avait les mains sur les boutons de sa braguette, les leva comme pour saisir quelque chose en vol. Puis, avec un grognement plaintif, il tomba en avant, le nez dans la terre gelée.

Blood bondit, matraque en l'air. Sally assise à la table. Les yeux sur lui. Elle se leva. Il articula son nom comme on prononce une malédiction. Elle le fixa, tremblante, les poings serrés. Blood ne sut dire si c'était pour se défendre ou l'attaquer. Peut-être ne le savait-elle pas elle-même. Peu importait. Elle avait réussi à distraire Blood.

Car au même instant, le deuxième frère, l'aîné, s'élança en agrippant dans un geste d'une lenteur létale le fusil posé contre les pierres de l'âtre. Alors même qu'il voyait s'approcher le garçon et l'œil noir du canon, Blood se demanda Quel est leur nom déjà ? Comme si c'était la seule chose qui comptât. L'œil noir explosa en une fulguration orange, les murs chavirèrent, Blood s'écroula. Ensuite seulement il entendit la détonation. Il ne ressentait aucune douleur mais il était incapable de bouger. Un sentiment de paix extraordinaire le gagnait. Comme si on l'avait soudain déchargé de toute responsabilité. Il songea que la mort n'était pas encore là mais qu'elle n'était pas loin. Sally accourut mais au lieu de se jeter sur lui sauta par-dessus lui comme s'il n'était rien qu'un objet, une vulgaire bûche, mettons. Il aperçut l'éclair blanc de ses jambes sous sa jupe comme si elle se trouvait à des kilomètres, puis, à croire que son passage l'avait suscitée, la douleur prit possession de lui et, l'espace de quelques secondes, pour la première fois depuis des années, il goûta au bonheur de ne plus savoir qui il était ni ce qu'il faisait là. Puis il se rappela. Une marée écarlate, noire de sang... Il n'était plus qu'un tas d'algues rejetées sur la plage par la tempête.

Dehors, à la périphérie de son champ de vision, Sally interrogeait le garçon d'une voix implorante. Comme de très loin, le garçon lui répondit d'un ton pondéré, raisonnable, Blood devinant qu'il s'inquiétait tout autant de sa peur à elle que de sa propre souffrance. Ce fut à ce moment-là qu'il comprit vraiment que Sally l'avait quitté pour de bon.

— J'ai pris un coup sur la tête, c'est tout, la rassura le garçon.

De l'autre côté de la pièce, le tireur rechargeait son arme. Blood entendit le chuintement de la cartouche que l'on enfonce dans la culasse, un son de pure douleur. A croire qu'elle avait été directement enfoncée dans sa cuisse droite d'où irradiait de cuisantes brûlures. Puis un bruit de pas.

Le garçon barbu se tenait à présent au-dessus de lui. Et le canon du fusil se balançait à quelques centimètres de sa poitrine.

— Vous êtes mort ? demanda le garçon.

Après un moment de réflexion, Blood leva la tête :

— Je te connais.

Le garçon acquiesça.

— Je suis Cooper.

Un ton d'une simplicité insoutenable.

— Oui... je sais maintenant, dit Blood en pestant contre son bégaiement, se reprochant quelque chose de geignard dans l'intonation.

Le visage de Cooper était liquéfié, livré au maelström de ses émotions. Sa voix se brisa comme celle d'un enfant.
— Comment allez-vous, Père ?
— Pour le moment, ça ne va pas fort. Et toi ?
— Je ne peux pas dire.
— L'échec...
Blood marqua une pause pour émettre un grognement, un son involontaire. Il serra les dents, les relâcha et puis continua :
— L'échec, c'est dur à avaler. Sois un homme.
— Que suis-je supposé comprendre ?
— C'est toujours plus dur d'achever un travail quand il est bâclé. Mais tu vas le faire. Ne me torture pas avec de vaines paroles, c'est tout.
— Je ne savais pas qui était là. J'ai tiré sans regarder. Je ne cherchais pas à vous descendre. Je n'avais aucune intention de vous tuer. Ce pays est devenu comme fou.
Blood grogna de nouveau.
— Je ne pensais pas que t'étais une chiffe molle.
Cooper resta longtemps silencieux, l'air perplexe. Puis, comme s'il avait eu une idée, il plaça son fusil debout contre la porte.
— Père...
Blood poussa un rugissement, un cri de guerre ; le corps transpercé, fragmenté de douleur.
Cooper recula, de nouveau bouleversé. Puis de nouveau perplexe.
— Bien. Mais votre blessure est superficielle. Ne vous laissez pas saigner à blanc, et ce ne sera rien.
Il se pencha, examinant la plaie, tendit la main pour la toucher, puis la retira en disant :
— Vous ne voulez pas qu'on vous aide de toute façon, surtout pas moi, n'est-ce pas ?
Blood ne répondit pas. Il détourna le regard, le fixa au plafond. Les poutres dessinaient des rayures noires de suie sur fond charbonneux.
C'est alors que Sally s'avança pour se planter à côté de Blood. Les yeux de ce dernier se tournèrent vers elle. Mais elle l'ignora, son regard sur Cooper. Elle avait un visage blême, fermé.
— Fletcher est mal en point. Je sais pas s'il a pas le crâne ouvert. J'ai besoin d'aide.
Puis elle abaissa des yeux papillonnants sur Blood, sur sa jambe trouée, sur la flaque de sang qui s'épaississait au bord du tissu trempé.

Blood ne put s'en empêcher. D'une voix cassée, il prononça :
— Sally.
Elle ouvrit la bouche. Il n'entendit même pas le bruit de sa respiration. Elle le contempla ainsi un moment. Puis elle prononça tout bas ces mots :
— Blood, je peux pas.
Blood se ressaisit à moitié.
— Alors c'est comme ça.
Elle resta encore un moment immobile. Puis, curieusement, secoua la tête. Comme pour nier ce qu'il savait déjà. Pivotant sur elle-même, elle gagna la porte.
Cooper avait repris le fusil. Il le tenait serré contre sa poitrine. Prêt. Sans peur. De dehors leur parvenait un chapelet de chuchotements, la voix de Sally, et les petits jappements de l'autre garçon. Cooper regarda la nuit dehors, puis son père.
— C'est mon frère, déclara-t-il. On s'occupe d'abord de lui. Votre fils lui aussi. Vous ne connaissiez pas son existence. Ou vous préfériez ne pas la connaître. C'est mon frère, et il est blessé. On croirait que c'est plus fort que vous, hein ?
Et il enjamba Blood pour sortir.
Blood bloquait la fermeture de la porte. Cooper posa son fusil et s'agenouilla pour faire glisser ses jambes sur le côté, les tenant juste au-dessus des genoux, avec une telle délicatesse, une telle douceur, que c'était à peine si Blood ressentit un surcroît de douleur. Cooper resta un long moment ainsi, les mains sur son père, les yeux sur ses mains. Blood de nouveau vidé de son souffle. Lorsque le garçon se leva, il ne le regarda pas, mais prit le fusil et agrippa la porte ouverte. Une bise aigre et âpre l'enveloppa, un nuage sortit de sa bouche : la fumée de la vie.
Blood dit :
— Attends.
Cooper le regarda par-dessus son épaule. Ils se dévisagèrent. Puis le garçon sortit en fermant la porte derrière lui.

Blood resta longtemps allongé sans bouger. Derrière le battant des voix assourdies, les grognements du garçon qu'il avait frappé. Un cri strident. Sans doute parce qu'on le mettait sur ses pieds. Encore des chuchotements. Puis le silence.
Il tâta du bout du doigt la déchirure poisseuse pour s'apercevoir qu'il y avait un haut et un bas : la balle avait traversé le gras du muscle à l'intérieur de sa cuisse droite. Mais il avait l'impression qu'elle n'avait pas touché l'os. Tirée à bout portant, elle l'aurait

sans doute fait exploser, le laissant sans connaissance. La douleur n'en était pas moins une cage rouge qui l'emprisonnait, l'épinglait au sol. Il scruta les poutres noircies au-dessus de lui et s'employa à rassembler ses forces. La blessure saignait, pas abondamment — aucune artère n'avait été touchée — mais assez pour inonder le bois du plancher. Il fallait nettoyer la plaie, arrêter l'hémorragie. Ce genre de plaie pouvait aussi bien guérir facilement que suppurer et infecter le reste de la jambe. Il fallait qu'il se lève.

Il roula sur le côté gauche et passa sa jambe valide sous l'autre, le genou plié de manière à pouvoir pousser sur son pied gauche. Il ne s'arrêta de ramper que lorsque sa tête cogna contre un pied de la table. Alors, des deux mains, il saisit les tréteaux et se hissa en position assise, puis debout, veillant à ne peser que sur sa jambe gauche, haletant, les paumes à présent à plat sur la table tandis que la pièce tanguait et valsait autour de lui. Lorsque ses yeux se stabilisèrent de nouveau, il empoigna le dossier à barreaux de l'unique chaise et s'en servit comme soutien pour avancer jusqu'à la cheminée. La crémaillère laissait pendre le chaudron à l'extérieur. Blood pria pour qu'il fût rempli d'eau. Il était à moitié plein. Il fit pivoter la crémaillère dans le feu et, pendant que l'eau chauffait, clopina jusqu'à la chambre de la fille où d'une main il fouilla dans sa pauvre garde-robe pour choisir une robe à peu près neuve et, présumait-il, propre, puis regagna la cuisine avec la robe entre les dents. Il positionna la chaise de façon à garder le chaudron à portée de main puis s'affaissa doucement dessus avec sa jambe blessée en extension toute droite devant lui. De nouveau, sa vue se brouilla sous l'effet d'une douleur semblable à un soulèvement monté d'une région au centre de son être. Une fois revenu à lui, il s'aperçut que ses dents tenaient encore la robe et, sans la lâcher, il sortit son couteau pour couper sa culotte en cuir au-dessus de la blessure. Le tissu était tellement imbibé qu'il dut le scier. Après quelques instants d'intense souffrance, il réussit à dégager sa jambe.

Il n'avait jamais vu ça : un trou dans un corps. Il tâta du bout des doigts les lèvres de la plaie, ce qui ne lui apprit rien, sinon quelque chose sur la nature de la douleur. Il découpa la robe en longues bandes qu'il jeta sur son épaule, puis il fit pivoter vers lui la crémaillère pour sortir le chaudron du feu, trempa un bout du tissu dans l'eau bouillante et, tout de suite, sans hésiter, le glissa dans le trou. Tout en se mordant la langue.

Un peu plus tard, il parvint à se mettre debout, la jambe garrottée et pansée. Le reste des bandes, de sanglants lambeaux drapant la chaise. La douleur toujours là, forte, nette. Mais autre. Comme si d'avoir lavé et pansé la plaie lui avait rendu une partie de sa maîtrise sur son corps. Peu à peu, il parvint à déchausser son pied droit. Il sautilla à cloche-pied jusqu'à la porte, la bâcla et prit son aiguillon en guise de béquille. Une fois de retour devant la cheminée, il posa tant bien que mal une bûche sur le tas de braises et, à l'aide de l'aiguillon, parvint à jeter tous les chiffons ensanglantés au feu. Comme si ranger était une activité vitale. Puis, pour la première fois, il regarda la table et les deux godets. Il versa le fond du premier dans le second et but d'un trait. Il y avait aussi une chaussette. Il n'avait pas besoin de la toucher ou de la soupeser pour voir qu'elle était remplie de pièces, son argent à lui. L'avait-elle oubliée ? Laissée là exprès ? Puis il remarqua dans le bois les lettres gravées au couteau, cicatrices blanches, profondes : COOPER.

Il se pencha pour mieux voir. Comprenant que le garçon s'était au préalable tracé une ligne d'action, de révélation, de confrontation. Combien de temps aurait-il attendu l'arrivée de Blood ? Serait-il parti à sa recherche, monté jusqu'au Canada ? Avec Sally ? Ou se serait-il contenté de laisser sa marque et de quitter le pays, emmenant la fille, peut-être aussi l'argent, avec lui ?

Non. Blood savait qu'il n'aurait jamais pris l'argent.

Puis il se rappela non seulement l'existence du second garçon, mais aussi ce que Cooper avait dit à son propos. Quelque chose en tout cas. Assez pour lui sembler absurde. Il n'avait pas eu d'autre fils que celui mort il y a déjà si longtemps. Dont Blood était incapable de prononcer le nom, qu'il n'avait pas articulé depuis des années. À peine un éclair impromptu se glissant à travers la muraille de son esprit, une fissure qu'il s'empressait de reboucher : Hazen. Disparu. Diaphane. Rien.

Mais Cooper. Cooper.

Il renversa son godet sur le pommeau de l'aiguillon et passa du côté taverne, la chaussette pleine d'argent à la main. Sally ayant ses clés, il se contenta de la glisser derrière un tonneau. Elle toucha terre avec un bruit mat. Une bougie coulait dans sa soucoupe. Juste la lumière qu'il lui fallait. Il se versa un verre de rhum du pichet sur le comptoir. Posa sa fesse gauche au bord du banc et étendit sa jambe droite le plus confortablement possible. Déjà ses muscles protestaient contre l'insulte qui leur était faite. La matinée s'annonçait mal. Il but.

Cooper. Il lutta contre les souvenirs, mais ceux-ci affluaient malgré lui. Un petit visage effrayé épiant dans l'obscurité du couloir le matin où ils avaient attendu les coups. Et les autres enfants. Il vida son godet, le remplit. Assez.

Ainsi, Cooper. Blood avait-il vraiment cru qu'il ne viendrait jamais ? Ou était-ce vers quoi avaient mené toutes ces années de cercles et de demi-cercles ? Une perche tendue : Trouve-moi.

Cooper. Les tempes lui battaient. Il était parti finalement à la recherche de son père. Qu'il n'avait pas tué, mais presque. Cooper lui avait déjà montré de quoi il était capable.

Et l'autre garçon. Qui était-il ? Il s'était présenté. Barrett. Fletcher Barrett. Que Cooper appelait son frère, appelait le fils de Blood. Blood ne connaissait pas de Barrett. A New Bedford ou ailleurs. Alors qui était ce Fletcher ?

Blood se versa encore une mesure de rhum. Le merveilleux feu de l'alcool. Puis il comprit que ce n'était pas le rhum mais sa blessure qui lui échauffait ainsi le sang. Il se hissa de son siège. Un bonhomme en piteux état, voilà ce qu'il était. Le résultat de deux jours de mauvais traitements. Il contempla la bougie qui se consumait. Puis il retourna clopin-clopant à la cuisine. A côté de la cheminée, dressés contre le mur, il y avait deux mousquets, le sien et un neuf, un fusil dont la qualité sautait aux yeux. Au-dessus, pendues à un clou, deux sacoches de munitions. Au moins il n'était pas désarmé.

Il s'employa à tisonner le feu et à ajouter deux bûches. Au fond du chaudron, il restait une pomme de terre qu'une cuisson trop prolongée avait fait exploser. Sa chair se décomposa entre ses doigts mais il la mangea quand même. Il ne restait plus de pain. La pomme de terre gonfla son estomac. Il trouva un bout de lard qu'il grilla au bout du tisonnier. Se brûla la bouche. Puis, pour la deuxième fois dans la même journée, il vomit son dîner, cette fois dans les braises. A croire que son estomac lui faisait la guerre. Penché en avant, il se mit à se balancer comme un bœuf malade que l'on aiguillonne pour qu'il continue à marcher.

Comme il n'y avait pas d'eau dans le seau, il se rabattit sur celle, tiède, du chaudron. Puis, se sachant dans l'impossibilité de grimper jusqu'à son grenier, il clopina jusqu'à la chambre de Sally, s'assit au bord du lit et, péniblement, se coucha. Il dut soulever sa jambe à deux mains pour la poser à plat. Après quoi, le souffle court, suant à grosses gouttes, il tira les couvertures sur lui. Il prévoyait une montée de fièvre. Allongé, les yeux grands ouverts, il lui sembla que son pouls battait contre les murs, résonnait à ses oreilles comme répercuté par des échos. Il chercha à repousser la fièvre par la seule force de sa pensée. Pouvait-il dormir, et, si le sommeil venait à le prendre, le rendrait-il jamais à la vie ?

Le lendemain matin, il devait se rappeler s'être éveillé pendant la nuit en se demandant où était Luther, si le chien l'avait lui aussi abandonné. En revanche, il ne se souviendrait pas qu'entre cette pensée et la plongée subite dans le sommeil il avait pleuré à chaudes larmes.

Ils remontèrent le sentier le long du torrent à la faible clarté des étoiles qu'obscurcissaient les énormes branches des sapins et des épinettes. Un tunnel dans les ténèbres semé de rochers et de pierres qui surgissaient sous leurs pieds à chaque pas. Une escalade qu'accompagnait le doux tumulte du torrent à leur droite dont les eaux emprisonnaient les lueurs affaiblies du monde dans leurs cheveux d'argent. Fletcher avançant cahin-caha, refusant toute aide, prétendant que le moindre attouchement lui vrillait l'épaule d'une insoutenable douleur. A deux reprises, il glissa et tomba et, chaque fois, repoussa leurs mains tendues en disant :

— Ne me touchez pas, ce sera encore pire si vous m'aidez.

Il grimpait, plié en deux. Silencieux hormis pour le sifflement de sa respiration entre ses dents serrées. Lorsqu'ils débouchèrent enfin sur le marais et qu'il vit la luminosité blanche répandue sur l'herbe, il s'arrêta, la tête penchée de côté à un angle curieux, et examina les eaux constellées des étangs. Ses compagnons, qui s'étaient eux aussi immobilisés, attendirent un moment, puis Cooper demanda :

— Ça va ?

— Mieux, répondit Fletcher. J'ai bien cru une ou deux fois que j'allais tourner de l'œil comme une vieille dame. J'ai du mal à retrouver mon souffle.

Une pause. Puis Cooper :

— Tu peux bouger ton bras ?

— Ça me fait un mal de chien.

— Mais tu peux le bouger.

Fletcher garda le silence. Il avait déjà répondu.

Cooper reprit :

— C'est sans doute la clavicule, elle est cassée. C'est aussi douloureux que si c'était l'épaule. Mais ça guérira plus facilement. Tu ne seras pas difforme. On peut te bander le bras pour éviter ça tout en te soulageant.

— J'ai laissé mon fusil en bas, lâcha Fletcher.

Après un temps, Cooper fit observer :

— Il peut pas tirer plus d'un coup à la fois. Et il est pas tellement en forme non plus... Bien, je vais aller de l'avant, préparer le feu. Reste ici, remets-toi, mais attention de ne pas prendre froid.

— Je vais rester ici avec lui, déclara Sally.

Cooper se tourna vivement vers elle. Elle vit l'éclat blanc de ses dents luire dans la pénombre. Il dit :

— Je sais.

Puis il se dirigea vers la grappe de ténèbres des arbres sous lesquels ils avaient planté leur tente. Même à la clarté des étoiles, on ne distinguait pas la toile. En un clin d'œil, il avait disparu. Ils auraient aussi bien pu être les deux seules personnes sur terre. Ils restèrent là, attendris, apeurés, choqués.

— Il lui a tiré dessus, dit-elle. Comme ça. Cooper prétend qu'il est pas gravement touché. Tu crois que c'est vrai ?

Fletcher tourna vers elle un visage noyé d'ombre. Tout ce qu'elle distinguait dans l'encadrement de ses cheveux, c'étaient ses yeux, des pierres brillantes. Au bout d'un moment, il laissa tomber :

— J'étais pas en état de juger.

Sally se demanda pourquoi elle devait toujours lui dire des paroles vexantes. Elle pesa soigneusement ses mots :

— Tu te rappelles quand j'ai bondi vers toi après le coup ?

Elle appuya ses paroles d'une courte pause, n'attendant pas de réponse, voulant seulement mettre les points sur les i. Puis elle poursuivit :

— Lorsque les soldats canadiens sont venus l'arrêter, c'est la seule fois où je l'aie vu se plier à la volonté de quelqu'un d'autre. Et il l'a fait la tête haute. Et maintenant il est rentré. Il s'en est sorti tout seul, sans moi. C'est comme ça qu'il est. Alors j'ai peut-être fait qu'un bond vers toi, mais ça m'a fait tout drôle de voir Blood par terre. Comme ça, si facilement.

— Facilement pour toi.

Elle fut attristée par sa remarque. Puis elle se dit qu'il était gravement blessé, que ce n'était pas seulement la mauvaise humeur ou la jalousie.

— T'aurais jamais imaginé qu'il allait te fracasser le crâne, déclara-t-elle. Tout ce que je peux te dire, à part que je suis désolée de ce qui t'est arrivé, c'est que je pense pas qu'il l'aurait voulu non plus. C'était une erreur. N'oublie pas qu'il savait pas qui t'étais.

— C'étaient des Anglais.

— Quoi ?

— Ceux qui sont venus l'arrêter. Les Canadiens n'ont pas de troupes régulières.

Elle resta un moment silencieuse, au bord de la colère. Puis elle comprit. Elle reprit :

— Fletcher, c'est pas bien ce que tu fais là. Ce que tu m'as dit cet après-midi, je sais pas trop encore. En fait, j'ai jamais rencontré quelqu'un comme toi. J'ai besoin de temps, pour voir, pour regarder ce qui vient de toi et ce qui vient de moi. Ecoute, tu m'en voudrais après si je partais avec toi sur un coup de tête. Non ?

— Non, lâcha-t-il d'un ton abrupt, catégorique. La passion. Tu l'as ou tu l'as pas. Ça se mijote pas.

Tout en prononçant ces mots, il se détourna, porta ses regards dans la nuit vers la tente où se préparait déjà un feu.

Elle attendit. Quand elle reprit la parole, elle était calme.

— Fletcher, dit-elle. Il faut que tu saches pour moi. Je retournerai jamais en arrière. Tu comprends ?

Il grelottait. Un léger tremblement tandis que le froid transperçait l'aura de sa douleur. Toujours sans la regarder, il fit oui de la tête, un curieux petit hochement qui se perdit dans un grognement étouffé. Elle avait envie de le caresser, de le réconforter. Se disant subitement que ses paroles avaient été trop dures, puis se raisonnant, songeant C'est ainsi que les choses arrivent Ne va pas te laisser aller à un élan de sympathie que tu regretteras deux minutes après.

Tandis qu'elle se livrait à ces réflexions, il se tourna vers elle, très lentement, pas à pas. Il était plus proche à présent, elle voyait de nouveau ses yeux. Et une partie de son visage. Devant eux, le feu lançait de hautes flammes, comme si Cooper avait envie de proclamer leur présence en ces lieux.

Fletcher dit :

— Cooper lui a dit que j'étais son fils. Rien de plus. Je l'ai entendu. Blood sait au moins cela.

— Cooper a dû penser que c'était à toi de lui apprendre le reste. Comme il te plaira. Ou pas du tout.

Fletcher opina :

— C'est pour cela que je suis là. Pour le lui dire. Mais pas ce soir.

— Non, en effet.

Elle se sentait mieux. Ils étaient toujours sérieux, mais une pointe d'humour s'était glissée de nouveau dans sa voix. C'est ce qu'elle aimait chez lui. Une des choses.

— Je peux pas m'empêcher de me demander ce qu'il ressent. Blessé par un fils après avoir tenté de tuer l'autre. Même s'il ne l'a su qu'après coup.

— Connaissant Blood, je dirais qu'il doit se sentir très mal. Sans compter la blessure.

— Tu crois qu'il se pose des questions sur moi ?

Sally se rendit compte qu'il pleurait. Des larmes ruisselaient sur son visage. Ses yeux écarquillés semblables à deux galets noirs étoilés, écrans sombres où s'inscrivait un vol d'oiseaux blancs traversant les profondeurs de son âme.

— Mais bien sûr, dit-elle. Sans doute plus sur toi que sur le reste. Cooper n'a fait que le déclencher. Tu peux être sûr et certain qu'il est dévoré de curiosité.

Puis, levant la main pour lui caresser le visage, elle ajouta :

— Allons nous mettre au chaud avant que tu t'écroules.

Cooper les attendait assis sous la tente, avec sur les genoux des bandes découpées dans une chemise propre. En les voyant entrer, il se leva et déclara :

— J'ai bien étudié la question. Je crois que j'ai trouvé la solution. Je vais te faire un pansement qui va t'aider à guérir plus vite et à soulager la douleur.

— Bien, fit Fletcher.

— Mais il faut que tu enlèves ta chemise. Tu peux la passer sur ta tête ou tu veux que je la coupe ?

— Je ne me sens pas très bien. Vas-y, coupe.

Cooper et Sally taillèrent de conserve, une tâche simple qui nécessitait un certain degré de coordination. Sally tirant sur le tissu pendant que Cooper coupait du col jusqu'à l'ourlet du bas, puis de nouveau, jusqu'au dégagement complet de l'épaule et du bras. Puis ils s'attaquèrent à l'autre manche. Fletcher ne bougeait pas, les paupières closes, débitant entre ses dents un chapelet de grossièretés qui se termina par un soupir une fois qu'ils l'eurent dépouillé de son vêtement. Puis, debout, torse nu, les lèvres serrées, les yeux secs et brillants, il battit des paupières en disant :

— Et après ?

Cooper lui enveloppa l'avant-bras avec une première bande en commençant par le milieu de l'étoffe de manière à ce que le bras fût parfaitement emmailloté depuis le poignet jusqu'au coude, avec les deux extrémités qui pendaient. Il passa la seconde bande trois fois autour de la poitrine de Fletcher en la croisant dans son dos comme des bretelles et en la nouant sur sa nuque.

Puis Cooper annonça :

— Maintenant, la partie qui fait mal.

— Je l'attendais, celle-là.

Fletcher transpirait abondamment. Sa peau était blanche sauf sur ses joues marbrées de rose comme un quartier de bœuf écorché.

Lorsque Cooper souleva le bras bandé pour le placer contre la poitrine du blessé, ce dernier vacilla un peu sur le côté. Cooper glissa les extrémités des bandes sous les bretelles et tira fort afin d'immobiliser le bras. Puis il les attacha dans son dos. Cela fait, Fletcher non seulement ne pouvait plus bouger son membre blessé, mais il avait les épaules ramenées en arrière, en position basse, de sorte que l'os allait se ressouder dans une posture naturelle. Cette immobilisation éviterait aussi que la crispation due à la douleur ne le laisse avec un dos difforme. Cooper lui expliqua cette théorie tout en le pansant.

— Tu as trouvé ça tout seul ? s'étonna Fletcher.

— J'ai vu des marins débarquer arrangés de cette manière. Ils se sont très bien remis, avec seulement quelquefois une petite bosse sur la clavicule.

— Tu as fini ?

— Oui. Comment te sens-tu ? C'est bien serré de partout ?

— Je crois, dit Fletcher. J'aimerais m'allonger.

Sur ce, il tomba à genoux et se mit à se balancer sur place tandis que la fille et son frère se précipitaient pour le soutenir. Il se balançait, le cou ployé. Sally et Cooper échangèrent un regard interrogateur au-dessus de sa tête penchée : que faire maintenant ? Puis Fletcher leva la tête et se tourna vers Sally en disant :

— Je me sens un peu nauséeux, je préfère ne pas me remettre debout. Avec votre aide, je crois que j'arriverai jusqu'aux couvertures.

Aussitôt, il porta un genou en avant. Ils l'entendirent grincer des dents et le soutinrent pour lui permettre d'avancer l'autre genou. Les couvertures se trouvaient à moins de deux mètres. Ils l'aidèrent ensuite à se coucher sur le dos, puis, alors que, en nage, il reprenait sa litanie d'injures, ses deux infirmiers de fortune se tinrent accroupis de chaque côté de lui.

— Couvrez-moi bien, dit Fletcher, je vais essayer de me reposer un peu.

Cette nuit-là, ils dormirent tous les trois ensemble, Cooper et Sally de chaque côté de Fletcher, aussi près de lui que possible sans toutefois le toucher. Enveloppés dans leur manteau, ayant entassé les couvertures sur Fletcher. Lui, immobile, la bouche ouverte, la poitrine soulevée par une respiration lente qui, au moins sur Sally, produisait un effet apaisant. Couchée sur le flanc, elle le surveillait. A un moment donné, elle glissa la main sous les couvertures et la posa sur la peau nue de son ventre, pensant que son contact lui ferait peut-être du bien. Ses doigts rencontrèrent une main déjà posée là, et elle se dit que ce devait être celle de Fletcher, puis se rendit compte que non, que c'était impossible. Elle figea son geste, sa main sur l'autre main. Regardant par-dessus Fletcher, elle vit Cooper allongé lui aussi sur le flanc, en face d'elle, les yeux sur elle. Il soutint son regard, impassible, muet. Au bout d'un certain temps, elle retira un peu sa main, de sorte qu'elle se trouvait à moitié sur celle de Cooper et à moitié sur le ventre de Fletcher. Un peu plus tard, les doigts de Cooper lui prirent la main. Ils restèrent ainsi, les yeux dans les yeux, enlacés autour du corps du garçon. Lorsqu'elle ferma les yeux, elle sentit qu'il resserrait la pression de ses doigts. Elle fit mine de n'avoir rien remarqué. Mais au moment de sombrer dans le sommeil, elle comprit que ce geste se situait à un niveau qu'elle n'avait encore jamais même soupçonné. Et répondit par une pression de ses doigts.

Aux premières lueurs de l'aube frappant la terre gelée, alors que la brume enveloppait les arbres de son linceul, Gandy traversa le hameau ravagé, sans bruit, d'un pas assuré de trappeur, pour se rendre à la taverne où il contempla les cheminées sans fumée avant de faire le tour en longeant les murs, l'oreille aux aguets. Il essaya doucement la porte ; elle était bâclée. Puis il s'arrêta sous la fenêtre de la putain. Un bruit émanait du mur en rondins. Un bruit de respiration. Il se dit tout d'abord qu'elle avait de la compagnie, puis changea d'avis et conclut qu'elle était en train de se donner du plaisir. Il colla si bien son oreille au bois qu'un rond se dessina dans le givre tandis qu'il grandissait dans sa culotte. Tout ouïe, il tenta d'harmoniser ce qu'il entendait avec ce qu'il imaginait qu'il aurait dû entendre. Il n'avait pas une grande expérience en la matière, mais cela ressemblait plus aux grognements d'un cochon qu'à de féminines pâmoisons. Sa culotte se relâcha. Pauvre chose. Cela ne lui aurait pourtant pas déplu de la prendre de cette façon, tout à la fois seul et avec elle, à son insu, mais peu importait à Gandy. Un jour il s'était fait une poule ; une drôle de farce sanglante, avec ces grosses poignées de plumes qu'il avait enfilées et quand il s'était retiré, il avait eu plein de sang et de jaune d'œuf... Il entendit de nouveau à travers le mur la respiration sifflante et se dit que ce n'était définitivement pas la fille. Retournant sur ses pas, il marqua une halte devant la grange et le poulailler, et toujours il rêvait aux poules. Mais son désir s'était évanoui. Remplacé par un autre.

Il frappa à la porte. Pensant qu'il allait réveiller le chien, cette créature de cauchemar, et celui qui dormait dans le lit de la putain. Mais seul le silence lui répondit. Le caquètement obstiné d'un huart invisible sur le lac, un son semblable à une flèche de glace dans l'air immobile. Il frappa de nouveau, plus fermement. Trois coups secs du plat des jointures. Attendit. Rien.

Il étudia le battant. Solide, mais pas aussi bien fait qu'il n'y paraissait. Gandy se souvenait de celui qui l'avait placé dans son chambranle, le jeune Sam Potter. Et sa femme qui parmi toutes celles de la colonie avait été la seule à lui manifester de l'amitié. Avec elle, il avait eu l'impression de ne pas être une menace, mais un compagnon potentiel. Alors qu'elle devenait grosse de cet enfant qui allait finir par la tuer, elle avait eu avec lui une attitude de plus en plus accueillante, comme si elle comprenait que son obsession des femmes était une passion dont les autres hommes se seraient moqués. Comme si elle devinait que plus elle devenait grosse, plus il la désirait, car plus il comprenait que les femmes tiraient de leur ventre un plaisir innommable. En tout cas, c'est ce qu'il se disait. Il pensait qu'une bite avait le pouvoir de provoquer ce gonflement des seins, des jambes, des bras, du ventre... Se disant que si elle était sienne il la garderait pleine tout le temps. S'étonnant que des hommes se tiennent à l'écart de leurs femmes enceintes, comme s'ils ne les connaissaient pas. Se rappela le sourire de la femme à Potter qui lui réchauffait le cœur, comme si elle devinait les assauts qu'il lui portait en imagination. Et après cette mort... tuée en essayant de mettre au monde ce petit garçon. Quel gâchis. Mais cela ne la ramènerait pas. Sauf aux heures où son souvenir le submergeait. Alors elle se brisait en mille morceaux sous lui. Des moments qui lui coûtaient cher.

Maintenant, que se passait-il ? Il dégaina son couteau de ceinture. Une longue et fine lame, effilée à la perfection. Le trappeur suivant d'une main la chaîne d'un piège enterré en l'accompagnant de l'autre, serrée autour du manche du couteau, jusqu'à ce que la première touchât le rat musqué pris au piège et sentît le claquement des petites mâchoires contre ses jointures, alors la seconde glissait par-dessus la première, tuant net du premier coup. Et le voilà à présent s'en servant comme d'un levier, l'insérant entre battant et chambranle, cherchant à tâtons à soulever la bâcle. Il prit son temps. Au lieu de surveiller ce qu'il faisait, il gardait la tête tournée vers la route et surtout vers les figures mouvantes de la brume ; au cas où elles se révéleraient être autre chose. Enfin il sentit que la lame accrochait la barre. Cette dernière bougea. Il retira son couteau, en examina le fil, et le positionna dans sa main de manière à lui faire retrouver sa fonction d'arme, puis il donna un coup d'épaule dans la porte. Coinça un pied dans l'ouverture et lança, de son autre pied, un coup à la bâcle qui tomba avec fracas tandis que la porte s'ouvrait, le précipitant à l'intérieur.

Ce fut Blood qu'il trouva dans le lit de la putain. Couché dans des drapés de couvertures, la jambe sortie, emmaillotée de pansements rudimentaires gorgés d'un sang brun et rouge et d'un fluide clair qui engluaient les draps dessous. Blood ne transpirait pas, pourtant la peau de son visage avait une consistance pâteuse, comme de la purée trop cuite. Gandy retourna aussitôt mettre la bâcle à la porte. Songea à fouiller la cendre froide pour trouver des braises afin de ranimer le feu, mais se ravisa, ne sachant pas si Blood souhaitait faire connaître sa présence en ces lieux. Passant du côté taverne, il se versa un verre de rhum, le but, puis remplit un deuxième verre et l'emporta avec le pichet au chevet du malade. Blood avait les yeux ouverts.

— J'me disais ben qu'y avait du vilain, alors j'ai un peu forcé ta porte. Tiens, voilà de l'eau et du rhum. Tu préfères quoi ?

D'une voix éraillée qui semblait surgir d'une brèche dans ses glaires, Blood répondit :

— L'eau.

Il fit mine de vouloir se dresser sur un coude.

— Là, dit Gandy en posant le rhum par terre et en soutenant la nuque de Blood pour lui faire boire directement au pichet.

Une fois l'opération terminée, le trappeur s'enquit :

— C'est-y la milice ou les gars du patelin qui t'ont si bien arrangé ?

— J'ai la jambe en bouillie. Il faudrait changer le pansement.

Après l'avoir dévisagé intensément, Gandy déclara :

— Va te falloir de l'eau chaude. Je savais pas si je devais faire du feu, au cas où tu voudrais pas leur montrer que t'es là.

— Qu'ils aillent au diable.

Gandy songea Il va pas me répondre. Tout haut :

— Tu veux pas ce verre de rhum pendant que je suis à allumer le feu ?

— Non.

Gandy se tint coi. Blood ajouta :

— Vas-y, prends-le. Mais te soûle pas que tu me servirais plus à rien.

— J'pensais juste quelques gouttes.

— Quand t'auras fait le feu, tu reviendras m'aider à me transporter jusque là-bas. Ensuite tu iras cueillir des œufs. J'ai du mal à garder ce que je mange, mais on peut toujours essayer.

— Ce s'rait pas pour me déplaire, un œuf.

— Allez. J'ai pas envie de me payer une gangrène.

Gandy, tenant délicatement le godet de rhum entre pouce et index, se tourna vers la porte. Dans son dos, Blood lâcha :

— T'as vu le chien ?

— L'est pas dans les parages, j'l'ai point vu.

— Bizarre. Avec tout ce qui se passe, c'est son absence qui me soucie le plus.

— Nom de Dieu ! C'est un vrai champ de mort et toi tu te fais du mouron pour un clébard !

— Je sais.

Quelques secondes plus tard, de l'autre pièce, Gandy observa :

— Tu t'es payé un nouveau fusil.

Blood se dressa péniblement sur son séant, souleva des deux mains sa jambe malade pour la poser par terre, traînant à sa suite son autre jambe. Assis au bord du lit, déchiré par une nouvelle vague de douleur, il répondit :

— Oui. Viens m'aider à me lever. Je suis gelé. Je resterai assis sur une chaise et tisonnerai le feu pendant que tu iras chercher les œufs.

Il se demandait s'il devait se débarrasser de Gandy ou se servir de lui sans l'informer plus que nécessaire. Mais il ne le saurait que s'il se levait et s'activait. Il verrait bien ensuite ce qu'il ferait du trappeur.

Sally se leva avant les deux frères. Accroupie devant le feu mourant, elle ratissa les braises avec une tige de sapin et construisit une nouvelle flambée avec des fagots. Elle avait trouvé Fletcher brûlant sous les couvertures et s'attendait à ce qu'il passe la journée à se reposer. Cooper voudrait peut-être un feu plus grand. Un brouillard glacé se mouvait entre les arbres, se mêlant aux écharpes de brume sur les étangs. Elle serra son châle autour de ses épaules. L'eau allait bientôt bouillir. Après cette nuit étrange, elle n'osait pas trop fouiller dans leur garde-manger — son intimité avec Cooper lui avait ouvert de nouveaux horizons. Elle jeta une poignée de thé dans le chaudron d'eau frémissante et le posa sur un rocher pour laisser infuser. Au bout d'un moment, elle se versa une tasse qu'elle but en regardant les deux garçons, l'un tout droit, la bouche ouverte, comme s'il essayait de profiter du moindre filet d'air pour remplir ses poumons, l'autre recroquevillé sous une très mince couverture, la tête enfouie, seuls la bouche et le nez dehors. Là où son haleine mouillait l'étoffe, la couverture était grumelée de glace.

Elle ne savait plus où elle en était. Sa pensée était comme éclatée, en morceaux, pêle-mêle. A la six-quatre-deux, comme dirait Blood. Malheurs et opportunités se confondaient, impossible de les distinguer. A Portland, il y avait eu une fille qui connaissait la mystique des nombres. Sally regrettait à présent de n'avoir pas prêté plus attention. Tout en doutant que ce savoir pût lui être utile en l'occurrence. Il s'agissait d'autre chose que de chiffres. Elle, Cooper, Fletcher, Blood. Ils étaient quatre, et alors ? Une combinaison impossible, voilà. Elle but une gorgée de thé et contempla les garçons endormis en songeant toujours à Blood. Ses visions de la nuit, si claires, si limpides, se brouillaient à présent. Elle vida sa tasse, consciente d'être la dernière personne qu'il eût envie de voir. Quel qu'ait été son lot d'indulgence à son égard, elle l'avait consommé entièrement la veille au soir. En l'abandonnant. Pourtant, elle ne pouvait pas partir ainsi.

Elle se leva. Jeta quelques grosses branches dans le feu et posa ses mains glacées sur le chaudron pour se réchauffer. Si seulement elle avait su écrire, elle leur aurait laissé un mot leur disant Je reviens. De toute façon, il n'y avait pas de quoi. Aussi, en dépit du brouillard et du froid, elle enleva ses bottines et ses bas en laine. Les rangea au pied du rocher où elle avait posé le thé. S'ils ne comprenaient pas, elle n'y pouvait rien. Les garçons, se dit-elle. Comment pouvait-on passer à côté de tant de vérités tout en étant si savant par ailleurs ? Elle les regarda encore un moment, se rappelant le serrement de mains sur le ventre de l'un d'eux au cours de la nuit et se dit Rien n'est simple dans cette vie. Puis elle pivota sur elle-même et se dirigea vers le sentier du torrent. Sur un des étangs, un canard solitaire tournait dans les larges cercles qu'il traçait sur la nappe liquide. Il ne s'effaroucha pas de son passage. Elle était pieds nus. La dureté rugueuse de la terre sous la plante de ses pieds était étrangement réconfortante. Elle lui donnait envie de continuer.

Une épaisse fumée s'échappait de la cheminée de la taverne, tout à la fois rassurante et un peu effrayante. Il était peut-être moins gravement blessé qu'ils ne l'avaient cru. Mais elle avait trop froid aux pieds. Et elle préférait aller le trouver plutôt que d'attendre qu'il vienne la chercher. La porte était bâclée. Elle tambourina du poing en criant Laisse-moi entrer. Comme si c'était son droit. Ce dont elle était persuadée. Ils avaient des comptes à régler. Blood ne pouvait dire le contraire.

La porte s'entrouvrit, la bâcle à peine levée, prête à se rabattre dans ses taquets. Surgit alors le visage de fouine de Gandy glissant un œil lubrique dans l'entrebâillement. Derrière lui, Blood aboya quelque chose, sans doute pour savoir si elle était bien seule.

— D'après ce que je vois, oui, répondit Gandy sans la lâcher du regard.

— Ouvre la porte, lui dit-elle. Et arrête de me regarder avec ces yeux-là.

— Laisse-la entrer.

Il était assis à la table, une couverture autour de la taille. Jambe blessée, raide, tendue en extension vers le feu. Un pansement propre autour de la cuisse. Une boule de chiffons souillés de sang devant la cheminée. Une bassine à moitié remplie d'une eau rougie à côté du pichet d'eau et de deux assiettes maculées de jaune d'œuf. Son cœur chavira à la vue des assiettes ; il y avait peu de chance pour qu'il lui offre à manger. Elle mourait de faim après cette drôle de nuit et sa course dans le froid.

— Si t'es venue chercher la chaussette, c'est raté, t'avais qu'à pas l'oublier hier soir, déclara Blood. Quoiqu'elle me semble un peu légère. T'as rapporté les clés ?

— J'avais mis trois pièces d'or de côté. Pour acheter les chevaux, mais je suis jamais arrivée chez Van Landt. Les soldats d'hier, ils étaient partout. Mais t'es au courant, bien sûr.

Plongeant la main sous son chemisier, elle sortit la petite bourse contenant les clés et la laissa tomber sur la table.

— La cassette est dans la réserve.

Il la dévisagea d'un air dubitatif. Puis jeta à Gandy :

— Laisse-nous un peu, tu veux. Ne t'en va pas, mais... va donc traire la vache.

— Je sais pas y faire.

— Qu'est-ce que c'est que ces âneries ? Vas-y. Je veux parler à cette fille seul à seule. Prends un godet de rhum et va le boire avec la vache. Tu finiras bien par trouver un moyen de la traire.

— Je suis pas sûr que c'est prudent de te laisser seul avec elle. D'abord, pourquoi qu'elle était pas là au départ à te soigner ?

— Je suis touché, ironisa Blood en regardant le petit trappeur au fond des yeux. Mais je te garantis que t'as pas intérêt à en savoir trop long sur mes affaires.

Gandy soutint un instant son regard, prit le godet, disparut côté taverne, puis réapparut en disant :

— Si t'as besoin de moi, pousse une gueulante. Je viens de suite.

Sally se dirigea vers l'endroit, près de la cheminée, où les deux fusils étaient appuyés contre le mur.

— Vas-y, ou je te descends toi aussi.

La bouche ouverte, Gandy marmonna :

— C'est pas toi qu'as tiré sur Blood, si ?

— Non. Mais j'ai tué un loup un jour. A côté, toi, t'es rien.

Après le départ du trappeur, Sally se rapprocha de Blood et inspecta sa jambe.

— C'est pas trop vilain. Elle a traversé la cuisse, hein ?

— Oui. C'est gentil de venir voir comment je suis. Qu'est-ce qui t'amène ?

— Fais pas la bête. C'est la faute à personne, ce qui s'est passé, sauf la tienne. Si t'avais frappé à la porte ou crié au lieu de fracasser le crâne de ce garçon, t'aurais peut-être pas été content mais t'aurais pas la peau trouée. Tout ce qu'ils voulaient, c'était te parler. Ils avaient pas l'intention de te tirer dessus. Pas que je sache en tout cas.

Il la dévisagea longuement avant de lâcher :

— T'en sais plus long que moi.

— C'est pas ma faute.

— Tu devrais me dire ce que tu sais. Ce garçon, surtout. C'est un mystère pour moi.

— Il reste des œufs ?

— On a mangé tout ce que Gandy a rapporté. Tu cherches à marchander ?

— Non. J'ai faim, c'est tout. J'ai rien à vendre. Ces garçons, ça regarde seulement vous trois.

Après l'avoir examinée longuement, Blood déclara :

— Je sais qui est le premier. C'est l'autre qui m'intrigue. Tu sais celui que je veux dire. J'avais seulement deux fils, et l'un d'eux est mort depuis longtemps. Comme tu sais.

Il marqua une pause, peut-être pour lui rappeler d'autres secrets partagés. Puis il reprit :

— Il y a des flocons d'avoine si tu veux.

— Je suis venue voir comment t'allais. Et prendre mes affaires. J'ai pas le temps de faire la cuisine.

— Tu m'abandonnes alors que je peux pas te retenir. Alors que j'ai vraiment besoin de toi.

— Blood. Je sais pas si j'ai tort ou raison. Mais je peux pas être à deux endroits à la fois. Je peux pas rester ici à te soigner, tu vois, alors que ma vie a pris un autre tournant. J'ai fait un choix. Ça paraît étrange, ce qui s'est passé, mais j'ai toujours su qu'un jour je partirais. Si tu réfléchis bien, tu verras que c'est pas si anormal que ça, que j'aie été attirée par eux. Tu m'as appris quelque chose, Blood. Mais si t'as des idées là-dessus, je préfère pas les entendre.

Elle marqua un temps, les traits crispés en une expression pensive, avant de poursuivre :

— Une occasion. Il ne fallait pas que je la manque. J'en ai jamais eu. Tout ce que je sais, c'est que ces garçons ressemblent à rien de ce que je connais. Fletcher, il est tendre avec moi, comme aucun homme l'a jamais été. Même pas toi...

Une moue plissa son visage, une moue où pointait un peu de regret.

— ... J'oublie pas que t'as été bon pour moi. Mais j'oublie pas non plus le reste.

Sur ces paroles, elle détourna les yeux, très vite, préférant ne pas voir sa réaction, et dit :

— Pardon.

Elle passa ensuite dans sa chambre, en laissant la porte ouverte, ne voulant rien lui cacher. Elle vit l'état du lit sali par Blood. Décrocha des patères ses vêtements d'hiver et sa plus jolie tenue d'été, jupe et corsage, et en fit un baluchon avec la plus propre des couvertures. Après quoi, elle glissa la main sous son matelas et en sortit un fichu noué autour de son propre argent, le soupesa, et emporta ses deux ballots dans la pièce d'à côté. Blood, qui n'avait pas bougé, jeta un coup d'œil à ses bagages.

— Sally, dit-il.

— Tes pièces d'or, elles sont là-haut au marais. Si t'étais pas venu hier soir, on allait acheter des chevaux pour venir te chercher ce matin. Je parie que Gandy t'a dit pour les soldats dans le pays. Ils ont rien laissé que des décombres. Maintenant, tu sais... Je te rapporte ton or si tu veux, mais on peut aussi bien faire nos comptes avec ça...

Elle leva son ballot d'argent.

—... On verra si ça fait la somme. Je te fais confiance.

— Pourquoi ? demanda-t-il avec un naturel désarmant.

— Pour aucune raison en particulier... D'ailleurs, je préfère pas en avoir...

Elle détourna les yeux, puis les posa de nouveau sur lui :
— Blood ?
— Oui ?
— Avec tout ce qui s'est passé ailleurs, ces maisons brûlées, pillées, ces hommes tués, arrêtés, avec tout ça, comment ça se fait que personne ait touché à cette maison-ci ?
Blood se passa la main sur le visage. Un temps. Puis :
— C'est compliqué. Ils ont passé un marché qu'ils n'ont pas tenu. Un marché dont je savais rien. C'est tout ce que tu as à savoir. C'est plus sûr comme ça.
— Plus sûr pour moi ? Ou pour tes garçons ?
Il répliqua sans hésiter :
— Même si t'étais pas avec eux. Plus sûr pour vous tous.
Elle réfléchit. Son visage s'adoucit lorsqu'elle prononça à voix basse :
— C'est vrai que quand on est descendus hier au crépuscule, les garçons et moi, la maison était comme toujours, sauf que la porte était ouverte, et qu'ils avaient tué Luther. Son corps était couché dans la cour. Il s'était battu jusqu'à la mort. Il avait un morceau d'uniforme dans la gueule.
Blood se contenta de la regarder. Il voyait dans son expression le reflet de ses propres sentiments. Elle simplifia, ne voulant nommer personne.
— On l'a enterré. Côté jardin, au bord de la rivière. Vers le petit bouleau.
Blood hocha la tête. Ses traits se crispèrent dans une grimace, comme s'il savait qui blâmer. Elle préférait ne pas savoir si c'était elle, tout en supposant que non.
Ses yeux se portèrent vers les flammes qui dansaient dans la cheminée. Elle vit le fusil neuf appuyé à côté de celui de Blood. Les deux sacoches accrochées à un clou au mur. Elle posa son baluchon d'habits et décrocha les sacoches, puis empoigna le fusil en déclarant :
— C'est pas à toi. Je vais leur rapporter.
— Tu es dure, Sally.
Sa bouche se tordit.
— Tu sais bien. Alors, tu veux qu'on compte l'argent maintenant ou tu préfères attendre que je t'apporte l'or ?
Blood haussa les épaules.
— Je m'en fiche.
— Tu veux me tenter ? Ou m'acheter ?
— Je te jure, je m'en fous. Fais ce que tu veux.

— Blood, j'ai jamais pensé que c'était ton genre.

— Il y a longtemps que je n'appartiens plus à aucun genre.

— J'ai déjà entendu cette histoire deux fois. La première de ta bouche, la deuxième, une autre version, y a pas longtemps.

— Celui qui m'a tiré dessus. C'est mon fils, Cooper. J'arrive pas à croire que je l'avais pas reconnu. La nuit où ils sont venus tous les deux trempés jusqu'aux os. Mais c'est l'autre qui me dit rien. Hier soir, après le coup de feu, Cooper l'a appelé son frère.

— Je peux pas t'aider, Blood.

Chargée de ses sacs, elle se rapprocha de lui, s'immobilisant tout contre sa chaise. Puis elle dit :

— Toi et Fletcher, ça va mettre du temps pour vous remettre. Si tu veux, je pourrai descendre de temps en temps voir si ça va. Je suis pas infirmière, mais j'ai vu mon lot. Il faut garder cette affaire-là bien propre.

— Non, laissa-t-il tomber d'un ton catégorique, presque colérique. Gandy m'a dit où vous campiez. Je garantis pas qu'il la fermera. J'ai aucune idée de ce qui m'attend. Mais vous trois, restez bien planqués.

Un frisson fit tressaillir les traits de son visage tandis qu'elle comprenait la portée des paroles qu'il venait de prononcer. Elle souffla d'une voix attristée :

— Oh ! Blood, c'est pas vrai.

Il esquissa un pâle sourire.

— Attends au moins une minute que ce crétin de Gandy revienne avec du lait bien chaud pour te caler un peu.

— J'ai plus faim. Faut que j'y retourne.

Elle se pencha, lui caressa le front, se redressa, les yeux toujours baissés vers lui. Un long regard. Puis elle s'éloigna vers la porte.

Il l'appela une dernière fois :

— Sally.

— J'ai pas encore quitté le pays, pas encore. Tu me reverras. Je te rapporterai ton or, dès que je peux.

Elle ouvrit la porte. Gandy se tenait courbé derrière. En sursautant, il renversa le seau de lait posé derrière lui. Une nappe blanche recouvrit un instant la terre gelée, puis disparut, coula dans les fissures. Elle fit volte-face pour regarder Blood. De son côté, il avait effectué une torsion du buste pour la suivre des yeux. Il était blême.

— Si j'étais toi, lui lança-t-elle, j'engagerais quelqu'un d'autre. Celui-ci vaut pas un clou.

Elle posa le pied sur l'herbe.

Et de nouveau, il l'appela. Elle s'y attendait. Son nom en guise de supplication. Jamais elle ne l'avait entendu ainsi, même à leurs heures les plus intimes. Plaintif. Un son qui lui alla droit au cœur. Le tintement d'une dette ancienne.

Elle marqua une halte. Dans l'air soudain durci, épaissi, étouffant et grelottant de froid, elle se retourna encore une fois.

— La mère de Fletcher. Son nom était Molly... Voilà, tu as ce que tu voulais. J'ai peut-être la trahison qui coule dans mes veines. J'espère que non.

Elle s'en alla. Passa devant Gandy et le lait renversé. Marcha vers le brouillard, s'y enfonça. Une fois sur la route, elle eut l'impression que la taverne n'était plus nulle part. Elle franchit le pont et prit le sentier du torrent. Ses pieds nus battant le sol sans un bruit dans la lumière de l'aube. Seul résonnait à son oreille le souffle de sa propre respiration, avec des sonorités de guimbarde.

Lorsqu'elle déboucha dans le marais, le brouillard était devenu si dense qu'elle crut qu'il allait neiger. Cooper se tenait accroupi devant un feu minuscule au-dessus duquel était suspendu un chapelet de petites truites embrochées sur deux tiges d'aulne. Il leva les yeux vers elle, la regarda appuyer le fusil contre un des piquets de la tente et accrocher les sacoches. Mais ne prononça pas un mot. Elle écarta la porte en toile pour aller inspecter Fletcher. Il dormait sur le dos, le visage tranquille, mais de sa bouche ouverte s'échappait un râle de malade.

Retournant auprès du feu, elle récupéra ses bottines et ses bas sur le rocher et s'assit en face de Cooper. Elle releva ses jupes sur ses genoux pour enfiler ses bas l'un après l'autre. Sentant son regard sur elle, elle dit :

— J'ai rapporté l'autre fusil. On l'avait oublié hier soir. J'aurais dû aussi demander à Blood un pichet de rhum pour Fletcher.

Sur ces paroles, elle rabattit ses jupes et, pendant qu'elle laçait ses bottines, elle leva les yeux vers Cooper.

Cooper détourna les siens et les posa sur les truites. Il tripota un peu les bâtons, puis se tourna de nouveau vers elle.

— A mon avis, il est mieux sans rien. Il va dormir, c'est ce qu'il y a de mieux pour lui. Mais c'est bien d'avoir pensé à rapporter le fusil. On va avoir besoin de beaucoup de viande pour notre malade. Et ça me disait guère de m'en aller en te laissant sans arme. Pour l'instant, tout est calme par ici, mais Dieu sait pour combien de temps.

— Ça me plaît pas trop que tu t'en ailles dans les bois après ce qui s'est passé hier. Ça va les rendre nerveux, les coups de fusil.

— Il lui faut de la viande, répéta Cooper. Il fait froid. Si j'arrive à tuer un cerf ou un ourson, elle se gardera. De toute façon, avec ce brouillard, le bruit des détonations sera étouffé. Que je rentre pas bredouille, c'est ce que tu devrais espérer... Au fait, comment va-t-il ?

Elle jeta un coup d'œil par-dessus son épaule. Fletcher dormait encore.

— Il a l'air paisible.

— Je veux dire l'autre.

— Blood ? Un peu amoché. Mais ça va. Il est plus gentil... pour le moment.

Cooper acquiesça. Puis il tira sur les tiges d'aulne et, avec son couteau, fit glisser les truites une à une dans le chaudron qui leur servait à bouillir de l'eau. Il en déposa deux sur une pierre, puis enfouit le récipient avec son couvercle sous la cendre pour le garder au chaud.

— Ces deux-là sont pour toi et moi, dit-il. Le reste, tu lui donneras quand il se réveillera. Même s'il prétend ne pas avoir faim. Et donne-lui beaucoup à boire. Tu sais te servir d'un fusil ?

— Oui.

— Je pense pas qu'on viendra nous embêter aujourd'hui. Mais on sait jamais qui pourrait bien venir par là...

Cooper se leva, prit son manteau de chasse en laine, son fusil et ses sacoches, puis se pencha pour lui tendre une truite. Il mangea l'autre debout, penché sur le feu. Elle mastiqua lentement, sans le quitter des yeux. Quand il eut fini, il souleva le deuxième fusil, vérifia l'amorçage et le posa sous la portière en toile.

— Il est sec, décréta-t-il avant d'entrer sous la tente pour voir son frère.

Quand il ressortit, il contourna le feu pour s'approcher d'elle.

— Cooper, prononça-t-elle.

— Je veux juste te dire, souffla-t-il. Je regrette de ne pas t'avoir fait confiance. Tu nous as pas laissé tomber hier soir. Et l'autre chose, quand on dormait cette nuit, je veux pas que tu te fasses des idées là-dessus.

Il soutint son regard, rougissant.

Elle passa sa langue sur ses lèvres subitement sèches et se détourna vivement.

— Je reviens bientôt, lâcha-t-il.

Tout bas, en un murmure à peine audible, elle dit :

— Bonne chance.

Elle le regarda se glisser sans bruit dans le brouillard, la couleur vive de son manteau d'abord chatoyante puis voilée puis plus là. Mais ses yeux restèrent fixés sur l'endroit où il avait disparu. Elle attendit sans bouger que le feu s'éteigne et que le froid la gagne. Alors, se tournant vers le petit tas de fagots, elle se leva si brusquement qu'elle manqua de perdre l'équilibre et de tomber.

Sept

La semaine suivante fut calme et froide. Une mer de brouillard inondait le pays, se mouvant en un discret ressac au-dessus des rivières et des lacs. De temps en temps la tranquillité était rompue par le coup de feu d'un chasseur ou le son répétitif d'une hache tandis que les rescapés édifiaient en toute hâte avant l'hiver des abris de fortune. Des logis rudimentaires, guère plus que des casemates de rondins construites autour des cheminées encore debout après l'incendie. Ces hommes travaillaient seuls s'il s'agissait de leur propre maison, ou à plusieurs quand il fallait reloger la femme et les enfants d'un autre qui avait été emmené par la milice à la prison de Lancaster, et dont on n'avait d'ailleurs pas de nouvelles. Une partie des habitants était partie définitivement, parfois juste des femmes et des enfants endeuillés, parfois des familles entières qui décidaient de quitter cette terre dévastée.

La poignée de bâtiments intacts servait d'abris aux sans-logis qui se serraient les coudes à l'approche des rigueurs hivernales. Tous, même ceux qui s'échinaient à reconstruire, avaient l'air de survivants, ne sachant pas encore quoi penser de ce qui leur était arrivé et ne voyant pas où ils allaient, mais continuant tout de même par nécessité. Semblables à des marins réduits à ramer après que la tempête eut démâté leur navire.

Chacun dans son coin, Blood et Fletcher s'employèrent à guérir, dormant et somnolant énormément. Ils avaient le temps de réfléchir. Fletcher ne se sentait pas trop mal tant qu'il n'était pas obligé de bouger. Aussi se laissait-il soigner avec plaisir par son frère, et surtout par Sally qui se montrait avec lui sinon romantique, du moins tendre et attentive. Et puis il y avait cette inévitable intimité qu'il appréciait sans l'exploiter, désireux de se montrer fort, de l'impressionner par son calme. Sa douceur. Au sujet de son père, il se promettait de réparer son erreur à leur prochaine rencontre. Blood, pour sa part, était moins serein. Peu lui importait que Gandy fût un infirmier inapte. La plupart du temps, il ne voyait que l'aspect pratique de sa blessure et n'avait qu'une hâte : que sa fichue jambe guérisse. Mais il y avait des heures, des heures étranges et fiévreuses, surtout la nuit, où sa blessure prenait une dimension mystique. Ces pensées, il les oubliait pendant le jour, qu'il passait presque tout entier devant la cheminée, la jambe allongée près du feu, sa plaie pansée de frais ou bien à l'air, selon ce que son instinct lui dictait. Il se forçait à marcher et guettait quotidiennement les signes d'amélioration. Lesquels n'étaient pas toujours visibles. Il n'avait pas beaucoup de patience.

Sally était descendue le voir à deux reprises, et chaque fois il l'avait renvoyée. Avec une brutalité et des mots durs qui ne manquaient pas de la faire fuir. Le contraire de ce qu'il voulait au fond, mais il était résolu à ce qu'elle n'en sût rien. Il craignait, entre autres, de ne pouvoir résister à l'interroger sur ses fils. Une tâche qu'il se réservait. Mais elle lui manquait.

Le cinquième jour à midi, un cavalier remonta la route du sud et, vu l'absence de sentinelle, arriva au pays sans encombre. Monté sur un maigre cheval gris moucheté de boue et de crottin, un homme tout de noir vêtu, depuis les bottes jusqu'au chapeau, à l'exception d'une chemise à jabot blanche jaunie au col et aux manches, avec un manteau, une veste et un pantalon lustrés par l'usure et la négligence. Le pasteur de Lancaster qui débarquait ainsi une ou deux fois l'an, toujours à l'improviste, pour célébrer un office et bénir les unions formées par la force du désir ou de la nécessité depuis son dernier passage. Personnage respecté moins pour sa qualité de ministre du culte que parce qu'il établissait un rapport précis et univoque avec le vaste monde.

Le pasteur attacha son cheval au piquet devant la taverne. Blood était seul, Gandy étant parti chasser ou cuver les quantités croissantes de rhum qu'il absorbait pendant les siestes de Blood. Comme si ce dernier n'était pas au courant.

Sans l'avoir jamais vu, Blood sut immédiatement à qui il avait affaire, quel genre d'individu se tenait là devant lui. Un homme qui n'avait pas eu de chance dans la vie, un homme de peu de foi, qui comptait plus sur la religion que l'inverse.

Blood inclina la tête en signe de bienvenue.

— Mon révérend, dit-il.

— Vous êtes Blood ?
— C'est moi.
— J'ai un message pour vous de la part d'Emil Chase.
Blood opina comme s'il s'y était attendu. Sans se moquer, il dit :
— Ce côté de la maison est mon logis. Venez vous asseoir avec moi. J'ai du mal à me lever.
— Vous êtes blessé ?
— Oui.
— M. Chase ne m'en a pas parlé.
— Il pouvait pas savoir.
— Je ne fréquente pas les établissements tels que le vôtre. Mais je peux très bien entrer, je ne crains pas pour ma réputation.
Sans doute pas, songea Blood. Il clopina jusqu'à la porte et indiqua d'un geste de la main la table qui pour l'heure n'accueillait qu'un pichet d'eau et son pistolet.
Le pasteur entra en demandant :
— On s'occupe de vous ? On vous soigne ?
— J'ai besoin de rien. Asseyons-nous. Je peux vous offrir de l'eau fraîche ou du thé, comme vous voulez.
— Je ne m'attendais pas à quelqu'un comme vous.
Blood se tut.
— Sauf votre respect, ajouta alors le pasteur.
En s'asseyant, Blood dit :
— Asseyez-vous ou restez debout, comme bon vous semblera. Je ne me vexerai pas. Les hommes sont responsables de leur destin, mon révérend. Voilà pour la discussion théologique. Vous venez me présenter une requête de la part de Chase ?
Il se figurait savoir à l'avance de quoi il retournait, et n'avait pas encore décidé s'il devait en rire ou pas.
Le pasteur ôta son chapeau et le tint devant lui. La vue de ses cheveux étonna Blood : une belle toison châtain foncé qui contrastait avec l'aspect incolore du reste de sa personne.
— Le nombre d'hommes arrêtés pendant l'insurrection est trop élevé pour tenir entre les murs de la prison de Lancaster. Il ne pèse contre la plupart qu'une accusation de résistance aux forces de l'ordre. Chase est accusé d'avoir fomenté la rébellion, mais il semblerait que lui et le shérif soient sur le point de trouver un accord. Watkin, l'instigateur de ce triste événement, est mort au cours de son transport des blessures récoltées par sa propre faute.
Blood déclara, moins pour l'interrompre que pour éclaircir un point :

— Le problème, c'est qu'il y a trop de prisonniers et pas de motifs suffisants pour les garder en détention, c'est ça ?

— D'une certaine manière, admit le pasteur.

— Je ne vois pas ce que je viens faire là-dedans. Je suis pas geôlier, et n'ai aucune envie de le devenir.

Le pasteur répliqua :

— Non.

Puis, bredouillant, il ajouta :

— Oui. Je me suis mal exprimé. Je voulais juste vous donner un aperçu de la situation.

— Alors, pouvez-vous en venir au fait ?

Le pasteur jeta à Blood un coup d'œil méfiant. Soit il était plus malin qu'il ne le paraissait, soit Chase l'avait mis en garde. Blood penchait pour la première solution.

— Le haut shérif du comté de Coos, dit le pasteur, a accepté de les libérer moyennant le dépôt d'une caution et à condition que les hommes donnent leur parole de se plier aux décisions subséquentes les concernant. M. Chase a proposé d'hypothéquer son moulin pour garantir la caution. Et les hommes ont tous jusqu'au dernier accepté de donner leur parole.

— Une solution satisfaisante et équitable, observa Blood.

— Oui, approuva avec enthousiasme le pasteur. Mais entre M. Chase et le shérif, la question de la valeur du moulin reste ouverte. Le shérif réclame une somme supérieure à ce que M. Chase est prêt à verser.

— Et Chase suggère que je complète ? avança Blood, intrigué.

Le pasteur leva le nez pour examiner les poutres au plafond, puis il regarda de nouveau Blood.

— C'est ce qu'il espère. Il pense que vous pourriez vous-même tirer profit de cette bonté.

— Vraiment ? dit Blood d'une voix neutre.

Le pasteur acquiesça.

— Vous avez la somme exacte ?

— Oui.

— Je suppose qu'elle inclut un petit supplément pour votre prestation.

Le pasteur rougit :

— Je cherche seulement à aider mon prochain dans la détresse. A dissiper ce qui me paraît être un malentendu.

Blood ramassa l'aiguillon appuyé contre la table et le glissa entre ses jambes pour se hisser debout.

— Vous me faites plaisir, mon révérend. Cela va vous faciliter la tâche. Car vous allez transmettre à M. Chase les paroles suivantes. Ecoutez-moi bien : que Hutchinson prenne en gage le moulin et la parole des hommes. Lorsqu'ils passeront par ici, qu'Emil Chase s'arrête chez moi. Ce qui lui manque pour contenter Hutchinson, nous en discuterons à ce moment-là, ainsi que du contrat canadien. M. Chase comprendra.

— Moi je ne vous comprends pas.

Blood plongea la main dans la poche de son pantalon pour en sortir une pièce de dix dollars en or en disant :

— Donnez ceci, je vous prie, au shérif. Il n'y a pas que des histoires d'argent entre Chase et moi. Aujourd'hui, vous n'en aurez pas plus. Pas un cent de plus ne passera de ma bourse à celle du shérif. Plutôt enculer un cochon. Vous entendez ?

Le pasteur se coiffa de son chapeau. Son visage avait pris la couleur du foie cru.

— Je ne vous entends que trop bien. Vous vous joueriez de la vie de ces hommes ?

— Si vous répétez chacune de mes paroles telles quelles, à Chase je dis bien, pas à Hutchinson, vous verrez que je ne me joue de rien ni de personne. C'est à vous que revient ce fardeau. Prendrez-vous un verre d'eau avant de repartir ? Vous m'avez l'air d'avoir soif.

Le jour même se leva un vent du sud qui dissipa peu à peu le brouillard et le remplaça par une lumière grise. Avec la fonte du givre, l'air mouillé émettait une sorte de miroitement qui semblait émaner à la fois du vert terne des feuillages et du verre opaque du soleil noyé de brouillard.

Tard dans l'après-midi, Blood se hasarda dehors. Gandy était parti depuis le matin. Blood fit tant bien que mal le tour de la maison pour s'arrêter devant la tombe encore fraîche du chien. L'herbe était en train de dégeler. Quand, au prix d'un effort surhumain, il se pencha pour y poser le doigt, la terre lui colla à la peau. Il s'essuya sur le cuir de sa culotte, sur la jambe qui était fendue tout du long et dont les pans se nouaient au-dessus de sa botte. L'étoffe se dénoua, laissant sa cuisse exposée au froid. Il se dit que c'était bon de laisser la plaie à l'air.

Il clopina jusqu'à la grange. Là, il prit une brassée de foin qu'il jeta par-dessus les barreaux dans la mangeoire des bœufs. La vache était comme folle. Il ne pouvait rien pour elle. Même s'il parvenait à s'asseoir sur le tabouret en étendant sa jambe sous elle, il ne parviendrait jamais à se relever. Et dans l'état où elle était, qui sait quelle serait sa réaction.

Un soupir lui échappa. Si seulement il pouvait atteler les bœufs à la charrette et prendre le large. Hélas, il était coincé.

Il continua sa tournée par l'ancienne porcherie devenue poulailler et parvint à s'asseoir devant l'entrée, et, avec une torsion du buste, à plonger la main dans le froufroutement hérissé de becs dont il retira un à un une demi-douzaine d'œufs. Il les transporta jusqu'à la maison et les déposa dans le bol sur le manteau de la cheminée.

Ensuite il retourna à la grange chercher le licou et la bride, frappant la vache à coups d'aiguillon jusqu'à ce qu'elle se tînt tranquille grelottante sur ses pattes. Puis, il remonta la route, la vache derrière lui, Blood marchant d'un pas saccadé, comme animé de soubresauts, suant, la poitrine oppressée par l'effort. La porte du moulin était ouverte et une bande de jeunes garçons, hostiles et silencieux, le regarda approcher. Ils étaient tous armés, certains d'un fusil de chasse, d'autres d'un vieux fusil à silex, les autres de faucilles ou de coutelas. Debout devant eux sur la route, d'une voix autoritaire qui n'admettait pas de réplique, il ordonna à l'un d'eux d'aller chercher dame Chase.

Elle sortit sur le pas de sa porte et le considéra sans prononcer une parole.

— Demandez à ces enfants d'aller jouer plus loin et fermez cette porte. J'ai des nouvelles pour vous.

Après l'avoir encore dévisagé quelques instants, elle sortit dans la cour et, sans qu'elle eût besoin d'ouvrir la bouche, la bande de garçons s'éloigna sur la route, hors de portée de voix sinon de vue. Elle ferma la lourde porte derrière elle.

Blood l'observa. Une belle femme à peu près de son âge, marquée par la vie. Comme si ses malheurs n'avaient pas été générés par ses choix mais par la vie elle-même. Mais peut-être, se dit-il, avait-elle raison.

— Je vous pensais loin d'ici, finit-elle par articuler. Et en plus, vous êtes blessé.

— Je me suis fait manipuler comme un pantin. Mais je ne suis pas là pour plaider ma cause. J'ai les apparences contre moi, je sais. Je voulais seulement vous avertir que j'ai de bonnes raisons de penser que vos hommes ne vont pas tarder à être relâchés. Peut-être demain.

Après un temps de silence, elle répliqua :

— Vous avez arrangé ça maintenant ?

Blood retint un soupir.

— J'ai reçu cet après-midi la visite d'un envoyé de Mose Hutchinson. Il m'a proposé de verser une caution pour votre mari et les autres. J'ai refusé, car je ne vois pas pourquoi Hutchinson serait récompensé pour ses forfaits. Mais je lui ai fait comprendre que votre mari peut venir discuter avec moi quand il sera là. Ce n'était pas la réponse souhaitée, mais elle suffira sans doute. J'ai le sentiment que ceux du New Hampshire ne savent pas quoi faire de tous ces prisonniers.

— Mon mari n'a pas fait directement appel à vous. Nous ne sommes pas démunis.

— La proposition que l'on m'a faite ne m'a paru ni à mon avantage ni à celui de votre mari. Tout ce que je veux, c'est vous tranquilliser, vous informer sur la situation et ses suites probables.

Elle se tut un moment, puis dit :

— Il y en a pour mettre en rapport votre arrivée ce printemps et le début de nos ennuis. Personnellement, au risque de vous surprendre, je trouve ce point de vue trop simpliste. Ce qui ne m'empêche pas de regretter qu'un homme de votre intelligence et de votre ambition ne serve pas notre pays d'une manière plus élevée que vous ne le faites.

Cette fois, Blood laissa échapper son soupir.

— La fille est partie. Cette vache ne me servirait plus à rien même si j'arrivais à m'en occuper. Ce qui m'est impossible. Avec tout le monde que vous avez ici, elle vous rendra service. Elle n'a pas été traite régulièrement ces derniers jours, mais une fois qu'elle se sera acclimatée, elle donnera de nouveau du lait.

L'épouse Chase regarda la vache comme si elle la voyait pour la première fois. De la comédie, songea Blood. Puis elle se tourna de nouveau vers Blood.

— Comment vous avez récolté cette blessure ?

— Une bagarre, comme tout le monde.

Elle lui jeta un coup d'œil rapide, puis dit :

— Elle n'est pas infectée ?

— Je ne crois pas. Elle a l'air de guérir.

— Vous vous y connaissez ?

En guise de réponse, il opposa un silence. Au bout d'un moment, elle reprit :

— Pour le moment, votre vache nous rendrait grand service.

— C'est ce que je me suis dit.

— Quand la vie reprendra son cours normal, on vous la rendra.

Blood secoua la tête :

— J'en veux plus.

L'épouse Chase le dévisagea sans détour, puis avança :

— L'hiver va être rude pour beaucoup de gens par ici. Une vache serait un don du ciel pour une des familles...

— Je vous la confie. Vous êtes mieux à même de juger.

De nouveau elle marqua une pause. Puis le fixant intensément :

— C'est un geste dont la bonté vous honore, monsieur Blood. Car vous savez que par les temps qui courent il n'est pas question de vous la payer.

— Cette vache ne me sert à rien. Et si ça continue, elle ne servira bientôt plus à rien à personne. Je pense surtout à elle en vous la donnant.

— Vous pensez plus à votre vache qu'à ceux qu'elle peut nourrir ?

— Les bêtes ignorent la méchanceté. Elles vous en veulent seulement quand vous le méritez.

Là-dessus, il laissa tomber la bride du licou sur le sol, pivota sur lui-même et s'éloigna cahin-caha en marchant à l'aide de l'aiguillon placé sous son aisselle. Traînant la jambe.

L'épouse Chase l'interpella :

— Monsieur Blood.

Il s'arrêta, mais ne se retourna pas.

— Une fois qu'elle donnera bien, je vous enverrai un peu de beurre et de lait.

Par-dessus son épaule, il répondit :

— Non. J'aime plus ça.

Et il reprit sa marche. Un corbeau solitaire s'escrimait à traverser le verre dépoli du ciel. Du lac au-delà du moulin lui parvint le babillage rauque des oies posées sur l'eau. Il entendit la femme appeler un des garçons pour qu'il vienne récupérer la vache. Puis plus que le bruit de succion de ses bottes s'enfonçant dans le sol spongieux. Il avançait tête baissée pour voir où il posait les pieds.

Ce même après-midi, les trois campeurs du marais s'assirent sur un rocher en granit dans la lumière cendrée pour se chauffer au soleil et regarder les trois chevaux retenus par leurs entraves qui broutaient l'herbe drue des élévations de terrain. Un bai et deux alezans d'âge indéterminé mais robustes que Cooper avait ramenés une heure plus tôt, chacun harnaché proprement, tous les trois attachés les uns aux autres par leurs rênes. Ils avaient grimpé le sentier en file indienne, s'arrêtant çà et là en secouant la tête avec un petit hennissement de dénigrement, puis, dociles, emboîtant le pas aux autres. Une fois qu'ils eurent débouché sur l'espace ouvert de la prairie, ils furent moins nerveux. Cooper les dessella, leur enleva leur bride et, avec les rênes, leur bricola des entraves lâches.

— Vous avez sué en traversant les bois, leur dit-il. Maintenant, qu'allez-vous faire ?

Ils l'écoutèrent, les oreilles dressées. Le bai s'en alla au bord d'une des mares et baissa la tête pour boire avant de revenir tout guilleret en éclaboussant de l'eau partout. Les alezans l'imitèrent. Puis ils se mirent à brouter, chacun dans son coin mais à la façon des troupeaux, en se surveillant les uns les autres du coin de l'œil. Tout en épiant aussi les humains assis sur la longue pierre en forme de dos de baleine.

Lorsque Cooper avait parlé à Sally de l'or pour les chevaux, elle était passée devant lui et avait fait quelques pas dans le marais avant de se retourner pour l'attendre. Elle l'accueillit avec les pièces déjà au creux de la main, mais ne fit pas mine de les lui offrir.

— Qu'est-ce que tu vas faire avec des chevaux ? Blood est juste là en bas.

Il fit la moue.

— C'est pas encore fini. Fletcher guérit plus vite qu'il ne le pense. Et le jour où on aura envie de partir, il faudra peut-être faire vite.

Elle acquiesça. Elle tenait à ce qu'il sache qu'elle comprenait. Du bout de la langue, elle se mouilla la lèvre :

— Je t'ai dit que je savais pas monter.

Il haussa les épaules.

— Raison de plus pour les acheter dès maintenant en avance. Comme ça tu auras le temps d'apprendre.

Elle réfléchit aux implications de ce qu'il venait de lui dire puis lui tendit l'or.

— Tu veux que je vienne avec toi ? Chez Van Landt ? Il me connaît, alors que toi, il t'a jamais vu.

— C'est mieux si c'est juste moi. Ses chevaux, s'il en a, ils vont être chers, avec tout ce qui se passe. Mais ce que j'ai à lui proposer, c'est pas de l'argent en papier ou des lettres de change. Ça devrait aller.

— Je pourrais au moins te montrer le chemin.

Il la dévisagea un instant, puis posa une main, le bout des doigts, sur son bras.

— Il vaut mieux que tu restes ici à t'occuper de Fletcher. Je me débrouillerai.

Il retira sa main mais son regard resta posé sur elle, insistant. Puis il secoua la tête et s'en alla.

Cooper effectuait, sans se presser, une tournée des chevaux, habituant chacun à sa présence en passant les mains sur leur robe depuis la tête, glissant sur la mâchoire, frictionnant derrière l'oreille, comme s'il y avait eu un nœud sous la peau tendre, jusqu'à ce que le cheval baisse la tête et appuie presque le front contre sa poitrine d'homme. Il caressait alors l'encolure, le garrot puis remontait de nouveau vers la tête, pour passer ensuite au ventre, aux jambes. Puis de nouveau la tête quelques minutes avant de s'occuper du cheval suivant. Souvent celui qu'il venait de terminer faisait quelques pas derrière lui.

Sally et Fletcher assis sur le rocher devant la tente. Sally observant Cooper, Fletcher observant Sally. Mais lorsqu'elle se tourna vers lui, il porta ses regards vers les chevaux, son frère, le lointain du marais.

— Comment il sait y faire ?

— Il a grandi au milieu des chevaux.

— Mais vous avez grandi ensemble. Tu sais y faire aussi ?

— Je sais monter. Mais j'ai jamais été aussi fort que lui.

Elle se tourna de nouveau vers le garçon qui caressait les chevaux en proie à un plaisir indéfinissable, comme si une pépite de bonheur s'était logée dans son âme.

Cooper revint vers eux en lançant à Fletcher :

— S'il le fallait, tu pourrais monter ?

Fletcher se mordit la lèvre inférieure avant de répondre :

— Oui. Ça serait douloureux, mais je suis capable de survivre à n'importe quoi.

Cooper se tourna vers Sally.

— Le cheval bai, il est pour toi. Il va falloir que tu grimpes dessus.

— Mais il est énorme. Pourquoi un aussi grand ?

— Il est grand, c'est vrai. Mais c'est le plus intelligent et le plus tranquille des trois.

Après un instant de réflexion, elle dit :

— Tranquille jusqu'à quel point ?

Il lui sourit :

— Tranquille juste ce qu'il faut.

A défaut d'étrille ou de brosse, Cooper découpa un morceau de toile de jute d'un sac à haricots et, le tenant dans son poing, nettoya, ou plutôt fit semblant de nettoyer la robe des chevaux ; des gestes familiers, réconfortants.

Il les monta chacun l'un après l'autre autour du marais, de l'eau des étangs, des ruisseaux, les faisant volter à des angles aigus, les obligeant à s'arrêter, à marcher à reculons, à avancer. Et une fois avec chaque cheval, à la fin, les encourageant à traverser celui des étangs qui lui semblait le plus profond.

Le dernier que Cooper monta fut le cheval bai qu'il destinait à Sally. Elle avait beau regarder, elle ne voyait pas ce qui le distinguait des autres ; ils semblaient tous soumis à la volonté de Cooper. Mais celui-là se montra réticent à traverser la mare. Cooper le fit volter plusieurs fois jusqu'au moment où, pour une raison ou pour une autre, il l'immobilisa au bord de l'eau. Et attendit. Au bout d'un moment, de lui-même, le cheval avança et traversa la mare comme si de rien n'était.

Lorsqu'il arriva sur l'autre berge, Cooper le mit au trot et tourna trois fois autour du plus grand pré du marais pour ensuite filer tout droit vers Fletcher et Sally. Il descendit de cheval et se tint quelques instants à côté de lui, à lui gratter derrière l'oreille. Le cheval posa sa tête contre sa poitrine.

Le visage grave mais luisant de plaisir, il dit à Sally :

— Tu es prête ?

— Maintenant ?

Comme s'il n'avait pas entendu, il continua :

— Tu as seulement besoin de savoir ceci : tiens tes rênes toujours bien serrées, pas assez pour lui faire baisser la tête mais juste assez pour qu'il sache qui commande. Et ne t'assieds pas au bord de la selle, mais bien au fond. Il faut que tu aies l'impression que tes cuisses et tes fesses sont moulées dedans. Si tu le tiens comme je te dis, et que tu t'assieds comme je te dis, alors il suffira que tu tires un peu sur les rênes ou que tu donnes un petit coup de genoux pour le faire tourner. Si tu veux qu'il avance, lève un peu les mains et serre les jambes. Voilà, il y a rien d'autre à faire, le reste viendra tout seul.

— C'est déjà beaucoup. Comment je lui dis d'arrêter ?

— Comme pour le faire partir, sauf qu'il faut que tu descendes les mains sur l'encolure. Pas la peine de tirer comme une folle, il suffit d'une légère pression. Il saura ce que tu veux.

— Tu vas venir avec moi ?

— Non. Il ne faut pas qu'il me suive au lieu d'être à ton écoute.

— Je vois pas ce qu'il y aurait de mal à ce que tu me fasses faire un tour.

Il lui jeta un coup d'œil.

— S'il cherche à te vider, eh bien, tant pis. Tu seras pas une vraie cavalière tant que t'auras pas été démontée au moins une fois. Bien, alors tu vas continuer à bavasser ou tu grimpes sur ce cheval ?

A la perspective d'une chute, elle redoublait de nervosité. Elle tenta une dernière supplique :

— Je suppose que j'ai pas le choix.

— Si ça se trouve, ce canasson, tu vas bientôt avoir de bonnes raisons de le bénir, tu comprends ? répliqua-t-il avec le plus grand sérieux.

Il posa sur elle un regard brûlant. Elle le lui rendit avec autant de passion. Toute nervosité l'ayant quittée. Elle se laissa glisser du haut du rocher comme d'un tabouret.

— Bien, dit-elle. Mais tiens-le pendant que je me mets dessus. Il faut que j'arrange mes jupes.

Une fois qu'elle fut en selle, avec ses jupes sous elle mais retroussées vers l'arrière de sorte que ses jambes étaient nues des bottines jusqu'à mi-cuisses, Cooper lâcha le collier et le cheval se mit à errer entre les mares tandis que Sally glissait sur la selle, laissait tomber une rêne, puis l'autre, se penchait très loin en avant sur l'encolure pour récupérer les rênes, le derrière en l'air. Le cheval bai se promenait paisiblement, sans but, sans agitation, comme s'il attendait que cette étrange créature humaine ait retrouvé assez ses esprits pour lui dire où elle voulait aller. Au fond, il était content.

Les frères, assis sur le rocher, silencieux, contemplaient la fille sur le cheval. Elle commençait à essayer de le guider.

— Je savais que c'était le bon pour elle, dit Cooper. Ce cheval bai, du moment qu'elle arrive à se maintenir sur son dos, il lui suffit qu'elle lui indique la direction, il se chargera du reste.

Sally guidait sa monture le long des étangs, autour d'un bosquet de jeunes aulnes. Le cheval ne rechignait pas. Cooper ajouta :

— Regarde ça. Comme il est patient. Un bon cheval, vraiment.

Fletcher donna un coup de son épaule valide pour se détacher du rocher contre lequel il était adossé, en déclarant :

— Bien. Alors, lequel de ces alezans tu m'as réservé ?

Cooper lui adressa un large sourirc.

— Je sais pas trop. On va les voir ?

Lorsque Blood rentra après avoir donné la vache, il fut pris d'un accès de mélancolie. Même de s'être débarrassé de l'animal ne lui apportait aucune satisfaction. Sa jambe l'élançait. Il redoutait la nuit qui s'annonçait. Déjà la brève chaleur du jour s'évanouissait et le vent se levait sur le lac. Il avait froid, il avait mal, et que trouva-t-il en arrivant à la taverne : Gandy qui l'attendait à côté d'un ourson dépecé et vidé dont la carcasse pendait du crochet à viande près de la porte d'entrée. Dans la cour stationnait un vieux traîneau de trappeur rougi par le sang.

— De la viande, bêla presque Blood, le corps déchiré par les griffes la douleur.

Il ne voulait qu'une chose : de l'eau chaude pour changer son pansement. Une belle flambée et un verre de rhum. Il se serait contenté de pommes de terre pour son souper. Que Gandy revienne donc demain, se dit-il.

Mais Gandy déclara :

— Elle devrait te tenir longtemps, avec le froid. Et s'il se met à geler, tu peux toujours la découper à la hache. Moi je vais m'encabaner pour l'hiver. J'ai besoin de poudre et de plomb. Et je voudrais aussi du rhum. Si t'as pas tenu nos comptes, moi si. La viande d'ours est ma dernière livraison.

— Je suis fourbu. Laisse l'ours là où il est. On fera nos comptes demain.

— Non, répliqua Gandy. Ce soir. J'ai apporté l'ours sur mon traîneau et j'ai l'intention de repartir avant la nuit avec mes provisions.

Blood secoua la tête.

— Il faudra que tu patientes. Une nuit de plus sur le plancher de la taverne te tuera pas.

Gandy dévisagea Blood un bon moment puis, avec une grâce féline, leva son fusil et le mit en joue en disant :

— Le vent a tourné pour toi, Blood. Je m'en réjouis pas, mais je pleure pas non plus. C'est juste que j'ai pas envie d'être pris dans ce merdier. Alors j'ai l'intention de lever le camp dès ce soir pour le pays de Dead Diamond. Que tu le veuilles ou non, c'est le même prix. Et à moins que le bon Dieu te garde ici jusqu'au printemps, tu me reverras plus. Tu piges ou t'as envie d'un trou dans l'autre ?

Blood s'appuya sur son aiguillon.

— Je m'attendais pas à ça de ta part.

— Quand on a passé tout ce temps dans ce bourbier, on est pas si con que ça, tu vois, Blood.

Sans cesser de pointer son arme sur Blood, Gandy ouvrit la porte d'un coup de pied.

— Toi d'abord. Doucement.

Blood étira sa nuque pour bien redresser la tête :

— Je vois pas comment je pourrais aller vite. Mais tu seras obligé de charger tout seul ton traîneau. T'es pas un malabar à transporter un baril de poudre d'une main. Les lingots de plomb sont pas légers non plus. Alors pourquoi tu lâches pas un peu ce fusil. J'ai pas envie de me retrouver avec encore une balle dans la peau. Cette fois, je risque d'avoir de la chance et de pas me tirer d'affaire.

Un rictus plissa le visage de Gandy.

— J'vais te dire. On va sortir les marchandises de ta réserve, se mettre d'accord sur ce que j'emporte et ensuite, on verra comment qu'on charge le traîneau.

— Je suis l'esclave de personne même sous la menace d'un fusil.

— Je réclame seulement mon dû. Quand t'auras pigé ça, on pourra discuter. Tout ce que je veux, c'est me casser avant la nuit.

Blood le dévisagea quelques instants en se raidissant, de sorte que l'aiguillon lui faisait une meilleure béquille. Puis il dit :

— Tu me caches quelque chose que je devrais savoir ?

— Non, seulement que je suis pas tranquille, c'est tout.

Blood le dévisagea encore un moment. Gandy le tenait en joue en soutenant son regard. Alors, en soupirant, Blood entra dans l'obscurité de la taverne.

— Il faut que j'éclaire, dit-il.

— Je t'empêche pas.

Blood alluma un reste de chandelle et passa du côté taverne. Contourna le comptoir et posa dessus la soucoupe sur laquelle était collée la bougie, puis exhuma la bourse avec ses clés de dessous sa chemise, très lentement, tout en sachant que Gandy savait de quoi il s'agissait. Il prit la plus grande des clés et ouvrit le cadenas de la porte de la réserve. La chaîne tomba par terre. Il poussa le battant. Puis recula d'un pas, se pencha sur le comptoir et déclara :

— Voyons voir tes comptes. Pose-les ici devant.

Gandy fit rouler d'une main trois barils de poudre, puis un poids équivalent de lingots de plomb qu'il empila sur les fûts, son fusil bringuebalant dans son autre main ; s'il devait crever par la main de Gandy, il y avait de fortes chances pour que ce fût un accident.

Gandy examina l'intérieur de la réserve.

— Et ces barils de poudre vides, ils sont rincés ?

— Non.

— T'as brûlé les couvercles ?

— Ils sont rangés derrière les barils, répondit Blood.
— Si j'y vidais une partie des tonneaux, tu crois qu'ils fuiraient ?
Blood haussa les épaules.
— Ces barils ont été doublés de toile à voile trempée dans de la cire d'abeille. Pour garder la poudre au sec. S'ils sont imperméables à l'extérieur, je vois pas pourquoi pas aussi à l'intérieur.
— J'en veux quatre, décréta Gandy sous le regard scrutateur de Blood. Tu crois que je vaux tout ça, en plus de la poudre et du plomb ?
Blood estimait que non. Il se contenta d'opiner en disant :
— Prends-en quatre. Quand tu reviendras avec tes peaux en te traînant dans la boue au printemps prochain, on verra ce que tu vaux pour moi.
Gandy grimaça un sourire. Puis s'employa à remplir les barils de rhum. Une fois qu'il les eut fermés, il les fit rouler à côté des barils de poudre. Une charge considérable. Blood, même en pleine forme, n'aurait pas entrepris d'en traîner une pareille.
— C'est tout ? dit-il tout haut.
Gandy marqua une pause.
— La fille, quand elle s'est tirée, elle a pas laissé un jupon ou un sous-vêtement ?
— Non, elle a tout emporté.
— Dommage. J'aurais bien gardé un petit quelque chose en souvenir.
— Il y a des ballots d'étoffes pour faire des robes et des jupes au-dessus des barils.
— T'as pas pu les vendre, hein ?
Blood ne répondit pas.
— Je crois pas qu'ils me feront usage.
Gandy tenait encore le fusil sous son bras, la main sur la détente.
— Bien, maintenant, je vais transporter tout ça pièce par pièce jusqu'à la porte. Suis-moi, mais pas de trop près.
Là-dessus, il s'accroupit à moitié devant le premier baril de poudre et le fit basculer sur un bord, puis sur l'autre, et ainsi de suite de manière à ce qu'il avance en se balançant jusqu'à l'ouverture du comptoir. Une tâche d'autant plus compliquée qu'il tenait toujours son fusil sous son bras.
Blood le suivit lentement. Lorsqu'ils arrivèrent au bout du comptoir, Gandy dut s'accroupir pour passer en crabe dans l'ouverture. A mi-chemin, Blood avança d'un pas et dit :
— Attends.

Gandy leva son visage vers lui au-dessus du baril. Le fusil pointait de travers par l'ouverture.

— Qu'est-ce qu'y a ?

— T'as oublié quelque chose.

Ce disant, Blood agrippa sur l'étagère la petite matraque en cuir et en plomb et l'abattit sur la tête de Gandy. Un bruit cotonneux. Le plomb avait cassé l'os. Gandy tomba en avant sur le baril et, l'espace d'un instant, agita jambes et bras comme s'il cherchait à nager. Son fusil tomba par terre avec fracas.

Gandy s'effondra. Le baril se renversa de côté, coinçant le trappeur mort dans l'étroit passage. Blood essuya la matraque sur sa culotte.

Comme s'il interrogeait Gandy, il demanda :

— Comment tu crois que je vais passer maintenant ? Bougre de crétin.

Il se tourna pour aller refermer la réserve, sans remettre la chaîne et sans ranger tout ce qui traînait par terre. Il verrait tout cela demain. Puis, lentement, il marcha sur le cadavre du petit trappeur et, prenant la chandelle, passa côté habitation. Il ferma la porte d'entrée et la bâcla. Maintenant, se dit-il, il fallait faire du feu et mettre de l'eau à chauffer. Sa blessure irradiant comme un soleil de douleur. Prioritaire. Il s'approcha de la cheminée en traînant la jambe, puis, alors qu'il s'apprêtait à s'asseoir par terre pour souffler sur les braises, il avisa sur le manteau les œufs ramassés tantôt. Au moins, pensa-t-il, si je m'en tire, j'aurai à manger. Et un petit verre là-dessus. Tout en restant prudent, il ne se privait plus d'alcool. Il estimait avoir, quand même, regagné ce droit.

La nuit supplanta le crépuscule. Fletcher dormait déjà. Sally resta assise dehors près du feu avec Cooper, à boire du thé. Elle le surveillait tandis que, son gobelet en fer-blanc serré dans le poing, le regard dans le feu, il tapait du pied par terre, son genou battant la mesure de son combat intérieur. Elle sut avant qu'il ne se lève ce qu'il s'apprêtait à faire. Et aussi ce qu'il en découlerait.

Toujours sans la regarder, il leva les yeux vers le ciel, là où la pointe des flammes saignait dans la nuit, et dit :

— Je vais descendre jeter un coup d'œil en bas. Peut-être lui parler un peu.

— Tu vas pas y aller seul.

Alors il se tourna vers elle :

— Et pourquoi pas ? Qu'est-ce qu'il va me faire ? Me tirer dessus ?

Il n'y avait pas une once d'humour dans la moue qu'il lui adressa. Après une pause, elle confessa :

— Je suis descendue deux fois toute seule. Il est d'une humeur d'ogre. Il m'a chassée alors que je voulais seulement l'aider. Blood se déplace encore difficilement. Et si tu penses à pourquoi il est comme ça, tu verras que c'est pas encore le moment. Surtout pas seul, et puis dans l'état où est Fletcher, pas question de le laisser tout seul. N'importe qui pourrait venir et il se réveillerait même pas... Non, dit-elle en levant la main pour imposer le silence à Cooper. En plus, on peut pas savoir si Blood est seul. Vous avez ni l'un ni l'autre envie que les gens apprennent qui vous êtes. Y a pas que ce petit salaud de Gandy, y a tous ceux qui pourraient passer prendre un verre. Ils iraient vite le raconter partout. Cooper, crois-moi, c'est pas le moment. Pas encore. Il faut que Fletcher devienne plus costaud. Et ça te semble peut-être bizarre, mais c'est mieux aussi que Blood soit guéri. Pour tous les deux. Tu peux pas comprendre ça ?

Le silence s'installa de nouveau entre eux. Il reprit son examen du ciel, de la pointe des flammes ou du panache des étoiles, elle n'aurait su le dire. Puis, sans la regarder, il décrocha son manteau en laine du piquet de tente. Il se tourna vers elle tout en enfilant son vêtement yeux dans les yeux.

— Il faut que j'y aille. Je commence à ne plus savoir quoi faire de moi-même ici.

Et, sans attendre sa réponse, il sortit du cercle de lumière. Cette fois, elle s'abstint de le suivre du regard. Avec un bâton, elle démolit le feu pour mieux ensuite s'appliquer à le reconstruire, branche après branche. Un phare pour Cooper ? Elle ne savait comment interpréter ses dernières paroles.

Peu après, elle retourna dans la tente, se pencha sur Fletcher. Même avec la chaleur dégagée par le feu, son haleine faisait un petit nuage. Elle s'agenouilla à côté de lui, ôta bottines et bas de laine, plia son châle sur le tout, bien rangé, et, encore en jupe et en corsage, souleva doucement un coin des couvertures et se glissa près de lui. Couché sur le dos, le bras arrimé à sa poitrine, il avait une respiration régulière et moite. Il ne bougea pas à son contact, tandis qu'elle s'étendait sur le flanc face à lui afin de contempler son profil. De minuscules bulles de salive éclataient à la commissure de ses lèvres dans le reflet des flammes.

Elle avait passé bien des heures, au cours des ces froides journées, assise sur les couvertures auprès de Fletcher, les jambes repliées sous elle, à bavarder avec lui, à soulever sa tête pour lui offrir à boire. Il lui avait demandé de lui raconter sa vie avec Blood, elle avait refusé. Il l'avait interrogée sur sa vie d'avant, elle avait refusé aussi.

— C'est pas que j'aie honte, avait-elle dit, c'est juste que la page est tournée. Je sais pas ce qui m'attend, mais je sais que je retournerai pas en arrière. C'est pas la peine d'en faire une histoire. Tout ça, c'est du passé.

— Je ne cherche pas à te juger.

— C'est pas ce que tu penserais de moi qui me dérange, avait-elle répliqué (pas très sûre de dire l'entière vérité). C'est moi. Je peux pas effacer ce qui a été, par contre je peux le laisser de côté. Mais te trompe pas : de toi, j'attends rien.

— J'aime pas quand tu parles comme ça.

Elle avait continué :

— J'attends rien de personne. Pour la première fois, je dois rien à personne. Ça me plaît.

Estimant que c'en était assez, il avait cédé. Il s'armait de patience. Elle en avait eu conscience, elle avait eu conscience de sa chance.

A d'autres moments, il lui avait confié ses projets d'avenir. Lesquels s'étaient avérés si vagues qu'il laissait parfois sa phrase en suspens, comme s'il venait de se heurter à un obstacle insurmontable. Et cet obstacle, elle le savait, c'était elle. Toutefois, elle se contentait de le laisser se taire. S'il hésitait à la suivre dans le futur, il ne devait pas compter sur des encouragements de sa part. On verra bien ce qui arrivera, voilà ce qu'elle se disait.

Un peu plus tard, elle se réveilla, bien au chaud sous les couvertures, lapant l'air glacé de la nuit comme si c'était de l'eau, en boule à côté de Fletcher endormi. Puis peu à peu elle prit conscience de ce qui l'entourait. Le feu n'était pas tout à fait éteint, mais presque, et elle entendait un bruit qu'elle ne parvenait pas à identifier. Elle se dressa sur son séant.

Cooper était assis devant le feu sur une pierre, le dos à la tente, bosse sombre obscurcissant l'éclat des flammes. Penché en avant, détourné du feu, la tête dans les mains. Il pleurait. De ces pleurs silencieux, âpres, distordus qui lui étaient si familiers, le douloureux épanchement de l'âme dans la solitude. Elle sortit de dessous les couvertures et alla s'agenouiller à côté de lui, tendit la main vers lui. Lui toucha l'épaule, le bras. Il se tourna vers elle. Ses yeux et ses joues étaient gonflés de larmes. Il la contempla comme s'il ne la connaissait pas : le visage déformé, déchiré, ravagé.

— Cooper.

Il glissa du rocher pour s'agenouiller devant elle. Ses bras tombèrent, se disloquèrent comme s'il venait de se les casser.

Et de nouveau elle dit son nom. Et leva les deux mains cette fois pour lui toucher le haut des bras. Il la regarda. Puis lui caressa les bras, la caressa tout entière. Elle l'agrippa. Il l'enlaça, pressa ses mains contre son dos, massa chacun de ses muscles. Et en la tenant serrée contre lui, il se leva. Une fois debout dans les bras l'un de l'autre, il lui passa de nouveau les mains dans le dos, cette fois violemment, puis la pencha en arrière, la souleva et la transporta dans la nuit du marais vers un monticule d'herbe recouvert de givre. Pas du tout quelque chose qu'elle aurait souhaité jusqu'à ce que cela arrive, et là, oui, tout ce qu'elle souhaitait au monde, même si ça changeait tout, alors que s'évanouissait toute notion de temps, de bien, de mal. Elle regarda par-dessus son épaule d'homme la tente derrière eux, puis leva les yeux vers le ciel nocturne. A un moment donné, à un point qui n'était ni marécage ni champ, il s'arrêta et tomba à genoux, la déposa d'un geste non pas rude mais résolu. La terre était là pour l'accueillir. Elle s'y moula comme si cette terre n'avait attendu qu'elle depuis toujours. Se couchant jambes écartées, jupe retroussée, les mains actives. Le ciel, un délire de lumières. Lui à genoux se bagarrant avec son pantalon. Vite. Vite, pensa-t-elle. Puis son poids sur elle, magnifique, annihilant. Tout son poids. Sur elle, en elle. Elle leva les talons, les plantes de pied pointées vers les étoiles, la lune, sa lune. Comme si ses pieds allaient l'y conduire.

Un monde rouge et noir où éclataient des gousses de sang.

Plus tard, enlacés. Elle se mit à trembler, à grelotter contre lui. Il tenta de l'envelopper dans ses bras, de la serrer contre lui, de l'écarter du sol froid comme si ses frissons venaient de là. Elle le repoussa.

— Bon sang, dit-il.

Elle frissonna, le repoussant de plus belle.

— Laisse-moi.

Il y avait du dépit dans sa voix. Cela n'échappa pas à Cooper, lequel se leva et remonta son pantalon, puis se pencha pour l'aider à se lever à son tour. Elle esquiva le geste de sa main par une roulade et se leva toute seule, avec la sensation que son corps portait toutes les marques possibles, traînées de terre, de boue et d'herbe écrasée, et feuilles mortes dans les cheveux, et puis le sang dans ses veines qui durcissait la peau de ses seins et de son visage. Elle rabattit ses vêtements des deux mains puis passa devant lui pour retourner à la tente. S'arrêta. Ce n'était plus un endroit pour elle.

Derrière elle, il prononça son nom.

Elle resta debout sans bouger. Ses bras drapés sur ses seins, ses cuisses serrées autour des convulsions de sa chair. Il s'arrêta à côté d'elle. Elle continua à regarder droit devant elle, vers le feu, vers la toile de tente qu'une pâle lueur orangée éclairait par-derrière. Sa voix résonna, aussi glaciale que l'eau des étangs.

— Va me chercher une couverture. S'il est réveillé, lui dis rien.

En revenant il déplia la couverture comme s'il avait l'intention de l'en envelopper. Elle la lui prit vivement des mains, puis s'en emmitoufla, la tête aussi, bien serrée, et autour du cou.

— Sally, dit-il.

Elle sortit sa main libre de sous les plis et le gifla de toutes ses forces.

Il ne broncha pas.

— Seigneur, lâcha-t-il d'une voix faible, désespérée.

— Tu me prends pour qui ?... Tais-toi. Je veux rien entendre. Je sais d'avance.

Il resta un moment devant elle à se balancer. Puis, d'un ton où perçait la colère, déclara :

— Ne me dis pas ce que je pense.

Sur ce, il tourna les talons et se dirigea vers le feu. Elle le suivit du regard. Il marchait d'un pas assuré, les pieds bien à plat sur le sol inégal. Lorsqu'il atteignit le cercle de lumière, il s'arrêta quelques instants pour regarder dans la tente, puis pivota sur lui-même et, dans le même mouvement, s'assit en tailleur devant le feu, les mains sur les genoux. Il se plongea dans la contemplation des flammes. Sa tête ne bougeait pas. Il ne se tourna pas vers la nuit où elle se tenait.

Son sexe était gonflé, doux inconfort. Elle se dit Je suis guère mieux qu'une bête. Puis se rendit compte que ce n'était pas elle qui pensait cela, mais quelqu'un d'autre en elle. Elle dirigea ses pas vers le cercle de feu et s'assit sur la pierre où elle avait trouvé Cooper à son réveil. Elle regardait Cooper et aussi, sans tourner la tête, à l'intérieur de la tente où dormait Fletcher. Sur le dos, respirant par ses lèvres entrouvertes comme s'il ne souffrait plus. Elle fixa Cooper.

Il contemplait toujours le feu. Sans bouger la tête, il dit :

— Je ne vais pas te mentir et prétendre ne pas savoir ce qui m'a pris. Mais ce n'est pas ce que tu crois.

Elle ne répondit pas.

Il secoua la tête :

— Non, tu as tort.

Toujours pas de réponse.

— Mais quand même, ça me plaît pas du tout. C'est insupportable pour moi. Faire ça à mon frère.

— C'est pas à ton frère que tu l'as fait.

Il la considéra alors avec une expression terrible.

— Je te jure que j'ai jamais eu l'intention de te faire du mal. Quand tu t'es levée tout à l'heure, j'étais au trente-sixième dessous. Tu m'es apparue comme tout ce qui me manquait. Ce n'était pas par hasard que tu te trouvais là. Dis-moi que ça l'était.

Elle s'abstint de répondre.

— Fletcher et moi sommes montés ici avec une seule idée en tête. Puis, quand il t'a rencontrée et qu'il s'est mis à parler de toi, j'ai pensé que c'était pas compliqué. Une histoire d'adolescent. Quand je t'ai rencontrée, j'ai compris pourquoi, mais je me suis dit que t'étais pas le genre de fille avec qui il fallait avoir une liaison. Pour de multiples raisons. C'est ce que je me suis dit. Mais ce qui s'est passé n'a pas du tout été progressif. C'était le matin où on essayait de se rendre chez Van Landt et que les soldats ont débarqué. On s'était cachés sur cette colline. Je me suis tourné et je t'ai vue lever la tête et tendre le cou pour regarder les cavaliers défiler. Je ne peux pas te dire exactement ce que c'était. La façon dont les muscles de ton cou se dessinaient sous la peau. Ton expression. Tout à la fois fragile et impavide devant le danger. Je n'avais jamais vu un pareil mélange. Chez aucune femme. Aucun homme non plus, quand j'y pense. C'était quelque chose de rare, voilà.

Elle gardait toujours le silence. Oui, elle se rappelait cette scène mais pas le moment précis où elle lui était apparue ainsi. Elle savait en revanche à quel instant elle avait éprouvé à l'égard de Cooper des sentiments semblables mais refusait de l'évoquer, pas devant lui. Pas encore.

Il poursuivit :

— Fletcher est la dernière personne au monde que j'aie envie de blesser. C'est vrai... Et toi. Toi non plus.

Très doucement, elle répliqua :

— C'est déjà fait.

— Je sais.

— Cooper.

Il la regarda.

— Ce qui s'est passé ce soir...

— Je n'en parlerai pas, l'interrompit-il. Pas un mot. A quoi cela servirait-il ? Et puis, je jure devant Dieu que je te laisserai tranquille. Je vais pas te coller aux fesses. Tu peux compter là-dessus. Je vais même pas penser à toi comme ça, enfin, je ferai de mon mieux. Je ferai tout mon possible pour nous sortir de là. Et c'est pas seulement pour lui, tu sais, c'est...

Ce fut à son tour de l'interrompre.

— C'est un merdier, hein ?

Il la regarda.

— Cooper.

— Je te répète, affirma-t-il. Je ne t'embêterai pas.

— Cooper.

La voix changée, plus aiguë.

Il se taisait à présent.

— Ce soir, quand je t'ai trouvé là, si chagrin. Tu sais, je connais. Je t'ai vu comme tu m'as vue moi au moment que tu dis.

Une pause, puis résolue :

— Pas comme si c'était la première fois. Mais ce soir, je voulais rien que t'ôter cette tristesse. Je voulais pas l'augmenter.

Ses yeux étincelaient, mais il ne disait toujours rien.

— Qu'est-ce qu'il y a, Cooper ? Qu'est-ce qui est arrivé en bas chez Blood tout à l'heure ?

Son regard soudain fuyant s'esquiva, puis soutint de nouveau le sien.

— Je préfère pas en parler.

— Cooper, il le faut.

Il contempla le feu. Elle songea C'est un homme, une fois qu'il te le permet, tu peux lire sur son visage.

— J'ai bien chaud maintenant, dit-elle. On peut marcher un peu dehors et s'asseoir sur l'herbe.

— Je ne crois pas que ce soit une bonne idée.

— Cooper. Ça va changer quoi ?

Elle se leva et attendit. A cet instant, un des chevaux s'ébroua. Le ciel nocturne, d'où la lune s'était absentée, ouvrait toute grande sa voûte. Le feu était bas, un tas rouge et noir assez large pour les couvrir tous les trois endormis.

Il leva les yeux sur elle. Et elle le vit sur son visage, et en même temps le sentit au-dedans d'elle et pensa : il n'y a rien de mal dans tout cela.

Elle traversa nu-pieds l'étendue d'herbe gelée, serrée dans sa couverture, mais la tête dégagée pour voir où elle allait. L'entendant marcher derrière elle, elle écarta légèrement la couverture en prévision du moment où elle se retournerait. Elle voulait sentir sa chaleur contre elle. La seconde d'après, c'est toute sa vie, sa vitalité, son énergie qu'elle sentit palpiter contre son cœur. Bien ou mal, quelle importance ?

Il n'avait pas vu son père. Il était resté tapi dans le bouquet d'épinettes de l'autre côté de la rivière en se disant qu'il valait mieux guetter un peu avant de se manifester. Au cas où il y aurait eu des gens à l'intérieur de la taverne ou rôdant dehors. Il s'était souvenu de son avertissement. A un moment donné, la porte s'était ouverte, projetant une maigre lumière dans la cour. Son père, en se retenant au chambranle, avait descendu les deux marches et avait pissé. Cooper avait deviné son soulagement à sa manière de branler la tête. Puis il était retourné lentement à l'intérieur. Sans doute était-il seul, mais Cooper ne bougeait toujours pas. Il commençait à avoir très froid. Les yeux sur le mince filet vaporeux qui sortait de la cheminée, droit comme le mât d'un voilier. Il fallut se remettre en route et, plutôt que de franchir le pont pour gagner la taverne, il amorça l'escalade du sentier du marais : vaincu par la peur. Il n'avait pas eu le courage de frapper à cette porte. Ni de faire face à l'inconnu. Ni de demander pardon ni d'essayer de reprendre de zéro. Ni même tout simplement de proposer son aide. Il n'était qu'un jeune homme plein d'effroi. Il comprit alors qu'il n'avait rien gagné en blessant son père, au contraire. Il avait tiré par un réflexe non d'audace mais de peur. Et c'est ainsi qu'il s'en retourna au campement, riche d'une nouvelle connaissance de soi, dont il n'était pas fier mais devant laquelle il se sentait impuissant.

Après ce récit, ils restèrent assis quelque temps sans rien dire. Emmitouflés dans la couverture, étroitement enlacés. Le corps en feu. Si tranquilles que leur haleine faisait du bruit et qu'ils avaient l'impression d'entendre craquer les étoiles.

Finalement, Sally prononça, d'une voix faible et chaude, tout contre lui :

— Je ne sais pas qui est mon père. Mais je pourrais pas en imaginer un comme Blood.

— Quand je suis parti à sa recherche, je ne savais pas. J'avais juste envie de le voir en face de moi et d'écouter ce qu'il avait à dire. Avant de le bannir de ma vie. Mais ce n'est pas ainsi que cela va se présenter. Quoi qu'il arrive, je vais le porter en moi jusqu'à la fin de mes jours. Et pas d'une façon que je peux aimer ou admirer.

Après un temps, Sally articula en pesant soigneusement chaque mot :

— Un jour peut-être que cette façon te servira. Même si c'est seulement de savoir que tu l'as en toi.

Une pause. Puis Cooper dit :

— C'est pas de gaieté de cœur que je te le demande, mais j'aimerais en savoir plus sur lui et toi.

— Ce serait bête de t'en priver. D'abord, il faut que tu saches que Blood m'a amenée ici attachée comme une bête à l'arrière de sa charrette. C'est ça surtout que je retiens de ce qu'il y a entre lui et moi. Mais en dehors de ça, il y a eu des petites choses qu'il a faites pour moi, et que je suis seule à savoir, des gentillesses. Pas que ça lui coûtait cher, non. Mais quand même, il les a faites... Ce que je pense, c'est que ça lui a fait du bien. Comme s'il se croyait plus capable de montrer de la bonté à son prochain. Je dirais même que parfois il a eu de la tendresse pour moi. Et je vais pas te mentir, Cooper, moi aussi j'ai eu des tendresses pour lui.

Cooper ne broncha pas.

Elle attendit. Et comme il continuait à se taire, elle reprit :

— Comprends-moi bien. Je n'ai jamais douté un instant qu'il n'hésiterait pas à me vendre si ça l'arrangeait ou à me trancher la gorge s'il venait à me trouver par trop encombrante.

Elle prit une inspiration avant de poursuivre :

— A qui se fier ? Est-ce qu'on choisit même ?

En son for intérieur, elle se disait que si elle avait été trop loin, autant le savoir tout de suite.

— Sally, dit Cooper. Je me sens complètement perdu, déboussolé.

Elle renversa la tête en arrière, juste assez pour le dévisager. Il retenait la couverture autour d'eux. Elle sortit la main pour lui caresser les cheveux.

— Non, t'es pas perdu. Tout ce que t'as perdu, c'est l'idée que t'avais de toi-même. Tu es ici, comme moi.

— Et Fletcher. Il est ici, lui aussi.

— Alors qui le coupable ? Moi ?

— Non, dit-il. Pas toi.

— Toi alors ?

— Sans doute.

— Je devrais m'en aller d'ici, c'est tout. Je devrais plier bagage et partir. Vous laisser régler vos affaires avec Blood. Vous laisser sans faire d'histoires.

— Non...

Puis il ajouta :

— C'est ce que tu voudrais ?

— Non.

— Tu es sûre ?

— Cooper. Tout le monde ment, mais il y a les gros et les petits mensonges. Les petits sont des bontés et ne comptent pas. Ma proposition est de ceux-là. J'ai pas du tout envie de partir. Mais, si t'avais dit oui, ou si t'avais hésité, je l'aurais fait. J'ai vu comment les gens mentent. Et j'ai vu avec ton père que les gros mensonges ne valent pas le coup. C'est une leçon qu'il m'a donnée malgré lui.

Elle s'arrêta comme hors d'haleine.

Cooper resta si longtemps silencieux qu'elle crut qu'il ne parlerait plus jamais. Elle avait peut-être rouvert une plaie encore mal cicatrisée. Elle espérait que non, regrettait ses paroles. Mais que pouvait-elle dire ? Il n'y avait rien à dire. Alors elle se contenta de frôler de ses doigts ses cheveux.

Finalement, elle dit :

— C'est si bizarre.

— Oh, oui. Sally. Oui.

Lovés l'un contre l'autre, Sally blottie entre ses bras, le dos contre sa poitrine. Leurs têtes si proches que chacun respirait en dormant l'haleine de l'autre. Les jambes entrecroisées. La couverture négligemment jetée sur eux transformée par le givre en un amas de drapés anguleux. Juste avant le point du jour une unique planète étincelait dans le ciel à la manière d'un tout petit phare.

Un hibou appela la nuit à rentrer avec lui tout au fond de la forêt.

Fletcher se réveilla sous la toile de tente, à plat, sur le dos. Il bougea son bras bandé. La douleur un tout petit peu moins aiguë que la veille. Il était tôt. Personne ne se trouvait auprès de lui. Il repoussa ses couvertures et tira vers lui son pantalon qu'il enfila non sans mal, une jambe après l'autre. Le plus dur était de soulever les fesses en s'appuyant sur ses épaules pour le monter jusqu'à sa taille. Puis il fallut le boutonner d'une seule main. Il se mit debout et décrocha sa veste en laine raidie par le froid pour s'en draper comme d'une cape.

Ensuite il sortit près du feu. Il resta un long moment à contempler le marais du côté où la petite éminence laineuse recouverte de givre semblait trop minuscule pour contenir tout ce qu'en réalité elle contenait. Au bout d'un moment, il s'empara d'un bâton et, de sa main libre, fourgonna le monceau de cendres dont il finit par faire émerger des tisons encore fumants qui, au contact de l'air froid, se mirent à rougeoyer et à cracher de petites flammes sur les bords. Il prit dans le tas de fagots du menu bois qu'il disposa, un par un, lentement, jusqu'à ce que le feu brille comme une bête sauvage en colère. Il se démena ensuite pour transvaser l'eau du seau en fer-blanc au chaudron en fonte qu'il posa sur une pierre près du feu pour préparer le thé. Et c'est seulement après cela qu'il traversa à pas lents l'étendue de sol inégal, écrasant de ses pieds nus la croûte de givre de sorte qu'il laissait dans son sillage une piste de noires empreintes. Une fois à la hauteur de la couverture, il commença par l'examiner, puis, avec une torsion de tout le corps, il envoya un bon coup de pied dans ce qu'il pensait être le bas du dos de son frère. Puis un deuxième. Regrettant de ne pas avoir pu enfiler ses bottes. Soudain au bord des larmes à la pensée qu'il était encore incapable de les lacer.

Les deux par terre sursautèrent ensemble, un sursaut brutal qui les dressa presque sur leur séant. Tandis que la couverture glissait, la fille la rattrapa par le coin. Pour se couvrir, se dit-il. Comme si elle avait oublié qu'elle était habillée. Et elle clignait des yeux.

— Bon Dieu, souffla son frère.

— J'ai fait chauffer l'eau pour le thé, lâcha Fletcher. Allez vous faire voir tous les deux.

Sur ce, il retourna à la tente.

Blood se leva bien avant les premières lueurs de l'aube. Pestant contre sa jambe que la nuit avait engourdie. Il ne ralluma pas le feu mais le bout de chandelle qui restait de la veille et passa côté taverne. Puis, à tâtons dans le noir, il gagna la grange où il coupa un morceau de corde de chanvre qu'il rapporta à la taverne pour attacher les bras de Gandy à son torse afin de les immobiliser, ensuite ses chevilles, avant d'enrouler l'autre extrémité de la corde autour de sa propre taille. Ainsi harnaché, il s'empara de l'aiguillon et traversa avec peine la pièce puis la cour, traînant comme un boulet le cadavre qui glissait pourtant facilement sur la terre gelée. La respiration courte, il avançait courbé en avant, s'appuyant de toutes ses forces sur sa béquille de fortune dont il se servait presque comme d'une rame. Une fois au bord de la rivière, il se détacha, retourna à la taverne puis effectua plusieurs voyages pour déposer sur la berge une partie des lingots de plomb que s'était réservé le coureur de bois. Lorsqu'il jugea en avoir assez, il s'assit tant bien que mal et acheva de ligoter Gandy, serra la corde et fit un nœud solide. Après quoi il glissa dessous le plomb en veillant à bien bloquer les lingots. Enfin il se releva et, portant la charge de son poids sur sa bonne jambe, parvint, à l'aide de son aiguillon, à faire rouler le corps par-dessus la berge. Ce dernier accrocha un rocher, pivota et s'arrêta la tête en bas, coincé. En quelques coups d'aiguillon, Blood poussa le petit trappeur qui piqua du nez dans la rivière. Il coula sans un bruit, tournoyant quelques instants dans un tourbillon. Puis les eaux s'ouvrirent avec un soupir, et l'engloutirent.

A l'aube, non seulement il avait changé son pansement, mais après s'être lavé et rasé, le ventre plein de thé, il avait mis la plus propre de ses chemises. Une douleur lancinante lui vrillait la jambe, à croire qu'un corbeau lui dévorait la chair. Cela ne l'empêcha pas de se lancer, avec mille précautions, dans l'escalade de l'étroit sentier qui grimpait le long du torrent et bifurquait vers le marais. Arrivé à cette fourche, il marqua une halte et, prenant de grandes goulées d'air, se pencha pour étudier le sol. Sur la piste, entre berge rocailleuse et forêt, on ne discernait pas grand-chose, hormis le passage récent de plusieurs chevaux. Montant seulement, aucune trace n'indiquait qu'ils étaient redescendus. D'ailleurs, il n'avait vu aucune empreinte plus bas sur le chemin de Perry Stream. Il continua, peinant sur les rochers dans leur fourreau de mousse, une mousse qui çà et là portait la cicatrice blanche en forme de croissant du sabot d'un cheval. Au bout d'un moment, il conclut qu'il devait y avoir trois chevaux. Il se souvint de Sally racontant qu'elle avait gardé de l'or pour acheter des montures mais qu'ils n'avaient pas mis leur projet à exécution. Il se dit que finalement, si. Ces traces étaient fraîches, datant au plus tard de la veille. Il n'était pas certain que ce soit une bonne chose, à moins qu'il ne joue bien les cartes qui lui restaient. Au moins, le moment venu, les trois là-haut fileraient en vitesse. S'ils le voulaient bien. Blood était assez lucide pour voir qu'il pouvait représenter un obstacle à ce départ précipité. Il veillerait à leur saper cette envie. Car s'il avait peu d'atouts dans son jeu, il bénéficiait cependant d'un avantage : lui seul en connaissait les tenants et les aboutissants.

Les garçons se tenaient debout de part et d'autre du feu, séparés mais se faisant face. Cooper le vit approcher et se tourna vers lui pour le regarder, Blood boitant aussi dignement que possible. Puis

Fletcher se tourna à son tour. Blood ne voyait pas Sally, mais quand il fut plus près il remarqua le sang sur la bouche de Cooper, le gonflement de sa lèvre inférieure dont s'épanchait un filet rouge qui tachait sa barbe clairsemée. Fletcher, le corps légèrement déhanché, son bras bandé souillé de boue comme sa culotte, la joue barbouillée. Les yeux rouges, boursouflés. Il y avait eu de la bagarre, sans aucun doute au sujet de Sally. Une dispute inutile — elle avait fait son choix, inutile d'y revenir. Les garçons l'accueillirent par un silence. Comme une interruption inattendue. Cette idée lui plaisait. A présent, il distinguait Sally, assise sur un tas de couvertures au fond de la tente.

Le groupe était muet, dans l'expectative. Il s'accota à un rocher près du feu et tendit les mains vers les flammes. Il regarda les garçons, Fletcher et Cooper. Puis il prit la parole, d'une voix calme et posée, avec son cœur et sa jambe traversés d'élancements après son escalade. Déterminé dans sa résolution de procéder tout en douceur, il s'adressa d'abord à Cooper :

— Je tiens à te dire que tu n'as pas à regretter de m'avoir tiré dessus. Ce que tu as fait est juste. Tu as protégé ton frère, Sally, toi-même. Tous les trois. Tu t'es comporté en homme responsable. Ça me fait mal...

Il laissa une nuance d'humour poindre dans ses yeux puis redevint grave :

— ... Mais je suis fier de toi.

— Peu m'importe, repartit Cooper. Mais vous avez raison sur un point, je n'ai jamais eu l'intention de vous tirer dessus. Je suis en colère contre vous, mais pas comme cela. Même si on a des comptes à régler, je n'ai aucune intention de me servir de la force. Tout ce que je cherche, c'est des réponses à quelques questions. Je vous donne une chance. Sally nous a dit que votre jambe est en bonne voie, et vous m'en voyez ravi.

Blood, conscient qu'il s'en voudrait peut-être par la suite, jugea bon de rabaisser un peu le garçon.

— C'est toi qui m'espionnais dans les sapins hier soir ?

Les joues de Cooper se colorèrent.

— Je n'espionnais pas.

Blood opina en disant :

— Non.

— J'étais descendu pour vous parler. Mais d'abord je voulais vérifier si vous étiez bien seul. C'était pas prudent d'entrer chez vous comme dans un moulin. Ce pays est dangereux, et nous avons trouvé une bonne cachette. Personne ne nous connaît. Est-ce une bonne chose ou une mauvaise ? On n'en sait trop rien.

Blood opina de nouveau, laissant le garçon gagner du temps.

— Tu as dû voir Van Landt pourtant. Ce sont mes chevaux là-bas ?

Fletcher intervint :

— Non. Ils sont à nous.

Blood se tourna vers lui et le fixa de ce regard strict que peu d'hommes parvenaient à soutenir. Fletcher faisait partie de ce peu. Blood lança :

— Tu vas jouer les difficiles ?

— Non, répliqua Fletcher. Pas tant que vous vous adressez aussi à moi.

— J'ai eu un mal de chien à grimper jusqu'ici. Je suis pas pressé de partir. On dirait que j'ai pas choisi le meilleur moment, mais c'est pas une raison pour jouer les grincheux.

— On a acheté les chevaux avec votre argent, dit Cooper en haussant les épaules. Je vous signerai un billet à ordre. On n'a pas emporté beaucoup d'argent. Vous savez que vous pouvez compter sur moi.

— Ah, oui. J'en suis sûr. Mais je vous les offre. Un billet à ordre ne me sera d'aucune utilité.

Sans laisser à Cooper le temps de protester, Blood enchaîna :

— C'était aussi bien que tu évites la taverne hier soir. J'ai eu des ennuis. Rien de grave, mais c'était pas la peine que tu voies ça.

Cooper acquiesça, comprenant que son père était prêt à recevoir sa confession.

— Mes nerfs m'ont lâché.

— Vraiment ? dit Blood d'un ton neutre, penchant la tête de côté.

— Oui, susurra Cooper, furieux de se trouver poussé dans ses retranchements.

Blood détourna le regard. Puis le posa à la fois sur Fletcher et sur Cooper, ses yeux passant de l'un à l'autre tandis qu'il parlait :

— De temps en temps, les nerfs vous lâchent. Parfois à bon escient, comme si votre instinct vous donnait un avertissement. C'est pas le courage qui vous manque, mais un déclic qui se produit en dedans, quelque chose d'élégant presque. Et ainsi vous apprenez à vous fier à vos sentiments, à percevoir quand quelque chose ne tourne pas rond...

Il fixa seulement Cooper pour ajouter :

— ... Comme je te l'ai dit, j'ai eu un petit ennui hier soir. Tu l'auras obscurément deviné. Et tu as pris le bon parti...

Puis, comme si c'était plus fort que lui :

— ... Mais il y a des fois où tu te trouves là où tu devrais pas te trouver alors que tu n'es pas là où tu devrais te trouver justement.

Fletcher lança :

— Sages paroles. Je m'en souviendrai. Mais il y a des fois où quand on prend la fuite, c'est de la lâcheté pure et simple. Et quand ça vous arrive, c'est qu'on a été lâche. Après coup, on se raconte des histoires. Sinon c'est trop dur à supporter, on se déteste trop soi-même.

Blood était assis les mains posées chacune sur un genou, sa jambe blessée étendue devant le feu qui flanchait. Le temps se réchauffait à mesure que le reste de brume se déchirait au faîte des arbres. Il aurait bien aimé que quelqu'un rajoute quelques morceaux de bois au feu, mais se refusait à quémander. Il lâcha ses genoux et tourna ses paumes vers le ciel.

En hochant la tête, il répliqua d'une voix douce :

— Oui. Et c'est pourquoi nous sommes ici.

Il marqua une pause, conscient des trois paires d'yeux attachés à son visage, puis se tourna péniblement vers Sally.

— Et nous n'irons peut-être pas plus loin. Je n'aurai rien à vous reprocher, à aucun d'entre vous, si vous ne voulez plus rien avoir à faire avec moi. Parce que c'est mon récit que vous attendez, n'est-ce pas ? C'est pour cela que vous êtes là.

Silence. Blood enregistra cette confirmation muette. Puis reprit :

— Mais je voudrais d'abord poser une question. Sinon, je n'aurai peut-être pas d'autre occasion de vous la soumettre.

Il regarda tour à tour les deux garçons. Ce fut Cooper, comme l'avait prévu Blood, qui prit la parole.

— Demandez toujours. Cela ne signifie pas qu'on vous répondra. Toutes les années que vous avez passées sans vous encombrer de curiosité à notre égard vous ont privé de ce droit. Cela dépendra de votre question.

Il se tourna vers son frère. Lequel dévisagea leur père. Puis fit oui de la tête. Il n'allait pas se livrer davantage.

Blood se dit On verra combien de temps il gardera cette attitude. Il s'adressa à Cooper :

— On évoquera plus tard ces années sur lesquelles tu sembles en savoir si long. Mais pour l'instant, ce que je voudrais savoir, c'est qu'en est-il de toi ?

Il fixait Fletcher. Ce dernier ouvrit la bouche mais aucun son n'en sortit. Puis il se renfrogna, l'air presque menaçant.

Sally se souleva sur les couvertures puis, tout d'un coup, marcha vers le feu en arrangeant ses vêtements souillés.

— Attendez ! dit-elle. Attendez tous une minute.

Ils se tournèrent ensemble vers elle. Un peu étonnés. Aucun d'eux ne l'avait oubliée, chacun pour des raisons qui lui étaient propres. N'empêche qu'ils ne comptaient pas sur une intervention aussi brutale de sa part. Elle avait réussi à briser le climat de tension qui s'était instauré entre eux, et avec lui les fils fragiles d'un début de communication. Et Blood savait qu'elle avait agi délibérément, parce qu'elle était en rogne. Jusqu'à cet instant, il avait eu l'impression d'être maître de la situation. Il pensait pouvoir les mener là où il voulait, tout au bout de leur chemin de haine et de ressentiment, là où s'échouent les pires rêves nocturnes, là où se morfondait déjà la roue brisée de son âme. Il se disait qu'il ne lui restait que quelques jours à vivre, tout en sachant qu'il ne ferait rien pour précipiter sa fin. Il avait face à lui ses deux fils venus le voir dans un but précis, et il allait les aider à l'atteindre, ce but. Résolu à soutenir qu'il était Blood et non Bolles, parce que ses fils devaient savoir de quel genre d'individu ils étaient issus. Et pour les débarrasser une bonne fois pour toutes de ce fatras de contes absurdes dont on avait dû les gaver. Non pas pour les détruire — il en avait assez fait de ce point de vue. N'avait-il pas pris cette résolution il y avait dix-sept ans de cela en tournant le dos à New Bedford ? Mais pour s'assurer qu'ils vivraient désormais en connaissance de cause. Plus question pour eux de voir la vérité autrement que dépouillée de son vernis. Qu'ils deviennent donc des hommes. Peut-être, songea-t-il, des hommes meilleurs.

Et maintenant cette fille. En sachant assez long pour deviner ce qui se tramait. Et peu encline à se soumettre. Pour Blood, elle avait déjà réussi son coup — la situation était bancale. Sally, se dit Blood, tout à la fois furieux et, oui, admiratif. Car c'était là que résidait son avantage. Tous les trois la chérissaient, malgré les souffrances que leur infligeait la seule réalité de son existence.

Elle était dehors à présent, un peu essoufflée, toujours occupée à lisser son linge malpropre. Blood lâcha, sans toutefois aucun espoir de la détourner :

— Sally, viens t'asseoir avec nous. Tu as entendu les deux partis. Maintenant, tu vas les voir converger et peut-être assister à l'accouchement de la vérité.

Elle le foudroya du regard. Comme si elle se doutait de ses

intentions. Plus que des siennes propres dont elle n'avait pas encore conscience. Elle dit :

— T'es en forme, Blood. Ta jambe va mieux, je vois. Mais je suis pas d'humeur à bavarder avec toi.

Elle se tourna vers les garçons, tous deux figés dans la même posture qu'au départ.

— J'ai deux choses à vous dire, déclara-t-elle. Premièrement : Vous allez arrêter de vous chamailler sur qui a fait quoi et comment et pourquoi. Arrêtez. Vous aurez plein de temps pour y penser ensuite, mais pour le moment vous vous comportez plus comme des gamins qu'en hommes. Asseyez-vous. Vous avez fait tout ce chemin pour venir parler à cet homme. Votre père. Qui est monté jusqu'ici pour vous parler. Alors arrêtez, bon sang ! Asseyez-vous tous les trois et installez-vous confortablement pour discuter.

Elle jeta un coup d'œil à Blood puis porta de nouveau son regard sur les frères en ajoutant :

— N'oubliez pas que vous en avez sué tous autant que vous êtes, et pas seulement cette semaine. Alors conduisez-vous en hommes civilisés. Je vais au torrent chercher de l'eau pour le thé. Ensuite je verrai si je pars ou pas. Mais je ne vais pas vous laisser vous entre-tuer. Alors, asseyez-vous.

Elle se tut, comme si elle avait été trop loin. Mais les frères s'étaient déjà détournés d'elle pour s'entre-regarder par-dessus le feu.

Blood pencha légèrement la tête de côté — il avait perçu une nuance de doute sous son air sérieux.

— Viens t'asseoir, lui dit-elle. A côté d'eux. Vous me verrez mieux comme ça, et puis quand j'aurai fini vous pourrez arrêter de vous regarder comme ça. Ça me rend dingue. Ce que j'ai à vous dire maintenant est simple mais dur pour moi. Fletcher.

Il la regarda. Cooper s'était déjà installé sur le tronc d'arbre près du rocher où était assis Blood. Fletcher qui allait pour le rejoindre s'immobilisa lorsque Sally prononça son nom. Il serra les lèvres. Comme si seule la suite de ce qu'elle avait à dire pourrait le décider.

— Fletcher, répéta-t-elle, se débattant intérieurement, ne parvenant qu'à une douceur dénuée de sympathie. Fletcher. L'autre fois, après que vous avez été blessés, toi et Blood, je suis descendue à la taverne pour prendre mes affaires...

Une pause. Elle reprit :

— Ton père a voulu savoir qui t'étais...

— Va chercher de l'eau, coupa Blood. On sera tous contents de boire du thé.

Et dans le même souffle, il dit à Fletcher :

— Tout ce qu'elle m'a donné c'est le nom de ta mère. Ça m'éclaire un peu, mais ça n'a rien de cette énorme trahison dont elle semble se sentir coupable. Viens donc t'asseoir. Je me souviens bien de ta mère. Et, c'est sûr, je suis curieux de savoir ce qu'elle est devenue. Et encore plus curieux de te connaître toi.

Fletcher vint s'asseoir, non pas près de son frère, quoiqu'il y eût de la place sur le tronc. Mais sur une pierre posée près du feu. De sorte qu'ils étaient tous les trois dans un demi-cercle.

— Va te faire voir, Blood.

Là-dessus, Sally s'enfonça entre les sapins en direction du torrent.

Les trois la regardèrent s'éloigner en silence. Puis Blood dit :

— L'un de vous pourrait-il jeter quelques fagots dans le feu ? Je suis un peu frileux ces temps-ci. J'ai eu chaud en grimpant jusqu'ici.

Sans marquer de pause, il enchaîna :

— Oui, je me rappelle bien ta mère. Molly. D'abord, il faut que vous sachiez que ce que j'ai à vous dire blessera l'un ou l'autre d'entre vous, peut-être parfois tous les deux. Il y a tant de douleur là-dedans. Mais je vais m'efforcer de coller au plus près à la vérité. Gardez bien cela en tête.

Fletcher dit :

— Alors, tu te souviens d'elle.

— Cela fait tellement d'années que j'ai pas parlé de tout ça. C'est un grand trou sur lequel j'ai gardé un couvercle. Maintenant, il faut en extraire les souvenirs. La dernière fois pour moi. Une fois de plus que je pensais. Son nom était Molly. J'ai honte d'avouer que j'ai jamais su son nom de famille, mais telle était la nature de nos relations.

Il marqua un temps, balaya Cooper du regard, puis le porta de nouveau sur Fletcher.

— Elle n'était pas comme les autres filles. J'étais lié à elle d'une manière spéciale. C'est pourquoi j'ai été plongé ensuite dans un tel désespoir. C'est une des raisons pour lesquelles je me suis soustrait à ma famille. A vous tous. Il y en avait bien sûr une autre, la grande raison, mais tellement de choses ont joué.

— Quelle grande raison ? coupa Cooper d'une voix basse.

— Non, répondit Blood. Pas encore, pas tout de suite. Il faut d'abord que vous compreniez ceci. Sinon je n'arriverai jamais au bout.

Des questions pointaient dans les yeux de Cooper, mais c'est Fletcher qui prit la parole :

— Vous tournez autour du pot. Mais puisque vous avez demandé qui je suis, je vais vous le dire. Et vous cesserez de danser en rond.

— Tourner en rond, c'est bien mon genre, approuva Blood. Mais continue.

— Ma mère s'appelait Barrett, Molly Barrett. Voilà qui elle était. Quant à son histoire, vous en avez sûrement deviné un bout. Comme beaucoup de serveuses de taverne, elle venait d'une ferme, de très loin en fait, de la région de Wareham, résolue à mettre un maximum de kilomètres entre elle et les moutons. Elle n'a jamais été une prostituée...

— Je ne l'ai jamais considérée comme telle. Je le savais parfaitement.

Fletcher regarda son père d'un air mi-patient, mi-furieux. Sally était de retour et préparait le thé sans piper. Fletcher reprit :

— Quand vous avez disparu, elle a appris la nouvelle en même temps que tout le monde en ville. Je ne sais pas quelle a été sa première pensée, mais elle s'est vite aperçue qu'elle n'en avait en fait pas fini avec vous. Après avoir bien réfléchi, elle est allée tout droit dans les bureaux de la fabrique et a exigé de parler au vieux Eben Bolles en personne. Vous l'avez peut-être oublié, mais elle avait en elle une force de persuasion exceptionnelle. Les gens la croyaient. Non seulement quand elle leur parlait de moi (j'étais au cœur des débats) mais aussi de sa vie. C'est ce que j'ai constaté en écoutant ce que m'ont dit les autres...

— Elle est morte ? coupa Blood. Tu parles comme si elle n'était plus.

Fletcher le dévisagea quelques instants en silence. Un silence qui intriguait de plus en plus Blood. Que signifiait-il ? Puis il se rappela que la Molly d'autrefois avait ces mêmes silences. La mère de ce garçon, la mère en lui. Blood ressentit un petit coup au cœur, un retour de tendresse.

— Elle passa le plus clair de cet après-midi seule avec lui dans son bureau. Il n'y a pas longtemps que je sais ce qui s'y est décidé, à l'issue de quelle discussion. Elle logea ensuite six mois chez une sage-femme. Jusqu'à ma naissance. Après quoi, je fus emmené directement chez votre frère, Oncle Proctor, qui s'occupait déjà de Sarah Alice et de Cooper en plus de ses cinq enfants. C'était une sacrée maisonnée, je peux vous le dire. Cooper et moi on était les petits. Sarah Alice nous maternait tous les deux, sans jamais montrer de préférence pour Cooper, en tout cas nous ne l'avons jamais constaté. Elle était beaucoup plus vieille. Quand on est entrés tous les deux à l'école, elle était déjà mariée. Elle a essayé de rester proche de nous, mais on était des garçons et, même si Oncle Proctor et Tante Peg étaient gentils comme tout, Cooper et moi, on formait une petite tribu à part dans la grande famille. Bien que, quand j'y repense, Arrière-Grand-Père faisait lui aussi partie de notre tribu, hein, qu'est-ce que t'en dis, Cooper ?

Cooper n'avait pas quitté des yeux son père. Sans un regard pour son frère, il opina :

— Oui. Il n'a jamais caché qu'il nous gâtait un peu plus que les autres. Je pense qu'il a l'impression de nous devoir quelque chose en plus. Et il y prend plaisir. Il aime bien notre compagnie à tous les deux. S'il m'entendait, gare à mes joues.

— Attends, dit Blood. Attends. C'est trop pour moi.

Sally versait le thé. Le trio se tint coi, laissant le cri de Blood sans réponse, le laissant se prolonger dans le silence et révéler toute l'angoisse qui l'habitait. Sally fit trois voyages pour distribuer les tasses en fer-blanc brûlantes. Puis elle s'assit à l'écart, où elle pouvait fourgonner le feu tout en avalant son thé, et surtout boire chacune de leurs paroles.

Blood posa sa tasse sur le rocher à côté de lui. Trop chaud, trop de noms, trop de visages. Il scruta quelques instants les visages des garçons sans soulever de leur part la moindre protestation. Il était possible, après tout, qu'ils fussent innocents, que personne ne les eût informés — vu leur jeunesse et leur différence d'âge, c'était logique.

Il battit en retraite et reprit :

— Dites-moi. Grand-Père est toujours en vie ?

— Il aura quatre-vingt-seize ans en novembre, l'informa Cooper. Aveugle. Et il prétend sourd aussi, mais c'est faux. Il emploie un nègre affranchi pour le conduire tous les jours de la maison — lui aussi vit avec Proctor et Peg maintenant — au bureau. Ses jambes sont faibles. Bien que l'hiver dernier, son aide ait été malade deux semaines, et qu'il soit quand même allé au bureau tous les jours.

Cooper but un peu de thé, puis posa sa tasse en ajoutant :

— Il m'a chargé d'un message pour vous en me recommandant de ne vous le transmettre que lorsque nous en aurons fini. Lorsque nous en aurons fini avec vous.

Blood avait une petite idée de ce dont il s'agissait. Il se tut, dans l'expectative. Il sentait les yeux de Sally sur lui, supposa qu'elle soupçonnait ses intentions. Peu lui importait, du moment qu'elle se contentait d'écouter. Il s'était comporté comme un idiot avec elle. Elle avait le sentiment qu'elle ne lui devait rien, même pas une once de gratitude.

Fletcher intervint pour dire :

— A moins que vous ne vouliez plus rien entendre, je vais vous raconter la suite de ce qui s'est passé. Pas tellement en ce qui me concerne, mais pour ma mère.

— Mais oui, acquiesça Blood. Nous nous sommes écartés du sujet. Je t'en prie.

Fletcher se tut, remua un peu son thé. Non qu'il préparât le terrain, non, il n'était pas pressé, voilà tout : Molly de nouveau. Blood se demanda s'il devait évoquer ce détail, si cela ferait plaisir au garçon, et conclut qu'il valait mieux patienter. Selon la tournure. Fletcher commença :

— Je n'ai jamais su, je n'ai jamais pu poser la question de crainte d'avoir l'air grossier : si on l'avait payée ? Mais je me dis qu'Arrière-Grand-Père a dû veiller à ce qu'elle ne manque de rien. Elle n'était pas gourmande, ça non. Après ma naissance, elle est retournée à Wareham, chez les siens, les Barrett. Au moins là-bas, elle avait de l'aide. Une petite maison, guère plus qu'un cottage, mais il était à elle. Deux arpents de terrain dont elle avait fait un jardin et où elle gardait une vache et des poules. L'été, comme un homme, elle louait ses bras pour les moissons, rentrer les foins... Une excentrique. Quelqu'un m'a dit qu'elle fauchait comme une reine. Elle ne s'est jamais mariée, n'a jamais eu d'autre enfant. Pas qu'elle manquait de propositions. Mais elle a préféré rester seule. Encore une fois, c'est juste ce qu'on m'a raconté.

— Donc il l'a bien achetée, déclara Blood. Grand-Père Bolles, je veux dire. Il t'a pris et t'a éduqué et l'a renvoyée elle dans son pays, son pays qu'elle avait rêvé de fuir. Y a pas plus clair comme marché.

Fletcher secoua énergiquement la tête :

— Non. Si, peut-être un peu, mais à mon avis, c'est ce qu'ils voulaient tous les deux.

Blood jeta un coup d'œil à Sally, puis se concentra de nouveau sur Fletcher.

— Une femme en général tient à s'occuper elle-même de son enfant. Bien sûr, elle y aura vu pour toi des avantages, mais quand même, il me semble qu'on a dû lui forcer la main et qu'elle a dû céder pour ton bien.

Sans se presser, Fletcher termina son thé. D'une voix un peu plus basse, il répliqua :

— Non. Ce n'est pas ce que vous pensez. Elle a eu le droit de venir me voir chaque fois qu'elle venait à New Bedford. Ce n'est pas arrivé souvent, à cause de la distance. Mais quand elle venait, c'était à l'automne, lorsque, avec les siens, elle descendait vendre la récolte de pommes en ville, ou bien au printemps, après la tonte. Mais si vous voulez mon avis, elle en avait soupé de New Bedford et ne se sentait pas à l'aise à la maison.

— Ta tante Peg était une forte femme.

Fletcher le considéra comme s'il se demandait de quoi pouvait bien causer Blood. Comme s'il lui avait coupé la parole. Puis il continua :

— Et puis il y avait l'été. L'été, elle me prenait pour un mois. A partir de mon premier anniversaire jusqu'à mes neuf ans. Avant de partir, cette année-là, je me suis confié à Oncle Proctor. Lequel a parlé à Arrière-Grand-Père, lequel m'a pris à part. C'est la seule fois où je l'aie vu en rogne avec moi, quelque chose de terrible. Il tenait à ce que je connaisse tous les miens, pas seulement les Bolles. Mais je voulais pas y aller. Je me souviens. C'était dans le petit salon à côté de sa chambre. J'étais debout devant lui et je lui ai répété je ne sais combien de fois que s'il m'envoyait là-bas de force, je reviendrais à pied. Même si ça devait me prendre tout l'été.

Fletcher se tut, comme si son histoire s'arrêtait là. Les yeux sur le monticule de braises et de cendres, les épaules et la nuque baignant dans le miel d'un rayon de soleil. Son thé, froid, oublié sur la pierre à côté de lui. De sa main libre, il gratta le pansement de son bras comme s'il cherchait à calmer une démangeaison. Blood compatit.

Finalement, lui aussi à voix basse, à croire qu'il s'adressait seulement à Fletcher, du mieux qu'il put, il dit :

— Elle te battait ?

Presque dans un chuchotement, Fletcher répondit :

— Non. J'avais honte d'elle. Je ne voulais pas de la vie qu'elle m'offrait. J'étais trop jeune pour comprendre combien elle était courageuse d'avoir fait ce qu'elle avait fait. Non, j'avais honte, voilà tout. Elle le savait si bien qu'elle a cessé ses visites en ville. J'étais un petit garçon, et elle représentait tout ce que je détestais. Parfois, j'enviais Cooper, je l'enviais parce que sa mère à lui était morte.

— Tu ne m'avais jamais dit ça, intervint Cooper.

— J'avais conscience que c'était mal. Mais c'était plus fort que moi. Alors je n'y suis plus allé. De temps à autre, elle m'envoyait un chandail ou des chaussettes qu'elle avait tricotés pour moi. Mais c'était toujours soit trop petit, soit trop grand. En tout cas c'est ce que je prétendais. Et puis, le printemps de mes douze ans, elle est morte. Elle est tombée malade, elle s'est couchée, et ne s'est plus relevée. Je n'ai même pas été à son enterrement.

Silence. Au bout d'un moment, Blood murmura :

— Je suis désolé.

Cooper alors se leva en disant :

— Vous m'excuserez, je reviens dans une minute.

Il passa derrière la tente, devant les chevaux et disparut dans les bois. Sally le suivit du regard mais ne bougea pas de son siège.

Fletcher regardait à présent droit dans les yeux de son père avec une expression dure. Il n'a pas hérité cela de sa mère, songea Blood. Fletcher reprit :

— C'est bizarre. Au cours de ces dernières années, en apprenant peu à peu la vérité sur vous, sur ce que vous avez fait, je me suis juré de ne pas être comme vous. D'être précautionneux, serviable. Doux avec tous ceux que j'aime.

Il marqua une pause, le regard détourné vers les bois. Puis planta de nouveau son regard dans celui de Blood et poursuivit d'un air féroce :

— Mais maintenant, quand je m'entends vous parler de ma mère, je m'aperçois que je me suis déjà dédit. Je vois que j'ai en moi cette même faculté : je suis capable de tourner froidement le dos à un être cher. C'est triste. Et je peux continuer comme ça, en sachant que c'est là. Et tenter de me construire une autre vie. J'ai fini par me dire que je voulais que vous sachiez que j'existais. C'est devenu très important pour moi. Aujourd'hui, je ne sais plus. Je ne tire aucune fierté d'avoir fait votre connaissance.

La mine renfrognée, il se leva vivement, vacilla un peu sur ses jambes et déclara :

— J'ai moi aussi bu beaucoup de thé. Veuillez m'excuser.

Sur ce, il s'éloigna vers les bois d'un pas sûr et déterminé, dans une autre direction cependant que celle de son frère. Il préférait être seul.

Blood abaissa alors son regard sur le feu, puis, sentant celui de Sally sur lui, leva la tête et contempla le lointain. Dans l'espoir qu'elle se taise, dans l'espoir qu'elle le laisserait en paix.

Mais elle finit par lâcher :

— Comment ça va, Blood ?

Pas d'un ton rude, pas non plus gentiment, mais d'une voix égale à laquelle il pouvait aussi bien répondre ou pas. Il lui en fut reconnaissant.

Au bout d'un temps, il se tourna vers elle et répondit :

— Je me sens bizarre. Je croyais que ça allait être terrible, violent. Pour toutes sortes de raisons. Mais finalement non, rien n'est comme prévu.

— C'est que, tu vois, Blood, ils sont pas comme toi.

— N'en sois pas si certaine. Il y a encore beaucoup de choses qu'ils ignorent, voilà ce qu'il y a.

— C'est pour ça que t'es là. Pour leur remettre leurs idées en place.

Blood la contempla, presque jaloux à la pensée qu'elle en savait plus long que lui sur ses fils. Et puis son regard se porta derrière elle, par-dessus son épaule, au-delà de l'herbe que broutaient les chevaux. Il aperçut les deux garçons côte à côte. Ils échangèrent quelques paroles, très vite, puis revinrent vers la tente. Vers lui. Il y avait dans leur façon de marcher — peut-être tout simplement parce que, les voyant ensemble, il comprenait la force et la nature de leur lien — quelque chose qui lui donna un grand frisson glacé. Il se pencha pour tâter sa jambe : non, tout allait bien, elle était fraîche. Il aurait dû se lever pour l'empêcher de s'engourdir. Cependant il resta assis. Se contentant de fermer sa veste. Sally, qui n'avait pas cessé de le dévisager, jeta un regard par-dessus son épaule.

— Les revoilà, dit-elle.

Et, instantanément, Blood se sentit prêt à leur parler. Pour commencer, il était de plus en plus persuadé que le peu qu'ils savaient de lui avait subi une mise en scène, ou plutôt un nettoyage, une réduction de son rôle d'Homme Qui A Disparu. Blood sentait là-dessous la patte de son grand-père. Il se figurait le vieil Eben dès le premier matin, gardant la famille unie, l'histoire sous son contrôle. Et à mesure que les garçons grandissaient, de nouvelles questions avaient sans doute surgi, auxquelles Eben, Proctor et Peg avaient sûrement répondu conformément à cette première version destinée aux petits garçons mais de manière à ce qu'elle semble raisonnable à des jeunes gens. A propos de son propre père, il ne se faisait pas d'illusions : Matthew Bolles s'était toujours aplati comme une carpette devant Eben. Blood sut alors très exactement que seuls quatre éléments importaient désormais. Il devait leur raconter tout, absolument tout, sans rien leur cacher, pour qu'ils puissent se faire leur propre idée. Ensuite il devait leur soutirer des informations sur Sarah Alice. Troisièmement, il pensait que Cooper s'acquitterait du message que lui avait confié le vieil Eben, sans l'ombre d'un doute la condamnation dont son petit-fils l'avait privé en s'esquivant il y a tant d'années. Et, enfin, il devait coûte que coûte obliger les garçons à quitter le pays au plus tôt, ce jour même si possible. Peu importait s'ils étaient furieux, ou s'il fallait employer la ruse, ou s'ils allaient le haïr pour le restant de leurs jours. Quel que fût le prix à payer, mensonges, tortures morales... Il veillerait à ce qu'ils partent. Car il lui restait plus d'un tour dans son sac, au vieux renard qu'il était. Sally irait sans doute avec eux, au moins une partie du chemin. Il ne l'imaginait pas à New Bedford et ne pensait pas que Cooper ou Fletcher se la figuraient là-bas non plus. Cela n'avait aucune importance de toute façon. Il allait la sauver elle aussi.

Le pays était en proie à une folie meurtrière qui allait grandissant et dans laquelle il était absurde que le trio se trouvât pris. Quant à lui-même, une fois assuré de la fuite des enfants, il avait encore une chance de filer en douce.

Les garçons, de retour devant le feu, s'étaient arrêtés, hésitants. Blood comprit que Fletcher avait mis au courant son frère de sa confession. Il ouvrit la bouche pour parler quand Cooper, reprenant ses esprits, se rapprocha brusquement de lui et s'accroupit pour mettre son visage à la hauteur du sien, pointant vers lui une barbe hirsute, effrayante parce que, au-dessus, il y avait ces yeux, les yeux de sa mère. Betsey furieuse qui regardait Blood. À son tour de se sentir flottant. La pensée explosée.

Puis Cooper dit :

— Histoire que vous soyez au courant, vous n'avez jamais vécu caché. Pas autant que vous le croyiez. Plusieurs fois par an, tout au moins une fois, un type venait réclamer un entretien avec Arrière-Grand-Père. J'avais dans les douze ans quand il a commencé à me rapporter le contenu de ces rapports.

Alors, avec un don de l'imitation qui parut à Blood lugubre, il poursuivit d'une voix transformée :

— Il disait : « Il paraît que ton père conduit des cochons maintenant. Il aura enfin trouvé l'âme sœur. Tes camarades de classe n'ont pas besoin de le savoir, mais toi, si. Ces petits salauds, ils adorent annoncer ce genre de nouvelle, mais préfèrent encore que j'achète leur silence ; ils croient qu'ils peuvent me faire tourner en bourrique. Mais ton père fait son travail très sérieusement, ce que je n'arrive pas à comprendre. Sois courageux, mon petit. Il n'y a pas de fous dans la famille. » Voilà, ce genre de choses. Mais, dites-moi, si vous étiez si résolu à nous abandonner tous, pourquoi rester à proximité, là où on était sûr de vous repérer ? Pourquoi ne pas être parti pour les grandes plaines ou quelque part à l'ouest ? Je ne comprends pas. Qu'aviez-vous en tête ? Ce n'était pas assez de nous abandonner ?

Blood se pencha légèrement. Tant de malentendus. Son fils, les yeux de sa femme ; il ne bougea pas ; aucune main ne s'avança pour le soutenir.

— Pourrais-tu avoir la gentillesse de me verser un verre d'eau ? demanda Blood. Ma jambe me fait un mal de chien.

Et aussitôt il regretta ces paroles qui pouvaient laisser croire qu'il cherchait à l'attendrir.

Sans un mot, Fletcher plongea une tasse dans le seau et la lui apporta. Pendant que Blood buvait, Fletcher prit l'ancienne place de Cooper sur le tronc d'arbre. Cooper n'avait pas esquissé un geste.

— Il y a tant de choses à dire, reprit Blood. Vous en savez déjà un bout. Mais certains éléments vous manquent. Et puis il y a les idées fausses. Je ne voudrais pas vous froisser, mais vous êtes jeunes, et à votre âge on tranche sur tout. Quoique, en vous lançant dans cette aventure, vous ayez déjà commencé à saisir qu'il y a des nuances à tout. Et, croyez-moi, vous n'êtes pas encore au bout de vos peines.

— Père, intervint Cooper. Nous ne doutons pas qu'il y ait plusieurs points de vue à propos d'une même histoire. Nous sommes venus entendre le vôtre. Ce que nous en ferons ensuite nous regarde. Mais là vous nous vexez. Ne pourriez-vous pas répondre clairement à notre question ? Pourquoi être resté si proche de nous ?

— A vous entendre, on me croirait malintentionné. Mais je voulais de mal à personne. Sauf à moi-même.

— Comment cela ?

— Réfléchissez. Comme tu dis, j'aurais pu partir pour l'Ouest. Ou pour le Sud, ou j'aurais pu embarquer pour l'Europe ou l'Amérique latine, pourquoi pas ? J'avais assez d'argent. Mais je n'ai pas touché à mes comptes en banque. L'argent est toujours là. J'ai préféré rester en Nouvelle-Angleterre. Je me suis refusé le luxe d'une vie m'ouvrant la porte de l'oubli. Non. Il fallait que chaque jour je puisse me confronter à qui je suis, tel que je suis. Un homme capable du plus haïssable des actes. Qui n'aspirait pas au pardon. Ni au vôtre ni à celui des autres ni à celui du vieux mutique là-haut. Seulement à mon propre pardon. Pour l'impardonnable. Aviez-vous jamais envisagé les choses sous cet angle ?

La colère de Cooper était tombée, mais il avait toujours les yeux de Betsey. Ces yeux-là quand il était troublé. Cooper prit son temps, méditant longuement avant de reprendre :

— Je suppose qu'un homme peut avoir l'impression de ne pas avoir d'autre choix que de s'infliger cette souffrance, et ne pas le considérer comme un choix mais comme un devoir. Un homme qui a commis des crimes terribles pour lesquels il n'a pas payé mais qui le poursuivent quand même. C'est ce que vous voulez dire ?

— Oui.

Cooper opina, encore bouleversé par sa découverte. Comme si tout un monde se déployait soudain sous ses yeux, un monde où l'homme assis en face de lui ne semblait occuper aucune place. Finalement, il poursuivit :

— Et après votre départ, l'autre affaire a commencé à filtrer. Vous avez dû vous sentir terriblement coupable quand Mère et Hazen sont morts. Je ne voudrais pas enfoncer une porte ouverte, mais vous savez que ce n'est pas la première fois qu'un drame pareil se produit. Sauf que peu d'hommes choisissent de se jeter corps et âme dans une existence de démuni. Plus la facilité avec laquelle vous avez laissé les enfants qui vous restaient. A croire que votre culpabilité vous importait plus que Sarah Alice et moi. Je n'étais qu'un bébé à qui sa maman manquait. Mais Sarah Alice. Une petite fille de douze... treize ans. C'est horrible ce que vous lui avez fait là...

Nous y voilà, pensa Blood.

Cooper continua :

— L'abandonner dans une pareille épreuve. C'est inimaginable. Qu'est-ce qui vous a possédé ? Vous allez être furieux contre moi, mais ça ne fait rien. Pour moi, c'est de l'égoïsme pur et simple. D'après ce que j'ai entendu dire, vous n'avez pensé qu'à vous. Il n'y avait rien de noble là-dessous. Voilà ce que je pense.

Blood resta un long moment silencieux. De toute évidence, la vérité leur avait été cachée. Ce qui rendait sa tâche encore plus ardue. Car comment leur dévoiler la monstruosité de son crime ? Il se rendit compte alors que, en découvrant qui était son père en chair et en os, Fletcher avait bien pris conscience d'un aspect déplaisant de sa propre personnalité. Cela dit, avec les années, il n'y penserait plus. Et les deux frères, l'ayant retrouvé, avaient l'un et l'autre la sensation d'avoir affronté le dragon. Peut-être devrait-il plutôt les laisser avec leurs illusions. Ravaler son orgueil pervers et leur permettre de le rejeter, de le dénigrer, une bonne fois pour toutes. Du moment qu'ils acceptaient de déguerpir au plus vite. Même au prix d'une dispute. La colère épaississait l'air.

Il se leva, se déplaça péniblement de quelques mètres afin de leur faire face à tous les deux. En passant, il manqua de faire tomber Cooper qui, toujours accroupi, posa une main par terre pour garder son équilibre. Sur ses gardes à présent. Parfait, pensa Blood.

— Ecoutez-moi bien, commença Blood. Je vais vous apprendre quelques vérités. Si vous réfléchissez un peu, vous verrez qu'il y a des trous dans l'histoire que vous connaissez, des trous que je suis le seul à pouvoir combler. D'accord, je n'irai pas par quatre chemins. Je sais que vous ne me pardonnerez pas. Peut-être comprendrez-vous un jour, quand vous aurez une famille à vous. Et même, plût au Ciel que vous ne compreniez qu'à moitié. La portée de certains actes ne peut être mesurée que par celui-là même qui les a commis. Celui-là même qui en a subi le contrecoup.

Sans regarder les garçons, il s'approcha du seau, y plongea une tasse et but. Et, tout en buvant, il posa les yeux sur Sally. Le visage grave, elle lui adressa un hochement de tête. Comme si elle était en train de jauger le ravage qu'il s'apprêtait à perpétrer. Il remplit la tasse et revint se mettre à son poste en songeant qu'elle en savait plus long sur lui que ses propres fils.

Cette petite promenade avait soulagé sa jambe. Il se sentait plus solide, plus fort.

Cooper s'était installé sur le tronc d'arbre à côté de son frère. Une réorganisation défensive. Cela arrangeait Blood. Il s'arrêta devant eux. A ce point, le moindre geste relevait de la tactique. Blood se disait qu'aujourd'hui était le plus grand jour de sa vie. Avec, par-derrière, l'idée lancinante qu'il allait bientôt mourir, peut-être même avant la fin du jour. Une idée qui eut pour effet de le galvaniser.

— Je débuterai par le jour où la mère de Cooper et votre frère aîné sont morts. C'était un accident. En apparence, je n'avais rien à me reprocher. Sauf ceci : Betsey Marsh était un marin accompli, la tempête était loin au large. Alors que s'est-il passé ? Quelque chose la préoccupait, la souciait, quelque chose la troublait assez pour provoquer cette étourderie fatale. Une seule chose était assez puissante pour susciter chez elle pareil désarroi. Elle avait perdu l'affection et les attentions de son mari. De moi. Comment s'en était-elle aperçue ? Rien de plus simple. Elle avait une force intérieure remarquable et, comme tu l'as fait remarquer tout à l'heure, je n'étais pas le premier homme heureux auprès de sa femme et de ses enfants qui se payait à l'occasion une partie de jambes en l'air avec une petite serveuse. Donc c'était plus que cela. Voilà la terrible vérité : je ne l'aimais plus. Je n'avais même plus de tendresse pour elle, plus rien. Mon amour pour elle s'était éteint. Mon âme était en proie à une crise existentielle. J'étais devenu amoral, incapable de mesurer la conséquence de mes actes. Ou plutôt un égoïste. Je suivais mes désirs et repoussais ma femme. Elle ne m'a jamais adressé le moindre reproche, même sous forme de taquinerie. Elle a continué à être affectueuse — et à accomplir son devoir conjugal les rares fois où je le sollicitais. Elle faisait passer ses désirs et ses besoins après les miens. Ce qui non seulement m'indifférait, mais finit par m'irriter, m'exaspérer même. Vous voyez, je ne l'ai pas bien traitée. Alors, vous pouvez vous poser la question : qu'est-ce qui pouvait la préoccuper à ce point le jour de sa mort ? Oui, c'était un accident, mais dans un sens j'aurais tout aussi bien pu faire chavirer de ma propre main son petit voilier.

» Où étais-je l'après-midi où ma femme est morte ? Vous croyez que la réponse est simple. Je me trouvais en compagnie de la mère de ce garçon. Avec Molly. J'étais fou d'elle. Je l'avais tellement dans la peau que j'oubliais toute prudence, j'oubliais, disons-le, d'être sournois. Elle m'obsédait, je ne pensais plus qu'à elle, à croire que j'étais redevenu adolescent, que j'avais presque son âge. Car elle était jeune, plus jeune encore que vous aujourd'hui. Cela vous laisse songeurs, non ? Que pouvait-elle bien penser de cet homme, vieux à ses yeux sûrement, et en plus marié ? Je n'en ai pas la plus petite idée. J'étais amoureux, ça oui, mais je ne m'intéressais pas à elle, ni à ce qu'elle avait dans la tête, ni à ses espoirs, ni à ce qu'elle voulait dans la vie. Bref, je la traitais comme un pantin, un jouet qui me donnait du plaisir. Ajoutez à cette attitude tout le mal que j'infligeais à ma femme, faites la somme de mes égoïsmes, et vous verrez émerger l'être monstrueux que je suis. Une femme pour satisfaire mes désirs sexuels, l'autre pour tenir ma maison. Rien que pour ne pas avoir à m'encombrer des sentiments d'autrui.

» Maintenant, je vais aborder un chapitre qu'à mon avis vous ne soupçonnez même pas. Le secret aura été bien gardé, sans doute pas seulement vis-à-vis de vous d'ailleurs. Il n'y a qu'une seule personne à part moi qui ne puisse pas ne pas savoir, car elle n'a pas été seulement témoin, mais aussi victime.

» Cet après-midi quand j'ai quitté Molly pour ne jamais la

revoir, je suis rentré à la maison sous une averse, la fin d'un orage d'été. Et j'ai appris que le voilier était perdu en mer, que Betsey et Hazen étaient portés disparus. Quand la nuit est tombée, il n'y avait plus aucun doute : ils étaient morts noyés. Vint ensuite l'attente. La marée allait-elle rejeter leurs corps ? Trois jours se sont écoulés, je crois, peut-être quatre. Et tout ce temps je n'ai pas bougé, je n'ai pas prononcé un mot, ni dormi, ni mangé. Ils ont mis mon état sur le compte du chagrin. Mais c'était un chagrin singulier, sans dignité. Je m'apitoyais silencieusement sur mon sort, accablé à l'idée que j'avais causé mon propre malheur. J'étais à peine en mesure de me rappeler leur visage, tant je craignais de me mettre à pousser des cris de dément. Pour rien au monde je n'aurais voulu révéler la véritable raison de ma peine. Non la mort de ma femme, la mère de mes enfants, ma compagne dans la vie. Ni celle de mon petit garçon, avec son rire et sa gaieté et son avenir qui n'étaient plus. Mais seulement moi, ma vie détruite par ma faute.

» Et puis on les a retrouvés. Un matin la marée les a déposés sur les rochers. Je ne m'appesantirai pas sur cette partie. Cédant à l'insistance de votre sœur, j'ai vu leurs horribles dépouilles, et j'ai pris la fuite, incapable d'assumer les devoirs et les responsabilités qui auraient peut-être sauvé mon honneur, même à mes propres yeux. Au lieu de quoi j'ai tout laissé tomber. Je me suis rué dans les bas quartiers de la ville et je me suis soûlé, j'ai bu du gin à ne plus savoir qui j'étais — j'ai sombré dans un trou noir dont je ne garde aucun souvenir. Sinon celui de mon retour.

Blood marqua une pause. Fletcher comme pétrifié, frappé par ce nouvel éclairage. Cooper plus nerveux que son frère, comme l'avait prévu Blood. Une pointe d'exaspération perçait dans son regard, une lucidité qui ne demandait qu'à s'exprimer, de la colère aussi. Blood songea C'est pas fini, mon garçon.

Il continua sur le même ton, d'une voix sifflante, impérieuse :

— Je ne sais comment, au milieu de mes ténèbres, j'ai retrouvé le chemin de la maison. Je me suis réveillé dans l'éclat d'un beau lever de soleil. Mais alors que j'émergeais du sommeil, je retrouvai le souvenir de la nuit, des fragments d'une lucidité pitoyable que confirmait le lieu où je me trouvais. Je regardai autour de moi la scène de carnage comme pour une ultime vérification. Et je suis parti.

» En rentrant dans la nuit j'avais trouvé votre sœur, Sarah Alice, qui, en plus des responsabilités dont elle avait chargé ses jeunes épaules, avait dû se faire du souci pour moi, peut-être même craindre que je n'attente à mes jours ou ne tombe entre les mains d'un de ces gangs de voyous qui, la nuit, sévissaient dans le port. Elle m'avait entendu pousser la porte, trébucher sur le seuil. Et sur la pointe des pieds, elle était descendue en chemise de nuit dans l'intention de me prêter secours, en remerciant le Ciel de m'avoir ramené à la maison sain et sauf. C'est alors qu'en levant les yeux je l'ai vue dans l'escalier. D'abord, je l'ai prise pour sa mère — elles se ressemblaient tellement. Mais dès l'instant où je me suis jeté sur elle, j'ai su à qui j'avais affaire. Cela n'a rien empêché. Elle s'est débattue. Ses poings battaient contre ma poitrine, on aurait dit des ailes de papillon. Je l'ai transportée jusqu'à son propre lit. Elle se débattit de plus belle. Je déchirai sa chemise de nuit et, pendant qu'elle pleurnichait et essayait de se couvrir avec son drap, je cassai tout ce qui me tombait sous la main. Les chaises, son bureau, la commode, tout en petits morceaux. Afin qu'elle prenne la mesure de ma faculté de destruction avant que je ne m'attaque à elle. Quel viol plus grave que celui d'une fille par son père ? Aucun. Il aurait été moins cruel de la tuer... Voilà, je n'ai rien à ajouter.

Blood se tut, guettant leur réaction. Après avoir bu l'eau au fond de sa tasse, il jeta celle-ci par terre.

Sans tourner les yeux vers les garçons, il leva la tête. La matinée tirait à sa fin. Il était presque midi déjà. Le temps se réchauffait. Il avait faim — une faim de loup. Le corps vous pousse en avant, se dit-il.

Cooper et Fletcher se consultèrent du regard. Ce fut Cooper qui prit la parole, d'une voix étrangement douce :

— C'est très bizarre. Mais vous avez sûrement raison. Il faudra des années pour comprendre tout ce que vous venez de nous dire. La vérité, votre part de vérité du moins. Ça me fait pitié. Pourtant c'est tellement bizarre. Au printemps, un homme s'est présenté chez nous, un des espions dont je vous ai parlé tantôt, pour nous informer que vous partiez vers le nord, vers les lacs du Connecticut et la forêt, avec une charrette de marchandises. Fletcher et moi, on en a discuté. Non seulement nous savions où vous alliez, mais il était évident que vous alliez y séjourner pendant un bon moment, ce qui nous laissait largement le temps de vous rattraper. Comme vous pouvez vous l'imaginer, tout le monde dans la famille nous l'a déconseillé. Certains très fortement. On versa même des larmes pour nous dissuader, on nous menaça de nous destituer dans la maison, de nous déshériter. Je parle d'Oncle Proctor. Mais il avait beau être en colère, il savait très bien qu'il n'avait pas ce pouvoir.

Le testament est en sécurité, vous savez qui s'en est assuré. Donc, notre plan se heurta à de fortes résistances. Sauf auprès de deux personnes. Voulez-vous savoir de qui il s'agit ?

Blood, essoufflé, sentait son cœur cogner dans sa poitrine. Il brûlait de s'asseoir mais savait qu'il devait demeurer debout. Il fallait récolter le maximum d'informations avant d'achever son travail. Blood avait reconnu dans les intonations de Cooper cette suavité dont il se servait lui-même pour embobiner les gens. C'était une souffrance. Il répondit :

— Non.

Bon sang, il n'avait pas l'air assez ferme. Il se redressa et ajouta :

— J'ai parlé clairement. Ton tour maintenant.

— La première de ces personnes est Arrière-Grand-Père. Il nous a encouragés en arguant qu'il était temps que quelqu'un vous traque et vous mette la main dessus. A présent, je me rends compte qu'il est sans doute le seul à en savoir assez long, pas seulement à propos des détails mais aussi sur la vie, assez long pour mettre les choses en rapport et comprendre. Vous êtes d'accord ?

Blood serra les dents à se décrocher la mâchoire. Tremblant à la perspective de ce qui allait suivre, il se contenta d'opiner.

Cooper tendit les bras en avant tout en posant un pied sur son genou, puis il croisa les bras. Blood l'observa comme s'il se regardait dans un miroir. Manifestement, le garçon avait conclu qu'il était maître de la situation.

— La seconde personne qui nous a poussés à partir à votre recherche, c'est Sarah Alice.

— Non, souffla Blood comme si ses poumons se dégonflaient.

— Si. Quand on est allés la voir pour lui exposer notre plan, elle a eu l'air contente. Elle voulait qu'on vous retrouve.

— Comment est-ce possible ? dit Blood d'une voix presque stridente, sur la défensive.

— Eh bien, elle est bien installée dans la vie, reprit Cooper. Elle a épousé le fils de Samuel Phelps. Vous vous souvenez peut-être de lui — propriétaire d'une forge, il a aujourd'hui une fonderie avec laquelle nous sommes en affaire. Elle a deux enfants, des filles. Elizabeth et Susan. Vous êtes grand-père, Père.

— Elle nie ce que j'ai fait.

Ce n'était pas une question.

— Ah... Ce ne sont pas les mots que j'emploierais. Elle nous a raconté une tout autre histoire.

— Quelle autre histoire ?

— Vous aviez disparu. Personne n'arrivait à vous retrouver.

Elle nous a décrit comment toute la famille, du côté Bolles comme du côté Marsh, s'est efforcée de la consoler, avec des mines d'enterrement, comme s'ils avaient pitié d'elle. Pitié de la pauvre petite orpheline. Tout ce qu'elle avait, c'était moi, et je suppose que je lui ai donné une raison de vivre, une responsabilité bien à elle.

Cooper marqua un temps, comme pour permettre à Blood de réfléchir à ces événements absents de son propre compte rendu. Mais Blood, têtu, ne voulait rien savoir. Il répliqua :

— Elle a choisi d'oublier. De nier pour continuer à vivre. Cela se comprend, non ?

— Père.

— Quoi ? Ce n'est pas la peine de discuter avec moi. Pour rien au monde elle n'aurait révélé la vérité, c'est évident. A toi, son petit frère... A ses frères. Qui partaient à ma recherche.

— Père.

— Quoi ? dit Blood qui se remettait lentement et sentait la rage sourdre au fond de son cœur.

Cooper répondit :

— Elle vous a invité à venir lui rendre visite. Elle a peur que la vie dure que vous avez menée ne vous ait usé. Elle espère pouvoir vous rendre la santé. Même vous offrir un foyer pour vos vieux jours.

— Non ! s'écria Blood. Comment est-ce possible ? De poser les yeux sur moi de nouveau, même une seule fois.

Fletcher intervint pour confirmer d'un ton presque cordial :

— J'étais là aussi.

Blood trouva seulement la force de secouer la tête.

— Père, dit Cooper.

Blood le regarda.

— Lorsqu'on lui a annoncé que vous étiez en vie, que vous étiez parti pour New York, Arrière-Grand-Père est venu à la maison voir un peu ce qui s'était passé. Il a tout trouvé sens dessus dessous. Tout était cassé, partout, dans toutes les pièces. C'est tout.

Blood fit un pas en avant, se rapprochant de ses fils.

— Qu'est-ce que vous me contez là ? A quel petit jeu jouez-vous ?

D'une voix tranquille, Cooper reprit :

— Aucun. Mais cet après-midi, après avoir vu leurs corps, quand vous vous êtes enfui, quand vous avez disparu avant les funérailles, avant l'enterrement, quand, d'après vous, vous avez sombré dans l'alcool, ce jour-là, eh bien, Tante Peg et Oncle

Proctor nous ont emmenés tous les deux, Sarah Alice et moi, chez eux. Père, vous m'entendez ?

Blood le contemplait avec des yeux ronds.

Au bout d'un moment, peut-être pas si long, Cooper ajouta avec douceur :

— Il n'y avait personne à la maison. La nuit où vous êtes rentré. Elle était vide. On était déjà partis.

Blood, debout, abaissa sur ses fils un regard papillonnant. Sa vision s'était soudain brouillée. Cooper laissa tomber sa tête dans ses mains. Fletcher dévisagea un instant Blood, puis détourna les yeux, comme s'il ne voulait pas voir ça.

Blood dans cet état-là. Désarçonné. La tête si vide de pensée qu'il entendait le sang gicler dans ses veines. Puis, l'espace d'un instant, tout devint clair. La miséricorde était donc de ce monde. Ce fut comme une illumination, dorée comme le jour, solide comme le pire des cauchemars, abolissant toute autre image dans son esprit. Il était... il était... quoi ? Il lui semblait qu'il s'élevait, lavé de ses péchés, s'élançait...

Il fut pris de vertige. La carapace en miettes, il devait résister à la tentation de se laisser choir, là, par terre, comme l'épave qu'il était devenu après toutes ces années perdues — la fragile roue de sa vie avait tourné dans le vide. Une ronde frénétique où le temps s'était écoulé, s'était perdu. Perdu, tout était perdu...

Pourtant. Il tenait bon encore. Il commanda à son corps de se calmer. Cesse donc de trembler. Il n'avait pas terminé. Tiens bon, ordonna-t-il de nouveau.

Il allait continuer, parce qu'il le fallait. Et pour ce faire, il devait bouger. De sorte qu'il opta pour sa solution habituelle : l'assouvissement de ses besoins les plus élémentaires. Il se détourna lentement des garçons et, lançant sa jambe malade en avant, il parvint à la hauteur de la tasse qu'il avait lancée tout à l'heure et se pencha, passa son index dans l'anse — la seule victoire qu'il recherchait — puis peina jusqu'au seau où il se servit plusieurs fois d'eau encore fraîche. Il se rendit compte qu'il n'y avait en fait pas si longtemps que Sally était allée la puiser au torrent. Pour une fois, le ralentissement du temps jouait en sa faveur. Encore une miséricorde ?

Il s'écarta de quelques pas du feu, de Sally, se rapprochant des garçons. Sous les sapins, il s'adossa à un rocher dans une flaque d'ombre légère. Debout mais presque décontracté. Son esprit s'éclaircissait peu à peu. Devant lui se profilait la besogne à abattre, sans promesse de repos. Tout ce qu'il venait d'apprendre, il allait le méditer au cours des jours à venir. Si tant est qu'il y eût des jours à venir.

Cela arriva peut-être parce qu'il s'était lui-même déplacé, toujours est-il que Cooper et Fletcher, s'étant levés à leur tour, tous trois se rejoignirent dans un même temps suspendu. Blood scruta leur visage : celui de Cooper un masque parfait ; celui de Fletcher tendu, tressaillant de passion. Toujours déterminé à aller jusqu'au bout, il se promit toutefois de donner à ce garçon quelque chose, quelque bonne parole avant de le quitter. Ce qui n'allait pas tarder.

— Ce pays va à vau-l'eau, dit Blood. L'invasion, les incendies, les arrestations, tout cela n'est qu'un début. Pour des raisons qui nous dépassent, je crains qu'ils n'exercent sur moi des représailles. Je vais donc vous laisser pour rentrer à la taverne. Dès cette nuit, avant l'aube, je m'en irai, seul. Je n'emporterai rien, et je partirai à pied. S'il le faut, je marcherai à travers bois, hors piste. Ce ne sera pas un voyage rapide, mais je ne laisserai aucune trace derrière moi. Personne ne saura où je suis passé.

» Quant à vous trois, il faut que vous déguerpissiez. Désentravez vos chevaux et laissez-les brouter et boire tout leur soûl pendant que vous pliez bagage. Ne vous encombrez pas. Abandonnez votre équipement. Prenez seulement vos armes et des couvertures. Ne suivez pas le cours de la rivière vers le sud. Ce serait trop facile pour eux. Je sais que vous n'en ferez qu'à votre tête, mais écoutez quand même les conseils d'un vieux de la vieille. Piquez vers l'ouest et le Vermont, ou, mieux encore, vers le nord-ouest et le Canada. Et veillez à prolonger votre voyage d'une journée là-haut avant de revenir sur le territoire américain. Alors seulement descendez vers le sud. Si vous avez l'intention de rejoindre New Bedford, prenez par l'Etat de New York avant d'entrer dans le Massachusetts. Partez tout de suite. Si vous marchez bien, vous serez en sûreté avant la tombée du jour. Vous êtes jeunes. Ne vous arrêtez pas cette nuit pour dormir.

Il avait fini. Encore une question et il leur disait au revoir.

Ce fut Fletcher et non Cooper qui la posa. Sans détour :

— Venez avec nous. Il n'y a rien dont vous ayez besoin à la taverne. On a assez d'armes. La fille peut monter derrière l'un de nous.

— Non. Vous avez des chevaux qui vous permettront d'aller vite. Mais pour un cheval, il faut au moins un sentier, une piste. Si on vous interroge, vous pouvez toujours dire que je menaçais la fille et que vous la sauvez de mes griffes. Racontez n'importe quoi — je n'ai pas besoin de vous faire un dessin. Même si je le voulais, ma jambe ne supporterait pas les cahots. Je suis mieux tout seul dans les bois.

Sur ces paroles, il fit un pas en avant vers Fletcher et lui caressa la joue en disant :

— Je suis fier de toi. Peut-être me reverras-tu dans quelques années. Je suis heureux de te savoir parmi nous, Fletcher Bolles.

Là-dessus, il se recula d'un pas et, d'un geste amical, le secoua légèrement par son épaule valide.

— Allez-vous-en maintenant. Désentravez les chevaux, et partez.

Il se tourna ensuite vers Cooper, se rapprochant mais sans le toucher.

— Tu avais un message pour moi, n'est-ce pas ce que tu m'as dit ? De la part de ton arrière-grand-père.

Après un instant d'hésitation, Cooper hocha la tête.

— Non, je ne peux pas vous laisser comme ça.

— Tu sais que je le connais bien. Il ne s'agit pas d'un billet doux, ça je le sais. Je ne croirais d'ailleurs pas à un mot gentil. Mais quand tu rentreras à New Bedford et qu'il te posera la question, tu ne pourras pas lui mentir.

Cooper réfléchit. Blood considéra les chevaux dans le pré. De bonnes bêtes. Il était temps de les quitter. Ces garçons. Cette fille. Il se tourna de nouveau vers Cooper et vit que son fils s'apprêtait à imiter de nouveau la voix de son aïeul :

— Si vous deviez revenir à New Bedford, il vous étranglerait de ses propres mains. Dût-il en mourir.

Cooper baissa les yeux. Blood demeura muet. Ces mots ne le surprenaient en rien. Le vieux monsieur avait compris depuis longtemps que Blood avait gâché sa vie, impardonnable transgression.

Blood ne trouva donc rien d'autre à répliquer que :

— Si tu le vois, dis-lui qu'un jour je viendrai peut-être me recueillir sur sa tombe.

Et, rapide comme l'éclair, il s'empara de la main du garçon et lui donna une grande tape dans la paume. Puis il pivota sur lui-même, agrippa son aiguillon et s'éloigna en direction de l'entrée du sentier.

Derrière lui, il entendit Cooper s'écrier :

— Père !

Blood continua sans se retourner.

— Micajah Bolles.

Cette fois, il se retourna. Cooper, en silence, leva la main, paume ouverte. Tout à la fois un bonjour et un au revoir.

Blood lui rendit son salut. Il vit alors à l'expression de Sally qu'elle se sentait blessée qu'il n'eût rien pour elle. Mais il ne pouvait pas, c'était plus fort que lui. De sorte qu'il se retourna et pressa le pas sans un regard en arrière. Il ne pensait plus désormais qu'à ce qui l'attendait : la descente dangereuse et glissante dans les éboulis moussus du sentier.

Au campement, le trio se chamailla à propos du départ, Sally menaçant de seller son cheval et de s'en aller toute seule en les plantant là. Cooper réussit à la calmer ; ce n'était pas à elle de décider. Elle leur tourna le dos et marcha jusqu'au dernier étang tout au bout des marais où, dans la lumière pure de l'après-midi, elle se déshabilla et se plongea dans l'eau. Les deux garçons la regardèrent s'enfoncer derrière le rideau de hautes herbes. Au bout d'un long silence, Fletcher se tourna vers son frère en disant :

— Il a montré clairement qu'il ne voulait pas de nous. Il tient à ce que l'on parte.

— Peu importe ce qu'il veut, repartit Cooper. Ce qui compte, c'est ce que nous faisons, nous.

— Sans doute...

Un temps. Coup d'œil du côté de l'étang invisible puis de nouveau les yeux sur le visage fraternel.

— Merde, Cooper.

— C'est ton propre cœur qui te ronge. Pas moi.

Fletcher le dévisagea avant de rétorquer :

— C'est facile pour toi... Mais, Cooper. Ce qu'il a cru durant toutes ces années. Quelle chose terrible. Vivre avec ça.

Cooper opina en silence. Puis déclara :

— Sarah Alice ne doit pas savoir.

— On peut lui raconter l'histoire de telle façon que ce ne soit pas un mensonge.

— Oui. Une omission.

Un temps. Puis Cooper reprit :

— C'est la même chose avec Père aujourd'hui — ce n'est pas ce qu'il veut qui compte. C'est comment nous allons nous y prendre, c'est avec ça que nous allons devoir vivre.

Fletcher se tut longuement. Puis :

— Ne jamais avoir à se demander s'il s'en est vraiment tiré comme prévu.

— Oui. Il faut que nous sachions ce qui s'est passé.

Ils restèrent ainsi debout côte à côte, tous deux soudain accablés par le poids d'une nuit et d'une journée épuisantes. Malgré leurs différends, côte à côte. Comme toujours, comme depuis toujours.

Au bout d'un moment, Fletcher porta de nouveau ses regards vers le marais. Cooper l'imita. Sally était étendue sur la berge, elle se séchait au soleil. Sa pudeur n'exigeant que le voile de la distance.

Fletcher dit :

— On a intérêt à trouver une solution avant son retour.

— Sally ne va pas être contente. Mais il faut s'en aller ce soir. On passera à la taverne. Qui sait, s'il n'est pas encore parti, il aura peut-être besoin de notre aide. Rien ne me plairait plus que de la trouver vide. Mais je veux le constater de mes propres yeux.

Fletcher approuva d'un signe de tête. Marché conclu.

Blood n'était guère brillant. Pour le moment, sa jambe avait le dessus. A plusieurs reprises pendant la descente, il avait dû s'arrêter pour se reposer sur un rocher ou un tronc d'arbre, sa jambe en extension devant lui et son torse courbé, les deux mains appuyées à l'aiguillon pour ne pas basculer en avant. Dès qu'il marchait, il avait l'impression que sa jambe était en coton mais, quand il s'asseyait, la douleur irradiait telle une matière fluide qui se répandait dans tout son corps comme si elle n'avait rien à voir avec le lieu de sa blessure. Si discrète jusque-là, elle réclamait à présent son attention. Blood pestait intérieurement — son esprit, son esprit inapte, ainsi asservi. Continue, se dit-il, droit devant.

Le supplice que lui avait infligé le sentier du torrent prit fin dès que son pied toucha le sol égal du chemin de Perry Stream. Le soleil à son zénith réchauffait la terre à travers les feuillages de l'automne. Lors de sa halte suivante, une fois calmés les spasmes les plus douloureux, il ôta péniblement ses bottes et son pantalon et s'enfonça tout doucement dans la rivière jusqu'à la taille. La berge et les rochers s'ourlaient de bordages, mais le choc de cette eau glacée fut pour lui un soulagement. À croire qu'il se vidait de sa douleur qui s'en allait en tourbillonnant au fil du courant. Où elle irait peut-être frôler le cadavre de ce pauvre Gandy perdu par sa cupidité. La rivière de la mort, songea Blood. Mais elle ne m'aura pas. Il remonta tant bien que mal sur la rive et remit son pantalon. Il ne sentait plus son corps de la ceinture jusqu'au bout des orteils. Il préféra continuer pieds nus, ses bottes à la main.

Sur la route de la taverne, il marqua un arrêt. La terre battue était labourée de larges sillons, les traces de roues d'un lourd véhicule, tandis que le pas pesant de chevaux de somme avait laissé dans la boue des empreintes deux fois plus grosses que sa paume ouverte. Pour la deuxième fois en deux jours, il se fraya un passage dans les fourrés jusqu'au moulin. Devant la porte était figée une énorme charrette de pionnier aux arceaux dégagés de leur bâche. Autour s'affairaient des hommes. Il reconnut ceux qui avaient été arrêtés par la milice du New Hampshire. Bientôt, ces hommes commencèrent à se disséminer, par paires ou par petits groupes, certains soutenus par d'autres, la plupart valides mais se mouvant avec une lenteur qui en disait long sur ce qu'ils avaient enduré. Blood rebroussa chemin.

Il découpa un quartier d'ours, l'ours de Gandy, puis, derrière sa porte soigneusement bâclée, s'employa à construire un feu pendant que la viande saignait sur la table. Il avait besoin d'une épaisse couche de braises pour bien la griller, se disant qu'il pourrait ensuite s'en nourrir au moins deux jours. Vu son état, il lui fallait une nourriture roborative et transportable. Il mit une casserole de pommes de terre à cuire dans les flammes. Ainsi que le chaudron pour faire bouillir de l'eau. Il se dépouilla de son pansement souillé et déchira de nouvelles bandes de tissu. Ce serait peut-être son dernier bandage propre avant plusieurs jours.

Toute cette activité, il la déployait avec une énergie brouillonne peu compatible avec la minutie qu'exigent les préparatifs de la survie en forêt. L'esprit résonnant de cette grande vérité qu'il venait d'apprendre. Dont il n'avait pas encore saisi le sens profond — hormis qu'il n'avait laissé dans son sillage qu'un vaste gâchis. Une méditation pour un autre jour. De temps à autre, la tentation de s'affaler sur sa chaise ou de s'allonger par terre s'emparait de lui, presque irrésistible, et alors l'homme qui s'appliquait à sauver sa peau ne savait plus très bien qui il y avait sous cette peau. Une hébétude, un piège mortel. Il persévérait donc. Et cette furieuse envie de rhum. Il s'interdisait d'y toucher.

La fin de l'après-midi le trouva en train de tourner toutes les demi-heures son quartier d'ours sur la broche. A chaque demi-tour, la viande s'enduisait d'un vernis de graisse luisante qui s'égouttait avec de furieux sifflements sur les braises. L'odeur de viande grillée, le réconfort d'une promesse.

Il se planta sur le pas de sa porte pour regarder Emil Chase passer devant chez lui avec son énorme charrette où s'entassaient sa famille et les quelques ustensiles et objets domestiques qu'ils avaient pu sauver. La charrette à présent fermée par une bâche. Chase, sa femme et leur fille aînée trônaient sur la banquette extérieure. Aucun d'eux ne jeta un seul regard dans sa direction. Blood les suivit des yeux tandis qu'ils s'éloignaient sur la route. Vers Dieu sait quelle destination, dont il n'avait d'ailleurs rien à faire. Sans doute les grandes plaines de l'Ouest. Blood supposa que le meunier avait cédé son moulin à Hutchinson, non pas en guise de garantie mais tout simplement pour acheter sa liberté. A l'arrière de la charrette, une petite fille de cinq ou six ans se pencha pardessus la portière et lui fit un signe de la main. Blood leva la sienne. Derrière, une vache trottait attachée à la charrette par la bride, ses pis se balançant sous son ventre. Ce n'était pas sa vache — il s'en foutait.

Une nouvelle cargaison d'hommes en colère avait débarqué au pays. Et il savait que Mose Hutchinson n'en avait pas terminé avec lui. Vu l'allure de ceux qui étaient descendus tout à l'heure de la charrette, plusieurs jours allaient leur être nécessaires pour rassembler leurs forces. Mais Blood n'avait pas envie de risquer le coup et d'attendre : une semaine en prison leur avait laissé le loisir d'ourdir toutes sortes de machinations. Blood se dit J'en ai pardessus la tête. Il est temps d'aller voir ailleurs.

Elle était bien. Lavée de sa colère et de sa crasse après avoir barboté dans le thé pâle de l'étang — elle ne savait pas nager, mais l'eau n'était pas profonde et elle n'avait pas d'appréhension —, se servant de ses mains pour se frotter avec une douceur veloutée par l'élément liquide. Comme la caresse d'une main amoureuse, se dit-elle, même si personne ne l'avait encore jamais touchée ainsi. Oui, elle était bien à sa place. Allongée au soleil, dominée non plus par la rage folle de tout à l'heure, mais par de vagues regrets, une tiède mélancolie.

Le regret de n'avoir pas pensé à emporter des vêtements de rechange — les hardes sur lesquelles elle était allongée, pleines de taches d'herbe et de boue, étaient bonnes à jeter. Elle n'avait plus qu'à retourner à la tente dans le plus simple appareil.

La colère, songea-t-elle, à l'instar de beaucoup de choses dans la vie, n'est pas un plat qui se mange froid. Qu'ils partent donc demain matin. Après tout, une nuit de plus au campement n'allait pas les tuer. Peut-être parviendrait-elle à leur montrer qu'elle n'était pas à vendre. Qu'elle n'appartenait à personne. Si ça ne leur... si ça ne plaisait pas à Cooper, mieux valait qu'il le sût tout de suite plutôt que sur la route. Elle allait se montrer honnête avec eux. Et veiller à ce qu'ils vérifient si Blood était bien parti. Et si par hasard elle restait avec Cooper, au moins ils n'auraient plus cela qui se dresserait entre eux.

A propos de Blood. Toutes ces années où il avait vécu dans l'erreur. Sa décision de fuir, de ne pas répondre de ses actes, réels ou imaginaires. L'implacable punition qu'il s'était infligée à lui-même. Quels grands mystères vous menaient d'un destin à l'autre ? Blood aurait tout aussi bien pu trouver une autre fille pour l'embarquer dans le nord. A l'heure qu'il était, elle aurait tout aussi bien pu croupir encore à Portland. Oui, elle avait une dette envers Blood, une dette éternelle.

Lui vint alors une pensée, désarmante de simplicité. Cela faisait plus d'une semaine qu'elle n'avait pas pris de micheton. Elle ne se rappelait plus qui avait été le dernier et n'en avait d'ailleurs aucune envie, préférant ne pas coller de visage sur cette dernière fois. Elle ignorait ce que la suite lui réservait. Mais elle savait au moins ceci. Le tapin, c'était fini. Au pire, elle s'engagerait comme serveuse dans une taverne. Et puis elle avait appris à jardiner ; travailler dans une ferme n'était pas la plus mauvaise solution. Mais ces éventualités lui paraissaient lointaines — elle pouvait aller où bon lui semblait et savait au moins trois choses : elle n'était pas une femme déchue ; elle était plus que jolie ; et avec ça, intelligente. Oui. Même si Blood l'avait un peu aidée, elle l'avait constaté toute seule. Grâce à son intelligence, elle allait réussir dans la vie. Et elle n'était pas une putain.

Voilà. L'histoire de Blood était triste, mais pas si horrible que ça.

Sally se dressa sur son séant. Le soleil d'automne sombrait déjà derrière les arbres, l'air fraîchissait. Elle n'avait aucune envie d'entendre ce que se disaient Cooper et Fletcher, et elle refusait de parler de ce qui s'était passé aujourd'hui. Et s'ils devaient tous les trois garder le silence, autant qu'elle le garde ici, toute seule.

Elle se demanda comment Blood s'y prenait. Ce qu'il avait fait de sa journée. Elle espérait sincèrement qu'il était sur le départ. Mais que pouvait-il bien se passer dans sa tête ?

Se rendait-il compte qu'il n'était qu'un lâche ? Rien de plus. Un trouillard, un fuyard, un déserteur de la vie.

Un peu plus tard, elle retraversa le marais. Les frères étaient occupés à nettoyer leurs armes. Tous deux levèrent le nez et, sans un mot, la regardèrent enfiler ses plus jolis habits. Le feu était mourant.

Cooper parla brièvement. Ils lèveraient le camp avant l'aube. Une fois assurés du départ de Blood, ils rebrousseraient chemin et remonteraient le long de Perry Stream — où, autant qu'ils le sachent, la seule ferme encore debout était celle de Van Landt —, et de là s'engageraient dans les pistes peu passantes vers le Canada. Personne là-haut n'allait s'étonner qu'ils aient quitté le pays dans cet état. Imitant Sally, les garçons revêtirent leurs meilleurs habits ; costumes de voyageurs errants fourvoyés dans un champ de mort.

Les chevaux attendaient, sellés. Bagages et armes en trois piles distinctes.

— On a besoin de dormir, décréta Sally.

Pour la dernière fois, elle pénétra sous la tente et, sans se déshabiller, lissa du plat de la main les couvertures, en releva un coin et se glissa dessous. Sans attendre rien ni personne, elle ferma les yeux.

Huit

Peu après minuit, sur la route de Perry Stream, Isaac Cole ralentit son allure. Une lumière grisâtre tombait des étoiles à travers les arbres, mais la route était déserte et la chaussée durcie par le froid, si bien qu'il avançait comme dans un rêve. Tout ce trajet pour rien — Van Landt ayant refusé non seulement de se joindre à lui mais aussi de lui vendre un cheval. Il n'en avait pas. A ce qu'il prétendait. Mais qu'importait ? Cole avait bien d'autres projets en tête.

Après avoir bifurqué vers le nord, il passa devant la taverne obscure qu'il ne put quitter des yeux, avec l'impression d'avoir soudain une poussée de fièvre et de marcher plus vite. Puis il arriva à la hauteur du moulin, plongé dans le noir, porte close. Le meunier avait payé un prix élevé sa liberté et celle de ses compagnons. Cole en ressentait de la gratitude, mais ne regrettait pas le départ d'Emil Chase. Isaac Cole et Peter, le frère du meunier, faisaient désormais figure de patriarches. Comme ne tarderait pas à le comprendre celui que le shérif enverrait faire fonctionner le moulin. Car le temps que Mose Hutchinson trouve un pauvre bougre disposé à venir s'enterrer ici, de nouvelles règles seraient établies dans le pays. Et aucun nouveau venu ne s'aviserait de les prendre à la légère.

Il passa devant le bout de jardin brûlé par le gel, devant la montagne de poutres calcinées qui avait, il y a peu, été son foyer. Des morceaux de barrière tenaient encore debout, rayures noires contre le fond blanc du sol givré éclairé par le ciel nocturne. Chacune de ces pièces de bois, il les avait travaillées de ses propres mains en des jours plus sereins. Même après dix jours d'un temps tantôt humide, tantôt sec, une odeur vous collait encore aux narines, une odeur de brûlé — maison, vêtements, meubles, bétail consumé avec la grange et dont les restes pourrissaient lentement dans les décombres gelés. Il dépassa tout cela au pas de course. Cela faisait trois heures qu'il était parti, mais en dépit de sa déconvenue avec le Hollandais, il était moins fourbu que galvanisé. Il allait les retrouver, les autres, des hommes qui attendaient ses ordres, ses hommes. Il suivit la courbe de la route et, montant vers le nord le long du lac, aperçut une lumière douce à une fenêtre, clarté pâle, lanterne derrière des persiennes closes. Il se prépara à la chaleur de la pièce, à la proximité des hommes.

Isaac Cole ralentit son pas et déboutonna sa veste pour offrir sa poitrine à l'air de la nuit. Il respirait la fraîcheur, dégoûté par la sueur qui l'inondait. Il se permit de sourire. Quelque part dans les collines derrière le lac, un renard jappa. Cole ralentit encore un peu plus et, quand il cogna à la porte, un seul coup, il était d'une humeur féroce.

Dans les lueurs du feu, Blood entreprit de se panser une dernière fois avant le grand voyage. La plaie suintait encore, un liquide clair, et les lèvres de la blessure paraissaient moins enflammées. Après quoi, il jeta sa culotte en cuir à la jambe taillée et enfila doucement un pantalon large. Il flottait dedans. Il avait perdu du poids. Il coupa un morceau de quartier d'ours et mangea à satiété. Rôti à point, rosé près de l'os. Le reste, il le découpa en grosses tranches qu'il empila sur un morceau de papier, emballa et ficela. La viande et l'argent — seulement les plus gros billets de banque —, il les transporterait sur lui, enroulés dans une couverture jetée sur son épaule et attachée par une lanière à sa hanche, la hanche opposée. Il préférait porter le moins de poids possible sur son dos. Dans la réserve, il bourra plusieurs poires à poudre et des sacs de cartouches ; le fusil et le pistolet disposaient du même calibre. Il remplit une troisième sacoche de bourre et d'amorces, une espèce de poche qui ne se mettait pas en bandoulière mais s'accrochait à sa ceinture et qu'il pouvait ainsi tenir serrée contre lui. Une fois qu'il eut terminé, il ferma à clé la réserve mais déposa la cassette sur la table avec les deux clés dessus. Assis à la table, il aiguisa son couteau de ceinture et, pour en tester le fil, coupa un peu de poils de ses bras. Tard dans la soirée, il rapprocha son siège du feu pour y jeter ceux parmi les billets de banque qui avaient le moins de valeur. Quant aux billets à ordre, il les laissa bien en vue sur la table. Un modeste rappel de ce qu'ils lui devaient, de ce qu'il leur avait fourni.

Vers minuit, il sortit lentement dans la cour. Laissant derrière lui la porte entrouverte. Un pistolet passé à la ceinture, il transportait la cassette avec ce qu'il lui restait d'argent. Et entre ses dents, le jeu de clés. Quand il eut vérifié qu'il était bien seul, il traversa la route et la moitié du pont. Ouvrit la cassette et déversa le flot de pièces de monnaie. Elles tombèrent, invisibles, au creux de la nuit, pépites ternes ne signifiant plus rien. Un éclaboussement à contre-courant. Une pièce en tournoyant dans l'air refléta brièvement la lumière des étoiles. Il ferma à clé la cassette vide et la jeta elle aussi à l'eau. Bien que lourde, elle était si bien scellée qu'elle flottait. Il la regarda tourbillonner au fil du courant. Une fois qu'elle eut disparu, il cracha les deux clés. Si légères qu'il ne les entendit même pas heurter la surface de l'eau.

De retour à la taverne, il bâcla la porte. Vida les pistolets et le fusil, en nettoya le canon, puis rechargea et arma les trois. Enfin, dans la faible clarté du feu mourant, il s'équipa : couverture roulée, sacoches, pistolets à sa ceinture, fusil dans une main, aiguillon dans l'autre. Lourd, mais supportable. Il se figura trois jours plus tard, habitué à la vie d'homme des bois, marchant d'un pas auquel ses jambes s'étaient faites. D'une certaine manière, il était déjà parti. Une curieuse sensation. Douze heures — quatre à dormir, huit à marcher —, et il faisait confiance à sa bonne étoile.

Il empila son barda sur la table mais resta habillé pour dormir. Il n'ôta même pas ses bottes. Seulement son manteau, qu'il plia et coucha avec les autres choses sur la table. Ensuite il se rendit dans la chambre de la fille. Il ne regrettait pas son absence. Il valait mieux qu'elle ne soit pas là. Il songea un instant aux trois cents dollars en or qu'elle lui avait fauchés ; il était étrangement fier d'elle. Comme ça les enfants avaient des chevaux.

On étouffait dans la chambre après une journée porte et volet fermés. Il se glissa jusqu'au mur du fond et ouvrit sans bruit la persienne de l'étroite ouverture. L'épaisseur d'une bûche, et si haute que seul un petit enfant aurait pu s'y faufiler. Il avait besoin d'air frais. Il crevait de chaud, mais ce n'était sans doute pas la fièvre, il se sentait trop lucide. Juste l'effet nocif de ce lieu mal aéré.

Il s'assit au bord du lit, sur la peau d'ours. Et pour la première fois depuis longtemps, il eut l'impression d'être d'une seule pièce. Bon pied, bon œil. Cette journée lui avait infligé trop de violentes émotions. Et puis le choc de la révélation. Il se demandait comment il avait pu y survivre. Non qu'il s'en enorgueillisse. Il se prit à songer combien sa vie aurait pu être différente puis coupa court à ses réflexions : pendant les semaines et les mois à venir, il aurait tout le loisir de scruter le passé. De toute façon, l'irréparable était commis.

Le bref instant de la révélation lui revint. En détail. Son fardeau envolé. L'éclat doré de ce fragment de temps à présent pâli, moins aveuglant, supplanté par une image plus durable. L'avenir se propageant en lui comme un tremblement, une vague vision. Il retint brièvement son souffle, de crainte qu'elle ne s'évanouît. Au lieu de quoi elle se matérialisa en une série de scènes — une sorte de projet. Il battrait en retraite par le même chemin qui l'avait conduit jusqu'ici, par la piste accidentée de la rivière Dead Diamond puis par le Maine. Où il prendrait un bateau pour Boston. De là, il écrirait à sa banque à New Bedford afin d'obtenir l'accès à ses comptes. Puis il repartirait. Ailleurs. Un ailleurs où il faisait toujours beau et chaud, songea-t-il. Un ailleurs où il n'aurait plus à endurer le froid humide, la pluie, la neige. Savannah peut-être, dont il avait entendu vanter le raffinement et le confort. Ou peut-être encore plus au sud, où régnait une chaleur encore plus intense. La Nouvelle-Orléans. Il avait les moyens de vivre agréablement. Au début sans ostentation, comme il sied à un nouveau venu. Mais avec une aisance nouvelle pour un homme de son âge qui avait mené son existence. Il rajeunirait. Costume blanc d'une étoffe légère, avec une canne à petit pommeau. Il apprendrait le dialecte français qui se parlait là-bas. Il visiterait sans se presser les églises de la ville et jugerait quelle congrégation prêchait avec les accents les plus justes — une quête qu'il envisageait avec plaisir. Il lirait les journaux, commanderait des livres. Et finirait par écrire des lettres. A Cooper. A Fletcher. Mais d'abord à Sarah Alice. Une longue lettre, c'était certain. Des pages, une liasse de feuilles de bonne qualité. La lettre de sa vie.

Et il reprendrait son nom. Mais pas encore. Pas cette nuit. Quand il atteindrait Portland. Il allait laisser Blood ici. Il allait s'appeler simplement Bolles. Micajah Bolles.

Il marqua une pause. La glorieuse rédemption miroita de nouveau devant ses yeux. Oui, c'était ainsi que cela devait être.

Se jetant à plat sur la peau d'ours, il s'étira, doutant qu'il arriverait à trouver le sommeil. En pensée, il arpentait déjà la forêt d'automne. Les nerfs à vif, il était prêt à se lever, à partir, à parcourir des kilomètres dans la nuit jusqu'à ce que la fatigue le jette au sol. Il resta un moment en suspens, hésitant à quitter la douceur des couvertures. Puis il s'endormit d'un sommeil pesant.

Sally se réveilla avec une crampe à la jambe, une contraction qui partait de ses orteils en boule et remontait pour former un nœud dans sa cuisse. Elle se dressa d'un seul coup et vit Fletcher assis près du feu, Cooper endormi à côté d'elle. Elle se massa vigoureusement la cuisse et serra et desserra les orteils jusqu'à ce que ses muscles se détendent. Lorsqu'elle se rallongea, Cooper, sa bouche tout près de son épaule, demanda :

— Ça va ?

En guise de réponse, elle tendit la main pour le caresser, sa main rencontrant son ventre nu. Le sentant tressaillir à son contact, elle prolongea un moment sa caresse puis retira sa main en murmurant :

— Non.

— Que puis-je faire ?

— Rien.

Il soupira et leva le bras qui se trouvait près d'elle, ne touchant pas son visage, mais soupesant ses cheveux au creux de sa main, les doigts tranquilles. Puis il retira sa main.

Ils restèrent étendus l'un à côté de l'autre en silence.

Dehors, sur le rocher, Fletcher assis, torse nu malgré le gel, la poitrine et l'épaule emmaillotées. Sa main libre tenait leur unique pistolet, un cadeau de leur bisaïeul, arme qui jusqu'à cette nuit était restée enveloppée dans son bout de toile cirée au fond d'un panier, une pièce de toute beauté en noyer poli avec des ornements en cuivre. Peu appropriée pour un homme des bois. Jambes croisées, il avait posé sur son genou le pistolet qu'il tenait d'une main calme mais animée d'un léger mouvement de va-et-vient afin de couvrir la totalité de l'hémisphère enténébré devant lui. Derrière la tente, les chevaux piétinaient sur place, collés les uns contre les autres, dormant debout, vivants baromètres de la guerre et de la paix.

Cooper se tourna vers Sally et se dressa sur un coude, sans un mot. Yeux grands ouverts rivés dans une mutuelle contemplation. Il ne dit rien. Juste son regard. Puis il se pencha pour déposer un baiser sur son front. Ses traits devinrent flous, puis nets de nouveau quand il se redressa. Toujours se taisant il se glissa hors des couvertures et se dirigea vers son frère.

— Fletcher, prononça-t-il tout bas en guise d'avertissement.

Fletcher n'esquissa pas un geste, toujours scrutant le noir de la nuit au-delà des lueurs mourantes du feu. Il dit :

— Je t'ai entendu.

— Je vais prendre la relève.

— Je t'ai entendu te réveiller.
Cooper se tenait debout derrière son frère.
— Je sais.
Puis il s'approcha et lui prit le pistolet des mains en ajoutant :
— Va dormir un peu.
— Je pourrai pas.
— Moi j'ai dormi, admit Cooper. C'est pas facile. Mais au moins allonge-toi, prends du repos, tu t'en féliciteras demain matin.
Ils restèrent quelques instants sans rien dire. L'un toujours assis, l'autre debout. Finalement, Cooper déclara :
— Je vais aller pisser. A mon retour, je veux te voir sous les couvertures. Tu m'entends.
Fletcher fixa le feu.
Cooper passa devant son frère. Puis il se retourna face à la tente. Sally distinguait son visage. Ce n'était pas vers elle qu'étaient dirigés ses regards. Il posa sa main qui ne tenait pas le pistolet sur l'épaule valide de son frère. Et resta là silencieux. Sally l'observant de sa couche. Une pause dans le temps. Chacun relié à l'autre et chacun seul. Puis Cooper retira sa main et s'enfonça dans la nuit. Fletcher demeura assis encore quelques secondes sans bouger, puis pivota sur lui-même. Voyant qu'elle était réveillée, il tourna la tête pour examiner la nuit noire, très vite, puis la regarda de nouveau.
— Tu veux que je vienne ?
Elle opina. Mais ne sachant s'il pouvait la voir ou interpréter un geste aussi discret dans l'obscurité, prononça · ·
— Oui. Et comment.
Il tourna de nouveau les yeux vers la nuit puis, dans un mouvement brusque et sec, se leva avant de s'immobiliser pour ne pas perdre l'équilibre. Etirant ses jambes sur la pointe des pieds et balançant doucement ses hanches. Puis il vint vers elle. Pieds nus, en culotte et bandages. Elle ouvrit les couvertures.

Des hommes, solitaires ou par petits groupes se coulaient dans les sentiers. Certains se glissant d'ombre en ombre sous les arbres. Surveillant la lune retenue captive par les hautes branches à l'est. Ceux qui avaient des chevaux marchaient devant, guidant leur monture d'une main qui enveloppait les rênes contre la sous-gorge pour empêcher la bête de faire un écart. Ils avançaient aussi silencieusement que possible sur l'épaisse et glissante croûte de gel. En lignes convergentes.

Il faisait encore noir quand Blood se réveilla. En sursaut. Du plus profond du sommeil, d'un seul coup, à une vigilance absolue. Il resta allongé un moment sans bouger. Impossible de savoir s'il avait dormi des heures ou vingt minutes. Puis, des bois côté jardin s'éleva la note unique d'une grive, un avertissement à la nuit. Il se redressa, très doucement, raide, et chercha à tâtons l'aiguillon laissé contre le mur. La journée s'annonçait moins prometteuse qu'elle ne lui avait paru la veille, mais il se dit que c'était parce qu'il venait de se réveiller — un peu d'exercice et du thé et il serait remis sur pied. A cette seule idée, il se sentit déjà mieux, de sorte qu'il se traîna jusqu'à la cheminée, tisonna le feu, y posa des petites bûches. Il tira la crémaillère. Ne restait plus au fond du chaudron qu'une mince flaque d'eau. Se tournant vers la table, il pencha le seau. Vide lui aussi. Se passer de thé ou aller puiser de l'eau ? Il n'y avait pas à hésiter — les flammes dansaient dans l'âtre et il irait plus loin le ventre plein de thé que vide.

Equipé du seau et de l'aiguillon, il avait déjà la main sur la bâcle de la porte quand, se ravisant, il posa le seau par terre et retourna prendre un des pistolets qu'il glissa dans la ceinture de son pantalon. Puis de nouveau la porte. Il souleva la barre et sortit.

C'était un de ces rares matins clairs et frais où il n'y avait pas de brume sur le lac. Présage d'une belle journée. Il traversa la mer de boue gelée côté cour jusqu'à la rivière et, s'accroupissant avec sa jambe blessée en extension devant lui, remplit son seau. Puis il lui fallut escalader la berge. Une fois les pieds de nouveau sur le plat, il marqua une pause pour se stabiliser, le seau pesant de tout son poids sur son côté gauche. Les bœufs meuglèrent dans la grange. Il se dit qu'il ne devait pas oublier de les détacher en partant. Et encore une fois — un mauvais signe — il regretta le chien.

Une demi-douzaine d'hommes surgirent comme des spectres du boqueteau de sumacs et d'aulnes et se disposèrent en éventail devant lui, tous armés, des fantômes gris. Sans perdre de temps à chercher à reconnaître les visages ou à discuter, il jeta son seau qui s'éleva dans les airs en déversant l'eau de la rivière sur deux des hommes, un arc argenté presque solide dans la lumière obscure, le seau lui-même frappant au ventre un troisième tandis que Blood sortait son pistolet et tirait sur celui qui était le plus proche de lui. La balle lui déchira la poitrine dont jaillit un étincelant jet de sang vermillon cependant que le blessé s'écroulait et que Blood déjà s'avançait en empoignant par le milieu son aiguillon dont il enfonça la pointe dans un visage, puis il cingla un torse dont les côtes craquèrent et envoya un fusil valser des mains d'un autre. Il y avait par terre un mort et deux blessés et d'autres qui se carapataient. Soudain, un coup de feu retentit, et il entendit ce bruit singulier et extraordinaire de succion d'une balle frôlant sa tête. Il plongea en avant puis, dans un même mouvement, se redressa et se mit à battre l'air avec son aiguillon en le tenant par l'extrémité, comme s'il s'agissait d'un fléau. Il se démenait comme un beau diable. Les bœufs dans la grange beuglaient. L'instant d'après, il se rendit compte que ce n'étaient pas les bœufs, mais lui. Autour de lui ses adversaires battaient en retraite. Un dernier assaut, pointe en avant. L'éclat de chair d'un visage qui s'ouvrait en deux, après quoi il tourna les talons et détala. Traversa toujours en beuglant la cour et arriva à la porte qu'il laissa ouverte pour se jeter sur la table et l'autre pistolet, puis se retourna pour faire face à la porte. Vide.

Il s'avança lentement, contourna la table, longea le mur vers la porte pas à pas. La cour se déploya sous ses yeux. Il compta deux gisants, celui qu'il avait descendu et celui qu'il avait frappé avec son aiguillon. Deux hommes se tenaient penchés sur eux. Il ne s'était pas plus tôt profilé dans l'embrasure qu'un coup de fusil claqua. Il plongea en arrière. La balle s'enfonça dans un rondin à côté de la porte. Il mit en joue les deux courbés sur leurs camarades. Feu. Un cri. Un nouveau coup de fusil. Il recula encore, ferma la porte d'un coup de pied, la bâcla.

Il haletait, ses poumons le poignardaient, la poudre lui avait brûlé la paupière inférieure, mais en revanche sa jambe ne lui faisait plus mal du tout. Il rechargea les deux pistolets. Un temps de réflexion. Ce dernier coup de fusil, il n'avait pas été tiré par les deux hommes dans la cour. Ni celui d'avant. D'autres se planquaient dans les buissons. Il avait fait pas mal de dégâts avec son aiguillon. Mais attention, il ne fallait pas se fier aux apparences. D'autres hommes se préparaient à l'arrière. Et d'autres encore étaient déjà en route.

D'abord, il se reprocha son inconscience. Il aurait dû dès hier s'équiper avant de monter au marais prévenir les enfants. Il aurait dû partir de là dans la poussière dorée du couchant pour s'enfoncer dans les bois avec pour seuls guide le soleil ou les étoiles.

Tout haut il dit :

— Qu'ils aillent se faire foutre. Qui me cherche me trouve.

Pas un de ces hommes ne lui arrivait à la cheville. Il déposa ses armes chargées sur la table et passa côté taverne en pestant contre la porte verrouillée de la réserve et les clés perdues pour toujours.

Il s'employa à déménager un à un les tonneaux du comptoir en les faisant rouler sur le parquet jusqu'à l'ouverture, puis, plié en deux, arc-bouté, les poussant et de nouveau les roulant jusqu'à la porte d'entrée : une pesante barricade appuyée contre l'huis déjà bâclé.

Il prit l'échelle contre le mur et grimpa pour ouvrir la trappe, après quoi il redescendit chercher son fusil, les pistolets, les sacoches de poudre et de balles. Se déplaçant avec des gestes posés, concentrés. Il tenait à tout avoir sous la main. Il fit une bonne flambée pour que la chaleur monte dans le grenier. Enfin il empoigna le chaudron qu'il remplit de braises de façon à avoir du feu pour allumer les mèches à combustion lente du petit canon. Si cela s'avérait nécessaire. Ce dont il doutait. Mais on n'est jamais assez prudent.

Une fois dans le grenier, il se coucha par terre et tendit l'oreille. Sa jambe taraudée par une douleur pulsative, son corps un cri déchirant le tenant sur le qui-vive. Il n'ouvrirait la meurtrière dans le toit qu'en dernier recours. Jusque-là, personne au-dehors ne devinerait où il était caché. Il écouta le gargouillis de la rivière et les oiseaux saluant le matin de leurs chants flûtés. Et au-delà, dessous, les inflexions de voix humaines. A un moment donné, le hennissement aigu d'un cheval en saluant un autre, puis l'insulte et la claque d'un homme faisant taire l'animal. Blood grimaça un sourire. Il pensa Vous là-bas. Vous n'êtes pas au bout de vos surprises.

Dans le marais, ils étaient debout et vaquaient aux préparatifs de départ, chargeaient les chevaux, quand ils entendirent les coups de feu, aussi sonores dans le matin calme que s'ils avaient été tirés à l'orée du bois. Une courte décharge simultanée, puis silence, puis trois derniers coups, espacés d'une respiration. Le trio s'entreregarda, toute tâche suspendue.

— Ça vient du côté du torrent, dit Fletcher.

— Non, décréta Cooper. Ça vient de la taverne.

— Oh, non ! soupira Sally.

Les garçons la regardèrent, taisant l'un comme l'autre leurs pensées.

Cooper déclara :

— Bien. Voilà ce qu'on va faire. Il ne faut pas changer nos projets. On s'assure que tout est bien empaqueté comme prévu. C'est pas la peine de foncer pour ensuite s'apercevoir qu'on a perdu je ne sais quoi ou qu'on ne sait plus où rien est.

— Je suis prêt, dit Fletcher.

Cooper se tourna vers lui.

— Eh bien, bravo. Vérifie qu'on a tout, et en route.

— Je suis presque prête, indiqua Sally.

— Je vais à la taverne, dit Fletcher.

Il tourna les talons, empoigna les rênes de son cheval et s'apprêtait à l'enfourcher quand Cooper le prit par l'épaule. Fletcher se retourna.

— Tu ne t'es pas demandé comment tu allais t'y prendre avec un seul bras ?

Fletcher se tint coi.

Cooper opina en ajoutant :

— Passe tout en revue une dernière fois. Assure-toi que tes nœuds sont bien serrés. Laisse ton cheval se dégonfler un peu, ensuite tu mettras un cran de plus à sa sangle. D'accord ?

— D'accord.

Cooper s'adressa ensuite tout à la fois à Fletcher et à Sally :

— On a trois armes pour trois. Je propose qu'on chemine tous ensemble et qu'ensuite Fletcher et moi on parte en reconnaissance. On n'a aucune idée de leur nombre. Si Père est mort, ils seront tous réunis à la taverne, sans doute. Sinon, il pourrait y en avoir n'importe où. Alors on prend chacun une arme. Je prends celle à canon long puisque j'ai deux mains. Ce pistolet de collection sera très bien pour Fletcher...

Il regarda Sally avant d'interroger :

— Tu sais te servir d'un fusil ?

— Blood m'a montré. Mais c'est pas dans mon style de me cacher en vous laissant aller au casse-pipe.

— Tu n'as pas compris, dit Cooper. Nous n'avons pas l'intention de te cacher. Tu attendras un moment sur le chemin pendant que nous jetons un œil. Si Fletcher et moi on trouve du vilain, on reviendra vite vers toi.

Elle se retourna et termina de ficeler son baluchon à la partie relevée de l'arçon de sa selle. Puis, sans un regard, enfourcha le bai. Tenant le cheval serré, elle le fit d'abord volter puis s'immobiliser.

— J'aime pas ça, dit-elle. Mais y a pas le temps de discutailler.

Cooper la dévisagea un instant comme s'il trouvait qu'elle se soumettait un peu trop facilement. Elle soutint son regard. Il lui tendit le fusil et les sacoches de munitions.

Fletcher enfourcha lui aussi sa monture.

— Passe-moi le pistolet, dit-il une fois en selle.

Cooper souleva le pistolet, vérifia s'il était bien chargé et le rendit à Fletcher. Lequel dit :

— Passe-moi aussi la hache.

Cooper leva vers lui un regard étonné.

— Comment vas-tu la transporter ?

— Ça me regarde.

Cooper ramassa la hache posée contre un jeune bouleau et la lui passa. Fletcher prit le pistolet entre ses dents en se servant de sa main libre pour serrer les rênes du cheval et les transférer à la main bandée, les nouant à son poignet. De manière à pouvoir diriger sa monture sans les mains. Il saisit la hache par le manche, juste sous la tête, et la glissa dans la main qui tenait les rênes. Le long manche lui descendant le long de la jambe droite et la tête de hache reposant sur son poing droit. De la sorte, il pouvait l'extraire facilement avec sa main gauche. Après quoi il reprit le pistolet toujours entre ses dents et déclara d'un air taciturne :

— A la guerre comme à la guerre.

Cooper enfourcha à son tour son cheval et contempla une dernière fois le campement. Le fusil à canon long posé en travers de la poitrine, la crosse coincée au creux du bras qui tenait les rênes. Il se tourna vers les autres pour leur lancer :

— Nous allons descendre tout doucement en faisant bien attention. Personne se presse. D'accord ?

— Allons-y, dit Sally.

— Passe donc devant, Cooper, tu es notre guide, dit Fletcher.

Tout était tranquille dans le grenier. Moins dehors. Blood, l'oreille aux aguets. De temps à autre, il entendait des murmures, une fois un plouf suivi d'un juron — un homme glissant sur un caillou de la rivière —, le tintement métallique de deux fusils se cognant, même le chuintement d'une baguette tassant une charge au fond du canon d'un fusil. Les ébrouements étouffés des chevaux et le craquement du cuir au moment où un cavalier montait ou descendait de cheval. Blood ne se faisait pas d'illusions : la taverne était pour eux un lieu redoutable. Il craignit brièvement qu'ils n'envisagent d'y mettre le feu puis repoussa cette éventualité — en dépit de toute la hargne qu'ils nourrissaient à son endroit, elle était supplantée par la cupidité. Dans ces conditions, il se trouvait en position dominante.

Au bout d'un moment, il entendit des bruits de bottes dans la boue qui mollissait avec le dégel. On traversait la cour : un seul homme. Blood retint son souffle.

De dessous lui parvint un bruit mat : on donnait de l'épaule dans la porte.

Frappe donc, songea Blood, et il sourit.

Et l'autre de tambouriner.

Toujours dans sa tête, Blood dit Je viens tout de suite. Bouseux.

L'autre gueula. Le nom de Blood, à deux reprises. Blood crut reconnaître cette voix.

Silence.

Blood dit Choisis bien tes mots.

Après un temps, l'homme l'interpella, d'un ton tout à la fois agressif et servile :

— On est seulement venus vous parler, Blood. Pas qu'on ait confiance en vous, mais vous nous connaissez. On voudrait connaître votre point de vue. Comme on voulait pas de malentendu, on est venus au point du jour. Vous nous avez déjà tué un homme et blessé deux gravement. Ça joue contre vous, mais en discutant entre nous, on s'est rendu compte que vous pouviez pas savoir nos intentions. Tout ce que nous voulons pour le moment, c'est parler avec vous. Parler. Blood ? Vous m'entendez ? Blood ?

C'était Isaac Cole. Bon sang, se dit Blood. Si seulement c'était lui que j'avais descendu ce matin, toute cette bande d'imbéciles se serait évanouie dans le paysage. Cole attendant caché dans les buissons pour voir s'ils arrivaient à m'attraper. Quel chef ! Blood grimaça de nouveau un sourire. Et se garda bien de se manifester.

Il entendait Cole qui faisait les cent pas devant la porte. Une voix de l'autre côté de la cour cria quelque chose d'incompréhensible à quoi Cole répondit par un grognement. Puis le silence. Quelques secondes d'une atmosphère presque paisible. Si seulement cet Isaac Cole pouvait décamper de devant ma porte, ce serait parfait.

Cole se remit à donner du poing contre le battant.

— Blood. Blood ? Vous êtes blessé ? Vous avez besoin de secours ? Un signe de vous et je défonce cette porte à coups de hache. Blood ? Vous m'entendez ?

C'était bien la dernière chose dont il eût envie. Blood saisit entre ses doigts son couteau qui reposait sur le plancher à côté de lui. Tendus au-dessus de lui, deux boyaux tenaient le volet de la meurtrière fermée. Il posa la lame de son couteau dessus. Les boyaux avaient séché et craquelé dans la touffeur estivale. Ils claquèrent dans l'instant, et le volet tomba avec un fracas clair et violent. Blood aperçut un groupe au bord de la rivière, plus important qu'il ne l'aurait souhaité mais moins qu'il ne l'avait craint. Tous reculèrent devant le bruit, certains se pliant en deux, d'autres courant même se mettre à l'abri derrière la maigre végétation de la berge. Il savoura pleinement cet instant. De son perchoir, il voyait tout. Sauf l'homme à la porte.

Il appela :

— Cole !

Rien.

De nouveau :

— Cole ! Si vous bougez pas, il vous arrivera rien. Si vous vous éloignez, je jure devant Dieu que je vous fais dans la peau un trou où on pourra passer le poing. Vous m'entendez ?

Blood vit le groupe se reconstituer, les uns et les autres tendant le cou vers lui. Certains épaulèrent leur fusil. Il ne s'inquiétait pas. Vu l'angle de tir, et compte tenu de l'étroitesse de l'ouverture, les balles fendraient l'air au-dessus de lui pour transformer le toit en passoire. S'il pleuvait, ce ne serait guère confortable. Mais c'est tout.

Il devinait plus que n'entendait l'homme au-dessous de lui, brusquement plaqué à la taverne, paniqué à l'idée que Blood pût s'avancer subrepticement pour lui planter le canon de son fusil sur le front.

— Vous faites de la provocation, Blood, dit-il enfin. Tout ce qu'on voulait, c'était discuter un peu.

— Faites un pas en arrière que je puisse voir votre visage et on discutera, riposta Blood.

De nouveau un silence. Puis Cole reprit :

— J'ai pas confiance jusque-là, Blood.

— Bien sûr que non. Parce que c'est moi qui me suis débrouillé pour rassembler cette armée qui vous a attaqués. Moi qui ai organisé cette réunion au lever du soleil. Moi encore qui ai lancé la milice contre vous, pas seulement la deuxième fois mais aussi la première. Réfléchissez bien, Cole, et vous verrez que c'est moi aussi qui vous ai menés à Lancaster pour sortir ce pauvre type de taule. Ah, on peut dire que ça l'a mené loin, celui-là. En effet, vous êtes bien le dernier, Isaac Cole, à pouvoir me faire confiance.

Silence. Prolongé. Blood se disant Bien personne n'aime entendre la vérité mais c'est comme ça. De toute façon, il a tout le monde pour lui.

Cole détala. Une course désespérée en zigzag pour retrouver ses hommes. Blood prit une inspiration et leva à demi son fusil, l'œil fixé sur le fuyard, puis, achevant son mouvement, visa une motte de boue dans la cour. Grâce à sa vision périphérique, il vit Cole se jeter dans ce bout d'espace et appuya sur la détente. Le chien s'abattit. Juste avant que le grenier ne se remplît de fumée, Blood eut le temps de voir Cole lever les deux bras au ciel et lâcher son fusil, les bras en extension comme s'il allait s'envoler, la déchirure brutale de sa chemise dans son dos le soulevant un instant de terre, à croire que son corps allait suivre l'impulsion de ses bras, puis il se plia en deux et tomba à terre comme un paquet de vieux chiffons.

Blood avait déjà abaissé son fusil et s'était couché bien à plat sur le plancher lorsque les hommes en bas levèrent leurs armes pour riposter. Un bon nombre tirèrent trop court et leurs balles frappèrent les rondins du mur, mais une demi-douzaine giclèrent cependant dans l'ouverture et, comme il l'avait prévu, percèrent des trous dans les bardeaux du toit. Il reçut une averse d'esquilles de cèdre. Il ferma les yeux. Petits fragments de la mémoire de l'arbre aussi doux que des aiguilles de pin. Pendant ce temps, ses mains s'activaient entre fusil et sacoches, poire à poudre, vite, rechargeant, prenant garde de ne pas se redresser même un tout petit peu. Guettant la suite. Il ouvrit les yeux.

Les chevaux descendirent en file indienne le sentier abrupt du torrent dans la brise légère qui soufflait sur les rochers moussus et la terre sèche et dure sous leurs pas. En arrivant au dernier détour du sentier avant que le torrent ne se jette dans Perry Stream, ils entendirent un coup de feu unique, assourdi par le bruit de l'eau et l'épaisseur de la végétation autour d'eux, mais assez net pour qu'ils le situent comme venant de l'aval. De la taverne. Aussitôt crépita la riposte, une salve déchiquetée. Puis le silence. Cooper qui montait en tête arrêta son cheval pour mieux écouter. Lorsque vinrent les trois autres détonations espacées, il se tourna sur sa selle pour lâcher :

— On sait qui est le franc-tireur.

Sally dit en faisant avancer sa monture d'une pression des genoux :

— Allons-y.

Cooper se pencha pour attraper son cheval par la bride.

— Pas si vite, dit-il. Réfléchissons d'abord. Qu'en penses-tu, Fletcher ? Cette salve, on aurait dit qu'ils étaient nombreux.

— En effet, opina Fletcher.

Sally passa devant eux. Fletcher éperonna son alezan. Cooper les suivit. Ils chevauchèrent tous trois côte à côte. Plongés dans leurs pensées, élaborant chacun leur plan. Mais un trio soudé.

C'était une jolie matinée. Le soleil s'était déjà hissé assez haut pour lever une mince pellicule de brume sur le cours d'eau et percer le feuillage, semant d'éclatantes taches de lumière et traçant de minces rayures obliques en travers du chemin qu'ils traversaient parfois, un instant éblouis, tout à la fois aveuglés et réchauffés. Tous trois se sentaient électrisés, et cette électricité se transmettant à leurs montures au contact de leur corps, les chevaux tressaillaient aussi d'excitation.

Ils arrivèrent à la hauteur de l'endroit où la rivière s'élargissait un peu en amont de la taverne. Cette dernière n'était pas encore visible, mais, comme il n'y avait plus d'arbres sur l'autre rive pour boucher la vue, Sally distinguait l'arrière de la grange et un coin du potager saccagé. Elle tira sur les rênes de son cheval en déclarant :

— C'est ici qu'on doit s'arrêter. Si on va plus loin, ils vont nous repérer. Mais on est assez près quand même pour voir. Je connais ce chemin comme ma poche.

Fletcher lâcha :

— Ça me dit rien de la laisser toute seule ici. On n'a pas la moindre idée de ce qui se passe. Ni de qui pourrait bien se montrer.

— Ça va aller très bien pour moi, le rassura Sally. J'ai le fusil, et avec le cheval je peux me tirer de presque n'importe quoi. Mais il faut que vous sachiez une chose avant d'aller plus loin.

— Quoi ? fit Fletcher.

— Blood est plus dur que tous ces gars réunis. Et il y a plus. Comme je le connais, si Blood est coincé il pensera qu'à sauver sa peau. Sa peau à lui. Vous avez compris ?

— Je sais ça déjà, dit Fletcher.

Il la considéra longuement puis fit tourner son cheval et s'éloigna. Avec un dernier regard en arrière. Elle ne sut s'il la regardait elle ou son frère.

— Il faut que j'y aille, dit Cooper.

— Vas-y.

— Sally.

— Vas-y. A tout à l'heure.

Deux coups. Le premier, puis peut-être quinze secondes plus tard, le second. Les frères se trouvaient toujours en vue, et Cooper se tourna sur sa selle pour lui jeter encore un regard. Elle leva la main. Un geste neutre signalant seulement qu'elle aussi avait entendu les détonations. Elle resta assise sur son cheval au milieu du chemin et regarda les frères disparaître lentement derrière le virage. Dans une minute ou deux, ils allaient apercevoir la taverne — et les hommes qui s'y trouvaient. Elle fit rebrousser chemin à sa monture pour remonter vers l'endroit de la rivière où les hauts fonds laissaient affleurer les rochers. Le cheval hésita au bord de l'eau. Mais elle était pleine de patience. Elle savait que, au bout du compte, il irait. Et après mûre réflexion, c'est ce qu'il fit.

Le corps de Cole gisait comme un paquet sur la terre brune ravagée de la cour à mi-chemin entre la taverne et la rivière. Ses compagnons avaient battu en retraite derrière les buissons de la berge. Ce fut Peter Chase qui le premier s'aperçut qu'il ne servait à rien de tirer dans l'étroite ouverture. Tout ce qu'ils réussissaient à faire, c'étaient des trous dans le toit. Fier de ses déductions. Il franchit la rivière à gué et, sur l'autre rive, finit par trouver un sapin assez grand avec des branches assez solides pour supporter son poids. Il vérifia si son fusil à canon long était bien chargé et s'apprêta à grimper pour se hisser au même niveau que la meurtrière de la taverne.

De sa position couchée, Blood observa l'homme qui grimpait à l'arbre. Ce dernier avait beau veiller à demeurer autant que possible dissimulé derrière le tronc, il n'avait pas eu de mal à l'identifier. Peu importait d'ailleurs, puisque tous désormais étaient ses ennemis. N'empêche, se dit Blood, c'est l'homme du moment. La conclusion d'un raisonnement complexe tenant à la fois de son admiration pour celui qui avait compris le mécanisme de l'élévation, et du sentiment qu'il était juste que ce fût justement le frère de celui que Blood tenait pour responsable de tous ces événements, plus encore que le shérif Hutchinson. Ce dernier était malin ; Emil Chase avait fourni la preuve qu'il ne l'était pas. Blood se dit qu'avec un peu de chance, maintenant que Cole n'était plus et que Peter Chase grimpait vers une mort certaine, les autres allaient laisser tomber. Sinon, quelques coups de canon achèveraient de les persuader. Il imaginait déjà le sauve-qui-peut terrorisé que provoquerait un pilonnage parmi ceux qui se tenaient tapis derrière la végétation de la berge. Jeunes arbres écharpés, réduits en bouillie, mottes de terre explosant, arrosant, aveuglant les planqués. Le tout était de bien calculer le moment où agir. Et d'être patient. Dans une demi-heure tout au plus. Puis encore une heure d'attente pour bien s'assurer que personne n'était resté embusqué à le guetter.

Il regardait avec admiration Peter Chase grimper. Il s'y prenait comme il fallait, escaladant très doucement, se cachant le mieux possible derrière le tronc. Regrettait-il d'avoir sur le dos cette chemise blanche ou n'y avait-il même pas songé ?

Alors que Chase approchait la hauteur appropriée, Blood examina la situation tout près de lui. Le soleil frappait à présent la façade de la taverne. De sorte qu'un mince rai de lumière éclairait l'embrasure de la meurtrière. Ce qui signifiait que Chase n'allait pas le voir. Il serait obligé de tirer à l'aveuglette. Sans doute viserait-il au milieu de l'ouverture. Blood rampa tout doucement sur le côté et se plaqua contre le canon et son attelage rudimentaire. Estimant à vue de nez à quel endroit Chase cesserait de grimper, il leva son fusil de manière à éviter tout éclair métallique de dernière minute risquant d'alerter le tireur d'en face. Comme le fusil était lourd, il le baissa un peu, guettant l'instant où Chase se serait définitivement installé.

Chase trouva le bon endroit. Un peu trop haut, d'après Blood. Ce dernier épaulant fermement son fusil. Chase avait posé le sien sur une fourche du sapin. Ne lui restait plus qu'à s'allonger derrière hors de vue. Ce qui lui prit longtemps. Au point que Blood lui-même se demanda pourquoi il laissait au grimpeur le temps de tirer en premier. Il réalisa que ce n'était pas seulement parce qu'il savait que Chase s'était trompé. Il voulait surtout lui permettre de se rendre compte de son erreur.

La détonation. Le bois du parquet gicla à plus d'un mètre de Blood. Un nuage de fumée se forma dans le sapin. Quand il se fut dissipé, Blood repéra la chemise blanche. Il distinguait la figure de Chase penchée sur la grosse branche, tendue vers la maison. Blood laissa échapper un soupir et, comme s'il posait la main sur la joue d'un enfant, appuya sur la détente. Un jet d'étincelles puis Boum ! Et il se retrouva baignant dans une fumée épaisse. Si bien qu'il ne vit pas la chute de Chase. Mais l'entendit. Il se demanda si Chase avait du fond de sa cachette aperçu le jet d'étincelles. Il espérait bien que oui.

Après avoir traversé la rivière à gué, elle mit le bai au trot en veillant à rester derrière la grange qui faisait écran à la cour, tournant le dos à la rivière, regardant autour d'elle. C'est alors qu'elle entendit le coup de feu provenant des arbres derrière la taverne, puis un deuxième. La seconde d'après, elle vit quelque chose tomber du grand sapin, un paquet blanc, un homme. Il atterrit derrière la grange. Elle tira sur les rênes et fit volter son cheval de façon à regarder dans la direction d'où elle venait et aussi vers la rivière et les berges où elle craignait de voir surgir une menace. Quoique, à cet instant, tout le monde dût avoir les yeux rivés sur la taverne. Cela faisait beaucoup de coups de feu, et le dernier prouvait, non seulement à elle mais encore à tous ses adversaires, que Blood était encore en vie.

Elle attacha son cheval à un piquet derrière la grange. A l'intérieur, les bœufs meuglaient et beuglaient. Elle prit le temps, tout en sachant que ce n'était pas raisonnable, de parler au cheval, de caresser son encolure et la peau derrière l'oreille suivant les leçons de Cooper, en lui disant de rester bien tranquille, que tout irait bien, que personne ne lui voulait de mal. Elle lui dit de l'attendre sagement. Puis, le fusil pressé en travers de sa poitrine, elle se coula de l'autre côté de la grange. Elle s'arrêta quand elle vit l'arrière de la taverne et un bout de la cour devant. Deux chevaux attachés piaffaient au bord de la rivière. En regardant mieux, elle aperçut quelques hommes, des visages blancs parmi les fourrés, tous tournés dans une autre direction que la sienne, vers la taverne. Elle remarqua aussi que la petite fenêtre de sa chambre était ouverte.

C'est alors que, dans un claquement de sabots, sur le chemin de l'autre côté de la rivière, surgirent Fletcher et Cooper. Elle supposa qu'après le dernier feu croisé, ils avaient attendu, réfléchi. À présent les voici qui dévalaient la pente penchés en avant au grand galop. Les hommes le long de la berge pivotèrent sur eux-mêmes pour les regarder passer sur l'autre vive. Un les mit en joue avec son fusil mais ne tira pas. Peut-être parce que sa cible se déplaçait trop vite, peut-être aussi parce que le tireur s'était rappelé à temps qu'il avait le fusil de Blood dans le dos. La deuxième solution la plus probable, se dit Sally ; aucun d'eux ne connaissait ces garçons, ils pouvaient croire à l'arrivée de renforts. Toujours est-il que le téméraire s'accroupit de nouveau dans ses buissons.

Les cavaliers franchirent le pont sur la rivière et, toujours au galop, débouchèrent dans la cour de la taverne et tirèrent sur les rênes de leurs montures. Les chevaux ne cessant d'aller d'avant en arrière tandis que les frères balayaient les berges de la pointe de leurs armes, silencieux, taciturnes, rapides. Les hommes restèrent tapis où ils étaient au bord de l'eau. Ce coup de théâtre les laissait interdits.

Cooper tourna son cheval à demi vers la taverne. D'une voix forte, solide, il s'écria :

— Blood ?

Pas de réponse.

Fletcher, qui faisait arpenter la cour à son cheval, tenait son pistolet au niveau de sa poitrine de telle manière qu'il pouvait tirer dans n'importe quelle direction à la vitesse de l'éclair.

— Père ? cria Cooper.

Alors Blood parla. De là où elle se tenait, Sally l'entendit parfaitement quoique sa voix semblât basse, calme, sensuelle. Il dit :

— Fichez le camp d'ici, les garçons. C'est pas votre affaire.

Cooper riposta :

— C'est ce que vous dites.

Sur ce, il tourna son cheval vers la rivière et avança en s'adressant aux planqués.

— Vous avez levé le mauvais lièvre, les gars. C'est pas celui que vous cherchez. Il s'en fout. Il va vous mettre une raclée. D'ailleurs, c'est déjà fait.

Un des hommes tapis dans les buissons répliqua :

— Comment que ça s'fait que t'en sais si long ?

— J'en sais assez, déclara Cooper. Sur lui. Et sur vous tous. Cet homme, Blood, n'est pas celui qui vous a trahis. Regardez un peu autour de vous et foutez-lui la paix.

— Vraiment ? dit le même. C'est drôle que t'as l'air de si bien le connaître.

— C'est pas si drôle que tu crois, prononça Fletcher en se rapprochant de son frère.

Blood intervint :

— Cooper. Fletcher. Tous les deux. Reculez. Vers la maison.

Les garçons se trouvaient pile entre Blood et la rivière, tels des obstacles, des obstructions, empêchant Blood d'agir.

Comme si cette vérité avait jailli du sol plutôt que de la bouche de Blood, Fletcher fit faire un bond en arrière à sa monture tandis que les hommes se levaient dans les buissons. Mais un groupe parvint à cerner le cheval de Cooper avant qu'il pût bouger. Une demi-douzaine de chaque côté. Visages fermés, bornés, souillés, parfois ensanglantés ou noircis de poudre ou les deux à la fois ; mains se levant pour l'immobiliser, lui prendre ses rênes, son fusil, comme s'il leur offrait un cadeau, les hommes prenant soin de garder le cavalier tout droit entre eux pour décourager Blood de tirer.

Fletcher se tenait à six mètres environ de son frère, à découvert, près du cadavre de Cole. Son cheval s'acharnait à s'écarter du mort, en avant, en arrière, de côté. Fletcher menaçait les hommes de son pistolet. L'un d'eux le considéra avec un rictus. Un regard par-dessus son épaule et il comprit qu'il gênait toujours son père.

Avec des petits mouvements du poignet, de son bras bandé, douleurs fulgurantes à l'épaule, tout en balançant dans son poing la hache, il fit reculer son cheval de quelques pas encore. De nouveau un regard par-dessus l'épaule. A présent, son père pouvait mettre en joue le groupe.

Un grand silence régnait dans la cour. On entendait seulement souffler le cheval de Fletcher.

Sally se serra contre le mur de la grange, les doigts crispés sur le fusil. Se disant que si elle se ruait en avant maintenant cela pouvait jouer aussi bien en faveur ou au détriment de Cooper. Se disant qu'elle ne servait à rien là où elle était. Rassemblant son courage pour se ruer jusqu'à l'arrière de la taverne qu'elle pourrait ensuite contourner pour obtenir un bon angle de tir. Il y aurait juste une dizaine de mètres à découvert. Elle n'avait pas peur de leurs fusils, mais de gâcher son effet de surprise. Peur de forcer la main aux hommes qui tenaient Cooper. Elle avait les jambes qui tremblaient, démangées par l'envie de courir.

Fletcher fit faire un pas de côté à son cheval tout en mettant en joue l'homme qui se trouvait le plus proche de lui.

— Lâchez-le, dit-il. Lâchez-le.

De tout en haut, Blood parla :

— Tais-toi, mon garçon.

Puis de la même voix tranquille, il ajouta :

— Lâchez-les tous les deux. Laissez-les partir. Une fois qu'ils auront disparu avec leurs chevaux, je descendrai.

Un des hommes protesta :

— Non.

Blood attendit.

Fletcher fit reculer d'un pas son cheval. Comme s'il pressentait que plus il était proche du groupe plus il mettait Cooper en danger.

Le même homme reprit :

— Sortez tout de suite, Blood, les mains vides, et on laissera ces garçons se tirer. C'est le mieux qu'on a à vous offrir. Y a pas d'autre proposition qui tienne. On va pas marchander. C'est fini.

Cooper éperonna son cheval. Ce dernier frissonnant, piétinant d'avant en arrière entre les hommes qui le tenaient si bien qu'un petit coup de botte de son cavalier suffit à les jeter en avant. Tout en arrachant les rênes des mains ennemies, Cooper le fit volter, bousculant ceux qui le pressaient. En criant le nom de son frère, il se propulsa hors du peloton.

Fletcher pointa le canon de son pistolet et tira. Au même instant, Blood fit feu du haut de la maison, une fois avec le fusil puis avec les deux pistolets en les passant l'un après l'autre dans sa main droite. Deux hommes gisaient à terre immobiles, un troisième se traînait vers le corps de Cole, laissant dans son sillage une bave de sang et d'urine.

Cooper était presque sur la route quand il fit volter son cheval. « Fletcher », appela-t-il. Son frère de l'autre côté de la cour, loin de lui. Les attaquants battant en retraite vers la berge, mais encore entre Fletcher et la route. Cooper appela de nouveau son frère.

Un coup de feu en provenance de ceux qui reculaient. Cooper se courba sur sa selle, la poitrine contre la crinière de sa monture.

C'est alors que Sally détala sans même songer à se mettre à couvert. A mi-chemin, un homme l'apercevant se retourna et lui tira dessus. Elle infléchit sa course, très vite, et mit le cap vers le dos de la taverne.

Blood était en train de recharger son fusil lorsqu'il vit Cooper tomber en avant. Le cheval s'immobilisa, soudain privé de directives. Blood regarda Fletcher éperonner et trotter vers son frère. L'ennemi s'était regroupé en grappe serrée. Blood vit l'un d'eux lever son fusil vers les garçons. Laissa tomber son propre fusil à moitié chargé, tira vers lui le chaudron de tisons et prit la petite mèche à combustion lente, pressant le bout de corde tordue contre les braises, attendant la fumée noire qui lui signalerait que c'était allumé. Sa main brûlait.

Cooper s'était redressé. Il dit : « Fletcher, va chercher Sally. » Le devant de sa chemise, une rose en lambeaux. Il s'affaissa sur le côté. Au moment où il tomba, son cheval se figea, puis il se tourna et baissa la tête pour inspecter le garçon.

Blood rugit. « Non ! » Comme la mèche commençait à fumer, il la sortit du chaudron et la plongea vite dans le bassinet du canon.

Fletcher fit faire volte-face à son cheval et chargea le groupe ennemi en brandissant la hache dans sa main gauche.

Sally sortit de derrière la taverne et tira sur le groupe, elle avait envie de tous les tuer. L'un d'eux leva son fusil et fit feu sur le garçon qui chargeait, le propulsant hors de sa selle. Fletcher poussé en arrière par la balle derrière la croupe de son cheval qui continua sur sa lancée. La hache effectua une grande boucle dans les airs avant de retomber lame à plat par terre à plus de quatre mètres de là où gisait Fletcher. Nouveau rugissement de Blood. Cette fois ni protestation ni supplication ni rien de ce qu'exprimait ce premier Non ; seulement l'angoisse à l'état pur semblable au cri d'une âme qu'on arrache au corps.

Le canon partit.

Sally resta pétrifiée. Ce bruit. Elle n'avait jamais rien entendu de pareil. Il se répercuta dans les collines, roulant comme le tonnerre. Mais ce qu'elle voyait, c'étaient Cooper et Fletcher. Elle les distinguait mal dans le bourbier qu'était devenue la cour. Mais les voyait et les revoyait chacun tomber de cheval. Comme s'ils devaient pour l'éternité être vidés de leur selle. L'œuvre du canon, la bouillie d'hommes au bord de la rivière, tout cela ne devait surgir que plus tard dans sa conscience, et jamais de façon très claire d'ailleurs. Puis elle tourna les talons et courut derrière la taverne.

Certains bougeaient encore. Quelques-uns gesticulant, d'autres rampant vers les buissons de la berge. Les garçons étaient étendus immobiles, l'un sur le dos, l'autre sur le ventre. D'autres hommes avaient déjà dû s'échapper pendant que Blood se démenait dans son épais nuage de fumée. Des larmes ruisselaient de ses yeux. Il se leva et pesa de tout son poids sur le canon brûlant, s'efforçant en vain de le redresser un peu à un angle qui lui permettrait de viser la berge et ceux qui s'y cachaient. Ce faisant il en aperçut un au milieu de la rivière se débattant sur un cheval emballé qu'il fouettait pour qu'il l'amène sur l'autre rive. Celui-là allait s'en tirer. Ses garçons, nom de Dieu ! Il prit le canon à bras-le-corps et tira, poussa, tira pour le faire bouger dans son attelage. Ce que même le recul ne parvenait pas à faire. Le bougeant d'à peine un centimètre. Son seul but dans cette vie. Ou dans l'autre quelle qu'elle fût. Sa bouche était en feu. Il cracha la mèche brûlée et en déposa une autre dans le chaudron. Ces garçons, ils s'étaient jetés dans la gueule de la mort. Et il entreprit de recharger son fusil. Déchirant avec ses doigts la toile protectrice enduite de cire d'abeille du baril de poudre. Leur mort tentant de prévenir sa propre mort. Se cassant les ongles au bois des douves, les doigts en sang. Satanés garçons. La charge qu'il préparait était énorme, double dose de poudre, double dose de plomb. Quitte à briser le canon. Morts là en bas dans la cour. Il ne songeait plus qu'à démolir tout ce qui était en vue.

Elle ne pleurait pas, visage sec, traits durs, elle ne prit pas le temps de recharger le fusil, le laissant debout contre le mur en rondins. Puis elle bondit, sauta, et ses doigts griffèrent le bas du volet. Sauta encore, comme si sa vie en dépendait, et agrippa le bord de l'ouverture d'abord d'une main puis de l'autre. Resta un moment suspendue au flanc de la maison, ses doigts raffermissant leur prise. Une main après l'autre. L'impression que le mur s'écroulerait plutôt avant qu'elle ne lâche. Puis donna des coups de pied jusqu'à trouver un appui dans un creux entre deux rondins et hissa l'autre pied et ainsi de suite. L'instant d'après elle contemplait son ancienne chambre. Elle passa les bras, puis la tête et les épaules. Tout juste. Maintenant, pas le choix, tête la première. Le sol à plus d'un mètre cinquante. Si seulement le lit avait pu se trouver en dessous. Et de nouveau l'image des frères démontés. Maudissant sa peur elle se tortilla pour entrer. L'espace d'un instant, semblable au fléau d'une balance, les deux parties de son corps en équilibre de part et d'autre de sa taille. Elle tendit les bras vers le plancher et donna un dernier coup de reins.

La chute lui coupa le souffle. Sa main gauche lui faisait mal à hurler. Sa tête avait cogné. Allongée par terre, la vue floue clignotante, vacillante. Puis debout, chancelante mais debout. Son poignet indemne. Une douleur supportable. Ses yeux se posèrent sur son lit. La peau d'ours. Blood avait dormi là. La pièce puait la crasse, la crasse d'homme, l'aigreur de la pourriture.

Elle passa à la cuisine, vit le tonneau contre la porte. Bien. Elle n'avait aucune envie d'ouvrir à ces ordures dehors.

Immobile. Au-dessus Blood qui se déplaçait, un raclement, comme s'il rampait. L'échelle du grenier posée là. Et là-haut Blood qui parlait tout seul, déversait une logorrhée de fiel et de haine, un flux non de paroles mais de bruits par-delà le langage.

Un feu brûlait dans l'âtre. A côté, un tas de bûches. Elle étala le feu avec le tisonnier, l'étala si bien qu'il finit par déborder. Puis disposa les bûches sur ces braises, régulièrement, avec assez d'espace entre pour laisser passer de l'air qui, tiré par la cheminée, attiserait les flammes. De sorte que le feu lécherait les murs de chaque côté. Il commença à prendre, mais trop lentement à son goût.

Elle ajouta le tabouret aux bûches. Puis la chaise à barreaux. Le feu prenait, mais toujours trop lentement. Elle se tourna vers la table. Une couverture roulée, des sacoches à munitions. Blood était prêt à partir. D'un geste ample du bras, elle envoya le tout par terre. Puis se pétrifia.

En haut, la litanie continuait. Elle renversa la table et en poussa le plateau contre le feu. Voilà qui était mieux. Réfléchit. Non, ce serait encore trop lent.

Puis revit Cooper. La rose monstrueuse de sa chemise. Ses

paroles Fletcher va chercher Sally. Et Fletcher et sa hache, unis dans son esprit, horrible et magnifique moulinet.

Là-haut le canon tonna de nouveau. Une poussière noire tomba des poutres et lui piqua les yeux. Elle n'entendait plus rien, le fracas la soulevant comme une vague. Il lui sembla que les murs autour d'elle tremblaient, mais c'étaient peut-être ses yeux. Le feu s'écroula un peu. Ça n'allait toujours pas assez vite. Elle se dit Il va y arriver tout seul, par accident, par folie.

La litanie se mua en un grognement sonore, un bruit étrange — une jubilation —, comme si, enfin, Blood avait identifié et éradiqué l'ennemi. Jusqu'au dernier. A croire, songea-t-elle, qu'il était heureux.

Sans réfléchir, elle se précipita vers le feu et ramassa une tige enflammée qu'elle leva comme un flambeau, se dirigeant vers l'échelle et s'aidant de sa main libre pour grimper. Sa tête et ses épaules s'engagèrent dans l'ouverture après le bâton en feu. Blood était couché sur le canon comme un homme échoué sur le corps d'une femme baisée. Sa tête détournée, tournée vers la meurtrière, dodelinant de bas en haut avec de petits mouvements secs, en mesure avec les bruits qui jaillissaient de lui.

Elle prononça son nom.

Aucune réaction.

Sa main levée était en train de brûler. Juste derrière Blood reposaient les barils de poudre et de plomb. Elle connaissait déjà l'endroit pour y être venue en cachette. Elle calcula la trajectoire.

Sa main brûlait.

Elle cria son nom. Cette fois, à tue-tête, un appel, une injonction. Elle pesa de toute son âme sur l'unique syllabe. Mais alors même qu'elle sortait de sa bouche, elle la reconnut, c'était cela même, cette même syllabe, qu'il entonnait, chantait, répétait.

Cette fois il entendit. Il se tourna lentement. Le visage tordu, brûlé. Atroce rictus.

Elle jeta le bâton en flammes. Il tournoya dans les airs, frappa les poutres, y rebondit pour se diriger non pas vers les barils mais vers Blood. Sans attendre qu'il retombe, elle se laissa glisser le long de l'échelle. En larmes, en sanglots. Sa main brûlait toujours.

Dans la cuisine, le mur derrière la cheminée était en feu. La fumée était si épaisse qu'elle enfouit son visage au creux de son coude, le bras replié devant elle. La puanteur de la peur. Et la mort partout, partout, n'épargnant personne, même pas ceux qui n'étaient que passés par là.

Elle entra dans sa chambre, marqua une pause pour regarder sa main — une douleur à croire que sa chair était en flammes. Puis elle eut l'impression de flotter. La pièce pleine de fumée. Elle leva les yeux vers l'étroit rectangle de ciel bleu, se hissa, se mit à flotter vers le haut.

Etalée sur l'herbe derrière la taverne. Le toit, le grenier, le feu, le tout éclaté à l'air libre que les flammes dévoraient, dominaient, et la voilà courant vers deux ombres qui fuyaient devant elle. Puis le feu gagna la réserve, et la maison tout entière explosa. Des morceaux de rondins tournoyèrent dans le ciel aussi rapides que des hirondelles. Gigantesques échardes, blanches échardes de chair.

Frappée, elle s'écroula. L'herbe sous elle, brûlée par le givre mais encore verte aux racines. La vie elle-même. L'odeur, le goût de la terre. Midi d'un jour d'automne.

EPILOGUE

L'an de grâce mille huit cent quatre-vingt-seize

Il se levait toujours tôt. Il se levait tôt depuis toujours mais, comme les femmes dormaient tard, ce qui au départ avait été une habitude agréable était devenu une contrainte : le désir de posséder ces quelques heures où, se trouvant seul dans le vaste monde, il pouvait façonner celui-ci à volonté. Peu importait qu'il dût seulement endurer le petit déjeuner avant de s'échapper pour faire ses visites. Le silence de cette femme, son implacable silence le poursuivait ensuite tout le jour tel un jugement. Chaque jour, tous les jours. Comme si elle lisait en lui, à travers son costume trois-pièces et son phaéton léger et sa paire de beaux chevaux gris, à travers la sacoche en cuir si respectée par tous les autres, respectée et crainte, comme il seyait. Ce n'était pas juste une profession, mais une vocation, un appel. Les autres le comprenaient, le révéraient. Comment s'y prenait-elle pour le diminuer grâce à son seul silence ? Cela demeurait un mystère pour lui. Ils n'avaient jamais échangé un seul mot désagréable. Même par l'intermédiaire de sa femme, sa fille à elle. Et pourtant devant la vieille dame, il se sentait désemparé, comme un petit garçon qui se serait déguisé en homme. Pas pour se faire passer pour ce qu'il n'était pas, mais par manque de maturité. Lui un homme aux tempes grisonnantes, un vétéran de la guerre de Sécession.

Un ravissant matin de juillet. La maison et les jardins à flanc de coteau au-dessus du lac et de Geneva, à une altitude suffisante pour lui permettre d'apercevoir, depuis la grande pelouse, les toits et les clochers de la ville. A moins qu'il ne préférât se tourner vers la vaste étendue du lac Seneca, dont les eaux à cette heure emprisonnaient dans leurs vaguelettes les étincelles du soleil levant, des eaux éblouissantes, aveuglantes. Des eaux qui, partant de la ville, allaient s'élargissant à peine vers le sud sur une trentaine de kilomètres. Un lac en forme de doigt, comme la demi-douzaine d'autres lacs qui striaient les terres fertiles de l'ouest de l'Etat de New York. Les gens disaient les Finger Lakes, les « Lacs doigts », comme s'il s'agissait de plans d'eau destinés à leurs loisirs, à la pêche, aux promenades en bateau, aux séjours dans des villas lacustres, tout cela grâce à un climat tempéré par l'élément aquatique, mais chaque matin en sortant de son bureau et en prenant son attelage pour aller faire la ronde de ses visites dans les fermes de la région — des fermes gorgées de richesses, de lait, de grains, de vergers comprenant toutes sortes d'arbres fruitiers, de vignes magnifiques qui grimpaient aux pentes des collines en surplomb des lacs —, chaque jour il se remémorait ce que ces lacs représentaient. La main de Dieu posée sur ce pays, une main qui bénissait tout ce qui se trouvait là, comme s'Il avait vu cette terre et l'avait aimée et avait souhaité lui laisser l'empreinte de Son amour. Peu importait si Jonathon Astor était convaincu que les lacs étaient nés d'une striation glaciaire. Car qui peut savoir comment procède la main du Seigneur ?

En tout cas pas lui. Lui qui avait été étudiant en médecine au moment où la guerre avait vidé la faculté et qui s'était retrouvé pendant quatre ans occupé à scier des jambes et des bras, debout dans la boue glacée ou sous une toile qui transformait la chaleur estivale en étuve, le tablier et les bras couverts de sang, le cautère toujours sous la main présenté par un jeune assistant, un blessé léger jamais le même, le cautère une extension de sa main au même titre que les scies. En général ceux qu'il n'amputait pas étaient ceux qu'il voyait mourir, lentement dévorés par leurs blessures tandis que leur chair virait au jaune, au vert, au marron puis au noir à mesure que la gangrène les rongeait au-delà de toute tentative de l'arrêter ou de la ralentir, si bien qu'il pouvait rien qu'à l'odeur juger si celui qui était couché dans telle ou telle civière en avait pour un jour ou cinq. Les autres, les moins gravement touchés, ceux qu'il rafistolait, ce n'était guère mieux. Car hormis quelques rares veinards, ils étaient renvoyés au front, acheminés vers des batailles que l'Histoire allait auréoler de gloire mais qui à ses yeux resteraient un interminable chemin de sang, de bras, de jambes, de mort, et plus d'une fois, plus de fois qu'il n'aurait voulu l'admettre, de visages levés vers lui tandis qu'il abaissait la scie pour la première affreuse entaille, des visages qu'il avait remis sur pied la semaine d'avant, le mois d'avant. Si bien qu'il avait fini par ne plus regarder les visages, que la blessure fût légère ou mortelle.

Tous des visages de garçons. Même ceux qui étaient plus vieux que lui. Seulement des garçons.

Après la guerre il retourna dans son village. Deux jours après son retour, il se présenta chez le médecin qui l'avait mis au monde. Le docteur Warren avait la soixantaine et une femme de quinze ans plus jeune, ce qui ne manquait pas de faire jaser. Et une fille qu'il avait eue sur le tard, une fille unique. Tout ce à quoi aspirait alors Jonathon Astor était l'atmosphère paisible de sa jeunesse. Qu'il savait impossible à retrouver. Mais le vieux médecin présentait déjà un point de départ. Jonathon n'était pas homme à rentrer chez lui pour se poser en rival de quiconque, même, et surtout, d'un vieux praticien qui, disait-on, était silencieux comme la tombe et se montrait plutôt laxiste en matière d'honoraires, qu'il s'agît de retards ou d'impayés. A cette époque, il ne prêtait qu'une oreille distraite aux racontars à propos de la femme du docteur. Il avait vu quels coups les hommes sont capables de se porter entre eux et se disait qu'une petite ville avait besoin de sujets de conversation. Et ce qu'il recherchait, c'était seulement un associé — il n'avait nulle intention ni aucune raison de s'attendre à quelque chose d'autre qu'à des liens strictement professionnels. N'empêche, le besoin qu'ils avaient l'un de l'autre était vital. Vital pour eux, et aussi pour la ville et tous ses habitants. En cela la vision du vieux rejoignait celle du jeune : ils établissaient ainsi les bases d'une succession. Non pas seulement pour lui mais aussi pour tous ses malades. Et le plus jeune, qui n'était en fait plus si jeune que ça et ne l'était certainement pas aux yeux de ceux qu'il soignait, souhaitait tout autant assurer cette continuité. La création d'un espace et d'un temps où l'univers revêtait un sens. Où il pourrait mettre au monde des enfants puis, par la suite, les enfants de ces enfants. Où il pourrait soulager ces mêmes gens à qui il avait fait voir le jour quand il s'apprêterait à leur fermer les yeux. Il n'avait pas des idées très arrêtées sur l'espérance de vie d'un homme. Pour lui la vieillesse et sa lente agonie étaient une aberration. Ce dont son aîné se rendait compte. De sorte qu'ils formèrent une bonne équipe.

Ce qu'il n'avait pas prévu : la fille du médecin. La fille conçue au déclin de la vie par un couple qui avait renoncé à l'enfantement. Elle était tellement plus jeune que lui qu'il n'y avait même pas songé — au moment où il était parti à la guerre, un garçon manqué qui déchirait ses belles robes. De sorte qu'il fut pris au dépourvu un beau jour, un mois à peine après avoir commencé à travailler avec son père, alors qu'à la fin de la journée ils étaient montés à la maison du médecin dans le buggy de ce dernier, discutant du cas de la fermière qui, en proie à un accès de délire, se perdait en divagations et mangeait de la terre, prolongeant leur conversation assis au milieu de la cour devant la maison construite en pavés de granit, envisageant de retourner à la ferme reculée dès la première heure le lendemain. Le plus jeune était descendu du buggy dans l'intention de parcourir les deux kilomètres qui les séparaient de la ville où il logeait non pas chez ses parents mais dans une pension de famille où il pouvait en toute tranquillité veiller aussi tard qu'il en avait envie, car il aimait potasser ses revues médicales et ses livres de médecine, certains importés d'Europe. Il venait de mettre pied à terre et souhaitait le bonsoir au médecin quand, faisant volte-face dans le bref crépuscule d'automne, il la vit tourner le coin de la maison, franchir la barrière blanche qui séparait la cour du jardin où il n'avait jamais été mais dont il avait plusieurs fois admiré en tendant le cou la beauté des fleurs. Et elle se trouvait là, devant lui.

Dix-sept ans, robe indigo, chevelure d'un blond-roux détachée flottant sur ses épaules, sa main tenant un petit bouquet d'asters d'un violet sombre. Baignée du miel des derniers rayons, elle s'immobilisa, le regarda et dit sans détours : « On peut être sérieux sans être lugubre. Mettez-les dans un peu d'eau et elles égayeront votre chambre. » Sur ce, elle lui flanqua les fleurs dans les bras et, sans attendre, le laissant planté là, rougissant, elle tourna les talons et monta en sautillant les trois marches en pierre du porche aux étroites colonnades et disparut à l'intérieur. Sans un regard en arrière.

Estelle Warren. A deux reprises cet automne-là, il lui envoya des invitations pour l'accompagner à des soirées, et chaque fois elle répondit par un refus mais sans le repousser tout à fait. En outre, l'une et l'autre fois noircissant plusieurs pages de ses pensées, de réflexions éparses sur ses lectures ou des choses vues, une sorte de carnet de bord. Comme si un volet de son âme se tournait vers lui alors même qu'elle hésitait. Et chaque fois il se rendit seul dans les soirées en question. Elle n'était jamais venue avec quelqu'un d'autre. Il ne parla pas d'elle à son père, et le vieux médecin ne mentionna jamais sa fille ni ne changea le moins du monde son attitude vis-à-vis de son jeune collègue, demeurant toujours d'humeur égale, professionnel, parfois dubitatif sur l'établissement d'un diagnostic et toujours prêt à écouter l'avis de son cadet. Il n'avait pas encore rencontré la femme du médecin, ne l'ayant aperçue de loin que deux fois, et chaque fois elle s'était éloignée d'un pas pressé, comme appelée par une tâche de toute urgence.

Le printemps venu, il cassa sa tirelire et s'acheta un cat-boat en bois, un ravissant petit voilier, véritable bijou d'un art auquel il ne connaissait rien. Il eut l'impression d'avoir pris une profonde inspiration, d'avoir emprisonné dans ses poumons de l'air qu'il ne relâcherait jamais plus. Pourtant il avait passé de longs moments au cours des longues soirées d'hiver à contempler les fleurs depuis longtemps séchées, nimbées du souvenir du bref message qui les avait accompagnées, et conclut qu'elle avait raison. Etait-ce le hasard de la saison qui l'avait poussée à lui offrir ces fleurs dont le nom faisait écho au sien ? Pourquoi pas ? Bien qu'il y eût de fortes chances pour que le Dr Warren ait prononcé devant les siens le nom de son nouvel associé. Ce qu'il méditait avec plus de gravité, c'était son message. Et plus il réfléchissait, plus il lui semblait qu'il la trahissait de manière vitale. Et de fil en aiguille il en était arrivé à la conclusion que tout dépendait de lui et que c'était à lui de bâtir son avenir. De sorte qu'il acheta le bateau.

Il prit une demi-douzaine de leçons de navigation puis, pendant un mois, consacra ses soirées et ses week-ends tout seul à bord jusqu'à ce qu'il fût parvenu à manœuvrer dans toutes sortes de conditions sauf quand la météo s'y opposait. Il n'avait de toute façon pas l'intention de chercher le mauvais temps. Pour lui, la voile représentait un moyen d'échapper à la souillure du monde, passée et présente. Il ne cherchait pas à se mettre à l'épreuve, seulement à se faire plaisir. Cela lui paraissait assez.

Fin juin, il lui envoya une troisième lettre. Pas une invitation à proprement parler. Il l'avertissait seulement qu'il passerait la prendre samedi après-midi à 1 h 30 et lui conseillait de s'équiper pour un tour en bateau.

Il loua un cabriolet. Sa chemise était trempée de sueur sous son costume blanc lorsque le cheval remonta au trot l'allée de la maison en granit. Il avait peur d'avoir l'air d'un imbécile. Mais elle l'attendait sous le porche, elle aussi toute de blanc vêtue, coiffée d'un chapeau à large bord attaché sous son menton. Elle l'accueillit avec une expression grave et grimpa dans le cabriolet sans attendre qu'il eût fait le tour pour l'aider à s'installer. Elle abaissa vers lui son regard et sourit.

Estelle arpenta le quai en inspectant le cat-boat, puis lui lança :

— Il est très beau.

Jonathon descendit dans le poste de pilotage et lui tendit la main. Cette fois elle accepta son aide et sauta sur le pont. Puis :

— On raconte que vous êtes tout le temps sur l'eau, presque tous les soirs.

— Ah, je vois que les commérages vont bon train.

— Vous vous trompez. J'ai dû mener ma petite enquête pour savoir ce que vous tramiez. Comment s'appelle-t-il ?

Une boule se forma dans sa gorge. Un peu plus tôt, il avait rangé un panier à pique-nique avec des bouteilles d'eau de source fraîche et une audacieuse bouteille de vin, le tout caché sous la serviette qui fermait le panier. Il avait envie de boire une gorgée d'eau.

— *Violet,* répondit-il.

— *Violet* ?

— En hommage aux fleurs. Leur couleur.

Il tremblait. Se détournant à moitié, il entreprit de larguer les amarres, soudain pressé de prendre le large mais se demandant s'il allait être en mesure de naviguer ou s'ils allaient flotter sur l'eau lamentablement.

— Bien sûr, dit Estelle. *Violet.* Les gens n'auraient rien compris à Aster. Ils vous auraient pris pour un fanfaron.

Elle s'assit sur le plat-bord, leva une jambe et posa son pied sur son genou pour ôter sa bottine. De son côté, il s'employait à déplier la voile unique en surveillant que rien ne vînt bloquer poulies et manilles. La voile devait être bien bordée contre le mât. A l'aide d'une rame, il repoussa le débarcadère. Et d'un bout à l'autre de cette opération, du coin de l'œil, il voyait le dessous de ses cuisses tandis qu'elle retirait avec des claquements secs les lacets des œillères. Elle envoya la première bottine au fond du poste de pilotage, puis attaqua la seconde. Après quoi elle leva les yeux sur lui à l'instant même où il se décidait à la regarder en face.

— Ça vous dérange que j'aille nu-pieds ?

Il s'empara de la barre tout en hissant la voile et dit :

— J'aime bien être pieds nus moi aussi, une fois au large. C'est plus confortable. On sent le pont sous la plante de ses pieds. Et puis quand il y a du vent, les embruns vous les inondent.

Comme ils s'éloignaient du port, il fit filer peu à peu l'écoute de l'unique voile pour qu'elle se gonfle sous la pression du vent. Ils se mirent à avancer en crabe, vent de travers, cap sur le milieu du lac.

— Je m'en fiche de mes bottines.

Sur ce, elle se pencha et les cueillit toutes les deux du plancher du bateau et les tint d'une seule main, deux bottines en vachette blanches. Ses yeux attachés aux siens, rieurs dans un visage sérieux, comme si elle s'attendait à ce qu'il devine ses intentions, elle lança la paire par-dessus bord.

Il souriait à présent et envoya la barre de côté puis borda énergiquement la voile pour virer de bord. Survint alors ce bref mais délicieux moment où le bateau s'ébroue avant de bondir en avant. L'étrave traçait un profond sillon à la surface des eaux qui s'étalaient devant eux à perte de vue entre le doux moutonnement des collines.

Elle se pencha de côté pour se retenir d'une main à un taquet tandis que, de l'autre, elle dénouait le ruban sous son menton, laissant son chapeau s'envoler dans le vent. Ses cheveux fouettèrent son visage. Elle s'écria :

— Mon dieu, Jonathon Astor. Qu'est-ce qu'on fait ?

— De la voile ! cria-t-il. De la voile !

Cinq années plus tard, ils se marièrent, à peine un mois après avoir enterré son père par une froide mais belle journée de printemps. Des nuages passaient comme de grands vaisseaux dans le ciel. C'est ce jour-là qu'il avait rencontré sa mère. Une femme drapée dans un épais châle noir et des vieux vêtements sombres. Elle ne prit pas sa main tendue et écouta le cou ployé ses quelques phrases de condoléances et de sympathie. Lorsqu'il eut terminé, Estelle à ses côtés, il supporta le long silence gêné qui les enveloppait à la lisière du groupe formé par les gens de la ville et de la campagne environnante venus mettre en terre leur médecin. Tout en attendant dans le silence qui s'était abattu après son intervention, il eut cette pensée étrange que, de la part de tous ces gens, venir ici aujourd'hui représentait un véritable acte de foi, car n'avaient-ils pas tous mis leur confiance dans cet homme à présent dans la tombe pour qu'il les préserve de ce même destin ? Puis la femme avait redressé la tête et l'avait regardé. Le visage ridé, mouillé, ratatiné. Elle l'avait dévisagé avec des yeux pénétrants, transperçants. Sur le moment, il s'était dit Les circonstances. Il avait senti la présence d'Estelle à son côté. Avec elle, il était capable de tout. Allant jusqu'à croire que c'est ce que percevait la femme en face de lui. De sorte qu'il s'était penché pour l'embrasser sur la joue. Ses joues avaient à peine frôlé sa peau qu'elle avait baissé la tête, s'esquivant, le rejetant.

Elle n'assista pas au mariage. Lequel se résuma de fait à une cérémonie officielle vite expédiée suivie d'une autre cérémonie tout aussi dépouillée dans l'église de ses parents à lui. En signe de respect pour le père récemment décédé de la mariée. Peu lui importait — il avait eu son plein de spectacles. Mais aurait souhaité autre chose pour Estelle. Non qu'elle montrât des regrets. Il la connaissait si bien qu'il savait que, même si son père avait été encore de ce monde, elle l'aurait voulu ainsi.

Aurait-il dû se montrer réticent à l'idée de passer directement de l'église et du dîner paisible à la maison en granit ? Aurait-il mieux fait de s'y opposer ? Aurait-il pu exiger de sa femme qu'elle laissât sa mère seule à un tel moment ? Il ne s'agissait pas de sexe — il y avait longtemps qu'ils savaient leurs corps sur le bout des doigts. Il ne s'agissait pas non plus d'intimité — la maison en granit avec ses trois étages comptait assez de chambres pour qu'ils aient le choix — la mère dormant seule à présent dans celle du rez-de-chaussée, la chambre où elle et son mari avaient toujours dormi. Mais voilà : il avait envie de vivre dans cette maison. De presque partout à Geneva, il suffisait de lever la tête vers les collines à l'ouest au-dessus de lac pour l'apercevoir. La maison du docteur. De sorte qu'il conduisit gaiement la jeune mariée chez elle. Il s'installa avec elle.

Ils ne réussirent pas à avoir d'enfant, cette joyeuse ribambelle qui faisait la ronde dans l'imagination de Jonathon. Ce ne fut pourtant pas faute d'essayer. Un mystère. Estelle lui paraissait débordante de santé, de sorte qu'au bout de quelques années il examina discrètement son sperme sur une lamelle en verre pour voir la vie grouiller sous son œil posé à l'objectif du microscope. Ils continuèrent ainsi. Ce n'était pas parce qu'elle n'arrivait pas à garder le bébé : il n'y avait rien. Et au fil des ans ils finirent par penser, sans se le dire, que leur existence se résumerait à eux deux. Curieusement, ni l'un ni l'autre ne s'en attrista, du moins pas devant l'autre. D'une certaine façon, ils semblaient préserver leur jeunesse. Il lui arrivait toutefois de se demander, au long des routes poussiéreuses de l'été, le phaéton filant derrière l'attelage, si l'histoire qu'Estelle lui avait contée, une fois et une fois seulement, sur les circonstances de la rencontre de sa mère et de son père, avait eu une influence, si à travers cette femme ne s'était pas transmise une incapacité de procréer. Jonathon Astor en conclut que cette stérilité était dans le sang et relevait d'une fragilité héréditaire. Comme si sa belle-mère avait épuisé les capacités de procréation de sa lignée. Une anomalie de la biologie, mais il en avait vu bien d'autres. Et cette théorie collait si bien à la causticité de cette femme qui disait « Monsieur Astor », comme s'il ne pouvait y avoir qu'un seul médecin dans sa vie. Une analphabète qui gérait ses affaires toute seule et dans le plus grand secret. Non qu'elle fût grippe-sous, mais comme si elle ne faisait confiance à personne. Pourtant c'était lui qui subvenait à tous leurs besoins, qui couvrait tous les frais de la maison. Une maison qui ne lui appartenait même pas, qui appartenait entièrement à la vieille dame. Estelle hériterait à sa mort évidemment, et il savait qu'Estelle ne ressemblait en cela pas à sa mère. Pourtant, il avait sa fierté d'homme et ne pouvait s'empêcher de ressentir une certaine amertume quand il se voyait si respecté par les gens de la ville alors que, sous son toit qui n'était pas vraiment le sien, il avait toujours l'impression d'être traité comme un gêneur.

Puis, à l'instar de ce qui s'était produit pour le docteur Warren et son épouse, il y avait eu l'enfant du miracle, né alors qu'il était âgé de quarante-huit ans et elle comptant cinq printemps de moins — l'un et l'autre ayant abandonné depuis déjà longtemps tout espoir. A ce stade, ils étaient non seulement contents de l'harmonie qui régnait dans leur ménage mais soulagés de ne pas ressembler aux autres qu'ils voyaient se débattre dans les affres de la parenté, lui surtout, lui qui savait les craintes, les heures affreuses que les enfants font vivre à leurs parents. Puis, un beau soir, dans la tranquillité de leur chambre, elle se tourna vers lui et lui annonça la nouvelle, et au moment même où elle prononçait ces mots, tout se mit en place dans son esprit, les petites bizarreries, les hésitations, les maladresses de ces dernières semaines, et il la contempla, debout, muet, jusqu'à ce qu'elle éclatât de rire en lui demandant s'il n'avait pas peur d'avaler des mouches.

Ils la baptisèrent Alexandra. Et par ce matin de juillet, alors qu'il inaugurait en silence la journée, il entendit sa voix flûtée de petite fille de cinq ans dirigée vers lui, remontant du fond du jardin, l'appelant parce qu'elle seule parmi les femmes se levait aussi tôt que lui. Il tourna les yeux vers la splendeur du lac en contrebas et descendit jusqu'au portail du jardin. Il ne l'ouvrit pas, se contentant de la regarder courir dans l'herbe humide de rosée, tenant quelque chose, les mains réunies en coupe en extension devant elle, avec ses longues jambes, ses pieds nus et sa chevelure blonde légère qui voletait autour de son visage tandis qu'elle se dépêchait vers lui, transportant quelque créature, sa dernière découverte, un nouveau petit bout du monde qu'elle apprenait à connaître et s'imaginait flambant neuf, comme si le monde était apparu rien que pour elle. En le voyant au portail, elle s'écria : « Papa ! »

Jonathon, les mains sur la pointe des piquets du portail, la regarda s'approcher en se disant qu'elle avait peut-être raison ; cette vieille Terre n'avait jamais attendu que l'arrivée de cette petite fille. Une odeur de bacon et de café l'avertit que, dans pas longtemps, une dizaine de minutes, Estelle allait les appeler pour le petit déjeuner, et il allait s'asseoir une fois de plus en face de la vieille dame, bavarderait avec sa femme et essuierait la confiture sur le visage de sa fille. Alors il ouvrit en grand le portail et s'accroupit sur un genou, doucement, sentant le vieillissement de l'articulation. Et il fut submergé par une vague de tristesse — par la quasi-certitude que, s'il avait une chance de vivre assez longtemps pour connaître ses petits-enfants, elle était bien mince. Il se retint d'une main au portail jusqu'à ce qu'elle fût tout près puis se souleva, les jambes toujours repliées, en ouvrant les bras pour accueillir sa jeune course échevelée en disant :

— Qu'est-ce que tu as là, Xandra ? Qu'as-tu donc déniché ?

Ce qu'elle aimait dans cette maison, c'étaient les fenêtres. De grandes et hautes fenêtres à croisillons tout autour de la façade, dans toutes les pièces, à tous les étages, des fenêtres qui s'ouvraient toutes grandes en été de sorte que la maison semblait flotter dans la brise et qui, par temps froid ou humide, lui permettaient de contempler le paysage, le ruissellement sur les carreaux. Ces fenêtres étaient pour elle le cœur de la maison et comme un prolongement immuable de la bonté de son mari — c'était la même légèreté, la même impression de sécurité qui l'avait enveloppée quand il l'avait recueillie par cette nuit pluvieuse il y avait des années de cela. Elle avait ouvert les yeux et l'avait trouvé là, penché sur elle, et dans la seconde elle avait su qu'elle pouvait se fier entièrement à lui. Elle ne se dit pas qu'elle avait de la chance ; ni qu'elle l'avait bien mérité, seulement que c'était un cadeau extraordinaire. Comme si le monde avait ouvert une main en général fermée et s'était révélé à elle. Un certain temps s'écoula avant qu'elle ne comprît que son mari nourrissait les mêmes sentiments — un homme solitaire de dix-huit ans son aîné auquel ces dames de la ville ne songeaient même plus.

Peut-être était-ce l'après-midi où il l'enleva du logement qu'ils louaient en ville pour la conduire dans la colline où, pendant tout un printemps et tout un été, des ouvriers s'étaient employés à construire cette maison, une maison dont elle ne se doutait même pas jusqu'au moment où elle la vit par cette journée de début d'automne. Pile deux ans après qu'elle l'eut rencontré. Mariés depuis vingt et un mois. Et tout du long de ce printemps et de cet été, il avait gardé la construction de la maison secrète. Ils montèrent la côte dans son buggy de médecin, et elle vit la maison surgir de la terre brute, et ce qui la frappa d'emblée ce ne fut ni la vue ni la taille de la bâtisse, ni les carrés à peine plantés des jardins, mais les fenêtres. L'espace d'un instant, alors que le buggy bougeait encore, elle se demanda si elle ne s'était pas trop plainte du manque de lumière de leur logis, et puis se dit aussitôt que non — il savait qu'elle avait besoin de fenêtres tout comme il devinait le moindre de ses désirs. Et jamais il ne se sentait obligé de les satisfaire. Ce qu'il lui offrait était comme un tribut au hasard qui les avait réunis, un hasard si fabuleux que chacun cherchait à l'honorer à sa manière. La vie, ce fruit du hasard, était aussi fragile et délicate que l'haleine. Alors il lui avait donné ces fenêtres. La maison n'était pour eux qu'un abri. Avant même de mettre pied à terre, elle l'avait compris. Lorsqu'elle se tourna et croisa son regard, et lorsqu'elle vit sur sa bouche ce sourire, cette moue qu'il n'avait jamais que pour elle, elle dit :

— Elles seraient mieux sans volets.

— Aucun volet n'a été commandé.

Des années plus tard, après la naissance de leur fille, elle prit la résolution, Estelle avait alors trois ans, quatre peut-être, de la laisser grandir avec autant de liberté que possible, en ignorant les principes de l'époque — de discipline, de surveillance abusive —, comme si les enfants étaient, à la limite, des animaux domestiques, et en lui permettant de penser par elle-même. Elle tenait seulement à ce qu'elle acquît une bonne éducation et de bonnes manières. Et encore, en lui permettant de découvrir toute seule le pourquoi et le comment. Le résultat s'avéra satisfaisant. Estelle se révéla à la fois curieuse et prudente, peu encline à cultiver les apparences, audacieuse et de vif-argent mais pas pimbêche pour deux sous. Quelle part revenait à ses méthodes d'éducation et quelle part à la nature, elle n'en savait trop rien. Et quand la femme se mit à percer sous la petite fille, combien de fois elle se surprit à se demander ce qui au fond les différenciait. Si la vie lui avait été plus douce au départ, aurait-elle été aussi avisée qu'elle ? Elle était tentée de penser que oui. D'une certaine façon, son enfant était à ses yeux une magnifique seconde chance.

Elle sut qu'Estelle épouserait le jeune chirurgien revenu de la guerre avant même sa fille. Contrairement à ce qu'il croyait, ce n'était pas qu'elle ne l'aimait pas. Mais elle se méfiait de tout un chacun, reconnaissant en son for intérieur qu'elle avait en réalité peur de se trahir, d'être découverte pour ce qu'elle était : une paysanne illettrée. Un être fruste jusque dans les replis de son âme. Seul son mari avait fait exception à la règle. Le seul homme sur

Terre à qui elle accorderait jamais sa confiance. Ce n'était pas le mépris qu'elle redoutait, mais l'idée du gouffre qui s'ouvrirait en elle, qui l'engloutirait. Une crainte qui la tenaillait jour après jour. Elle savait où commençait et où finissait sa volonté, elle savait que cette force ne constituait pas toujours un barrage suffisant contre les forces énigmatiques du monde.

Malgré tout, elle avait l'impression de pourrir de l'intérieur. Elle reconnaissait que Jonathon Astor possédait une rare bonté. Mais c'était plus fort qu'elle. Et en le tenant à distance, elle le diminuait. Si seulement il avait pu comprendre. Mais il n'était pas question de rompre l'enchantement. Elle ne pouvait se permettre aucune faiblesse. Si seulement je pouvais écrire, songeait-elle, je lui laisserais une lettre à ouvrir après ma mort. Hélas, ce n'était pas le genre de mots qu'elle pouvait dicter. Peut-être même pas le genre de sentiments qui pussent être mis en mots. Il fallait bien s'y faire, il ne saurait jamais. Après tout, le plus clair de la vie consiste à ne pas savoir.

Et puis un beau jour, enfin, vint au monde sa petite-fille. Si tardivement que personne n'y pensait même plus, comme pour elle jadis. Une petite fille qui était le portrait craché de sa propre mère. Une mère qu'elle n'aurait jamais osé imaginer ainsi. Mais il n'y avait aucun doute. Et de nouveau elle se dit qu'elle avait reçu un don du Ciel. Quelque chose dont elle n'avait jamais même eu l'idée et qu'elle ne pouvait partager avec personne. Mais tout de même un don, oui. Comme si la vie s'obstinait à lui rappeler autant de fois qu'il le fallait que rien n'est jamais stable, que tout change, que toute vérité est fugace sur le point de se métamorphoser en une autre vérité, une autre plénitude. Une enfant blonde aux grands yeux d'un bleu pâle, avec des cils si clairs qu'on les aurait dits inexistants. Le passé n'était donc pas tout à fait mort et la vie ne courait pas en ligne droite, mais en boucle, une boucle infiniment plus ample et profonde que la seule ronde de la naissance et de la mort. Elle adorait cette petite, et la petite était pour elle un tourment.

Un tourment qui lui rappelait celui qu'avait déchaîné en elle cet homme qui l'avait laissée avec pour seul bien la pierre dure de son âme. Elle ne regrettait pas sa mort. Mais après tant d'années, lui pardonnait la mort des autres, de ses propres enfants. Comme elle dormait peu ces derniers temps, elle se glissait souvent aux petites heures dans le jardin sous la lumière des étoiles pour contempler le lac et verser le peu de larmes qui lui restait encore. De ce peu, elle n'avait pas honte, car pour elle, c'était déjà beaucoup, chaque larme qui se formait au coin de ses paupières la contenant tout entière. Une sensation merveilleuse. Et à cette heure de la nuit, elle n'avait aucune crainte d'avoir à s'expliquer. Des larmes pour les morts. Des larmes pour ceux depuis si longtemps disparus.

Par cette fin d'après-midi de juillet, le soleil était encore haut dans le ciel. Assise à l'ombre exquise de la véranda qui ourlait l'arrière de la maison, elle surplombait les plates-bandes, la roseraie, les charmilles, les terrasses, le hamac suspendu entre deux solides noyers, le jeu de croquet disposé sur le gazon ras, arceaux et petits drapeaux signalant que la partie n'était que suspendue. Et au-delà, en contrebas, invisible lui, le potager. En plus des deux jardiniers qui montaient une fois par semaine, ils employaient à plein temps un homme chargé non seulement de l'entretien de l'écurie et des chevaux, mais aussi du potager. Cela depuis qu'elle n'était plus capable de jardiner, même plus d'arracher les mauvaises herbes ou de cueillir les légumes. Elle était entièrement tributaire des autres, lesquels ne s'y prenaient pas comme elle l'aurait fait elle mais presque, alors, elle n'avait rien à dire. Et ne pouvait s'en prendre qu'à la vieillesse. Elle avait soixante-quatorze ans.

Sur ses genoux, une vasque en osier. Sur le plancher de la véranda, un panier plus profond. Dans la vasque, un bol. Elle écossait des petits pois. Puisant une à une les cosses joufflues de la vasque en osier, les ouvrant sur le côté du tranchant de son ongle de pouce pour ratisser les grains dans le bol, après quoi, avec un léger tressautement qui chaque fois lui provoquait un élancement dans le bas du dos, elle laissait tomber la cosse vide dans le panier à ses pieds. Des pois potagers bien que personne ne les appelât plus ainsi. Mais ça lui était égal. Le monde changeait. Elle redoutait toujours l'éclat cru des lampes à gaz. Et elle regrettait son pot de chambre. Cela lui paraissait si peu naturel de se déplacer dans le couloir éclairé jusqu'à la salle de bains. Dans un monde neuf. Elle écossait des petits pois. Dans un monde vieux immuable. Sa petite-fille, assise sur la balançoire de la véranda, la regardait :

— Mamie ?

Sa voix avait la saveur des espoirs de l'enfance.

— Alexandra ? dit-elle, levant les yeux des petits pois, ses mains posées sur les bords de la vasque en osier.

— Sammie a eu des petits chats, dans l'écurie.

— Vraiment ?

— Oui. Cinq.

Après une pause, la petite fille se jeta à l'eau :

— Je me disais que j'aimerais en avoir un pour moi. Rien qu'à moi.

— Il faudra demander à ta mère, repartit-elle en sachant où tout cela les menait.

— Je lui ai déjà demandé.

— Alors ?

— Elle dit que les chats d'écurie sont faits pour rester à l'écurie. Ils chassent les souris. Si je ramenais un chaton à la maison, il voudrait tout le temps retourner à l'écurie, alors autant que je joue avec eux là-bas.

La vieille dame opina de la tête.

— Et ce n'est pas assez pour toi ?

— Oh, Mamie. J'aimerais tant en avoir un à moi, à moi toute seule. Il n'aurait plus envie de retourner à l'écurie. Pas en vivant avec moi. Je m'en occuperais bien, je t'assure.

— Tu as dit ça à ta mère ?

— Oui. Mais elle dit que je suis pas encore assez grande. Alors que si, si !

— Mmm...

La vieille dame se tut et la petite fille aussi, patiente, attendant de voir de quel côté allait pencher la balance. Au bout d'un moment, sa grand-mère tapota la couche de cosses restantes dans le panier comme si elle les examinait. Puis elle leva les yeux sur l'enfant.

— Il y en a un qui te plaît plus que les autres ?

La fillette se tortilla sur la balançoire qui se mit à osciller doucement.

— Je crois. Y en a deux.

— Mais il faut que le tien soit vraiment spécial. Il faut que tu l'aimes de tout ton cœur. Tu devrais peut-être aller jouer avec eux pour voir s'il y en a un comme ça.

L'enfant bondit sur ses pieds pour se planter devant sa grand-mère.

— Et maman ?

La vieille dame dodelina de la tête.

— C'est elle qui décide. Mais je lui parlerai.

La petite fille tourna les talons et dévala l'escalier, dérapage contrôlé sur le gazon, tourna le coin de la maison pour se précipiter au-delà du portail vers la cour et l'écurie. Sa voix arriva en flottant jusqu'aux oreilles de sa grand-mère.

— Merci, Mamie.

Tout haut, mais hors de portée de voix de l'enfant, la vieille dame dit :

— Une petite fille devrait toujours avoir un chaton.

Elle se reposa un long moment. Quel travail, ces petits pois. Pourvu que ça ne traîne pas, se dit-elle. Encore une année tout au plus si elle continuait sur cette pente. Son désir, une goutte d'eau face au torrent du destin. Elle eût souhaité avoir plus de courage. Le courage de faire face à ce qui l'attendait. De ne pas craindre les longues et lentes années d'affaiblissement. Et puis se rendit compte qu'elle l'avait, en réalité, ce courage. Il n'était pas question, sous prétexte que ce n'était pas ce qu'elle voulait, de se dérober à l'épreuve.

Elle avait chevauché cinq jours et cinq nuits sans s'arrêter hormis pour permettre à son cheval de boire et pour se désaltérer elle-même quoiqu'elle eût un mal de chien à monter et à descendre de cheval, et si quelquefois elle marquait une halte pour laisser l'animal brouter un peu d'herbe, elle ne s'attardait surtout pas à parler aux gens ou à acheter de la nourriture. Quelque chose n'allait pas dans son dos depuis sa chute, à plat sur le dos, le souffle coupé. Elle avait mal mais préférait encore souffrir plutôt que de s'arrêter, si bien qu'elle avait lâché la bride au grand cheval bai qui allait où il voulait, et quand ils faisaient étape à un point d'eau, il attendait patiemment qu'elle se remette en selle, comme s'il avait conscience de sa responsabilité. La nuit, ils cheminaient lentement sur des routes obscures avec des chiens qui se ruaient du fond des cours de ferme pour aboyer sur leur passage, et le jour ils n'avançaient guère plus vite car elle sentait le cheval flancher peu à peu sous elle alors qu'il avait cessé de brouter et semblait continuer seulement parce qu'il était tiré en avant par la seule rémanence du passé. Vers le sud et l'ouest à travers le Vermont puis l'Etat de New York, non loin de Whitehall, et ensuite à travers un pays à moitié désert et marécageux guère plus riche que celui qu'elle venait de quitter jusqu'au canal de Mohawk. Au crépuscule du cinquième jour, sous une pluie diluvienne, elle aboutit dans les rues de Geneva, la vue brouillée, son cheval basculant en avant à chaque pas. Elle gardait une vision de passants reculant à son approche, et elle se demandait ce qu'ils pouvaient bien avoir, jusqu'à ce qu'elle s'écroule. Ou que le cheval s'écroule. Ou tous les deux. Par la suite, elle préféra penser qu'ils étaient tombés tous les deux en même temps.

Quand elle se réveilla, avec cet homme qui veillait sur elle, cet homme dont elle ne savait pas encore qu'elle allait l'épouser si vite, elle s'enquit du sort du cheval et s'entendit répondre qu'il était mort. A cette nouvelle, elle se dressa sur son séant en poussant sur ses deux bras malgré la douleur qui la gainait comme un suaire, et elle raconta à cet homme tranquille et bon tout ce qu'il y avait à savoir sur elle, des choses qu'elle n'aurait jamais confiées à personne d'autre au monde que lui. Et il l'écouta, debout, sans insister pour qu'elle se recouche, se repose, pour qu'elle attende un peu plus tard, sans émettre la moindre de ces platitudes, au lieu de quoi il l'écouta attentivement comme s'il pressentait que jamais plus elle ne lui en révélerait autant. Quand elle eut fini, elle dormit pendant trois jours, et quand elle se réveilla de nouveau, se rappelant sa confession, elle l'observa alors qu'il s'occupait d'elle pour voir s'il allait l'interroger, lui poser ces questions qui devaient le préoccuper, forcément. Mais il n'en fit rien. Pourtant elle était sûre qu'il ne s'était pas agi d'un rêve provoqué par la fièvre. Venait d'être planté le premier jalon de cette confiance absolue en lui qui devait bientôt la happer tout aussi radicalement que la douleur physique il y a peu. Elle ne lutterait pas. C'était soit ça, soit poursuivre son chemin. Elle avait déjà tué un cheval, elle n'avait pas envie d'en tuer un deuxième. Sur le moment elle se dit Il y a toutes sortes d'arrangements avec la vie. Là-dessus au moins elle n'avait pas changé d'avis.

Bien. La petite fille allait avoir son chaton. Elle pouvait bien faire ça. Se balançant dans sa chaise à bascule sous la véranda, le regard vague dans le lointain d'un après-midi de juillet. A cette heure la maison et les arbres commençaient à étirer leurs ombres sur le gazon. La température était parfaite, chaude avec une petite brise. Elle se dit Je ne me déroberai pas, pour rien au monde. Elle contempla le panier de petits pois. A moitié écossés. A moitié seulement. Des petits pois tendres et sucrés pour le dîner. Elle humait l'odeur du poulet rôti, le fumet qui sortait par bouffées de ses ravissantes fenêtres. Ce qu'elle ressentait, c'était le goût de la plénitude. Pourtant elle avait encore du travail qui l'attendait. Elle détacha ses mains des bords du panier, les leva, les étudia. De vieilles mains tavelées, desséchées comme des brindilles. L'une portant la dure cicatrice violette à travers sa paume et l'intérieur de ses doigts. L'autre juste vieille. Elle les enfouit de nouveau dans les petits pois, les laissa là tranquilles un instant. Il fallait finir pourtant. Elle prit une cosse, l'ouvrit, ratissa les grains dans le bol, jeta la cosse vide puis plongea de nouveau ses mains dans le panier.

Ses mains trouvant le rythme d'elles-mêmes. Elle leva les yeux. Un doux regard porté au-delà du jardin. Ses mains n'avaient pas besoin de ses yeux. Ses yeux pouvaient voir tout ce qu'ils voulaient. Ses mains savaient ce qu'elles devaient faire. Elles continuèrent.

Cet ouvrage a été composé par
Nord Compo (Villeneuve-d'Ascq)
et imprimé sur presse Cameron
par **Bussière Camedan Imprimeries**
à Saint-Amand-Montrond (Cher)
pour le compte de la Librairie Plon

Achevé d'imprimer en avril 2003.

N° d'édition : 13627. — N° d'impression : 031784/1.
Dépôt légal : avril 2003.

Imprimé en France